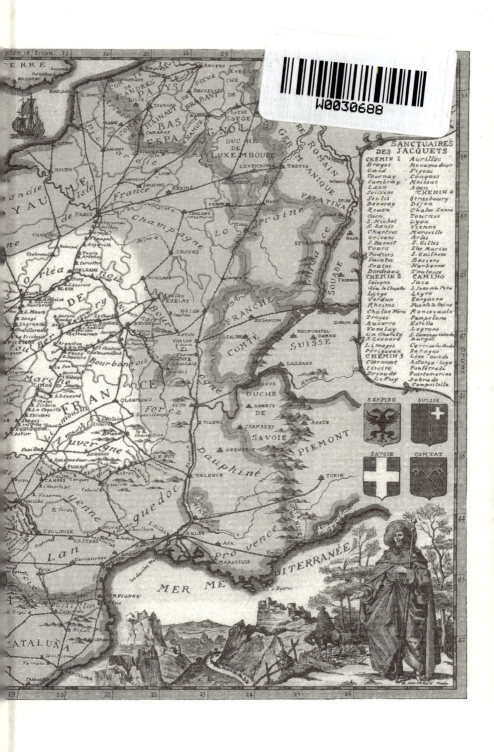

Ulrike Schweikert
DAS SIEGEL DES TEMPLERS

Ulrike Schweikert

DAS SIEGEL DES TEMPLERS

Roman

blanvalet

FSC
Mix
Produktgruppe aus vorbildlich
bewirtschafteten Wäldern und
anderen kontrollierten Herkünften
Zert.-Nr. SGS-COC-1940
www.fsc.org
© 1996 Forest Stewardship Council

Verlagsgruppe Random House FSC-DEU-0100
Das für dieses Buch verwendete FSC-zertifizierte Papier *Munken Premium*
liefert Artic Paper Munkedals AB, Schweden.

2. Auflage
© der Originalausgabe 2006 by Blanvalet Verlag, München,
in der Verlagsgruppe Random House GmbH
Satz: Uhl + Massopust, Aalen
Druck und Bindung: GGP Media GmbH, Pößneck
Printed in Germany
ISBN-10: 3-7645-0199-5
ISBN-13: 978-3-7645-0199-0

www.blanvalet-verlag.de

Für meine Mutter Brigitte Schweikert,
ohne die ich den Ruf des
Jakobsweges nicht vernommen hätte.

Und für meinen Mann Peter Speemann, dem selbst der Weg
nach Spanien nicht zu weit war, um mich nach
meinem Pilgerrecherchemarsch wieder einzusammeln.

Prolog

3. Mai, Tag des Heiligen Jakobus im Jahre des Herrn 1305

Verzeiht, dass ich Euch störe, Sire.« Der Diener verbeugte sich so tief, dass seine Nase fast die Knie berührte. »Ein Mann ist draußen. Er sagt, er habe Euch einen Brief geschrieben, jedoch keine Antwort erhalten, und nun sei er um dieser Sache willen bis nach Lérida gereist, um mit Euch zu sprechen.«

König Jakob II. von Aragón gähnte. »Und was führt dich zu der Annahme, ich würde diesen Mann – wer immer er auch sei – empfangen?« Seine Augen wanderten schläfrig durch den prächtig ausgestatteten Saal.

Der junge Mann, der erst seit einigen Monaten im Dienste des Monarchen stand, errötete und verbeugte sich noch einmal. »Er lässt sich nicht abweisen«, stotterte der Diener. »Esquieu de Floyran aus Béziers sei sein Name, sagt er. Er sei ein Prior von Montfaucon, und er hat mir aufgetragen, ich solle Euer Augenmerk darauf richten, dass es um das Wohlgefallen Gottes gehe, um die Macht und um Geld – mehr Geld, als ein Normalsterblicher sich vorstellen könne.«

Der König hielt mitten in einem weiteren Gähnen inne, den Mund noch geöffnet. Langsam schloss er die Lippen, in seinen Augen glomm Interesse auf. Er heftete den Blick auf den Diener, der zum dritten Mal den Rumpf beugte.

»Bring mir diesen Brief. Wenn ich ihn gelesen habe, kannst du den Prior de Montfaucon eintreten lassen.«

Der König hatte das Schreiben erst überflogen und dann Zeile für Zeile genau gelesen, als der Diener mit klarer Stimme den Besuch meldete und ihn eintreten ließ. Jakob II. ließ das Pergament sinken und musterte den Mann, der unter Verbeugungen langsam näher trat. Er war groß und hager, seine Haut unnatürlich bleich. Sein schütteres Haar war von einem scheckigen Graubraun.

»Das sind schwerwiegende Vorwürfe, die Ihr da erhebt, Esquieu de Floyran aus Béziers«, begrüßte ihn der König mit seiner tiefen, wohlklingenden Stimme.

Der Prior blieb in respektvollem Abstand stehen.

»Schwerwiegend, ja, das stimmt, Sire, gerade deshalb befahl mir mein Gewissen, mich an Euch zu wenden.«

»Euer Gewissen, so, so«, brummte der König. »Und woher hat Euer Gewissen diese Informationen?« Der Besucher senkte unter dem scharfen Blick aus den dunklen Augen das Haupt.

»Könnt Ihr diese Anschuldigungen beweisen?«

»Ich habe es mit meinen eigenen Ohren von einem Mann aus ihrer Mitte gehört. Er hat mir alles in einer Kerkerzelle gebeichtet, um sein Gewissen zu erleichtern und der ewigen Verdammnis zu entgehen.«

»Und warum kommt Ihr damit zu mir? Ist das Beichtgeheimnis nicht unantastbar?«

Der Prior hob noch immer nicht den Blick und sprach stattdessen zu den roten Schnabelschuhen mit den beängstigend langen Spitzen. »Eure Großzügigkeit wird überall gerühmt, Sire, Euer Volk liebt und verehrt Euch, und man sagt, dass Ihr stets gerechten Lohn bezahlt.«

Jakob II. von Aragón lachte. »Ah, eine Rente für ein gemütliches Leben den Rest Eurer Tage liegt Euch am Herzen.« Er beugte sich ein wenig vor. »Ja, ich bin für gerechten Lohn. Ohne Beweise sind Eure Worte nur ein Gerücht, eine gehässige Verleumdung, ein unliebsames Geräusch in meinem Ohr, das nicht einen Schilling wert ist. Vielleicht wendet Ihr Euch lieber nach Norden? Ich könnte mir vorstellen, dass der schöne Philipp in seinem Frankreich Eurem Gift ein offenes Ohr leiht. Zu mir braucht Ihr ohne Beweise nicht zurückkehren!«

Mit einer ungeduldigen Handbewegung, als wolle er eine lästige Fliege verscheuchen, entließ der König den Besucher.

1
Der Pyrenäenpass

Der Nebel wurde immer dichter, und es begann zu nieseln. Die ersten Stunden widerstand der Wollstoff ihres Umhanges dem Regen. Kleine Tröpfchen sammelten sich auf der Oberfläche und rannen zwischen den Falten herab, dann jedoch begannen sie, zwischen das Gespinst verfilzter Fäden zu kriechen. Mit jedem Schritt wurde der Mantel schwerer, und Juliana spürte, wie sich die Feuchtigkeit vom Kopf und den Schultern her auszubreiten begann. Ihre plumpen Lederschuhe waren längst durchweicht und gaben bei jedem Schritt ein schmatzendes Geräusch von sich.

Nachdem sie einige Zeit über sanfte Weiden geschritten war, deren Gras Ziegen kurz gefressen hatten, stieg der Pfad nun wieder steil bergan. Juliana setzte den Fuß auf und fühlte, wie die Sohlen auf dem nassen Gras und dem aufgeweichten Lehm zurückrutschten. Sie schwankte und stützte sich auf ihren Wanderstab, um nicht zu fallen. Es wäre nicht das erste Mal an diesem Tag gewesen, wie die dunklen Abdrücke auf ihrem Umhang zeigten.

Die Spitze des glatt geschmirgelten Holzes bohrte sich in den Schlamm. Schwer atmend blieb das junge Mädchen stehen. Wasser tropfte vom Rand ihres grauen Filzhutes. Zwischen den Wasserfäden sah sie den immer blasser werdenden Berghang hinauf, bis er sich im Nebel auflöste.

Ihr Blick senkte sich zu einer Pfütze vor ihren Füßen herab. Trüb spiegelte sich das Mädchengesicht mit den blauen Augen wider. Die feuchten blonden Locken hatten sich aus ihrem Band gelöst und kringelten sich nun zu beiden Seiten bis auf ihre Schultern herab. Wieder einmal wunderte sie sich, dass die anderen sich so leicht von ihrer Maskerade täuschen ließen.

»Ritterfräulein Juliana von Ehrenberg«, flüsterte sie in den Nebel, so als müsse sie die Worte hören, um sich zu erinnern, wer sie wirklich war. Ehrenberg. Wie weit hinter ihr lag nun ihre Heimat, die wehrhafte Burg über dem Neckar im Reich des deutschen Königs. Es war Sommer gewesen, als sie ihr Heim verlassen hatte, um durch Burgund und Frankreich bis nach Navarra zu wandern, und dann weiter durch Kastilien bis fast ans Ende der Welt: nach San Jacobo in Chompostella*. Nun hielt in den Bergen bereits der Herbst Einzug, und er schien es sich zur Aufgabe zu machen, ihr die Überquerung des Passes so schwer wie nur möglich zu machen.

Juliana betrachtete ihren unförmigen Hut im Spiegel zu ihren Füßen und den einfachen, grauen Mantel, den sie sich fest über Hemd und Kittel geschlungen hatte. Nein, die Kleider passten nicht zu einer edelfreien Jungfrau. Aber ein Fräulein hatte nichts auf der Landstraße verloren – zu Fuß und allein – und noch weniger auf einem Pfad zum Pass der Pyrenäen! Welch kluge Entscheidung, das Mädchen Juliana von Ehrenberg und den größten Teil ihrer blonden Haarpracht in der Heimat zurückzulassen. Stattdessen hatte sich der Knappe Johannes als Pilger auf den Weg gemacht, um den Spuren des Vaters zu folgen, die nun hinüber nach Hispanien führten.

Doch war sie überhaupt noch auf dem richtigen Pfad? Sie lauschte. Nur die Geräusche des Regens und ihr eigener Pulsschlag waren zu hören. Seit den letzten Gehöften am Morgen war Juliana keinem Menschen mehr begegnet. Hatte sie sich verlaufen? Müssten nicht noch andere Pilger unterwegs sein?

»Unsinn!«, sagte sie laut, so als würde das Wort dadurch an Überzeugungskraft gewinnen. Ein Schmied hatte ihr gestern im Wirtshaus den Weg über den Pass genau beschrieben. Und er musste es wissen. Schließlich war er zweimal über die Berge ge-

---

* heute: Santiago de Compostela

wandert: im Frühling, auf dem Hinweg seiner Pilgerfahrt, und nun, da er die Muschel von Santiago mit nach Hause brachte, zurück. Aber nicht nur über den Weg hatte er zu dem jungen Burschen Johannes gesprochen, er hatte ihn auch vor den tief hängenden Wolken und dem aufziehenden Nebel gewarnt.

»Du wärst nicht der Erste, der sich dort oben verirrt!«, sagte der Schmied mit düsterer Stimme und rollte mit den Augen. »Die Wolken ziehen rasch, und schon sieht man nicht mehr die Hand vor Augen. Und es wird kalt! Ganz gleich ob es hier unten Frühling oder Sommer ist – auf der Höhe musst du mit allem rechnen. Schnee und Eis können ganz plötzlich hereinbrechen, und dann gnade dir Gott! Wenn du dich nicht in einem plötzlichen Abgrund zu Tode stürzt, dann wirst du erfrieren oder so lange umherirren, bis dich die Erschöpfung zu Boden drückt.«

»Nun erschrecke unseren jungen Burschen nicht so!«, mischte sich Bruder Rupert ein und rutschte auf der Bank näher an Juliana heran. Der Pilger im braunen Gewand eines Bettelmönchs reiste nun schon seit sie den Rhein überquert hatte in ihrer Gesellschaft. Der Zufall hatte sie zusammengeführt und seitdem nicht wieder getrennt. Der Mönch war zwar nur mittelgroß, hatte aber muskulöse Arme und Beine und wirkte sehr kräftig. Sein dunkelbraunes Haar war kurz geschnitten, allerdings ohne die übliche Tonsur der Ordensbrüder. Der Bart und die dunklen Augenbrauen verliehen ihm etwas Finsteres. Die Narbe am Hals, die sich in einer weißen Linie vom linken Ohr bis zum Adamsapfel zog, und in deren Nähe kein Barthaar mehr wachsen wollte, ließ ihn ein wenig unheimlich erscheinen. Oder lag es an dem durchdringenden Blick, mit dem er seine Mitmenschen zu fixieren pflegte?

Der Schmied zog eine beleidigte Miene, erhob sich und setzte sich zu einer anderen Gruppe Pilger, wo er seine düsteren Warnungen wiederholte. Er ließ den Blick über die Runde der ärmlich gekleideten Männer wandern. Sie lauschten ihm gebannt und schüttelten besorgt die Köpfe. Gern nahm der Schmied einen Krug Bier zum Dank für seine hilfreichen Auskünfte und zeigte stolz seine Pilgermuschel, die er sich an den Umhang geheftet hatte. »Wartet lieber einen Tag länger, bis das Wetter zuverlässig erscheint. Santiago läuft euch nicht davon.«

Sein Bild stand Juliana wieder klar vor Augen, als ein prasselndes Geräusch sie zusammenschrecken ließ. Kleine, weiße Körner schlugen auf Hut und Schulter und sprangen über Gräser und Steine. Hagel! Der Schmied hatte nicht übertrieben. Juliana hastete zu einem Steinhaufen und kauerte sich in eine kleine Höhlung, dem einzigen Schutz, den es hier oben gab. Die letzten Bäume hatte sie längst schon unter sich zurückgelassen.

Sollte sie umkehren? Zum Dorf zurückwandern und auf die anderen Pilger warten? Nein, sie musste weiter. Der heilige Jakobus lief ihr nicht davon und auch nicht seine Kathedrale, da hatte der Schmied sicher Recht, aber sie musste sich eilen, wenn sie dem Vater näher kommen wollte. Vielleicht würde es bei ihrer Mission gerade auf diesen einen Tag ankommen! Wer konnte das schon sagen.

※ ※ ※

Am Abend vorher hatten Juliana, der Bettelmönch Rupert und eine Gruppe weiterer Pilger Saint Jean Pied de Port durch das Tor am höchsten Punkt der Stadt betreten. Dicht aneinander gedrängt rahmten Häuser die Gasse, die steil zum Ufer des Flusses Nive hinunterführte. Links ragte die Burg auf, die die Pyrenäenstadt bewachte. Die Bürger wiesen den Pilgern den Weg zur Kirche, die unten am Ufer stand, Gotteshaus war und Spital, aber auch ein Teil der Stadtbefestigung. Unter dem Kirchturm hindurch führte der Weg wieder aus der ummauerten Stadt hinaus, über eine Brücke und dann durch die Vorstadt der Handwerker in die Berge hinein.

»Dann wollen wir abwarten, wie das Wetter morgen wird«, sagte der Bettelmönch, bevor er sich auf sein Lager bettete.

»Wenn der Wirt mit seiner düsteren Vorhersage Recht behält, sollten wir im Schutz dieser Mauern bleiben.«

Juliana nickte, obwohl sie nicht vorhatte, sich von den Warnungen schrecken zu lassen. So schlimm konnte es nicht werden. Es war erst September! Was konnten die Berge schon für sie bereithalten? Ein wenig Wind und Regen? Das hatte sie auf ihrer Wanderung bereits viele Tage erduldet! Vielleicht war es ganz gut, wenn die Furcht die anderen Pilger hier im Spital zurückhielt. Sie würde sich vor allem Bruder Ruperts gern entledigen. Der Mönch kam ihr seltsam vor. Seine Gesellschaft wurde ihr mit jedem Tag mehr zur Umklammerung, die ihr die Luft zum Atmen nahm. Es schien ihr, als würde sein Blick ihr überallhin folgen. Warum? Sie wusste es nicht, doch ganz gleich, was der Grund für sein Verhalten war, Juliana würde dem nun ein Ende setzen.

Noch vor dem ersten Schimmer des Morgens schlich sie aus der Kirche und zum Tor hinüber. Ein Wächter hielt seine Hände über eine Kohlenpfanne. Sie bat ihn höflich, das Türlein zu öffnen. Er brummte nur unwillig und war nicht bereit, seinen Platz in der Wärme zu verlassen. Erst eine Kupfermünze in seiner Hand überredete ihn, den Riegel zurückzuschieben.

»Mon jeune homme, il me semble que tu es pressé d'arriver à Saint-Jacques-de-Compostelle?« – Junger Mann, mir scheint, du hast es sehr eilig nach Santiago de Compostela zu kommen.

Ja, sie hatte es eilig! Juliana dankte dem Wächter und schlüpfte hinaus.

»Warte nur, die Berge werden deinen Übermut schon kühlen«, rief er ihr noch nach.

Hastig rückte das Mädchen Leinenrucksack und Pilgertasche zurecht, überquerte die Brücke und durchschritt die Gasse der Handwerker, deren Werkstätten zu dieser Stunde noch geschlossen waren.

»Junger Mann«, hatte der Wächter sie genannt, und wieder einmal war Juliana froh, dass ihre Verkleidung nicht auffiel. Ein Mädchen, allein in der Wildnis, das war undenkbar.

Die Mauern der Stadt im Rücken, folgte Juliana dem Karrenweg bergan. Der Weg führte sie zwischen Hecken mit taufeuchten Hagebutten und Weißdorn hindurch, vorbei an einem baufälligen Hospital. Kurze Zeit später wurde der Weg steiler, und als Juliana die wenigen Katen des letzten Weilers passierte, hatte der Anstieg die morgendliche Kälte aus ihren Gliedern vertrieben. Keuchend blieb sie unter einem Maronenbaum stehen. Zu Hause gab es diese Bäume nicht, aber in Frankreich hatte sie die Früchte schätzen gelernt, die, erhitzt im Ofen, eine kräftige und wohlschmeckende Mahlzeit ergaben. Nun lagen sie zuhauf in ihrem braunen Stachelkleid zu ihren Füßen. Bedauernd ließ das Mädchen sie liegen. Roh konnte man sie nicht essen.

Juliana passierte ein paar Gehöfte, die sich an den steilen Berg schmiegten. Ein Junge trieb mit einem Stock ein paar gefleckte Ziegen aus dem Stall und führte sie dann den Hang hinunter. Julianas Herz schlug schnell, und ihr Atem entwich in weißen Wolken dem offenen Mund. Wieder blieb sie stehen und rang nach Luft. Vom Tal her erklangen Glocken. War das der Ruf zur Terz? Ein eisiger Wind zerrte an Julianas Mantel. Er trieb nicht nur das Kirchengeläut vor sich her. Dicke, tiefgraue Wolken jagten über den Himmel und verschlangen die letzten Flecken Himmelsblau, von wo noch bei ihrem Aufbruch ein paar Sterne tröstlich geschimmert hatten. Wenigstens regnete es nicht. Juliana vermied es, zu den Gipfeln hinaufzusehen, die von den dahineilenden Wolken verschlungen wurden. Als sich ihr Herzschlag beruhigt hatte, hob sie ihren Stab wieder und setzte den Aufstieg fort.

Das letzte Haus des Weilers schien Pilgern wohl gesonnen zu sein. Ein alter Mann, dessen Füße dick mit Lumpen umwickelt waren, saß im Windschatten hinter dem Brennholzschuppen und balancierte eine Schüssel Brei auf den Knien. Als er Juliana bemerkte, winkte er sie mit seinem Löffel heran. Das Mädchen zögerte einen Augenblick. Sollte sie eine Rast einlegen und sein Mahl mit ihm teilen? Nein, das Wetter war nicht so schlecht wie befürchtet. Sicher waren die anderen Pilger ebenfalls aufgebrochen und folgten ihr bereits den Berg hinauf – und mit ihnen Bruder Rupert, den sie nicht so schnell wieder treffen wollte. So winkte sie nur zurück, dankte und setzte ihren Weg fort.

Kurz darauf begann es zu regnen, und die Wolken glitten die Berghänge herab, um sie samt Felsen und Grasmatten zu verschlingen, samt der Ziegen und Schafe, die hier oben weideten, und samt der einsamen Pilgerin, die vor dem ersten Hagelschauer in einer Felsnische Schutz suchte.

Der Hagel hörte so plötzlich auf, wie er begonnen hatte. Juliana zog ihren Filzhut tiefer ins Gesicht und stapfte entschlossen den Weg weiter bergan. In ihrem Magen begann es zu rumoren. Es war ein Fehler gewesen, das Mahl des Pilgers abzulehnen. Juliana dachte an die spärlichen Essensreste in ihrem Beutel und schalt sich wegen ihrer Unvernunft. Wenn sie eines auf ihrer langen Reise bisher gelernt haben sollte, dann dass – außer gesunden Füßen – ein voller Bauch stets das Dringlichste war.

»Hast du das immer noch nicht begriffen, du unvernünftiger Bursche?«, hörte sie die inzwischen vertraute Stimme des Bettelmönchs Rupert in ihrem Kopf, und sein stechender Blick prickelte in ihrem Nacken.

Ja, es waren diese dunklen Augen, die er oft starr auf sie gerichtet hielt, die sie zu dieser überstürzten Flucht getrieben hatten. Im schwindenden Licht des Abends wirkten sie fast schwarz, stets jedoch waren sie unergründlich und manches Mal auch bedrohlich. Wie oft hatte sie sich in den vergangenen Wochen gefragt, was Bruder Rupert dachte, wenn er am Abend in sich gekehrt dasaß, die sonnengebräunte Stirn gerunzelt, die buschigen Brauen zusammengezogen. Aber erst in den vergangenen Tagen hatte sie diese unerklärliche Furcht gespürt. War es wirklich nur sein mürrischer Blick gewesen? Oder hatte er etwas gesagt, das sich nun in den Tiefen ihrer Seele wand und sie zu dieser törichten Tat trieb?

Juliana beschleunigte ihre Schritte. Sie fühlte die Kälte in ihren Füßen nicht mehr, und auch der Schmerz in ihrem Knie, auf das sie vor einigen Tagen gefallen war, schien weniger zu werden. Es war gut zu grübeln, um nicht auf jeden Schritt zu achten und den schneidenden Wind im Gesicht zu vergessen. Der Gedanke, dass Bruder Rupert ihr auf den Fersen war, trieb sie an.

Die Stunden verrannen. Juliana überschritt die erste kahle Passhöhe. Dahinter senkte sich der Grund sanft ab. Von rechts schnitten steile Täler in die Bergflanke und nagten am Gestein. Nach und nach kehrten die Bäume zurück. Erst unter ihr, an den Hängen der Schluchten, und dann auch beiderseits des Pfades. Es waren Buchen. Ihre Blätter verfärbten sich bereits in Vorahnung des Herbstes. Alt waren sie und knorrig mit mächtigen, verdrehten Stämmen, die keine zwei Mann umspannen konnten. Manche reckten gar völlig kahl ihre Äste in den Nebel. Wie Klauenfinger boshafter Dämonen kamen sie der Wanderin vor. Doch unter ihren Zweigen war der Weg wieder deutlicher zu erkennen und der Wind nicht mehr so rau, so dass Juliana beherzt ausschritt. Ein Reh brach durchs Unterholz und lief vor ihr den Berghang hinauf. Das Mädchen fuhr zurück und presste sich die Hand an die bebende Brust. Sie war mindestens so sehr erschrocken wie das Tier. Nun hörte sie plötzlich überall Geräusche. Ein Wispern und Rascheln, ein Flüstern und Raunen. Langsam drehte sie sich um und ließ den Blick schweifen: Bäume, nichts als Bäume, die sich im Grau der Wolken verloren. Nur mühsam unterdrückte Juliana den Drang zu fragen, wer sich dort im Unterholz verbarg.

Da ist niemand! Das sind nur die Laute des Waldes und der Berge. Der Wind wird den Nebel bald vertreiben, sprach sich die junge Frau Mut zu. Und doch stieg das wohl bekannte Gefühl des Entsetzens aus dem Bauch in ihre Brust hoch. Sie musste es bekämpfen, bevor es sich ihres Geistes bemächtigte! Sie musste sich ablenken, und sie musste weitergehen!

Sie versuchte, an die Heimat zu denken. An ihren Freund und Lehrer, den Dekan von Hauenstein, der sie so viel gelehrt, ihr Geschichten erzählt und Gedichte rezitiert hatte. War es nicht hier oben am Pass gewesen, wo Karl der Große auf seinem Zug zum Grab des Apostels ein Kreuz aufgestellt hatte und dann zum Gebet niedergesunken war? Würde sie das Kreuz finden, oder existierte es nur in dieser Geschichte, die über fünfhundert Jahre lang weitererzählt und ausgeschmückt worden war? Französische Worte kamen ihr in den Sinn.

Charles li reis, nostre empere magnes,
Set anz tuz pleins ad estet Espaigne:
Tresqu'en la mer cunquist la tere altaigne.
N'i ad castel ki devant lui remaigne;
Mur ne citet n'I est remés a Fraindre

König Karl, unser großer Kaiser,
War sieben ganze Jahre in Spanien:
Bis hin zum Meer eroberte er das hochmütige Land.
Keine Festung hielt ihm stand;
Keine Mauer und keine Stadt blieb zu bezwingen.

Das Rolandslied. Immer wieder hatte sie den Dekan gebeten, ihr daraus vorzulesen, bis sie selbst so weit war, die Sprache der Bücher zu verstehen.

Olivier est desur un pui muntet,
Or veit il ben d'Espaigne le regnet
E Sarrazins, ki tant sunt asemblez.

Olivier ist auf eine Anhöhe gestiegen.
Da sieht er deutlich das Königreich Spanien
Und die Sarazenen, die so zahlreich versammelt sind.

Sie sah sein Gesicht, die schmalen Züge, das ergraute Haar, die stets bartlosen Wangen und seine grünen Augen, die so klug und gütig dreinsahen. Stiftsherr Gerold von Hauenstein. Ach wäre er nur hier bei ihr, dann würde alles gut werden. Tränen stiegen in ihr auf. Und doch hatte auch ihr Freund und Lehrer keine Antwort auf ihre drängendste Frage gewusst. Warum hatte der Vater das getan? In nur einer Nacht hatte er sein Leben, seine Ehre und all die Ideale, die er die Tochter gelehrt hatte, verraten. Warum nur?

Juliana konzentrierte sich wieder auf die Dichtung, bevor sie der Alb, der sie jede Nacht quälte, verschlingen konnte. Aber auch das Lied sprach von Blut und Verrat und vom Tod.

Li quens Rollant, par peine e par ahans,
Par grant dulor sunet sun olifan.
Par mi la buche en salt fors li cler sancs.
De sun cervel le temple en est rumpant.
Del corn qu'il tient l'oïe en est mult grant:
Karles l'entent, ki est as porz passant.

Mit Mühe und Qual, unter großen Schmerzen,
Bläst Graf Roland seinen Olifant.
Aus dem Mund schießt das helle Blut,
Die Schläfe an seinem Schädel zerspringt dabei.
Der Schall des Horns, das er hält, trägt sehr weit:
Karl, der über die Pässe zieht, hört ihn.

Die Worte formten sich von selbst. Tod und Blut, das Geklirr der Schwerter. Hatte die Schlacht hier getobt? Dort hinter den nächsten Bäumen, die der Nebel verbarg? Nein, es war vermutlich jenseits des Passes gewesen, wo heute die Kirche stand, die sie zu erreichen suchte.

Der Tag verstrich. Schritt um Schritt führte sie der Weg weiter bergan auf den zweiten Bergkamm zu. Längst breiteten sich wieder grasige Matten und Felsen zu beiden Seiten aus, als sie sich Rolands Tod näherte. Sein Horn ist geborsten, und er versucht, sein Schwert zu zerschlagen, damit es dem Feind nicht in die Hände fällt, doch stattdessen spaltet er den Fels. Hatte der Schmied in St. Pied nicht gesagt, noch heute könne man die Spur von Durendals Klinge im Gestein sehen?

Ço sent Rollant que la mort le tresprent,
Devers la teste sur le quer li descent.
Desuz un pin I est alet currant,
Sur l'erbe verte s'I est culchet adenz,
Desuz lui met s'espee e l'olifan
Turnat sa teste vers la paiene gent;

Roland fühlt, dass der Tod ihn übermannt,
Vom Kopf herab steigt er nieder zum Herzen.
Unter eine Fichte ist er geeilt
Und hat sich mit dem Gesicht zur Erde auf das grüne
Gras gelegt;
Unter sich legt er sein Schwert und den Olifant
Und wendet seinen Kopf dem heidnischen Kriegsvolk zu.

Juliana fühlte ein Stechen in ihrer Brust. Würde auch sie hier enden? Zwischen den grünen Hügeln der Pyrenäen sterben, den Blick nach Hispanien gerichtet, das sie nie betreten sollte? Ohne Grab, ohne Gebet und ohne ein Kreuz über ihren kalten Gliedern? Sie dachte an ihre Mutter daheim auf Burg Ehrenberg und an den Dekan in seinem prächtigen Haus gegenüber der Stiftskirche von St. Peter. Würde sie die, die sie liebte, in diesem Leben wieder sehen? Tränen brannten hinter ihren Lidern.

»Nun aber Schluss mit diesen trüben Gedanken!«, sagte Juliana barsch zu sich selbst. »Das kommt davon, wenn man sich zu sehr mit Krieg und Tod beschäftigt.«

Sie richtete den Blick wieder auf die Landschaft, die sie umgab. War der Weg wieder flacher geworden? Narrten sie ihre Sinne? Oder wurde der Nebel nur noch dichter?

Juliana fühlte die Schwäche in ihren Beinen. Ihr Magen wimmerte und verkrampfte sich. Sie zog den Rucksack von den Schultern und kaute während des Gehens an einem Kanten Brot und an einem noch nicht ganz reifen Apfel, doch sie spürte ihren Hunger danach nur noch stärker. Sollte sie auch das letzte

Stück Speck essen, das die Benediktinerinnen ihr vor zwei Tagen mitgegeben hatten? Es war ihre letzte Reserve, vielleicht die Rettung, wenn sie sich verlief. Oder hatte sie sich längst verirrt? Ihre durchweichten Schuhe sanken im Gras ein. Es gab kein Oben und Unten mehr – nur Gras und Grau nach allen Seiten. Düster war es und kalt. War der Tag bereits vorüber? Begann die Nacht hereinzubrechen? Der eisige Wind frischte wieder auf und zerrte an Julianas triefendem Mantel. Hier jedenfalls konnte sie die Nacht nicht verbringen. Sie musste irgendwo Schutz suchen, tiefer unten am Hang, unter einem Baum oder hinter einem Felsen.

Juliana ging weiter, immer weiter. Längst war der Speck gegessen, aber ihr Bauch rief nach mehr, die Beine verlangten nach Ruhe und ihr ganzer Leib nach Wärme. Sie durfte nicht stehen bleiben! Wenn sie einmal stehen blieb, dann würde sie sich hinsetzen, und das wäre ihr Tod. Wieder hatte sie einen Hügel hinter sich gelassen, wieder drehte sie sich suchend im Kreis, doch der Zweifel, ob sie sich noch auf dem rechten Weg befand, blieb. Nun ging es zwischen Fels und dornigem Gestrüpp abwärts, erst flach, dann immer steiler. Die ersten Bäume schieden sich vom Nebel. Wieder Buchen. Ein toter Baumriese versperrte ihr den Weg, der Stamm von einem Blitz gespalten und verkohlt. Raben krächzten irgendwo in den Wolken verborgen.

Konnte das der Abstieg nach Roncesuailles* sein, oder war sie einen Bogen gelaufen und schritt nun wieder nach Norden? Juliana wusste es nicht. Die Panik wich tiefer Erschöpfung. Immer häufiger stolperte sie über einen Steinbrocken oder glitt im Schlamm aus. Ein paar Mal fiel sie auf die Knie, doch für Tränen war sie bereits zu müde. Ihre Lage zu beweinen blieb Zeit, wenn sie ihr Ziel erreicht hatte – oder wenn Gott sie zu sich rief.

Bald war es nicht mehr zu leugnen, der Tag verlor sich an die Nacht, und sie hätte längst schon angekommen sein müssen –

---

* Roncesvalles

wenn der Schmied die Wahrheit gesagt hatte. Und warum sollte er lügen? Wieder verloren ihre Ledersohlen den Halt. Ihr Hut flog davon, und sie schlitterte gegen einen Buchenstamm. Ihre Hand umklammerte einen Ast, ihre Stirn sank auf die aufgeweichte Rinde. Es war hoffnungslos! Sie hatte den Weg verloren, und sie spürte, dass ihre Kraft nicht ausreichen würde zurückzugehen und den Pfad zu suchen. Juliana fiel auf die Knie und schloss die Augen. Zusammengesunken kauerte sie unter der alten Buche im Schlamm, ohne sich zu rühren. Das war also das Ende. Sie konnte Glocken hören. Dann hatte Gott ihr verziehen? Wie lange würde sie im Fegefeuer büßen müssen, bis sie seine Herrlichkeit schauen durfte? Auf die Heilige Jungfrau war sie gespannt. Sicher hatte sie für Juliana um Vergebung gebeten.

Das Geläut wurde lauter, dann verebbte es wieder, und sie konnte noch ein anderes Geräusch hören. War das etwa das Klappern ihrer eigenen Zähne? Sie fror schrecklich, der Hunger nagte in ihr, und in ihrem Knie pochte der Schmerz. Müsste sie, um zu sterben, nicht all diese leiblichen Gefühle zurücklassen? Langsam öffnete Juliana die Augen. Alles war noch da: der Baum, das nasse Gras, der Schlamm, die nebelige Nacht – und das Geläut, das nun wieder lauter schien.

Eine Glocke! Das waren nicht die himmlischen Heerscharen. Jemand läutete eine Glocke! Da waren Menschen und Licht und Wärme. Juliana griff nach ihrem Hut und rappelte sich auf. Sie rannte und stolperte voran, blieb stehen, um zu hören, ob das Geläut lauter wurde, und lief dann weiter.

»Bitte nicht aufhören, o Heilige Jungfrau mach, dass sie nicht aufhören zu läuten«, murmelte sie vor sich hin. In diesem Moment kümmerte es sie nicht, ob es die kleine Kirche auf dem Ibañetapass war oder eine andere, ob sie sich auf dem Weg zum Kloster Roncesuailles befand oder in die Irre gelaufen war. Wenn sie dieses Geläut erreichte, dann war sie gerettet.

Juliana ließ die letzten Bäume hinter sich zurück. Da sah sie ihn auf einem sanften Hügel vor sich: den milchigen Schein einer Laterne auf einem plumpen Turm, der den letzten Pilgern des Tages den Weg weisen sollte. Lachend und weinend zugleich stolperte sie dem Mann in die Arme, der soeben die Tür zu dem gedrungenen Kirchenschiff öffnete.

»Je suis un pèlerin!« – Ich bin Pilger, stieß sie hervor. »Enfin, j'arrive après un long voyage, je suis epuisé et j'ai faim« – Ich habe eine lange Reise hinter mir und bin erschöpft und hungrig. Juliana berührte mit ihrer Wange die raue Kutte des Laienbruders.

»Das ist mir bereits in den Sinn gekommen, mein junger Freund«, antwortete der Bruder in schwerfälligem Latein, in das sich das ein oder andere baskische Wort mischte. Er schob Juliana eine Armlänge von sich. Sein Blick wanderte an ihr herunter und kehrte zu ihrem Gesicht zurück.

»Ja, mir scheint, du hast eine warme Mahlzeit dringend nötig. Ich bin Frater Martín. Komm mit.«

Das Mädchen humpelte durch das Kirchenschiff und folgte dem Bruder dann durch eine Tür in einen kleinen Anbau. Wärme schlug ihr entgegen. In der Ecke des niedrigen Steinraumes brannte ein Feuer, dessen Rauch ungehindert durch das mit Stroh gedeckte Dach zog. Juliana blinzelte und begann zu husten. Frater Martín schob ihr einen Hocker hin und machte sich dann an dem Eisenkessel zu schaffen, der auf einem Dreibein über den Flammen stand. Er rührte den Inhalt mit einer Schöpfkelle durch, füllte eine Tonschale bis zum Rand und reichte sie dem späten Gast. Hastig löste Juliana ihren Löffel vom Gürtel und tauchte ihn in die heiße Brühe. Es waren Zwiebelstücke darin, Lauch, Kohl und Kräuter, aber auch kleine Fleischbrocken. Schweigend sah ihr der Laienbruder beim Essen zu, nur einmal ging er hinaus, um, wie er sagte, nach der Laterne zu sehen.

»Was ist mit deinem Bein?«, fragte er, als Juliana ihm die leere Schale mit Dank zurückgab.

»Ich bin gefallen«, sagte sie. »Auf das Knie, aber so schlimm ist es nicht. Meine Beine und Füße brauchen nur eine Nacht Ruhe.«

»Zeig es mir«, forderte er sie auf und schob ihren Kittel hoch. Juliana wurde rot, wich zurück und löste rasch das Band des Beinlings von ihrer Bruech. Der zerrissene Strumpf glitt hinunter. Der Laienbruder besah sich das bläulich geschwollene Knie und die längliche Wunde an der Seite, deren Ränder gelblich verklebt waren. Eine trübe Flüssigkeit sickerte daraus hervor und rann die Wade hinab. Frater Martín erhob sich, nahm einen sauberen Leinenstreifen aus einem Korb, band ihn um die Wunde und zog den Strumpf wieder hoch.

»Das solltest du nachher dem Pater Infirmarius zeigen, wenn du ins Kloster hinunterkommst.«

»Morgen«, gähnte Juliana und nestelte den Beinling wieder fest. »Jetzt muss ich erst einmal schlafen.«

»Hier kannst du nicht bleiben.« Frater Martín schüttelte den Kopf.

»Ich brauche nichts! Nur ein Dach über dem Kopf und ein wenig Wärme. Ach bitte, lasst mich hier auf dem Boden schlafen. Mein Mantel genügt mir als Decke«, rief Juliana voller Entsetzen aus.

Noch einmal schüttelte der Bruder den Kopf. »Dein Mantel ist nass, und unten im Kloster gibt es ein Spital. Dort kannst du schlafen.« Der Gedanke, noch einmal in die neblige Nacht hinauszumüssen, trieb dem Mädchen Tränen in die Augen.

Frater Martín klopfte ihr beruhigend auf die Schulter. »Nun, nun, was ist denn mit dir? Du bist ja ganz durcheinander.«

»Wie soll ich den Weg finden? Man sieht nicht einmal mehr die Hand vor Augen.«

»Es ist nicht weit. Der Pfad ist nicht zu verfehlen. Aber wenn du dich allein nicht traust, dann schicke ich dir Remiro mit. Ich werde so lange die Glocke läuten.«

Kopfschüttelnd verließ er die Kammer. Juliana wischte sich mit dem Ärmel die Tränen ab und schnäuzte sich in den Saum des Mantels. Wie konnte sie sich nur so gehen lassen? Was sollte der freundliche Frater von ihr denken?

Draußen schwieg die Glocke. Nun war nur noch das Knistern der Flammen zu hören und der leise Seufzer, mit dem ein Scheit zu Asche zerfiel. Dann kam der Bruder zurück, in seinem Schatten ein kaum zehnjähriger Knabe. Der Junge lächelte Juliana an und zeigte dabei seine schiefen Zähne.

»Vamos. El monasterio no está lejos. Sólo un rato.«

Trotz der Kälte trug er nur einen knielangen Kittel. Seine nackten Füße waren von Schlamm bedeckt.»¡Venga, venga!«

Juliana reimte sich zusammen, was der Junge zu ihr sagte, vor allem da er seine Aufforderung mit einer drängenden Handbewegung unterstrich. Das Mädchen verabschiedete sich von Frater Martín, nahm Stab, Tasche und Rucksack und folgte dem Knaben in die Nacht. Fröhlich pfeifend lief Remiro vor ihr den Waldpfad herab. Juliana humpelte hinter ihm her, so schnell sie nur konnte.

Der Laienmönch hatte nicht zu viel versprochen. Zum Kloster war es nicht mehr weit. Kaum waren sie an einem Bacheinschnitt entlang den Hang hinuntergestiegen, als der Grund eben wurde und sie warmes Licht im Nebel erahnen konnten. Remiro verabschiedete sich von ihr, noch ehe sie das Tor durchschritten hatten, und verschwand im Laufschritt in der Dunkelheit.

Ein Laienbruder, der wie Frater Martín den Augustinerherren von Roncesuailles diente, öffnete Juliana das Tor und führte sie durch einen Hof, vorbei an der Kirche zum Pilgerspital. Dort übergab er sie der Fürsorge des Herbergsbruders und des Paters Infirmarius, der ihr Knie ausführlich betastete. Sein Gehilfe Enneco wusch die Wunde aus und bedeckte sie – unter dem strengen Blick des Infirmarius – mit einer Paste aus zerstoßenen Kräutern. Dann wickelte er den Verband wieder fest um das verwundete Knie. Schweigend zog sich der Augustinerherr im schwarzen Habit in den Klausurbereich des Klosters zurück, während sein Gehilfe den jungen Pilger in den Schlafsaal führte. Er plapperte unentwegt, doch Juliana war zu erschöpft, um die Bedeutung der französischen Worte, die er mit unverständlichem Baskisch mischte, zu begreifen. So nickte sie nur ab und zu und stieß ein paar zustimmende Laute aus. Vor einem Bett, ganz hinten an der Wand, blieb er stehen und sah das Mädchen fragend an.

»Was hast du gesagt? Ich habe dich nicht verstanden«, stotterte sie, da er offensichtlich eine Antwort erwartete.

»¿Hambre?«, sagte er langsam und führte die Hand zum Mund. »¿Comer?«

Juliana schüttelte den Kopf. »Nur noch müde – dormir!«

Der Bursche grinste sie an, nickte und ließ sie allein. Im schwachen Licht einer Kerze, die in einem Halter an der Wand befestigt war, befreite sich Juliana von ihrem nassen Mantel, den Schuhen, Beinlingen und dem Kittel und rutschte in ihrem feuchten Hemd unter die Decke. Die Geräusche, die von den anderen Lagern zu ihr herüberdrangen, sagten ihr, dass sie nicht allein im Saal war. Das Stroh der Matratzen knisterte. Es roch gut, nicht so modrig wie in vielen anderen Spitälern, in denen sie auf ihrer Wanderschaft schon genächtigt hatte. Ein Mann auf der anderen Seite des Raumes begann zu schnarchen, ein anderer sprach im Traum unverständliche Worte. Das Mädchen schloss die Augen und fiel in tiefen Schlaf. Erst in den Morgenstunden, als Körper und Geist sich erholt hatten, kamen die Träume wieder, die sie seit jenem verhängnisvollen Tag quälten.

2
Die Nacht des Mordes
Wimpfen im Jahre des Herrn 1307

Vater ist in die Pfalz gegangen.« Juliana lächelt zu dem Mann in seinem prächtig bestickten Gewand hoch. »Sollen wir ihn suchen?« Sie springt auf und lässt ihre Stickarbeit achtlos auf die gepolsterte Bank in der Fensternische fallen, auf der sie seit dem Mittagsmahl gesessen hat. Es drängt sie, zur Tür zu eilen und die Treppe hinunterzulaufen, doch die Ermahnungen der Mutter klingen ihr noch in den Ohren. Also ordnet sie die Falten ihres Surkots und streicht die neuen, grünen Ärmel glatt. Sie wirft die blonden Zöpfe auf den Rücken, dass das Licht in den Metallplättchen ihres Schapels blitzt.

Gerold von Hauenstein verbeugt sich und reicht ihr die Hand. »Edles Fräulein, darf ich Euch die Hand zum Geleit reichen?«

Juliana lacht hell auf. »Ach Pater, Ihr macht Euch über mich lustig. Ihr seid schließlich keiner der Ritter, die sich für eine Dame zum Narren machen.«

Der Dekan des Ritterstifts St. Peter runzelt die noch glatte Stirn. »So, tun das die Ritter? Sich zum Narren machen?«

Er ist ein großer Mann mit harmonisch geschnittenen Gliedern und einem edlen Gesicht. Sein Haar ist ergraut, doch noch immer dicht. Am schönsten aber findet Juliana seine grünen Augen und die langen, schmalen Finger mit den gepflegten Nägeln – ganz anders als die großen, rauen Hände des Vaters.

»Mir jedenfalls ist es unangenehm, wenn die Ritter so mit mir sprechen«, gesteht Juliana. »Und wenn sie mich dann ansehen, dann würde ich am liebsten weglaufen und mich verstecken. Ich mag es nicht, wenn sie mich verspotten.«

Der Dekan greift nach ihrer Hand und zieht sie in seine Armbeuge. Gemeinsam steigen sie die Treppe hinunter.

»Ich denke nicht, dass sie über dich spotten. Sieh dich nur an.« Er lässt seinen Blick an ihr hinabgleiten. »Ein wohl gewachsenes Edelfräulein von siebzehn Jahren mit rosiger Haut, mit wundervollen blonden Locken, die – sind sie nicht zu Zöpfen gebändigt – ihr bis zur Hüfte fallen, und mit strahlend blauen Augen, die einen Ritter wohl verwirren können. Die Wahl deiner Kleidung steht dir vorzüglich, und du trägst einen ehrenhaften Namen. Warum also sollten die Ritter sich nicht galant zeigen und um deine Gunst werben?«

Flammende Röte steigt dem Mädchen in die Wangen, und sie tut so, als müsse sie auf die Stufen achten, damit sie mit den gebogenen Spitzen ihrer feinen Schuhe nicht hängen bleibt.

»Ich mag es dennoch nicht«, murmelt sie, als sie die Halle erreichen. »Vor allem nicht, wenn Wilhelm von Kochendorf so etwas sagt.«

Der Dekan, der ihr die Tür aufhält, sieht sie nachdenklich an, sagt aber nichts, denn eine Edelfrau mit den gleichen, tiefblauen Augen wie Juliana strebt auf ihn zu. Sie ist um einen halben Kopf kleiner als die Tochter. Ihr blondes Haar ist unter dem Gebende verborgen, und das enge Übergewand verrät, dass sie nicht mehr die knabenhaft schlanke Figur hat wie früher, auch wenn die Dame von Ehrenberg noch immer eine schöne Erscheinung ist.

»Verehrter Pater«, begrüßt sie den Stiftsherrn mit warmer Stimme und reicht ihm beide Hände. »Ihr wollt schon gehen? Darf ich Euch keine Erfrischung anbieten? Wir haben Pastete mit Lerchenzungen und einen vortrefflichen neuen Wein von den Hängen über der Mosel.«

Gerold von Hauenstein verbeugt sich. »Verzeiht mir, dass ich das verlockende Angebot ablehnen muss, hochgeschätzte Dame von Ehrenberg, aber ich bin auf der Suche nach dem Herrn Ritter.«

»Vater ist in der Pfalz«, platzt Juliana dazwischen und erntet dafür einen warnenden Blick der Mutter, dennoch fügt sie hinzu: »Ich habe angeboten, den Pater zu begleiten.«

Vielleicht kennt er eine neue Geschichte oder weiß etwas Spannendes vom Königshof zu berichten. Wie schön wäre es, wenn König Albrecht und sein Gefolge wieder nach Wimpfen in die Pfalz kämen. Juliana denkt gern an die Feierlichkeiten und den Trubel des vergangenen Sommers zurück. Die Mutter runzelt die Stirn. Sie wird es ihr doch nicht etwa verbieten? Jeder Augenblick in der Gesellschaft des väterlichen Freundes ist ihr eine Freude und eine Quelle des Wissens – selbst wenn er sie mit lateinischen oder französischen Verbkonjugationen quält.

»Ich werde selbst mitkommen«, entscheidet die Edelfrau und schließt das Tor zum Wimpfener Stadthaus der Familie. »Es wird bald dunkel, und es schickt sich nicht für eine Jungfrau aus dem Geschlecht von Ehrenberg, zu dieser Zeit alleine unterwegs zu sein.«

Elegant rafft sie ihren mit Buntfell verbrämten Tasselmantel und legt dem Stiftsherrn die Hand auf den anderen Arm. Juliana presst ärgerlich die Lippen aufeinander. Wenn die Mutter dabei ist, ist das nicht dasselbe. Dann spricht der Dekan mit ihr und tauscht die üblichen Nichtigkeiten aus. Nie würde er sich dazu hinreißen lassen, in Gegenwart der Edelfrau die Klatschgeschichten aus der Politik zu wiederholen oder das Gerede über angesehene Persönlichkeiten, das sich von Burg zu Burg verbreitet und Juliana stets mit ungebührlicher Gier in sich aufsaugt.

Das Geplapper der Mutter rauscht an ihrem Ohr vorbei, während sie über den Marktplatz auf die Zugbrücke zuschreiten, die den Halsgraben zwischen Stadt und Kaiserpfalz überspannt. Dahinter ragt in der Dämmerung der hohe Turm auf, der mächtigste der drei Bergfriede, die die Kaiserpfalz beschützen. Die Wächter am Tor grüßen den Dekan und die beiden Edelfrauen und bestätigen, dass der Ritter von Ehrenberg vor nicht allzu langer Zeit die Brücke überschritten hat und noch nicht wieder zurückgekehrt ist.

Die drei überqueren den Hof. Die Pfalz wirkt fast gespenstisch ausgestorben. Welch Gegensatz zu den Zeiten, da der König hier weilte! Nun wohnen nur die Burgmannen, von denen nur wenige ihre Familie mitgebracht haben, auf dem über dem Neckar aufragenden Felsplateau. Das große Steinhaus – das bei den Festlichkeiten der Königin und ihren Damen als Kemenate dient – steht still zu ihrer Linken. Der Wehrgang über dem Steilhang, der nach Norden zum Fluss abfällt, führt zum Palas mit seinem prächtigen Saal hinüber und dann zur Kapelle der Pfalz, die an die Ostmauer des Palas grenzt. So kann der König, wenn er in Wimpfen weilt, direkt vom großen Saal aus die Empore der kleinen Kirche betreten.

Wo kann der Vater nur sein?, fragt sich Juliana, als die Mutter gerade vom jüngsten Nachwuchs des Ritters Arnold von Kochendorf zu sprechen beginnt.

Na, da kann die Familie nur hoffen, dass der Kleine nicht so ein unangenehmer Kerl wird wie Wilhelm!, denkt das Mädchen und zieht eine Grimasse. Es treibt ihr noch immer das Blut in die Wangen, wenn sie an ihre letzte Begegnung mit dem jungen Ritter von Kochendorf denkt. Ihr Blick wandert vom Steinhaus über den Palas, der ebenfalls verlassen wirkt. Weiter hinten, am Fuß des Ostturms, stehen ein paar Männer beisammen. Vielleicht ist der Vater dort bei den Wachleuten. Schließlich ist es als Burgvogt seine Aufgabe, in Abwesenheit des Königs die Bewachung seiner Pfalz sicherzustellen. Sie gehen weiter, als ein Geräusch zu ihrer Linken sie herumfahren lässt.

»War das eine Schleiereule?«, fragt die Mutter unsicher.

»Nein, das glaube ich nicht«, widerspricht Gerold von Hauenstein. Seine Hand greift nach der des jungen Mädchens.

»Ich glaube, es kam aus der Kapelle«, sagt Juliana und wundert sich, dass ihre Stimme zittert. »Seht, ein Lichtschein. Dort muss jemand sein.«

Sie entzieht dem Dekan ihre Hand, rafft Surkot und Umhang und strebt auf die Tür des Gotteshauses zu. Die Mutter und der Stiftsherr folgen ihr.

Ahnt Juliana, dass das, was sie gleich sieht, ihr ganzes Leben verändern wird? Zögert deshalb ihre Hand, als sie den Türknauf berührt?

Nur die beiden Öllampen auf dem Altar erhellen den Raum ein wenig, und dennoch kommt es Juliana so vor, als sei die Szene vor ihr in grelles Sonnenlicht getaucht, so sehr schmerzt der Anblick ihre Augen und ihre Seele.

Da liegt der Sohn von Mutters Oheim auf dem Rücken vor dem Altar, die Augen starr zur Decke gerichtet. Der rote Fleck auf seinem Mantel wird rasch größer. Aus seiner Mitte ragt ein metallener Griff, von zwei Händen umschlungen. Große, vertraute Hände. Die Hände ihres Vaters!

Ihre eigene Stimme schrillt fremd in ihren Ohren, und erst nach einigen Augenblicken bemerkt Juliana, dass sie selbst es ist, die den Schrei ausstößt. Sie fühlt die Hand des Stiftsherrn auf ihrer Schulter und verstummt. Ihr Blick trifft den des Vaters. Noch immer kniet er neben dem reglosen Körper, den Dolchgriff umklammert. Was ist es, das in seinen grauen Augen geschrieben steht? Schuld? Trauer? Angst? Hass? Nein, es ist Entsetzen.

Juliana hat das Gefühl, der Boden würde unter ihren Füßen schwanken, die Welt um sie dreht sich, die Bilder verschwimmen. Nur eines bleibt in ihrem Sinn eingebrannt: Die Hände des Vaters, die den blutigen Dolch umklammern! Sie weiß nicht, wie lange sie schon in der Kapelle steht, als eine Stimme sie aus ihrer Erstarrung reißt.

»Ist er tot?« Ein weißer Mantel huscht an ihr vorbei. Es ist der Franzose Jean de Folliaco, der sich neben seinen Waffenbruder kniet und seine Hand an dessen Hals legt. Für einen Augenblick ist es ganz still. Juliana hat das Gefühl, dass alle den Atem anhalten. Dann hört sie Schritte hinter sich und Gemurmel. Ein Luftzug bläht ihren Mantel.

»Herr!«, schreit eine sich überschlagende Stimme und lässt das Mädchen vor Schreck zusammenzucken. Die kleine, untersetzte Gestalt von Bruder Humbert patscht auf Sandalen durch das Kirchenschiff. »Oh mein geliebter Herr«, jammert er und will sich auf die reglose Gestalt werfen, aber der Franzose versperrt ihm den Weg. Sein Arm schießt nach vorn. Die ihm entgegengestreckte Hand lässt den Servienten zurückprallen, als sei er gegen eine unsichtbare Mauer gelaufen. Er schlägt seine großen, roten Hände vors Gesicht. Das Licht der Lampen spiegelt sich auf seinem kahlen Schädel.

Jean de Folliaco richtet sich vollends auf, den Kopf hoch erhoben, die Arme wie ein Prediger emporgereckt, an seinen Händen glänzt feuchtes Blut. Sein Blick erfasst die Menschen in der Kapelle. Er wandert von denen, die noch immer fassungslos vor dem Portal stehen, zu den beiden Gestalten vor dem Altar.

»Ritter Kraft von Ehrenberg, Ihr habt meinen Bruder gemordet!«

Er sagt es leise, und dennoch kommt es Juliana vor, als würde der Erzengel diese Worte mit donnernder Stimme über die ganze Pfalz posaunen.

»Mörder!«, schreit nun der dienende Bruder Humbert und lässt sich auf die Knie fallen. Er legt die Hände um die Hüften des Erstochenen und presst seine Wange auf dessen Leib. »Mein Herr, er ist tot!«, jammert er und wendet sein Antlitz dem Ritter von Ehrenberg zu, der den Griff des Dolches nun losgelassen hat und seine Hände an seinem Rock abwischt, immer wieder, so als könne er mit dem Blut auch die Schuld tilgen.

»Mörder!«, kreischt Bruder Humbert. »Heimtückischer Mörder! Holt die Wachen! Verhaftet ihn! Hängt ihn an den nächsten Baum!« Sein massiger Leib wird vom Schluchzen geschüttelt. Der kahle Schädel wiegt sich hin und her.

»Wappner, fasse dich«, sagt Jean de Folliaco und fasst ihn bei der Schulter. Er zwingt ihn aufzustehen. Auch der Ritter von Ehrenberg erhebt sich nun. »Die Burgmannen werden ihrer Pflicht nachkommen. Dieser Mord wird nicht ungesühnt bleiben.«

Juliana spürt die Bewegung hinter sich, und dann treten

Wachmänner zu beiden Seiten an ihr vorbei. Wo sind sie plötzlich hergekommen? Sie zögern und werfen sich unbehagliche Blicke zu. Wer hat nun auf der Kaiserpfalz das Sagen? Dürfen sie ihren Burgvogt so einfach in Gewahrsam nehmen? Gar der Forderung Folge leisten, ihn für diese Tat dem Schwert des Henkers zu übergeben?

Das edle Gewand raschelt, als der Dekan vortritt, der Lampenschein lässt die Stickereien auf seinem Rock golden aufleuchten. Er drängt sich zwischen den Vater und die beiden Brüder des Ritterordens.

»Hier wird niemand verhaftet und hingerichtet, ehe wir nicht wissen, was geschehen ist«, sagt er mit seiner ruhigen, tiefen Stimme.

Juliana merkt, wie sie die Luft aus ihrem Brustkorb entweichen lässt, die sie wer weiß wie lange schon angehalten hat. Die Hand der Mutter umklammert die ihre. Sie ist eiskalt.

»Wissen, was hier geschehen ist?«, kreischt der kleine Mann in seinem braunen Mantel. »Ist das nicht offensichtlich? Mein Ritter, mein Herr, dem ich mit aller Inbrunst als Waffenknecht diente, dem ich ins heilige Land und bis nach Spanien gefolgt bin, er ist tot! Gemeuchelt von diesem Ehrlosen, dieser Schande des Rittertums!«

Jean de Folliaco umschließt das Handgelenk des dienenden Bruders Humbert. »Schweig still. Es wird Gerechtigkeit geschehen.« Noch immer ist seine Stimme leise und beherrscht. »Ich denke zwar nicht, dass es Sache der Kirche ist, doch ich will mich nicht gegen die Worte eines so ehrenvollen Herrn von St. Peter verschließen. Was schlagt Ihr vor, Dekan von Hauenstein?«

»Ich werde mir Euren toten Bruder ansehen – dann könnt Ihr ihn von hier wegbringen. Hüllt ihn in seinen Mantel und bringt ihn nach St. Peter. Dort lasst ihn aufbahren, bis ein würdevolles Begräbnis vorbereitet ist.«

Der Franzose schiebt seine Brauen zusammen, seine dunklen Augen werden schmal. »Und was passiert mit dem Ehrenberger? Das ist Sache der Justiz! Wenn der Landrichter nicht in Wimpfen weilt, dann müssen wir ein Gericht aus Ehrenmännern zusammenstellen.«

»Wir brauchen keinen Richter!«, stößt Bruder Humbert aus. »Wir brauchen einen Henker!« Aber er sagt es nur leise.

Der Dekan und der Ordensritter aus Frankreich mustern sich. Es ist, als würden sie mit ihren Blicken einen Schwertkampf fechten. Die Burgmannen stehen noch immer unschlüssig zu beiden Seiten. Keiner will der Erste sein, der seine Hand an den Burgvogt legt.

»Dies ist ein Haus Gottes«, sagt der Dekan schließlich. »Ich wünsche, dass Ihr alle die Kapelle verlasst. Ich möchte mit dem Ritter von Ehrenberg allein sprechen.«

Der Franzose starrt ihn noch einige Augenblicke an, dann sieht er auf den Toten hinab und zuckt mit den Schultern. »Nun gut, wir vertrauen auf Eure und die Gerechtigkeit Gottes.« Seine Hand umspannt noch immer den Arm des Servienten. »Komm Bruder Humbert, lassen wir deinen Herrn in der Obhut des Allmächtigen und seines Vertreters.« Widerstrebend lässt sich der Wappner hinausführen. Die Burgmannen folgen den beiden schweigend.

Juliana fühlt, wie die Mutter an ihrer Hand zieht, doch sie rührt sich nicht von der Stelle. Es ist ihr unmöglich, sich zu bewegen, nicht einmal den Blick kann sie senken.

»Juliana, liebes Kind, folge deiner Mutter und lass mich mit deinem Vater allein«, sagt der Dekan sanft. Endlich senkt das Mädchen den Kopf und trottet der Mutter hinterher.

3
Roncesuailles

Sonnenlicht ließ die dünnen Häute vor den Fenstern golden leuchten. Juliana schlug die Augen auf und sah zu einer hölzernen Balkendecke empor. Die Erinnerung kehrte nur langsam zurück. Dies war weder ihre Kammer im Stadthaus in Wimpfen noch die Kemenate auf Burg Ehrenfels. Sie war im Kloster Roncesuailles im Königreich Navarra, Pilgerspital der Canónigos Regulares de San Agustín – und sie hatte die Pyrenäen überwunden!

Rasch warf Juliana die Decke ab, zog ihr Hemd über die Knie und angelte nach Beinlingen und Kittel. Während sie sich die knöchelhohen Schuhe band, ließ sie den Blick durch das Pilgerspital schweifen. Falls die Betten in der Nacht alle belegt gewesen waren, dann hatten sich die meisten der Gäste bereits wieder auf den Weg gemacht. Nur noch drei Lager waren besetzt. Auf einer der Matratzen lag ein älterer Mann mit Tonsur. Seine Augen waren geschlossen, die Stirn von Schweißperlen bedeckt. In fiebrigen Träumen gefangen warf er den Kopf hin und her und murmelte unverständliche Worte. Im Bett daneben ragte nur ein schwarzer Haarschopf unter der Decke hervor, und auf dem Lager direkt bei der Tür schwang gerade ein junger Mann seine Beine unter dem Laken hervor und zeigte seine dick verbundenen Füße. Er zog eine Grimasse und seufzte, dann wanderte sein Blick zu Juliana hinüber, und er lächelte. Ein Schwall Wörter einer ihr völlig fremden Sprache schlug ihr entgegen. Juliana zuckte mit den Schultern. Sie griff nach ihrem Bündel und dem Mantel. In Deutsch, Französisch und Latein wünschte sie dem fremden Pilger einen gesegneten Morgen und verließ den Schlafsaal begleitet von einer weiteren Wörterflut.

Juliana trat auf einen Hof hinaus und blinzelte ins grelle Morgenlicht. Was für ein herrlicher Tag! Wolken und Regen hatten sich verzogen, der Nebel sich aufgelöst. Und nun stand die Sonne am blauen Spätsommerhimmel. Sie ließ den Blick schweifen. Das Kloster war beeindruckend groß und gruppierte sich um zwei Höfe, die durch einen Torbogen miteinander verbunden waren. Kirche, Kreuzgang und Spital lagen um den talwärts gelegenen Hof. Wie die Augustinerstiftsherren die anderen Gebäude nutzten, ließ sich von außen nicht erahnen.

Der Bruder Infirmarius trat aus dem Kirchenportal und schritt auf den Krankensaal zu. Sein Gehilfe Enneco folgte mit dem schweren Medizinkoffer.

»Guten Morgen und Gottes Segen, mein Junge. Willst du weiterziehen?«, fragte der Augustinerherr freundlich.

Juliana verbeugte sich und gab den Morgengruß zurück: »Ja, ich werde weiterwandern. Diesen schönen Sonnentag darf man nicht ungenutzt verstreichen lassen.«

Die schwarz gekleidete Gestalt lächelte. »Ja, hier oben ist die Sonne ein Segen. Doch warte, bis sie dich auf der Weite der Meseta verbrennt. Dann wirst du Regen und Wolken erflehen – anderseits, soll die Pilgerreise nicht Mühe und Plage sein?«

Juliana sagte nicht, dass sie darauf gut und gern verzichten konnte und dass sie alles lieber machen würde, als nach Santiago zu ziehen, stattdessen murmelte sie undeutlich etwas, das man als Zustimmung auslegen konnte.

»Wie geht es deinem Knie?«, erkundigte sich der Infirmarius. »Ich werde es mir noch einmal ansehen. Wenn du möchtest, kannst du noch einen Tag hier ruhen. Der große Strom der Pilger ist diesen Sommer schon vorbei, und ich glaube nicht, dass heute Abend so viele zu uns kommen, dass alle Betten belegt werden.«

Juliana dankte, lehnte das Angebot zu bleiben jedoch ab. Sie war nicht über die Berge geeilt, um nun müßig darauf zu warten, dass der düstere Bettelmönch sie wieder einholte. Schon wieder hatte sie das Gefühl, seine Augen im Rücken zu spüren.

Hatte Bruder Rupert sie etwa schon erreicht? Das Mädchen fuhr herum, doch sie sah nur einen alten Mann, der sich schwer auf seinen Stock stützte und zur Kirche hinüberhumpelte.

»Du willst sicher noch die Kirche besuchen«, brachte sich der Bruder Infirmarius wieder in Erinnerung. »Das kannst du gleich tun, sobald mein Gehilfe deine Wunde frisch verbunden hat... Und lass dir ein wenig Wegzehrung in der Küche mitgeben!«

Den letzten Rat würde Juliana sicher nicht vergessen! Und sie hatte auch nicht vor weiterzuwandern, ehe sie nicht eine Schale Gerstenbrei geleert hatte.

* * *

Ein wenig später trat Juliana gestärkt, mit frisch verbundenem Knie und gefülltem Beutel auf das offene Tor zu. Sie war bereit, ihren Weg fortzusetzen. Wozu sollte sie Zeit vergeuden, um in der Kirche zu beten? Sie stand schon unter dem düsteren Torgewölbe, als sie innehielt. Sie war keine richtige Pilgerin, aber konnte nicht auch sie den Beistand des Herrn im Himmel und der Heiligen Jungfrau gebrauchen? War es das nicht wert, ein paar Augenblicke zu verweilen? Zögernd schob sie das schwere Kirchenportal auf und trat ein. Warmes Licht fiel durch die mit farbigem Glas besetzten Rosetten hoch oben in den Wänden. Das Mädchen stieg die Stufen zum mittleren der drei Schiffe hinunter und ging auf den Altar zu. Obwohl sie sich bemühte, ihre Sohlen leise aufzusetzen, hallten ihre Schritte in dem Gewölbe über ihr wider. Juliana legte den Kopf in den Nacken und ließ den Blick die Säulen hinaufwandern, bis zur Decke hinauf.

»Hier ist man dem Schöpfer nahe«, erklang eine Stimme. Sie fuhr herum. Der Alte mit dem Stock trat aus dem Schatten einer Nische und humpelte auf sie zu. »Dass öder Stein dazu geschaffen ist, menschliche Stimmen in einen Engelschor zu verwandeln, das ist für mich ein göttliches Wunder!«

Sie musste ihn nicht fragen, wie er das meine, denn er öffnete den Mund und begann, auf Lateinisch zu singen: »Ave Regina Coelorum, Ave Domina Angelorum...« Seine Stimme war erstaunlich klar und voller Kraft. »Komm, sing mit. Du kennst den Choral doch sicher?«

Juliana schüttelte den Kopf. »Ich kann nicht singen«, log sie. Beim Sprechen fiel ihre helle Stimme nicht so auf. Man hielt sie nur für jünger, als sie war, doch für eine hohe Knabenstimme war sie eindeutig zu alt.

»Unsinn«, wehrte der Alte ab, als er sein Lied beendet hatte. »Jeder kann seine Stimme zu Gottes Lob nutzen – und zur Ehre der Heiligen Jungfrau.« Zum Glück drang er nicht weiter in sie, sondern fuhr fort: »Ihr ist diese Stiftskirche geweiht.« Er machte eine ausladende Geste. »Der große König Sancho el Fuerte ließ den Augustinerherren diese Kirche bauen. Vielleicht war das ihr Lohn dafür, dass sie schon seit Menschengedenken die Pilger, die über die Berge kamen, aufnahmen und ihnen Gutes taten.«

»Lebt der König noch?«, fragte Juliana.

Der Alte kicherte. »Du bist mir ein Spaßvogel. Aber nein! Die Kirche ist schon über einhundert Jahre alt – zumindest manche Teile. Und dennoch ist er noch hier – ganz in der Nähe«, fügte er in verschwörerischem Flüsterton hinzu. »Willst du ihn sehen?« Das Mädchen sah ihn verwirrt an.

»Seine Gebeine! Sein Grabmal – nun ja, vielleicht auch seinen Geist«, neckte der Mann, »aber ich fürchte, Letzteren kann ich dir nicht zeigen.«

Er führte sie zu einem steinernen Sarkophag.

»Der König muss diesen Ort sehr geliebt haben, dass er sich so weit von seinem Hof entfernt am Fuß der Berge begraben ließ«, sagte Juliana, als sie die riesenhafte Statue des Monarchen betrachtete, die mit seltsam zur Seite gekippten Beinen auf seinem Sarg lag.

»Geliebt?« Der Alte lachte leise und kratzte sich seinen grauen Bart, der ihm bis auf die Brust reichte. »Nun ja, vielleicht auch das. Ich denke, er war ein Held und wollte, dass alle

37

Welt ihn als solchen verehrt. Er war der Sieger in der Schlacht von Las Navas de Tolosa... Sieh, diese Ketten hat er eigenhändig vom Zelt des muselmanischen Feldherrn gerissen und sie zum Zeichen seines Triumphes mitgebracht.« Er deutete auf die rostige Trophäe, die sorgfältig an der Wand befestigt war.

»Und was für ein passenderes Grab kann es für einen Helden geben, als Seite an Seite mit Carlomagnos Gefallenen?«

»Carlomagno? Unser Kaiser Karl, den man den Großen nennt? Dann hat die Schlacht wirklich hier stattgefunden? Ist Roland hier an diesem Ort gestorben?«

Der Alte zuckte mit den Schultern. »Wer kann das nach so langer Zeit noch sagen? Es ruhen viele alte Gebeine drunten in der Grabkapelle. Warum nicht auch Rolands tapfere Streiter? Zumindest ist das ein prächtiger Ort für ein Kloster, der einen guten Namen trägt: Roncesuailles. Die Basken würden diesen Namen übrigens nie in den Mund nehmen. Sie nennen den Ort Orierriaga*.« Wieder teilte ein Grinsen sein Bartgestrüpp. »Sie sind nicht so gut auf euren Kaiser und seinen Roland zu sprechen.«

»Warum denn nicht?«, wunderte sich Juliana und folgte ihrem Führer durch die Kirche zurück.

»Weil der Kaiser nicht sehr zartfühlend mit ihrer Stadt Irunga** – oder Pampalona***, wie manche sie nun nennen – umgesprungen ist. Solch eine Festung in seinem Rücken gefiel dem großen Kaiser nicht, also ließ er die Stadt zerstören und die Mauern schleifen. Heute ist die Stadt natürlich längst wieder aufgebaut. Du wirst es sehen, wenn du sie morgen erreichst... Jedenfalls hat das wiederum den Basken nicht geschmeckt. Hast du dich nie gefragt, wie Roland in den Hinterhalt geriet? Die Basken kannten sich hier aus. Sie hätten gewusst, wo sie zuschlagen müssen.«

* heute: Orreaga
** heute: Iruña
*** heute: Pamplona

38

Das Mädchen sog geräuschvoll die Luft ein. »Aber sie waren doch Christen! Meint Ihr wirklich, sie hätten mit den Sarazenen gemeinsame Sache gemacht?«

Der Alte tätschelte ihr die Schulter. »Du bist noch sehr jung. Warte ab. Es wird nicht dauern, bis du solch ein langes Gewächs im Gesicht hast wie ich, bis du begreifst, was den Menschen am wichtigsten ist und für wie wenig sie bereit sind, Treue und Schwüre zu vergessen. Vielleicht haben die Chronisten ja nur behauptet, die Nachhut wäre den Sarazenen zum Opfer gefallen. Eine viele Tausend Mann starke Armee Ungläubiger kann selbst ein Held nicht besiegen. Wäre es dagegen nicht peinlich gewesen zuzugeben, dass eine rachsüchtige Horde Basken dem großen Roland und seinen Mannen das Lebenslicht ausgeblasen hat?«

»Welch lästerlicher Gedanke«, wehrte Juliana ab. Sie stieg die Stufen hoch und öffnete das Kirchenportal. Der Alte humpelte schwerfällig hinterher. »Das könnt Ihr nicht im Ernst meinen. Ich bin mir sicher, dass es sich genauso zugetragen hat, wie die Troubadoure es erzählen.«

Ihr Begleiter neigte das Haupt. Gemeinsam ließen sie die Einfriedung des Klosters hinter sich und traten in die Morgensonne hinaus.

»Die alten Geschichten zu glauben, ist das Privileg der Jugend. Jedenfalls solltest du es nicht versäumen, die Gebeine im Silo de Carlomagno zu betrachten. Und denke an mich, wenn du hinter dem Weiler des Klosters, durch den du schon bald kommst, deinen Blick über die weite Ebene schweifen lässt. Denn dort ließ der böse Muselmann seine fünfzigtausend Mann starke Truppe aufmarschieren. Welch ein Bild muss das für den tapferen Roland von seinem Hügel herab gewesen sein, der noch nicht einmal über die Hälfte an Männern verfügte!«

Ihr Begleiter verneigte sich ein weiteres Mal. »Wie ist dein Name, mein junger Freund?«

»Jul – äh – Johannes«, stotterte das Mädchen und lief rot an.

»Juan, wie unser heiliger Apostel und Verfasser der Apokalypse.«

»Und wer seid Ihr?«, stieß sie hervor, um ihn von ihrem Patzer abzulenken.

Der Alte legte den Kopf schief und sah sie aus seinen klaren, blauen Augen an. »Ich wurde nach dem ungläubigen Thomas getauft. Ein ganz passender Name, auch wenn meine Eltern das bei meiner Taufe noch nicht ahnen konnten – oder vielleicht doch? Wer weiß.«

»Seid Ihr ein Pilger auf dem Weg zum heiligen Jakobus?«

Er sah zum Himmel hinauf. Das Blau seiner Augen schien noch dunkler zu werden. »Sind wir nicht alle Pilger? Sind wir nicht unser ganzes Leben lang Suchende?« Er schien etwas zu betrachten, das nur er selbst sehen konnte. »Einst kam ich von Norden, wie du, über die Berge, um Santiago zu suchen. Es ist viele Jahre her, und mein Weg ist nicht zu Ende. Und doch ist noch nicht der rechte Zeitpunkt weiterzuziehen. Ja, ich werde noch ein wenig hier bleiben. Alles wird sich finden.« Sein Blick kehrte zu dem Mädchen zurück.

»Ich wünsche dir Gottes Segen auf deiner Reise, Juan«, sagte er zum Abschied. »Vielleicht gehörst du zu den Glücklichen, die mehr finden, als sie suchen. Vielleicht. Wahrscheinlicher ist jedoch, dass du dich daran gewöhnen musst, dass unser Weg mit mehr Fragen als Antworten gepflastert ist. Aber wenn Er es gut mit uns meint, lernen wir, mit den wenigen Antworten zufrieden zu sein.«

Damit drehte er sich um und humpelte zum Kloster zurück. Juliana sah dem »ungläubigen Thomas« nach, bis er im Schatten des Torbogens verschwand.

* * *

Sie war wieder unterwegs. Setzte einen Fuß vor den anderen. Ihre Schuhe hatte sie gesäubert und mit Fett eingerieben, der Mantel und ihre Kleider waren über Nacht fast getrocknet. So schritt sie weit aus und summte in dem Takt, in dem der Wanderstab den Boden berührte. Singen war gut, das hielt einen vom Nachdenken ab.

Juliana folgte dem sanft abfallenden Pfad nach Südosten. Die Buchen wurden spärlicher, stattdessen wuchsen Eichen und Lärchen, Buchsbäume und Stechpalmbüsche an ihrem Weg. Ein Kleiber tippelte kopfüber einen Stamm herunter und flog dann davon, als ihre Schritte sich näherten. Sonnenstrahlen durchfluteten das lichte Blätterdach und malten Muster auf den weichen Waldboden. Der Abhang wurde wieder steiler, und schon bald lag das Dorf zu ihren Füßen, dessen Höfe den Augustinerherren gehörten. Außer ein paar Hunden begegnete das Mädchen keinem Lebewesen. Die Bauern und Knechte waren wohl auf den Feldern unterwegs oder beim Vieh auf den Weiden, die sich hier ringsum erstreckten.

Der Weg führte über eine steile Böschung zu einem Bach hinunter. Juliana tänzelte über einen dicken Stamm, den die Dorfleute wohl zu diesem Zweck übers Wasser gelegt hatten. Ein weiter Talkessel mit grünen Weiden erstreckte sich vor ihr, auf allen Seiten von Hügelketten umgrenzt.

Hier also hatte sich das große Sarazenenheer versammelt, kamen ihr die Worte des Alten in den Sinn. Und da er sich nun schon einmal in ihrer Erinnerung befand, drängten sich auch die anderen Dinge wieder in ihr Bewusstsein, die der ungläubige Thomas gesagt hatte.

Alle Menschen sollten Pilger sein? O nein, da irrte er sich! Sie wollte nicht nach Santiago ziehen, sie wollte von zu Hause weg! Es war eine Flucht vor der ratlosen Miene der Mutter, die ihre Verzweiflung in Schweigen hüllte, vor den Blicken der Bürger und Burgmannen, die, sobald sie ihnen den Rücken zukehrte, über »die Sache« flüsterten, vor Wilhelm von Kochendorf, der sie nun umso heftiger bedrängte und sie heiraten wollte, um an Vaters Stelle Vogt der Pfalz zu werden. Vielleicht versuchte sie auch, vor sich selbst zu fliehen und vor der Gewissheit, dass alles, was ihr Leben ausgemacht hatte, mit diesem einen Abend im Juni weggewischt worden war und niemals wiederkehren würde? Sie, eine Pilgerin, so wie Wolf damals? Nein! Aber eine Suchende, ja, da hatte der ungläubige Thomas Recht. Sie suchte ihren Vater, und sie suchte die Wahrheit!

Wirklich?, flüsterte eine Stimme in ihr. Wenn du ihn findest, bist du dann bereit, die Wahrheit zu erfahren? Oder willst du nur das hören, was du ertragen kannst?

Juliana sah an sich hinab. Inzwischen war sie zumindest äußerlich nicht mehr von den anderen Pilgern zu unterscheiden. Sie trug Hut, Stab und Kalebasse bei sich. In ihrer Tasche steckte sogar ein offizieller Pilgerbrief, wenn auch nur deshalb, weil Bruder Rupert sie geradezu gezwungen hatte, zur Pilgermesse zu gehen, die an diesem Sonntag gefeiert wurde, und Segen und Brief des Bischofs entgegenzunehmen.

In Freiburg war sie dem Bettelmönch zum ersten Mal begegnet, ja, war geradezu auf ihn gestoßen. Sie war in den Straßenschmutz gefallen, und er hatte ihr die Hand gereicht, um ihr aufzuhelfen. Bruder Rupert bestand darauf, seine Unaufmerksamkeit sei an dem Zusammenstoß schuld gewesen, und lud sie zu einem Kräutermet in eine der Schankstuben ein. So waren sie ins Gespräch gekommen, und er war entsetzt gewesen zu hören, dass sie als Pilger ohne Brief unterwegs war.

»Junge, nur mit dem Brief stehst du unter dem Schutz der heiligen Kirche und bist in Herbergen und Pilgerspitälern willkommen. Sonst sieht man in dir nicht mehr als einen fahrenden Bettler, den man von seinem Hof jagt, und hetzt dir den Hund hinterher.«

Der Bischof hatte ihre Tasche gesegnet, die, wie ihr Bruder Rupert erklärt hatte, klein und aus der Haut eines toten Tieres gefertigt sein musste und die man immer offen trug.

»Sie ist das Sinnbild für die Freigebigkeit und die Abtötung des Fleisches. Die Enge der Tasche bedeutet, dass der Pilger nur einen bescheidenen Vorrat mit sich führt, denn er vertraut auf den Herrn. Die Haut symbolisiert, dass er seine fleischlichen Begierden durch Hunger und Durst, Kälte und Mühen abtötet.

Und die Tasche ist stets offen, weil der Pilger das Wenige, das er hat, stets mit den Armen teilt.«

Sie hoffte, es würde ihn ärgern, dass sie zu ihrer Pilgertasche weiterhin den fest verschnürten Leinenrucksack auf dem Rücken trug. Anmerken ließ sich der düstere Mönch mit der Statur eines Kämpfers allerdings nichts. Den Pilgerstock dagegen nahm Juliana gern an, und er hat ihr bisher gute Dienste geleistet.

»Empfange diesen Stab als Stütze für deine Reise und die Mühsale deiner Pilgerschaft«, sagte der Bischof mit weicher Stimme und legte seine Fingerspitzen auf das glatte Holz. »Auf dass du alle bösen Feinde besiegen kannst und sicher zum Grabe des heiligen Jacobus gelangst. Und auf dass du nach Vollendung deiner Reise freudvoll zu uns zurückkehrst, nach dem Willen dessen, der als Gott lebt und regiert in alle Ewigkeit. Amen.«

Es waren mehr als zwei Dutzend Pilger, die in Hut und Mantel aus der Kirche traten und sich auf die Straße nach Sankt Jakob begaben. Sie wanderten in kleinen Gruppen – mal blieb einer zurück, mal kamen andere hinzu. Es gab verschiedene Wege durch Burgund und Frankreich und auch zwei Routen über die Pyrenäen. So verlor man sich und traf einander zufällig wieder – nur Bruder Rupert klebte von nun an an ihr und folgte ihr wie ein Schatten. Erst fiel es Juliana nicht auf, doch dann fühlte sie immer öfter seinen Blick in ihrem Rücken. Wenn sie herumfuhr, stand er meist keine zehn Schritte von ihr entfernt und senkte nur zögernd die Lider. Auch kam es ihr so vor, als lausche er aufmerksam ihren Worten, wenn sie mit anderen Mitreisenden sprach, obwohl er sich den Anschein gab, als wäre er mit seinem Bündel, seinen Schuhen oder einem kargen Mahl beschäftigt.

Wer war er, und warum interessierte er sich für sie? Als sie das Tal der Rhône hinter sich ließen und nach Westen wanderten, begann Juliana, ihn zu beobachten. Er war vielleicht so alt wie ihr Vater, um die vierzig Jahre, sein kurzes Haar war von dunklem Braun, die Augenbrauen breit und dicht. Vielleicht lag es an ihnen, dass sein Gesicht stets abweisend wirkte, oder an dem verfilzten Bart, den er nur ab und zu sehr nachlässig schnitt? Vielleicht war es auch die Narbe an seinem Hals, eine helle Linie, die den Eindruck heraufbeschwor, jemand habe versucht, dem Bettelmönch die Kehle durchzuschneiden. Als Juliana ihn eines Tages bei einem Bad in einem Tümpel überraschte, sah sie, dass er am Oberschenkel durch eine weitere Narbe entstellt war. Wie ein Blitz, gezackt und zerfasert, zog sie sich bis zum Knie hinab.

Welch muskulöse Arme und Beine er hatte, kam es ihr in den Sinn. Ungewöhnlich für einen Ordensbruder. Woher er wohl kam? Er sprach Deutsch, als sei es seine Muttersprache. Vieles klang, wie die Menschen am Zusammenfluss von Neckar, Kocher und Jagst sprachen, anderes eher fremd in ihren Ohren. Aber da war etwas in der Art, viele Worte auszusprechen, die sie an jemanden erinnerte, doch sie konnte nicht sagen an wen. Ihre Versuche, ihn auszuhorchen, schlugen kläglich fehl. Er war wortkarg und meist mürrisch und antwortete nur, wenn es ihm gefiel.

In der Nähe von Toulouse kam Juliana zum ersten Mal der Gedanke, ihr Zusammentreffen in Freiburg könnte etwas anderes gewesen sein als ein Zufall. War er mit Absicht gegen sie gestoßen, um ein Gespräch mit ihr zu beginnen? Aber warum? Diese Frage quälte sie, ohne dass sie eine Antwort finden konnte, und ihr Unbehagen in seiner Gesellschaft wuchs mit jedem Tag, bis sie es am Fuß der Pyrenäen endlich schaffte, sich seiner zu entledigen.

Das Mädchen hielt vor einem Hügel inne und sah den steilen Anstieg hinauf. Sie nahm ihren Rucksack und die Pilgertasche von den Schultern, zog ihren Umhang aus und band ihn auf ihr Bündel.

Warum verdarb sie sich diesen Sommertag mit Gedanken an den düsteren Mönch? Er war weg, weit hinter ihr, und sie würde ihn – so Gott wollte – nie wieder sehen!

Raschen Schrittes überquerte sie den Hügel und ging durch

das nächste Dorf. Die Häuser glichen einander und schienen noch nicht sehr alt zu sein. Anders als in anderen Orten sah man hier keine Ruinen zwischen den bewohnten Häusern und keine verfallen Scheunen. Ja, es gab nicht einmal von Fäule geschwärzte, durchhängende Strohdächer. Hinter dem letzten Hof wand sich der Pfad zwischen Buchen und Kiefern zu einem bewaldeten Höhenzug empor. Thomas kam ihr wieder in den Sinn und seine Reden von den Pilgern. Anscheinend verehrte er den Apostel Jakobus, obwohl er seine Reise vor langer Zeit abgebrochen hatte. Auf alle Fälle war er einst losmarschiert, um an seinem Grab zu beten. Wenn Juliana an den Apostel dachte, dann erfüllten sie keine guten Gefühle, und sie verspürte auch nicht den Wunsch zu beten. Zorn wallte jedes Mal in ihr auf, wenn ihre Gedanken Santiago streiften. Der heilige Jakobus hatte ihr zwei der liebsten Menschen gestohlen! Erst Wolf und nun auch noch den Vater. Die Stimme in ihr, die sie darauf hinwies, dass nicht der Apostel Schuld an den Vorfällen trug, ignorierte sie. Zumindest bei Wolf lag die Sache klar vor ihr: Jakobus hatte ihrem Freund aus Kindertagen die Sinne verwirrt, und er war seinem Ruf gefolgt.

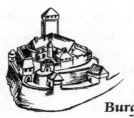

4
Wolf von Neipperg
Burg Ehrenberg im Jahre des Herrn 1300

Es ist ein prächtiger Sommer. Das Korn auf den Feldern gedeiht, und weit übers Land leuchten roter Mohn und blaue Kornblumen an den Feldrainen. Das Gras steht hoch und wiegt sich im warmen Wind. Auf Burg Ehrenberg herrscht eine seltsam ausgelassene Stimmung. Der König kommt! Mit all seinem Gefolge wird er am Tag der heiligen Irmgard oder am Tag der heiligen Donata eintreffen und wenigstens drei Tage bleiben. Sicher wird es einen Empfang der alteingesessenen Adelsmänner und der dem König ergebenen Ministerialen geben, die seine Burgen zu Lehen haben, und dann ein großes Fest, bei dem auch die Damen anwesend sein dürfen.

Drüben in der Pfalz liegt die Vorfreude mit all ihren Vorbereitungen schon gefährlich nahe an Chaos und Schreikrämpfen. Das größte Problem, das die edlen Männer nicht zur Ruhe kommen lässt, ist der Neckar und wie ihn der König mit seinem Gefolge in angemessener Würde überqueren soll, jetzt, da die uralte Brücke in Trümmern liegt. Das Eis vom Februar hat sie ihrer Stützen beraubt, und mit einem ohrenbetäubenden Getöse sind die Eichenstämme in den Fluss gestürzt. Ein Bauwerk, das schon unter den römischen Herrschern errichtet worden sein soll – zerstört in ein paar Augenblicken!

Und nun will der König mit seinem Gefolge nach Wimpfen kommen, mit Pferden, Kutschen und Karren. Auf welcher Neckarseite werden sie reisen? Kommen sie von der kaiserlichen Stadt Heilbronn her und queren dort den Fluss, oder ziehen sie am Ostufer entlang?

Schon seit Monaten treffen sich Vertreter des Ritterstifts im Tal, der Bürgerschaft der oberen Stadt und die Adeligen der

Schutzburgen, um darüber zu sprechen, wie man die Brücke wiederaufbauen könne, doch bisher folgten den Worten keine Taten. Man müsste einen bewährten Brückenbauer anwerben und Männer mit Erfahrung, um den breiten und tiefen Fluss zu überspannen. Alle hoffen, irgendwer werde es schon in die Hand nehmen, man selbst habe für so ein großes Bauwerk nicht das notwendige Geld. So bleibt es bei unverbindlichen Gesprächen, und Mensch und Tier, die über den Fluss wollen, werden von den Apostelfischern der Talstadt gegen einen kleinen Beitrag übergesetzt. Ritter Kraft von Ehrenberg prophezeit Frau und Tochter bei einem gemeinsamen Nachtmahl, dass alle die Brücke wohl noch lange vermissen werden. »Ich sage euch«, spricht er zwischen einem Bissen Hasenbraten und einem großen Schluck von seinem warmen Aniswein, »wir werden es nicht mehr erleben und unsere Kinder auch nicht! Man wird sich weiterhin gegenseitig die Verantwortung zuschieben und sich unterdessen an die Fähre gewöhnen. So ein Brückenbau ist eine gewaltige Aufgabe. Wie soll sie ausgeführt werden, wenn alle Baumeister für die Kirchen gebraucht werden, die allerorts entstehen? Sie müssen immer höher werden, luftiger, himmelwärts strebend, um Gottes Herrlichkeit angemessen zu preisen. Das verschlingt alles Geld und alle Arbeitskräfte, die es in den deutschen Landen gibt. Unsere verehrten Stiftsherren müssen ja selbst von ihren Plänen Abstand nehmen, St. Peter mit einer neuen Westfassade und natürlich entsprechend hohen Türmen zu versehen, so knapp sind die Gulden in ihrer Schatulle geworden. Angesichts dieser Misere fällt es uns doch leicht, auf so etwas Alltägliches wie eine Brücke zu verzichten!« Er rülpst vernehmlich und hebt den Becher. »Alles für Gottes Herrlichkeit!«

Juliana betrachtet den Vater überrascht. Spottet er gar des Herrn und der Kirche?

Während sich die Damen und Herren in Wimpfen des hohen Besuchers wegen in heller Aufregung befinden, herrscht auf der ersten Schutzburg im Norden der Pfalz hoffnungsvolle Erwartung vor. Juliana ist gerade der Mutter entflohen, die ihr ein neues Kleid angemessen hat. Hier in der elterlichen Burg macht es nichts aus, dass die Säume der alten Gewänder bereits einige Zoll über dem Boden schweben, so sehr ist sie seit dem vergangenen Sommer gewachsen. Für einen König jedoch muss das Kind angemessen gekleidet werden, will der Vater seine Älteste mit zur Pfalz nehmen.

»Gehst du auch mit auf das Fest?«, fragt Juliana ihren Freund Wolf von Neipperg, der seit seinem siebten Jahr dem Vater erst als Page und nun seit dem Neujahrstag als Knappe dient. Der Junge zuckt mit den Schultern. Er ist dem Mädchen nicht nur drei Lebensjahre sondern auch eine Hauptlänge voraus.

»Weiß nicht. Ich denke, ich werde mitmüssen, wenn der Ritter es befiehlt.«

Juliana reißt die Augen auf. »Ja willst du denn nicht mitkommen auf das Fest? All die feinen Leute sehen und dann das üppige Mahl!«

»Nun ja, das Essen ist es schon wert«, räumt Wolf ein, »die meisten Ritter jedoch kenne ich schon von der Falkenbeize und dem letzten Turnier.«

»Nicht die Ritter, die der König mitbringt«, widerspricht Juliana.

Der Junge nickt. »Ja, aber was ist an denen anders als an unseren hier im Neckartal?«

»Und die Damen, interessieren die dich gar nicht?«, neckt ihn seine Freundin.

»Nein. Die sind entweder langweilig und reden nur über Putz und Tand, oder sie reißen an den Nerven mit ihrem albernen Lachen und Kreischen.«

Juliana schiebt schmollend die Unterlippe vor. »Ach, so denkst du also über die Fräulein. Das ist gut zu wissen.« Sie verschränkt die Arme vor der Brust und wendet den Kopf ab. Ihr Begleiter sieht sie überrascht an, doch dann geht ihm ein Licht auf.

»Ich meine ja nicht dich. Nur die anderen Mädchen. Du bist meine Freundin.«

Seine Worte versöhnen Juliana. »Wollen wir auf den Bergfried steigen und Samuel besuchen?« Wolf nickt, und so machen sich die beiden Kinder auf, die unzähligen Stufen zu erklimmen.

Anders als bei den anderen Burgen im Neckartal steht der Bergfried von Ehrenberg außerhalb der eigentlichen Burg. Die Schildmauer umringt den Palas und kleinen Wohnanbau, der sich im Süden anschließt, das Waschhaus, die Baracke der Mägde und Knechte und einen kleinen Stall, in dem die wertvollsten Pferde des Ehrenbergers stehen und seine Greife auf ihren Stangen sitzen. Der große Stall, die Scheunen und andere Lagerhütten lehnen unten im Zwinger an der äußeren Mauer. Um von der inneren Burg, die auf einem Felsen erbaut ist, zum unteren Tor zu gelangen, muss man einer grasigen Rampe folgen, die, wie eine Schnecke, sich steil um die Burg herabwindet. Sie führt durch das obere Tor, das von zwei Burgmannen bewacht wird, nach Norden, dann auf den Westhang zu und in einem engen Spalt zwischen Schildmauer und Bergfried hindurch. Kaum eine Karrenbreite misst der Weg, der sich von der darüber aufragenden Mauer aus gut verteidigen lässt. Einen Torturm und zwei Sperrmauern, deren Torflügel in Friedenszeiten jedoch offen stehen, muss man noch passieren, ehe man unten im Zwinger ankommt. Ein Wächter und ein Botenjunge, der Besucher zu melden hat, sitzen am Zwingertor, durch das man Ehrenberg verlässt.

Es ist eine prächtige Anlage, und der Vater ist stolz, die Schutzburg der Pfalz vom Wormser Bischof zum Lehen zu haben. Vorväter des Ehrenbergers haben diese mächtigen Mauern erbaut und vor allem den Bergfried, der mit seinen siebzig Schritt Höhe der höchste im ganzen Neckartal ist. Der einzige Zugang zu der letzten Zuflucht der Ehrenberger ist ein schmaler Holzsteg, der von der Schildmauer in luftiger Höhe zum Eingang hinüberführt.

Juliana und Wolf stürmen die Holztreppe zum Wehrgang hinauf, überqueren den Steg und steigen die Stufen bis zur Plattform hinauf. Ein Spitzdach schützt den Türmer vor Regen und Sonne, der Wind braust hier oben allerdings zu jeder Jahreszeit kalt zwischen den Zinnen hindurch.

Samuel empfängt die beiden Kinder mit einem Lächeln.

Sie mögen den alten Türmer, der fast nie zur Burg hinabsteigt, sich aber immer über ihren Besuch freut, und der – obwohl er die meiste Zeit hier oben sitzt und über das Land schaut – viele, spannende Geschichten zu berichten weiß. Juliana ist ganz außer Atem, als sie endlich auf die Plattform hinaustritt. Von hier aus reicht ihr Blick nach Süden über den grasigen Höhenzug bis zu den Zinnen der Kaiserpfalz und im Norden und Osten über den Neckar hinweg zu Dörfern und Gehöften und den anderen Burgen des Kaisers. Aber auch die Bischöfe von Worms und Speyer nennen im Neckarraum reichen Besitz ihr Eigen, den sie den Ritterfamilien zu Lehen geben.

»Ich werde grüne Ärmel zu meinem Surkot tragen, berichtet Juliana dem Türmer. »Und ein Schapel aus Gold mit roten Steinen.«

»Wen interessiert das?«, unterbricht Wolf die Freundin. »Ich habe viel spannendere Neuigkeiten. Als ich mit dem Ritter die vergangenen Tage in Wimpfen war, sind mir zwei Pilger begegnet, die auf der Straße nach Sankt Jakob unterwegs sind.«

»Und?«, erwidert Juliana schnippisch und dreht ihm den Rücken zu. Sie lehnt sich gegen die Brüstung und lässt ihr Gesicht vom Wind kühlen, der hier oben frischer ist als unten im Burghof. Unten auf dem Neckar zieht ein langes, schmales Boot vorbei, das mit Säcken beladen ist. Wolf beachtet sie nicht und wendet sich stattdessen an den Türmer, der seine Geschichte hören möchte.

»Bis nach Lucca und Rom sind sie schon gegangen – sie haben mir die metallenen Zeichen an ihren Mänteln gezeigt, die sie dort gekauft haben – und nun wollen sie über die Pyrenäen nach Kastilien ziehen, um am Grab von Santiago zu beten.«

Juliana möchte gern wissen, wer dieser Santiago ist, doch damit würde sie Wolf zeigen, dass sie sich für seine Geschichte interessiert. Nein, sie muss ihn noch ein wenig mit Verachtung strafen. Dennoch hört sie gespannt zu.

»Sie waren zu dritt, drei Brüder, doch vor einer Woche ist der älteste erkrankt. Er bekam Fieber und hustete Blut. Es war schon recht schlimm um ihn bestellt, als die drei am Sonntag Wimpfen erreichten. Die Dominikaner haben die Pilger aufgenommen und sich um den Kranken gekümmert, aber es war zu spät. Vor zwei Tagen ist er gestorben, und die Mönche haben ihn gleich unten im Kirchhof an der Mauer beerdigt.«

»Wie schrecklich!«, entfährt es Juliana.

»Warum?«, will der Türmer wissen. »Jeder muss einmal sterben. Wenn er in Rom und Lucca Ablass erhalten, und seitdem nicht mehr viele Sünden auf sich geladen hat, dann ist seine Zeit im Fegefeuer nur kurz bemessen. Das ist doch gut. Außerdem haben die Dominikaner ihn sicher nicht ohne Beichte und letzte Ölung sterben lassen.«

Da das Mädchen nun nicht mehr vorgeben kann, nur die Landschaft zu betrachten, dreht sie sich zu ihrem Freund und dem Türmer um.

»Nein, das meine ich nicht. Noch zu Großvaters Zeiten stand dort auf dem Hügel vor der Stadt der Galgen! Dort starben die Ehrlosen und die Mörder und wurden im Schatten des Hochgerichts vergraben. Ist es nicht noch immer die gleiche Erde?« Ein Schauder durchläuft sie.

Samuel zuckt mit den Schultern. »Hm, ja, ich kenne mich mit solchen Dingen nicht aus, aber ich denke, nachdem der Galgen verlegt worden ist und der alte Engelhard von Weinsberg den Hügel an die Dominikaner verschenkt hat, zählt das nicht mehr. Nun stehen dort eine Kirche und ein Kloster, und die Bettelmönche leben und beten dort. Sicher haben sie die Erde von der Schande gereinigt und gesegnet... Nein, ich denke, der Pilger hat es gut getroffen.«

»Jedenfalls wollen die anderen beiden nun weiter nach Santiago ziehen«, unterbricht ihn Wolf ungeduldig, der endlich mit seiner Geschichte fortfahren will. »Gleich wenn der König und sein Gefolge wieder abgereist sind, wandern sie weiter, nach Heilbronn, zum Kloster Maulbronn und nach St. Peter im Schwarzwald, nach Freiburg und dann über den Rhein hinüber in die freie Reichsstadt Colmar.« Er geht in die Hocke und malt mit dem Zeigefinger die Route auf den staubigen Boden. »Weiter nach Westen bis nach Burgund und dann die Rhône entlang zum berühmten Kloster Cluny...«

»Wen interessiert das?«, äfft seine Freundin Wolfs Worte nach. »Ich weiß nicht, wo all diese Orte liegen. Was schert es mich, ob diese fremden Männer eine Woche oder zwei wandern müssen, um zu diesem Santiago zu kommen, von dem ich auch noch nie gehört habe.«

»Ein oder zwei Wochen?«, Wolf lacht. Er erhebt sich und wischt sich die staubigen Hände an seiner Cotte ab. »Die Pilger werden mehr als vier Monate unterwegs sein, bis sie die Stadt Santiago oder San Jacobo in Chompostella erreichen.«

»Mehr als vier Monate? Und die ganze Zeit wandern sie immer zu Fuß?« Wider Willen ist das Mädchen beeindruckt. Sie steigt hinter Wolf im düsteren Bergfried die Treppe hinunter und versucht sich vorzustellen, wie das ist, die Familie zu verlassen, um dann Tag um Tag, Woche um Woche über die staubige Landstraße zu wandern, nur um in einer fernen Stadt – ja, was eigentlich zu tun?

»Was machen die in Santiago, wenn die dort ankommen?«, erkundigt sich Juliana, als sie hinter Wolf ins grelle Sonnenlicht des Hofes tritt.

»Sie beten natürlich, was denn sonst? Sie gehen in die große Kathedrale, halten Nachtwache und erflehen die Vergebung ihrer Sünden. Sie sehen sich das Grab von Santiago an, der dort begraben ist. Santiago – so nennen die in Hispanien unseren Apostel Jakobus«, fügt Wolf hinzu, der ihren fragenden Blick sieht. »Jakob oder Jakobus der Ältere. Er hat viele Namen: Iacobus, Jaques oder eben auch Santiago.«

»Sie beten am Grab des heiligen Apostels«, wiederholt Juliana und zieht die Nase kraus.

»Ja, so wie die Pilger nach Rom ziehen, um an Petri Grab Vergebung zu erlangen oder zu den heiligen Stätten von Jerusalem, so wandern auch viele nach Santiago. Es sind Tausende jedes Jahr, hat mir Gilg, der Jüngste der drei, gesagt.«

Juliana versteht das nicht. »Ich kann zum Beten auch in die Kirche nach Wimpfen gehen oder nach St. Peter und Pater von Hauenstein besuchen. Es muss nicht das Grab von Jakobus sein.«

»In St. Peter bekommst du aber keinen Ablass«, gibt Wolf zu bedenken.

»Ach, dann sind diese Männer große Sünder und müssen deshalb so weit wandern?«

»Nein!«, ruft Wolf verzweifelt, »du begreifst das nicht. Der Apostel tut viele Wunder, und es ist für die Seele Reinigung und eine Freude, an dieser heiligen Stätte zu sein.«

Juliana sieht ihn an und runzelt irritiert die Stirn. »Du hast vollkommen Recht, das verstehe ich nicht. Meine Seele empfindet auch auf Ehrenberg und in Wimpfen Freude, und ich habe keine Sünden auf mich geladen, die mich zwingen, zu einem Grab in einem fernen Land zu pilgern.« Sie rafft Rock und Unterkleid und geht auf den Palas zu.

»Und was ist mit der Sünde des Hochmuts und der Eitelkeit? Die hast du gerade auf dich geladen!«, ruft Wolf ihr nach.

✽ ✽ ✽

Zwei Wochen später liegen Wolf und Juliana in einem Heuhaufen auf der Hochebene im Westen von Ehrenberg und beobachten, wie der Wind die Wolken über den Himmel treibt.

»Diese dort ist ein Pferd«, sagt Wolf und deutet nach oben. »Sieh die Beine. Es läuft im Galopp, ein heißblütiger Hengst mit schlanken Fesseln, wie sich der Greck von Kochendorf einen gekauft hat.«

Juliana kichert. »Reinrassig kann er nicht sein, dein Wolkenhengst. Sieh dir seine Ohren an. Ich halte ihn für einen Esel – oder höchstens für ein Maultier – also völlig ausreichend für einen Schildknappen von dreizehn Jahren.«

Wolf schnaubt ärgerlich. »Du bist dran.«

»Dort hinten segelt ein großes Schiff auf uns zu. Sieh nur hier den Rumpf und dort zwei Masten mit geblähten Segeln.«

Wolf dreht den Kopf und versucht, das Bild in dem sich auftürmenden Wolkenberg zu erkennen.

»Ja, es ist eines dieser Riesenschiffe, die auf dem Meer fahren, weit draußen, so dass kein Land mehr in Sicht ist.«

»Bis ans Ende der Welt«, ergänzt Juliana verträumt.

»Finis terrae – das Ende der Welt. Wusstest du, dass die Felsen von finis terrae kaum drei Tagesmärsche von Santiago entfernt sind? Man muss nur weiter nach Westen gehen, dann erreicht man das Ende der Welt.«

Juliana stöhnt und hält sich die Hände vor die Augen. »Schon wieder der alte Apostel Jakob. Ich dachte, diese Geschichte läge hinter uns.«

Wolf springt auf. »Das ist nichts, was jemals hinter uns liegen kann. Du musst einmal richtig darüber nachdenken. Es ist das Grab des Apostels! Er hat Jesus gekannt und ist mit ihm gewandert. Er hat seine Wunder gesehen und seinen Leidensweg miterlebt. Und er ist Zeuge der Auferstehung geworden! Sein Leib ruht in der Krypta unter der Kathedrale, und jeder Pilger kann seinen Sarkophag berühren! Und nicht nur das. Der Apostel weilt noch unter uns. Er tut Wunder. Er ist den Christen in den Schlachten gegen die Mauren erschienen und ist auf seinem großen, weißen Pferd mit ihnen in den Kampf gezogen. Maurentöter nennen sie ihn voller Verehrung. Er hat dafür gesorgt, dass heute fast ganz Hispanien wieder christlich ist.«

»Er ist leibhaftig dabei und schlägt den Ungläubigen mit dem Schwert die Köpfe ab?«, zweifelt Juliana. Die Vorstellung ist ihr unheimlich.

»Aber ja, so haben es mir die Pilger in Wimpfen erzählt.«
In Julianas Geist tobt eine blutige Schlacht. Ein bärtiger Mann auf einem riesigen Ross reitet über tausend erschlagene Leiber und reckt sein Schwert in die Höhe, dessen Klinge rot glänzt.

»Ich weiß nicht, ich bete lieber weiter zur Heiligen Jungfrau, der barmherzigen, der friedfertigen.«

Wolf macht eine wegwerfende Handbewegung. »Ich bete auch zum Herrn und zur Heiligen Jungfrau, und dennoch muss ich immer an Sankt Jakob denken und wie wundervoll es wäre, sein Grab mit eigenen Augen zu sehen und mit meinen Händen zu berühren. Schon jetzt kann ich meine Unruhe kaum mehr bezähmen. Denke nur, wie aufregend solch eine Pilgerreise ist. Jeder Tag bringt etwas Unbekanntes, einen neuen Weg. Man trifft immer wieder andere Menschen auf der Straße, die Geschichten erzählen können, und sieht die ganzen Städte und Länder, von denen man bisher nur gehört hat. Berge und Flüsse müssen überquert werden, und vielleicht ist man gezwungen, gegen wilde Tiere oder Wegelagerer zu kämpfen. Man wird selbst Teil einer aufregenden Geschichte, die man in den Jahren danach wieder und wieder gedrängt wird zu berichten.« Seine Wangen glühen, und die grünen Augen leuchten.

»Und, wann wirst du reisen?«, fragt seine Freundin in spöttischem Ton. »Wartest du deinen Ritterschlag noch ab, oder läufst du schon vorher in dein Verderben? Wenn ja, dann nimm die Beine richtig in die Hand, denn wenn Vater dich einholt, wird er dir eine Tracht Prügel verpassen, wie du sie noch nicht erlebt hast.«

»Ich weiß sehr wohl, was meine Pflicht ist«, ruft Wolf gekränkt. »Was denkst du von mir? Ich werde nicht einfach weglaufen und den Ritter ohne ein Wort verlassen.«

Burg Ehrenberg im Namen des Herrn 1303

Drei Jahre später verschwindet Wolf von Neipperg. Der Ritter tobt und fragt jeden nach dem Verbleib seines Knappen, der ihm noch vier Jahre bis zu seinem Ritterschlag dienen soll, doch alle schütteln nur ratlos den Kopf. Juliana sitzt mit ihrem Stickzeug in der Kemenate und schweigt. Sie könnte dem Vater sagen, wo er suchen muss. Sie weiß von der Sehnsucht, die mit jedem Jahr stärker in ihm brannte, bis er es nicht mehr aushielt. Nun ist ihr Freund fort. Sankt Jakob hat ihn zu sich gerufen. Wütend sticht sie die Nadel in die erst zur Hälfte vollendete Rose. Er wird monatelang unterwegs sein. Sie erinnert sich nicht mehr an die Orte, die er ihr aufgezählt hat, doch dass es eine unglaublich lange Reise ist, das weiß sie noch. Lang und gefährlich. Wie viele Pilger finden auf ihrem Weg statt Vergebung den Tod?

Es ist Mai. Sie beginnt, im Stillen zu zählen, wann er zurück sein kann. Bis Sankt Martin? Bis Weihnachten?

Bereits im Oktober steigt sie häufig auf den Bergfried, um nach Wolf Ausschau zu halten. Zu Weihnachten ist er immer noch nicht zurück und auch nicht zum Fest der Heiligen Drei Könige.

Nun, er wird sich die eisige Jahreszeit über irgendwo im Warmen verkriechen, sagt sich das Mädchen. Hoffentlich hat er es nicht zu bequem und muss sich sein Brot hart erarbeiten, denkt sie rachsüchtig. Wie kann er sie einfach so ohne ein Wort verlassen? Haben sie sich nicht im vergangenen Sommer heimlich ewige Liebe und Treue geschworen? Und dann läuft er weg ohne auch nur ein Abschiedswort. Sie wird ihm die Ohren lang ziehen und sein Haar zausen, bis er sie auf Knien um Verzeihung anfleht! – Wenn er erst wieder da ist. Wie lange noch? Trotz der Kälte macht sie sich wieder einmal auf, die endlose Folge von Stufen hoch bis auf die Plattform des Bergfrieds. Samuel begrüßt sie. Er hat sich in den dicksten Umhang gehüllt, den er sein Eigen nennt, und eine gefütterte Lederkappe bis tief in die Stirn und über die Ohren gezogen. Dennoch muss ihm kalt sein. Steht er doch seit Tagesanbruch hier oben im eisigen Wind.

»Er ist nicht zu sehen, Fräulein«, sagt der Türmer und schüttelt bedächtig den Kopf. »Ihr müsst Euch in Geduld üben.« Juliana stampft mit dem Fuß auf. »Geduld? Ich habe Geduld mit ihm gehabt: Tage, Wochen, Monate! Doch irgendwann ist alle Geduld restlos aufgebraucht.«

Der Zorn fällt in sich zusammen wie ein ausgebrannter Scheit, und Kummer gräbt sich in das junge Gesicht.

»Ach Samuel, meinst du, er kommt gar nicht mehr wieder? Vielleicht hat er auf seiner Reise ein Fräulein getroffen, das ihm besser gefällt? Bin ich nicht ansehnlich genug?« Sie schlägt den pelzgefütterten Mantel auseinander und lässt den Türmer den roten Surkot mit den ausgeschnittenen Ärmeln sehen, unter dem der hellgelbe Stoff der Cotte leuchtet. Die eng geschnittenen Gewänder umfließen den Körper, der nun mit seinen dreizehn Jahren beginnt, sich vom Kind zur Frau zu wandeln. Taille und Hüfte scheiden sich voneinander, die Brüste beginnen, das Tuch zu wölben. Der kalte Nordwind färbt ihre Wangen rosig und bauscht die blonden Locken.

Der Türmer zuckt mit den Schultern. »Ihr seid ein schönes Fräulein, aber wer kann schon in die Herzen der Menschen sehen?«

Mit dieser Antwort ist das Ritterfräulein nicht zufrieden. »Er muss zu mir zurückkommen!«, schreit sie und stampft noch einmal mit dem Fuß auf. »Er hat es versprochen!« Tränen füllen ihre Augen und rinnen die Wangen hinab. Hastig wendet sie sich ab und eilt ohne einen Abschiedsgruß in den Hof hinunter.

Julianas Besuche auf dem Bergfried werden seltener. Als das Osterfest vergeht und Wolf immer noch nicht wiederkommt, fragt sie nicht mehr nach ihm. Niemand hört sie mehr seinen Namen nennen. In ihren Gedanken aber lebt er weiter, und manchmal, wenn sie in ihrem Bett liegt und das Schnarchen vom Fußende her anzeigt, dass ihre alte Kinderfrau fest schläft, flüstert sie seinen Namen in die Nacht hinaus.

5
Larresoyna*

Der Wind frischte auf, je näher Juliana der Passhöhe kam. Die Bäume wurden lichter, bis sie einem grasbedeckten Höhenzug wichen, der den Blick über Navarra freigab. Vom Aufstieg glühten ihre Wangen, und der Kittel in ihrem Rücken war schweißnass. Nun fuhr der Wind in ihre Gewänder und ließ sie frösteln. Sie blieb stehen und ließ ihren Blick schweifen. Welch ein Ausblick! Heute konnte man in den Pyrenäen die Wunder der Natur Gottes sehen, die Juliana auf ihrem Weg durch den Nebel verborgen geblieben waren. So stand sie nun auf dem Erropass und blickte staunend zurück zu den Bergen, die sie auf ihren eigenen Füßen überquert hatte.

»Wolf, hast du das gesehen?«, flüsterte sie.

Lange hatte Juliana nicht mehr so intensiv an den Freund aus Kindertagen gedacht wie nun, da sie vielleicht seinen Fußspuren folgte. War er überhaupt so weit gekommen, oder hatten die Wölfe in den Bergen sein Leben ausgelöscht oder ein Wegelagerer oder Krankheit und Schwäche? Hatte er das Grab des Apostels berührt? Aber warum war er danach nicht wieder zur Burg Ehrenberg zurückgekehrt? Fürchtete er den Zorn des Ritters und hatte Angst vor der Strafe? Schämte er sich zu sehr, dass er seine Pflichten weggeworfen hatte, oder wollte er die Freundin nicht wiedersehen, der er sich in seinem jugendlichen Überschwang versprochen hatte?

Immer noch besser, an Wolf zu denken als an ihren Vater. Im Kloster von Roncesuailles hatte sie den Gehilfen des Infirmarius nach ihm gefragt und auch einen der Helfer, die das Pilger-

---

* heute: Larrasoaña

hospital am Morgen reinigten, aber sie konnten sich nicht an den Ritter von Ehrenberg erinnern. Vielleicht hatte er seinen Namen abgelegt und reiste, wie sie auch, unter dem Schutz eines anderen. Sein Name war durch den Mord entehrt. Möglich, dass er ihn erst wieder tragen wollte, wenn er am Grab des Apostels gesühnt hatte.

Der Gedanke an ihren Vater brachte die Erinnerungen zurück und drängte sie, ihren Weg fortzusetzen. Sie umfasste den Stab und schritt weit aus, den steilen Hang mit seinen immer dichter werdenden Wäldern aus Kiefern und Eichen hinab. Längst hatte die Sonne den Zenit überschritten und sank nun vor ihr in das Tal hinab. Sie überzog die Eichenblätter mit einem warmen Schimmer.

Am Fuß des Berges fühlten sich Julianas Füße heiß an und brannten, und so lenkte sie ihren Schritt zum Ufer des klaren Flüsschens, über das eine steinerne Brücke führte. Mit einem Seufzer der Erleichterung ließ sich Juliana ins Gras sinken, zog Schuhe und Beinlinge aus und streckte die Beine bis über die Waden in das erstaunlich kalte Wasser. Kleine Fische schwammen neugierig herbei. Einer war gar so dreist, an ihren nackten Zehen zu zupfen.

Eine Stimme ließ Juliana aufsehen. Eine Frau in einem grauen Habit mit einem schwarzen Schleiertuch auf dem Kopf beugte sich über die steinerne Brüstung und rief ihr etwas zu. Juliana hob die Hände, um ihr zu zeigen, dass sie nicht verstand. Die Frau nickte, überquerte die Brücke und kam die Uferböschung herab auf sie zu. Noch einmal versuchte sie es in der Sprache, die Juliana nicht verstand, dann wechselte sie ins Französische.

»Das ist nicht gut für deine Füße«, sagte sie. »Sie werden weich und wund, wenn du weitergehst.«

Juliana seufzte. »Ja, ich weiß, aber das kühle Wasser war zu verlockend.« Sie zog die Beine aus dem Wasser und trocknete sie an ihrem Umhang ab.

»Warte eine Weile, ehe du die Schuhe anziehst«, riet die

Fremde und zeigte beim Lächeln erstaunlich weiße Zähne.
»Ich heiße Sancha und helfe den Brüdern drüben im Spital. Wir haben nur ein kleines Haus, aber wir nehmen jeden Kranken und Bedürftigen auf, solange es in unseren Kräften steht. Wie heißt du, und wo kommst du her?«

Wie stets war Juliana bei den Fragen nach dem Woher und Warum auf der Hut und antwortete ausweichend.

»Juan«, lächelte die Frau. »Willst du heute noch weiter? Ich will dich nicht abweisen, aber du siehst mir jung und kräftig aus. Sicher schaffst du es noch bis zum Kloster San Agustín in Larresoyna. Die Augustinerherren haben mehr Platz zu bieten, und ich denke, auch das Essen kann dort reichlicher ausgegeben werden.« Sie seufzte. »In unserem Haus müssen sich heute alle mit wässriger Zwiebelsuppe und Gerstenbrei begnügen.«

Juliana dankte für den Rat. »Wie heißt der Weiler hier?«, fragte sie, um bei einem unverfänglichen Thema zu bleiben.

Die Laienschwester setzte sich neben sie ins Gras. »Wir nennen ihn Çuviri*, das heißt Brückendorf, denn erst als hier die feste Brücke über den Río Arga gebaut wurde, begann auch das Dorf zu entstehen.«

Juliana betrachtete die beiden Steinbogen mit dem massiven Pfeiler, um den das grünliche Wasser aufschäumte.

»Es ist eine ganz besondere Brücke«, fuhr die Schwester fort. »Dort im Pfeiler vermauert ist eine Reliquie von Santa Quiteria. Das war eine Märtyrerin aus Galicien, die für ihren Glauben als Jungfrau in den Tod ging.«

»Und was bewirkt die Reliquie im Brückenpfeiler?«

»Sie bewahrt Tiere davor, toll zu werden. Wir führen alle unsere Ziegen, Schafe und Kühe darüber und natürlich die Hunde.«

»Das funktioniert? Keines der Tiere wird krank?«, wunderte sich Juliana.

»Nein, nicht immer«, gab die Schwester freimütig zu. »Es

---

* heute: Zubiri

gibt Jahre, in denen unser Vieh verschont bleibt, dann aber wieder trifft es auch unser Dorf. Meist ruft der Cura Pater Sebastian dann sofort zu einer Prozession auf. – Dennoch steht fest, dass die Tollheit hier bei uns weniger um sich greift als anderorts!«, bekräftigte Sancha ihre Aussage. »Auch wenn alle sagen, früher hätte Santa Quiteria besser geholfen.« Beide schwiegen.

»Vielleicht liegt es an den vielen Franken«, sagte sie nach einer Weile. »Sie sind anders als wir und haben keinen so tiefen Glauben. Und es werden immer mehr.« Sie seufzte. »Kein Wunder, nachdem unsere verehrte Königin Johanna einen Franzosen genommen hat! Nun ist sie tot, und mit ihrem Sohn Ludwig sitzt ein halber Franzose auf dem Thron.«

Juliana betrachtete die Frau neben sich mit den breiten, herben Gesichtszügen, der dunklen Haut und dem schwarzen Haar, das unter ihrem Schleiertuch hervorlugte. »Woher stammt Ihr, Sancha?«

»Ein Teil meiner Familie ist baskisch und kommt von der Küste, der andere hier aus Navarra.«

Man hatte Juliana auf ihrem Weg durch das Languedoc und die Gascogne viele Geschichten über die Navarresen erzählt und sie vor ihnen und vor den Basken gewarnt.

»Sie sind barbarische Völker«, hatte ein Tuchhändler aus Lyon berichtet, mit dem die Pilgergruppe auf einen Becher Wein zusammengesessen hatte. »Die Sprache der Basken ist der unseren völlig fremd. Sie tragen schwarze Kleider, die so kurz sind, dass sie kaum die Knie bedecken, und Schuhe aus ungegerbtem Leder, von dem sie nicht einmal die Haare entfernt haben. Gegen die Kälte, die in den Bergen auch im Sommer herrscht, hüllen sie sich in schwarze Wollmäntel. Ihre Kleider sind von schlechter Qualität und ihr Essen ebenfalls.«

»Ich kann daran nichts Schlimmes finden«, murmelte Juliana und erhielt dafür einen strafenden Blick des Tuchhändlers.

»Nur Geduld, mein junger Bursche, ich werde zu den wüsten Dingen schon noch kommen. Am Ende werden dir die Haare vor Entsetzen zu Berge stehen, und du wirst dir wünschen, nicht durch dieses Land reisen zu müssen. Die Navarresen sind voller Bosheit, schurkisch und falsch. Wenn sie sich zum Mahl setzen, dann essen die Herren mit den Knechten alle aus einem Topf. Sie schlingen ihren Fraß mit den Händen hinunter, statt, wie es Menschen würdig ist, einen Löffel zu benutzen. Man glaubt, Schweine oder Hunde vor sich zu haben.« Einige der Pilger lachten, andere sahen sich voller Unbehagen an.

»Wartet, das ist noch nicht alles.« Der Händler ließ sich seinen Becher noch einmal füllen und trank ihn zur Hälfte leer, ehe er fortfuhr. »Sie sind die Feinde der Franzosen. Hütet euch! Für eine Münze tötet jeder Navarrese einen Franzosen, wenn er kann. An den Flüssen fordern sie einen unverschämten Preis von allen Pilgern, ehe sie sie übersetzen, und von den Franzosen stets noch eine Münze dazu, obwohl jeder weiß, dass man den Pilgern nicht in die Tasche greifen soll. Auch sind die Preise in den Wirtshäusern hoch, dafür dass sie einem dann einen altersschwachen Hammel als süßes Lämmlein auf den Teller legen.«

»Mir stehen noch immer nicht die Haare zu Berge«, sagte ein Pilger aus der Champagne lachend, der an diesem Abend bereits vier Becher Wein geleert hatte und dessen Augen trüb glänzten. »Habt Ihr nichts Besseres zu bieten?«

»Ach, Ihr wollt die übelsten Schändlichkeiten hören? Nun, wenn Ihr mich so drängt. Ich hätte Euch diese Dinge gern erspart.« Die Sensationsgier in seiner Stimme strafte seine Worte Lügen. »Euch soll es die Schamesröte ins Gesicht treiben!« Er beugte sich vor und senkte ein wenig die Stimme, jedoch nur so, dass ihn alle noch gut verstehen konnten. »Wenn sich die Navarresen wärmen, zeigen sich Frauen und Männer ihre Scham, und sie treiben mit dem Vieh Unzucht. Sie küssen das Geschlecht ihrer Weiber und das der Maultiere.« Die Männer lachten. Nur Juliana senkte den Kopf. Ihre Wangen glühten.

»Man sagt, die Navarresen hängen ein Schloss an den Hintern ihrer Maultiere, dass außer ihnen kein anderer sich an ihrem Vieh vergehen kann.«

Nun brüllten die Pilger vor Lachen und schlugen mit den

Bechern auf den Tisch. Es brauchte eine Weile, bis wieder Ruhe einkehrte.

»Und das habt Ihr alles auf Euren Reisen durch Navarra mit eigenen Augen gesehen?« Die Zweifel in Bruder Ruperts Stimme waren nicht zu überhören. Er hatte sich etwas abseits an die Wand gesetzt, die Augen geschlossen, und Juliana war es so vorgekommen, als würde er nicht auf das Gespräch am Nebentisch achten.

Der Tuchhändler wand sich. »Nein, nicht alles«, gab er schließlich zu, »aber so manches. Und dennoch ist jedes Wort wahr! Hat es nicht dieser Bischof in seinem Buch *Liber Sancti Jacobi* schon vor langer Zeit niedergeschrieben?«

»Mag sein«, brummte Bruder Rupert. »Ich würde dennoch keine meiner Münzen darauf verwetten.«

Juliana sah die Frau an ihrer Seite an, konnte aber nichts Barbarisches an ihr erkennen. Das Rolandslied kam ihr wieder in den Sinn und die Worte des ungläubigen Thomas. Konnte sie es wagen, eine Frau dieses Volkes zu fragen? Warum nicht!

»Kennt Ihr die Geschichte von Kaiser Karl und seinem getreuen Helden Roland? Jemand hat mir gesagt, es seien gar nicht die Sarazenen gewesen, die ihn angegriffen und vernichtet haben.« Sie zögerte und sah die Laienschwester abschätzend an. »Manche behaupten, die Basken hätten ihn in einen Hinterhalt gelockt. Wisst Ihr etwas darüber?«

Sancha schnaubte durch die Nase. »Wir kennen die Geschichte auch, aber bei uns wird sie ein wenig anders erzählt. Euer Held ist bei den Basken Errolán, ein böser Riese, der mit Felsbrocken wirft. Mein Volk sieht den Angriff als gerechte Vergeltung, dafür dass der Riese Irunga zerstört und dort mit Grausamkeit gewütet hat.«

Die Laienschwester erhob sich brüsk, legte dann aber die Hand auf ihr Herz und wünschte Juliana eine glückliche Pilgerfahrt. Eilig stieg sie die Böschung zur Brücke hinauf und entschwand Julianas Blicken.

Die Nacht war bereits hereingebrochen, als Juliana den Fluss ein zweites Mal überquerte. Sie schritt auf die Kirche zu, die vor ihr in den Nachthimmel aufragte: ein breiter, wehrhafter Turm, aus massiven Felsen gemauert mit einem einfachen Kirchenschiff an seiner Ostseite. Durch ihre schießschartenähnlichen Fenster wirkte sie eher wie einer der Burgställe, die es in Julianas Heimat so zahlreich gab. Diese Kirche war Gotteshaus und Schutzburg in einem und verzichtete auf filigranes, himmelwärts strebendes Gotteslob.

Juliana umrundete die Kirche und klopfte an die Klosterpforte. San Agustín war ebenso gedrungen und wehrhaft aus solidem Stein mit Strebemauern entlang der Außenseite. Das Mädchen musste eine ganze Weile warten, ehe sich nach dem vierten Klopfen ein Fensterchen in der Tür öffnete. Das Licht einer Laterne blendete sie, und eine brüchige Stimme fragte sie auf Baskisch, Französisch und Latein nach ihrem Begehr. Ihre Antwort schien den Augustiner zufrieden zu stellen, denn sie hörte, wie innen der Riegel zurückgeschoben wurde, und mit einem Kreischen schwang das Tor auf. Ein dürres Männchen, das ihr gerade einmal bis zur Brust reichte, stand mit erhobener Laterne vor ihr und musterte sie misstrauisch.

»Wir öffnen nicht gern, wenn die Nacht hereingebrochen ist«, sagte es und verriegelte das Tor, sobald Juliana eingetreten war. »Es treibt sich manch widerliches Volk in der Sierra herum«, fügte der Mönch hinzu, der sich als Fray Mateo vorstellte, während er sie einen kalten Gang entlangführte. »Erst vor zwei Tagen wurden uns drei Pilger gebracht – völlig nackt und halb tot. Wir wissen noch nicht, ob sie es schaffen. Sie wurden böse mit Messern und Keulen zugerichtet. Dabei hatten sie kaum etwas bei sich, das zu stehlen lohnte – das sagte uns jedenfalls der jüngste, der inzwischen wieder bei klarem Verstand ist.«

Unvermittelt blieb das Männchen stehen und sah Juliana vom Kopf bis zu den Füßen an. »Und du wanderst allein durch die Wälder? Ist dir nicht klar, wie gefährlich das ist?« Der Mönch schnalzte missbilligend mit der Zunge.

»Mir ist bisher nichts geschehen«, verteidigte sich Juliana mit dünner Stimme.

»Dummer Junge!«, schnarrte der Mönch. »Jacobus muss dich sehr lieben, dass er seine Hand schützend über dich hält.« Er führte das Mädchen in eine fensterlose Küche, in deren großer Feuerstelle die Glut noch glomm. Daneben stand ein Kessel, aus dem er ihr eine Schale Eintopf schöpfte.

»Du kannst hier essen«, er deutete auf eine Bank vor einem Tisch aus rohem Holz. Er schlurfte zu einem Wandbord, nahm einen Laib Brot aus einer Tonschüssel und schnitt einen großzügigen Kanten ab. »Wir gehen hier früh zu Bett, damit wir uns rechtzeitig zur Matutin erheben können«, sagte er ein wenig vorwurfsvoll, als er ihr das Brotstück reichte.

Juliana senkte den Kopf. »Es tut mir Leid, dass ich Euch so spät noch Umstände mache, Fray Mateo, ich wusste nicht, wie weit der Weg hierher ist.«

Das Männchen lächelte und strich ihr über die blonden Locken, die seit ihrem heimlichen Aufbruch in Wimpfen schon wieder ein Stück gewachsen waren. »Musst dich nicht entschuldigen. Der Portner hält immer Wacht, um auch die Verspäteten, die Hilfe bedürfen, einzulassen. Nun iss, damit ich dich zum Schlafsaal führen kann.«

Das Mädchen schlang den kalten Eintopf und das Brot hinunter und trank einen Becher verdünnten Wein, den Fray Mateo ihr über den Tisch zuschob. Dann folgte sie ihm über eine Treppe in einen Saal mit einem Dutzend Strohmatratzen. Der Portner wartete, bis sie Kittel, Schuhe und Beinlinge abgelegt hatte und in ihrem Hemd unter die Decke gekrochen war. Dann erst hob er die Laterne auf und ging, um seinen Posten am Tor wieder einzunehmen. Das Klatschen seiner Sandalen auf dem Steinboden war das Letzte, das Juliana noch hörte, ehe sie in tiefen Schlaf sank.

* * *

Sie hatte tief und traumlos geschlafen. Weder der Gesang der Mönche, der um zwei Uhr morgens zur Matutin anhub, noch ihr Gotteslob zu den Laudes um halb fünf störten ihre Ruhe. Erst als ein paar Pilger sich erhoben, sich ankleideten und zum Frühmahl gingen, erwachte Juliana. Ein schwacher Lichtschein drang durch die Pergamentscheiben. Fast die Hälfte der Lager war noch belegt. Sicher waren hier auch die Unglücklichen, die auf ihrem Weg hierher überfallen worden waren. Während sich das Mädchen ankleidete, huschte ihr Blick neugierig von einem Bett zum nächsten. Oder wurden so schwer Verletzte in einem anderen Raum des Klosterspitals untergebracht?

Im Refektorium der Pilger, das von dem der Mönche getrennt war, traf Juliana auf fünf Männer und eine Frau. Sie setzte sich ein wenig abseits und beobachtete die anderen verstohlen, während sie eine Schüssel Mus mit Holunderbeeren löffelte, die zu dieser Jahreszeit überall an den Wegrändern üppig gediehen.

Zwei junge Männer, mit den groben grauen Kutten der Franziskaner bekleidet, saßen unter dem Fenster, die Köpfe gesenkt und schwiegen. An einem anderen Tisch sah sie drei Männer, die sich lebhaft unterhielten. Einer von ihnen war noch jung, ein leerer Schwertgurt hing um seine Hüfte. Die anderen mochten im Alter ihres Vaters sein. Während der eine Kleider aus gutem Tuch trug und einen pelzgefütterten Mantel über seine Knie gelegt hatte, sah der andere sehr zerlumpt aus. Julianas Blick wanderte zu der Frau weiter, die allein hinten an der Wand ihre Musschüssel leerte. Ihre Kleider waren zwar von der Reise gezeichnet, jedoch anständig und von dickem Wollstoff. Ihr Haar verbarg sie unter einer einfachen Haube. Wer war sie? Reiste sie allein? War sie überhaupt eine Pilgerin auf dem Weg nach Santiago? Juliana sah die Blicke, die die Männer immer wieder in ihre Richtung warfen. Die drei steckten die Köpfe zusammen. Sprachen sie über die Frau? Hegten sie irgendeine Teufelei aus? Aber nein, es waren Pilger! Sie würden sich auf ihrer Fahrt niemals einer Frau in schamloser Absicht nähern... Oder doch? Waren sie nicht schwache Sünder wie alle Menschen, die auch dem Ruf des Fleisches gehorchten? War das nicht letztlich der Grund, warum ihr Köper in Männerkleidern steckte?

Die Tür öffnete sich und ein gut genährter Mann mit roten Wangen trat ein. »Louise«, sprach er die Frau auf Französisch an. »Die Pferde sind bereit, wir können aufbrechen. Sie nickte, erhob sich und folgte ihm hinaus, ohne auf die Blicke zu achten, die ihr folgten. Auch Juliana sah auf die leere Türöffnung, in der sie verschwunden war, als deutsche Worte sie herumfahren ließen.

»Ich grüße dich. Darf ich mich zu dir setzen?«

Juliana klappte den Mund auf und schloss ihn wieder, ohne ein Wort herauszubringen. Sie starrte den jungen Mann an, der so unerwartet vor ihr stand. Seinen Rucksack trug er lässig über der Schulter, die leere Schwertscheide schwang gegen sein linkes Bein. Er war nur mittelgroß und ein wenig zu dünn für einen Ritter, der eine Rüstung tragen und ein Schwert schwingen musste. Dass er vermutlich aus einer adeligen Familie stammte, sagte sein schwarzes Haar, das ihm bis auf die Schulter fiel. Nur Edelfreien war es gestattet, das Haar lang zu tragen. Sein Bartwuchs war noch ein wenig spärlich. Vermutlich hatte er die zwanzig noch nicht erreicht. Auch seine Augen waren dunkel. Juliana hätte ihn für einen Franzosen gehalten, wenn er sie nicht in so klarem Deutsch angesprochen hätte.

»Habe ich dich erschreckt, oder kannst du nicht reden?«

Seine Stimme klang freundlich, wenn auch mit einem Hauch von Spott. Sicher wusste er, dass sie nicht stumm war. Endlich fand Juliana ihre Sprache wieder.

»Ja, doch, ich meine, natürlich darfst du dich setzen.« Sie musterten sich gegenseitig.

»Ich habe dich beobachtet«, sagte der Fremde, »und da kam mir der Gedanke, dass du nicht allein reisen solltest. Wollen wir uns zusammentun? Du bist doch auf dem Weg nach Santiago?«

Juliana nickte nur. Sie wusste nicht, was sie von diesem Überfall halten sollte, aber sie spürte, wie in ihr schon wieder der Drang nach Flucht aufwallte.

»Entschuldige mich, ich muss – ich meine – das heimliche Gemach...« Sie sprang auf, blieb mit dem Kittel an der Bank hängen und taumelte.

»Ein Aborterker ist da drüben den Gang runter«, gab der fremde junge Mann bereitwillig Auskunft. »Und eine Grube ist in dem kleinen Hof.«

Juliana raffte Tasche, Rucksack und Stab an sich, murmelte einen Dank und eilte hinaus. Obwohl sie sich wirklich erleichtern musste, nahm sie sich nicht die Zeit dazu. Das musste warten. Sie rief dem Mönch an der Pforte ein Dankeswort zu und eilte auf die Gasse hinaus. In schnellem Schritt durchquerte sie das Dorf, das sich entlang des Weges ausdehnte. Dann blieben die Häuser hinter ihr zurück, und sie wanderte durch die grüne Flussaue. Saftige Weiden, von Dornenreisig umgrenzt, mit Kühen und Schafen, aber auch Felder mit Gemüse und im Wind wogendem Korn säumten die Straße. Immer wieder verlief der Weg direkt am Río Arga entlang. In einem Weiler rastete Juliana im Schatten der Kirche, trank etwas Wasser und aß den Apfel, den sie in Roncesuailles geschenkt bekommen hatte.

»Du hast aber einen Schritt!«, erklang die Stimme vom Morgen unvermittelt neben ihr. »Man könnte meinen, du fliehst vor irgendetwas. Willst du mir nicht verraten, was du angestellt hast?«

Das Mädchen unterdrückte einen Aufschrei und wandte sich so langsam wie möglich um. »Rede keinen Unsinn! Es ist keine Sühnereise. Ich bin auf dem Pilgerweg, um den Apostel zu preisen! Da trödelt man nicht.«

»Die wenigsten, die ich getroffen habe, rennen allerdings so wie du«, neckte der junge Mann weiter und ließ sich im Schneidersitz neben ihr nieder.

»Wenn es nicht deine übergroßen Schuldgefühle sind, die dich treiben, könnte ich fast denken, du bist vor mir davongelaufen.«

Röte stieg dem Mädchen in die Wangen. »Verzeih, es ist nicht deine Schuld. Es ist nur – ich bin es inzwischen gewohnt, allein zu wandern.« Sie mied seinen Blick.

»Schlechte Erfahrungen gemacht«, sagte er leise und nickte. Eine Antwort schien er nicht zu erwarten, und so schwieg das Mädchen. »War vielleicht nicht die richtige Art, dich so anzusprechen. André de Gy.« Er streckte ihr die Hand entgegen, die sie zaghaft ergriff. »Ritter André de Gy«, fügte er zögernd hinzu.

»Oh!«, stieß Juliana erstaunt hervor. »Entschuldigt, ich habe Euch für jünger gehalten. Ich wollte nicht unhöflich sein.«

André winkte ab. »Ist auch erst ein paar Monate her – mein Ritterschlag, meine ich. Ich bin es ohnehin noch gewohnt, dass die Leute mich duzen.«

Juliana betrachtete ihn. Eigentlich schien ihr der dunkelhaarige junge Mann sympathisch und keineswegs gefährlich.

»Ritter André de Gy? Ihr seid Franzose? Wo habt Ihr so gut Deutsch sprechen gelernt? Es klingt vertraut. Man kann kaum einen Akzent hören.«

»Gott bewahre, ich bin kein Franzose«, wehrte André ab. »Ich bin Burgunder. Aus der Freigrafschaft, nicht aus dem Herzogtum. Wir gehören also auch zum deutschen Kaiserreich.« Er zwinkerte. »Aber gelebt habe ich seit meinem siebten Lebensjahr bei meinem Oheim auf Burg Wildenstein an der Donau – erst als Page und dann als Knappe.«

»Wildenstein an der Donau«, wiederholte Juliana. Das erklärte alles.

»Dreizehn Jahre war ich dort, bis zu meinem Ritterschlag, dann habe ich mich in die Heimat aufgemacht, um meine Eltern zu sehen...« Er brach ab. Seine Miene verdüsterte sich, als habe sich eine Wolke vor die Sonne geschoben. Er schüttelte den Kopf, dann wandte er seinen Blick wieder Juliana zu. Sie wollte ihn eben fragen, warum die Schwertscheide an seiner Seite leer war, als er fortfuhr: »Was ist mit dir? Du hast mir noch immer nicht deinen Namen verraten. Wo kommst du her? Wie es sich anhört, aus Franken.«

»Ich heiße Johannes – von Ehrenberg, wo der Neckar und die Jagst zusammenfließen«, fügte sie unter seinem fragenden Blick hinzu und schalt sich sofort der Dummheit, Ehrenberg genannt zu haben. Anderseits, was konnte es schaden? Sicher war der junge Mann aus Burgund nie an den Neckar gekommen oder hatte jemanden ihrer Familie kennen gelernt.

»Ist dein Vater ein Edelfreier?«, wollte André wissen.

»Ein ehrenhafter Ritter«, stieß sie mit mehr Heftigkeit hervor, als sie es vorgehabt hatte.

André zog die Brauen zusammen. »Das hatte ich nicht bezweifelt. Du allerdings scheinst mir für den Ritterschlag noch zu jung.«

Juliana nickte schwach. Der junge Ritter de Gy sprang auf die Füße. »Genug geruht. Der Tag verrinnt, und wir sollten uns auf den Weg machen, wenn wir Pampalona heute noch erreichen wollen.«

Das Mädchen erhob sich ebenfalls und klopfte sich den Staub von den Kleidern. Sie wanderte neben André her und lauschte ihren Gefühlen. Nein, da war nichts, das sie vor ihm warnte. Anscheinend war er wirklich nur ein harmloser junger Ritter auf dem Weg nach Santiago.

6
Die Nacht des Mordes
Wimpfen im Jahre des Herrn 1307

Die Nacht ist inzwischen hereingebrochen. Ein böiger Wind fegt über den Hof der Pfalz. Die Luft ist drückend schwül. In der Ferne zuckt ein Blitz über den Himmel und erhellt für einen Moment den Wolkenturm, den der Wind auf die Stadt zuschiebt. Auf der Plattform der Hochwarte zündet der Türmer eine Lampe an. Im Geist ist Juliana mit ihm auf dem hohen Turm und schaut nach Norden, wo sie über die kahlen Bergkuppen hinweg die Spitzen der anderen Bergfriede sehen kann, auf denen die Türmer ebenfalls die Lampen mit Öl befüllen. Sie alle gehören zu einem Netz von Burgen, die gemeinsam der kaiserlichen Pfalz Schutz geben: Hornberg, Guttenberg und Horneck, die Burg der Deutschordensherrn, und natürlich Ehrenberg, das Wimpfen am nächsten liegt und wo der Oheim die Mannen überwacht, solange der Ritter Kraft von Ehrenberg mit seiner Familie in Wimpfen und der Pfalz weilt.

Wachsam blicken die Türmer in die Nacht und warnen bei Kriegs- und Feuergefahr. Dann geht das Signal von Turm zu Turm, schneller, als ein Falke fliegen kann.

»Kind, wir sollten gehen«, drängt die Mutter. Sie klingt so hilflos. »Wenn das Gewitter kommt…« Sie lässt die Worte in der Nacht verklingen.

Das Gewitter? Ist es denn nicht schon da? Bricht nicht in diesem Augenblick der schlimmste Sturm über die Familie von Ehrenberg herein, den Juliana bisher erlebt hat? Wird er nicht alles zerstören, was sie bisher kennt? Noch immer klingen ihr die Worte des Wappners in den Ohren, und seine Stimme voller Zorn und Hass. »Heimtückischer Mörder! Holt die Wachen! Verhaftet ihn! Hängt ihn an den nächsten Baum!«

»Ich warte auf den Vater!«, stößt Juliana hervor.
Die Edelfrau gibt einen fiependen Laut von sich. Ihre Schultern beben. »Wir können jetzt nichts tun. Komm mit, ehe wir bis auf die Haut durchnässt werden.«
Es schmerzt Juliana zu sehen, dass die Mutter genauso ratlos ist wie sie selbst. Die Edelfrau flüchtet sich in den Alltag und in das Warten, wie man es ihr beigebracht hat, aber Juliana will nicht nach Hause gehen und warten, bis irgendwer ihnen mitteilt, was andere beschlossen haben. Sie will jetzt und hier erfahren, was mit ihrem Vater passieren wird, und sie muss vor allem wissen, warum er das getan hat. Einen Gegner im Kampf töten, ist eine Sache – aber einen anderen Ritter in einer Kirche niederstechen?
»Mutter, mir ist so übel«, klagt sie und presst die Hand auf ihre Leibesmitte.
»Mein Liebes, kein Wunder, bei diesem schrecklichen Anblick, soll ich dich…?«
»Nein, nein«, stößt Juliana hervor und weicht vor der Edelfrau zurück. »Macht Euch keine Sorgen. Ich komme gleich wieder. Bleibt hier!«
Sie wendet sich ab und hastet davon. Sie schlüpft zwischen den Burgmannen hindurch, die in kleinen Gruppen zusammenstehen und miteinander flüstern. Auch ein paar der Frauen sind aus den umliegenden Häusern aufgetaucht. Blutige Neuigkeiten werden schnell wie Leuchtfeuer weitergetragen!
Juliana hält inne und sieht sich um. Ihr ist zwar übel, aber sie hat sich nicht davongemacht, um sich ohne Zuschauer übergeben zu können. Niemand scheint auf sie zu achten. Gut. Sie schiebt das Tor zum Palas auf und schlüpft in den unteren Saal. Rock und Mantel gerafft, tastet sie sich zur Treppe. Ein Blitz erhellt kurz den Arkadengang und den großen Saal, in dem der König seine Empfänge gibt und seine Feste feiert. Juliana huscht über den Steinboden zur gegenüberliegenden Wand. Die schmale Tür zwischen den Wandbehängen ist geschlossen. Juliana drückt die Klinke herunter und zieht die Tür zaghaft ein

Stück auf. Wenn sie nur nicht quietscht! Immerhin ist bereits ein Jahr vergangen, seit der König sie zum letzten Mal benutzt hat. Zu ihrer Erleichterung öffnet sie sich völlig geräuschlos. Juliana erkennt die Stimme von Gerold von Hauenstein und dann die des Vaters. Zaghaft tritt sie auf die Königsempore hinaus und schiebt sich dann geduckt bis an das Geländer.

»Ich werde ihnen berichten, dass er sofort tot war und nichts mehr sagen konnte«, dringt die Stimme des Dekans zu ihr herauf. »Glaubt mir, mein Freund, es ist besser so.«

»Oh ja«, sagt der Vater mit bitterer Stimme. »Wer ist schon bereit, sich die ganze Wahrheit anzuhören...«

»...und ihr dann noch Glauben zu schenken«, fügt der Dekan grimmig hinzu.

»Nun, dann werde ich Euch wohl um eine weitere gute Tat bitten, verehrter Freund, bevor Ihr das letzte Gebet für mich sprecht und meinen Tod betrauert, denn sterben werde ich müssen. Ihr wisst, wie stolz sie sind. Sie werden keine Ruhe geben, ehe ihr Ordensbruder gerächt ist. Bitte sorgt dafür, dass ein Schwert mir den Kopf vom Hals trennt. Der schimpfliche Makel des Galgens würde meiner Familie ewig anhängen.«

Juliana schlägt die Hand vor den Mund, um den aufsteigenden Schrei zu unterdrücken. Das kann nicht sein. Das darf nicht sein!

Der Vater seufzt. »Es war dumm von mir anzunehmen, Gott könnte vergessen. Der Allmächtige vergisst keine Tat. Er lässt sich nur manches Mal Zeit, bis er sein flammendes Schwert zückt, um es strafend herabsausen zu lassen. Ich habe es verdient und bin bereit, SEINE Entscheidung anzunehmen.«

»Redet keinen Unsinn«, fährt ihn Gerold von Hauenstein an. »Der Herr vergisst nicht, da habt Ihr Recht, aber er vergibt.« Anklagend zeigt er auf die blutige Leiche zu ihren Füßen. »Das ist nicht die Strafe Gottes. So einfach dürfen wir es uns nicht machen. Wie leicht ist es, die Hände in den Schoß zu legen und alles SEINEM Willen zuzuschreiben.«

»Einfach, sich dem Henker zu übergeben?«, braust Kraft von Ehrenberg auf.

»Nichts tun ist immer einfacher als handeln!«

Der Vater setzt zum Widerspruch an, aber der Dekan gebietet ihm zu schweigen.

»Ruhig jetzt, wir haben nicht viel Zeit. Es gibt eine andere Möglichkeit, und ich glaube, sie wird dem Allmächtigen gefallen. Wir haben schnell zu handeln. Ihr müsst fort von hier, Freund, auf unbekannten Pfaden gehen, und nur der Herr im Himmel kann sagen, ob Ihr Euer Ziel erreicht und ob Ihr jemals zurückkehren werdet. Dann jedoch wäre Euer Gewissen und Euer Name wieder rein – und Euer Versprechen erfüllt.«

»Ich glaube, Ihr habt nicht verstanden, was ich Euch gesagt habe«, schnaubt der Ritter. »Ist Euer Gedächtnis so kurz?«

Unten im Palas wird die Tür geöffnet. »Ich dachte, ich hätte das Fräulein hier hineingehen sehen«, dringt eine Männerstimme bis zu Juliana in ihrem Versteck.

»Mit meinem Gedächtnis ist alles in Ordnung«, versichert ihm der Dekan, »und ich habe nicht nur sehr genau zugehört, ich habe Eure Worte auch verstanden.«

»Juliana?«, erklingt die Stimme der Mutter.

Ihre Finger umklammern die Lehne des Königssessels. Nicht jetzt! Die Männer in der Kirche werden sie hören.

»Ich denke an eine sehr lange Reise – durch Burgund und Frankreich, über die Pyrenäen hinüber, durch Navarra und Kastilien bis nach Galicien, wo das Ende der Welt zu finden ist.«

Eine kleine Pause tritt in der Kapelle ein. Juliana vernimmt wieder die Stimme der Mutter: »Du musst dich irren, guter Mann, sie ist weggegangen, weil es ihr übel wurde. Nimm deine Fackel und folge mir. Sie wird beim Steinhaus sein oder schon zur Brücke vorgegangen.«

»Bis ans Ende der Welt?«, fragt der Vater.

»Nicht ganz. Die Pilgerreise geht bis zum Grab des heiligen Apostels, nach Santiago de Compostela.«

Kraft von Ehrenberg zieht scharf die Luft ein.»Santiago – Kastilien – ja, ich glaube, ich verstehe Euch.«

»Gut. Lasst mich sehen, was ich machen kann. Sie werden sich dieser kirchlichen Entscheidung nicht so einfach beugen.« Gerold von Hauenstein seufzt.»Wir werden um eine kleine Täuschung nicht herumkommen, wenn Euer Leben noch etwas wert sein soll. Der Herr im Himmel möge mir verzeihen.«

Juliana hört ein Scharren. Sie reckt den Kopf, um über die Brüstung sehen zu können. Der Dekan steht neben dem Toten, die blutige Klinge in den Händen. Es sieht so aus, als wolle er sie auf den Altar legen, dann scheint er sich anders zu besinnen, zieht ein Tuch aus seinem Rock und wickelt die Waffe ein.

»Wem gehört der Dolch?«

»Swicker von Gemmingen-Streichenberg«, sagt der Vater und deutet auf die leere Lederscheide an der Seite des Toten.

Der Stiftsherr nickt.»Das wird nichts ändern. Seid Ihr bereit, mein Freund?«

Er geht zur Tür und umfasst den Knauf.»Nur Mut, ER hat sich nicht von Euch abgewendet. Wenn das meine Überzeugung wäre, glaubt Ihr wirklich, ich würde meine Seele mit der Sünde belasten, einen heimtückischen Mörder seiner gerechten Strafe zu entziehen?«

Ein trauriges Lächeln huscht über das Gesicht des Ehrenbergers.»Ja, das glaube ich, denn Ihr lasst keinen Freund im Stich, egal, was er vor Gott und den Menschen getan hat. Das Heil Eurer eigenen Seele ist nicht Euer erster Gedanke!«

»Schmeichelt mir nicht! Nehmt Abschied, und dann lasst uns gehen.«

Ritter Kraft von Ehrenberg sieht noch einmal zu dem Ermordeten zurück und folgt dann dem Stiftsherrn aus der Kirche. Die Tür fällt hinter den Männern ins Schloss. Stille senkt sich herab. Totenstille. Seltsam eindringlich wird dem Mädchen bewusst, dass es mit dem Ermordeten allein ist, dem Toten, den ihr eigener Vater niedergestochen hat. Sie kann es noch immer nicht fassen. Schwebt der Geist des Ritters Swicker noch durch die Kapelle? Kommt er zurück, um an der Tochter des Frevlers Rache zu nehmen? Furcht überfällt sie und drängt sie davonzulaufen, so schnell sie kann. Nur mit Mühe gelingt es ihr, ruhig zu bleiben, um auf der dunklen Empore nicht zu stolpern. Endlich schließen sich ihre Finger um den Türknauf. Juliana huscht zurück in den Palas, durchquert den Saal und hastet die Treppe hinunter. Sie erreicht den Hof noch rechtzeitig, um zu sehen, wie Dekan von Hauenstein einem Wachmann das Schwert des Vaters überreicht.

»Kraft von Ehrenberg, haben wir Euer Wort, dass Ihr nicht entfliehen werdet?«, fragt der Stiftsherr. Der Ritter verspricht es. »Gut, dann folgt mir.«

Der Franzose und der Wappner stellen sich ihm in den Weg. »Wo bringt Ihr ihn hin? Gibt es hier in der Pfalz nicht drei Türme mit Verliesen?«

»Ich habe Euch gesagt, dass das Verbrechen gesühnt wird. Zweifelt Ihr an meinem Wort?«

»Nein«, sagt der Franzose widerstrebend.

»Ich werde ihn nach St. Peter ins Tal bringen«, gibt der Dekan Auskunft. »Da die Tat in einer Kirche begangen wurde, hat auch die Kirche ein berechtigtes Interesse an dem Fall.« Der Wappner öffnet den Mund, wird aber von dem Stiftsherrn mit einer Handbewegung zum Schweigen gebracht. »Obwohl der Ritter sein Wort gegeben hat, nicht zu entfliehen, werde ich zwei Burgmannen zu seiner Bewachung mitnehmen. Das dürfte den Herren sicher genügen!«

Juliana kann spüren, dass die beiden Mitbrüder des Getöteten nicht einverstanden sind, doch sie widersprechen nicht mehr und lassen die vier Männer auf die Zugbrücke zugehen. Juliana fängt den Blick ihres Vaters auf.

Warum?, fragt sie ihn stumm. Er hat Tränen in den Augen. Seine Lippen formen einen Abschiedsgruß. Dann ist er mit seinen Bewachern in der Finsternis verschwunden. Verloren steht das Ritterfräulein in der Nacht, zwischen all den Menschen, deren aufgeregte Stimmen von den Mauern zurückgeworfen werden. Sie fühlt sich allein.

Ein Blitz erhellt die kaiserliche Pfalz, ein Donnerschlag lässt die Feste erbeben. Dann öffnet der Himmel seine Schleusen, als wolle er mit einer zweiten Sintflut alle Sünder hinwegschwemmen.

7
Pampalona

Juliana und André wanderten durch das Tal der Arga, vorbei an ärmlichen Weilern. Kieferwälder spendeten ihnen Schatten, später säumte die saftig-grüne Flussaue ihren Weg. Eine alte Brücke kreuzte die Arga, dann verließen sie das Wasser und stiegen auf einen bewaldeten Hügel, passierten eine einsame Kapelle und folgten dem Pfad wieder hinab. André war eigenartig schweigsam, nachdem er vor der Kirche so forsch auf seine Begleiterin zugegangen war. Ein paarmal versuchte Juliana, ein Gespräch zu beginnen.

»Warum ziehst du nach Santiago? Was treibt dich zum Grab des Apostels?«

»Hm«, brummte André, »kein besonderer Grund. Einfach so. Die weite Reise und das Abenteuer, nachdem ich so viele Jahre hinter Mauern auf einer Felsnadel über der Donau festgesessen habe.«

Juliana war nicht überzeugt, fragte jedoch nicht weiter. Schließlich gingen sie seine Gründe nichts an. Wer wusste schon, was er seinem Gott im Gebet versprochen hatte und warum.

»Und du? Was führt dich hierher?«

Darauf hätte sie gefasst sein sollen! Wie konnte sie sich nur so leichtsinnig auf gefährlichen Grund hinauswagen. »Ja, also, das ist so«, stammelte sie. Plötzlich stand ihr Wolfs Gesicht ganz deutlich vor Augen, und es erschien ihr wie eine himmlische Errettung.

»Auf der Burg gab es einen Jungen, Wolf, er war Page, später Knappe, und drei Jahre älter als ich. Wir waren Freunde. Irgendwann begann er, vom heiligen Jakobus zu erzählen und von dessen Grab im fernen Galicien. Ein paar Jahre später zog er los und ist nicht wieder zurückgekommen.«

»Und nun suchst du ihn?«

Juliana zögerte. »Ja ...« Sie schwieg. »Bist du mit deinem Pferd auf die Reise gegangen?«, wechselte sie das Thema.

»Wie kommst du darauf?« André schien überrascht.

»Nun ja, deine Stiefel eignen sich besser zum Reiten als zum Laufen, und auch dein Rock ist der eines Reiters.«

»Gut beobachtet«, stimmte er ihr widerstrebend zu. »Ich habe es vor den Pyrenäen zurückgelassen – sowie auch mein Kettenhemd und den Helm.«

»Nur von deiner Schwertscheide willst du dich nicht trennen«, fügte das Mädchen hinzu.

»Nein«, sagte André nur und strich über das noch neue Leder. Seine Miene verdunkelte sich wieder, und er schien in Gedanken an einen anderen Ort zu reisen. »Außerdem ist es zu Pferd keine echte Pilgerreise«, sagte er unvermittelt in schroffem Ton. »Man muss sich dem Apostel zu Fuß nähern.«

»Dann kann das dort drüben kein Pilger sein«, vermutete Juliana und zeigte auf einen Mann, der in raschem Tempo den Hügel hinunterritt. Sie hatten sich ein Stück vom Weg entfernt und am Stamm eines alten Ahornbaumes niedergelassen. André schnitt gerade ein Stück Speck in zwei Teile und reichte seinem Begleiter einen. Bei Julianas Worten sah er auf. Der Mann beugte sich weit über den Hals des Tieres. Seine graubraune Kutte flatterte im Wind.

»Ein Bettelmönch auf solch einem Pferd«, rief André erstaunt. »Und sieh, wie er im Sattel sitzt, als habe er sein ganzes Leben dort verbracht.«

»Vielleicht hat er das Tier gestohlen«, mutmaßte das Mädchen.

»Möglich. Nicht unter jeder Kutte ist ein reines Herz.«

»Vielleicht ist er eigentlich ein Ritter, der eine schlimme Tat begangen hat, und zur Sühne einem Bettelorden beigetreten ist«, spann sie den Faden weiter. »Doch das ist ihm nicht genug.

Er will sichergehen, dass ihm alle seine Sünden vergeben werden. Daher pilgert er nun nach Santiago.«
»So ein Blödsinn!«, stieß André schroff aus. Das Mädchen sah den schlanken jungen Mann an ihrer Seite erstaunt an. »Ich meine«, verbesserte er sich mit gepresster Stimme, »das würde ihm nichts nützen, wenn er auf seiner Pilgerfahrt ein Pferd stiehlt. Dann ist sie nichts mehr wert.«
»Gut, dann ist es eben sein Pferd, das er heimlich behalten hat, als er ins Kloster eintrat.«
André lachte ein wenig gezwungen und erhob sich. »Du hast eine blühende Phantasie. Vermutlich ist er gar kein Pilger. Er könnte ein Bote sein, oder er sucht jemanden, daher ist er so in Eile.«
Da war sie wieder, diese Beklemmung, und dieses Mal so stark, dass sie Juliana vor sich nicht mehr verleugnen konnte. Sie musste sich eingestehen, dass das ungute Gefühl schon beim ersten Blick auf den Reiter in ihr aufgekeimt war.
So ein Unsinn!, schimpfte sie sich im Stillen. Sei kein hysterisches Weib. Nur weil er eine Franziskanerkutte trägt wie Bruder Rupert? Es musste inzwischen Tausende Männer geben, die dem heiligen Franz von Assisi nacheiferten und in seine Bruderschaft eingetreten waren. Sie hatte gehört, der Heilige wäre sogar selbst diesen Weg gepilgert und habe auf seiner Reise Klöster gegründet. Und doch konnte sie den finsteren Bruder Rupert nicht mehr aus ihren Gedanken verdrängen. Als sie ihren Weg fortsetzten, hörte sie André kaum zu, der nun plötzlich wieder munter war und erzählte, was er über die Orte an ihrem Weg gehört hatte.
»Bald erreichen wir die große Stadt Pampalona. Ich bin schon sehr gespannt! Sieh nur, dort drüben hinter der Brücke kannst du die Basilika der Dreieinigkeit erkennen. Das Hospital gehört den Augustinerherrn von Roncesuailles, wie auch das Kloster, in dem wir heute die Nacht zugebracht haben. Sie müssen ihnen Abgaben bezahlen. Fray Lorenzo hat mir gestern Abend davon erzählt.«

Sie passierten die vielbögige Brücke und sahen auf das Wasser herab, das hier schäumend über felsige Abbrüche rauschte. Juliana und André beobachteten ein paar Männer, die an einem hölzernen Mühlrad arbeiteten. Andere waren dabei, die Flechtwände der neuen Mühle aufzurichten. Auf einem Karren lag bereits der untere Teil des Mühlsteines. Sicher würde die Kraft mehrerer Männer nötig sein, um ihn an seinen Platz zu wuchten.
Die beiden Pilger gingen weiter. Nicht einmal eine Stunde später trafen sie wieder auf den Río Arga, der sich wie eine Schlange nach Westen wand. Sie schritten über die Puente Magdalena, hinter der sich die Mauern von Pampalona aus der grünen Flussaue in den Nachmittagshimmel reckten.

* * *

»Sprecht Ihr Baskisch? Spanisch? Französisch?«, schallte ihnen eine Stimme entgegen, noch ehe sie das Stadttor erreichten. Ein zerlumpter Junge von acht oder neun Jahren trat ihnen in den Weg. »Ich kann auch ein wenig Italienisch. Wollen die Herren eine Führung durch die drei Städte? Bitte, ich weiß alles und erzähle Euch spannende Geschichten. Es kostet Euch nur zwei sanchete oder ein tornés chico oder was Ihr an kleinen Münzen dabeihabt. Ich nehme alles. Die Juden wechseln sie mir. Bitte, überlegt es Euch, ob Ihr es riskieren wollt, in dieser berühmten Stadt eine wichtige Sehenswürdigkeit zu versäumen.« Nun musste der Junge Luft holen.
»Verschwinde!«, raunzte ihn André an und hob die Hand, als wolle er ihm eine Ohrfeige verpassen. Der Junge duckte sich, wich aber nur einen Schritt zurück und sah noch immer abwechselnd von einem zum anderen.
»Kennst du die Geschichte von Kaiser Karl und dem Ritter Roland?«, wollte Juliana wissen.
»Sí, sí, Carlomagno. Ich kenne alle Geschichten, die der Franken und die der Basken. Ihr müsst mir nur sagen, auf welcher

Seite Ihr steht und wer der Held sein soll.« Er streckte seine schmutzige Hand aus und sah Juliana aus weit aufgerissenen Kinderaugen an.

Ihr entfuhr ein Lachen. »Du bist hartnäckig und geschäftstüchtig, mein Kleiner.« Sie kramte eine Kupfermünze aus ihrem Beutel. »Mehr kann ich nicht entbehren. Für wie viele Geschichten reicht das?«

Der Junge betrachtete die Münze und ließ sie in seinem Kittel verschwinden. Dann streckte er André die Hand entgegen. »Wenn der edle Herr auch noch eine Münze hat, dann darf er die Geschichten ebenfalls hören, und ich führe Euch zu San Nicolás, San Lorenzo und zu San Cernín – und zum Palast des Königs natürlich.«

André schwankte zwischen Lachen und Ärger, gab dem Knirps schließlich aber eine Münze. »Gut, dann wollen wir aber den Kaiser als Helden. Wie heißt du?«

»Miguel, nach dem Erzengel«, sagte der Junge, zog sich den viel zu weiten Kittel zurecht und winkte ihnen, ihm an der Mauer entlang zum Nordtor zu folgen, während er sogleich mit seiner Geschichte über Karl den Großen begann.

»Wenn Ihr es vorzieht, den fränkischen Spielleuten zu glauben, dann war Pampalona zu dieser Zeit eine von Heiden und grimmigen Muselmanen bewohnte Stadt.« Er zog eine Grimasse, um zu zeigen, was er von dieser Version hielt. »Drei Monate belagerte Carlomagno die uneinnehmbaren Mauern ohne Erfolg. Dann kniete er nieder und flehte unseren San Jacobo um Hilfe an.« In einer Art Singsang sprach er die Verse: »Da zerbarsten, aufgrund der Bitten des heiligen Jakobs, die Mauern von ihren Grundfesten aus. Den Sarazenen, die sich taufen ließen, wurde das Leben geschenkt; diejenigen, die es ablehnten, kamen unters Messer.« Der Junge räusperte sich und spuckte in den Morast. »Sarazenen in Pampalona«, sagte er verächtlich. »Es war nicht die Taufe, die darüber entschied, wer eine Klinge in den Leib bekam.« Leise fügte er hinzu. »Ich frage mich immer wieder, ob Iacobus uns damals wirklich verraten hat.«

Pampalona bestand aus drei einzeln ummauerten Stadtteilen. Miguel führte sie ein Stück an der Außenmauer entlang, die vom Fluss aus gesehen beeindruckend hoch über ihnen aufragte. Sie reihten sich in den immer dichter werdenden Strom aus Menschen, Karren und Vieh ein, der auf das Stadttor zustrebte.

»Das ist das Portal del Abrevador«, sagte der Junge. »Von dort kommen auch heute noch die Fremden, die sich in der Stadt niederlassen... Allerdings nicht hier in den Mauern um die Kathedrale, denn dieses Viertel gehört den echten Navarresen. Außer den Juden, die in den Gassen südlich der Kathedrale wohnen, gibt es hier keine Fremden. Wir nennen unsere Stadt übrigens Irunga.«

Er führte sie zur Kathedrale und zeigte ihnen die größte Pilgerunterkunft, die direkt an ihre Mauern angebaut war. Dort drängten sich viele Männer und ein paar Frauen, meist an ihren zerlumpten Gewändern, an den Stäben und Kürbisflaschen als Pilger zu erkennen. Ein paar von ihnen trugen stolz die Jakobsmuschel am Hut oder an die Brust geheftet, zum Zeichen, dass sie ihr Ziel bereits gesehen hatten.

Während Miguel die beiden Fremden über den Platz vor der Kathedrale führte, erzählte er vom berühmten König Sancho el Mayor, der die Stadt zu Reichtum und Glanz geführt hatte.

Durch das Westportal betraten die drei die Kirche. Julianas Blick fiel auf die düster vor ihnen aufragende Rückwand des Chorgestühls, das das Mittelschiff fast völlig einnahm und ihnen den Blick auf den Altar verwehrte. Sie schritten durch das Seitenschiff an der mit beschädigten Schnitzereien versehenen Wand vorbei, die bis zur dritten Säule reichte.

Die Kathedrale war in einem erbärmlichen Zustand. Figuren waren von ihren Sockeln gestürzt, Schmuckwerk von den Wänden gerissen. In manchen Bereichen drohte gar der Einsturz. Zwar sah Juliana ein paar Gerüste, auch waren manche Bogen mit Holzstempeln abgestützt, sie konnte jedoch keine Handwerker entdecken, die sich der Schäden annahmen.

Dafür wurde am Kreuzgang eifrig gebaut. Mehrere Steinmetze saßen im Hof und formten Sandsteinblöcke für das prächtige Maßwerk der Spitzbogen, die den Innenhof mit dem Brunnen umfassten.

Miguel fuhr mit seiner Geschichte fort. »Der König war recht großzügig mit seinen Privilegien, die er an die Franken in San Cernín und San Nicolás gab. Das erfreute die alteingesessenen Basken nicht gerade. Und dann, vor dreißig Jahren, loderte der bis dahin schwelende Zorn in hellem Hass auf. Ein fränkisches Aufgebot von bewaffneten Männern stürmte die Navarrería. Sie plünderten die Kathedrale und zerstörten viele Häuser. Noch heute sind die Schäden an vielen Stellen zu sehen. Nun will der König ein Castillo in die Mitte bauen, das zu keinem der Viertel gehört, um die Navarrería zu schützen. Einen Graben haben sie schon ausgehoben, dort wo die Mauern hochwachsen sollen. Wir werden daran vorbeikommen, wenn wir nach San Nicolás hinübergehen.«

Sie passierten zwei Tore und durchschritten das Frankenviertel San Nicolás. Miguel plapperte ohne Unterlass, zeigte auf Kirchen und Klöster und wusste zu jedem Bauwerk eine Anekdote zu berichten. Inzwischen hatten sie das nördliche Barrio erreicht und standen vor der trutzigen Wehrkirche San Cernín, die sich an die Stadtmauer lehnte.

»Wie lange bleiben die Herren in Pampalona?«, wollte der Junge wissen, als ihm keine Geschichte mehr einfiel. »Soll ich Euch ein gutes Quartier empfehlen? Alle Pilger rasten hier – viele für ein paar Tage!«

Juliana fuhr herum. »Alle Pilger? Bist du sicher, dass jeder in der Stadt Quartier nimmt?«

»Aber ja!« Miguel nickte heftig mit dem Kopf. »Es ist die wichtigste Stadt in Navarra.«

Die Erregung stieg ganz plötzlich in Juliana hoch. »Kennst du alle Spitäler und Pilgerherbergen?«

Wieder nickte der Junge. »Das sind eine ganze Menge. Die größte Armenherberge ist das Hospital von San Miguel gegenüber der Kathedrale, dann gibt es die dort drüben, die zur Kirche San Cernín gehört, das Hospital San Llorente, das Hospital de los Labradores und das de Santa Catalina und dann vor der Stadt an der Magdalenenbrücke das Spital der Leprosen...«

Juliana hob abwehrend die Hände und der Junge verstummte. Ihr Mut sank. Dennoch fragte sie:

»Wenn du jemanden suchen wolltest, einen Pilger, wo würdest du beginnen?«

»Einen armen oder einen reichen?«

Das Ritterfräulein zögerte. »Einen armen Mann«, sagte sie dann.

»Geht zur Kathedrale«, schlug Miguel vor. »Fast alle klopfen dort zuerst an. Ich kann Euch nachher hinbegleiten – aber zuerst zeige ich Euch noch den Palast. Ich habe ihn absichtlich bis zum Schluss aufgespart. Wenn wir Glück haben, lassen uns die Wachen heute näher heran, denn unser König Ludwig und seine Gemahlin Margarete von Burgund sind mit dem Infanten gerade nicht in der Stadt.«

Juliana unterdrückte ein Stöhnen. Sie war müde und hungrig, und ihr taten die Füße weh. Alles, was sie wollte, war eine Bank, auf die sie sich setzen konnte, und einen Teller mit warmem Essen. Und einen Menschen, der ihr sagte, dass er den Vater vor nicht allzu langer Zeit gesehen hatte und dass er wohlauf war.

* * *

Die Nacht war hereingebrochen. Juliana saß mit einigen anderen Pilgern im großen Refektorium des Spitals. Nach dem üppigen Essen fühlte sie sich schläfrig. Sie hatte die Schuhe ausgezogen und knetete sich die geschwollenen Füße. Auf der anderen Seite stimmten ein paar Männer ein französisches Pilgerlied an. Unwillkürlich summte das Mädchen mit. André lehnte neben ihr an der Wand. Er hatte die Augen geschlossen und schnarchte leise.

Der Mönch, der ihnen das Essen ausgeteilt hatte, kam, um die leeren Schalen einzusammeln. Das war eine gute Gelegenheit. Das Ritterfräulein fasste sich ein Herz und fragte ihn nach ihrem Vater. Sie beschrieb den Ritter genau. Bruder Basilius neigte den Kopf zur Seite und musterte Juliana. Erstaunen zeichnete sich in seiner Miene ab.

»Das ist ja seltsam«, sagte er und schüttelte den Kopf.

»Was?« Ein Hoffnungsschimmer rieselte durch ihren Körper.

»Erst gestern hat jemand nach dem gleichen Pilger gefragt – aus Franken sagst du? Vom Ufer des Neckars?«

Das Mädchen erstarrte. Was hatte das zu bedeuten? Wer konnte sich hier in Navarra nach dem Vater erkundigen? Fast überhörte sie, was der Mönch hinzufügte.

»Und nach einem blonden Mädchen von siebzehn Jahren hat er gefragt, ebenfalls aus Franken.«

»Wie ist ihr Name?«, mischte sich André ein, der erwacht war und anscheinend zugehört hatte. »Du bist doch von dort? Hast du mir das nicht gesagt? Vielleicht kennst du sie?«

Juliana keuchte. »Nicht sehr wahrscheinlich«, würgte das Fräulein hervor, »es gibt in Franken viele Orte und Burgen. Man kann nicht alle von ihnen kennen.«

Der Mönch legte die Stirn in Falten, dann erhellte sich seine Miene. »Jetzt fällt es mir wieder ein: Juliana von Ehrenberg!«

»Von Ehrenberg?«, wiederholte André und sah das Mädchen überrascht an. »Aber sagtest du nicht...« Er verstummte, als Juliana ihm mit dem Ellenbogen in die Rippen stieß. Der Blick, den er ihr zuwarf, versprach jedoch nichts Gutes. Sie musste sich eine plausible Geschichte einfallen lassen, und zwar schnell!

Als sie zum Schlafsaal hinübergingen, platzte der junge Ritter mit seiner Frage heraus. »Du kennst dieses Mädchen, nicht? Du bist doch auch von Ehrenberg?« In seinem Blick war etwas Lauerndes.

Juliana schüttelte den Kopf. »Nein, ich habe dir nicht meinen richtigen Namen gesagt. Entschuldige, das war nicht recht von mir. Ich nannte Ehrenberg, weil es mir in den Sinn kam. Ich war zu Gast auf der Burg und hörte von dem Mädchen, das sich auf den Pilgerweg gemacht hat. Sicher kam mir deshalb der Name in den Sinn.« Sie sah ihn prüfend an. Würde er ihr diese Geschichte abnehmen?

»Ach so ist das«, sagte André, ohne sie aus den Augen zu lassen. »Willst du mir nun deinen richtigen Namen verraten?«

Juliana senkte den Blick. »Nein, lieber nicht. Wenn du nun allein weiterziehen willst, kann ich das verstehen.«

Der junge Ritter schüttelte den Kopf. Noch immer sah er sie aufmerksam an. »Unsinn. Wir haben das Recht, vor den Menschen unsere Geheimnisse zu bewahren. Gott kennt die Wahrheit – ist das nicht genug?«

Etwas brüsk wandte er sich von ihr ab und legte sich auf ein Lager, das in einiger Entfernung zu der Matratze war, auf der Juliana ihre Tasche und den Rucksack abgelegt hatte.

»Du hast gesagt, du würdest einen Edelmann suchen«, sagte er nach einer Weile, ohne sie anzusehen. »Ich denke, es handelt sich eher um ein Edelfräulein! Auch du suchst nach diesem Mädchen. Wer aber mag der Ritter sein, nach dem du dich erkundigt hast? Ihr Ehemann? Ihr Bruder oder Vater? Ist sie davongelaufen? Vor ihm oder vor dir?« André schien keine Antwort zu erwarten, sondern kehrte Juliana den Rücken zu und rollte sich unter seiner Decke zusammen.

✤ ✤ ✤

Auch der nächste Morgen hielt eine Überraschung für Juliana bereit. Sie hatte sich früh erhoben und löffelte gerade im fast leeren Saal einen Teller Haferbrei, als ein Mann in einer Kutte hinter sie trat. Sie achtete nicht auf ihn, sah nur den groben Stoff aus den Augenwinkeln. Das Mädchen schob die letzten Reste Brei in den Mund und leckte genüsslich den Löffel ab. Erst jetzt merkte sie, dass die Gestalt in der Kutte noch immer hinter ihr stand. Sie konnte seinen Blick in ihrem Rücken spüren. Das Kribbeln begann in ihrem Nacken und wanderte langsam an ihr hinab. Sie wusste bereits, wer es war, bevor er zu sprechen begann und sie seine tiefe Stimme hörte.

»Einen gesegneten Morgen wünsche ich. Ist das nicht der junge Johannes aus Franken? Nein, welch Überraschung, dass wir uns wieder begegnen, nachdem wir uns so unerwartet aus den Augen verloren haben!« Die muskulöse Gestalt trat um den Tisch herum und setzte sich ihr gegenüber, eine volle Breischale in den Händen. Ein Lichtstrahl ließ die Narbe an seinem Hals weiß schimmern.

»Euch auch einen guten Morgen, Bruder Rupert«, seufzte das Mädchen. »Ganz so unerwartet ist unser Wiedersehen für Euch sicher nicht. Ihr seid schnell unterwegs gewesen!« Er brummte nur, senkte den Blick auf seine Schale und begann, gleichmäßig den Brei in sich hineinzuschaufeln.

»Habt Ihr es plötzlich so eilig, das Apostelgrab zu sehen, dass Ihr auch die Nächte durchwandert?«, fragte sie sarkastisch.

»Nein«, antwortete er mit vollem Mund, »ich bin bereits seit gestern hier, dachte aber, ich könnte hier noch etwas Warmes essen, bevor ich mich weiter auf den Weg mache.«

»Gestern schon? Ach, dann seid Ihr mit Engelsflügeln geflogen – oder gar auf dem Rücken eines teuflisch schwarzen Pferdes?«

Nun hob der Bruder die dichten Brauen und sah das Mädchen an. »Dann habe ich dich wohl überholt, ohne dich zu sehen? Ja, ich bin geritten. Es gibt noch wahre Christenmenschen, und einer davon musste sein Pferd nach Pampalona bringen, da er es dorthin verkauft hat. Meine Füße brauchten ein paar Stunden Schonung. So hatten wir beide etwas von dem Geschäft.«

Das Ritterfräulein glaubte ihm kein Wort. Er hatte nach ihr gesucht und keine Mühen gescheut, sie einzuholen. Warum? Was wollte er von ihr?

»Es war nicht klug von dir, den Weg über die Pyrenäen allein auf dich zu nehmen«, brummte der Mönch und kratzte sich den Bart. Vermutlich hatte sich Ungeziefer darin eingenistet. »Es ist nur Gottes Nachsicht mit dir zu verdanken, dass du nicht in ernsthafte Schwierigkeiten geraten bist. Haben wir nicht oft genug darüber gesprochen? Hast du die Elenden in Valence vergessen, die den Räubern in die Hände gefallen sind?«

Juliana presste trotzig die Lippen aufeinander. Wer war er, dass er sich erlauben konnte, ihr solche Vorhaltungen zu machen? Sie ließ die leise Stimme in sich nicht zu Wort kommen, die ihr sagte, dass er vollkommen Recht hatte.

»Danke, ich bin gut zurechtgekommen«, sagte sie patzig. »Und das werde ich auch in Zukunft!«

»Das freut mich zu hören.« Bruder Rupert ließ sich nicht provozieren.

André kam verschlafen in den Saal, gähnte und sah sich um. Er zögerte einen Moment, dann trat er an den Tisch, begrüßte Juliana und stellte sich dem Bettelmönch vor.

»Ihr kennt euch?«, wollte er wissen, während er die massige Gestalt des Bettelmönchs musterte.

»Ja, wir hatten das Vergnügen, von Freiburg bis zum Fuß der Pyrenäen miteinander zu reisen«, sagte der Mönch, ohne den Blick von dem Ritterfräulein zu wenden. »Und es ist eine Freude, dass wir uns hier so ganz zufällig wiederbegegnen, so dass wir von nun an unseren Weg gemeinsam fortsetzen können. Schließlich ist uns Pilgern allen wohl bewusst, wie gefährlich es ist, wenn wir allein und schutzlos über die Landstraße wandern!«

Juliana wich dem Blick aus den braunen Augen aus. »Ich bin nicht allein«, widersprach sie. »Ritter André de Gy wird mit mir gehen.« Sie sah den jungen Mann aus Burgund flehend an.

»Ja, das stimmt«, sagte er zögernd, »dennoch muss ich dem Bruder zustimmen, dass einer größeren Gruppe von Pilgern sicher weniger Gefahren drohen als ein oder zwei Männern.« Er streckte dem Bettelmönch die Hand entgegen. »Wohl dann,

Bruder Rupert, wandern wir zusammen. Ich will nur rasch eine Schale Brei leeren. Dann können wir aufbrechen.«
Der Mönch schob seine Hände in die Ärmel und neigte den Kopf. Juliana sah, wie sich der ungepflegte Bart, der so gar nicht zu einem Mönch passte, zu einem zufriedenen Lächeln teilte. Sie unterdrückte einen Seufzer. Was blieb ihr anderes übrig, als sich zu fügen? Schließlich sprach nichts dagegen, sich wieder in Bruder Ruperts Gesellschaft zu begeben – nichts außer das seltsame Gefühl in ihrer Magengrube.

8
Die Buße
Wimpfen im Jahre des Herrn 1307

Juliana schläft nicht in dieser Nacht. Selbst wenn sie die Augen schließt, erscheint das Bild, als wäre es in ihre Lider geprägt: der Vater mit blutigen Händen, den Griff des Dolches umklammert, über die Leiche gebeugt.

Die Leiche. Allein das Wort lässt sie schaudern. Am Nachmittag war er noch Swicker von Gemmingen-Streichenberg gewesen, der jüngste Sohn von Mutters Oheim. Ein Tempelritter, der im Heiligen Land kämpfte, kaum dass er den Ritterschlag erhalten hatte. Erst gestern hatte er ihr von Akkon erzählt, von der letzten Schlacht, in der sich selbst die tapferen Templer geschlagen geben mussten. Er verriet ihr seinen Traum: einmal Jerusalem sehen, den Tempelberg, wo die armen Ritter Christi ihre Wurzel hatten, die heilige Grabeskirche und die Davidsburg. Er sagte, der Großmeister wolle mit dem Papst sprechen, und dann würde es einen neuen Kreuzzug geben. Einhundertzwanzig Jahre lang war Jerusalem nun wieder in den Händen der Muselmanen – seit Saladin im Jahre des Herrn 1187 in die heilige Stadt einzogen war. Nun war es an der Zeit, dass die Al-Aksa-Moschee wieder zum Tempel Salomos erhoben wurde.

Der Templer Swicker war ein ernster Mann, der nicht viele Worte brauchte, mit einem von Kampf und Entbehrung gehärteten Körper und gebräunter Haut. Er trug sein sandfarbenes Haar kurz und einen dichten Bart an Wangen und Kinn. Juliana konnte den Blick nicht von ihm wenden. Die Ritter und anderen Freien, die sie kannte, rasierten sich stets sorgfältig und ließen ihr langes Haar offen auf die Schultern fallen. Kurzes Haar war ein Zeichen von Unfreiheit! Und doch würde niemand, der Swicker sah, auf die Idee kommen, er wäre ein unfreier Bauer. Ihn adelte diese ungewöhnliche Haartracht, wie sie auch bei seinen Mitbrüdern üblich war, auf ganz eigene Weise. Der Templer Swicker sah weniger herausgeputzt aus als sein Waffenbruder Jean de Folliaco. Der dunkle Franzose legte offensichtlich mehr Wert auf die Pflege seines Hauptes und verbrachte viel Zeit damit, das Ungeziefer zu bekämpfen. Aber auch sein Haupthaar war so kurz, dass man den Nacken sehen konnte.

Die Eltern hatten den Vetter der Mutter mit seinem Waffenbruder nach Burg Ehrenberg geladen und ihm zu Ehren eine reiche Tafel decken lassen. Der glatzköpfige Servient Bruder Humbert, der die beiden Ritter begleitete, durfte sich ans untere Ende der Tafel setzen und an dem Festmahl teilnehmen. So, erklärten die Templer, sei es auch auf ihren Burgen der Brauch. Die Wappner, die kämpfenden Servienten also, durften mit im Refektorium essen – wenn auch an eigenen Tischen. Die anderen dienenden Brüder dagegen, egal ob Knecht, Stallbursche oder Handwerker, aßen in der Küche oder einer eigenen Kammer.

Der Ritter von Ehrenberg ließ heute nicht weniger als zwanzig Gänge auftragen und forderte die Gäste immer wieder auf, kräftig zuzugreifen, vom Kapaun und vom Auerhahn, von Karpfen und von den Wachteln, den Krebsen und der Rehkeule, in Honig gedünstetem Hasen und Pfefferküken. Es gab Früchte in Wein eingelegt, Mandelspeisen und gezuckerte Mehlköße. Lachs aus dem Neckar, den die Gewöhnlichen so oft essen mussten und der während der Woche ab und zu auch hier im Saal auf den Tisch kam, ließ er natürlich nicht auftragen.

»Das seid Ihr sicher nicht gewöhnt«, sagte Ritter Kraft von Ehrenberg mit einem Lächeln. »In den Komtureien werdet Ihr schmälere Kost bekommen – oder gar auf den Burgen, draußen im Okzident – nun ja, damals, bevor Euch die Sarazenen aus dem Heiligen Land vertrieben haben.« Er sah den Franzosen und seinen Waffenbruder abwechselnd an. »Oder stimmen die

Gerüchte vom sagenhaften Reichtum und Überfluss, in dem die Templer schwelgen, etwa? Dann ist unsere Tafel natürlich nur Alltag für Euch!«
War da ein Hauch von Abneigung gewesen? Gar Feindseligkeit? Gegen den Vetter der Mutter oder die Templer allgemein?

Juliana liegt still auf dem Rücken, die Hände über dem Leib gefaltet, und versucht, sich jedes Wort, jede Geste, jeden Blick ins Gedächtnis zurückzurufen. Irgendwo in der Vergangenheit muss der Schlüssel zu dieser für sie unfassbaren Tat liegen. Sie will eine Antwort auf das Warum, das im Takt ihres Herzschlages durch ihren Geist hallt.

»In den Regeln unseres Ordens haben unser Ordensgründer Hugo von Payens und der heilige Bernhard festgelegt, dass die Brüder dreimal in der Woche Fleisch zu essen bekommen. In guten Zeiten kann das Essen besser sein, in schlechten Zeiten müssen wir uns bescheiden«, erwiderte Ritter Swicker steif.

»Also ich habe stets vortrefflich gegessen«, hörte Juliana den Franzosen sagen, doch Swicker fuhr fort, als habe er die Worte nicht vernommen.

»Reich sind wir nicht, und wir leben auch nicht im Überfluss. Wir haben, wie alle Brüder anderer Orden, ein Gelübde abgelegt: Armut, Keuschheit und Gehorsam. Was wir brauchen, um die Pilger zu schützen, das ist unser Eigentum: unsere Pferde, unsere Rüstung und unsere Waffen. Alles andere gehört dem Orden.«

»Pilger? Was für Pilger? Das Heilige Land ist verloren. Ich glaube nicht, dass sich der Papst und der König auf einen neuen Kreuzzug einlassen.«

Swicker sah Juliana an, die den Blick errötend senkte.

»Das weiß bisher nur Gott der Herr. Es gibt immer Hilflose und Bedürftige, die es zu schützen lohnt. Denkt nur an Santiago, die Straße nach Sankt Jakob. Auch dort haben wir Burgen errichtet und wachen über die Sicherheit der Wege.«

Santiago – da ist es wieder. Gibt es einen Zusammenhang? Warum schickt der Dekan Vater nach Santiago und nicht nach Rom? Auch dort würde er den Ablass für eine solch große Sünde wie einen Mord erhalten. Welche Absicht steckt dahinter? Oder ist es nur ein Zufall, dass Jakobus und nicht Petrus Vergebung schenken soll?

Juliana fasst einen Entschluss. Sie wird nach St. Peter ins Tal gehen und mit Dekan von Hauenstein sprechen. Er muss es einfach zulassen, dass sie ihren Vater trifft und die in ihr brennenden Fragen stellen kann. Wird er ihr antworten? Wolfs Gestalt huscht durch ihren Sinn. Seine Stimme hallt geisterhaft in ihr wider. Wird auch ihr Vater von Sankt Jakob nicht zurückkehren? Ist das die letzte Möglichkeit in ihrem Leben, ihn zu sehen und zu umarmen?

Juliana schlüpft unter der Decke hervor, greift nach ihren Kleidern und schleicht nackt und barfuß aus der Kammer. Einen Moment lauscht sie noch dem Schnarchen der Kinderfrau. Sie hat nichts bemerkt. Kein Wunder, sie ist nahezu taub. Vor vielen Jahren war sie die Amme der Mutter und drei ihrer Geschwister gewesen, zog sie auf und kümmerte sich um sie und blieb dann auch nach ihrer Vermählung bei Sabrina von Gemmingen, um nun für ihre Kinder zu sorgen. Doch die Mutter war nicht vom Glück gesegnet. Vier Totgeburten, zwei Kinder, die das erste Jahr nicht überlebten, und ein Sohn, den ein Fieber dahinraffte. Nur ihre erste Tochter – Juliana – hatte die schlimmen Jahre unbeschadet überstanden. Und dann war ihr durch Gottes Gnade vor zwei Jahren doch noch ein Sohn geschenkt worden. Johannes. Welch großes Glück! Der Vater bestand darauf, eine junge Amme zu nehmen, die Tag und Nacht über sein Wohlergehen zu wachen hatte. Er wollte kein Risiko eingehen, den ersehnten Erben wieder zu verlieren.

Die Stube ist verlassen. Rasch schlüpft Juliana in Cotte, Surkot und Schuhe, hüllt sich in ihren Umhang und tritt auf die noch dunkle Gasse hinaus. Der Morgen ist kaum mehr als ein Schimmer am östlichen Horizont. Die Stadt schläft noch. Dennoch ist es für das Edelfräulein nicht schwierig, die Bergstadt Wimpfen ungesehen zu verlassen. Seit vielen Jahren schon ist die Mauer für die aufstrebende Stadt zu eng geworden, die alles daran setzt, dem König immer mehr Privilegien zu entreißen, bis sie den anderen freien Reichsstädten ebenbürtig ist. Die Zeiten, da die Wormser Bischöfe hier das Sagen hatten, sollen endgültig vorbei sein. So kommen mit jedem Jahr mehr Bürger und Hintersassen. Auch einige Judenfamilien haben sich hier niedergelassen. Viele Jahre lang redete man nur davon, dass die Ansiedlung im Süden vor der Mauer, rund um das Spital und bis hinauf zum Kloster der Dominikaner auf dem Hügel, mit zur Stadt gehören müsse, nun endlich lässt man Taten folgen. Im Westen ist die neue Stadtmauer schon fast fertig. Viele ihrer Steine stammen von der alten Mauer im Süden, die nun abgebrochen wird. Statt eines Grabens zieht sich nun eine neue Hauptgasse am Spital entlang durch die Stadt. Jeden Tag ist ein ganzes Heer von Männern dabei, den neuen Graben zu vertiefen und Steine zu Mauern aufzuschichten, während Frauen und Kinder Mist und Schlamm treten und den Mörtel rühren, Erde wegschleppen und Wasser holen. Noch liegt viel Arbeit vor ihnen: Der gesamte Osten der neuen, großen Stadt ist ein einziges, offenes Tor.

Juliana geht durch die neue Hauptstraße am Spital vorbei und verlässt ungehindert die Stadt. Der Karrenweg bringt sie den Hügel herunter ins Neckartal. Sie passiert den Friedhof mit der Kirche. Als sie die Talstadt erreicht, ist die Sonne bereits aufgegangen und das Stadttor geöffnet. Eilig überquert sie den Platz mit den Linden und betritt die Kirche der Stiftsherren durch das alte Westportal. Es ist still. Die ersten Sonnenstrahlen dringen durch die hohen Spitzbogenfenster im Chor und bringen das farbige Glas zum Leuchten. Heute hat Juliana nicht die Muße, die in den Rechtecken dargestellten Geschichten aus dem Neuen und Alten Testament zu betrachten. Sie durchquert das Mittelschiff und strebt auf die Tür im nördlichen Querschiff zu. Sie klopft, aber es rührt sich nichts. Sind die Stiftsherren noch nicht da, oder wollen sie bei ihrer Kapitelversammlung nicht gestört werden? Den Kreuzgang zu betreten, der hinter dieser Tür liegt, wagt Juliana nicht. Auch wenn dies kein Kloster ist und die adeligen Herren statt in der Gemeinschaft einer Klausur in eigenen Häusern in der Talstadt leben, können sie es nicht gutheißen, wenn eine Frau in das Stift eindringt.

Hinter dem Mädchen ertönen Schritte. Es ist der alte Mesner, der mit gebeugtem Haupt auf sie zuschlurft.

»Einen guten Morgen und Gottes Segen«, grüßt sie ihn. »Sind die Herren im Kapitelsaal?«

Der Alte sieht sie einige Augenblicke verwirrt an, dann schüttelt er den Kopf. »Nein, ist noch zu früh. Ein paar der Herren waren vor Sonnenaufgang da, um die Gebete zu den Laudes zu sprechen und zu singen, aber die sind schon wieder weg.«

»Und der Dekan?«, bohrt Juliana weiter.

»Der Herr von Hauenstein wird daheim bei seinem Frühmahl sitzen«, vermutet der Mesner. »Ich habe ihn heute noch nicht gesehen.«

»Er kam nicht zu den Laudes?«

Der Alte schüttelt den Kopf und tappt weiter auf den Altar zu. Juliana folgt ihm.

»Wisst Ihr, wo der Gefangene ist, den der Dekan in der Nacht mit zum Stift brachte?«

Der Mesner bleibt stehen und dreht sich zu ihr um. »Ein Gefangener? Hier im Stift?« Er klingt empört. »So etwas haben wir nicht! Wenn du nach einem Gefangenen suchst, musst du oben in der Pfalz zu den Bergfrieden gehen. Dort gibt es Verliese.«

Das Mädchen verabschiedet sich und tritt wieder auf den Platz hinaus. Neben dem Haus des Propstes Heinrich von Duna ist das des Dekans das prächtigste. Sie klopft nicht an, sondern schiebt die Tür auf und tritt in die Halle. Juliana war schon oft hier, entweder mit den Eltern zum Mahl geladen oder zu ihren

Unterrichtsstunden bei dem väterlichen Freund, der mit ihr in Büchern gelesen und sie Französisch und Latein gelehrt hat. Sicher ist er in der kleinen Stube mit dem Kachelofen, in der er stets seine Mahlzeiten einnimmt, wenn keine Gäste zu bewirten sind. Vielleicht hat er den Vater mit zu sich genommen und sitzt jetzt in diesem Augenblick mit ihm zusammen bei Gewürzwein und kaltem Fleisch. Ihr Herz beginnt rascher zu schlagen. Die Hoffnung, ihn zu sehen, treibt sie an, die Angst vor der Wahrheit, die sie nicht hören will, hält sie zurück. Stufe für Stufe steigen ihre weichen Lederschuhe nach oben. Die Tür zur großen Stube ist nur angelehnt. Ein Lichtstreif fällt auf den Gang. Worte schallen ihr entgegen. Die Hand auf der Klinke bleibt das Ritterfräulein stehen.

»Wenn ich diesen Pfaffen zwischen meine Fäuste bekomme!«, knurrt eine Stimme, die Juliana bekannt vorkommt.

»Wie könnt Ihr solche Reden führen!«, ereifert sich die noch helle Stimme des Jungen, der als Schüler und Page dem Dekan dient. »Mein Herr ist ein edler Mann.«

»Bruder Humbert, mäßige dich! Es steht dir nicht zu, so über den Dekan zu sprechen. Lass uns den Bericht erst zu Ende hören.« Es ist die weiche Stimme des Franzosen, Swickers Reisegefährten. »Nun, mein Junge, du sagtest, der Dekan sei heute Nacht mit dem Ritter von Ehrenberg in dieses Haus gekommen, und sie hätten lange beisammen gesessen und miteinander gesprochen?«

»Ja, Herr.«

»Aber nun sind sie nicht mehr da. Wohin sind sie gegangen?« Juliana scheint es, als könne der Franzose nur mühsam seine Ungeduld zügeln.

»Ich weiß es nicht. Der Herr hat es mir nicht gesagt. Wenn er ausgeht, frage ich nicht wohin.«

»Hast du den Männern nicht Wein gebracht oder etwas zu essen?«

»Ja, schon«, gibt der Junge zu.

»Dann konntest du vielleicht hören, was gesprochen wurde.«

Eine Pause tritt ein. Irgendjemand räuspert sich. Dann hört Juliana wieder die unsichere Stimme des Schülers. »Ich glaube nicht, dass es mein Herr schätzt, wenn ich über seine Angelegenheiten plaudere.« Er hat das letzte Wort noch nicht ganz ausgesprochen, da rumpelt es in der Stube, als sei ein Stuhl umgefallen, und der Junge stößt einen Schrei aus.

»Sprich, du kleine Ratte«, brüllt Bruder Humbert, der Franzose schreit: »Lass den Jungen los, Humbert, ich warne dich nur einmal.« Für einige Augenblicke ist nur ein unterdrücktes Schluchzen zu hören.

»Hör zu«, fährt Jean de Folliaco in betont freundlichem Ton fort. »Mein Waffenbruder Ritter Swicker von Gemmingen-Streichenberg ist vergangene Nacht in der Pfalzkapelle von Kraft von Ehrenberg getötet worden. Davon hast du doch sicher gehört?« Anscheinend nickt der Junge.

»Gut. Der Dekan hat den von Ehrenberg in Gewahrsam genommen, der sein Ehrenwort gab, nicht zu fliehen und sich dem Gericht auszuliefern. Nun kommen wir hierher, und weder der Dekan noch der Mörder sind anzutreffen, wie es uns doch zugesichert wurde. Wie kann ich ohne meinen Waffenbruder zu unserem Großmeister zurückkehren und nicht einmal Auskunft darüber geben können, was aus dem Mörder und seinem Fürsprecher geworden ist? Also bitte, wenn du etwas weißt, dann sage es uns.«

Der Junge scheint zu überlegen. Endlich sagt er gepresst: »Ich brachte meinem Herrn und dem Ritter von Ehrenberg Wein, Brot und Käse, als sie in der Nacht erschienen und nach mir schickten. Die Knechte und der Koch waren bereits nach Hause gegangen. Nur ich bleibe auch über Nacht. Sie sprachen von Orten, die ich nicht kenne, und von den Gefahren einer langen Reise. Als ich den Weinkrug noch einmal füllen kam, redeten sie über Burg Ehrenberg. Der Ritter wollte dorthin reiten, aber der Dekan verbot ihm, das Haus zu verlassen. Der Ritter sagte, es sei wichtig und dürfe nicht in falsche Hände geraten, dennoch wollte der Dekan nicht nachgeben. Später rief mich mein Herr noch einmal und trug mir auf, ein Bündel voller Proviant zu packen und eine Kürbisflasche mit Wein zu füllen. Er schickte mich auch nach einem alten Umhang und einem groben Hemd, die er in einer Truhe auf dem Boden aufbewahrte. Dann ist er gegangen. Der Ritter von Ehrenberg legte sich in der Gästekammer zur Ruhe, und auch ich suchte mein Lager auf, da man meiner nicht mehr bedurfte. Als ich am Morgen erwachte, waren weder der Ritter noch mein Herr im Haus. Ich kann Euch wirklich nicht mehr berichten. Ich schwöre es! Bitte glaubt mir.«

Anscheinend tun es die Brüder des Templerordens, denn Juliana hört den Jungen voll Erleichterung die Luft ausstoßen. Da schlägt unten die Haustür zu. Das Mädchen sieht sich panisch um. Wo kann sie sich verbergen? Schritte auf der Treppe. Sie schiebt die nächste Tür auf und schlüpft in die Schreibkammer mit dem Sekretär, ein paar Scherenstühlen und zwei großen Eichentruhen. Hinter der nur angelehnten Tür bleibt sie stehen und presst das Ohr an den Spalt.

»Einen gesegneten Morgen wünsche ich Euch«, hört sie die Stimme des Dekans. »Albert, du kannst jetzt gehen.« Er wartet, bis sich die Schritte des Jungen entfernt haben, ehe er weiterspricht. »So früh am Morgen habe ich die Herren Tempelritter nicht erwartet, sonst wäre ich natürlich zu Hause gewesen, um Euch zu empfangen. Ich hoffe, Ihr könnt mir verzeihen.«

Ein Knurren ist zu vernehmen, das vermutlich von Bruder Humbert stammt.

»Ich gebe zu, ich bin ein wenig irritiert«, antwortet der Franzose mit seinem weichen Akzent. »Wir möchten wissen, wo sich der von Ehrenberg befindet und wann der Prozess beginnen wird.«

»Es wird keinen Prozess geben«, sagt der Dekan sanft.

»Was?«, schreit der Wappner.

»Die Kirche hat ihr Urteil gefällt und dem Sünder eine Buße auferlegt, die ihn von seiner Schuld reinwaschen wird. Seid ohne Sorge, der Tod Eures Bruders bleibt nicht ungestraft.«

»Eine Kirchenbuße für einen Mord? Ein paar Ave Marias auf den Knien beten«, schaltet sich Jean de Folliaco wieder ein. »Ich frage Euch noch einmal: Wo habt Ihr ihn versteckt? Ich möchte mit ihm sprechen.«
»Das ist nicht möglich«, antwortet Gerold von Hauenstein. »Er ist nicht mehr in Wimpfen. Ich habe ihn schon vor Stunden verabschiedet.«
Juliana presst die Hand vor die Lippen, um den Schrei zu unterdrücken, der in ihr aufsteigt. Der Vater ist bereits weg. Ohne ein Wort des Abschiedes, ohne einen Gruß oder Segen – und ohne eine Erklärung.
»Weg? Ihr habt ihn gehen lassen?« Eine Pause entsteht. Der Templer stößt einen Pfiff aus. »So ist das, eine Bußpilgerschaft habt Ihr ihm auferlegt. Wohin? Für einen Mord wird er ja sicher nicht nur zur Wallfahrtskapelle ›Unserer lieben Frau im Nussbaum‹ auf den Höchstberg geschickt«, sagt er ein wenig sarkastisch.
»Nein, da habt Ihr Recht, Tempelritter«, bestätigt der Dekan in seiner ruhigen Art. Juliana ist es, als könne sie ihn sehen, wie er vor den erregten Männern steht, mit hocherhobenem Kopf, zu seiner beeindruckenden Größe aufgerichtet, die Arme vor dem Leib verschränkt, die Hände in den weiten Ärmeln verborgen. Er lässt sich nicht aus der Ruhe bringen – zumindest hat Juliana das, seit sie sich erinnern kann, nie erlebt.
»Nun sagt uns schon, wohin er sich auf den Weg gemacht hat, damit wir unserem Großmeister berichten können.« Der Franzose lässt nicht locker. »Habt Ihr ihn nach Rom geschickt?« Er lacht kurz auf. »Oder gar bis ins Heilige Land?«
»Tut mir Leid, ich kann Euch keine Auskunft geben. Das ist eine Sache zwischen dem Ritter von Ehrenberg und seinem Beichtvater, das müsst Ihr verstehen. Und nun bitte ich Euch, zu gehen. Ich muss mich eilen, dass ich noch rechtzeitig zur Kapitelversammlung komme.«
»Verfluchter Pfaffe, so einfach kommt Ihr nicht davon!«, ereifert sich der Wappner.

»Bruder Humbert«, ruft der Franzose harsch, »wenn wir zurück sind, wirst du diesen Vorfall beichten und für diesen Fluch und die Beleidigung eine Strafe auf dich nehmen!«

»Ja, Ritter de Folliaco«, murrt der Servient. Die beiden Männer verlassen die Stube. Juliana sieht die Gestalten in den Flur treten und die Stubentür sorgfältig hinter sich schließen.

»Ich wüsste zu gern, wo der Dekan sich heute Nacht herumgetrieben hat«, murmelt der Templer, als er auf die Treppe zustrebt.

Das ist auch eine Frage, die Juliana keine Ruhe lässt. Sie begibt sich zum Westtor und fragt die Wachen. Es dauert eine Weile, bis sie den Mann gefunden hat, der in der Nacht am Tor stand.

»Seltsam, das haben mich auch der Templer und sein Wappner gerade erst gefragt«, sagt der Wächter und mustert Juliana vom Kopf bis zu den Füßen.

»Und, hast du ihnen die gewünschte Auskunft gegeben?«, bohrt das Mädchen weiter.

»Nein.«

»Was heißt nein?« Sie unterdrückt einen Seufzer. Sehr gesprächig ist der Wachmann nicht gerade. Jedes Wort muss man ihm wie einen Wurm aus der Nase ziehen.

»Nein heißt, dass ich den Herrn Dekan nicht gesehen habe und ihnen die gewünschte Antwort nicht geben konnte.«

Das Mädchen mustert den Posten mit zusammengekniffenen Augen. Sagt er die Wahrheit? Hat der Dekan die Stadt nicht verlassen? Dann kann er auch nicht nach Ehrenberg geritten sein. Juliana erkundigt sich noch nach ihrem Vater, aber anscheinend hat auch er dieses Tor in der Nacht nur stadteinwärts passiert.

In Gedanken wandert das Mädchen die breite Hauptstraße entlang, die hinter dem Osttor in die Landstraße übergeht. Diese führt weiter nach Eisesheim und dann bis Heilbronn am anderen Ufer des Flusses. Wenn der Vater nach Süden reist, dann hat er die Stadt sicher in diese Richtung verlassen. Ein

Schatten berührt sie. Juliana schreckt zurück und sieht auf – direkt in die dunklen Augen des Franzosen, der ihr zusammen mit dem Wappner entgegenkommt. Der Tempelritter bleibt stehen und neigt den Kopf.

»Verzeiht, edles Fräulein, ich wollte Euch nicht erschrecken.« Er tritt beiseite in den von Karrenrädern durchfurchten Morast und lässt das Mädchen passieren.

»Danke«, stotterte sie, rafft die Röcke und eilt weiter. Es ist ihr, als spüre sie seinen Blick im Rücken. Hat er sie erkannt? Sie muss es annehmen, war er doch mit seinem Waffenbruder und dem Servienten zwei Tage auf Ehrenberg zu Gast. Vielleicht jedoch war auch er in Gedanken versunken und hat daher nicht recht hingesehen. Immerhin hat er sie nicht mit ihrem Namen angesprochen.

Juliana traut sich nicht sich umzudrehen, zu sehr fürchtet sie, dass sie sich damit erst recht in seinen Geist drängt.

Der Wachmann am Osttor erkennt das Ritterfräulein und lässt sich durch ihr Flehen schnell erweichen. Vermutlich hofft er, dafür noch ein paar makabere Details dieses aufregenden Vorfalls aus dem Mund der Tochter zu erfahren.

»Es war bestimmt noch zwei Stunden vor dem Morgengrauen, als Euer werter Herr Vater hier auftauchte, angetan mit einem einfachen Mantel und mit einem Stab in der Hand, wie einer dieser gewöhnlichen Pilger, die manchmal im Stift Unterkunft begehren. Erst hatte er ja vor, mit dem Boot meines Oheims und dessen Sohn über den Fluss zu setzen, aber zu dieser finsteren Stunde würde keiner der Apostelfischer seinen Kahn zu Wasser lassen – und bis zum Morgengrauen, wenn die Fischer ohnehin auf den Neckar rausfahren, wollte er nicht warten. Also ließ ich ihn zum Türlein hinaus und schloss es hinter ihm wieder sorgfältig ab«, betont der Mann.

»Warst du nicht erstaunt, dass er um diese Zeit und in so ungewöhnlicher Kleidung vor dir stand?«, will Juliana wissen, die wohl ahnt, dass sich der Wächter diesen Verstoß gegen die Stadtordnung hat versilbern lassen.

Er schüttelt den Kopf. »Nein. Unser verehrter Dekan von Hauenstein war ja vorher bei mir und hat mir seinen Wunsch dargelegt, als er mit seinem Ross um Mitternacht davonritt. Er zeigte sich sehr großzügig.« Der Wächter errötet. »Wie könnte ich mich den Bitten eines so wichtigen Mannes im Stift verweigern?«

Also hat der Dekan dafür bezahlt, dass der Vater bereits seit Stunden auf der Reise sein kann.

»Das war ganz richtig von dir«, lobt ihn Juliana, obwohl er ihr dadurch die Möglichkeit geraubt hat, sich von ihrem Vater zu verabschieden.

»Ach, waren gerade der Templer und sein Wappner bei dir und haben dir ähnliche Fragen gestellt?«

»Ja, woher wisst Ihr das?«

Juliana zuckt mit den Schultern. »Das war nicht schwer zu erraten«, murmelt sie. »Und? Hast du ihnen Auskunft gegeben?«

Die Augen des Wächters huschen unruhig umher. »Nein, was denkt Ihr? Das sind Angelegenheiten der Stadt und des Stifts. Da hat sich so ein fremder Templer nicht einzumischen. – Noch dazu ein Franzose!«, fügt er hinzu.

»Aber nun berichtet mir, Fräulein, wie hat sich das Unglück in der Pfalzkapelle zugetragen?« Sein Blick ist nun fest auf das Gesicht vor ihm gerichtet.

Das Mädchen seufzt. Das ist wohl der Preis, den sie für seine Auskünfte bezahlen muss.

9
Eunate

Sie verließen die Stadt und wanderten nach Ciçur Minor* hinauf, wo die Caballeros del Hospital de San Juan de Jerusalém – die Ritter des Johanniterordens – ein prächtiges Kloster gebaut hatten. Die drei Pilger umrundeten die Wehrkirche mit dem niederen, zinnenbestückten Turm und folgten weiter dem Weg, der unerbittlich auf die vor ihnen aufragende Bergkette zuhielt, die sie bereits von Pampalona aus gesehen hatten.

»Müssen wir da hinüber?«, stöhnte Juliana.

»Ich denke ja«, nickte Bruder Rupert. »Ich habe mich nach unserem weiteren Weg erkundigt. Er führt über den Alto del Perdón.«

Noch stieg der Weg nur sanft bergan. Sie durchquerten ein Dorf mit einem Herrensitz etwas abseits auf einem Hügel. Nun wurde der Weg spürbar steiler, und auch die Sonne brannte mit jeder Stunde heißer vom wolkenlosen Himmel. Zwischen vertrockneten Feldern und Dornengebüsch stiegen sie den staubigen Pfad hinauf. Juliana blieb immer häufiger stehen und griff nach ihrer Wasserflasche. Ihre Füße waren heiß und brannten in den Schuhen. Der warme Wind, der durch das braune Gras strich, schien Natur und Wanderer auszudörren.

»So ging es auch dem Pilger vor langer Zeit«, durchbrach Andrés Stimme das Schweigen, »der sich – wie wir jetzt – nach Wasser sehnte, und dem dann der Teufel erschien, um ihn in Versuchung zu führen. Kennt Ihr die Geschichte? Ein alter Pilger hat sie mir gestern in der Herberge erzählt.«

---

* heute: Cizur Menor

Bruder Rupert schüttelte nur stumm den Kopf, während Juliana den jungen Ritter aufforderte zu erzählen.

»Nun, es war ein heißer Tag, und die Sonne brannte vom Himmel. Längst schon hatte der Pilger den letzten Rest aus seiner Kürbisflasche geleert, und die Zunge klebte ihm am Gaumen. Er war gar am Verdursten, da trat ein grün gekleidetes Männlein aus den Büschen und bot ihm an, ihm eine Quelle zu zeigen. Der Pilger war erfreut und wollte gern mit dem Männlein gehen, doch es sagte: ›Nur eine winzig kleine Bedingung müsst Ihr erfüllen, dann könnt Ihr Euch an dem kühlen Nass laben: Ihr müsst Gott und seinen Heiligen abschwören.‹ Der Pilger wehrte empört ab und schleppte sich trotz seines Durstes weiter den steilen Hang hinauf. Da erschien ihm der heilige Jakobus. Er trat zu ihm und reichte ihm seine Muschel, die mit reinem Wasser gefüllt war. Er ließ den Pilger trinken und stillte dessen Durst. Andere sagen, Sankt Jakob habe mit seinem Stab auf die Erde geschlagen, und Wasser sei hervorgesprudelt. Jedenfalls soll es unterhalb der Passhöhe seitdem eine Quelle geben, die noch nie versiegt ist.« Beifall heischend sah André seine Begleiter an. Der Bettelmönch kratzte sich nur das kurze Haupthaar und seinen schmutzigen Bart, in dem wohl schon wieder das Ungeziefer sein Unwesen trieb.

Juliana stöhnte: »Ich hoffe, wir finden die Quelle. Meine Flasche ist leer.« Ihr Gesicht war schweißnass und gerötet.

Bruder Rupert nahm die seine vom Gürtel und reichte sie ihr. »Hier, trink.« Sie zögerte, griff dann aber dankend zu. »Ist es nicht unsere Pilgerpflicht?«, brummte der Mönch und unterbrach damit ihren Dank.

Sie erreichten den Pass, über den der Wind fast mit Sturmesstärke hinwegbrauste. Die Wanderer zogen sich ihre Mäntel wieder über und beeilten sich, die Höhe hinter sich zu lassen. Ein Stück weiter oben sahen sie das geduckte Gebäude der Wallfahrtskapelle, die der Bergkette ihren Namen gab. Doch keinen von ihnen drängte es, über den windgepeitschten Kamm hinaufzusteigen, um dort ein Gebet zu sprechen.

Der Abstieg war fast so mühsam wie der Aufstieg. Nicht nur dass der Weg steil hinabführte und ihre Umhänge immer wieder an Brombeerranken und Dornengebüsch hängen blieben. Schlehen und Weißdorn, mit glänzenden Beeren behangen, säumten den Pfad, ansonsten war der Berghang mit hartlaubigen Steineichen bewachsen, die hier oben kaum eine Manneslänge überragten. Encina nannten die Menschen in Navarra diesen Baum. Was den Abstieg jedoch so schwierig machte, waren die mehr als faustgroßen Steinbrocken, die den Staubpfad bedeckten. Sie drückten schmerzhaft durch die dünnen Sohlen. Immer wieder geriet Juliana ins Rutschen, knickte ein oder schlug mit den Fußknöcheln gegen die gerundeten Steine.

»Ah!« Stöhnend blieb das Mädchen stehen und rieb sich die Zehen, die gegen einen der Brocken gestoßen waren. Sie hob den Stein auf und betrachtete ihn.

»Das ist seltsam. Ich kenne solch groben Kies nur von Flussufern.«

Bruder Rupert trat neben sie und nickte. »Ja, der Gedanke kam mir auch schon. Es ist, als wäre hier früher Wasser geströmt, aber wie kann das sein, hier auf der Flanke eines so hoch aufragenden Berges? Wieder eines der Rätsel, die Gottes Natur uns aufgibt.«

»Könnte es die Sintflut gewesen sein, die all die runden Steine hier zusammengeschwemmt hat?«, fragte Juliana und lachte unsicher. »Seht, überall ragen sie aus den Böschungen heraus.«

Es war einer der wenigen Momente, in denen der Mönch lächelte. »Wer kann das schon sagen? Es ist jedenfalls eine Möglichkeit.«

Endlich verschwanden die Steine, und weicher Sandboden schenkte den geplagten Füßen Erholung. Abgeerntete Felder schmiegten sich in die Senken zwischen den steinigen Erhebungen, auf denen nur kärglich von der Sonne verbranntes Gras wuchs. Sie durchquerten ein Dorf, das auf einem flachen Hügel lag. An einem Feldrain hielt Juliana im Schatten eines Baumes

an und setzte sich auf den ausgetrockneten Boden. André ließ sich neben sie fallen.
»Das ist eine gute Idee. Wir sollten es wie die Leute aus Navarra machen und die heiße Stunde zu einer Siesta nutzen.« Bruder Rupert brummte zustimmend. Er packte ein Stück Käse aus und biss herzhaft hinein. Der strenge Geruch vermischte sich mit dem Duft von sonnengewärmter Erde, Lavendel und dem Straßenstaub, der noch immer in der Nase brannte. Juliana zog ihre Schuhe aus, ließ sich ins trockene Gras sinken und schloss die Augen. Wie wohl das tat!
»Da, seht nur, das müssen Tempelritter sein«, hörte sie André sagen. Der junge Ritter war in der zunehmenden Hitze schweigsam geworden, nun im Schatten des Baumes schienen seine Lebensgeister wieder zu erwachen. Seine Stimme klang aufgeregt. »Wie ihre weißen Mäntel im Sonnenlicht schimmern, als wären sie aus Silber.«
»Und wie sie ihre Pferde bei dieser Hitze zu Schanden reiten«, knurrte der Bettelmönch. Juliana blinzelte und öffnete die Augen. In einigem Abstand ritten zwei Männer in flottem Trab ein Feld entlang. Die weißen Mäntel flatterten hinter ihnen her.
»Kannst du das rote Kreuz auf der Schulter erkennen? Ich sehe es nicht. Es könnten auch Deutschordensritter sein. Auch sie tragen weiße Mäntel, nur dass sie ein schwarzes Kreuz darauf haben. Ich habe schon viele von ihnen gesehen. Burg Horneck und ihr Dorf Gundelsheim am Neckar sind eine Komturei der Deutschmeister.« Bruder Rupert hob die Lider und warf dem Mädchen einen raschen Blick zu, sagte aber nichts.
»Deutschordensritter«, wehrte André verächtlich ab. »Wie sollen denn die hier nach Navarra kommen? Das sind Templer, daran ist nicht zu zweifeln. Der Orden ist groß und mächtig geworden, nicht nur im Reich des französischen Königs. Man findet sie überall entlang des Jakobsweges, um den Pilgern beizustehen und sie vor räuberischem Gesindel zu beschützen.« Der Bettelmönch ließ ein Schnauben vernehmen.

»Was? Seid Ihr etwa anderer Meinung?«, rief der junge Ritter aus Burgund und warf dem Bettelmönch einen funkelnden Blick zu.

»Sicher schützen sie hier die Pilger genauso eifrig wie die auf ihrem Weg nach Jerusalem«, knurrte Bruder Rupert.

»Jerusalem ist gefallen!«, ereiferte sich André, »und das war ganz bestimmt nicht die Schuld der Templer! Natürlich können sie nun im Heiligen Land ihre Aufgabe nicht mehr erfüllen. Die Tempelritter haben stets tapfer gekämpft. Selbst gegen die größte Übermacht sind sie nicht zurückgewichen. Nein, mutig haben sie den ungläubigen Feind bestürmt!«

»Ich werfe ihnen keine Feigheit vor, aber vielleicht maßlose Selbstüberschätzung, die an Selbstmord grenzt? Auch so ein Verhalten kann einer Sache schaden.«

»Was wisst Ihr denn schon davon?«, fauchte der junge Ritter. »Papst Clemens wird einen neuen Kreuzzug ausrufen, und ein mächtiges, christliches Heer wird ins Heilige Land ziehen. Sie werden Jerusalem von den Ungläubigen befreien und das Reich Gottes auf Erden errichten. Die tapferen Tempelritter führen das Kreuzfahrerheer zum Sieg!«

»Junger Träumer«, brummte Bruder Rupert. »Die Zeit der Kreuzzüge ist vorbei. Ritter und Bauern wollen lieber in der Heimat leben, als auf einem Zug in den Osten jämmerlich verrecken! Die Sarazenen in Jerusalem mussten sich meist nicht sonderlich anstrengen. Der größte Teil des christlichen Haufens, den du Heer nennst, hat sich auf seiner Reise stets selbst aufgerieben!«

André stemmte die Hände in die Taille und funkelte den Bettelmönch an. »Und doch haben wir das Heilige Land nicht nur einmal erobert!«

»Ein Land erobern oder es auf Dauer halten und besiedeln sind Schuhe verschiedener Größe, mein junger Heißsporn. Das mussten auch die Reconquistadoren aus Kastilien, León und Aragón lernen. Was macht man mit einem Land, das man dem Feind entrissen hat, ohne ein Volk, das darin lebt? Deine

Templer haben es hier in Hispanien schlau gelöst, das muss man ihnen lassen. Da sie von den Königen stets die Burgen und Ländereien direkt an der Frontlinie als Lohn für ihren erfolgreichen Eroberungskampf erhielten, holten sie einfach die vertriebenen Sarazenenfamilien zurück. Nun bearbeiten sie ihre Felder genauso wie vor der Reconquista, nur dass sie an die christlichen Ritter ihre Abgaben leisten statt an ihren Sultan. Ja, schlau und geschäftstüchtig sind die »armen Ritter Christi«, das muss man ihnen lassen.«

»Ihr phantasiert, Bruder!«, schnaubte André. »Redet nicht von Dingen, von denen ein Bettelmönch nichts versteht. Ich kenne die Templer!«

Sicher hatte André Recht, er war ein Ritter, und es gehörte zu seiner Ausbildung, über vergangene Schlachten und andere Ritter Bescheid zu wissen. Und dennoch, dachte Juliana, hatten sich Bruder Ruperts Worte angehört, als wisse auch der Mönch sehr genau, wovon er sprach. Seltsam. Was verbarg dieser muskulöse, bärtige Mann im Gewand des Bettelmönchs? Warum sprach er nie davon, woher er kam, wo er aufgewachsen war und zu welchem Kloster er gehörte?

»Die Templer sind edle und selbstlose Männer, die sich für die armen Pilger aufopfern!«

Bruder Rupert wandte sich ab und begann, sein Bündel zusammenzupacken. »Wenn sie nicht gerade damit beschäftigt sind, fremde Schätze zu bewachen und ihren Reichtum zu mehren«, brummte er in seinen Bart.

Juliana wusste nicht, ob André die Worte nicht verstanden hatte oder ob er sie überhören wollte, denn er fuhr an sie gewandt fort:

»Ich kann es nicht erwarten, auf sie zu treffen. Du musst mit mir nach Eunate kommen«, drängte er. »Es liegt zwar nicht auf unserem Weg, aber ich will es auf keinen Fall versäumen.«

»Warum? Was gibt es dort Besonderes? Ist dir der Weg nach Santiago nicht weit genug, dass du noch nach Umwegen suchst?«

Juliana räkelte sich, fischte nach dem letzten Apfel in ihrem

Rucksack und biss herzhaft in die kleine, saure Frucht. Sie wollte keinen Umweg machen. Schon die Siesta im Schatten dieses Baumes nagte an ihrem Gewissen. Der Vater konnte nur wenige Tagesmärsche voraus sein. Wenn sie sich beeilte, dann könnte sie ihn bald einholen. Dann würden sie zusammen an Sankt Jakobs Grab treten und um Vergebung für Vaters Seele beten. Und dann würde er ihr erzählen, wie es zu dieser schrecklichen Bluttat kommen konnte. Der Templer hatte ihn gereizt, beleidigt oder in die Enge getrieben, dass ihm keine Wahl geblieben war. Den Vater traf keine Schuld! Wie gern würde sie diese Worte glauben.

André ging mit ausladenden Schritten auf und ab. Er breitete die Arme aus. »Es ist – ach, ich kann das nicht erklären, du musst es mit mir zusammen sehen. Es sind doch nur zwei oder drei Stunden, die wir verlieren.«

»Warst du denn schon einmal dort?«, mischte sich Bruder Rupert ein, der auf einem Grashalm herumkaute.

»Nein, natürlich nicht«, fauchte ihn der junge Ritter an. »Wie sollte ich? Ihr wisst genau, dass ich zum ersten Mal nach Santiago wandere.«

»Woher willst du dann wissen, dass Eunate so wichtig ist? Ich habe gehört, es ist nichts weiter als eine Grabkapelle der Templer inmitten von nichts. Ich denke, wir können uns unsere Sohlen sparen und direkt nach La Puent de la Reyna* wandern.«

»Viele Pilger gehen diesen Weg«, behauptete André und funkelte den Bettelmönch aus seinen dunklen Augen an. Das Streitgespräch über die Templer war zu einem Kräftemessen geworden.

Juliana richtete sich auf und warf den Rest des Apfels ins Gebüsch.

»Vielen Dank für Euren Rat, Bruder Rupert. Ihr könnt Eure Sohlen gerne schonen. Wir sind Euch nicht gram, wenn Ihr den

---

* heute: Puente la Reina

direkten Weg weitergeht, aber ich werde mit André nach Eunate ziehen und in der Templerkirche beten.« Sie sprang auf, hängte sich die Pilgertasche über die Schulter und den Rucksack auf den Rücken. Strahlend lächelte sie André an. Es war nicht nur der Gedanke, Bruder Rupert loszuwerden, der sie zu diesem Entschluss trieb. Falls André Recht hatte, dann war vermutlich auch der Vater diesen Weg gegangen, und vielleicht konnte sie in Eunate etwas über ihn in Erfahrung bringen. Der Vater wollte für den Frevel an einem Templer büßen. Würde er da nicht zu ihrer Grabkapelle wandern und vor dem Altar für Swickers Seele beten? Es würde sie nur wenige Stunden kosten. Wenn sie am Abend länger wanderte, konnte sie das Verlorene wieder hereinholen. Wichtig war, dass sie bis zum Abend die Stadt mit der Brücke der Königin erreichte.

»Ich bin bereit. Wir können gehen.«

Der junge Ritter musterte sie ein wenig verwirrt, griff dann aber nach seinem Beutel und folgte Juliana zurück auf den Weg. Bruder Rupert brummte etwas von »unvernünftige Jugend« und »halsstarriges Geschöpf«, ging den beiden jedoch den Weg zur Templerkapelle Santa María de Eunate nach.

»Ich habe gehört, sie halten dort Rituale und wichtige Versammlungen ab«, vertraute André der Ritterstochter so leise an, dass der Bettelmönch, der hinter ihnen schritt, es nicht hören konnte. »Ach, wenn man so etwas einmal ungesehen beobachten könnte!«

* * *

Sie hatten beide Recht. Eunate war nur eine Kapelle inmitten von nichts – oder richtiger gesagt inmitten sich ausdehnender Felder, und dennoch spürte Juliana, was André nicht hatte aussprechen können: den seltsamen Zauber, den dieser Ort ausübte, und der sie froh machte, den Umweg in Kauf genommen zu haben.

Der Bau war achteckig. Um die Kirche herum zog sich ein

Säulengang. An ihrem niedrigen Turm befestigte man nachts eine Laterne, um den Pilgern den Weg zu zeigen, die den Pyrenäenübergang bei Puerto de Somport gewählt hatten und über Jaca, Javier und Eunate weiter nach La Puent de la Reyna zogen, wo sich die beiden Pilgerrouten trafen.

Ein seltsamer Schauder rann Juliana über den Rücken, als sie hinter André unter dem Torbogen hindurch in den mit einem flachen Dach gedeckten Gang trat. Bruder Rupert folgte ihnen nicht. Mit vor der Brust verschränkten Armen stand er in einiger Entfernung und musterte mit kühlem Blick die Kapelle.

Die Bogenpforte zu dem kleinen Gotteshaus öffnete sich, und ein Templer im weißen Mantel trat heraus.

»¡Dos peregrinos jóvenes!« Er neigte den Kopf. »¡Dios otórgamos un buen día!«

Er war klein, aber kräftig gebaut, mit kurz geschnittenem dunklen Haar und einem wuchernden Bart, der bereits von weißen Fäden durchzogen wurde. Sein Blick richtete sich starr auf die beiden Besucher.

Die Worte für »Pilger« und »guten Tag« verstand Juliana. Sie versuchte es mit Latein, aber der Templer schüttelte den Kopf. Er wechselte ins Französische.

»Was wünscht ihr? Wir sind keine Herberge, und ich habe nur wenige Vorräte zu teilen. Wenn ihr beten wollt, so tretet ein. Wenn nicht, dann rate ich euch, euren Weg bis nach La Puent de la Reyna fortzusetzen. Die Sonne schenkt uns noch einige Stunden Licht. Vor der Stadt findet ihr ein Pilgerspital unseres Ordens, das euch Speis und Trank und auch ein Lager geben wird.«

Sein Blick war so durchdringend, dass Juliana unwillkürlich einen Schritt zurücktrat. Hatten sie ihn bei irgendetwas Wichtigem gestört?

André verneigte sich. »Bruder – Ritter – wir freuen uns, hier zu sein und in Eurer Kirche beten zu dürfen. Darf ich Euch fragen, wozu dieser wundervolle Ort in seiner Abgeschiedenheit dem Orden dient? Ich habe gehört, hier werden wichtige Versammlungen abgehalten.« Er sah den Templer erwartungsvoll an. Der Mann verzog keine Miene.

»Es wird viel geredet und vermutet, statt dass die Menschen sich um ihren eigenen Hof kümmern.« Wir sind hier, um in dunkler Nacht mit unserer Glocke und einem Licht den Pilgern ihren Weg zu weisen und unseren Brüdern, die sich für ihre Nächsten aufgeopfert haben, eine ewige Ruhestätte zu geben.«

André dankte dem Tempelritter.

»Und ich glaube dennoch, dass sie hier geheime Treffen abhalten und Rituale feiern«, raunte er Juliana zu, als er die Kapelle betrat. André kniete vor dem einfachen Steinaltar nieder und faltete die Hände. Juliana blieb nahe der Tür stehen. Sie fühlte sich befangen. War es nicht Frevel, wenn sie, die Tochter eines Mannes, der einen ihrer Brüder gemordet hatte, hier im Haus der armen Ritter Christi stand und an ihrem Altar das Wohl ihrer Familie erflehte? Musste sie sich schuldig fühlen? Widerstand regte sich in ihr. Sie war nicht eins mit dem Vater und würde diese Tat nie billigen, ganz egal, was ihn dazu getrieben hatte. Und doch brachte sie es nicht über sich, an den Altar heranzutreten und die Knie zu beugen. Sie spürte den starren Blick des Templers in ihrem Rücken. Man erzählte sich so viele wunderliche Dinge über den Orden. War es gar möglich, dass die Templer in den Herzen anderer Menschen lesen konnten und der Ordensmann ihr finsteres Geheimnis offen sah? Sie wagte nicht, ihn nach dem Vater zu fragen, obwohl sie deshalb hergekommen war.

Ein Hufschlag ertönte. Der Templer verschwand, und bald erklangen drei Stimmen. Sie sprachen schnell und abgehackt. War das Kastilisch? Juliana konnte nichts verstehen. André erhob sich, und gemeinsam traten sie in den Umgang hinaus.

»Siehst du, Kirche und Umgang haben die Form eines Achteckes. Man sagt, die Tempelritter hätten eine ganze Anzahl solcher Kirchen und Kapellen errichtet. Böse Zungen und Hetzer behaupten, sie würden diese Form wählen, weil sie den Sarazenen nahe stehen und auch den Juden.« Andrés Stimme klang empört.»Dabei hat keiner die Ungläubigen hier und in Palästina so bekämpft wie die Tempelritter! In Wahrheit bilden sie das Heilige Grab in Jerusalem nach. Meinst du, wir dürfen uns umschauen?« Der Templer war nicht zu sehen. Man hörte nur Stimmen.

»Da sieh nur, auf dem Säulenkapitell ist der Gekreuzigte dargestellt, aber ohne Kreuz – wie seltsam –, und hier die Apostel.« Den Kopf in den Nacken gelegt schritt André an den offenen Bogen entlang.»Hier, schau, Dämonen, denen Schlingpflanzen aus den Mäulern wuchern, und hier ein Labyrinth. Was das wohl alles zu bedeuten hat?«

Juliana sah nicht zu den Kapitellen auf und auch nicht zu den Menschenköpfen und Dämonenfratzen, die zu ihr herunterstarrten. Sie beobachtete die drei Männer, die sie nun durch die nach Osten zeigenden Bogen sehen konnte. Sie hatten die Stimmen gesenkt, gestikulierten aber ausladend. Die Reiter, die ihr den Rücken zukehrten, trugen dunkle Reisemäntel, waren also offensichtlich keine Templer. Einer von ihnen hatte graues Haar mit einer Tonsur, die Haare des anderen waren schulterlang und hell. Nun schwangen sie sich wieder auf ihre Pferde und schlugen ihnen die Fersen in die Flanken. Ohne sich auch nur einmal umzuwenden, ritten sie um die Kapelle herum und sprengten den flachen Hügel im Westen hinauf.

Der Templer stand noch einige Augenblicke da und starrte auf seine Schuhspitzen hinab, dann hob er ruckartig den Kopf, und sein Blick kreuzte sich mit dem des Ritterfräuleins. Kein Lächeln teilte seinen Bart. Er sah Juliana nur an und ging auf das Eingangsportal zu. War er böse, dass sie sich den Umgang angesehen hatten, oder weilten seine Gedanken noch bei den Besuchern? Das Ritterfräulein zupfte André am Ärmel und drängte ihn zum Tor, unter dem sie mit dem Tempelritter zusammentrafen. Juliana verabschiedete sich und neigte den Kopf, um seinem Blick zu entkommen. Sie musste sich bemühen, dass ihre Stimme nicht zu piepsig klang, so kläglich war ihr plötzlich zumute. Sie zog André hinter sich her, der sie verwundert ansah.

»Was ist mit dir? Fühlst du dich nicht wohl? Du klingst, als hättest du Halsschmerzen.«

»Nein, nein, alles in Ordnung«, krächzte sie. »Ich denke nur, wir sollten uns wieder auf den Weg machen, wenn wir La Puent de la Reyna noch vor dem Abend erreichen wollen. Es ist sicher noch ein Stück. Sie hastete den Hügel hinauf, über den die Reiter verschwunden waren. Oben zeichnete sich die Silhouette von Bruder Rupert ab, der schon ein Stück vorausgegangen war und sich nun umwandte, um auf sie zu warten.

* * *

Sie wanderten unter der brennenden Nachmittagssonne zwischen flachen Hügeln dahin. Die Hügelkuppen waren felsig und nur spärlich mit dürrem Dorngestrüpp bewachsen. In den Niederungen jedoch hatten die Bewohner der umliegenden Dörfer Äcker und kleine Weinberge angelegt, sorgsam mit Steinmauern und Reisig umkränzt, damit die umherziehenden Ziegen im Frühjahr und Sommer nicht das kostbare Grün wegfraßen. Zu dieser Jahreszeit allerdings waren auf den Feldern nur noch braune Stoppeln zu sehen.

»Wir werden natürlich in der Pilgerunterkunft der Templer Quartier nehmen«, sagte André und blickte den Bettelmönch angriffslustig an. Juliana schwieg. Der steile Anstieg zu dem Dorf, das über ihnen auf dem Gipfel eines Hügels aufragte, nahm all ihre Atemluft in Anspruch.

»Aber ja«, stimmte ihm Bruder Rupert spöttisch zu. »Es sei denn, wir ziehen in Erwägung ›extra muros‹ hinter der Brücke zu nächtigen. Doch ich vermute, dass es keinen von uns in ein Lepraspital zieht.«

André warf dem Mönch einen bösen Blick zu. Bevor sich die beiden wieder zanken konnten, mischte sich Juliana ein.

»Gibt es denn nur eine Pilgerherberge in La Puent de la

Reyna? Ich dachte, es sei eine wichtige Stadt.« Keuchend hielt sie an und presste die Handfläche auf ihre stechende Seite. Bruder Rupert blieb neben ihr stehen. Sein Atem ging noch immer ruhig, und sein Gesicht war nicht mehr gerötet als sonst.

»Ich habe gehört, es gibt zwei Spitäler – das der Templer und noch ein anderes, das aber nur kranke und verletzte Pilger aufnimmt.«

André hatte bereits die ersten Häuser des Dorfes erreicht. Mit einem Seufzer folgte ihm Juliana und nahm den Rest des Aufstiegs.

10
Zurück nach Ehrenberg
Wimpfen im Jahre des Herrn 1307

»Wir werden nach Ehrenberg zurückkehren«, sagt die Mutter. »Wo um alles in der Welt bist du gewesen? Ich habe den Knappen und Wachmann Großhans ausgesandt, dich zu suchen.«

»Ich war unten im Stift.«

Die Mutter nickt nur und fährt fort, Gewänder und Schleiertücher in die Truhe zu packen. Juliana sieht ihr schweigend zu. Warum fragt sie nicht? Interessiert es sie gar nicht, was mit ihrem Gemahl passiert? Sie starrt nur stumm auf ihre Hände, die farbigen Stoff zusammenfalten.

»Der Vater ist fort!«, stößt Juliana vorwurfsvoll aus.

Die Hände der Mutter zittern. Es sind schmale, zierliche Hände. Kleiner als die der Tochter. »Ich habe es vermutet.«

»Keiner weiß, wann er zurückkommt«, schreit das Mädchen. »Ob er überhaupt jemals zu uns zurückkehrt!«

Langsam wendet sich Sabrina von Gemmingen ihrer Tochter zu. Kalkweiß ist ihr Gesicht, so dass die verweinten Augen noch röter wirken. »Ist es nicht besser, er geht fort, als dass sie ihm auf dem Richtplatz den Kopf abschlagen? Und wenn er auf solch einer Pilgerreise zu Tode kommt, wird Gott der Herr sich seiner Seele annehmen.« Sie bekreuzigt sich.

»Wie habt Ihr von der Pilgerfahrt erfahren?«, will Juliana wissen. Ihr ist bewusst, dass der barsche Ton der Mutter gegenüber ungehörig ist, doch die Edelfrau rügt sie nicht.

»Der verehrte Dekan von Hauenstein hat mir eine Mitteilung zukommen lassen. Wir müssen ihm sehr dankbar sein. Ich glaube nicht, dass seine Vorgehensweise ganz korrekt war, auch wenn das Verbrechen in einem Gotteshaus verübt wurde. Vielleicht hat er eine Sünde begangen, um das Leben des Ritters zu retten. Wir sollten für ihn beten!«

»Beten!«, schnaubt Juliana abfällig. »Sagt mir lieber, wie es mit uns weitergehen soll, jetzt da der Vater uns im Stich lässt.«

Sie wünscht, die Mutter würde ihre strenge Stimme erklingen lassen, sich hoch aufrichten und sie mit diesem Blick ansehen, der sie schon als Kind zu sofortigem Gehorsam gebracht hat. Stattdessen wird die Edelfrau noch ein Stück kleiner und zuckt hilflos mit den Schultern. Weich und verletzlich ist sie und genauso verunsichert wie ihre Tochter.

»Wir wissen nicht alles, deshalb steht es uns nicht an, über des Ritters Taten zu urteilen.«

»Doch!«, schreit das Mädchen und schleudert ihre aufgelösten Zöpfe nach hinten. »Er wäre es uns schuldig gewesen, erst darüber nachzudenken, was mit uns geschieht, ehe er seine Ehre wegwirft und einen Mord begeht – noch dazu an Eurem Vetter – an einem Tempelritter – in einem Gotteshaus!«

Nun stehen der Mutter Tränen in den Augen. »Bitte Kind, sprich nicht so. Wir müssen darauf vertrauen, dass er keine andere Wahl hatte. Glaube mir, er ist kein böser Mensch. Das müssen wir uns immer vor Augen halten. Versuche, Frieden im Gebet zu finden.«

Juliana kann die Hilflosigkeit der Mutter nicht länger ertragen. Jetzt, da sie selbst keinen Ausweg sieht, braucht sie einen Menschen, der sie in die Arme nimmt, ihr sagt, wie es weitergeht und ihr versichert, dass alles wieder wird wie früher.

»Wird Gott mir Antworten geben?«

»Du lästerst den Herrn«, flüstert die Mutter unter Tränen. »Du kannst keine Rechenschaft von Gott verlangen.«

»Nein? Warum soll ich dann beten?«, faucht sie, läuft zur Tür und schlägt sie hinter sich zu. Der Knall breitet sich durch das ganze Haus aus und hallt von den Wänden und dem Gewölbe der Halle wider. Der Lärm fühlt sich gut an. Juliana rafft Rock und Cotte und läuft die Treppe hinunter. Das schwere

Eichentor fällt hinter ihr ins Schloss. Sie sieht in ihrem Geist, wie die Mutter vor der Truhe auf die Knie sinkt und weint, aber sie will kein Mitleid mit ihr empfinden. Es wäre an ihr, jetzt stark zu sein! Sie ist die Hausherrin, die Edelfrau von Ehrenberg, geboren von einer Freifrau von Gemmingen! Ohne ein Ziel stapft das Mädchen durch die Stadt. Sie hat vergessen, ihre Holztrippen unter die Ledersohlen zu binden. Dadurch kann sie zwar weiter ausschreiten, muss sich aber aufmerksam ihren Weg zwischen Abfällen und Morast hindurch suchen.

Es ist ein ganz normaler Morgen in der Stadt Wimpfen auf dem Berg. Ein ganz normaler Markttag, an dem die Bauern ihr Gemüse feilbieten, die Metzger Fleisch und Würste auf den Brettertheken auslegen und der Krämer seine Töpfe und Nadeln, Gürtel und Garne anpreist. Auch die Bäckerstände sind üppig mit duftenden Waren belegt. Die besonders feinen Süßigkeiten aus Teig, mit Honig und Mandeln oder Zimt und Rosinen verfeinert, tragen die Jungen in ihren Bauchläden durch die Gassen. Der Duft, der Juliana stets wie eine Fliege zum Sirup gezogen hat, lässt sie nun würgen. Sie empfindet keinen Hunger. Sie will nur weg von diesen Menschen, die lachen und scherzen, die schimpfen und klagen – deren Leben noch genauso ist, wie es gestern war!

Juliana verlässt den Marktplatz und geht die steile Gasse bis zum Spital hinab. Auch hier sind viel zu viele Menschen und Karren unterwegs. Ochsen brüllen, ein Maultier übertönt sie mit seinem Ruf, zwei Hunde rennen kläffend vorbei, so dass es ihren Rock bläht. Juliana will sich die Hände an die Ohren pressen und schreien. Fast rennt sie den Hügel hinauf, schiebt das Tor auf und lässt sich im Dämmerlicht auf den kühlen Boden sinken. Hier ist es ruhig. Das Leben hat sie hinter sich gelassen. Sie lehnt sich an eine Säule und schließt die Augen.

Nun ist sie also doch in einer Kirche gelandet. Allein mit dem Herrn, Christus und mit dessen Mutter Maria. Aber sie wird nicht beten, beschließt sie trotzig. Und sie wird auch nicht weinen!

Nach einer Weile öffnet Juliana die Augen und sieht sich um. Die Kirche ist noch ganz neu und wird normalerweise nur von den Dominikanermönchen genutzt. Die Bürger und Hintersassen von Wimpfen haben ihre Stadtkirche auf dem Hügel gegenüber. Die Sonne malt durch die Chorfenster bunte Muster auf den Boden des großen Hallenschiffs. Juliana überlegt, wo genau früher der Galgen gestanden hat. Sind seine Reste hier irgendwo unter der Kirche oder draußen auf dem Friedhof? Liegen hier unter ihren Füßen die Körper hingerichteter Mörder? Mörder, wie auch ihr Vater nun einer ist. Jetzt muss sie doch weinen. Hastig wischt sie sich mit dem Ärmel über das Gesicht.

Schritte vor der Tür. Das Portal wird langsam aufgeschoben. Ein Quietschen ertönt, dann hört sie Sohlen auf den Steinplatten. Ein langes Gewand raschelt. Grüner Stoff mit goldener Borte. Die Schuhe sind aus weichem Leder.

»Die Pferde sind gesattelt, und deine Mutter ist zum Aufbruch bereit. Du willst sie doch sicher nicht länger warten lassen.«

Er streckt seine Hand aus, und Juliana lässt es zu, dass er ihr beim Aufstehen hilft. Sie hebt den Blick und sieht in seine grünen Augen, die hier in der düsteren Kirche wie saftiges Moos im Morgentau schimmern.

»Pater, könnt Ihr mir sagen, warum?«

Gerold von Hauenstein schüttelt den weißen Haarschopf. »Nein, mein Kind. Ich kann dich nur bitten zu vertrauen.« Er reicht ihr den Arm und zieht ihre Hand durch seine Armbeuge.

»Wisst Ihr es nicht, oder wollt Ihr es mir nicht sagen?«

Der Dekan hält ihr die Tür auf. Das Sonnenlicht sticht in ihren Augen.

»Ich weiß manches, doch längst nicht alles. Ich habe geschworen, nicht darüber zu sprechen, solange es noch nicht vorbei ist.«

Juliana bleibt stehen.»Noch nicht vorbei? Was soll das bedeuten?«
Er tätschelt ihre Hand und zwingt sie mit sanftem Druck, die Gasse hinabzugehen.
»Dein Vater ist kein schlechter Mensch, das darfst du mir glauben. Er wurde von den Ereignissen erfasst und mitgerissen. Wir sind nur kleine Menschen auf Gottes Welt. Wie können wir begreifen, was ER mit uns vorhat? Was ER uns mit solchen Ereignissen sagen will? Den Tod durch den Henker jedenfalls hat der Ritter nicht verdient! Verstehe, mir blieb nicht viel Zeit zu entscheiden, aber ich glaube, jetzt ist der Vater auf dem rechten Weg. Habe Vertrauen und bete. Wenn es Gott gefällt, dann wird er zurückkehren und seine Ehre und sein Seelenheil wiedergewonnen haben.«

»Werdet Ihr mir sagen, wohin er geht?« Sie weiß, dass es die Straße nach Sankt Jakob ist, will es aber aus seinem Mund noch einmal hören.

Dekan von Hauenstein schüttelt den Kopf.»Nein, kein Mensch soll davon wissen. Es ist besser so, glaube mir.«

Hat er kein Vertrauen zu ihr?»Ich würde es dem Franzosen und seinem Knecht nicht verraten«, entrüstet sich das Mädchen.»Glaubt Ihr, sie würden ihm nachreiten und den Tod des Waffenbruders auf eigene Faust rächen?«

Gerold von Hauenstein zögert.»Wer weiß? Ich kann nicht in ihre Herzen sehen.«

Das Ritterfräulein schweigt und geht neben ihm her am Spital vorbei zum unteren Tor, an dem heute wieder eifrig gebaut wird. Vielleicht schon bald wird Wimpfen wieder von einem geschlossenen Mauerring geschützt. Ein Gedanke drängt sich in ihren Sinn. Fürchtet der Dekan, sie könne dem Vater nachreisen, wenn er ihr verrät, wohin er sich gewandt hat? Nachdenklich kaut sie auf ihrer Unterlippe. Warum sollte sie? Sind die Fragen drängend genug, dass sie sich in ein Lumpengewand hüllen und sich den Gefahren der Landstraße aussetzen würde? Tag für Tag mit brennenden Füßen im Straßenstaub, die Nächte unter Fremden, mit hungrigem Bauch auf ungezieferverseuchtem Stroh. Der Gedanke erschreckt sie. Sie muss sich in Geduld üben. Der Vater wird ihr antworten, wenn er zurück ist.

Wenn er zurückkommt! Wartet sie nicht heute noch auf Wolf und hält manches Mal vom Bergfried aus vergeblich nach ihm Ausschau? Was, wenn auch der Vater nicht mehr wiederkehrt? Sie denkt an die Pilger, die in Wimpfen an Erschöpfung und Krankheit gestorben und oben auf dem Friedhof beim Kloster begraben sind. Eine kalte Hand greift nach ihrem Herzen und presst es zusammen.

Die Edelfrau wartet im Sattel ihres Zelters. Sie hat ihre Haltung wiedergefunden. Ihre Haube sitzt perfekt, das Kinnband ist eng geschnürt, ihr zartgelbes Gewand fällt in weichen Falten über den Pferderücken. Nur ihre Miene ist noch immer erstarrt, und ihre Stimme klingt seltsam gepresst, als sie ihre Tochter begrüßt.

»Da bist du ja. Dann können wir jetzt reiten.«

Sie winkt den Anführer der Burgmannen zu sich, damit er Juliana auf ihr Pferd hebt. Dekan von Hauenstein tritt an den Zelter und reicht der Edelfrau die Hand.

»Soll ich Euch nicht doch lieber begleiten?«

Sie versucht sich an einem Lächeln. »Nein, lieber Pater, das ist nicht notwendig. Wir haben vier Wächter an unserer Seite – den Knappen Tilmann nicht zu vergessen. Wir werden Ehrenberg unbeschadet erreichen.«

»Ich werde bald zu Euch kommen«, verspricht der Stiftsherr und tritt zurück. Die Edelfrau gibt das Zeichen zum Aufbruch. Im Schritt reitet der Zug die Straße zur Talaue hinunter: voran zwei der Wächter, dann die beiden Frauen, hinter ihnen der Knappe und ein Wächter, die die beiden Packpferde am Zügel führen. Die kleinen Truhen nehmen die Frauen sofort mit. Den Rest an Kleidern und Hausrat werden zwei Karren später bringen. Den Schluss bildet ein Bewaffneter, die Hand am Griff seines Schwertes.

Um die Mittagszeit erreichen sie die Burg. Die Truhen und Bündel werden abgeladen und in die Kemenate getragen. Die Edelfrau schickt die Mägde und auch die alte Kinderfrau hinaus und bleibt allein in ihrem Gemach zurück. Juliana geht ziellos erst im Palas und dann auf dem Burghof umher. Daheim. Und doch ist nichts wie früher. Warum nur? Wie oft ist der Vater nicht auf der Burg gewesen, und alles ging in ordentlichen Bahnen seinen Weg. Jeder war auf seinem Platz und wusste, was er zu tun hatte, und wenn nicht, dann fragte man die Edelfrau. Sie hörte sich die Fragen an, stand einige Augenblicke mit gefalteten Händen und ernster Miene da, traf dann in klaren Worten eine Entscheidung und gab die Anweisungen, was zu tun war.

Seit sie Ehrenberg erreicht haben, weint und zittert die Mutter nicht mehr, und doch ist es, als sei sie nur noch ihr eigener Schatten. Es kommt Juliana so vor, als sei sie von einem lähmenden Geist besessen, der nach und nach von allen Bewohnern der Burg Besitz ergreifen werde. Als das Ritterfräulein über den Burghof geht, sieht sie die Mägde und Knechte zusammenstehen und miteinander flüstern. Sobald sie das Fräulein erblicken, fahren sie auseinander, wenden den Blick ab und gehen schweigend wieder ihrer Arbeit nach. Auch die Wächter am Tor hat sie miteinander reden sehen und den Blick gespürt, den sie ihr zugeworfen haben.

Juliana geht auf die Treppe zur Schildmauer zu. Es sind Wolken aufgezogen, und der Wind erhebt sich. Sie will zur Plattform des Bergfrieds hinaufsteigen und sich all die verwirrenden Gedanken aus dem Kopf blasen lassen. Laute Stimmen am Tor lassen sie innehalten, noch bevor sie die Treppe zur Schildmauer erreicht. Einer der Wächter läuft zum Palas, um der Edelfrau Nachricht zu geben. Wer da wohl zu Besuch kommt? Juliana tritt langsam näher. Der Dekan vielleicht?

Es sind zwei Pferde, deren Hufschlag sich auf der Rampe nähert, und dann kommen die Reiter in Sicht: Es sind der Franzose Jean de Folliaco und der Wappner Humbert.

»Was wollen die hier?«, stößt das Mädchen aus und eilt auf das Tor zu. Als sie den Blick des Franzosen spürt, verlangsamt sie ihren Schritt. Sie lässt die Röcke fallen, strafft die Schultern und schreitet – wie sie hofft –, wie es dem ersten Edelfräulein des Hauses angemessen ist, auf die unerwarteten Gäste zu. Der Franzose mustert sie mit durchdringendem Blick, ohne das Haupt zu neigen. In Juliana steigt Ärger auf. Was fällt diesem Templer ein? Ist sie nicht die Tochter der Burg? Hat sie nicht mehr Respekt verdient? Sie greift mit der einen Hand in ihren Mantel und legt die andere an ihre Brust, wie es die Höflichkeit verlangt.

»Wir begrüßen Euch, Ritter de Folliaco, und auch Euch, Bruder Humbert auf Ehrenberg«, sagt sie mit möglichst tiefer Stimme, den Tonfall imitierend, den sie bei der Mutter oft vernommen hat. Nun endlich scheint sich der Gast daran zu erinnern, was die Höflichkeit fordert. Er senkt das Haupt und beugt den Rücken. Der Wappner folgt seinem Beispiel.

»Verehrtes Fräulein, wir danken für den freundlichen Empfang, den wir in dieser schweren Stunde, die über der Burg Eurer Familie liegt, nicht erwarten durften.« Seine Worte sind glatt wie Seide.

»Wie wir erfahren haben, ist Euer Vater zu einem uns unbekannten Ziel aufgebrochen, um seinen Frieden mit Gott zu machen und für seine Seele zu beten.« Er hebt die Hände. »Ich weiß nicht, ob es richtig ist, hierher zu kommen. Aber wäre es recht, ohne ein Wort in die Heimat zurückzukehren?«

Ihre Blicke treffen sich. Er hält dem forschenden Blick des Fräuleins stand, ohne mit den Wimpern zu zucken. Welch schöne, dunkle Augen, welch lange, schwarze Wimpern. Sein Bart ist sauber gestutzt, und sie kann den zarten Duft der parfümierten Lauge riechen, mit der er sich gewaschen hat. In seinem Haar hausen sicher keine Läuse – ganz im Gegensatz zu dem Gestrüpp, das sein Waffenbruder Swicker von Gemmingen-Streichenberg im Gesicht getragen hat.

Seine Worte schmeicheln so angenehm wie sein Anblick, und

dennoch regt sich Unmut in Julianas Sinn. Warum sind die Männer gekommen? Doch sicher nicht, um ihr Beileid zum Verlust des Vetters und des Vaters auszudrücken!

Die Edelfrau von Gemmingen tritt aus der Tür des Palas und kommt auf die Gäste zu. Juliana beobachtet den Franzosen genau. Er lässt es nicht an Höflichkeit fehlen. Der Wappner hält sich im Hintergrund. Das Mädchen ist froh, dass die Stimme der Edelfrau so gefasst klingt. Ja, ein Fremder hört vermutlich keinen Unterschied zu früher.

Nun, nachdem die üblichen Worte der Höflichkeit gewechselt sind, ist es an der Hausfrau, die Gäste zum Mahl zu laden. Sabrina von Gemmingen kennt ihre Pflichten. Sie geleitet die Templer in den Palas und weist ihnen im Saal die Plätze am Kamin zu – auch wenn dieser im Sommer natürlich kalt ist. Sie ruft die Magd, damit diese süßen Moselwein bringt und die Fleischpasteten, die heute Morgen gebacken wurden.

Juliana folgt ihnen in den Saal und lässt sich ein Stück entfernt auf der Bank nieder. Die Mutter sieht sie an.

»Sagst du bitte Pater Vitus Bescheid, dass wir Besuch haben?«

Das Mädchen schluckt die Widerworte, die in ihr aufsteigen, hinunter und macht sich auf die Suche nach dem Pater. Ein Onkel aus dem Geschlecht der von Gemmingen, der als jüngster Sohn den geistlichen Stand gewählt hat, sich jedoch nicht für das Leben in einem Kloster berufen fühlt. Vor einigen Jahren war er zu Besuch nach Ehrenberg gekommen und geblieben. Seitdem liest er die Messen in der Hauskapelle, wenn die Familie nicht in Wimpfen weilt, betet für das Seelenheil der Verstorbenen und kümmert sich darum, wenn Briefe geschrieben oder Urkunden verfasst werden müssen.

Juliana eilt so schnell zu dem Anbau hinüber, in dem der Pater seine Kammer hat, wie es gerade noch schicklich ist. Will die Mutter sie wegschicken, oder bedarf sie der Unterstützung eines Paters? Jedenfalls will das Mädchen so wenig wie möglich von der Unterhaltung im Saal verpassen. Mit gerafften Röcken läuft sie die Holztreppe hinauf und klopft energisch an die Tür. Nichts rührt sich.

»Pater Vitus, die Mutter verlangt nach Euch!«, ruft sie und hämmert mit den Fäusten gegen das Holz.

Ein undeutliches Grunzen und Schritte hinter der Tür. Dann erscheint ein verquollenes Gesicht im Spalt. »Was?«

»Wir haben Gäste! Die Templer sind gekommen, und die Mutter verlangt nach Euch«, wiederholt sie ungeduldig.

»Templer?« Pater Vitus sieht sie verdutzt an. »Ich komme sofort. Nur einen Moment.«

Es kommt Juliana wie eine Ewigkeit vor, bis sie endlich wieder hinter dem Pater den Saal betritt. Schon von draußen hört sie die erregte Stimme des Wappners.

»Ich kann es auch nicht fassen«, sagt die Mutter, als sie näher treten, in diesem weichen Tonfall, der Zorn verlöschen und jedes Mal den Geschmack von Schuld und Scham in Juliana aufkeimen lässt. Auch auf den dienenden Bruder scheint er seine Wirkung nicht zu verfehlen. Bruder Humbert senkt den Blick und sieht errötend in seinen Weinkrug. Der Franzose räuspert sich.

»Ihr hattet den Vetter lange nicht gesehen?«

Die Edelfrau nickt. »Ja, seit er ins Heilige Land gezogen ist, kaum dass er den Ritterschlag erhalten hat. Ich wusste nicht, dass er den Armen Rittern Christi beigetreten war. Es war eine Überraschung, ihn im weißen Mantel wiederzusehen.« Der Franzose mustert sie mit unbeweglicher Miene.

»Ach, er schien sich hier so wohl zu fühlen, sprach freundlich mit Juliana und interessierte sich für die Falken, so dass mein Gemahl ihn zur morgendlichen Beize einlud«, spricht Sabrina von Gemmingen voller Wehmut.

»Das könnte des Rätsels Lösung sein«, murmelt der Tempelritter und starrt abwesend in seinen Zinnkrug.

»Wie meint Ihr das?«, meldet sich Pater Vitus zum ersten Mal zu Wort.

Der Franzose schreckt hoch. Die Worte hat er wohl nur zu

sich selbst gesprochen. Auch der Waffenknecht sieht ihn fragend an.

»Nun, der Grund, warum – verzeiht edle Frau«, er nickt Sabrina von Gemmingen zu, »warum der Ritter von Ehrenberg unseren Bruder erschlug, ohne dass dieser die Waffe gegen ihn erhoben hat.« Die Edelfrau zuckt zusammen und beißt sich auf die Lippe.

In Juliana regt sich etwas. Es reibt wie ein Sandkorn im Auge. Es schmerzt und treibt einem Tränen auf die Wangen, ohne dass man die Ursache dafür sehen kann. Irgendetwas, das sie gehört hat, quält sie. Doch was? Und warum? Oder ist es nur der unglaubliche Vorwurf, ihr Vater wäre ein heimtückischer Mörder, den sie laut ausgesprochen nicht ertragen kann?

»Ich kann den Zusammenhang nicht erkennen«, wundert sich der Pater.

»Ein Streit«, sagt der Franzose. »Der Grund für diese Tat.«

Pater Vitus und die Edelfrau sehen sich an. »Es gab keinen Streit«, wehrt Sabrina von Gemmingen ab. »Es war ein schöner, sonniger Morgen, und die Männer ließen den Greif steigen.«

Jean de Folliaco lehnt sich ein wenig nach vorn. »Wart Ihr denn in seiner Nähe, so dass Ihr hören konntet, was gesprochen wurde?«

Die Edelfrau schüttelt den Kopf. »Nein, aber als sie zusammen zurückkehrten, schritten sie in trauter Harmonie gemeinsam über den Hof.«

»Der Vater war verstimmt, weil ich Swicker die Falken gezeigt habe«, platzt Juliana heraus. Alle Augen richten sich auf das Mädchen. Anscheinend haben die anderen vergessen, dass es mit am Tisch sitzt. Der Franzose zieht die Augenbrauen zusammen und betrachtet Juliana aufmerksam. »Ach, so ist das? Nun, vielleicht brauchen wir nicht länger zu rätseln?«

Der Blick, mit dem er sie ansieht, ist eine einzige Beleidigung. Dafür würde sie ihm am liebsten ins Gesicht schlagen. Das Fräulein ballt unter dem Tisch ihre Hände zu Fäusten.

»Juliana, geh hinauf in die Kemenate. Es wird Zeit, sich für das Spätmahl umzukleiden. Und lass dir das Haar richten!«

Zwei blaue Augenpaare, die sich sehr ähnlich sehen, tragen einen stummen Kampf aus, wie üblich siegt das ältere. Das Mädchen senkt den Blick, erhebt sich und murmelt eine Entschuldigung. Auf der Treppe rafft sie ihre Röcke höher als nötig und stampft mit den Füßen auf die Holzbohlen. Wie kann die Mutter ihr das antun? Warum war sie so unbedacht, ihre Zunge nicht zu zügeln?

»Es hat damit nichts zu tun«, zischt sie wütend. »Es war doch nur eine kleine Unschicklichkeit!«

11
La Puent de la Reyna

Die Sonne stand noch orangerot am Himmel, als die drei Wanderer die Mauern der Templeransiedlung erreichten. Der Weg führte durch einen überwölbten Durchgang ins Innere des Besitzes. Links lagen die Pilgerherberge und das Spital sowie der Wohnbereich der Tempelritter und ihrer Servienten, auf der anderen Seite des breiten Bogens erhob sich die einschiffige Kirche Santa María de los Huertos mit ihrem quadratischen Turm, auf dessen Spitze ein verlassenes Storchennest thronte.

André strebte sofort auf den Eingang der Herberge zu. Er hatte sich beim Abstieg ins Tal hinunter einen Dorn in den Fuß getreten und litt offensichtlich mehr Schmerzen, als er zuzugeben bereit war. So betraten die drei einen niedrigen Gang, der sich zu einem Saal öffnete. Staunend blieb Juliana stehen. So viele Pilger hatte sie hier nicht erwartet. Fast alle Tische waren besetzt, obwohl es sicher erst in einer Stunde ein Nachtmahl geben würde. Zwei der dienenden Brüder gingen im Saal umher und begrüßten die Neuankömmlinge. Sie schenkten mit Wasser verdünnten Wein aus und sahen sich kleinere Blessuren an. Pilger mit schwereren Wunden oder fiebrig glänzenden Augen schickten sie ins Spital hinüber.

»Mein Name ist Bruder Marcelo«, begrüßte sie ein gemütlich aussehender Servient und stellte für jeden einen Becher auf den Tisch. Die drei dankten ihm. »Kann ich euch sonst irgendwie zu Diensten sein? Wenn das Mahl fertig ist, werden wir die Glocke läuten.«

André legte den Fuß auf die Bank und zog Schuh und Beinling aus. Anscheinend hatte er nicht den ganzen Dorn zu fassen bekommen. Ein Stück war abgebrochen und hatte sich nun tief ins Fleisch gebohrt. Durch den Fußmarsch hatte sich die Stelle bereits entzündet, wie ein roter Rand um den Einstich zeigte.

»Man muss den Span herausschneiden«, riet Bruder Rupert mit einem Blick auf den Fuß.

»Ja, jemand, der etwas davon versteht!«, sagte der junge Ritter und rückte ein wenig von dem Bettelmönch ab. Offensichtlich wollte er nicht, dass dieser seinem Fuß mit einem Messer zu Leibe rückte. Er sah Juliana flehend an.

»Ich?«, rief sie entsetzt. »Ich kann das nicht!«

Bruder Marcelo setzte sich vor André auf die Bank, zog den nackten Fuß auf seinen Schoß und nahm ein kurzes, gebogenes Messer vom Gürtel. Bevor der junge Ritter protestieren konnte, hatte er mit einer flinken Bewegung das Fleisch geritzt. Eine zweite Drehung der Spitze förderte einen fast einen Zoll langen Splitter hervor. Blut tropfte auf die braune Kutte, aber das schien den Bruder nicht zu stören. Er kramte in seiner Gürteltasche nach einem Stofffetzen und drückte ihn auf die Wunde.

»Du solltest dir nachher bei Bruder Semeno Kräuter auftragen und den Fuß ordentlich verbinden lassen, dann kannst du morgen sicher weiterziehen. Wenn es dir lieber ist, darfst du aber auch einen Tag bleiben.«

Er schob den Fuß von der Bank und erhob sich. Fassungslos sah André dem Sevienten nach, wie er mit seinem Krug davonging und den anderen Pilgern die Becher füllte.

Juliana tastete nach ihrem Knie. Der Infirmarius von Roncesuailles zumindest hatte sein Handwerk verstanden. Nur noch eine Kruste erinnerte an die Wunde an ihrem Bein, und das Knie war auch nicht mehr geschwollen. Sie hoffte, dass Andrés Wunde ebenso gut heilen würde.

Vorsichtig, damit der Lappen nicht verrutschte, schlüpfte der Ritter aus Burgund in seinen Schuh. »Ich glaube, ich gehe zu diesem Bruder Semeno, nicht dass die Wunde zu schwären beginnt. Und dann suche ich mir eine Matratze! Ich werde heute keinen Schritt mehr auf die Straße machen.« Mit düsterer Miene humpelte er davon. Das Ritterfräulein und der Bettelmönch blieben zurück. Ein drückendes Schweigen lag zwischen ihnen.

»Also ich gehe an die frische Luft«, sagte Juliana und sprang auf. Der abgestandene Rauch der Fackeln und der Gestank der hier versammelten Pilger wurden ihr unerträglich. Sie hatte das Gefühl, ersticken zu müssen.

»Ich wünsche Euch eine erholsame Nacht.« Hastig verließ sie die Herberge und hoffte, der Mönch würde ihr nicht hinterherkommen. Doch nur sein Blick folgte ihr, bis sie in dem düsteren Gang verschwand.

* * *

Juliana verließ den ummauerten Bereich der Tempelritter. Auch das Viertel zwischen Pilgerspital und der eigentlichen Stadt gehörte den Templern. Anders als das lang gestreckte Rechteck von La Puent de la Reyna war der Vorort nur mit einem Wall von Dornbüschen und Palisaden umgeben, die, wie in den Dörfern, das Vieh nachts drin und tagsüber draußen halten sollten. Als Schutz vor einem Angriff taugten sie sicher nicht viel. Vermutlich flüchteten sich die Eigenleute der Templer bei Gefahr hinter die Mauern von Kirche und Spital.

Dagegen war die Stadtmauer, die La Puent de la Reyna schützte, ein beachtliches Bauwerk aus zwei Mauerringen mit einem Graben dazwischen, unzähligen Türmen und vier Toren.

Die beiden Männer, die das Stadttor Suso bewachten, nickten ihr zu, ließen sie aber, ohne Fragen zu stellen, passieren. Das Ritterfräulein schritt die Hauptgasse entlang. Obwohl sie die Fortführung der Landstraße war und in gerader Linie auf die Brücke zuführte, war sie so schmal, dass zwei Ochsenkarren nur mit Mühe einander passieren konnten. So war es nicht verwunderlich, dass die Stimmen der Fuhrknechte, das Knallen von Peitschen und das Gebrüll von Ochsen die Gasse erfüllten. Juliana ließ den Blick an den prächtigen Häusern emporwandern, deren wappengeschmückte Portale erzählten, welche der zahlreichen Adelsfamilien der Umgebung hier ein Stadthaus besaß. Bald erreichte das Ritterfräulein das Portal der Kirche, deren Turm sie bereits von außerhalb der Stadt gesehen hatte. Das Tor wirkte seltsam fremdartig und doch wundervoll harmonisch, denn es endete nach oben in einem Bogen, der aussah, als bestehe er aus zahlreichen, aneinander gefügten Hufeisen. Es zog sie an, das Kirchenschiff zu betreten.

»So etwas hast du in deiner Heimat sicher noch nie gesehen«, sprach eine heisere Stimme das Mädchen an.

Juliana fuhr herum. Sie hatte die zerlumpte Gestalt gar nicht bemerkt, die im Schatten an der Mauer kauerte. Es war ein Mann, dessen Alter sie nicht schätzen konnte, mit einem fast kahlen Schädel und – wie sie sehen konnte, als er sie angrinste – nur wenigen Zähnen im Mund. Sein rechtes Hosenbein fiel leer und nutzlos auf den Boden herab. Er streckte seine schmutzige Hand aus. Zögernd reichte ihm das Mädchen eine Kupfermünze und die Aprikose, die sie sich bei den Templern in die Tasche gesteckt hatte, schalt sich aber im Stillen des Leichtsinns wegen. Sie hatte kaum noch Geld übrig. Was, wenn sie es später selbst dringend brauchte?

Er ist bedürftiger als du, mahnte ihr Gewissen. Du bist jung und hast zwei Beine. Der heilige Jakob wird auf deinem Pilgerweg für dich sorgen.

Wirklich? Er wusste sicher, dass sie nicht kam, um ihn zu verehren. Warum also sollte er sich die Mühe machen, sich um ihr Wohlergehen zu kümmern?

Die Brüder der verschiedenen Orden am Weg jedenfalls konnten ihr nicht ins Herz sehen und gaben ihr freizügig wie einem echten Pilger auch.

Seltsam, der Gedanke beruhigte sie nicht.

»Ich danke dir. Nach dem Wohin frage ich nicht, denn die Antwort ist bei allen stets die gleiche. Aber das Woher ist immer interessant.«

»Ich komme aus dem deutschen Kaiserreich, vom Neckar in Franken«, gab das Ritterfräulein bereitwillig Auskunft.

»So, so, aus dem Reich von König Albrecht«, sagte der Bettler und wechselte von Französisch zu Deutsch. »Ich wollte dich nicht in deiner Betrachtung stören. Das ist das Hauptportal der Kirche Santiago el Mayor. Nun, kommt es dir seltsam vor? Aber ja, du hast richtig gesehen, es liegt an der Südfassade, nicht wie üblich im Westen. Das wirst du noch bei vielen Pilgerkirchen auf deinem Weg finden.« Der Alte kicherte. »Wäre ja auch zu viel verlangt, wenn die von Osten kommenden Pilger einmal um die Kirche herumlaufen müssten, ehe sie das Prachtportal zu Gesicht bekommen.«

»Es ist sehr schön«, sagte das Mädchen. »Aber irgendwie auch seltsam fremd.«

»Das kommt von den Sarazenen und ihren Hufeisen.«

»Was?«, rief Juliana verwundert.

»Aber ja. Die Kirche ist sehr alt. Ich glaube, sie wurde schon zu der Zeit gebaut, als sich die ersten Franken hier niederließen. König Alfonso el Batallador holte sich die Fremden ins Land. Er war sehr großzügig mit Privilegien, und er gab ihnen das Stadtrecht von Stella*, der Sternenstadt, der Prächtigen. Du wirst sie sehen.« Er lächelte und ließ seine verfaulten Zahnstumpen sehen.

»Und was hat das mit den Sarazenen zu tun?«

»Damals war die Reconquista noch das große Ziel, das sich alle Könige auf ihre Fahnen geschrieben hatten. Man lebte sozusagen mit den Sarazenen in Nachbarschaft – wenn auch nicht in guter. Die Ungläubigen haben von jeher die Hufeisenbogen geliebt. Sie waren gute Baumeister, das kannst du mir glauben. Und so haben die Christen manches ihrer Kunst übernommen.«

Juliana verzog das Gesicht. »Bei einer Kirche?«

»Warum nicht?« Der Bettler zuckte mit den Schultern. »Die Kunst des Bauens kennt keine Religion. Sie ist weder gut noch böse. Sie ist höchstens kunstvoll oder schlecht ausgeführt. Ich

* heute: Estella

selbst habe herrliche Kirchen gebaut«, brüstete sich der Alte. »Große, leichte, Licht durchflutete Gotteshäuser, die bis in den Himmel ragen. – Nun ja, zumindest Teile davon. Mein ganzes Leben lang habe ich auf Kirchenbaustellen zugebracht, seit mir mein Vater mit zwölf Jahren zum ersten Mal Hammer und Meißel in die Hand gelegt hat. Ich war gut, das kannst du mir glauben. Viele Jahre habe ich Bogen und Kapitelle für den gewaltigen Dom von Köln aus den Sandsteinquadern herausgemeißelt. Doch dann begann das Reißen. Erst in den Fingern und dann im Rücken und in den Beinen. Wenn es morgens kalt und feucht war, konnte ich Hammer und Meißel nicht mehr richtig halten. Da hat mir einer geraten, ich solle nach Süden über die Pyrenäen ziehen. Auch dort würden Kathedralen gebaut, und die Sonne verwöhne die Glieder. Ha!«, stieß der Bettler aus. »Welch ein Tor! Sicher war er niemals in Burgos oder León. Der eisige Wind zerrt einem im Winter die Seele aus dem Leib, und man wartet vergeblich auf die milden Lüfte des Frühlings. Und dann, ganz plötzlich, ist der Sommer da und verwandelt das Land in einen Glutofen. So muss sich ein Ziegel fühlen, der nah am Feuer gebacken wird, bis kein Tröpfchen Wasser mehr in seinen Poren ist!« Wider Willen musste Juliana bei dieser Vorstellung lachen.

»Noch lachst du, mein Bürschchen«, schimpfte der Bettler, »aber du wirst an meine Worte denken, wenn du Tag um Tag über die ausgedörrte Meseta wanderst und kein Baum und kein Strauch dich vor der gnadenlosen Sonne und ihrem Dämon, dem Wind, beschützt! Ich weiß es. Ich habe in Burgos Steine behauen. Sie haben dort hohe Pläne und eifern danach, für Gott und seine Herrlichkeit den besten Palast zu errichten. Aber ich denke, weder ich noch du werden es erleben, dass sie den letzten Stein ins Gewölbe setzen.«

»Und wie hat es dich dann hierher verschlagen?«, wollte Juliana wissen.

»Der Wind hat ein Gerüst umgeworfen«, seufzte er. »Lange hat der Bader versucht, das Bein zu retten, aber es faulte, und schließlich musste er es mir abnehmen. Was sollen sie auf der Baustelle einer Kathedrale mit einem einbeinigen Steinmetz mit steifen Fingern anfangen? Ich hatte gehört, dass sie die Kathedrale von Pampalona ausbessern, und gehofft, dass sie mich vielleicht für die kleinen Reparaturen nähmen. Weißt du, für Figuren, die bei den Kämpfen beschädigt worden sind, aber ich bin nur bis La Puent de la Reyna gekommen. Ich bin einfach zu alt und zu schwach, um zu arbeiten. Daher habe ich beschlossen, mein Quartier neben diesem schönen Portal aufzuschlagen und mit den Pilgern zu plaudern, die hier jeden Tag vorbeiziehen.« Auf dem Turm begann eine Glocke zu läuten.

»Bleibst du diese Nacht in der Stadt?«, fragte der Bettler.

»Nein, ich habe bei den Templern Quartier genommen.«

»Dann solltest du dich beeilen. Beim letzten Glockenschlag werden die Tore geschlossen.«

Jetzt erst fiel es dem Mädchen auf, dass die Dämmerung sich auf die Gasse herabgesenkt hatte. Sie verabschiedete sich hastig und lief dann die Rúa de los Romeus zurück.

»Ich heiße Sebastian«, rief der Bettler ihr nach. »Sehe ich dich morgen?«

Juliana drehte sich noch einmal um und hob die Hand, doch sie konnte ihn in den tiefer werdenden Schatten nicht mehr ausmachen.

Gerade noch rechtzeitig schlüpfte sie durch das Tor und eilte zur Templersiedlung zurück.

* * *

Im Refektorium der Pilger war es stickig und roch nach Zwiebeln und Lauch. Der Rauch der Fackeln an den Wänden zog in dicken Schwaden zur gewölbten Decke empor. Die meisten hatten anscheinend schon gegessen. Nur noch ein paar Nachzügler saßen am hinteren Tisch. Weder André noch Bruder Rupert waren zu sehen. Erleichtert ließ sich das Ritterfräulein vorn an der Tür auf eine leere Bank sinken. Hier war die Luft besser, außerdem war ihr nicht nach einer Unterhaltung mit den anderen zumute. Es dauerte nicht lange, da kam Bruder Marcelo mit einer großen, dampfenden Schüssel herein. Es roch noch stärker nach Zwiebeln. Juliana holte sich eine Tonschale aus der Truhe und ließ sie sich mit Suppe füllen.

»Brot gibt es dort hinten«, sagte der Servient und zeigte auf den Tisch, an dem die anderen saßen. Das Mädchen zögerte, stand aber dann doch auf, um sich zwei Stücke aus dem Korb zu nehmen. Sie war zu hungrig, um auf das Brot zu verzichten. Die Suppe schmeckte erstaunlich kräftig, nach Kräutern und nach dem geräucherten Speck, der in ordentlichen Stücken zwischen dem Gemüse schwamm, und auch das Brot war frisch. Solch gutes Essen war in Quartieren, in denen man nichts bezahlen musste, selten. Ja, selbst die Pilgerherbergen, die den Reisenden ihre Münzen abforderten, verpflegten sie häufig schlechter, und die Betten waren voller Flöhe und Wanzen. Vielleicht sollte sie eine Münze in den Korb legen, den der Portner zu diesem Zweck neben sich stehen hatte? Sie legte die Hand an ihren Beutel, dessen Inhalt schon beträchtlich zur Neige gegangen war. Wie sollte sie mit dem wenigen bis Santiago kommen? An die Rückreise wollte sie erst gar nicht denken.

Ein Schatten fiel über den Tisch. Das Mädchen sah auf. Ein Mann war eingetreten: Er war groß und wirkte kämpferisch, sein honigfarbenes Haar fiel ihm bis auf die Schulter, Wangen und Kinn waren glatt rasiert. Normalerweise war seine Haut sicher hell, nun jedoch hatte die Sonne sie gerötet. Er mochte vielleicht um die dreißig sein. Die blauen Augen wanderten durch den Raum und kehrten dann zu der Gestalt zurück, die vor ihm am Tisch saß.

»Ist es erlaubt, sich zu dir zu setzen?«, fragte er auf Französisch. Juliana nickte nur stumm. Sie versuchte, ihren Blick von ihm zu wenden, doch fast gegen ihren Willen kehrte er zu dieser ritterlichen Gestalt zurück, die so unerwartet hier aufgetaucht war. Er stellte den Becher Wein, den er in der Hand hielt,

auf den Tisch und setzte sich ihr gegenüber. Juliana aß die letzten Reste ihrer Suppe und verstaute dann den Löffel wieder in ihrer Tasche. Zaghaft hob sie die Lider. Er trug ein Kettenhemd unter seinem schwarzen Mantel. Ein Schwert hing an seiner Seite. Sicher war er ein Ritter. Allein seine gerade Haltung sprach dafür, dass er von Adel war.
»Ritter Raymond de Crest aus der Dauphiné«, stellte er sich vor. »Und wie heißt du?«
»Johannes«, stotterte das Mädchen.
Seine schmalen, hellen Augenbrauen wanderten nach oben.
»Nur Johannes? Nichts weiter?«
»Johannes aus Franken«, fügte sie schwach hinzu.
»Du bist doch nicht etwa deinem Herrn entlaufen, Bursche?«, fragte er und schien amüsiert.
»Nein«, protestierte das Ritterfräulein und wurde rot. »Meine Familie ist frei und ehrenhaft!«
Er lachte auf und widmete sich dann wieder seinem Wein.
»Willst du auch Wein?«, fragte er nach einer Weile. »Ich meine richtigen Wein. Nicht das verdünnte Zeug, das die Pilger normalerweise bekommen.«
Juliana nickte, obwohl etwas in ihr sie zur Vorsicht mahnte. Sie sah dem Ritter hinterher, wie er den Saal verließ. Kraftvolle Beine hatte er, und die Stiefel, die er trug, waren von vorzüglicher Qualität. Was um alles in der Welt hatte er hier zwischen den Pilgern verloren? Und warum besorgte er Wein für einen armseligen, schmutzigen Burschen aus Franken? Das ungute Gefühl wurde stärker. Sie sollte aufstehen und sich in den Schlafsaal zurückziehen, doch noch ehe sie sich entschieden hatte, kam Raymond de Crest zurück, einen zweiten Becher und einen Krug in den Händen. Er setzte sich wieder auf seinen Platz und goss dem Mädchen ein.
»Sieh nur, wie samtig rot er ist, so muss Wein sein.«
Juliana nahm den Becher entgegen und nippte an ihm. Der Wein war schwer und süß und schmeckte nach den Festen, die sie auf Ehrenberg erlebt hatte oder nach dem großen Hofball in

der Pfalz vom vergangenen Jahr. Das Mädchen schluckte. War das Heimweh, was ihr plötzlich Tränen in die Augen zu treiben drohte? Sie senkte das Gesicht tief über den Becher, denn sie spürte den musternden Blick des Fremden.

»Der Wein ist sehr gut, ich danke Euch«, sagte sie, als sie sich sicher war, dass sie ihre Stimme wieder im Griff hatte. Er sah sie nur aufmerksam an.

»Reist du allein?«, fragt er schließlich. Das Ritterfräulein schüttelte den Kopf.

»Wo sind deine Begleiter? Es sind sicher nicht die dort drüben, sonst würdest du ihre Tafel teilen, statt hier allein deine Suppe zu löffeln.«

Warum fragte er? War das nur das normale Interesse eines Pilgers am anderen? Warum nur war sie so misstrauisch und feindselig gegen jeden Fremden, der sie ansprach?

»André – ich meine Ritter André de Gy aus der Freigrafschaft Burgund – hat sich schon auf sein Lager zurückgezogen. Er hat sich heute einen Dorn eingetreten, den Bruder Marcelo ihm vorhin herausgeschnitten hat. Und dann reist noch Bruder Rupert mit uns. Er ist…« Plötzlich wurde ihr bewusst, dass sie gar nichts über ihn wusste, obwohl sie schon so viele Tage an seiner Seite wanderte. Vermied er bewusst, etwas von sich preiszugeben? Warum? »Er ist ein Bettelmönch«, fügte sie vage hinzu.

»Ein Landsmann?«, erkundigte sich der blonde Ritter.

»Ja, ich denke. So wie er spricht.«

»Ein alter Mönch, wie so viele hier auf dem Weg«, sagte Ritter Raymond und warf ihr einen kurzen Blick zu.

Juliana lachte. »Das würde er sicher nicht gern hören. Ich denke, er ist um die vierzig. Er könnte mein Vater sein.« In ihren Ohren klang die Wehmut nur zu deutlich. »Und außerdem sieht er kein bisschen wie die Bettelmönche aus, denen wir so häufig begegnet sind. Sie sind schwächlich und dürr, Bruder Rupert macht mir dagegen den Eindruck, als könne er es im Ringkampf mit manchem jungen Ritter aufnehmen.«

Interesse glomm in den blauen Augen ihres Gegenübers. »Das hört sich an, als hättest du einen interessanten Reisebegleiter gefunden.«

»Ja, schon, aber ich mag ihn nicht sehr«, rutschte es dem Mädchen heraus, bevor sie recht nachgedacht hatte. Warum redete sie so offen mit ihm? Nur weil er ein großer Ritter war, dessen Aussehen sie blendete?

Er erinnerte sie ein wenig an Carl von Weinsberg. Ein warmes Gefühl durchflutete sie. Carl. Wenn doch er nach Ehrenberg gekommen wäre, statt dieses grässlichen Wilhelm von Kochendorf. Aber die Weinsberger waren vermutlich nicht sehr auf eine Verbindung zwischen ihrem und dem Hause Ehrenberg erpicht. Vor allem jetzt nicht mehr! Sie wollten höher hinaus. Obwohl Julianas Familie einen alten Namen mitbrachte und die Mutter eine von Gemmingen war! Nein, schämen musste sie sich der Herkunft ihrer Familie nicht. Deshalb drängte der Kochendorfer ja auch so, sie mit seinem Sohn zu verbinden. Er wollte nicht nur Ehrenberg und den Titel, den sie selbst nicht erben konnte, nein, vor allem das Amt des Burgvogts auf der Pfalz schwebte ihm vor, und er war bereit, danach zu greifen, jetzt, da das Schicksal ihm so unerwartet den Vater aus dem Weg geräumt hatte. Dabei war es überhaupt nicht sicher, dass König Albrecht das Amt in der Familie beließ. Aber wenn, dann würde es Julianas Ehemann bekommen. Und der sollte dann – ging es nach den Kochendorfern – Wilhelm von Kochendorf-Ehrenberg heißen.

»Träumst du?«

»Was?«, Julianas Wangen wurden feuerrot. »Verzeiht, was habt Ihr gefragt?«

»Ob du weißt, woher dieser Bruder Rupert stammt? Ist das sein richtiger Name?«

»Ich kenne ihn nur unter diesem«, erwiderte Juliana so abweisend wie möglich. Langsam wurde ihr seine Neugier zu viel. »Er hat mir weder den Ort seiner Geburt noch den seines Klosters genannt. Warum wartet Ihr nicht bis morgen und fragt

ihn selbst?«, fügte sie ein wenig schnippisch hinzu und erhob sich.
Der Ritter leerte seinen Becher zum dritten Mal. »Das ist ein guter Gedanke, Johannes. Ich werde deinen Rat befolgen.«
»Eine gesegnete Nacht«, wünschte das Ritterfräulein und wandte sich zur Tür.
»Dir ebenso – ach, da fällt mir noch etwas ein. Bist du auf deiner Wanderung zufällig einem Mädchen von siebzehn Jahren begegnet? Blond – aus Franken, so wie du?«
Juliana musste sich am Türrahmen festklammern, um nicht zu straucheln. Ihre Stimme klang heiser. »Nein, man trifft unter den Pilgern nicht viele Frauen. Sie wäre mir aufgefallen. Warum sucht Ihr sie?«
Der Ritter musterte sie nachdenklich. »Ein Mädchen – ein Fräulein – in diesem Alter allein auf der Straße? Was glaubst du wohl, was eine besorgte Mutter nicht alles tun würde, um sie vor den Gefahren der Welt zu schützen.«
»Da habt Ihr wohl Recht«, krächzte Juliana, nickte ihm noch einmal zu und schwankte den Gang zum Schlafsaal hinunter.
Wer war dieser Ritter? Sie suchte in ihrem Gedächtnis nach allen edlen Männern, denen sie bei Turnieren oder Festen vorgestellt worden war, konnte aber Raymond de Crest nicht in ihrer Erinnerung finden. Hatte wirklich die Mutter ihn geschickt? Oder log er? Wenn ja, was für einen Grund konnte es sonst geben, dass er nach ihr suchte? Das Mädchen lag unter der kratzigen Decke und starrte in die Dunkelheit. Der Schlaf wollte nicht kommen. Warum? Ihr fiel keine Erklärung ein.
Sollte sie sich ihm zu erkennen geben und ihn einfach fragen? Nein! Selbst wenn seine Version stimmte, zwang er sie womöglich, mit ihm umzukehren und sofort nach Hause zurückzureisen. Sie war nicht so weit gegangen, um nun aufzugeben. Sie würde den Vater finden und eine Erklärung von ihm verlangen!

12
Ein toter Ritter
Burg Ehrenberg im Jahre des Herrn 1307

Sie ist angemessen gekleidet, das lange Haar kunstvoll mit dem Schapel verflochten, bis das Essen aufgetragen wird, kann es allerdings noch dauern. Unruhig geht Juliana im Hof auf und ab. Warum hat die Mutter sie weggeschickt? Was hat sie mit den Gästen gesprochen, bis sie endlich in die Kemenate hinaufkam, um sich ebenfalls ein anderes Gewand anzulegen. Obwohl das Mädchen weiß, dass die Mutter Neugier verurteilt, stellt sie die Frage. Die Edelfrau bleibt hart. Nichts, was die Tochter wissen müsste.

»Ich will es aber wissen«, schimpft Juliana, während sie auf dem dunklen Hof auf und ab geht.

Am Tor entsteht Unruhe. Die Torflügel schwingen auf. Juliana tritt näher, um zu sehen, wer zu so später Stunde Einlass begehrt. Es muss jemand sein, der auf Ehrenberg gut bekannt ist, sonst würden sich die Wachen nicht erlauben, den Besucher ohne Anweisung der Edelfrau einzulassen. Neugierig reckt das Mädchen den Hals und bleibt dann unvermittelt stehen, als sei es gegen eine Wand geprallt. Es sind Vater und Sohn von Kochendorf, die so spät von Guttenberg herüberkommen. Juliana schneidet eine Grimasse. Mag der Vater noch angehen, so ist der Sohn sicher keine angenehme Bereicherung der Abendtafel.

Ritter Arnold von Kochendorf geht zielstrebig auf den Palas zu. Er ist sozusagen der Ehrenberger Nachbar, seit er für die Herren von Weinsberg Burgvogt auf Guttenberg ist. Die Familienburg Lehen, unten in Kochendorf, musste seine Familie vor etlichen Jahren aufgeben. Seitdem lebt dort Ritter Siegfried Greck mit seiner Familie, der sich nun auch von Kochendorf nennen kann. Ein dunkler Fleck in der Geschichte der alten Familie von Kochendorf, über den sie nicht zu sprechen wünscht.

Juliana zieht bei dem Gedanken verächtlich die Lippe hoch und beschließt, zumindest gegenüber dem jungen Wilhelm das schmerzliche Thema zu erwähnen! Lautlos will sie sich zurückziehen, um den Augenblick der Begrüßung hinauszuzögern, doch da entdeckt der junge Ritter die Tochter des Hauses und steuert mit einem forschen Grußwort auf sie zu.

»Jungfrau Juliana, welch Freude, dass Ihr zum Tor geeilt kommt, um uns persönlich zu empfangen.«

Er tritt auf sie zu. Nah, viel zu nah. Sie weicht zwei Schritte zurück.

»Wilhelm«, die Anrede Ritter lässt sie absichtlich weg, weil sie weiß, dass es ihn ärgert, »es war nur der Zufall, der mich in diese Richtung führte.«

»Auch im Zufall finden wir Gottes Werk«, erwidert der junge Ritter von Kochendorf und rückt wieder näher. Er bietet ihr den Arm an. Juliana ignoriert ihn, greift nach Mantel und Surkot und strebt auf die offene Palastür zu, durch die warmer Lichtschein auf den Hof fällt.

»Der Dekan würde sagen, Gott hat gerade sicher Wichtigeres zu schaffen!«

»Ist der Stiftsherr von Hauenstein hier?«, fragt Wilhelm von Kochendorf. Der Gedanke scheint ihm nicht zu passen. Juliana seufzt.

»Nein, leider nicht. Ihn hätten wir heute gerne zu Gast.« Sie betont das Wörtchen ihn besonders, aber Wilhelm lässt sich nicht provozieren.

Vermutlich ist er zu dumm oder zu eingebildet, solche Feinheiten überhaupt zu bemerken, denkt das Mädchen erbost. Es ist froh, die Palastür zu erreichen und sich zu den anderen gesellen zu können. Die Speisen werden gerade aufgetragen. Juliana erstaunt es einmal wieder, wie schnell die beiden Mägde in der Küche aus einem alltäglichen Nachtmahl ein Essen mit mehreren Gängen machen können, das selbst den Ansprüchen hoher Gäste genügt. Die Mutter begrüßt den Ritter Arnold von Kochendorf mit freundlichen Worten und bittet ihn, neben dem Franzosen Platz zu nehmen. Dann wendet sie sich Wilhelm zu, der sich höflich verneigt. Auch für ihn findet sie herzliche Worte. Zu herzliche, denkt Juliana. Die Nachbarn von Burg Guttenberg haben sich zu einer ungehörigen Stunde aufgedrängt! Das könnte man sie spüren lassen. Aber die Mutter ist offensichtlich anderer Meinung. Vielleicht ist sie erleichtert, das Mahl nicht mit den Templern allein bestreiten zu müssen. Pater Vitus' Nase glänzt zu dieser Stunde bereits bedenklich im Feuerschein. In ihm wird sie heute keine große Hilfe mehr finden.

Zu Julianas Ärger fordert die Edelfrau den jungen Ritter auf, sich neben die Tochter zu setzen. Sie rückt so weit von ihm ab, wie nur möglich. Dann schon lieber der Weindunst, der den Pater umgibt!

»Was führt Euch zu uns?«, fragt die Edelfrau und füllt den Gästen die Becher. Juliana horcht auf. Das interessiert sie ebenfalls.

»Habt Ihr Euch auf dem Weg von Wimpfen herüber verspätet?«

Arnold von Kochendorf zögert einen Moment und tauscht mit dem Sohn einen raschen Blick, dann nickt er und nimmt den Vorwand an, den die Edelfrau ihm liefert.

»Ja, auf der Pfalz herrscht Unruhe. Alles ist aus den Fugen geraten. Gern bin ich geblieben, als man meinen Rat suchte.«

Juliana ist überzeugt, dass er lügt. Vermutlich ist er geradewegs von Guttenberg herübergeritten, aber warum?

»Welch ein tragisches Unglück, das Euch gerade jetzt den Gatten raubt!«, sagt er und betrachtet die Frau gegenüber genau.

»So kann man es auch sagen«, schnaubt Wappner Humbert. Der Franzose stößt ihm den Ellenbogen in die Rippen.

»Er wird lange weg sein, sagt man, und vielleicht kehrt er nie wieder«, fährt der Kochendorfer fort. Die Edelfrau richtet den

Blick auf ihren Löffel und rührt in der Schale mit Krebssuppe, doch der Nachbar lässt sich nicht entmutigen.

»Welch Schicksal, wenn Ihr Jahr für Jahr wartet und vielleicht, ohne es zu wissen, schon Witwe seid.«

Der Löffel in ihrer Hand beginnt zu zittern. Juliana vergisst Brot und Pastete und studiert stattdessen das Mienenspiel des Kochendorfers. Wilhelm rückt ein Stück näher und bietet ihr von den Aprikosen in Honig an, aber das Mädchen beachtet ihn nicht.

»Ich hege das größte Mitgefühl für Euch«, fährt der alte Kochendorfer fort. »Für eine Frau allein ist all das hier eine nicht zu bewältigende Aufgabe. Ehrenberg ist ja nicht nur irgendeine Burg der Familie, sie ist die erste Schutzburg der Kaiserpfalz! Und dann noch die Verantwortung, die Euer Gemahl als Burgvogt der Pfalz innehatte. Die Wächter sind völlig aufgelöst. Man muss den König um Rat fragen, dass er schnell einen seiner Getreuen benennt, der das Amt übernehmen kann.« Er schweigt einen Augenblick und zerkrümelt das Brot in seinen Händen.

»Verehrte Edelfrau, wäre es nicht beruhigend, wenn Ihr Euch in Euer Stadthaus nach Wimpfen zurückziehen und all die Sorgen und Entscheidungen in starke Hände legen könntet?«

Darauf will der Kochendorfer also hinaus, denkt das Mädchen. Ja, das passt. Er hat es dem Vater schon immer geneidet, dass er in Abwesenheit des Königs auf der Pfalz das Sagen hat. Aber warum schwänzelt er um die Mutter herum? Sie kann ihm dieses Amt nicht geben. Das kann nur der König. Wäre Arnold von Kochendorf Witwer, könnte man fast glauben, er wollte der Mutter den Hof machen!

Sabrina von Gemmingen seufzt. »Ja, die Last ist schwer, und ich empfinde Furcht davor, dass sie mich niederdrückt.«

Juliana erstarrt. Wie kann sie vor dem Kochendorfer so etwas sagen? Sieht sie nicht die Häme hinter seiner mitfühlenden Miene? Er ist der Wolf, der vor dem Kaninchen den Rachen öffnet – aber nicht um es anzulächeln, sondern um es zu verschlingen! Fast entgeht Juliana die Bedeutung seiner letzten Worte.

»…und kein Sohn, auf dessen Schultern Ihr einst die Last laden könnt! Wie sehr müsst Ihr da Eure Hoffnung in das reizende Edelfräulein setzen, dass es Euch die starke Hand bringt, derer Ihr bedürft.«

Was? Was redet er da? Sie ist sich Wilhelms Nähe plötzlich wieder unangenehm bewusst, kann aber nicht noch näher an den Pater heranrutschen.

»Wir haben in der Familie ernsthaft darüber beraten, und wir sind uns einig, dass wir die Verfehlungen Eures Gatten Euch und das Fräulein nicht büßen lassen wollen. Eure Ehre ist unangetastet!«

»Ich danke Euch, Ritter von Kochendorf«, haucht Sabrina von Gemmingen, sieht aber noch immer nicht von den Krebsen auf.

»Das sind nicht nur leere Worte! Ich erlaube meinem Sohn, dem Ritter Wilhelm von Kochendorf, dass er sich um das Fräulein bemüht und Euch um ihre Hand bittet.«

Juliana muss husten. Ihr Gesicht läuft rot an. Der Pater und der junge Ritter klopfen ihr auf den Rücken, bis der Krümel Pastete, den sie im Augenblick des Schrecks in die Luftröhre bekam, über den Tisch schießt und neben dem Weinkelch des Tempelritters liegen bleibt. Das Mädchen keucht und bekommt keinen Ton heraus.

Wilhelm hält ihr seinen Weinbecher entgegen. »Trinkt, dann geht es Euch gleich wieder besser.«

Niemals! Lieber will sie hier und jetzt bei Tisch ersticken! Warum sagt die Mutter nichts? Sie muss dieses unverschämte Ansinnen ablehnen. Sie muss den Ritter von sich weisen. Merkt sie denn nicht, wie er seine Hände gierig nach Ehrenberg ausstreckt? Und sicher hofft er, auch noch das Pfalzlehen zu bekommen, wenn der Sohn erst einmal mit den Ehrenbergern durch die Ehe verbunden ist.

Die Mutter hebt langsam den Blick. »Ich danke Euch, Ritter

von Kochendorf, und ich weiß Euren Antrag wohl zu schätzen.«

Juliana ist sprachlos. Sie starrt die Mutter an, unfähig auch nur ein Wort zu bilden. Hat die Mutter ja gesagt? Will sie dieser Verbindung etwa zustimmen? Das kann nicht sein! Der Vater ist dagegen. Er hat es ihr selbst gesagt. Aber der Vater ist fort und wird vielleicht niemals wiederkommen.

»Dann sind wir uns einig«, sagt Arnold von Kochendorf. Damit ist das Thema erledigt, und er wendet sich seinem Tischnachbarn zu.

Die beiden Templer bleiben jedoch auch während des weiteren Mahles zurückhaltend und widerstehen dem Kochendorfer, der immer wieder in sie dringt und etwas von ihren Heldentaten im Okzident erfahren will.

»Da gibt es nichts zu berichten. Bruder Jean war nie dort«, brummt der Wappner, verstummt aber unter dem Blick, den ihm der Franzose zuwirft. Der dienende Bruder greift sich noch ein großes Stück Fleisch und sagt für den Rest des Abends gar nichts mehr.

* * *

Juliana findet keinen Schlaf. Als die Mutter sie aufforderte, in ihre Kammer hinaufzugehen, war sie noch zu sehr in ihrem Entsetzen gefangen, um sich gegen diese Anweisung aufzulehnen. Die Gäste sind anscheinend noch nicht müde genug, ihre Lager aufzusuchen, und so bleiben die Edelfrau und Pater Vitus bei ihnen sitzen. Es ist auch für die Herrin ungewohnt. Normalerweise ziehen sich die Damen des Hauses vor Mitternacht in ihre Kemenate zurück, und es ist Aufgabe des Hausherrn, bei den Gästen zu bleiben, bis diese ein Bett begehren. Nun ist der Ritter weg, für lange Zeit, und es ist an der Herrin, seine Pflichten zu übernehmen.

Das Mädchen liegt auf dem Rücken, die Hände über dem Leib gefaltet, und lauscht auf die Geräusche der Nacht. Die alte

Kinderfrau murmelt im Schlaf, dann setzt ihr Schnarchen wieder ein. In einer Ecke rascheln die Binsen. Vielleicht eine Maus? Dann, endlich hört Juliana Schritte auf der Treppe. Sie kennt das Knarren jeder Stufe. Auf dem Absatz, den nur die Frauen des Hauses und der Ritter von Ehrenberg überschreiten dürfen, halten sie inne.

»Verehrte Sabrina, macht Euch keine Gedanken, ich werde alles zum Rechten versehen«, sagt der Pater mit schwerer Zunge.

»Ihr könnt Euch voll Vertrauen in meine Hände legen – nein, ich meine, es, also alles, in der Burg und so und auch die Gäste.« Er bricht ab und rülpst.

»Das ist mir eine große Erleichterung«, erwidert die Edelfrau mit ihrer weichen Stimme, in der Juliana jedoch Zweifel mitschwingen hört.

»Soll ich Euch nicht doch lieber zu Eurer Kammer begleiten, Pater? Mir schien es so, als bereite Euch die Treppe Unbehagen.«

»Aber nein!«, entrüstet sich der geistliche Vetter. »Ihr wollt doch nicht etwa behaupten, ich sei betrunken?«

»Nein, ich dachte an Eure Gicht«, wehrt Sabrina von Gemmingen höflich ab, obwohl sie sicher genau das gemeint hat.

»Ich kümmere mich um die Gäste! Das bin ich dir schuldig«, lallt der Pater und macht sich, den polternden Schritten auf den Stufen nach zu urteilen, wieder auf den Weg in die Halle zurück. Ein metallisches Scheppern wird von einem Schmerzensruf gefolgt. Juliana hört die Mutter seufzen. Kurz darauf wird die Tür einen Spalt geöffnet und wieder geschlossen. Das Mädchen ahnt die leichten Schritte, die sich zur Kemenate hin entfernen. Kurz entschlossen wirft sie die Decke von sich und läuft hinterher. Die Binsen bohren sich in ihre nackten Füße. An der Tür zögert sie einen Moment und lauscht noch einmal den Schlafgeräuschen der Kinderfrau. Ein Lächeln huscht über Julianas Lippen. Seit das Gehör der alten Dienerin nachlässt, kann sie nicht einmal mehr ein Gewittersturm über der Burg aufwecken.

»Mutter? Darf ich Euch stören?« Es fällt dem Mädchen schwer, die Gefühle, die in ihr toben, zu zügeln, aber sie weiß, wie streng die sonst so sanfte Edelfrau in diesen Dingen ist.

Sabrina von Gemmingen sitzt zusammengesunken in einem Scherenstuhl. Ihr Gebende liegt zu ihren Füßen, das lange Haar hat sich aus seinem Netz gelöst. Es ist noch genauso blond wie das der Tochter. Hastig wischt sich die Mutter mit dem Handrücken über das Gesicht.

»Es ist spät, und ich habe dich schon vor langer Zeit in dein Bett geschickt. Du weißt, dass ich das nicht schätze. Der Tag ist lang genug, um zu reden, wir brauchen dazu nicht auch noch die Nacht.«

Juliana weiß, dass sie sich nun entschuldigen und sich in ihre Kammer zurückziehen sollte, aber der Aufruhr in ihrer Seele ist zu mächtig, um bis zum Morgen zu warten. Sie tritt ein, schließt die Tür und durchquert die Kemenate. Vor dem Scherenstuhl bleibt sie stehen, bückt sich und hebt Gebende und Schleiertuch auf. Umständlich zupft sie einen Halm ab, der sich in der Stickerei verfangen hat, und legt den feinen Kopfschmuck auf eine Truhe. Juliana kann sich nicht erinnern, dass die Mutter jemals ein Kleidungsstück einfach zu Boden hat fallen lassen.

»Ich wollte nur sichergehen, dass ich Eure Worte vorhin in der Halle missverstanden habe«, sagt sie, während ihre Hände das Seidentuch falten. »Ihr würdet doch einer Werbung des Kochendorfers nicht zustimmen!« Zaghaft hebt sie den Blick.

»Warum nicht? Die Familie ist annehmbar.«

»Sie haben Burg Lehen verloren!«, widerspricht Juliana.

Die Edelfrau nickt. »Ja, das stimmt. Sie mussten ihre Familienburg aufgeben, doch die Burgvogtei Guttenberg ist nicht schlecht – und sie ist nah.«

»Vater will diese Verbindung nicht!«, wendet das Mädchen ein. Ihre Stimme wird lauter. Die Erregung ist deutlich zu hören. »Er hat mit dem Weinsberger gesprochen, das wisst Ihr genau! Vater möchte, dass ich Carl von Weinsberg heirate.«

Die Mutter holt tief Luft und lässt den Atem in einem Stoß entweichen. »Der Vater ist fort«, sagt sie mit gezwungen ruhiger Stimme. »Alles wird sich ändern. Vielleicht können wir uns glücklich schätzen, wenn wir überhaupt noch einen akzeptablen Ritter finden, der deine Hand will. Ist der Weinsberger etwa gekommen, um uns zu sagen, dass er weiter zu uns hält?«

»Nein«, schnaubt das Mädchen. »Aber er hat auch nicht gesagt, dass er es nicht tun wird. Vielleicht kommt er in den nächsten Tagen nach Ehrenberg. Bitte, warum soll ich überhaupt so schnell heiraten? Können wir dem Vater nicht die Chance geben, seine Bußfahrt zu beenden, und ihn dann entscheiden lassen?« Sie sieht die Mutter flehend an. Die Edelfrau hebt hilflos die Arme und lässt sie dann kraftlos wieder fallen.

»Ich schaffe das nicht allein. Der Kochendorfer hat Recht. Ich brauche einen Mann, der mir die Last der Verantwortung abnimmt – deinen Ehemann!«

»Die Last?«, empört sich Juliana. »Ja, und auch die Ehre und den Besitz. Gierig streckt er seine Finger nach Ehrenberg und nach der Pfalz aus. Wollt Ihr das wirklich zulassen?«

»Was kann ich dagegen tun?«

»Nein sagen«, ruft das Mädchen. »Oh bitte, sagt nein, ich kann und will diesen Kerl nicht heiraten. Ihr dürft mich ihm nicht ausliefern!«

Sabrina von Gemmingen springt von ihrem Stuhl auf. Plötzlich ist die aufrechte Haltung wieder da und die Stärke in ihrer Stimme. »Juliana, ich verbitte mir jeden Widerspruch. Ich bin deine Mutter, und ich bin für deinen Lebensweg verantwortlich. Du wirst dich fügen und meine Entscheidung in Demut annehmen.« Ihr Finger weist zur Tür. »Und nun geh zu Bett und erzürne mich nicht länger.«

Das Mädchen starrt die Mutter fassungslos an. Wie kann sie ihr das antun? Weiß sie denn nicht, wie sehr sie Wilhelm verabscheut? Ist es ihr egal, dass sie die einzige Tochter ins Unglück reißt?

Sie weiß, dass sie in dieser Nacht nichts mehr ausrichten

kann. Scheinbar fügsam senkt sie den Blick, entschuldigt sich für ihr unpassendes Verhalten und verlässt die Kemenate. Schlafen kann sie jetzt allerdings auch nicht. Sie braucht frische Luft! Obwohl sie nur ihr kaum knöchellanges Hemd trägt, steigt sie die Treppe hinunter und verlässt den Palas. Es ist kälter, als sie gedacht hat, doch sie will nicht wieder hinaufgehen, um einen Umhang und Schuhe zu holen. Sie will nur ein wenig durchatmen und ihr Gemüt beruhigen, bevor sie in ihre stickige Kammer zurückkehrt, die ihr heute wie ein Gefängnis vorkommt.

Juliana sieht an sich herab. Ihr Aufzug lässt es nicht ratsam erscheinen, jemandem zu begegnen. Der Hof liegt verlassen vor ihr im Sternenlicht. Das Mädchen beschließt vorsichtshalber, im Schatten der Mauern zu bleiben. So folgt sie den sorgsam aufgeschichteten Steinquadern bis zur Treppe. Sie führt zum Wehrgang hinauf und zum Steg, der die Mauer mit dem Bergfried verbindet. Ein Käuzchen fliegt dicht über ihren Kopf hinweg und stößt seinen heiseren Schrei aus. Juliana fährt erschreckt zusammen.

»Nur eine Eule«, flüstert sie, um ihren Herzschlag zu beruhigen. Sie lehnt sich an die kalten Mauersteine und sieht zu den Fackeln am Tor hinüber, in deren Licht die beiden Wächter sitzen. Sie versucht, nicht an ihr Gespräch mit der Mutter zu denken. Wie wahrscheinlich ist es, dass sie die Edelfrau umstimmen kann? Es ist nicht gut, Vergleiche in der Vergangenheit zu suchen!

Juliana konzentriert sich wieder auf ihren Ausblick über den Hof zum Tor hinüber. Bewegt sich dort nicht etwas? Die Wächter scheinen nichts zu bemerken. Eine Fledermaus stößt aus der Nacht herab und durchquert im Zickzack ein paarmal den Feuerschein. Vermutlich jagt sie nach den Nachtfaltern, die um die Flamme tanzen.

Vielleicht sollte sie in den Palas zurückkehren und ihr Bett aufsuchen. Die Nacht ist kühl, und alle Menschen – außer dem Türmer und den Wächtern – liegen in friedlichem Schlaf, wie

Gott ihn schenkt. Noch ehe Juliana ihren Schatten von der Außenwand der Schildmauer lösen kann, muss sie ihren Gedanken korrigieren. Alle? Nein, eben öffnet sich die Palastür, ein Kopf erscheint und bewegt sich langsam von der einen zur anderen Seite, dann tritt die Gestalt auf den Hof hinaus. Sie ist klein und gedrungen. Ist das Bruder Vitus, der sich zur Latrinengrube aufmacht? Nein, in seinem Gang ist kein Schwanken zu bemerken. Außerdem ist die Kammer des Paters nicht im Palas. Der Schatten bewegt sich lautlos, umsichtig, wie ein – Kämpfer? Sollte es der Wappner des Templers sein?

Er bleibt stehen und raunt ein Wort. Einmal dreht er sich um seine Achse, fixiert für einige Augenblicke den Feuerschein am Tor und drückt sich dann näher an die Wand. Offensichtlich will er bei seinem nächtlichen Spaziergang nicht beobachtet werden.

Das heimliche Gemach sucht er also nicht, denkt Juliana, die ihn nicht aus den Augen lässt. Langsam, um kein Geräusch zu machen, rückt sie in den Schutz der hölzernen Treppe zurück.

Der Mann kommt näher. Wieder sieht er sich um und ruft etwas halblaut. Nun kann das Mädchen ihn verstehen: »Bruder Jean?«, raunt er in die Nacht. »Seid Ihr hier?«

Er sucht den Franzosen. Juliana beginnt sich zu fragen, wer in dieser Nacht überhaupt in seinem Bett liegt.

Der Wappner kommt immer näher. Zu spät denkt das Mädchen daran, sich davonzuschleichen. Nun bleibt ihr nichts anderes übrig, als sich zwischen Wand und Treppe zu ducken und sich ruhig zu verhalten. Sie wagt kaum zu atmen.

Bruder Humbert erreicht die unterste Stufe. Seine Hand umschließt das Geländer, der Blick wandert nach oben. Leichtfüßiger, als man es ihm bei seinem Körperbau zugetraut hätte, erklimmt er die steilen Stufen, überquert den Steg und erreicht kurz darauf die Tür, die ihn in den Bergfried führt. Juliana hört sie leise knarren.

Was um alles in der Welt will der Templerbruder nachts im Turm? Neugier und Angst ringen in ihr miteinander. Als die

Neugier für einige Augenblicke die Oberhand gewinnt, schlüpft das Mädchen unter der Treppe hervor und hastet mit gerafftem Hemd die Stufen hinauf. Sie drückt die Tür mit der Schulter auf, zwängt sich durch den Spalt und lässt sie hinter sich wieder zugleiten. Ihr Brustkorb hebt und senkt sich in raschem Wechsel. Es fällt ihr schwer, leise zu atmen. Sie zählt in Gedanken mit und versucht, sich zur Ruhe zu zwingen. Sie lauscht. Wo ist der Wappner hingegangen? Will er zur Plattform hinauf? Ein Zittern überfällt sie. Ist der Türmer in Gefahr? Sie schilt sich selbst ihrer überspannten Phantasie wegen. Warum sollte der Templer das tun? Außerdem kann sie keine Schritte von oben hören. Dafür dringt ein Geräusch aus der Tiefe zu ihr herauf. Noch bevor sie sich darüber Gedanken machen kann, erhebt sich ganz in der Nähe die Stimme des dienenden Bruders: »Ritter Jean, Bruder, seid Ihr das?«

Das Mädchen kann nur mit Mühe einen Aufschrei verhindern. Sie presst ihren Rücken gegen die Tür, um das Zittern, das von ihren Beinen aus den ganzen Körper zu überschwemmen sucht, zu unterdrücken.

»Humbert?«, dringt die französisch gefärbte Aussprache aus der Finsternis herauf. »Was tust du hier?« Er fügt etwas an, das Juliana nicht versteht, das aber verdächtig nach einem Fluch klingt.

»Das Gleiche könnte ich Euch auch fragen«, murmelt der Servient.

»Was? Ich verstehe dich nicht. Los, komm herunter, und hilf mir, wenn du schon in der Nacht herumschleichst. Hast du einen Kienspan dabei? Meine Lampe ist mir erloschen.«

Juliana hört, wie sich der Mann in die Tiefe tastet, dann ist es für einige Augenblicke ruhig. Ein Rascheln und ein Klicken durchbrechen die Stille, und ein Flämmchen rötet die Mauersteine. Sie hört die Männer stöhnen, und dann ein metallenes Geräusch. Ein unterdrückter Schrei steigt zu ihr empor. Vorsichtig schiebt sie sich eine Stufe nach der anderen hinab. Was tun die Männer da?

»Oh Herr«, stöhnt der Wappner, »riecht Ihr das?«
»Wie auch nicht!«, knurrt der Franzose. »Meine Sinne funktionieren noch bestens. Los, gib die Fackel her, vielleicht kann ich etwas erkennen.«

Das Mädchen fragt sich nur für einen Moment, was die Männer meinen könnten, als ein stechender Geruch sie einhüllt. Er lässt sie an Erbrochenes denken. Juliana schlägt sich die Hand vor Mund und Nase, um nicht zu würgen.

»Was um alles in der Welt...?« Sie hört einen Pfiff aus der Tiefe.

»Eine Leiche«, stellt der Franzose fest. »Nicht wirklich frisch. So etwas habe ich noch nie gesehen. Was ist das für ein gelbes, schmieriges Zeug? Und wie das stinkt!«, sagt der Wappner gepresst. »Aber sieh dir die Sporen an! Er war ein Ritter, und so, wie es aussieht, ist er in diesem Verlies kläglich verhungert.«

Juliana spürt, wie ihre Knie nachgeben. Sie rutscht an der Wand entlang immer tiefer, bis sie auf der eisigen Treppenstufe sitzt. Ihr Magen krampft sich zusammen.

13
Auf der alten Römerstraße

Sie hörte sich selbst schreien, dass es in ihren Ohren schrillte. Der Franzose beugte sich vor und öffnete die Lippen zu einem bösen Grinsen. Sein Haar fiel nach vorn. Warum war es plötzlich blond und so lang? Es wuchs sogar noch und wucherte ihm über Rücken und Brust. Auch seine Züge waren anders, kamen ihr aber bekannt vor, so als sei sie ihm erst kürzlich begegnet. »Jetzt habe ich dich endlich«, sagte er.

Juliana schrie noch immer. Der Ritter zog einen Dolch aus dem Gürtel. »Sei sofort ruhig, sonst wirst du sein Schicksal teilen!« Er deutete hinter sich, wo der Wappner stand, eine halb zerfallene Leiche in den ausgestreckten Armen. Der Verwesungsgestank nahm ihr den Atem. Juliana keuchte und würgte. In ihren Ohren begann es zu dröhnen. Was war das? Schlug der Türmer Alarm? War ein Feuer ausgebrochen, oder stürmten Feinde heran? Er läutete die Glocken, dass man es in Wimpfen und auf Guttenberg noch hören musste.

Gut so, dachte das Mädchen, holt Hilfe! Rettet mich!

Als habe er ihre Gedanken gelesen, lachte der blonde Ritter schrill. »Dich kann niemand mehr retten. Hörst du es nicht? Sie läuten bereits deine Totenklage ein.« Die Klinge blitzte vor ihren Augen.

Nein!, versuchte sie zu rufen. Was habe ich getan, dass Ihr mich hier niederstechen wollt?, aber kein Laut kam über ihre Lippen. Tränen stiegen ihr in die Augen, und sie blinzelte.

Noch immer reizte ein strenger Geruch ihre Nase, und auch das Dröhnen einer Glocke klang ihr noch im Ohr, Ritter und Leiche waren jedoch verschwunden. Juliana richtete sich auf und sah sich im Schlafsaal um. Die Glocke auf dem Turm von Santa María de los Huertos verhallte. Der Gestank ging von den vielen Pilgern aus, die hier heute die Nacht verbracht hatten, und von denen einige offensichtlich an Blähungen litten. Das war ihr auf der Reise schon oft begegnet, dennoch brauchte das Ritterfräulein eine Weile, ehe die blutigen Bilder aus ihrem Sinn verschwanden. Sie war in La Puent de la Reyna, in der Pilgerherberge der Tempelritter! Kein Wunder, dass sie von dem Franzosen und seinem dienenden Templerbruder geträumt hatte, die auf Ehrenberg solchen Staub aufgewirbelt hatten. Und der blonde Ritter? Wie passte der in den Traum? Das Gespräch vom Abend zuvor fiel ihr wieder ein und ließ ein unangenehmes Gefühl in ihr aufsteigen. Vielleicht war er schon weg, und sie würde ihm nie wieder begegnen? Im Dormitorium der Pilger konnte sie ihn jedenfalls nicht entdecken.

Ein zarter Lichtschimmer erhellte das Pergament der schmalen Fensterbogen. Die Glocken mussten also bereits zur Prim rufen. Das Mädchen schlug die Decke zurück. Auch die Schläfer in den anderen Betten begannen sich zu rühren. Santa María de los Huertos, dachte Juliana, während sie ihre Beinlinge an der Bruech annestelte. Hatte der Bruder gestern nicht gesagt, Huerta bedeute auf Kastilisch ›Gemüsegarten‹?

»Heilige Maria von den Gemüsegärten«, murmelte sie, als sie die Schuhe schnürte, und musste schmunzeln. Die Verehrung der Heiligen Jungfrau trieb hier noch seltsamere Züge als in Franken oder Schwaben.

Das Mädchen war kaum überrascht, Bruder Rupert mit dem blonden Ritter, der noch vor kurzem ihre Träume vergiftet hatte, an einem Tisch vorzufinden. Die Hoffnung, ihn los zu sein, war nur von kurzer Dauer gewesen. Juliana holte sich eine Schale Milchsuppe, die ein Servient aus einem großen Kessel schöpfte, und setzte sich zu den Männern. Sie löffelte schweigend und lauschte dem Frage- und Antwortspiel der beiden. Offenbar verstand es Bruder Rupert nicht nur ihr gegenüber auszuweichen und seine Geheimnisse zu wahren. Der Blonde schien ein wenig ungehalten. Dann drehte der Bettelbruder den Spieß herum, und es war an Raymond de Crest, sich gegen dessen Zudringlichkeit zu wehren. Bruder Rupert musste bald einsehen, dass er einen würdigen Gegner gefunden hatte. Mit mürrischer Miene beugte er sich wieder über seine Schale.

»Habt Ihr André heute schon gesehen?«, unterbrach das Mädchen die auf ihnen lastende Stille nach einer Weile. Der Bettelmönch wurde der Antwort enthoben, denn in diesem Moment hinkte der junge Ritter aus Burgund in das Refektorium und ließ sich neben dem Fräulein auf die Bank sinken.

»Geht es deinem Fuß nicht besser?«, erkundigte sie sich.

»Doch schon«, sagte er zögerlich. »Aber ich weiß nicht, ob es klug ist, ihn heute zu sehr zu belasten.«

»Dann solltest du besser einen Tag hier bleiben und dich auskurieren«, schlug Bruder Rupert vor und kratzte sich ausgiebig die Narbe an seinem Hals.

André sah das Ritterfräulein an. »Was denkst du, Johannes, wäre ein Tag Ruhe nicht für uns alle gut?«

Juliana überlegte. Sicher würde ihr Körper eine Pause begrüßen. Sie könnte den alten Sebastian vor der Kirche besuchen, ihm Brot bringen und seinen Geschichten vom Bau des großen Doms in Köln lauschen. Außerdem lockte es sie nicht, mit Bruder Rupert weiterzuziehen und André hier zurückzulassen. Anderseits wurde der Abstand zu ihrem Vater mit jeder Verzögerung größer.

Der Bettelmönch schien ihr Zaudern zu spüren. »Ich finde, wir sollten weitergehen. Unser Freund hier ist jung und kräftig. Wahrscheinlich wird er uns noch vor Burgos wieder eingeholt haben.« André warf Bruder Rupert einen wütenden Blick zu.

»Ich weiß nicht«, sagte Juliana vorsichtig und senkte den Kopf, um den jungen Reisebegleiter nicht ansehen zu müssen. »Kannst du nicht doch mitkommen? Wenn wir langsam gehen und in Stella zur Nacht bleiben?« Nun sah sie André doch an. Das Flehen in ihrem Blick verfehlte seine Wirkung nicht.

»Nun ja, Bruder Semeno hat nichts dagegen, ich dachte nur...« Er sprach den Satz nicht aus. »Lasst mich nur rasch noch einen Teller Milchsuppe essen, wenn der Servient am Kessel mir einen Nachschlag gönnt.

»Aber ja!« Juliana lächelte André strahlend an. Die beiden anderen Männer am Tisch wirkten dagegen nicht sonderlich erfreut.

* * *

Die Sonne stand in schimmerndem Orange eine Handbreit über dem Horizont, als die vier Pilger die Stadt durchquerten. Juliana entdeckte den Steinmetz auf seinem Platz vor der Kirche, kniete sich zu ihm auf die Gasse und gab ihm von ihrer Wegzehrung, die die Templer verteilt hatten. Die anderen gingen bereits weiter auf den Brückenturm zu, während sich das Ritterfräulein von dem Bettler verabschiedete.

»Hast du ein gutes Gedächtnis?«, fragte sie ihn.

»Aber ja«, brüstete sich der Alte, »und scharfe Augen dazu.«

»Kannst du dich an einen Pilger aus Franken erinnern?« Sie beschrieb den Vater so genau wie möglich.

Sebastian nickte ohne zu zögern. »Aber ja, es ist erst drei Tag her, dass er hier bei mir auf der Erde saß und angeregt mit mir sprach.« Der Bettler legte den Kopf schief und kniff die Augen ein wenig zusammen. »Er hatte deine Nase und die Augen – nein, stimmt nicht, sie waren nicht so leuchtend blau wie deine, eher grau.« Juliana erhob sich hastig und klopfte den Staub von den Knien.

»He, du bist ihm aus dem Gesicht geschnitten. Aber sagte er nicht, er vermisse einen Sohn? Er habe nur eine Tochter?« Das Mädchen verabschiedete sich und wandte sich ab.

»Weiß er am Ende gar nichts von dir?« Sie reagierte nicht, sondern strebte über den Platz davon.

»Ah!«, rief Sebastian, so als sei ihm plötzlich etwas eingefallen – oder aufgefallen? »Ich habe scharfe Augen und einen noch schärferen Verstand«, rief er ihr nach. »Ich wünsche dir, dass du findest, wonach du suchst.«

Das Ritterfräulein passierte das Portal de Puente und lief auf die zur Mitte hin ansteigende Brücke hinaus. Sechs zur Flussmitte hin größer werdende Bogen trugen den steinernen Weg, der Pilger und Händler trockenen Fußes über die Arga führte. Ganz oben, am mittleren der drei Brückentürme, sah sie André, Bruder Rupert und den blonden Ritter de Crest. Sie standen bei einem ältlichen Mann in schmutziger schwarzer Kutte. Juliana konnte seine Tonsur auf dem Hinterkopf sehen. Als ihre Schritte sich der Gruppe näherten, fuhr er herum und funkelte sie an.

»Still, du junger Narr. Man darf den Vogel nicht stören.«

Das Mädchen prallte zurück. Vogel? Was für ein Vogel? André streckte langsam den Arm aus, und ihr Blick wanderte in die angedeutete Richtung. Dort im Schatten des Torbogens, unter dem die Brücke hindurchführte, sah sie eine Marienfigur und auf deren Schulter einen kleinen, graubraunen Vogel sitzen. Er rieb seinen Schnabel an der Wange der Mutter Gottes. Ein Tropfen Wasser rann herab, als ob die Figur weinen würde. Dann erstarrte der Vogel, richtete seine schwarzen Augen auf die Menschen, die ihn betrachteten, breitete die Flügel aus und schwang sich im Sturzflug von der Brücke.

»Dürfen wir jetzt weitergehen?«, brummte Bruder Rupert. Jetzt erst sah Juliana, dass ein kleiner Junge ihnen den Weg versperrte. Das schwarze Haar und die breiten Wangenknochen sprachen davon, dass er Navarrese oder Baske war. Der Junge nickte und gab den Weg frei. Er plapperte etwas Unverständliches. Juliana verstand nur ein Wort, das wie »Tschori« klang. Dann drehte er sich um und rannte in die Stadt zurück. Seine nackten Füße patschten über das Pflaster, während er immer wieder »Tschori« rief und aufgeregt mit den Armen wedelte. Die Pilgergruppe hatte die Brücke noch nicht hinter sich gelassen, da begannen alle Kirchenglocken von La Puent de la Reyna zu läuten.

»Es ist wegen des Vogels«, erklärte der fremde Mönch, der ungewöhnlich groß und mager war, so dass die schwarze Kutte um seinen Leib schlotterte. Er schloss sich der Pilgergruppe an und trat mit ihnen gemeinsam durch das Tor am anderen Ufer.

»Die Menschen hier nennen die Figur auf Baskisch Virgen del Txori, das heißt Jungfrau des Vogels, denn es ist für sie ein Wunder, dass von Zeit zu Zeit ein Vogel die Jungfrau von Schmutz und Spinnweben befreit und ihr das Gesicht wäscht. Dann läuten sie die Glocken und lesen eine Messe.«

Die fünf Wanderer folgten ein Stück dem Flussufer, dann verließ der ausgefahrene Karrenweg das Wasser und führte wieder nach Westen. Felsige Wände ragten aus dem Gebüsch, das sich die steilen Talhänge hinaufzog. Sie sahen das Spital »extra muros« etwas abseits liegen. Zwei an Armen und Beinen verkrüppelte Gestalten saßen vor dem kleinen Steingebäude auf einer Bank in der Sonne. Schaudernd beschleunigte Juliana ihren Schritt. Den Siechenden und Aussätzigen wollte sie lieber nicht zu nahe kommen.

Der hagere Mönch von der Brücke stellte sich als Pater Bertran vor. Das Mädchen vermutete, dass er die sechzig bereits erreicht hatte. Sein Gesicht war gebräunt und von tiefen Falten durchzogen. Die Hände, die aus den Ärmeln der Kutte ragten, waren fast so knochig wie bei einem Skelett. Er trug nur Sandalen an den Füßen. Bei manchem Schritt konnte das Mädchen sehen, dass sich unter den Zehennägeln bläuliche Blutergüsse gebildet hatten. Um seinen linken Knöchel war ein schmutziges Tuch geschlungen. Dennoch hielt er problemlos mit den anderen Schritt. Vielleicht war er ein Augustiner, überlegte das Ritterfräulein. Trugen diese Mönche nicht schwarze Kutten und Tonsur?

Sie stiegen einen schmalen Pfad zwischen den Felsen hoch. Der Lehm an den Rändern des Weges war von hellem Ocker, das Gras trocken und braun. Juliana war am Berg ein Stück zurückgefallen und holte die anderen, nun da es flacher wurde, mit raschen Schritten wieder ein.

»Sie haben dort drüben eine Ansiedlung«, sagte der asketische Mönch gerade zu Ritter Raymond.
»Wer?«, mischte sich André in das Gespräch ein. »Die Templer?« Seine Augen begannen zu leuchten.
»Ja, die Templer«, bestätigte Pater Bertran. »Sie führen ein kleines Hospital, doch ich denke, es gibt keinen Grund, einen Umweg dorthin zu machen.«
Für André allerdings Grund genug, seine schwärmerischen Reden über die Tempelritter vom Vortag fortzusetzen. Bruder Rupert verdrehte gequält die Augen, ließ sich heute aber nicht provozieren.
Juliana sah zu Boden und lächelte in sich hinein. Der Weg hatte sich verändert, und es war ratsam, auf seine Füße zu achten. Er führte zwar immer noch bergauf, statt einem staubigen Karrenweg folgten sie nun jedoch einer gepflasterten Straße. In der Mitte waren unregelmäßige Steine wie zu Mosaiken zusammengesetzt, die Ränder bildeten behauene Steinplatten. Je ein Steinbogen überspannte kleine Bäche und Ablaufgräben. Die Straße schien schon recht alt, war sie doch an vielen Stellen beschädigt. Steine fehlten, und der Regen hatte tiefe Mulden ausgewaschen.
»Haben die Menschen von La Puent de la Reyna diesen Weg gebaut?«, wunderte sich Juliana.
Pater Bertran schüttelte den Kopf. »Das waren die großen Eroberer des Römischen Reiches, die fast ganz Hispanien beherrschten. Diese Straße führte einst von Bordeaux bis nach Astorga. Sie haben hier in den Bergen nach Edelsteinen und Metallen gegraben. Unglaubliche Mengen Gold wurden aus der Kolonie nach Rom gebracht.
Das Römische Reich? War das nicht zu der Zeit gewesen, als der Herr Jesus Christ gelebt hatte und unter ihren Händen gestorben war? – Nein, nicht die Römer, die Juden hatten seine Hinrichtung verlangt, erinnerte sich das Mädchen.
»Der ganze Weg von Bordeaux nach Astorga war gepflastert?« Juliana schüttelte ungläubig den Kopf. Sie hatte nur eine

ungefähre Vorstellung, wo Bordeaux lag. Irgendwo in der Gascogne oder im Herzogtum Aquitanien. Und Astorga war noch viele Tagesmärsche im Westen vor ihnen.

»Aber ja«, stimmte Pater Bertran zu. »Sie hatten ja genug Sklaven zur Verfügung aus all den Gebieten, die sie erobert haben. Woher stammst du? Aus Franken? Selbst dort errichteten sie ihre Wälle und Zäune und große Kastelle, um sich die wilden Germanen vom Leib zu halten.«

Nun fiel Juliana die Geschichte wieder ein, die der Dekan Gerold von Hauenstein ihr erzählt hatte. An der Stelle, an der sich heute das Stift St. Peter mit seinem Lindenplatz und den Häusern der Stiftsherren erhob, ja selbst der ganze Ort mit den Hütten der Fischer, Bauern und Handwerker, war einst ein römisches Kastell gewesen und eine Stadt an der Straße von Heilbronn nach Speyer.

Ein loderndes Heimweh überfiel sie, als das geliebte Gesicht des Dekans vor ihr aufstieg. Ach, warum nur konnte er nicht bei ihr sein? Wie leicht ihr ums Herz wäre, würde sie ihn an ihrer Seite wissen. Vielleicht wäre er mitgekommen, wenn sie ihn darum gebeten hätte? Er war ihr Freund. Ein Freund der ganzen Familie – Unsinn! Er war der Dekan des Stifts St. Peter und ein wichtiger Mann dort. Er konnte nicht einfach mit ihr davonlaufen. Und vielleicht wusste er ja bereits all die Antworten, die sie suchte?

Die fünf Pilger stiegen die alte Römerstraße zu einer Ansiedlung hinauf, die die Spitze eines Hügels bedeckte.

»Cirauqui«, sagte Pater Bertran, »das kommt vom baskischen Wort für ›Schlangennest‹.«

»Ihr seid eine Quelle des Wissens«, murmelte Bruder Rupert spöttisch. Der neue Begleiter ging jedoch nicht auf seine Worte ein.

Das »Schlangennest« war am Fuß der Häuser von einer Mauer umgeben, das Tor jedoch stand einladend offen. Sie folgten der steilen Straße in Richtung Berggipfel, wo ein Kirchturm stand. Prächtige und wehrhafte Steingebäude mit Adelswappen über den Toren säumten ihren Weg. Dazwischen duckten sich zu beiden Seiten der schlammbedeckten Gässchen Scheunen und kleine Häuser mit Strohdächern. Es roch nach Mist. Ein paar spärlich bekleidete Kinder spielten auf der Gasse. Sie riefen den Pilgern etwas zu, das Juliana nicht verstand. Aus einem großen Steinhaus traten zwei Frauen, ganz in Schwarz gehüllt, obwohl die jüngere kaum über zwanzig sein konnte. Sie zogen sich ihre Schleiertücher weit ins Gesicht, senkten die Blicke und huschten schweigend an der Gruppe Fremder vorbei.

Endlich hatten die Pilger den höchsten Punkt des Ortes erreicht. Ritter Raymond de Crests Gesicht war rot geworden, und er atmete rasch mit offenem Mund. Auch André und Juliana waren ins Schwitzen gekommen. Der alte Mönch mit der schwarzen Kutte blieb stehen. Erstaunlicherweise schien ihm der Aufstieg genauso wenig ausgemacht zu haben wie dem kräftigen Bettelmönch Rupert.

»Eine kurze Rast«, stöhnte der blonde Ritter und ließ sich auf den Rand eines steinernen Beckens sinken. Mit seinem Ärmel wischte er sich über das Gesicht. Der Augustinerpater sah ihn missbilligend an, sagte aber nichts. André setzte sich rasch neben Raymond und legte den Fuß hoch. Obwohl er nicht klagte, schien er doch Schmerzen zu haben.

Am Brunnen füllten die fünf ihre Kürbisflaschen, dann nahmen sie ihre Stäbe wieder zur Hand und stiegen den Hügel hinab, passierten das Tor auf der anderen Seite und folgten der römischen Straße zwischen Olivenbäumen und Zypressen. Es war noch nicht einmal Mittag und der Weg vor ihnen noch weit. Juliana warf André, der mit zusammengepressten Lippen neben ihr ging, einen Blick zu. Hoffentlich gab es keine ernsten Probleme mit seinem Fuß. Sonst würde sie sich bitterliche Vorwürfe machen müssen. Schließlich hatte sie ihn gedrängt, noch heute den Weg fortzusetzen.

Die Sonne stieg am blauen Himmel empor und brannte mit zunehmender Hitze auf sie herab. Wie anstrengend es doch wurde, einen Fuß vor den anderen zu setzen. Wie schwer der Rucksack und die Pilgertasche plötzlich wogen. Selbst die Hand wollte den schweißnassen Pilgerstab nicht mehr umfassen.

Sie verließen die Straße und stiegen in ein grünes Tal hinab, durch das sich ein in mehrere Arme geteilter Fluss wand. Er schien dort, wo der Weg ins Wasser führte, nicht besonders tief. Bruder Rupert zog sich Schuhe und Beinlinge aus und schürzte seine Kutte bis über die Knie. Auch der Augustinerpater entledigte sich seiner Sandalen und raffte die schwarze Kutte. André zögerte, entschied sich dann aber, den Verband nicht nass zu machen. Er setzte sich nieder und knotete den Leinenstreifen auf.

»Sollen wir nicht lieber zur Straße zurückkehren?«, schlug der blonde Ritter de Crest vor. Dort gibt es sicher eine Brücke über den Fluss. Ich denke, die alte Straße macht nur einen kleinen Umweg nach Norden und führt uns dann nach Stella.«

»Warum?«, wollte Bruder Rupert wissen und kratzte sich die Narbe am Hals. »Das Wasser ist sicher nicht so tief, dass Euer Kettenhemd Gefahr läuft zu rosten, oder seid Ihr wasserscheu und fürchtet, Euch empfindliche Körperteile zu verkühlen?« Er grinste anzüglich.

Der Ritter de Crest funkelte ihn an. »Natürlich nicht, Bettelmönch!« Er ließ sich ins Gras fallen und zerrte seine Stiefel von den Füßen.

Die anderen hatten das gegenüberliegende Ufer schon fast erreicht, als Juliana ihnen endlich folgte. Zaghaft tastete sich das Mädchen ins Wasser. Es war überraschend kalt und klar. Sie konnte ihre nackten Zehen zwischen Sand und Kies sehen. Schlanke, silberne Fischleiber schossen davon. Ein Gespinst von Algen wogte in der Strömung auf und ab. Auf der anderen Seite angekommen ließen sich die beiden Mönche im Schatten einer Weide nieder. Auch das Mädchen flüchtete vor der gnadenlosen Sonne. Sorgfältig bedeckte sie die Knie mit ihrem Kittel.

»Was für ein mörderisch heißes Land«, schimpfte Ritter

Raymond und löste den Schwertgurt. Ehe Juliana begriff, was er vorhatte, zog er sich Waffenrock, Kettenhemd und Cotte über den Kopf und warf sie ins Gras. Er öffnete die Bänder und ließ die Bruech herabgleiten. Völlig nackt stand er vor den Begleitern.

»Wollt ihr nicht auch ein kühles Bad nehmen?«, fragte er ungezwungen in die Runde. André kaute unschlüssig auf der Unterlippe, Pater Bertran schüttelte den Kopf und legte die Arme schützend um seinen dürren Leib, so als friere er bereits bei dem Gedanke, sich bis zum Hals ins Wasser begeben zu müssen.

»Und Ihr?«

»Warum nicht«, stimmte Bruder Rupert zu. Sein Blick ruhte jedoch auf dem jungen Gesicht neben ihm, das abwechselnd rot und blass wurde. Der Bettelmönch erhob sich, stellte sich neben Ritter Raymond und zog sich Kutte und Hemd über den Kopf.

Juliana hielt den Atem an und wusste nicht, wo sie den Blick hinwenden sollte. Natürlich hatte sie auch früher schon nackte Männer gesehen. Die Bauern und Burgmannen badeten häufig in den seichten Nebenarmen des Neckars oder in den Tümpeln im Wald, an denen man vorbeiritt, wenn man den Weg über den Bergrücken von Ehrenberg zur Pfalz nahm. Allerdings hatten noch nie zwei nackte Herren so nah vor ihr gestanden, dass sie fast gezwungen war, ihre Männlichkeit zu betrachten. Zu allem Überfluss entschied sich nun auch noch André für ein Bad.

»Komm doch mit«, drängte er das Ritterfräulein. »Eine Abkühlung tut uns allen gut. Es sind sicher noch ein paar Stunden, bis wir Stella erreichen.«

»Nein, ich möchte lieber nicht«, würgte sie hervor und hätte sich am liebsten noch den Umhang übergeworfen, um sich vor den Männern zu verstecken.

»Aber ja, unser junger Freund hat Recht. Komm mit ins Wasser, Johannes!« Bruder Rupert trat noch einen Schritt näher und griff nach ihren Händen, um sie hochzuziehen. Es blieb ihr gar nichts anderes übrig, als an seinem Körper hinaufzusehen. Er hatte kräftige, wohlgeformte Beine, seine Hüften waren schmal, der Bauch flach. Der weiche Ring der Trägheit, der die Mitte des Vaters inzwischen zierte, fehlte dem Bettelmönch. Rasch huschte ihr Blick über die Körperteile in ihrem Nest aus krausem, dunklem Haar, die den Mann ausmachten, zu seiner muskulösen Brust und den Armen hinauf. Wieder einmal fragte sie sich, wo er sich die hässlichen Narben zugezogen hatte.

»Was ist, Freund Johannes?«

Sie entwand sich seinem Griff. »Nein! Ich will nicht!«, stieß sie hervor. Er lächelte spöttisch zu ihr herab. »Nun denn, wenn wir dich nicht überreden können.«

Die drei nackten Männer rannten die grasige Böschung hinunter und ließen sich in den Fluss fallen. Hier, ein Stück von der Furt entfernt, reichte ihnen das Wasser bis an die Brust. Sie tauchten unter, prusteten und seufzten erleichtert.

Das Brennen in Julianas Wangen ließ nach. Sie sah den drei Begleitern beim Baden zu.

»Ich bezweifle, ob das der Gesundheit dient«, sagte Pater Bertran mit schmalen Lippen. »Der Liber Sancti Iacobi weist darauf hin, dass die Flüsse Navarras schlechtes Wasser führen. Gerade vor dem Río Salado warnt er und rät, schnell nach Stella weiterzuwandern.

»Habt Ihr dieses Buch gelesen?«, fragte Juliana. »Ach deshalb wisst Ihr so viel über die Orte an unserem Weg«, rief sie aus, als er nickte. »Ihr habt Euch wirklich gut auf Eure Pilgerreise vorbereitet.« Der alte Augustinerpater sagte nichts.

»Wenn das Buch die Wahrheit sagt, dann sollten wir unsere Flaschen hier nicht auffüllen«, fügte das Mädchen hinzu.

»Was soll mit dem Wasser nicht in Ordnung sein?«, fragte Bruder Rupert, der herangetreten war. Er schüttelte sein kurzes, nasses Haar, dass die Tropfen flogen.

»Es ist salzig, wie der Name des Flusses schon sagt.«

»Ist mir nicht aufgefallen.«

»Und vielleicht auch voller Gift«, gab der Augustinerpater

Auskunft. »Jedenfalls will der Schreiber hier zwei Navarresen gesehen haben, die ein totes Pferd häuteten. Sie betonten, das Wasser sei gut, aber als der Schreiber der Zeilen sein Pferd tränkte, starb es in nur wenigen Augenblicken. Die Navarresen hoben die Messer und stürzten sich auf den Kadaver.«

»Und Ihr glaubt, so hat sich das alles zugetragen?« Der Bettelmönch zog zweifelnd die dunklen Augenbrauen zusammen. »Ich habe von diesem Pilgerführer gehört, aber es kommt mir vor, als wäre der Schreiber kein Freund Navarras gewesen.« Er rieb sich mit seinem Umhang trocken und schlüpfte dann in Hemd und Kutte. »Jedenfalls konnte ich nichts Ungutes an dem Wasser hier feststellen.«

Nun kamen auch André und der Ritter Raymond aus dem Wasser und zogen sich an. Erfrischt machten sie sich wieder auf den Weg.

Juliana ging einige Schritte hinter den anderen. Sie wollte Abstand halten, bis sich der Aufruhr in ihrem Gemüt gelegt hatte. Wie konnten ein paar badende Männer sie in diesem Maße verunsichern? War sie nicht seit Wochen fast ausschließlich in der Gesellschaft von Männern unterwegs? Kam es nicht beinahe täglich vor, dass sie in einer der Herbergen oder einem der Spitäler einen entblößten Körper sah? Was war es dann, das solch heftige Gefühle in ihr auslöste?

Sie erlebte noch einmal den Moment, in dem der Bettelbruder ihre Hände ergriff, um sie hochzuziehen, und schauderte. War das Abscheu oder Furcht? Oder beides? Warum? Trotz der Narben an Hals und Schenkel war sein Körper nicht abstoßend anzusehen – wenn man sich erst einmal an den Anblick dessen gewöhnt hatte, das den Männerschoß von dem der Frauen unterschied. Sein Blick hatte sie irritiert! Da war etwas Abschätzendes in ihm gewesen, etwas Lauerndes, das diese Furcht in ihr ausgelöst hatte. Es war ihr plötzlich so, als sei sie nackt, nicht er, und als könne er noch durch ihre Haut hindurchsehen. Wann hatte sie sich jemals so hilflos und so verletzlich gefühlt?

Die Erinnerung traf sie so heftig, dass sie leise aufstöhnte. Plötzlich war sie nicht mehr im fernen Hispanien, nicht mehr auf dem Pilgerpfad unterwegs. Sie war zurück am Ufer des Neckars mit seinen trutzigen Burgen, die über den grünen Talhängen aufragen. Es war Nacht. Sie trug nur ein dünnes Hemd, und zwei Männer starrten auf sie herab.

14
Die Schande der Ehrenberger
Burg Ehrenberg im Jahre des Herrn 1307

Die beiden Männer stehen vor ihr, ein paar Treppenstufen tiefer, der Wappner hält die Fackel. Jean de Folliaco umklammert etwas, das wie ein Stück einer Rüstung aussieht. Beide stehen sie reglos da und starren auf das Mädchen in seinem weißen Hemd, das auf der Treppe im Turm kauert und schreit, als würde man sie mit glühenden Eisen martern.

»Schweig, oder muss ich nachhelfen?« Bruder Humberts Hand schnellt nach vorn und presst sich auf den weit geöffneten Mund. Die andere hat das Genick schon fast erreicht, als der Franzose ihm in den Arm fällt.

»Wir sind hier nicht im Krieg bei den Sarazenen«, herrscht er den Bruder an. »Lass sie los!«

Widerstrebend gehorcht der Wappner und verzieht gequält das Gesicht, als der schrille Schrei von den Wänden widerhallt. Er steigt hinauf in die Höhe bis zur Kammer des Türmers, durch die Falltür und auf die Plattform.

»Seid doch ruhig!«, beschwört sie der Franzose. »Was ist denn? Wir tun Euch doch nichts. Es ist alles gut. Ihr habt Euch nur erschreckt.«

Julianas Magen krampft sich zusammen, und sie übergibt sich auf den Saum des dunklen Umhangs von Jean de Folliaco.

Warum trägt er nicht seinen weißen Mantel?, schießt es durch ihren Sinn, und sie hört auf zu schreien.

Der Tempelritter weicht schimpfend zurück und verliert beinahe das Gleichgewicht. Er rudert mit den Armen und wäre sicher gefallen, hätte der Wappner ihn nicht am Oberarm gepackt. Das Metallstück entgleitet seiner Faust und hüpft scheppernd die Steinstufen hinab.

»Was ist denn dort unten los?«, schallt die Stimme des Türmers den Treppenschacht hinunter. Seine Stiefel poltern im Rund. Immer an der Wand entlang kommen sie rasch näher. Die Männer werfen sich gequälte Blicke zu.

»Nun, dann müssen wir die Sache jetzt eben klären«, sagt der Franzose ruhig, greift nach den Händen des Mädchens und zieht es hoch. »Hol den Panzerstiefel mit dem Sporn hoch«, befiehlt er dem dienenden Bruder, während er das Edelfräulein die Stufen bis zum Eingangsgewölbe hinaufdirigiert.

Am Eingangstor treffen sie auf den neuen Türmer Willfried, einen jungen Mann, der Samuel hilft, da dieser auf seinen alten Beinen nur noch selten herabsteigt. Willfried hält die Fackel hoch und starrt die ungewöhnliche Gesellschaft mit großen Augen an. Nun tritt auch der Wappner hinzu, einen Stiefel in der Hand, aus dem ein Knochen ragt, von einer gelblichen Substanz umhüllt. Der Gestank der nur unvollkommen verwesten Leiche hängt noch immer in der Luft und zieht nun durch das Tor hinaus, das der Franzose geöffnet hat.

»Bei allen Heiligen, was geht hier vor sich?«, stößt der Türmer aus. Jetzt erst erkennt er in dem Mädchen im Hemd die junge Herrin wieder. »Fräulein Juliana! Was ist Euch geschehen? Was haben Sie Euch getan? – Lasst sie sofort los!«, herrscht er den Franzosen an und zieht drohend sein kurzes Schwert aus der Scheide.

Jean de Folliaco zieht eine verächtliche Miene und tritt zurück. »Ich habe gar nichts mit ihr gemacht. Ich habe das schreiende Ding lediglich gestützt, doch ich habe nichts dagegen, wenn du sie zum Palas zurückführst, ehe sie mir noch einmal mein Gewand beschmutzt.«

Juliana klammert sich an den Arm des jungen Wachmannes und steigt mit zitternden Knien die Holztreppe hinunter in den Burghof. Die Männer am Tor haben anscheinend bemerkt, dass etwas Ungewöhnliches auf der Burg vor sich geht. Einer der Wächter kommt auf sie zu und folgt ihnen bis in die dunkle Halle. Ein wenig ratlos stehen sie alle da.

»Man muss die Herrin wecken«, sagt der Türmer unsicher. Juliana klammert sich noch immer an seinen Arm und scheint nicht bereit, ihn wieder loszulassen. So schickt Willfried den Wächter, den Pater und eine der Mägde zu wecken, damit sie zur Kemenate hinaufsteigt. Behutsam löst er die Umklammerung des Mädchens und schiebt sie auf eine Bank. Die Hand am Schwertgriff bleibt er neben ihr stehen. Die Templer setzen sich ihr gegenüber. Alle vier schweigen, während die Burg um sie herum erwacht.

Kurz darauf ist das Feuer im Kamin in der Halle wieder angefacht, und ein paar Fackeln beleuchten die seltsame Gesellschaft, die sich zu dieser nächtlichen Stunde zusammengefunden hat. Die Edelfrau trägt nur eine Cotte und ihren Umhang, und auch Juliana sitzt im Hemd und dem Mantel da, den das Kinderfräulein ihr heruntergebracht hat. Ein Wunder, dass es der Mutter gelang, sie mitten in der Nacht zu wecken, denkt Juliana, um ihre Gedanken auf ungefährliches Terrain zu lenken. Selbst Pater Vitus sitzt mit am Tisch und sieht erstaunlich nüchtern aus. Sein Haar klebt ihm tropfnass am Schädel. Vielleicht hat die Mutter ihm den Wasserkrug über den Kopf geschüttet? Julianas Lippen zucken bei der Vorstellung. Wie gut es tut, sich auf die Lächerlichkeiten des Alltags zu konzentrieren.

Alltag? Ihr Blick schweift vom Templer, der den dunklen Umhang auf den Boden geworfen hat und nun in einem ungewöhnlich einfachen Rock aus grobem Stoff ihr gegenübersitzt, zu dem Wappner an seiner Seite, der finster auf den Tisch starrt, dann zu den beiden Wächtern, die unschlüssig hinter ihnen stehen, zu Vater und Sohn von Kochendorf, die verschlafen und verwirrt in die Runde sehen, und schließlich zum Pater und der Mutter. Die Kinderfrau hat sich mit den Mägden und Knechten, die die Edelfrau mit strengem Ton in ihre Betten geschickt hat, zurückgezogen.

Der Franzose redet und gestikuliert. Immer mehr französische Brocken mischen sich unter die deutschen Worte. Juliana fällt es schwer zu begreifen. Er spricht von Morden, von Heimtücke und von Schuld. Von Wölfen im Pelz von Lämmern – haben Lämmer einen Pelz? Wen meint er damit? Den Vater? Ein Ritter ist kein Lamm! Ein Ritter muss kämpfen können, sich und seine Familie verteidigen, und, wenn es Not tut, auch töten.

Der Sumpf sei tiefer, als man denken könne, sagt er und schlägt mit der Faust auf den Tisch. Ob zwei Morde nicht genug seien? Ob die Edelfrau diese Schändlichkeiten weiter decken wolle?

Schüchtern räuspert sich Pater Vitus, und als der Franzose endlich Luft holen muss, wirft er seine Frage ein. »Was mich verwundert, Herr Tempelritter, was hattet Ihr, in einen dunklen Mantel gehüllt, mitten in der Nacht dort im Turm verloren?« Pater Vitus kneift die blutunterlaufenen Augen zusammen und fixiert den Franzosen. Er scheint in diesem Augenblick nüchterner, als das Edelfräulein ihn jemals erlebt hat, und sie muss ihm im Stillen Beifall zollen. Ja, das fragt sie sich auch. Wusste er von dem Toten? Hat er nach diesem gesucht? Aber wie konnte das sein? War er nicht höchst überrascht, die Leiche zu finden?

Jean de Folliaco starrt den Hauspater an, so, als könne er nicht fassen, was dieses Männlein sich erdreistet. Er setzt sich aufrecht hin und strafft die Brust.

»Der Wappner und ich verspürten lediglich den Drang, die Grube hinter dem Palas aufzusuchen, was nach einem üppigen Mahl und noch mehr Wein sicher nicht unverständlich ist, Pater.« Er lässt den Blick verächtlich über die aufgeschwemmte Gestalt wandern. »Es kam mir merkwürdig vor, dass auf Eurer Burg des Nachts Frauenzimmer, nur mit ihrem Hemd bekleidet, umhergehen. Und – welch Erstaunen – nicht irgendwelche Mägde, nein, die Edeljungfrau!« Er spricht das Wort mit solch einem Spott aus, dass Julianas Wangen rot aufflammen.

»Fragt das Fräulein, was es vorhatte, oder sollte man eher fragen mit wem?«

Vater und Sohn von Kochendorf starren sie an. Juliana schnappt nach Luft. Was unterstellt er ihr? Wie kann er es wagen? Sie ist zu empört, um ihre Gedanken in Worte zu fassen und aussprechen zu können. Die Männer waren doch vor ihr im Turm. Sie war es, die den Templern folgte! Noch ehe sie den Franzosen der Lüge bezichtigen kann, hört sie die Mutter ihren Namen sagen. Es schwingt so viel Fassungslosigkeit und Enttäuschung in diesen Worten, dass dem Mädchen Tränen in die Augen schießen.

»Juliana, geh sofort hinauf in deine Kammer!«

»Mutter!«

»Kein Wort! Du wirst auf mich warten. Ich komme später, um mit dir zu sprechen.«

Was bleibt ihr anderes übrig. Sie kann es nicht ertragen, zu den Templern oder den von Kochendorf hinüberzusehen. Zu sehr fürchtet sie sich davor, in den einen Triumph und in den anderen Verachtung zu lesen. Das Letzte, was sie hört, ehe sie die Halle verlässt, sind die Worte des Franzosen, der Aufklärung verlangt. Er will alles wissen, über den Vater und über die Burg!

Mit schweren Schritten erklimmt das Edelfräulein die Stufen und tritt in ihre Kammer. Die Kinderfrau hat die Kohlenpfanne neu gefüllt und zwei Lampen angezündet.

»Kommt schnell unter die warme Decke. Ihr erkältet Euch sonst.«

Juliana lässt sich ins Bett schieben, findet aber die ganze Nacht keinen Schlaf.

* * *

Der Morgen beginnt trübe und grau. Juliana sitzt am Fenster und starrt in den Regen, der wispernd auf Mauern und Hof niedergeht. Stunden verrinnen, sie regt sich nicht. Doch falls sie darauf hofft, mit ihrem Körper auch den Geist zum Erstarren bringen zu können, so wird sie enttäuscht. Es scheint gar, dass der Gedankenfluss noch turbulenter wird, während ihre Hände reglos im Schoß liegen.

»Fräulein, kommt vom Fenster weg, Ihr werdet Euch erkälten«, mahnt die Kinderfrau mit der erhobenen Stimme der Schwerhörigen. Ihre vom Rheuma gekrümmten Finger plagen sich mit einem Stickmuster. Juliana reagiert nicht. Sie starrt weiter auf den Hof hinaus. Sie sieht die beiden Templer, die aus der Torstube treten, auf die Schildmauer steigen und zum Turm hinübergehen. Sie haben heute sicher schon alle Räume der Burg dreimal betreten. Was tun sie da? Suchen sie Hinweise auf den toten Ritter, den sie im Gewölbe entdeckt haben oder einen Fingerzeig, wo der Vater zu finden ist? Kennen sie den Toten? War er gar einer der ihren? Juliana hat die Leiche nicht gesehen. Die Burgmannen haben sie erst aus dem Verlies geholt, als sie schon in ihre Kammer verbannt worden war.

Was weiß die Mutter darüber? Schweigt sie noch immer, oder hat sie den Templern irgendetwas erzählt? So viele Fragen und keiner, der kommt, um sie ihr zu beantworten.

Gerda legt den Stickrahmen weg, stemmt sich aus dem Scherenstuhl hoch und humpelt zu ihrem Schützling. »Liebes Fräulein, es wird sich schon alles zum Guten wenden, nun grämt Euch nicht so. Die Mutter hat Euch längst verziehen.«

Sie legt ihre verkrüppelten Hände auf die jungen, schlanken des Edelfräuleins.

»Soll ich den Vorhang nicht lieber schließen? Der feuchte Zug ist Gift für die Gesundheit.« Sie greift nach dem schweren, roten Stoff, lässt ihn aber wieder fahren, als Juliana ablehnend die Stirn runzelt. »Dann bedeckt Euch wenigstens Eure empfindliche Haut!«, mahnt sie. Sie legt dem Mädchen ein Tuch um die Schultern und zupft die Enden sorgsam zurecht, dass Hals und Dekolleté bedeckt sind.

»Ach, mein Kind«, seufzt sie, »wie konnte das alles nur so kommen?«

Das ist auch die Frage, die Juliana im Herzen brennt. Wieder greift die alte Kinderfrau nach den Händen ihres erwachsenen Schützlings.

»Kopf hoch, meine Liebe. Die Ritter von Kochendorf sind zwar abgereist, aber sie werden wiederkommen, ich habe selbst gehört, wie sie es der Mutter zusicherten. Sie sind der Familie weiterhin freundschaftlich zugetan, und sobald sich die unangenehmen Missverständnisse aufgeklärt haben, wird der junge Ritter seine Werbung um Euch fortsetzen.«

Juliana schnaubt durch die Nase. »Das ist meine kleinste Sorge! Ich werde ihn nicht heiraten, das schwöre ich dir. Mir wäre es lieber, wenn sie gar nicht wieder nach Ehrenberg kommen.«

Die Kinderfrau ist schockiert. »Aber Fräulein, so dürft Ihr nicht reden, Eure Sinne sind noch verwirrt.«

Was erreicht sie, wenn sie ihr widerspricht? Juliana fühlt sich so unendlich müde und wünscht, Gerda würde schweigen und zu ihrer Stickarbeit zurückkehren.

»Ihr solltet später mit Pater von Hauenstein beten«, rät die Kinderfrau und wendet sich ab.

Das Ritterfräulein strafft mit einem Ruck seinen Rücken, der Blick wird klar und richtet sich auf die abgemagerte Gestalt des Kinderfräuleins. »Der Dekan kommt nach Ehrenberg?«

Gerda hält inne und dreht sich um. »Aber ja, ich denke, sobald seine Pflichten es ihm möglich machen. Die Mutter hat schon vor dem Morgengeläut einen der Wächter nach St. Peter geschickt.«

»Dann wird alles gut«, seufzt das Mädchen und springt von seinem Stuhl auf. Sie eilt zu ihrem Kinderfräulein, das sie inzwischen um mehr als einen Kopf überragt, und fasst die magere Frau bei den Schultern. »Ich muss mit ihm sprechen, Gerda!«

»Aber ja, meine Liebe, nun beruhigt Euch, und setzt Euch wieder. Eure Augen glänzen ja ganz fiebrig.«

Juliana wehrt die Hand ab, die sich auf ihre Stirn legen will. »Ich bin nicht fiebrig, und ich will mich auch nicht beruhigen. Ich will mit dem Pater reden!« Sie stampft mit dem Fuß auf.

»Versprich mir, dass du Sorge dafür tragen wirst. Ich muss mit ihm sprechen, auch wenn die Mutter das nicht will, hörst du?«

»Ja«, sagt Gerda mit einem Zögern in der Stimme. Es ist nicht das erste Mal, dass ihr energischer Schützling sie in Gewissensnöte bringt. Sie will dem Fräulein ja gehorchen, doch wie kann sie gegen die Anweisungen der Herrin verstoßen? So bleibt ihr wieder einmal nur die Hoffnung, dass sie sich nicht zwischen ihrer Treue für Mutter oder Tochter wird entscheiden müssen.

Juliana eilt zur Kammertür und öffnet sie. »Geh hinunter und sieh nach, ob er schon angekommen ist. Vielleicht haben wir es nicht mitbekommen!«

Die Kinderfrau schweigt und hinkt hinaus. Wozu soll sie ihre Zweifel in Worte fassen? Wie kann der Dekan unbemerkt in die Burg gelangt sein, wenn das Fräulein schon den ganzen Tag auf den Hof hinunter- und zum Tor hinüberstarrt?

* * *

Juliana muss sich bis zum Abend gedulden, dann endlich kommt Gerda in die Kammer hinauf, um ihr in ein anderes Gewand zu helfen und ihr Haar frisch zu flechten.

»Bitte, haltet still, wie soll ich Eure Locken sonst bändigen?«

Juliana unterdrückt nur mühsam den gereizten Laut, der in ihrer Brust brennt. Ruhe! Geduld! Alles was davon in ihr war, hat sie an diesem Tag aufgebraucht. Nun kann sie die Hände im Schoß nicht mehr ruhig halten, so drängt es sie, endlich nach unten gehen zu dürfen. Welche Ewigkeit dauert heute das Ziepen und Zupfen, bis die Kinderfrau endlich zurücktritt.

»Wie schön Ihr seid, mein Kind... Halt! Nicht so schnell! Legt den Umhang ordentlich in Falten und geht langsam, wie es Eurem Rang zukommt. – Ja, so ist es gut.« Gerda öffnet ihr die Tür und folgt dem Mädchen die Treppe hinunter in die Halle.

Im Schein der Fackeln sitzt Gerold von Hauenstein bei der Mutter. Er hält ihre Hand, lässt sie aber los, als er Juliana bemerkt, und erhebt sich. Die beiden Templer sind nicht zu sehen, und auch Pater Vitus fehlt. Der Stiftsherr begrüßt das Mädchen, das sich nur mühsam zurückhalten kann, ihm nicht weinend um den Hals zu fallen.

»Hier bringe ich Euch das Fräulein«, sagt die Kinderfrau und verbeugt sich vor ihrer Herrin.

Die Dame von Gemmingen nickt ihr zu. »Ich danke dir. Du kannst dich zurückziehen.« Sie wartet, bis sich Gerda einige Schritte entfernt hat, ehe sie die Tochter auffordert sich zu setzen.

Juliana bleibt stehen. »Bitte Mutter, kann ich allein mit dem Pater sprechen?«, fragt sie so unterwürfig wie möglich.

Die Edelfrau hebt die Brauen. »Ich denke, es ist für alle von Vorteil, wenn wir diese unangenehmen Dinge zusammen besprechen und sie aus der Welt schaffen.«

Will die Mutter die Leiche aus der Welt schaffen? Gut, man kann sie an einem Ort verbergen, wo sie keiner mehr aufspürt, die Überreste gar völlig zerstören, dass der Wind die Asche davonträgt, aber kann man auch den Tod des Mannes aus der Welt schaffen? Und den Mord an Vetter Swicker? Und die Schande, die auf der Familie lastet?

Zu ihrer Überraschung kommt der Pater ihr zu Hilfe. »Ich werde mit Juliana ein wenig in den Hof gehen. Es hat aufgehört zu regnen. Es tut ihr sicher gut, wenn sie ihrem Beichtvater ihr Herz öffnen kann und wir gemeinsam beten.«

Juliana sieht, wie die Mutter hadert, aber was will sie dagegen sagen? Ihre Hände streichen nervös über den bestickten Brokat ihres Surkots. »Nun gut, dann nimm den warmen Umhang mit, mein Kind, die Nachtluft ist voller Tücke.«

Das Mädchen fürchtet in diesen Tagen mehr die Tücke der Menschen, die sie so gut in ihren Herzen verbergen, als die der Natur, die ihr plötzlich friedlich erscheint. Dennoch widerspricht sie nicht, holt den Umhang aus der Kammer und eilt dann in den Hof hinunter, wo Gerold von Hauenstein schon auf sie wartet.

* * *

Sie hat so gehofft, Antworten zu erhalten. Wieder einmal wird die Geduld des Ritterfräuleins auf eine harte Probe gestellt, denn der Dekan hat selbst viele Fragen und will alles der Reihe nach hören. Kein Detail ist ihm zu unwichtig, als dass man es übergehen dürfte.

»Ich kenne die Ereignisse, wie sie sich aus der Sicht deiner Mutter darstellen, und ich habe mit den beiden Templern gesprochen, nun möchte ich alles aus deinem Blickwinkel erleben.«

»Jedenfalls ist es eine gemeine Lüge, wenn sie behaupten, ich hätte den Palas mit unkeuschen Absichten verlassen!«, bricht es aus ihr heraus. »Wie kann die Mutter solch einer Verleumdung auch nur einen Augenblick Glauben schenken?«

»Sei nicht verbittert. Welchen Anlass hätte sie, die Worte des Tempelritters in Zweifel zu ziehen?«

»Ich bin ihre Tochter, ihr Fleisch und Blut!«

»Und du hast sie niemals angelogen?«

Beschämt senkt Juliana den Kopf. »Schon, aber nicht, wenn es um Leben oder Tod geht!«

»Ja, um den Tod geht es in diesem Fall ganz sicher«, sinniert er, während er das Fräulein nahe der Mauer entlangführt, wo sie vom Abendwind geschützt sind. Der Regen hat die Sommerluft abgekühlt, doch es ist nicht so kalt, dass man eines Wollumhangs bedurft hätte. Die Hand des jungen Mädchens ruht entspannt in seiner Armbeuge, ihre Schritte haben ohne Not zueinander gefunden. Welch schöner Abendspaziergang, gäbe es da nicht eine fast vollständig verweste Leiche, von der sie nur eine Mauer trennt.

»Hast du den Toten gesehen?«, will der Dekan wissen. Juliana schüttelt den Kopf.

»Die Mutter wollte mich nicht zu ihm lassen – nun ja, und

mir war von dem Gestank so übel geworden, dass ich sie nicht weiter drängte. – Soll ich mir die Leiche denn ansehen? Wäre es möglich, dass ich den Mann erkenne?«

»Nein, nein«, wehrt er viel zu schnell ab. »Das ist nicht nötig.«

»Weiß die Mutter denn gar nichts über diesen Vorfall?«, bohrt Juliana weiter. »Oder will sie nur nicht darüber sprechen. Es ist unbegreiflich. Wie ist er in unser Verlies gekommen, das doch schon seit Jahren nicht mehr benutzt wird?«

Der Dekan muss plötzlich husten und wendet sich ab. Sein Gesicht ist ein wenig gerötet, als er weiterspricht.

»Berichte mir lieber noch einmal genau, was du in der Nacht gesehen und gehört hast. Der Tempelritter war also schon vor dir in der Burg unterwegs, und du sahst nur den Wappner aus dem Palas treten?«

Juliana nickt und wiederholt, wie sich die Begegnung in der Nacht zugetragen hat. Sie martert ihr Gedächtnis auf der Suche nach den genauen Worten, die die beiden Männer gebraucht haben.

»Ich denke jedenfalls, der Franzose wollte nicht, dass Bruder Humbert von seinem Treiben erfährt«, sagt sie zum Schluss. »Doch als er von ihm entdeckt wurde, fügte er sich in sein Schicksal. Wenn ich nur wüsste, ob er auf der Suche nach etwas Bestimmtem war oder ob er nur aus Neugier herumschnüffelte.« Der Dekan schweigt. »Jedenfalls hat er nicht mit dem Toten gerechnet – zumindest nicht an dieser Stelle – da bin ich mir sicher.« Sie starrt auf den Saum ihres Rockes, unter dem bei jedem Schritt eine der gebogenen Schuhspitzen hervorlugt. Schweigend kaut sie auf ihrer Unterlippe. Ihr Begleiter wartet geduldig. Plötzlich bleibt sie mit einem Ruck stehen und sieht ihn an. Ihre Augen blitzen voller Zorn.

»Und dann behauptet er vor Mutter und den anderen, er sei mir gefolgt! Ich dachte, ein Tempelritter sei ehrenhaft und verbreite niemals Lügen.«

»Vielleicht hat er nicht richtig darüber nachgedacht, was er da anrichtet«, sucht der Dekan nach einer Erklärung. »Es war ihm vermutlich nur darum zu tun, seine eigene Neugier zu vertuschen, derer er sich vermutlich schämte.«

»Er hätte aber über seine Worte nachdenken müssen, bevor sie Unheil bringen«, ruft das Fräulein empört. »Ihr hättet sehen sollen, mit welcher Verachtung mich die beiden Kochendorfer angeblickt haben. Als sei ich eine«, sie sucht nach dem Wort, »eine Hure!« Die Erinnerung trifft ihren Stolz noch einmal tief. Der Dekan tätschelt ihre Hand.

»Wie schnell ist das Böse doch gesät, und wie mühsam ist es, seine Wurzeln wieder auszureißen. Aber mach dir keine Sorgen. Sie denken nicht weiter schlecht von dir. Sie haben eingesehen, dass der Templer nur eine unbegründete Vermutung ausgesprochen hat. Hast du Angst, der junge Kochendorfer könne seine Werbung zurückziehen?«

Juliana stößt einen Laut des Abscheus aus. »Aber nein! Wenn er sich nun von mir fern halten will, ist mir das eher Freude als Leid. Ich will nur nicht, dass sie in der Nachbarschaft schlecht von mir sprechen.«

»Du scheinst ihn nicht zu mögen?«

»Ich hasse ihn«, stößt sie leidenschaftlich hervor. »Oh bitte, helft mir, dass ich Wilhelm von Kochendorf nicht heiraten muss«, beschwört das Mädchen den Stiftsherrn und klammert sich an seinen Arm. »Die Mutter ist noch immer besessen von dieser Idee. Man könnte meinen, nichts wäre ihr wichtiger, als mich schnell an diesen Mann loszuwerden. Aber ich werde mich verweigern!«

»Warum? Was spricht gegen ihn?«, fragt ihr Begleiter sanft.

Ihr fällt da so einiges ein, die Scham ist jedoch zu groß, es vor dem Dekan in Worte zu fassen. »Nur so, ich mag ihn nicht und will auch noch gar keine Ehe eingehen«, stottert sie. »Kann ich nicht einfach warten – bis der Vater zurückkommt?«

Zum zweiten Mal passieren sie die offene Palasttür, und Juliana kann die Gestalt der Mutter erahnen, die einsam vor dem erloschenen Kamin sitzt.

»Es kann lange dauern, weißt du? Du solltest nicht darauf warten.«

»Dann habt auch Ihr Euren Glauben an ihn verloren?«, schluchzt das Ritterfräulein. »Warum habt Ihr ihn dann auf diese Reise geschickt?«

»Weil es die richtige Entscheidung war! Dazu stehe ich heute wie in der Nacht seiner Abreise.«

»Und dennoch wollt Ihr mir das Warum und Wohin nicht verraten«, begehrt Juliana auf.

»Nein«, die Festigkeit seiner Stimme lässt keinen Raum zu hoffen. »Es ist für ihn, für deine Mutter und für dich so am besten. Und ich glaube auch, es wäre gut, wenn du dich zu dieser Ehe entschließen würdest. In unserer Welt sind Frauen nicht gut beraten, lange ohne männlichen Schutz zu sein. Nachdem es deiner Mutter nicht vergönnt war, dass ihre Söhne überlebten, liegt es nun in deinen Händen, einen Mann in die Familie zu holen.«

Juliana macht sich von ihrem Mentor los und weicht zurück. »Auch Ihr habt Euch gegen mich verschworen und lasst Euch von den Kochendorfern für deren Machtpläne einsetzen.«

Dekan von Hauenstein schüttelt den Kopf, kommt ihr aber nicht nach. »Nein, mein liebes Kind, ich spreche nicht für die Kochendorfer. Ihre Pläne interessieren mich nicht. Dein Leben interessiert mich! Ich möchte dir und deiner Mutter Schwierigkeiten ersparen. Glaube mir, ich kenne die Welt besser als du. Wenn es nicht der Kochendorfer sein soll, dann ist ein anderer Rittersohn aus dem Land ebenso recht. Gibt es denn eine angemessene Familie, die sich mit den Ehrenbergern verbinden möchte? Wen würdest du bevorzugen?«

»Ach, mir sind sie alle lieber als der Kochendorfer.« Der Dekan zieht die Augenbrauen hoch.

»Nun ja«, sie blickt zu Boden. »Wenn ich wählen könnte, dann den Weinsberger – Ritter Carl von Weinsberg!« Schließlich kann der Sohn nichts für die Sünden seines Vaters – zumindest versuchte Juliana sich das seit dem vergangenen Jahr einzureden.

Als sie aufsieht, erhascht sie den Zweifel in der Miene des Dekans. Er bietet ihr wieder den Arm und führt sie in den Palas zurück.

»Ich versuche, auf die Sache Einfluss zu nehmen, mein Liebes, versprechen kann ich jedoch nichts. Konrad von Weinsberg ist ein stolzer Mann aus einer mächtigen Familie. Seinem Sohn stehen viele Türen offen.«

»Ich weiß«, seufzt das Mädchen.

15
Stella

Am Nachmittag, als sie einen Weiler erreichten und eine Brücke passiert hatten, bog der Weg nach Nordwesten ab.

»In alten Zeiten folgten die Pilger dem direkten Weg, der zum Kloster Irache führte, aber heutzutage nimmt man den Umweg über Stella«, brach Pater Bertran das Schweigen.

»Wir nehmen absichtlich einen Umweg?«, stöhnte André. »Warum denn das um alles in der Welt?« Er hinkte deutlicher als vorher.

»Manche Pilger gehen Umwege, weil sie eine Templerkapelle sehen möchten.« Der asketische Augustinerpater ließ den Blick über André gleiten. Juliana wunderte sich. Woher wusste er das? Hatte der junge Ritter ihm davon erzählt?

»Andere tun es – wie im Falle von Stella – sozusagen auf königlichen Befehl«, fuhr Pater Bertran fort.

»Königlichen Befehl? Wie meint Ihr das?«, wollte André wissen. »Hat der König von Navarra – wie heißt er noch gleich? Ludwig, ja der Sohn des Franzosenkönigs Philipp »le Bel«, wie sie sagen, hat der bestimmt, dass die Pilger durch Stella reisen?«

Der Pater schüttelte den Kopf: »Nein, diese Entscheidung wurde von König Sancho Ramírez getroffen und liegt schon mehr als zweihundert Jahre zurück.«

»Oh, so lange schon«, wunderte sich der junge Ritter.

»Dem König gefiel die »Stadt des Weidenbaums«, Lizarra, wie sie auf Baskisch heißt, und er holte sich die Franken ins Land. Noch heute hört man in den Gassen mehr Französisch und Provenzalisch als Baskisch. Jedenfalls dachte sich der kluge Monarch, dass der Pilgerweg durch seine Stadt eine gute Sache sei und den Handel belebe.«

»Das hatte er sicher nicht falsch eingeschätzt, der König Sancho«, sagte Bruder Rupert. »Das konnten wir bereits in Pampalona erleben.«

»Ja, da habt Ihr Recht. Doch des einen Freud ist des anderen Leid. Die Benediktinermönche des prächtigen Klosters Irache waren sehr erzürnt, dass die Pilger nun nicht mehr an ihre Pforten klopfen sollten, wie es so lange Tradition war.«

»Dann muss das Kloster aber schon sehr alt sein«, wunderte sich Juliana. Der Augustinerpater nickte.

»Ja, es soll einer der ältesten Konvente entlang des Weges sein. Ich bedaure, dass wir diese prächtige Anlage nicht besuchen werden.«

»Meint Ihr nicht, dass es inzwischen recht verfallen ist, wenn es schon vor so langer Zeit vom Strom der Pilger und des Geldes abgeschnitten wurde?«, wandte Bruder Rupert ein.

Pater Bertran zog eine Grimasse, die ein Lächeln bedeuten konnte. »Die Mönche wussten es zu verhindern, dass die Geldquelle völlig versiegte. Ich weiß nicht, wie sie es anstellten, aber König Sancho kam, sie zu beschwichtigen, und versprach ihnen zum Trost ein Zehntel der königlichen Einnahmen aus der neuen Stadt Stella.«

»Ich dachte, ihr Mönche sollt eure Stimme nur zu Gottes Lob verwenden und nicht den ganzen Tag sinnlos daherplappern«, fiel ihm Ritter Raymond ins Wort. Der Pater schloss beleidigt den Mund und warf dem blonden Ritter aus der Dauphiné einen wütenden Blick zu, den dieser kaum freundlicher erwiderte.

»Ich finde es interessant, mehr über die Orte zu erfahren, durch die wir wandern«, verteidigte André den dürren Augustinermönch.

Bruder Rupert runzelte die Stirn und ließ den Blick nachdenklich über den Mann in seiner schwarzen Kutte wandern. »Ihr wisst wirklich sehr viel«, sagte er und sprach damit Julianas Gedanken aus. »Und das stand alles in Eurem Pilgerführer?« Seine Stimme machte deutlich, für wie wenig wahrscheinlich er das hielt.

»Nein«, schnappte der Pater und patschte auf seinen Sandalen noch schneller über die trockene Landstraße.

»Dann wart Ihr schon einmal in Navarra?«, drängte André.

Ritter Raymond stieß einen erstickten Laut aus, aber der Pater kümmerte sich nicht um ihn. »Ja, und nicht nur einmal«, sagte er kurz und warf dem blonden Ritter einen Blick zu, den Juliana nicht zu deuten wusste.

Raymond schien schlechter Laune zu sein. Vielleicht litt er Schmerzen, oder die Sonne bereitete ihm Übelkeit. »Könnt Ihr nicht einfach mal den Mund halten?«, fauchte der Ritter Pater Bertran an. »Wen kümmern diese alten Geschichten?«

»Mich!«, rief André und funkelte den anderen Ritter herausfordernd an.

»Junger Narr!«, schimpfte Raymond de Crest.

»Oh, ich habe nicht vor, mir von diesem Schwertschwinger den Mund verbieten zu lassen«, wehrte sich Pater Bertran und erzählte André die Geschichte eines großen Heiligen, der in Irache einst Mönch war und später zum Abt ernannt wurde. »Entgegen seiner Anweisungen pflegte er unter seinem Habit Brot für die Armen aus der Klosterküche zu schmuggeln. Der Abt ermahnte ihn immer wieder und drohte, ihn zu bestrafen, doch wieder erwischte er den Bruder, der etwas unter seinem Gewand verbarg. – ›Was ist das?‹, fragte der Abt streng. – ›Holz, Vater, nur Holz‹, log der Mönch. Der Abt glaubte ihm nicht und zwang ihn, sein Beute herauszugeben. Aber – welch Wunder – es fielen nur Holzscheite zu Boden.«

»Wollt Ihr sagen, Gott habe das Brot in Holz verwandelt, nur um ihm die Strafe zu ersparen?« Andrés Stimme klang skeptisch.

»Bestimmt«, mischte sich Bruder Rupert ein, ohne den Spott in seiner Stimme zu verbergen. »Hier auf dem Jakobsweg werden mehr Wunder gewirkt als anderswo auf der Welt.«

* * *

Die Sonne stand schon tief, als sie sich Stella näherten.
»Wo werden wir die Nacht zubringen?«, erkundigte sich Juliana bei Pater Bertran, der offensichtlich am meisten über die Stadt wusste.
»Oh, da haben wir eine große Auswahl. Hier finden wir Konvente fast aller wichtiger Orden, und die meisten betreiben Spitäler und Pilgerherbergen. Da sind die Augustiner, die Klarissen und die Benediktinerinnen, die Zisterzienser und die Franziskaner, die Dominikaner ...«
»Hört auf«, rief André, »besteht diese Stadt denn nur aus Klöstern?«
»Klöster und Kirchen«, erwiderte der hagere Augustinerpater und nickte, »aber auch Paläste und ein großes Judenviertel.«

Julianas Mut sank. Bei so vielen Pilgerunterkünften konnte nur ein glücklicher Zufall sie erneut auf die Spur des Vaters stoßen lassen. Vermutlich war sie ihm nicht näher gekommen, es sei denn, er hatte einen Ruhetag eingelegt.

Hegte der blonde Ritter Raymond ähnliche Gedanken? Sie beobachtete ihn verstohlen. Er schimpfte leise vor sich hin. Sie konnte seine Worte nicht verstehen. Vielleicht bildete sie sich nur etwas ein.

Stella hatte sich, seit es am Jakobsweg lag, zu einer beeindruckenden Stadt entwickelt. Ihre drei ummauerten Stadtteile wurden von den Wassern der Ega geteilt, die sich wie eine Schlange erst nach Norden und dann nach Süden wand. Bewacht wurde der Ort von drei Burgen und einem Mauerring, der den ganzen Berg im Süden umspannte. Die Felsen brachen schroff zur Stadt hin ab, so dass das Castillo wie der Horst eines Adlers auf einer Klippe über dem Barrio de San Pedro aufragte.

Die Pilger betraten die Stadt im Osten durch das Portal del Sepulcro. Neben schmalen Steinhäusern erhob sich eine klobige Kirche, an der noch gebaut wurde – oder an der man vielmehr hätte weiterbauen müssen, denn obwohl einige halb verrottete Gerüste an den Wänden befestigt waren, war kein

Handwerker zu sehen, und Juliana vermutete, dass dies nicht erst seit heute der Fall war. Der Blick des Mädchens wanderte über das turmlose Gebäude hinweg zu einem imposanten Kloster, das auf der Hügelkuppe darüber thronte. Düster und mächtig sah es zu ihnen herunter.

»Santo Domingo«, sagte Pater Bertran, der ihrem Blick gefolgt war. »Die Armut des Bettelordens ist von hier aus nicht unbedingt zu sehen«, fuhr er mit beißendem Spott in der Stimme fort und warf Bruder Rupert in seiner braunen Kutte neben sich einen herausfordernden Blick zu. Dieser schien sich jedoch nicht berufen zu fühlen, die Bettelorden zu verteidigen.

Pater Bertran wandte sich wieder dem Mädchen zu. »Dahinter kannst du den Turm von Santa María Jus del Castillo sehen, die mitten in der Judería steht. Ursprünglich war sie eine Synagoge, aber auf Dauer konnten die christlichen Mitbürger diesen Dorn in ihrem Auge nicht ertragen und haben eine Kirche aus ihr gemacht.«

»Und wo beten nun die Juden?«, wollte das Ritterfräulein wissen.

Der Augustinerpater zuckte mit den Schultern. »Ich weiß es nicht, und es kümmert mich auch nicht.«

»Ich denke, ich werde einen Blick auf die Auslagen der Judería werfen«, sagte Bruder Rupert plötzlich. »Wo werden wir die Nacht verbringen?«

»Ich werde mein Lager in San Benito finden«, sagte der Pater kühl und klopfte einen Staubfleck von seiner schwarzen Kutte. »Es liegt im Westen vor der Stadt, wo die Ega nach Norden abbiegt.«

»Ihr gehört also zum Orden der Benediktiner«, stellte Juliana fest. »Ich habe Euch für einen Augustiner gehalten, aber dann würdet Ihr sicher zu Euren eigenen Ordensbrüdern gehen, wenn diese, wie Ihr sagtet, hier ebenfalls ein Kloster haben.«

Pater Bertran öffnete den Mund, doch da drängte sich Ritter Raymond zwischen ihn und Juliana und legte ihr kumpelhaft die Hand auf die Schulter. Er versuchte sich an einem Lächeln.

»Nun, Johannes, was werden wir an diesem schönen Abend tun? Wollen wir ausprobieren, ob der Wein das hält, was die Händler der Gegend versprechen?«

Juliana versuchte sich aus Ritter Raymonds Griff zu befreien. Sein sonnenverbranntes Gesicht war dem ihren viel zu nahe, die blauen Augen sahen sie forschend an. Hegte er einen Verdacht? Hatte sie sich an diesem Tag irgendwie verraten? Pater Bertran wandte sich ab und ging ohne ein weiteres Wort davon.

»Was hältst du davon, mit mir die Judería zu besuchen?«, fragte Bruder Rupert. Flehend suchte das Ritterfräulein Andrés Blick. Sie wollte weder, dass der blonde Ritter sie aushorchte und versuchte, sie unter den Tisch zu trinken, noch wollte sie mit Bruder Rupert allein durch das Judenviertel schlendern. Am liebsten wäre es ihr, beide Männer abzuschütteln und mit André sogleich die Stadt auf der anderen Seite wieder zu verlassen. Jede Minute, die sie das Tageslicht noch nutzte, würde sie dem Vater näher bringen, doch der schleppende Gang des jungen Ritters machte deutlich, dass ihre Bitte vergeblich sein würde. Sicher schmerzte ihn sein Fuß, und er sehnte sich nach einer Herberge.

»Wollen wir uns nicht auch nach einem Lager umsehen?«, drängte sie André, der zu ihrer Überraschung den Kopf schüttelte.

»Mich würde das Judenviertel auch interessieren. Kommt, Bruder Rupert, gehen wir.«

»Ja, eine gute Idee«, stimmte ihm Juliana hastig zu und wand sich aus Ritter Raymonds Griff. Ohne ein Wort des Abschieds ging der Blonde davon. Juliana sah ihm nach, und für einen Moment wusste sie nicht, ob sie fürchtete oder hoffte, ihn niemals wiederzusehen.

* * *

Juliana sah sich staunend um. Natürlich kannte sie Juden. Auch in Wimpfen lebten ein paar, wie die Familie Süßkind beispielsweise, doch ein ganzes Stadtviertel voller Juden hatte sie noch nicht besucht. Überall schwarz gekleidete Gestalten, Männer mit Hüten, unter denen die langen Schläfenlocken zu beiden Seiten herabhingen, Frauen, die Köpfe von Tüchern verhüllt. Die christlichen Käufer stachen unnatürlich bunt zwischen den Juden hervor. Die Häuser reihten sich dicht an dicht, und in fast jedem gab es im Untergeschoss ein Ladengeschäft. Das Ritterfräulein sah Tuchwaren, feinen Silberschmuck und Gewürze, dann wieder die Tische der Geldwechsler. Bruder Rupert betrachtete sich die Auslagen an. Vor allem für Kräuter und Tinkturen schien er sich zu interessieren. Juliana nahm lieber den feinen Silberschmuck in Augenschein. André blieb an einem Gemüsestand stehen.

Plötzlich mischten sich laute Stimmen unter das geschäftige Gemurmel. Wütende Stimmen. Ein edel gekleideter Mann zerrte einen Juden aus seinem Laden und trat ihm gegen das Knie, sodass dieser zu Boden stürzte. Andere christliche Passanten mischten sich in den Streit ein. Ein zweiter Mann griff einen jüdischen Jungen bei seinem schwarzen Haarschopf. Schreie und Gebrüll wogten durch die Gasse, in der sich immer mehr Menschen auf den Ort des Kampfes zudrängten. Juliana verstand nicht, worum es ging, aber sie wurde mitgerissen, sodass sie gar nicht anders konnte, als zu beobachten, was geschah. Sie erstarrte. Der Aufschrei blieb in ihrer Kehle stecken. Sie konnte nicht einmal den Blick von der Szene abwenden, die sich vor ihr, mitten auf der Gasse abspielte.

»Wir sollten jetzt gehen«, hörte sie von fern die Stimme des Bettelmönchs und spürte, wie sie jemand grob am Arm packte und mit sich zog. Kurz darauf hatten sie das Judenviertel hinter sich gelassen und stiegen zur Rúa de las Tiendas hinunter. Schweigend ging Bruder Rupert neben Juliana her, die Lippen zu einem Strich zusammengepresst. André dagegen plapperte unaufhörlich über die üppigen Auslagen, die fremdartigen Menschen, den unerwarteten Aufruhr. Und nun wollte er noch den Königspalast sehen, den der Gemüsehändler ihm beschrieben hatte, mit dem Kapitell, das den Kampf zwischen dem Riesen und Roland zeigte. Als die drei die Hauptstraße des Stadtviertels San Martín erreichten, blieb der Mönch stehen und wandte sich abrupt zu André um.

»Ist es dir nicht möglich, wenigstens für ein paar Augenblicke zu schweigen? Du nennst dich Ritter, hast aber die Zunge eines Waschweibes!«

André klappte beleidigt den Mund zu und verschränkte die Arme vor der Brust. Der Bettelmönch ignorierte ihn und betrachtete stattdessen das Ritterfräulein, dessen Wangen aschfahl waren und dessen Mundwinkel zitterten. Nach einer Weile wanderte auch Andrés Blick zu ihr.

»Was ist mit dir, Johannes? Geht es dir nicht gut?«, wollte er wissen.

»Sie haben sie mitten auf der Gasse zu Tode getreten, und keiner wollte ihnen zu Hilfe eilen!«, stieß sie fassungslos hervor. Ihre Augen glänzten feucht.

André nickte. »Aber es waren doch nur Juden«, sagte er. »Hast du nicht die Kappe gesehen und die komischen Haarlocken?«

»Es waren Menschen!«, fauchte das Mädchen, »und der eine noch fast ein Kind! Wie räudige Hunde, denen man mit dem Knüppel den Schädel spaltet, sind sie auf die beiden losgegangen.«

»Ja, das war nicht sehr schön anzusehen, wie dem Jungen der Kopf platzte und diese weiße Masse auf das Pflaster floss.«

Juliana gab einen würgenden Laut von sich. Andrés Stimme zitterte vor Aufregung, und das Funkeln seiner Augen kam nicht von unterdrückten Tränen des Mitleids.

»Als Ritter muss man solch einen Anblick ertragen können. Wie soll man sich in einer Schlacht heldenhaft bewähren, wenn man schon beim ersten Anblick von Innereien die Fassung und sein Morgenmahl verliert? Ich schätze, die Templer, die im Morgenland gekämpft haben, könnten uns da richtig schlimme Dinge berichten.«

»Dies war weder eine Schlacht, noch gab es irgendetwas Heldenhaftes!«, schrie das Mädchen so laut, dass sich ihre Stimme überschlug. »Der hässliche Mob verlangte nach Blut und fragte nicht, was recht ist!«

André schüttelte den Kopf. »Das ist nicht wahr! Sie werden es schon verdient haben. Ich denke, sie wurden dabei erwischt, wie sie versuchten, die Christen zu betrügen.« Er zuckte mit den Schultern. »Wie die Juden eben sind: falsch und gierig nach Geld.«

»Du scheinst ja genau zu wissen, wer den Tod verdient hat und wer nicht!«, polterte Bruder Rupert unvermittelt los. »Die Selbstgerechtigkeit dringt dir aus allen Poren. Mir wird ganz schlecht davon! Wie gut für dich, dass du anscheinend noch nie in deinem Leben etwas getan hast, für das du büßen müsstest. Wer, glaubst du, gibt dir das Recht, andere zu verurteilen?«

André wurde totenblass, seine Hände begannen zu zittern. Er stieß einen lästerlichen Fluch aus, wandte sich ab und rannte auf die Brücke zu, die sich hier steil ansteigend über den Fluss spannte. Juliana sah ihm nach, bis er den höchsten Punkt erreichte und dann hinter der Kuppe verschwand.

»Irgendwann wird er sich stellen müssen«, murmelte der Bettelmönch. »Wenn nicht den anderen, dann zumindest sich selbst.«

Juliana war zu sehr damit beschäftigt, ihre Fassung wiederzugewinnen, um ihn zu fragen, was er damit meinte.

Mit einem gezwungenen Lächeln wandte sich Bruder Rupert an das Fräulein. »Ich schlage vor, wir sehen uns den Königspalast an und dann suchen wir uns ein Nachtlager. Mein Bauch sagt, es wird Zeit, etwas zu essen. Wollen wir zu den Franziskanerbrüdern gehen? Sagte der Gewürzhändler nicht, sie hätten einen guten Koch aus der Gascogne? Vielleicht gibt es diese scharfe, dicke Suppe, die sie in der Gegend zubereiten.«

Widerstandslos ließ sich Juliana die Gasse entlangführen. Mit abwesendem Blick betrachtete sie den Palast mit seinen

Säulen und die Kirche San Pedro de la Rúa, die gegenüber auf halber Höhe am Berg festgeklebt schien, überragt von einer der Festungen.

Zwei Männer in grauen Kutten zogen einen Karren die Straße entlang und hielten vor dem Aufgang zur Kirche. Sie luden einen schweren Sack aus und begannen, ihn die unzähligen Stufen hinaufzutragen. Juliana und der Bettelmönch traten beiseite, um sie passieren zu lassen.

»Ist das ein Toter?«, hauchte das Mädchen und dachte für einen Moment, der erschlagene Jude könnte in dem Sack sein. Die Mönche nickten.

»Ein Pilger aus dem Languedoc. Der Pilgerfriedhof ist dort oben am Kreuzgang. Wollt ihr ihn besuchen?«

Es war, als würde eine fremde Kraft sie zwingen zu nicken und den Mönchen mit ihrer toten Last zu folgen.

»Es ist ein glücklicher Tod«, sprach der Bruder weiter, »denn er hat das Grab des Apostels gesehen und war bereits auf der Rückreise. Nicht so wie der Edle, den wir gestern begruben. Der hat sein Ziel nicht erreicht.«

»Ein alter Mann?«, presste das Mädchen hervor. »Woher kam er?«

»O nein, ein Mann in den besten Jahren. Ein kräftiger Ritter, von dem man nicht gedacht hätte, dass er in nur zwei Tagen einem Fieber erliegen würde. Aber so ist es. Manches Mal holt sich der Herr auch die Starken.«

»Wisst Ihr, woher der Ritter stammte?« Ihre Stimme war nur noch ein heiseres Flüstern.

»Nein, ich habe ihn nicht gefragt. Das Fieber hatte seinem Verstand bereits die Klarheit geraubt, als ich mit seiner Pflege betraut wurde. Ich weiß nur, dass er in den letzten Stunden seines Lebens deutsch sprach.«

Zum zweiten Mal an diesem Tag verlor ihr Gesicht jede Farbe. Sie vergaß, dass Bruder Rupert hinter ihr stand und sie mit starrer Miene beobachtete. Juliana fühlte, wie ihr Mund trocken wurde und ihre Knie weich. Sie krallte sich an das steinerne Geländer des Treppenaufgangs, hinter dem der Fels mehrere Manneslängen senkrecht zu einem Platz abfiel.

»Ihr habt ihn schon begraben?«

»Aber ja«, nickte der Mönch. »Gerade die Fiebertoten bringen wir noch in derselben Stunde unter die Erde. Warum fragst du? Bist du auf der Suche nach jemandem?«

»Ja«, gab das Mädchen zögernd zu. »Ein Verwandter ist ein paar Wochen vor mir aufgebrochen. Ein naher Verwandter, den ich einzuholen suche.«

Der Mönch umklammerte den Sack mit dem Toten, der ihm zu entgleiten drohte, fester. »Willst du dir sein Bündel ansehen? Er hatte ein Medaillon mit einem Bild darin. Vielleicht erkennst du es. Wir heben die Habseligkeiten der Toten immer eine Weile auf, ehe wir sie an die Armen verteilen, und warten ob sich nicht ein Verwandter meldet.«

»Gut, dann soll sich Johannes das Bildnis und die anderen Dinge ansehen, ob er sie erkennt«, mischte sich Bruder Rupert ein und griff nach dem Leichensack. Ihm bereitete es anscheinend keine Schwierigkeiten, den Körper die Treppe hinaufzutragen. Sie luden den Toten auf einem Stück umgegrabener Erde ab und folgten dann den beiden Mönchen zu einer Kammer, in der eine ganze Anzahl von Taschen und Kleiderbündeln aufbewahrt wurden. Juliana wurde ganz mulmig beim Anblick dieser zurückgelassenen Habseligkeiten. Einer der Brüder nahm ein zusammengeschnürtes Bündel und legte es auf den Tisch.

»Sterben denn so viele Pilger auf ihrem Weg?«, fragte das Mädchen.

Beide Mönche aus Stella nickten. »Ja, es ist ein großes Geschenk Gottes, wenn man gesund nach Santiago gelangt und auch den Rückweg in die Heimat unbeschadet übersteht.«

Mit zitternden Fingern faltete Juliana die Kleider des Toten auseinander. Sie kannte sie nicht. Der fremde Mönch reichte ihr das Medaillon, das an einem Lederband befestigt war. Sicher hatte es einst an einer Goldkette gehangen, doch diese konnte auf der Reise zerrissen, verloren gegangen oder gegen ein wichtiges Gut eingetauscht worden sein. Das Mädchen schaffte es nicht, die Kapsel zu öffnen. Bruder Rupert nahm ihr das Geschmeide aus der Hand, drückte den winzigen Sporn und hielt ihr dann das aufgeklappte Kleinod hin.

»Nun?«, fragte er, nachdem Juliana eine ganze Weile reglos auf das Bild gestarrt hatte. »Ist das dein – naher Verwandter?«

Es fiel ihr schwer, ihren Blick von dem Gesicht der dunkelhaarigen, jungen Frau loszureißen und Bruder Rupert anzusehen, dessen Anwesenheit sich erst jetzt unangenehm in ihr Bewusstsein drängte.

»Nein«, stieß sie mit einem Seufzer aus und gab dem Mönch das Medaillon zurück. »Ich habe diese Frau noch nie gesehen. Ich glaube nicht, dass der Tote mein – also, dass ich ihn kenne, er zur Familie gehört«, stotterte sie.

Der Mönch legte Kleider und Pilgertasche zu den anderen Sachen in das Regal zurück, verbeugte sich vor den beiden Pilgern und führte sie durch den Kreuzgang zurück bis hinaus zum Kirchenportal. Hier verabschiedete er sich, um zu dem Toten zurückzukehren und ihn zu beerdigen.

Unter dem arabisch anmutenden Tor blieb das Ritterfräulein stehen und sah die Treppe hinunter zum Königspalast, um dem Bettelmönch nicht in die Augen sehen zu müssen.

»Ihr wundert Euch vielleicht«, begann sie zögernd, aber Bruder Rupert unterbrach sie: »Wenn du mir keine Erklärung gibst, dann musst du mich auch nicht anlügen. Warum unnötig die Last der Sünden vermehren?«

Leichtfüßig lief er die Treppe hinunter, so dass dem Mädchen nichts anderes übrig blieb, als ihm zu folgen.

»Wir sollten uns eilen. Ich weiß nicht, wann sie hier die Tore schließen, und wir müssen noch über den Fluss und dann hinaus zum Kloster des Francisco.«

»Ihr könnt gern zu Euren Brüdern gehen. Ich werde die Nacht in San Benito verbringen«, widersprach das Mädchen mit fester Stimme.

»Vermisst du unseren lieben Pater Bertran? Ich finde seine verkniffene Miene und die Klappergestalt nicht dazu angetan, ihn ins Herz zu schließen. Oder ist es vielleicht der schöne, blonde Raymond, zu dem es Euch zieht?«

Abrupt blieb das Mädchen stehen und starrte ihn an. »Wie meint Ihr das?«

»Haben nicht alle Knappen gern ein strahlendes Vorbild?«

»Nun ja, das ist schon wahr, aber wie kommt Ihr darauf, dass ich ihn dort vorfinden könnte? Warum sollte er sich dem Pater anschließen wollen? Schließlich kennen sich die beiden nicht – und zu mögen scheinen sie sich auch nicht.«

Bruder Rupert murmelte etwas in seinen verfilzten Bart.

»Und außerdem sind es weder der Pater noch Ritter Raymond, die ich sehen möchte«, fuhr das Mädchen in scharfem Ton fort. »André ist der Einzige, mit dem ich meine Reise fortzusetzen wünsche, und ich hoffe sehr, dass ich ihn in San Benito finde.«

»Das war an Deutlichkeit nicht zu übertreffen«, grunzte der Bettelmönch, folgte ihr aber dennoch über den Fluss hinüber und entlang der Stadtmauer des Barrios San Juan bis zur Portalete de los Planos, durch die sie im letzten Licht des Tages die Stadt verließen. Als sie die Pilgerherberge des von hohen Mauern umgebenen Klosterkomplexes erreichten, saßen ihre drei Begleiter bereits bei einem warmen Mahl zusammen.

An diesem Abend war es das Ritterfräulein, das nicht zu Bett gehen mochte, obwohl auch ihre Beine vom Weg in der heißen Sonne schwer wogen und die rauchgeschwängerte Luft und der Wein ihre Sinne schläfrig stimmten. Sobald jedoch ihre Gedanken dem festen Griff ihres Willens entglitten, drängten sich die Bilder des blutigen Zwischenfalls in der Judería vor ihr inneres Auge, sie hörte die Schreie und sah die zerschlagenen Körper. Sie fürchtete sich vor dem Schlaf mit seinen Träumen. Juliana beschloss, etwas Schönes in ihrer Erinnerung zu suchen. Carl von Weinsberg huschte durch ihren Sinn, groß und stattlich, in seinem prächtigen Festgewand, und dann im weichen Lederjagdrock auf seinem Rappen, den Falken auf der Faust. Mehr als ein Jahr lag es nun schon zurück, dass die Ritter von Kochendorf zur Falkenjagd und zum Festbankett nach Guttenberg geladen hatten.

16
Falkenbeize auf Burg Guttenberg
Burg Ehrenberg im Jahre des Herrn 1306

Es ist ein herrlicher Sommertag. Seit einer Woche bangt das Ritterfräulein und sieht jeder Wolke voller Misstrauen nach. Es wird doch nicht regnen? Ach, wie sehnt sie den Tag des heiligen Bonifatius herbei, an dem die große Falkenbeize auf Burg Guttenberg stattfinden wird. Die Ritter von Kochendorf laden ein, und selbst die Herren von Weinsberg, die Lehensherrn der Burg, haben mit ihren Damen ihr Kommen zugesagt. Es wird ein wundervolles Fest geben – wenn es nicht regnet.

Am Abend vor dem Fest steht Juliana am Fenster der Kemenate und versucht zu erraten, was die rot leuchtenden Wolkenstreifen am Horizont ihr sagen könnten. Sie muss stillhalten, während die alte Kinderfrau Gerda ihr das lange, blonde Haar kämmt, um es dann wieder zu flechten und aufzudrehen. Die Mutter sitzt mit einer Näharbeit nahe der Truhe, auf der sie bereits die Lampe entzündet hat.

»Wenn es nur nicht regnet«, seufzt das Mädchen.

»Diesen Satz habe ich im Lauf der Woche schon viel zu oft gehört. Und wenn du es noch ein Dutzend Mal sagst, wird das den Herrn im Himmel kaum in seiner Entscheidung beeinflussen.« Die Mutter schwankt zwischen Ärger und Belustigung. Sie hält ihre Arbeit ins Licht. »Da, sieh her, ich habe dir neue Ärmel genäht.« Das Mädchen bewundert die blaue Seide, die am Saum mit feiner Silberstickerei verziert ist.

»Möchtest du denn bei jemand Bestimmten einen bleibenden Eindruck hinterlassen?«, fragt die Mutter beiläufig, ohne die Tochter anzusehen.

»Nein, wie kommt Ihr darauf?«, antwortet sie, obwohl sie

ganz deutlich die Gestalt des jungen Ritters Carl von Weinsberg vor Augen hat.

»Ich dachte nur...« Sie lässt die Worte in der Kemenate verhallen, anscheinend ganz in ihre Stickerei vertieft. Eine Weile ist nur das Knistern der Haarbürste zu hören, die durch die glänzenden Locken fährt. Dann dringt das Geplärr eines Kindes in die Kemenate, dem die erhobene Stimme einer jungen Frau folgt. Das Schreien wird lauter. Die Edelfrau lässt ihre Arbeit sinken und sieht unschlüssig zur Tür.

»Ich weiß nicht, ob ich Birgitta behalten soll. Ich habe nicht den Eindruck, dass sie gut für Johannes ist. Ich kann das gar nicht hören.« Sie erhebt sich, aber bevor sie die Tür erreicht, verstummt das Kindergeschrei. Sabrina von Gemmingen wartet noch einen Augenblick. Da es ruhig bleibt, kehrt sie zu ihrer Arbeit zurück.

»Ich muss mich nach jemand anderem umsehen, der mehr Erfahrung mitbringt und bei dem ich mir sicher sein kann, dass unser Sohn an Leib und Seele keinen Schaden nimmt. – Erst gestern habe ich gehört, wie sie geflucht hat!«

Juliana verdreht die Augen. »Mutter, er ist zwei Jahre alt und ein dickköpfiges Kerlchen. Es tut ihm nur gut, wenn sie ihm nicht alles durchgehen lässt. Ich will keinen Tyrannen als Bruder!«

»Dennoch darf es ihm an nichts fehlen«, beharrt die Edelfrau, »du weißt, wie froh der Vater ist, endlich seinen Erben aufwachsen zu sehen, nachdem die anderen alle gestorben sind.«

Seufzend nickt das Fräulein. Sie liebt ihren Bruder, doch manches Mal sticht die Eifersucht in ihrem Herzen. Wie die Eltern das kleine, pummelige Wesen ansehen! Sie bemerken anscheinend nicht einmal, wenn seine Windeln stinken und sein Gesicht und der Kittel verschmiert sind. Aber wehe, die Zöpfe der Tochter sind nicht streng geflochten!

»Es ist mir nicht wohl, ihn zu diesem Trubel nach Guttenberg mitzunehmen«, sagt die Mutter, »aber der Ritter ist so stolz auf seinen Sohn, dass er ihn jedem zeigen will. Und schließlich kann ich ihn ja nicht allein hier zurücklassen.«

Juliana verzichtet, die Mutter darauf hinzuweisen, dass auf Ehrenberg ein halbes Dutzend Wächter, ein paar Knechte, Mägde, die Köchin und der Türmer zurückbleiben werden. Das zählt in den Augen der Edelfrau nicht.

»Ich habe einfach kein Vertrauen zu Birgitta. Sie ist nachlässig und vergesslich. Wie schnell kann einem kleinen Kind bei einem solchen Fest etwas zustoßen. Und ich werde nicht die Möglichkeit haben, ihn ständig im Auge zu behalten.«

Juliana kneift die Augen zu. Bitte nicht, betet sie tonlos, aber die Mutter fährt fort: »Es wäre mir eine große Beruhigung, wenn ich wüsste, dass du nach Johannes siehst. Juliana, du bist doch mein ganzer Stolz, meine große, fast erwachsene Tochter!«

Was kann sie da anderes sagen als: »Ja, Mutter«, obwohl ihr die Enttäuschung Tränen in die Augen treibt. Sie will die Ritter sehen und die Damen, vielleicht sogar mit auf das Feld hinausgehen, wo die Falken in die Luft steigen, und nicht hinter dem trotzigen Bündel herlaufen! Plötzlich findet sie es nicht mehr so schlimm, sollte der Herrgott am folgenden Tag Regen schicken.

* * *

Schon im Morgengrauen sind alle Bewohner von Burg Ehrenberg auf den Beinen.

»Es ist kein Wölkchen am Himmel zu sehen«, versichert die alte Kinderfrau dem Fräulein, als sie ihr in ihre lange Seidencotte hilft, die im Schein der aufgehenden Sonne in der Farbe einer reifen Aprikose schimmert.

»Ja, gut«, murmelt ihr Schützling ohne rechte Begeisterung und hebt die Arme, damit Gerda die Schnürungen zuziehen kann.

»Es wird ein wundervolles Fest«, gurrt die Alte, »und Ihr, mein Kind, werdet von allen Rittern bewundert werden!« Vorsichtig nimmt sie den tiefblauen Surkot von der Truhe und zieht das Gewand mit der kurzen Schleppe geschickt über den Kopf ihres Schützlings. Normalerweise würde Juliana sie nun anweisen, den Stoff so eng wie nur möglich an den Leib zu schnüren, doch heute schweigt sie. Gerda nestelt die neuen, bestickten Ärmel an der Schulter fest. Sie sind vorn weit geschnitten und können einmal umgeschlagen werden, damit man den Stoff der Cotte darunter sehen kann.

»Euer Haar leuchtet wundervoll auf dem blauen Stoff«, freut sich die Kinderfrau. »Ich werde die Locken bürsten und nur ein paar Strähnen in das Schapel flechten.«

»Mach, wie du willst«, sagt das Mädchen gleichgültig. Gerda sieht sie verwundert an, sagt aber nichts. Stattdessen nimmt sie die Bürste zur Hand. Leise summt sie vor sich hin, während die Borsten durch das blonde Haar gleiten.

Nach einer Schale Milchsuppe unten in der Halle mahnt der Vater zum Aufbruch. Der Stallmeister und sein Bursche haben die Pferde bereits gesattelt und in den Hof geführt. Der Blick des Ritters ist auf seinen Sohn gerichtet, der in seinen engen Beinlingen und dem rotsamtenen Rock ein liebliches Bild abgibt. Sein Haar ist so blond wie das seiner Schwester und ringelt sich in Löckchen um sein Haupt.

»Komm her, mein Sohn. Du wirst mit mir reiten«, sagt der stolze Vater und hebt den Kleinen auf den Rücken des kräftigen Streitrosses. Die Edelfrau presst die Lippen zusammen, sagt aber nichts. Juliana lässt sich vom Stallmeister in den Sattel helfen.

»Ihr seht wundervoll aus, Fräulein, wenn Ihr mir gestattet, das so auszudrücken.«

Sie schenkt ihm ein flüchtiges Lächeln. Wie viel lieber wäre es ihr, wenn der Vater so etwas sagen und ihr nur noch einmal diesen Blick schenken würde, den er nur noch für seinen Sohn übrig hat.

Und nun muss ich auch noch an diesem Festtag Kinderfrau für meinen kleinen Bruder spielen, denkt sie bitter. Einen

Augenblick lang wünscht sie sich, es würde Johannes nicht geben. – Er könnte sterben wie die anderen Kinder. Würde sich der Vater ihr dann wieder zuwenden? Scham überfällt sie. Wie kann sie nur so etwas Böses denken? Wenn sie zurück ist, will sie zur Buße zehn Rosenkränze auf ihren Knien beten.

Der Vater hebt die Hand, und der Zug setzt sich in Bewegung. Er führt die Familie und das Gefolge zur Flussaue hinunter und dann am Neckar entlang nach Norden, bis Burg Guttenberg mit ihren Türmen und der Schildmauer am Hang aufragt – über allem: der spitze Giebel des Bergfrieds.

Natürlich wäre es auch möglich gewesen, den kürzeren Weg entlang der Hangschulter zu nehmen, doch der Vater hat den Umweg sicher mit Bedacht gewählt. So können Hausherr und Gäste den feierlichen Zug der Nachbarn aus Ehrenberg von der Ringmauer aus besser betrachten.

Welch ein Bild! Die ganze Burg ist festlich geschmückt. Fahnen blähen sich in der morgendlichen Sommerbrise, farbig gekleidete Damen und Herren schreiten vor der Zugbrücke auf und ab oder sind auf dem Weg zum inneren Hof. Die Pferde müssen an diesem Tag draußen den Knechten übergeben werden, denn der Burghof von Guttenberg ist zu klein, sie alle zu fassen. Hier auf der Bergseite reihen sich zwei Ställe, eine kleine Schmiede, ein Brunnenhaus und ein paar mit Stroh gedeckte Häuser aneinander, jedoch so, dass ein breiter, unbewachsener Streifen zum Graben hin bleibt, der die Burg mit ihrer Schildmauer von der Hangschulter trennt. Schließlich soll einem anrückenden Feind keine Deckung geboten werden. Deshalb dürfen die Häuser und Hütten auf Anweisung des Burgherrn auch nur aus Holz gebaut werden, so dass die Burgmannen sie bei einem Angriff kurzerhand selbst abbrennen können.

Juliana lässt sich von einem Knecht vom Pferd helfen und übergibt ihm die Zügel ihrer Stute. Gemeinsam mit ihrem Gefolge überquert die Familie des Ritters von Ehrenberg die Zugbrücke und tritt durch das erste Tor in einen Mauerring, der die gesamte Burg umschließt.

Wäre man ein Adler und könnte über die Anlage hinwegfliegen, würde sich der äußere Mauerring als Halbkreis zeigen mit einem geraden Abschluss zum Neckartal zu und fünf runden Türmen an den beiden Ecken und auf der Bogenlinie verteilt. In ihm, in fast gleicher Form, sähe man die noch einmal von einer geschlossenen Mauer umgebene Burg mit dem Palas und dem Bergfried.

Die Gäste aus Ehrenberg folgen dem Pfad zwischen den zu beiden Seiten aufragenden grauen Steinen. Zum Glück ist es trocken, so dass die Rocksäume der Damen noch sauber sind, als sie durch das zweite Tor in den unregelmäßig geformten Hof treten. Rechts erhebt sich der Palas, in dem Küche, Saal und in den oberen Stockwerken die Gemächer des Ritters und die Kemenate untergebracht sind. Über eine gewundene Steintreppe gelangt man auf den Wehrgang der fünfzehn Schritt hohen Schildmauer, die bis zum Bergfried hinüberreicht, doch statt bewaffneter Burgmannen sieht man dort oben heute prächtig gekleidete Ritter mit ihren Damen und ein paar Kinder, die die Aussicht über das Land genießen. Nur wenige haben den mühsamen Aufstieg bis zur Plattform des Bergfrieds gewagt, von wo aus man hinüber nach Ehrenberg und bis zu den Turmspitzen der Kaiserpfalz sehen kann.

»Mein Fräulein, wie schön, dass Ihr dem Fest beiwohnt. Ihr seid eine Augenweide unter der Sonne.« Juliana fährt herum. Wilhelm von Kochendorf legt die Hand an seine Brust und verbeugt sich. Sein Blick wandert zu den Eltern des Mädchens, die er, entgegen der Regeln des Anstands, nun erst als Zweites begrüßt.

»Verehrter Ritter, geschätzte Dame, darf ich das Edelfräulein in den Saal geleiten? Dort gibt es Kuchen und süße Speisen und einen vortrefflichen Wein von den Hängen des Rheins.«

Der Vater mustert ihn finster. »Du weißt, dass du auf deinen Bruder achten sollst«, sagt er zu seiner Tochter. Er sieht zu Johannes hinüber, der brav Birgittas Hand hält und sich voller Staunen umsieht. »Deine Mutter hat kein Vertrauen zu ihr, sagt sie.«

Julianas Blick wechselt zwischen dem jungen Ritter, ihrem Vater und dem kleinen Bruder hin und her. Sie mag den Sohn des Gastgebers nicht, allerdings ist es sicher amüsanter, mit ihm in den Saal zu gehen, als für Johannes die Kinderfrau zu spielen. Und die angekündigten Süßspeisen locken sie sehr!

Ritter Arnold von Kochendorf und sein Lehensherr Konrad von Weinsberg treten durch das Tor und nähern sich den Ehrenbergern.

»Ah, da ist mein Wilhelm!«, ruft der stolze Gastgeber. Der junge Kochendorfer begrüßt den mächtigen Mann aus Weinsberg, dessen Familie neben der Stammburg und Guttenberg viele Ländereien und einigen Besitz in Wimpfen aufweisen kann. Man munkelt sogar, Konrad von Weinsberg solle statt des unbeliebten württembergischen Grafen Eberhard zum Landvogt ernannt werden. Jedenfalls ist man nicht schlecht beraten, sich mit ihm und seiner Familie gut zu stellen.

»Wo ist Euer Sohn Carl? Kommt er nicht? Ich hatte fest vor, meinen Falken mit dem seinen zu messen«, fragt Wilhelm.

Konrad von Weinsberg lacht. »Eine Falkenbeize lässt sich mein Sohn nicht entgehen, das sei Euch versichert. Doch noch wurde nicht ins Horn gestoßen, daher vermute ich, dass er einer seiner anderen Schwächen frönt: den süßen Speisen und dem Liebreiz der Fräulein. Ich denke, Ihr werdet ihn im Saal finden.«

»Ah, das trifft sich gut. Ich wollte das Fräulein von Ehrenberg eben hineinführen, damit es vom Gebäck probieren kann.«

Er wirft dem Ritter von Ehrenberg einen herausfordernden Blick zu. Seine Wangen straffen sich, als der Vater die Kiefer zusammenpresst, doch er nickt und entlässt seine Tochter zusammen mit dem jungen Kochendorfer.

✳ ✳ ✳

Die Zeit vergeht wie im Fluge. Schon jetzt ist Julianas Leib satt und schwer von den vielen Köstlichkeiten, die sie überall angeboten bekommt, und der Wein macht sie schwindelig. Mit den anderen Frauen und Kindern geht sie hinunter auf die große Wiese am Fuß der Burg, wo sich die Ritter, die an der Beizjagd teilnehmen, bereits mit ihren Rössern versammelt haben. Bevor sie ins Feld reiten, sollen Reiter und Greife den Zuschauern ihre Kunst zeigen. Zwei Knappen bringen einen Käfig mit Tauben. Hinter den Edlen drängen die Mägde und Knechte und die Burgmannen herab, damit ihnen das Schauspiel nicht entgeht.

Juliana, die mit Johannes und dem Kinderfräulein bei ihrer Mutter steht, betrachtet die Jäger, die in leichtem Trab an den Zuschauern vorbeireiten. Angeführt wird der Zug von Gastgeber Arnold von Kochendorf auf seinem Braunen, den er nur für die Jagd benutzt. Er trägt einen Terzel auf der Faust. Sein Falke ist klein, schlank und von dunklerer Färbung als gewöhnlich. Hinter ihm reitet sein Lehensherr mit einem prächtigen Habicht, den er – wie üblich – ohne Kappe trägt. Das Tier wendet ruckhaft den Kopf von einer zur anderen Seite und betrachtet den Trubel argwöhnisch aus seinen gelben Augen.

Nun nähern sich die Söhne der beiden Ritter. Wie unterschiedlich sie doch sind. Juliana betrachtet sie aufmerksam: Carl von Weinsberg ist groß, athletisch von Gestalt und hat blondes Haar, das er für die Jagd im Nacken zusammengebunden hat. Seine Augen sind blau wie der Sommerhimmel, sein Gesicht gleichmäßig mit einem energischen Kinn. Er hält sich gerade auf seinem Rappen und präsentiert den Falken mit seiner Lederkappe. Ein wunderschönes Tier, die Brust wie gewöhnlich fast weiß mit wenigen, dunklen Federspitzen, der Rücken jedoch ebenfalls auffällig hell gefärbt. Hat der Ritter ihr gerade zugenickt? Ganz sicher ist sich das Edelfräulein nicht.

Direkt hinter ihm reitet Wilhelm auf einem kräftigen, falben Streitross. Der junge Kochendorfer ist kaum mittelgroß, dafür breit gebaut mit einem kantigen Gesicht. Sein hellbraunes Haar ist dünn und sieht immer ein wenig ausgefranst aus. Als hätten Ratten daran genagt, denkt das Fräulein boshaft. Seine Augen, die meist voller Spott oder Bosheit dreinschauen, haben die Farbe von wässrigem Grau, die Lippen sind für einen Mann ungewöhnlich fleischig.

Der Blick, den er dem Edelfräulein zuwirft, ist unmissverständlich. Das Mädchen wendet sich ab, spürt aber, dass er sie weiterhin fixiert. Als würde sie es nicht bemerken, richtet sie ihre Aufmerksamkeit auf den Vater und winkt ihm zu. Er hat seinen berühmten, grauen Falken dabei, der schon bei vielen Jagden Rufe der Bewunderung ausgelöst hat. Die anderen Ritter sind Herren von Neippberg, Hornberg oder Huchelheim, aber auch ein paar Deutschordensherrn von Horneck sind gekommen. Zwei Vettern der Mutter von Gemmingen erkennt Juliana unter den Jägern. Einer hat gar einen grauen Adler dabei.

Juliana wundert sich, dass selbst Siegfried Greck von Kochendorf geladen ist, obwohl jeder weiß, dass der Gastgeber ihm zürnt, weil er seine Stammburg an ihn verkaufen musste – was natürlich nicht die Schuld des Grecken ist! Doch sicher ist dem Ritter Arnold bewusst, wie groß der Affront wäre, den neuen Nachbarn von Jagd und Fest auf Guttenberg auszuschließen.

Die Jäger reiten um die Wiese, präsentieren sich, ihre Pferde und natürlich die Greife, auf deren Schnelligkeit und Geschick es ankommen wird. Die Hunde, die auf dem Feld die Beute aufstöbern, sind noch angeleint im Stall. Um dem Publikum hier vor der Burg den Flug der Greife auf Tauben oder auf ihr Federspiel zu präsentieren, werden sie nicht gebraucht. Erst wenn die Männer nachher auf Fasan und Rebhuhn gehen oder für den Habicht in der Aue Kaninchen aus ihren Löchern getrieben werden sollen, wird man sie holen. Jeweils ein Vogel und ein Hund bilden ein Gespann, und die für diesen Tag bestimmten Jagdaufseher müssen dafür sorgen, dass die verschiedenen

Greife nicht gleichzeitig von der Faust gelassen werden, zu groß wäre die Gefahr, dass die wertvollen Vögel bei einem Kampf zu Schaden kommen.

Ein neuer Hornstoß erschallt, und die Formation löst sich auf. Wie Juliana es bereits befürchtet hat, reitet der junge Kochendorfer geradewegs auf sie zu und neigt den Kopf.

»Wollt Ihr nicht für diese Jagd meine Dame sein und auf mich setzen, Fräulein von Ehrenberg?«

Sie presst die Lippen zusammen. Nein, sie will nicht, aber wie kann sie ablehnen, ohne unhöflich zu sein? Die Mutter zupft an ihrem Ellenbogen. Das Fräulein muss sich nun erfreut geben und ihm ein Tüchlein reichen.

»Verzeiht, lieber Freund, und seid ein großzügiger Gastgeber«, erklingt plötzlich Carl von Weinsbergs Stimme neben ihr. Sie fährt herum. Er lenkt sein Pferd heran, springt aus dem Sattel und verbeugt sich tief. »Lasst mir heute den Vortritt bei diesem wunderschönen Fräulein.«

Wilhelm von Kochendorf zieht eine finstere Miene, es bleibt ihm aber keine andere Wahl, als sich zurückzuziehen. Carl lächelt das Mädchen an, das ihm mit zitternden Fingern ein blaues Tuch überreicht, in das mit silbernem Faden ihr Monogramm gestickt ist.

»Ich danke Euch. Wollt Ihr Eurer Favoritin noch ein paar aufmunternde Worte schenken?« Juliana blinzelt verwirrt und ergreift die ihr entgegengestreckte Hand. Er führt das Mädchen zu seinem Ross.

»Sie heißt Ronada und ist eine ausgesprochen schnelle und gelehrsame Falkendame.«

Ritter Carl tritt an den Rappen heran und löst die Fessel, mit der er den Greif am Sattelknauf angebunden hat. Er hebt die Lederhaube. Der Vogelkopf ruckt erst zur einen, dann zur anderen Seite, so dass das Tier so schnell wie möglich erfasst, was rund um es vorgeht. Die Pupillen inmitten der gelben Iris pulsieren. Als der Falke keine drohende Gefahr ausmachen kann, stellt er die Federn an Hals und Kopf auf, schüttelt sich und stößt einen heiseren Schrei aus. Ohne zu zögern klettert er auf den ihm dargebotenen Handschuh.

»Ronada, gutes Mädchen«, säuselt der Ritter mit zärtlicher Stimme und streicht über die glänzenden Federn des Tieres. Spielerisch zupft der Vogel an seinem Lederhandschuh.

»Wollt Ihr sie streicheln?« Er streckt ihr den Greif entgegen, der die Fremde misstrauisch beäugt. Juliana zögert. Der Vater hat ihr stets verboten, seine Beizvögel zu berühren, und er behauptet, Frauenhände würden sie verderben. Ritter Carl von Weinsberg scheint diese Meinung nicht zu teilen. Er nickt ihr noch einmal aufmunternd zu. Juliana streckt die Hand aus und streicht der Falkendame zögerlich über den Rücken. Wie wundervoll weich sich ihr Federkleid anfühlt! Und so glatt wie Seide. Der Greif dreht den Kopf, bis er fast nach hinten zeigt, und beobachtet die fremde Hand – wie es dem Mädchen scheint – mit zunehmender Abneigung. Noch einmal stößt er einen Ruf aus, entfaltet die Flügel und beginnt zu flattern, aber der Ritter hat den Lederriemen fest um seinen Handschuh geschlungen.

»Ruhig, ganz ruhig, du darfst dir gleich eine Taube schlagen. Zeig ihnen allen, wie schnell du bist. Und dann suchen wir dir einen Reiher.«

Der Vogel legt den Kopf schief, als versuche er, die Worte zu verstehen.

»Ihr geht auf Reiherbeize?«, ruft Juliana voll Bewunderung. Sie weiß, dass diese Jagd geübte Reiter fordert, die in rasendem Galopp über Gräben und Hecken den kämpfenden Vögeln folgen können. Und auch der Falke muss mit Vorsicht und Geschick an die Sache herangehen, ist der Reiher mit seinem langen, spitzen Schnabel doch ein ernstzunehmender Gegner. Hat er den Reiher gebunden und stürzt mit ihm zu Boden, ist es Aufgabe des Falkners, so schnell wie möglich zur Stelle zu sein. Anders als bei Rebhuhn, Fasan und Kaninchen soll der Reiher nicht die abendliche Tafel bereichern. Lediglich ein paar der langen Genickfedern muss er als Trophäe lassen. Der erfolgreiche Jäger bindet ihm noch ein Tuch in seinen Farben um das Bein, ehe er ihn wieder in die Freiheit entlässt. In der Neckaraue sollen Reiher unterwegs sein, die bereits zwei oder drei Tücher mit sich tragen.

»Greck von Kochendorf hat vor, seinen neuen Greif als Beizvogel abzutragen, dann wollen wir versuchen, ob er mit Ronada im Gespann jagt und wir sie gemeinsam an den Reiher werfen können.«

Juliana seufzt. »Ach, wie gerne hätte ich auch einen solchen Falken und würde mit ihm zur Jagd reiten!«

Ehe Carl von Weinsberg etwas sagen kann, hört sie Wilhelm von Kochendorf hinter sich lachen. »Das wäre eine feine Sache, wenn wir den Weibern Falken statt Lerchen geben würden. Was würde als Nächstes kommen? Ein Dolch in der Hand statt der Nähnadel? Oder vielleicht gleich ein Schwert, so wie ich das Fräulein hier einschätze.«

Juliana holt tief Luft, um ihm ihre Erwiderung ins Gesicht zu schleudern. Was fällt diesem aufgeblasenen Kerl ein, so mit ihr zu sprechen? Ja, was erdreistet er sich überhaupt sich einzumischen? Bevor sie jedoch das erste Wort hervorbringen kann, springt Carl von Weinsberg in die Bresche.

»Ritter Wilhelm? Ich kann mich nicht erinnern, Euch um Eure Meinung gebeten zu haben. Ich werde es Euch wissen lassen, wenn ich jemals Eures Rates bedarf.« Er mustert den Lehensmann des Vaters, der etwa in seinem Alter ist, abschätzend.

»Und nun solltet Ihr besser zu Eurem Pferd und Eurem Falken zurückkehren, bevor das Ross durchgeht. Euer Greif scheint mir sehr nervös. Passt auf, dass er sich nicht verstößt und Ihr nicht nur ohne Beute, sondern auch noch ohne Euren Vogel von der Beize zurückkehrt. Nicht, dass man Euch nur noch Lerchen in einem Käfig zum Abtragen anvertraut.«

Juliana schlägt die Hand vor den Mund, um ein Kichern zu unterdrücken. Wilhelm von Kochendorfs Gesicht verzerrt sich vor Zorn. Seine Hand zuckt nach dem Schwertknauf, aber der Ritter hat sein Temperament noch so weit unter Kontrolle, dass er die Klinge nicht aus der Scheide zieht. Er begnügt sich damit, dem Weinsberger einen wütenden Blick zuzuwerfen, dann macht er kehrt und eilt zu seinem Pferd, auf dessen Sattelknauf sein Falke unruhig am Riemen zerrt.

»Ihr wart wundervoll!«, bricht es aus Juliana heraus, und sie sieht bewundernd zu dem blonden Ritter auf. Der junge Mann verbeugt sich knapp.

»Es wäre mir eine Ehre gewesen, mich für Euch mit ihm zu schlagen.«

Es kommt ihr vor, als schwinge Bedauern in seiner Stimme. Das Fräulein ahnt, dass die Abneigung zwischen den beiden nicht erst in diesem Moment entstanden ist. Vermutlich wartet der Weinsberger schon länger auf einen Anlass, der ihm das Recht gibt, sich mit dem Kochendorfer zu schlagen. Obwohl es ihrer Eitelkeit schmeicheln würde, ist der vernünftige Teil in ihr ganz froh, dass es nicht so weit gekommen ist. Der Vater wäre gar nicht erfreut, wenn ihr Name mit solch einem Eklat auf diesem Fest in Verbindung gebracht würde.

Carl von Weinsberg setzt seinem Falken die Lederhaube wieder auf. Juliana wünscht ihm und dem Vogel Glück und tritt dann zu den anderen Damen, die gespannt darauf warten, dass die erste Taube aus dem Käfig gelassen wird und die Ritter den Flug ihrer Greifvögel präsentieren.

»Es ist ein großes Glück«, flüstert die Mutter. Juliana muss sie nicht fragen, was sie meint. Auch ihr Blick folgt dem stattlichen, blonden Ritter von Weinsberg, dessen Familie reich an Geld, Gütern und Einfluss ist. Sie weiß, dass den Eltern eine solche Verbindung wohl passen würde, aber ist sie schon bereit, sich einem Mann zu geben? Er ist galant zu ihr, und sein Äußeres gefällt ihr. Ist ihr das genug? Das Mädchen weiß, dass es keinen interessiert, ob und wie sie diese Frage für sich beantworten wird.

17
Los Archos*

Ein wenig erinnerte er sie an Carl von Weinsberg. Juliana betrachtete den blonden Ritter, der gleichmütig vor ihr herschritt. Auch er hatte helle Haut und blondes Haar, und seine Augen waren von durchdringendem Blau. Vom Wesen allerdings unterschieden sie sich – soweit das Mädchen das an ihrem zweiten gemeinsamen Tag mit Ritter de Crest beurteilen konnte. Carl hatte ein offenes Gesicht, und sein Mund zeigte meist ein Lächeln, während de Crest die Lippen finster zusammengepresst hielt. Auch erzählte der Weinsberger gern spannende oder lustige Geschichten, während Raymond de Crest nur für die – seiner Meinung nach – notwendigsten Äußerungen den Mund öffnete. Dafür war Peter Bertran heute aufgeräumter Stimmung. Schon am Morgen hatte er lebhaft mit zwei der Padres gesprochen, während die anderen noch unausgeschlafen ihren Brei löffelten. Sie redeten in solch einer Geschwindigkeit Spanisch, dass das Ritterfräulein nicht einmal eine Ahnung davon bekam, worum es ging. Auch warfen die beiden Benediktiner der kleinen Gruppe immer wieder Blicke zu, die das Mädchen nicht zu deuten wusste.

Nun wanderten sie bereits seit Stunden unter der immer höher steigenden Sonne. Am Horizont zog sich ein graues Felsplateau entlang. Die Landschaft um sie herum war karg, kein Grün erfreute den Blick, der nur über blanke Erde und dürres Gras glitt. Jeder Schritt wirbelte den Staub auf, der ihren Kleidern alle die gleiche Färbung verlieh, auf der schweißnassen Haut eine stumpfe Kruste bildete und die Kehlen ausdörrte.

* heute: Los Arcos

Der Schatten eines Steineichenhains ließ die Wanderer aufatmen. Nur zu schnell mussten sie unter der heißen Sonne den nächsten Hügel erklimmen. In der Ferne zogen Schafe vorbei, in einer Talrinne lagen ein paar sorgsam von Steinen und Dorngestrüpp umgrenzte Felder, deren Ernte jedoch bereits eingebracht war. Schon eine ganze Zeit lang strebten die Wanderer auf einen kegelförmigen Berg zu, auf dem sich eine Burg erhob.

»Müssen wir da hinauf?«, stöhnte André, der schon wieder zu humpeln begann. »Nun, vielleicht bekommen wir dort wenigstens Wasser für unsere Flaschen«, fügte er hoffnungsvoll hinzu.

Pater Bertran schüttelte den Kopf. »Nein, der Weg führt nur durch die Ansiedlung, die sich dort hinten den Hügel hinaufzieht. Dort werden wir Wasser finden. San Esteban brauchen wir nicht zu erklimmen.

»Welch guten Führer haben wir gefunden«, sagte der Bettelmönch. »Ihr sprecht Spanisch und Französisch, Latein und auch ein wenig Baskisch, habe ich gehört, und keine Burg und kein Dorf an unserem Weg sind Euch fremd.«

»Ja, und?«, gab der Pater zurück, der sich noch immer sehr gerade hielt, obwohl heute auch die beiden großen Zehen mit einem Verband umwickelt aus den Sandalen ragten. Die beiden Männer musterten sich abschätzend. Juliana war, als könne sie die Spannung fühlen. Bruder Rupert zuckte mit den breiten Schultern. »Es ist schön und für uns alle von Vorteil, dass Ihr diese Gegend und ihre Sprachen so gut kennt.«

»Ich bin viele Jahre durch die Länder Hispaniens gereist«, gab der Pater widerstrebend zu.

»Und das deutsche Reich? Habt Ihr auch den Süden des alten deutschen Reiches besucht? – Und versteht Ihr die Sprache, die wir in Franken sprechen?«, fügte der Bettelmönch in Deutsch hinzu.

»Was habt Ihr gesagt? Nein, ich war nicht im Osten.«

»Unser lieber Bruder hier hat überprüft, ob Ihr seine Sprache versteht«, erklärte ihm Ritter Raymond. »Aber offensichtlich nicht.«

Der Pater kniff die Lippen zusammen, als habe er auf eine unreife Frucht gebissen. »Neugier ist keine Tugend«, fauchte er. »Ich dachte, sie wäre vor allem bei den jungen Burschen verbreitet, doch Ihr steht ihnen in nichts nach.« Er schwieg, bis sie außerhalb der Siedlung ein kleines Gebäude mit Giebeldach erreichten. Pater Bertran blieb stehen und deutete auf den doppelten Rundbogen, der ins Innere führte.

»Wollt Ihr eure Flaschen auffüllen? Dann geht hinab. Das Wasser der Zisterne ist gut. Schon die Mauren sollen hier Wasser geschöpft haben.«

Nacheinander betraten sie das Gebäude und stiegen die breiten Steinstufen bis zum Wasserspiegel hinunter. Wie dunkel und kühl es hier drinnen war. Am liebsten hätte Juliana Schuhe und Beinlinge ausgezogen und ihre Füße im Wasser gekühlt. Bruder Rupert jedoch stapfte schon weiter auf die stellenweise eingestürzte Stadtmauer zu, passierte das offene Tor, dessen Flügel halb aus den Angeln gerissen waren, und schritt durch die Gassen an der Kirche vorbei, um dann im Westen die Stadt wieder zu verlassen.

Noch immer war die Landschaft trocken und karg, nun säumten jedoch immer wieder Weinstöcke den Weg, der sanft bergab führte. Vom Wasser der Zisterne erfrischt, stieg auch die Stimmung wieder, und Pater Bertan ließ sich von André überreden, die Geschichte zu erzählen, wie der navarresische König Sancho Garcés die Festung San Esteban eingenommen hatte, die – wie das ganze Ebrotal – von einer mächtigen moslemisch-spanischen Adelsfamilie beherrscht worden war.

»Es war jedenfalls nicht Karl der Große, der die Burg eroberte, wie es die Sänger in Frankreich behaupten«, betonte er, »sondern der König von Navarra, der übrigens auf der Burg oben sein Grab gefunden hat. Ich muss mich jedes Mal darüber ärgern, wenn ich in Frankreich weile, wie die Troubadoure die Geschichte Hispaniens verdrehen.«

✳ ✳ ✳

Die Sonne hatte den Zenit bereits überschritten, als der Weg sie durch einen Hain von Nussbäumen führte.

»Seht nur«, rief das Mädchen und zertrat die Schale der herabgefallenen Früchte, »man kann sie schon essen.«

Auch die anderen bückten sich und klaubten die Nüsse rund um die Baumstämme zusammen. Sie knackten, so viele sie konnten, aßen sich satt und packten die Reste in ihre Beutel. Es war Zeit für die Siesta, daher setzten sie sich im Schatten ins trockene Gras und ruhten sich aus. Bruder Rupert lehnte sich zurück und schob sich den Hut über das Gesicht. Sein Atem ließ vermuten, dass er eingeschlafen war. Auch die anderen saßen still da und ließen den Blick schweifen oder dösten vor sich hin. Nur der junge Ritter aus der Freigrafschaft Burgund fand keine Ruhe.

»Ach, ich fühle mich so steif«, schimpfte André und ließ die Arme kreisen. »Ich bin es nicht gewohnt, nichts zu tun.«

Der Augustinerpater hob die Augenbrauen. »Nichts? Ach, dann ist das eine Illusion, die der Teufel uns vorgaukelt«, spottete er. »Ich dachte schon, wir gehen seit Tagen Meile um Meile auf der staubigen Straße, stattdessen tun wir nichts, sitzen vermutlich nur herum und frönen der Völlerei.« Er strich sich über seinen mageren Leib. Ritter Raymond, der an einem Zweig schnitzte, lachte.

»Ja, wir gehen«, gab André zu. »Das ist aber nicht alles, was der Körper braucht, um tüchtig zu bleiben. Das hat mir mein Waffenmeister immer wieder gesagt. Wir müssen täglich das üben, was wir ihm im Ernstfall abverlangen wollen.«

»Und was ist der Ernstfall?«, fragte der blonde Ritter. »Dass ein paar Strauchdiebe über dich herfallen, um dir dein letztes Stück Brot zu rauben?«

André zuckte mit den Schultern. »Könnte ja sein. Ich meine, man hört immer wieder, dass Pilger überfallen werden. Warum sonst bekommt man überall den Rat, sich zu größeren Gruppen zusammenzuschließen, gerade wenn es durch die Wälder und über die Berge geht?«

»Dann hast du doch alles, was du brauchst, Bursche«, lästerte Ritter Raymond. »Deine Füße haben das Laufen jeden Tag geübt und werden schon von allein weglaufen, wenn es denn ernst wird!« Er lachte und warf das entrindete Holzstück hinter sich.

»Ich werde nicht weglaufen«, empörte sich André. »Ich werde kämpfen! Wie es mein Waffenmeister mir beigebracht hat. Und wenn ich kein Schwert habe, dann eben mit den Fäusten!« Er drehte sich um und kam wie ein Blitz über das Ritterfräulein, dem das Lachen im Hals stecken blieb.

»Los, Johannes, mal sehen, wie gut du im Faustkampf bist«, rief er. »Das hat dir dein Herr doch sicher beigebracht!«

Juliana war wie gelähmt. Andrés Körper prallte gegen sie und warf sie auf den Rücken. Sie sah die Faust auf sich zukommen, versuchte jedoch nicht einmal, den Kopf wegzudrehen. Der Schmerz explodierte in ihrem Kopf. Rote Blitze durchzuckten, was sie sah, bis das Bild immer mehr verschwamm.

»Auf, wehr dich! Was ist denn los?«

Bevor sein zweiter Schlag traf, wurde er zurückgerissen. Julianas Körper war so unerwartet von der sie niederdrückenden Last wieder befreit, wie der Angriff über sie hereingebrochen war. Sie blinzelte und sah gerade noch, wie Bruder Rupert den jungen Ritter mit einem einzigen Schlag zu Boden streckte. Gemächlich ließ der Bettelmönch den Arm sinken und streckte seine Pranke dann dem Fräulein entgegen, um ihm beim Aufstehen zu helfen.

»Johannes, alles in Ordnung mit dir?«

Das Mädchen blinzelte, während es mit den Tränen kämpfte. Bruder Rupert zog ein schmuddeliges Tuch aus der Kutte, knüllte es zusammen und reichte es ihr. »Deine Nase und deine Lippe bluten. Drück das Leinen eine Weile drauf.«

Juliana nickte nur. Sie war sich nicht sicher, ob ihre Stimme ihr schon wieder gehorchte. Die roten Blitze vor ihren Augen verblassten, aber der Schmerz blieb unvermindert.

André rappelte sich auf und hielt sich die Wange, die bereits zu schwellen begann. »Ihr habt aber einen harten Schlag, Bruder Rupert«, sagte er. Seine Stimme schwankte zwischen bewundernd und gekränkt.

»Und du hast Übung offensichtlich nötig«, erwiderte der Bruder, der noch immer auf das Gesicht mit der blutenden Nase sah. Auch Andrés Blick wanderte zu dem Mädchen.

»Was ist denn mit dir los?«, wunderte er sich. Der Bettelmönch unterbrach ihn und trat zwischen die beiden jungen Leute.

»Ich gebe dir gern noch eine Lektion, wenn dir danach ist, oder vielleicht will Ritter Raymond dich mal so richtig verprügeln? Jedenfalls dient es deinem Training nicht sonderlich, wenn du jemanden niederschlägst, der das Gelübde abgelegt hat, die Hand gegen niemanden zu erheben, bis er am Grab des Apostels gebetet hat.« Juliana gab einen erstickten Laut von sich und presste das Tuch noch fester auf Mund und Nase.

»Hat Johannes so etwas geschworen?«, wunderte sich André. »Das hat er mir gar nicht gesagt.«

»Vielleicht musst du nicht alles wissen?«, sagte Bruder Rupert kühl. »Mir hat er es jedenfalls erzählt.«

»Ja, aber warum?«, stotterte der junge Ritter, doch ehe er weiter auf eine Erklärung drängen konnte, fuhr ihn der Bettelmönch an: »Muss ich es dir schon wieder sagen? Ich dachte, das wäre inzwischen in deinen Schädel eingedrungen. Nicht nur du willst deine Angelegenheiten für dich behalten, also mach endlich mal den Mund zu und höre auf, uns lästig zu sein! Haben wir dich gedrängt, uns zu verraten, warum du diesen Bußweg auf dich nimmst und uns mit einer Lügengeschichte abspeist?«

André wurde rot und öffnete ein paar Mal tonlos den Mund. Der blonde Ritter grinste.

»Nein, haben wir nicht, und wir werden es auch nicht tun«, fuhr Bruder Rupert fort. »Behalte dein Geheimnis für dich und respektiere gefälligst auch die unseren.«

Wortlos wandte sich André ab, nahm sein Bündel und machte sich auf den Weg.

»Wir sollten ihn nicht allein lassen«, warf Juliana kläglich ein.

»Nein, natürlich nicht«, knurrte der Mönch. »Junger Schwachkopf!«, schimpfte er, schulterte aber sein Bündel und griff nach seinem Stab.

Die nächsten Stunden hielt das Mädchen ein wenig Abstand zu den Männern, so dass keiner sie ansprechen konnte. Nicht nur, dass ihr Kopf noch schrecklich dröhnte, ihre Nase schmerzte und die aufgeplatzte Lippe brannte, sie musste ihre Gedanken sortieren.

Warum behauptete Bruder Rupert, sie hätte ein Gelübde abgelegt? Nie hatte sie von so etwas gesprochen. Ja, und warum war er ihr so schnell zu Hilfe geeilt? Waren freundschaftliche Raufereien unter jungen Burschen nicht ganz normal? Sie machte André keine Vorwürfe und empfand keinen Groll, dennoch bedauerte sie es, dass er sie in diese Lage gebracht hatte – nicht nur wegen der Schmerzen! Wieder einmal wäre ihre Verkleidung fast enttarnt worden. Oder war sie das längst? Nicht zum ersten Mal drängte sich ihr der Verdacht auf, Bruder Rupert wisse Bescheid. Oder gab es eine andere Erklärung für sein Eingreifen? Vergeblich dachte sie darüber nach. Es fiel ihr keine ein. Doch warum spielte er die Scharade mit? Wieder regte sich ein ungutes Gefühl in ihr, und sie fragte sich, was für ein Spiel der Bettelmönch mit ihr trieb – der einfache Betbruder, der mit einem einzigen Schlag einen jungen Ritter zu Boden strecken konnte.

Wenn er wusste, was sie war, dann wusste er vielleicht auch, wer sie war und warum sie sich auf den Weg gemacht hatte. Suchte etwa auch der Bettelmönch nach dem Ritter von Ehrenberg? Konnte es sein, dass er sie als Lockvogel benutzte, um ihn zu finden?

Juliana wusste nicht mehr, was sie denken sollte. Der blonde Ritter Raymond war ihr vermutlich hinterhergeschickt worden, wusste vermutlich jedoch noch nicht, dass er sein Ziel schon an seiner Seite hatte. André verbarg ein Geheimnis, und dann war da noch Bruder Rupert, der von Anfang an Missbehagen in ihr heraufbeschworen hatte. Sollte sie noch einmal versuchen, sich von ihm zu trennen?

Wie unsinnig der Plan war, den Weg allein bewältigen zu wollen, das war ihr inzwischen klar. Aber wie wäre es nur mit André an ihrer Seite? Es war sicher besser, ihm keine Einzelheiten zu verraten. Würde er ihr dennoch genug vertrauen, um sich heimlich mit ihr davonzumachen? Bruder Rupert loszuwerden würde ihm sicher nicht unrecht sein. Aber die anderen? Er bewunderte Ritter Raymond – auch wenn seine Gefühle ab und zu in Eifersucht oder Neid umschlugen, und er hörte sich gern die Geschichten des alten Augustiners an.

Sie könnten Pater Bertran bitten, mit ihnen zu kommen. Mit seiner guten Kenntnis des Weges würde er eine Hilfe sein.

Das Dröhnen in ihrem Kopf nahm wieder zu, und aus der Wunde an der Lippe quoll ein Blutstropfen. Juliana beschloss, ihr Grübeln zu vertagen. Sie tupfte zaghaft mit dem Ärmel über Mund und Nase. Männer konnten untereinander schon widerliche Gesellen sein! Sie würde nie begreifen, wie man sich – nur zum Spaß – schlagen und mit den Fäusten bearbeiten konnte!

* * *

Der Tag wollte kein Ende nehmen. Sie gingen und gingen durch das sonnenverbrannte Land. Die fünf Pilger trafen auf Bauern, die zu ihren Feldern und Weinbergen zogen. Wortkarg hoben sie nur die Hand zum Gruß. Ein paar Reiter in vornehmen Kleidern kamen ihnen entgegen. Sie ritten langsam den Hang hinauf, denn bei dieser Hitze hätten sie die edlen Rösser schnell zu Schanden gejagt. Die fünf Pilger schwiegen lange, bis endlich wieder eine ummauerte Siedlung vor ihnen in Sicht kam. André wollte von Pater Bertran ihren Namen wissen.

»Los Archos«, gab dieser bereitwillig Auskunft.

»Seltsamer Name für eine Stadt. Wisst Ihr, warum sie so genannt wird?«

Der alte Pater wiegte den Kopf mit dem ergrauten Haar hin und her. »Ich bin mir nicht sicher. Die einen sagen, dass die Stadt seit jeher so genannt werde, wegen der vielen Bogen in den römischen Ruinen, auf denen so manch neues Haus aufgebaut wurde. Andere meinen, sie trage diesen Namen erst, seit König Alfons X. von Kastilien vergeblich versucht hat, die Stadt einzunehmen, und von den heldenmütigen Bogenschützen vertrieben wurde.« Er zuckte mit den Schultern. »Ich weiß nicht, welche Version die richtige ist. Tatsache ist jedoch, dass König Alfons vor etwa fünfzig Jahren immer wieder versucht hat, das Grenzgebiet von Navarra Kastilien anzugliedern. Auch Vianna* und andere Städte hat er angegriffen.«

Sie näherten sich dem von einer Mauer umschlossenen Kern der alten Römerstadt. Am Tor herrschte viel Betrieb. Wächter durchsuchten Karren mit Waren und ließen sich Maut und Wegezoll bezahlen, Bauern und Bettler, reiche Kaufleute und gut gekleidete Bürger drängten sich in den Gassen. Auch einige Pilger, deren Muschelzeichen am Mantel zeigte, dass sie bereits auf der Rückreise waren, kamen ihnen entgegen. Viele Juden mischten sich unter die anderen Bürger. Hier schien ihnen gegenüber nicht so eine feindselige Stimmung zu herrschen wie in Stella. Juliana sah sie mit ihren Wechseltischen in Ladennischen sitzen, Geldmünzen zählen und mit Kaufleuten scherzen.

»Das ist ja die reinste Judenstadt«, rief André.

»Ja, und?«

Der junge Mann duckte sich ein wenig unter Bruder Ruperts Blick. »Nichts und, ist mir nur aufgefallen.« Die Anspannung zwischen den beiden hatte sich noch nicht gelegt.

»Stimmt, und es geht ihnen hier recht gut«, bestätigte Pater Bertran. »Es ist erstaunlich, doch hier haben alle Bewohner die gleichen Rechte.«

---

* heute: Viana

Sie gingen auf die Kirche Santa María de los Archos zu, hinter der sich die Stadtmauer wieder schloss. Während die Stadt entlang des Pilgerweges kaum mehr Häuser aufbot als ein mittleres Dorf dieser Gegend, erstreckten sich zwei Gassen mit geschlossenen Häuserreihen weit nach Norden am Fuß des Hügels entlang, auf dem Juliana eine Mauer und einen Turm erkennen konnte. Sicher ein Castillo, das der reichen Handelsstadt so nahe der Grenze Schutz gewährte. Die beiden Ordensmänner schritten zielstrebig auf das Tor zu, hinter dem eine Brücke über den Río Odrón führte.

»Gibt es hier denn keine Herberge für Pilger?«, rief ihnen das Ritterfräulein nach, dessen Kopf wieder heftiger dröhnte, so dass es sich nach Ruhe, Dunkelheit und Kühle sehnte.

»Hinter der Brücke ist das Hospital von San Blas, in dem kranke Pilger Pflege finden. Zum Glück benötigen wir die helfenden Hände nicht, und die Sonne steht noch hoch genug, so dass wir bis Sansol weitergehen können.«

Juliana stöhnte und kämpfte gegen die Tränen. Seit Los Archos in Sicht gekommen war, hatte sie angenommen, der heutige Tag würde hier sein Ende finden, und nun standen ihr noch zwei oder drei weitere Stunden auf der staubigen Straße bevor. Ihre Nase schmerzte, die Wunde an der Lippe brannte, und sie fühlte schon wieder einen solch quälenden Durst, dass sie sich fragte, ob er jemals in ihrem Leben wieder vollständig gelöscht werden würde.

Jammere nicht!, rief sie sich selbst zur Ordnung. Ist es nicht dein Wunsch, so schnell wie möglich voranzukommen? Wie willst du den Vater einholen, wenn du nicht jeden Tag ein paar Stunden länger unterwegs bist? Ausruhen kannst du dich, wenn du zusammen mit ihm zurück auf Ehrenberg bist.

Für einen Moment wärmte dieser Gedanke ihre Seele und vertrieb die Qualen des Körpers. Es würde schon gehen. Schritt für Schritt. Immer einen Fuß vor den anderen im Rhythmus des Stabes in ihrer Hand. Zum Glück mussten sie keine weiteren Berge überwinden, und das Glühen der Sonne ließ nach, je tiefer sie sich herabsenkte. Dennoch strahlte die trockene Erde wie ein Backofen, als wolle sie die Sohlen verbrennen. Wenn doch nur ein kühlender Wind aufkommen würde! Die Wanderer überquerten einen Bach, hinter dem die Straße leicht anstieg. Endlich tauchte die Komturei Sansol mit dem dazugehörigen Weiler auf.

Wasser, konnte das Fräulein nur noch denken, Essen und Schlafen. Sie fühlte sich wie zerschlagen – nun ja, ein wenig traf das ja den Kern der Sache.

»Seht«, rief André, der neben der Kirche an eine Mauerbrüstung getreten war, und deutete nach vorn. »So nah und doch für immer getrennt!«

Die untergehende Sonne blendete sie, als sie jedoch mit ihrer Hand die Strahlen abschirmte und sich zu ihm gesellte, konnte das Mädchen sehen, was er meinte. Direkt hinter der Mauer fiel der Hang steil in eine Schlucht ab, die auf der gegenüberliegenden Seite wieder anstieg. Dort breitete sich, zum Greifen nah, eine zweite Ansiedlung aus.

»Torres*«, sagte der Augustiner.

»Santo Sepulcro«, murmelte Ritter Raymond. »Man kann das Oktogon von hier erahnen.«

Bevor sich Juliana darüber wundern konnte, dass der Ritter sich für eine Kirche interessierte, ja sogar ihren Namen wusste, rief André aufgeregt: »Eine achteckige Kirche? Wie Eunate? Sind die Tempelritter in Torres?«

Er ignorierte Bruder Ruperts gequältes Stöhnen und richtete stattdessen seinen Blick erwartungsvoll auf Pater Bertran. Dieser nickte.

»Ja, es sind stets zwei oder drei Templer dort, um nachts die Flamme in der Laterne zu bewachen und bei schlechtem Wetter die Glocke zu läuten. Meist sind nur Servienten da. Manches Mal finden aber auch Versammlungen von Rittern statt.«

Andrés Augen leuchteten. Erschöpfung und Schmerzen schie-

---

* heute: Torres del Río

nen vergessen.«»Gehen wir hinüber? Wir finden dort sicher ein Lager.« Er wandte sich an Juliana und sah das Mädchen flehend an.»Komm, es ist noch nicht dunkel. So weit scheint es bis zur anderen Seite nicht zu sein.«

»Die Templer dort nehmen keine Pilger auf«, mischte sich Ritter Raymond ein.

Falls André auf Julianas Unterstützung gehofft hatte, wurde er enttäuscht.

»Ich möchte heute nicht mehr dort hinuntersteigen!«, sagte sie bestimmt und zeigte anklagend auf den steilen Abbruch, der in die Schlucht abfiel.»Ich bleibe hier!« Das Ritterfräulein wandte sich ab und schritt auf das Tor der Komturei von Sansol zu. André beeilte sich, ihr zu folgen, doch sie schenkte ihm keine Beachtung. Hatte sie ihm am Nachmittag seines Angriffs wegen noch nicht gezürnt, so war der Groll in ihr in den vergangenen Stunden mit den Schmerzen stetig gewachsen. War der Weg nicht hart genug? Musste man sich da noch die Fäuste ins Gesicht schlagen? Schweigend setzte sie sich in der kargen Kammer, die den Pilgern als Refektorium dienten, an einen Tisch, schlang den wässrigen Inhalt ihrer Schale hinunter und verkroch sich danach sogleich unter einer Decke.

※ ※ ※

War es denn schon Morgen? Juliana rieb sich die Augen. Das konnte nicht sein. Es war noch völlig dunkel in dem kleinen Raum, in dem sie mit acht anderen Pilgern dicht an dicht auf Strohsäcken die Nacht verbrachte. Drüben unter dem Fenster lagen ein Kürschner mit Weib und Sohn, neben ihr wälzte sich ein alter Mann auf seiner Matratze.

Ihr Magen knurrte. Kein Wunder, bei dem kärglichen Mahl, das nicht einmal den ersten Hunger gestillt hatte. Alle waren sie mit hungrigen Bäuchen zu ihren Lagern geschlichen. Lange hatte das Mädchen keinen Schlaf gefunden, nicht nur des Hungers wegen. Das Ungeziefer in den Matratzen plagte sie heute besonders. Die Stiche der Flöhe schwollen zu roten Pusteln an und verliefen wie eine Perlenkette entlang der Ränder ihrer Bruech. Hinzu kamen heute schmerzhafte Wanzenbisse. Endlich hatte die Erschöpfung sie in den Schlaf gezogen, doch bald schon schreckte sie wieder hoch.

»Bleibt hier. Was versprecht Ihr Euch davon, mitten in der Nacht? Es wird keiner da sein«, flüsterte eine Stimme auf Französisch ganz in ihrer Nähe.

»Einen Versuch ist es wert. Ich denke, er hat versucht, Kontakt aufzunehmen oder eine Nachricht an einen Meister zu schicken – wenn nicht gar an den Großmeister selbst.« Der zweite Mann sprach ein wenig lauter, so dass das Mädchen eine kräftige Männerstimme erahnte. Juliana reckte den Kopf, aber es war zu dunkel, um auch nur den Umriss der Personen zu erkennen.

»Das denke ich auch, glaube aber nicht, dass Ihr von einem Servienten, dessen Aufgabe es ist, Öl in eine Lampe zu füllen, etwas erfahren könnt.« Verachtung schwang in den Worten, die jedoch zu leise blieben, als dass man den Sprecher erkennen konnte.

»Gerade wenn keiner der Ritter anwesend war, muss er sich an einen der Dienenden gewandt haben – und wenn nur, um eine Nachricht weiterzuleiten. Ich werde sie zum Sprechen bringen!« Die Stimme schwoll ein wenig an. Juliana zuckte zusammen, das Stroh ihrer Matratze raschelte.

»Schsch! Wollt Ihr jemanden aufwecken? Kein Wort mehr. Geht, wenn Ihr Euch Erfolg davon versprecht, aber seht zu, dass Ihr zurück seid, bevor jemand unbequeme Fragen stellt.«

Sie spürte, wie sich jemand an ihrem Lager vorbei zur Tür tastete. Behutsam zog der Mann sie so weit auf, dass er hindurchschlüpfen konnte. Draußen brannte eine kleine Öllampe in ihrem Halter an der Wand und schuf für einen Moment die Kontur eines großen, muskulösen Mannes mit schulterlangem Haar.

Der Klang der Stimme, die Umrisse des Körpers, konnte das

Ritter Raymond sein? Aber wer war der andere, der Flüsterer, der versucht hatte, ihn aufzuhalten?

Eine zweite Person regte sich und verließ die Schlafkammer. Das Mädchen hielt es nicht mehr aus. Was ging hier mitten in der Nacht vor sich? Sie rutschte unter der kratzigen Wolldecke hervor, machte zwei Schritte in die Richtung, in der sie den Lichtschein in Erinnerung hatte, und griff nach dem Türknauf.

18
Ein Kind verschwindet
Burg Guttenberg im Jahre des Herrn 1306

Lange schon ist die Jagd vorüber, das Fest auf Burg Guttenberg allerdings dauert an. Die Sonne wandert dem Horizont entgegen, und der Schatten der Burg schiebt sich über das Neckartal. Die meisten der Ritter haben Trophäen mit nach Guttenberg gebracht und sie ihren Damen präsentiert: Fasane, Rebhühner, Hasen. Der Adler hat einen Fuchs getötet, Wilhelms Falke nur eine Krähe. Der Fasan, auf den er ihn angesetzt hat – verrät einer von Mutters Vettern dem Ritterfräulein –, ist zum Ärger des Besitzers entkommen. Aber auch der junge Weinsberger konnte die Siegesprämie heute nicht erringen, obwohl er Juliana die Federn eines Reihers überreicht. Der Sieger der heutigen Beize ist der Ritter Kraft von Ehrenberg, der mit Stolz seiner Dame zwei Rebhühner und einen Fasan mitbringt. Eines der Rebhühner hat der Greif sogar von der Faust aus geworfen, eingeholt und geschlagen! Das gelingt nicht oft, denn die Hühner sind flink, und der Falke benötigt im waagerechten Flug eine Weile, ehe er seine Jagdgeschwindigkeit erreicht. Wie viel einfacher ist es dagegen, hoch in der Luft über seinem Herrn anzuwarten und dann im Sturzflug auf die Beute niederzustoßen.

Der Falke wird allseits gelobt und bewundert, ehe er dem Trubel entfliehen darf und, wie die anderen Beizvögel, auf einer der Stangen im Heuschober angebunden wird. Die Jagdbeute wandert in die Burgküche, wo Hasen und Federvieh nun an langen Spießen über dem Feuer braten. Knechte und Mägde sind bereits dabei, lange Tafeln in Halle und Hof zu decken, obwohl es noch bis nach Sonnenuntergang dauert, bis all die Speisen bereit sind, die die Dame des Hauses ihren Gästen immer wieder aufzählt. Derweil vergnügen sich die Gäste bei Kuchen und Wein, Plaudereien und Spielen, bei denen vor allem die jüngeren Knaben Geschick beweisen können.

Juliana schlendert allein über die Zugbrücke aus der Burg und lässt den Blick über die bunt gekleideten Menschen schweifen, die gut gelaunt die laue Abendluft genießen.

Nach zähen Versuchen gelang es ihr endlich, Ritter Wilhelm abzuschütteln, der sich nach der Jagd wie eine Klette an sie geheftet hat, um mit Carl von Weinsberg einen Becher Wein zu trinken. Er brachte ihr sogar Süßigkeiten, feine Früchte, kandiert und mit Honig beträufelt.

Nun, nachdem sich der Weinsberger der Gruppe von Deutschordensherren zuwendet, sucht das Mädchen die Menge nach einer anderen willkommenen Unterhaltung ab. Ihren Bruder hat sie bei Birgitta zurückgelassen, obwohl die Edelfrau ihre Tochter mit dieser Aufgabe betraut hat. Juliana hofft, dass die Eltern es nicht bemerken. Befreit von ihrem quengelnden Anhängsel sucht sie auf dem Fest noch ein wenig Genuss zu erhaschen, entdeckt stattdessen jedoch den jungen Kochendorfer, der mit großen Schritten die Brücke überquert.

Nicht schon wieder! Juliana duckt sich und drückt sich gegen die Scheunentür. Oh nein, er wird sie sehen und sie dann nicht wieder aus seinen Krallen lassen. Das Mädchen zieht die Tür auf und huscht in die Scheune. Hier drin ist es dämmrig, und ihre Augen brauchen eine Weile, ehe sie sich an das wenige Licht gewöhnt haben. Es riecht nach frischem Heu. Darunter mischt sich der scharfe Geruch der Greifvögel, die hier verteilt auf ihren Sitzstangen angebunden sind. Unter die gedämpften Festgeräusche mischt sich Federrascheln. Rechts an der Wand entdeckt sie den siegreichen Falken ihres Vaters. Einen Flügel steil in die Luft gereckt, ist er dabei, sich sorgfältig die Federn unter den Schwingen zu putzen. Ob Ritter Carls Falkendame auch hier untergebracht ist? Suchend lässt sie ihren Blick schweifen, kann das Tier jedoch nicht entdecken. Vielleicht in dem abgeteilten Bereich weiter hinten in der Scheune? Das Ritterfräulein rafft die Röcke und geht an den Stangen vorbei um eine Trennwand herum, hinter der einige Geräte an der Wand lehnen. Auf der anderen Seite ist frisches Heu aufgeschüttet. Dort findet sie den Vogel.

»Prächtige Ronada, ich grüße dich«, sagt sie mit weicher, lockender Stimme. Die Greifendame beäugt sie misstrauisch. Juliana ahnt, dass sie sich blutige Finger holen würde, sollte sie es wagen, dem leicht geöffneten Schnabel zu nahe zu kommen. Ohne ihren Herrn würde Ronada es bestimmt nicht dulden, sich von einer Fremden über die Federn streichen zu lassen.

»Wo ist nur dein Herr?«, überlegt das Mädchen. »Ob er noch einmal mit mir durch die Burg spazieren würde?«

Das Geräusch der sich öffnenden Tür lässt sie herumfahren. Ist er es? Kommt er, um nach seinem Falken zu sehen? Ihr Herz beginnt, unruhig zu schlagen. Sie hört Schritte, dann eine Stimme, die ihre Hoffnung zerschlägt, und nicht nur das! Es muss der eine sein, den sie am wenigsten zu treffen wünscht: Wilhelm von Kochendorf! Sucht er sie etwa? Hat er sie in die Scheune schlüpfen sehen? Das Mädchen weicht zurück und duckt sich hinter den Heuhaufen.

»Nun, komm herein, mein Täubchen, es ist niemand hier, wie ich es dir gesagt habe. Jetzt zier dich nicht so! Wer sollte zu dieser Zeit zu den Greifen gehen?«

Die Tür quietscht und fällt ins Schloss. Juliana hört das nervöse Kichern einer Frau. Das Edelfräulein erstarrt. Was hat der Ritter vor? Es hört sich nicht so an, als wolle er einem Gast die Beizvögel zeigen.

»Nein, oh, Herr Ritter, nicht«, seufzt die weibliche Stimme, die nicht den Eindruck macht, als würde die Dame großen Widerstand leisten. Wer ist das? Die Stimme kommt Juliana bekannt vor. Der Ritter gibt seltsame Geräusche von sich, eine Antwort scheint er nicht für nötig zu halten.

»Nicht!«, stößt die Frau nun doch in Abwehr hervor. »Wenn jemand hereinkommt! Bitte, keiner darf es erfahren. Sie würden mich davonjagen.«

Wilhelm von Kochendorf brummt unwillig. »Nun gut, dann

komm hier herüber ins Heu. Da kann man uns von der Tür aus nicht sehen.«

Ihm scheint die Vorstellung nicht viel auszumachen. Es kann also kein Edelfräulein oder gar eine der Damen sein, deren Gatten auf der Jagd mitgeritten sind. So leichtfertig würde selbst der Kochendorfer keinen Zweikampf auf Leben und Tod riskieren. Juliana reckt den Hals, um einen Blick auf die beiden zu erhaschen. Voller Schrecken erkennt sie, wohin sich das Paar zurückziehen will. Schon rauscht das Heu, als die Körper auf der anderen Seite des Haufens zu Boden sinken. Der aufgewirbelte Staub reizt Julianas Hals und Nase. Sie presst die Hände vors Gesicht, um das aufsteigende Niesen zu unterdrücken. Es gelingt ihr nicht. Ihr Schnauben scheint wie ein Donnerschlag durch die Scheune zu hallen. Der Habicht an der Wand schlägt mit den Flügeln und krächzt, doch die beiden ineinander verschlungenen Gestalten auf der anderen Seite des Heuhaufens sind offensichtlich zu sehr mit sich beschäftigt, um darauf zu achten. Seltsame Geräusche geben sie von sich, die Juliana das Blut in die Wangen steigen lassen. Sie will hier nicht ausharren und weiter Zeuge dieses peinlichen Aktes werden. Aber kann sie es wagen, zur Tür zu schleichen? Sind die zwei so sehr miteinander beschäftigt, dass sie sie nicht bemerken werden?

Zwischen dem Schmatzen und Stöhnen hört sie Worte aus des Ritters Mund, die ihr noch mehr Schamesröte in die Wangen treiben. Nein, wie schrecklich! Sie will sich die Hände an die Ohren pressen. Seltsame heiße und kalte Wellen treiben durch ihren Körper. Die Frau stößt kurze, spitze Schreie aus. Nun ist es genug! Juliana nimmt all ihren Mut zusammen und tastet sich an der Wand entlang um den Heuhaufen herum. Dabei darf sie den Greifvögeln nicht zu nahe kommen, um sie nicht zu beunruhigen. Schritt für Schritt schieben sich ihre Füße voran. Sie kann nicht anders, als auf das Heu starren, das viel zu viel von zwei nicht mehr korrekt gekleideten Menschen enthüllt. Julianas Mund öffnet sich zu einem stummen Ausruf und bleibt so, ohne dass sie es merkt. Wie versteinert hält sie inne und starrt auf die Rückseite des Ritters, der mit hochgeschobenem Rock und herabgelassener Bruech hinter der Frau kniet und seine Mitte in schnellem Rhythmus gegen ihre nackten Schenkel und Pobacken klatschen lässt. Ein paar Haarsträhnen haben sich aus der Haube der Frau gelöst und hängen ihr ins Gesicht. Ungeduldig streicht sie sie zurück. Sie wiegt sich und reckt den Hintern in die Höhe. Wie eine rollige Katze, denkt Juliana voller Abscheu. Und er? Wie kann er als Ritter so etwas tun? Ihr vor kaum einer Stunde noch den Hof machen und nun wie ein Hengst diese – Magd – in der Scheune bespringen! Wut überflutet nun ihre Scham.

Da macht der Ritter eine heftige Bewegung, als wolle er die Frau mit einem Schwert durchbohren, sie schreit auf, er erstarrt. Ein Zittern läuft durch seinen Körper. Er stöhnt und windet sich. Die Frau wirft den Kopf in den Nacken.

Plötzlich weiß Juliana, wer die Frau ist. Warum hat sie sie nicht gleich erkannt? Das Dämmerlicht verwischt die Farben, und dennoch hätte sie bereits ihre Stimme kennen müssen. Der erboste Aufschrei ist schon aus ihrer Kehle entwichen, noch ehe Juliana über die Folgen nachdenken kann.

»Birgitta!«

Die Kinderfrau stößt einen schrillen Schrei aus und versucht, auf die Füße zu kommen, verheddert sich aber in ihrem Rock und stürzt kopfüber ins Heu. Der Ritter zieht gemächlich seine Bruech hoch, bindet die Schnüre fest und lässt den Rock bis über die Knie herabgleiten, ehe er sich zu der Quelle der Störung umdreht.

»Sieh an, das Fräulein von Ehrenberg kommt, mich zu suchen, welch Freude! Dass Ihr meine Gesellschaft so schnell schmerzlich vermisst, hätte ich ja nicht zu hoffen gewagt, nachdem ihr mich mit diesen seltsamen Ausflüchten in der Halle zurückgelassen habt. Nun denn, ich freue mich. Warum starrt Ihr mich so an? Wollt Ihr auch ein paar der Wonnen genießen, die ich Eurer Magd zuteil werden ließ?«

Juliana schnappt nach Luft. Sie findet keine Worte, die sie

auf diese unglaubliche Dreistigkeit erwidern könnte. Wie kann er es wagen, sie so zu beleidigen? Die Kinderfrau rappelt sich auf und beginnt hastig, ihre Kleidung in Ordnung zu bringen. Langsam weicht sie zur Tür zurück. Endlich findet das Ritterfräulein seine Stimme wieder. »Birgitta!«, schreit sie, »wie kannst du deine Ehre so in den Schmutz werfen! Ich bin entsetzt. Das wird Folgen für dich haben. Der Vater wird dich von der Burg peitschen, das kannst du mir glauben!«

Birgittas Gesichtsausdruck schwankt zwischen Trotz und Angst. Der Kochendorfer macht eine wegwerfende Handbewegung. »Nun schließt aber mal Euren Mund, bis Eure Meinung gefragt ist. Das Weib taugt etwas. Es ist Verschwendung, sie einen rotznäsigen Bengel hüten zu lassen. Solange sie mir so vortrefflich dient, kann sie gerne bei uns als Magd arbeiten.«

»Bei allen Heiligen«, stößt Juliana aus, der dieser Gedanke eben erst durch den Kopf schießt. »Wo ist Johannes? Was hast du mit ihm gemacht? Du solltest doch auf ihn aufpassen!«

Ein gehässiges Grinsen verzerrt das Gesicht der Kinderfrau. »Nein, das ist nicht wahr. Ihr hättet auf Euren Bruder aufpassen sollen, aber Ihr habt Euch davongeschlichen, um Euch zu amüsieren. Mir macht Ihr Vorhaltungen? Soll ich Euch fragen, was Ihr in dieser Scheune zu suchen habt? Sicher nichts, was Euer Vater erfahren darf!«

Juliana hebt die Hand, stürzt nach vorn und schlägt die Kinderfrau ins Gesicht. »Du widerliche Schlampe. Wage es nicht, so mit mir zu reden. Wo ist mein Bruder?«

Ritter Wilhelm von Kochendorfs Blick huscht rasch zwischen den beiden Frauen hin und her, dann entscheidet er, dass es wohl besser ist, sich aus dem Staub zu machen, und eilt zur Tür. Krachend schlägt sie hinter ihm zu.

Juliana greift nach dem Arm der Kinderfrau und schüttelt ihn. »Sprich!«

Trotz der Röte, die sich auf ihrer Wange ausbreitet, lacht Birgitta verächtlich. »Die kleine Rotznase spielt mit den anderen

Kindern im Hof. Er wird schon nicht gleich verloren gehen.« Sie reißt sich los und stolziert aus der Scheune. Juliana presst sich die Handflächen gegen ihre glühenden Wangen. Ihr Atem geht rasch. Verwirrung lähmt sie. Was ist nur geschehen? Was ist aus dem wundervollen Fest geworden, in dessen Reigen sie gerade noch geschwelgt hat? Nun will sie nur noch weg, den Vater und die Mutter finden, um nach Ehrenberg zurückzukehren, und die Bilder vergessen, die wie Dämonen durch ihren Sinn zucken. Doch zuerst muss sie in den Hof eilen und nach Johannes sehen, sich vergewissern, dass Birgittas Nachlässigkeit keinen Schaden angerichtet hat – ihre Nachlässigkeit! So sehr sie sich auch auf ihre Wut konzentriert, sie kann die Stimme nicht übertönen, die ihr zuflüstert: Wenn Johannes etwas passiert ist, dann ist es deine eigene Schuld!

* * *

Aus dem Traumfest ist ein Albtraum geworden. Juliana kann den kleinen Bruder nirgends entdecken, und auch die anderen Kinder schütteln nur ratlos die Köpfe. Sie haben nicht gemerkt, dass er weggegangen ist. Nein, er fehlt wohl schon eine ganze Weile bei ihrem Spiel. Juliana beschwört die Kinder, ihn zu suchen. Sie selbst drängt sich mit gerafften Röcken zwischen den Gästen hindurch, sucht in der Halle, in den Gemächern, ja selbst in der Küche. Dann eilt sie wieder in den Hof. Die Sonne ist bereits untergegangen, und es ist düster. Die angezündeten Fackeln verwirren das Auge mehr, als dass sie helfen, die Schatten zu verdrängen. Sie beugt sich herab und sieht unter den Tischen nach, kann Johannes aber nicht entdecken.

»Hast du etwas verloren, das dir wichtig ist, meine Tochter?« Der Vater steht plötzlich vor ihr.

Juliana versucht sich an einem Lächeln, das zur Grimasse gerät. »Aber nein, lieber Vater, es ist«, sie schluchzt auf, »es ist – ich kann Johannes nicht finden«, bricht es aus ihr heraus. Tränen rinnen über ihre Wangen.

Der Vater wischt sie weg. »Nun, dann müssen wir ihn gemeinsam suchen. Er kann ja nicht weit sein. Wo hast du ihn zuletzt gesehen?«

»Hier im Hof«, sagt das Mädchen.

Der Vater dreht sich im Kreis. »Dann muss er ja noch hier sein. Du warst doch die ganze Zeit bei ihm, nicht?«

»Ja, nein, erst schon, und dann hat er mit den Kindern gespielt, und ich, also...« Juliana leckt sich nervös über die Lippen.

Die Miene des Vaters verhärtet sich. »Was war dann?«

»Birgitta war da und die anderen Kinder, und da bin ich ein wenig hinausspaziert, über die Zugbrücke, in der Sonne....«

Nun steht dem Vater der Schreck ins Gesicht geschrieben. Er deutet hinauf in den immer dunkler werdenden Abendhimmel. »In der Sonne? Wie lange hast du ihn allein gelassen?«

»Die anderen waren doch hier«, versucht das Mädchen sich zu verteidigen, bricht jedoch unter dem vernichtenden Blick des Ritters ab.

»Wir werden ihn finden! Mach dich im Palas auf die Suche und frage jeden, den du kennst. Ich werde ein paar Männer herbeirufen, die sich drüben auf der anderen Seite des Grabens verteilen, eine dritte Gruppe nimmt sich hier den Hof, die Lagerräume und den Bergfried vor. Ich werde meinen Sohn nicht verlieren!«

Die Verzweiflung in seiner Stimme lässt das Mädchen nur stumm nicken. Sie fängt an zu beten, während sie ein zweites Mal durch alle Räume des Palas hastet und nach Johannes ruft. Jeden, den sie trifft, hält sie an und beschreibt den Knaben, doch keiner hat auf die herumstreifenden Kinder geachtet. Achselzuckend gehen sie weiter. Juliana rafft die Röcke und steigt die gewundene Treppe bis zur hohen Schildmauer hinauf, die mit einem Wehrgang Palas und Bergfried verbindet. Sie beugt sich über die Mauerkrone und sieht hinab in den Hof und dann auf die andere Seite in den Gang zwischen Burg und Ringmauer. Mehr als flackernde Lichter und farbige Schatten auf Gewändern und Umhängen kann sie jedoch nicht erkennen. Die beiden Wächter, die gelangweilt zwischen den Zinnen kauern, können ihr auch nicht weiterhelfen.

Als Juliana wieder in den großen Saal hinunterkommt, lehnt Wilhelm von Kochendorf mit einem Weinbecher in der Hand an der Tür.

»Johannes ist verschwunden!«, ruft sie. Ihre Stimme überschlägt sich. »Was steht Ihr hier so herum? Helft mir suchen! Schließlich ist es auch Eure Schuld. Wie konntet Ihr das nur tun?«

Der Kochendorfer verschränkt die Arme vor der Brust und mustert das aufgelöste Edelfräulein. »Ich habe Euer Kinderfräulein nicht mit Gewalt in die Scheune gezerrt, das kann ich Euch versichern. Und ich denke, Euch ist nicht entgangen, dass man dieses Weib zu nichts zwingen muss – oder habt Ihr nicht lange genug zugesehen, um einen Eindruck zu gewinnen?«

Glühende Röte schießt Juliana in die Wangen. »Ihr seid schamlos! Was erdreistet Ihr Euch, so zu reden?«

»Ach, vertragen Eure zarten Ohren die Wahrheit nicht? Ich kann Euch noch mehr Wahrheiten sagen, die Eurem Gewissen nicht schmecken werden. Warum macht Ihr solch einen Aufstand wegen eines Knaben, der noch Windeln trägt? Ihr wollt doch nur keine Schuld auf Euch laden. Um des Kindes willen ist es Euch gar nicht!«

»Wie könnt Ihr so etwas sagen?«, schreit sie empört. »Ich liebe ihn. Er ist mein Bruder!«

»Ja? Versucht Ihr Euch selbst davon zu überzeugen? Ihr wisst so gut wie ich, dass Ihr ohne ihn besser dran wärt. Wer weiß, vielleicht habt Ihr ihn deshalb seiner nachlässigen Kinderfrau übergeben und seid mit dem Weinsberger davongegangen? Vielleicht habt Ihr ein klein wenig gehofft, dass sich das Problem von selber lösen würde?«

Juliana wird blass. »Ihr seid ein Scheusal!«

»Nein, aber ich habe Augen und Ohren und ein wenig mehr vom Leben gesehen als Ihr, und daher weiß ich, dass es nicht

Euer Schaden wäre, wenn es keinen Bruder gäbe, der Burg und Ländereien erbt. Euer Wert würde beträchtlich steigen!«

Ihr Zeigefinger schießt nach vorn, bis er fast seine Nase berührt. »Ach, jetzt zeigt Ihr Euer wahres Gesicht. Darauf also habt Ihr es abgesehen: Ihr streckt Eure gierigen Finger nach Ehrenberg aus. Aber ich schwöre Euch bei Gott und allen Heiligen, ich werde niemals Euer Eheweib und die Burg niemals Euer Eigentum. Wie kommt Ihr darauf, dass der Vater Eure Bewerbung mit Wohlwollen sehen könnte?« Ein Gedanke lässt sie zusammenschrecken. »Habt Ihr Johannes etwas angetan, um ihn aus dem Weg zu räumen?« Sie lässt den ausgestreckten Arm entmutigt sinken.

»Ich? Wo denkt Ihr hin? Natürlich würden mir die Burg und die Güter wohl gefallen, aber ich weiß, dass Euer Vater nach höherer Verbindung strebt. Fragt doch mal den Weinsberger, ob es ihm nach Ehrenberg gelüstet. Machtgierig genug ist die Familie ja, und Ihr werft dem Ritter Carl schmachtende Blicke zu. Euer Tüchlein für die Jagd war schon einmal ein guter Anfang, nicht?«

Sie betrachtet ihn voller Verachtung. »Ich glaube Euch gern, dass Ihr solche Pläne aushecken und den Wohlstand Eurer Ehe auf einem Mord aufbauen würdet, aber schließt in Eurer Niedertracht nicht auf andere. Die Weinsberger sind eine edle Familie. Keiner von ihnen würde sich auch nur zu solchen Gedanken hinreißen lassen, geschweige denn Hand an ein Kind legen!«

Wilhelm von Kochendorf schnaubt durch die Nase. »Wenn Ihr Euch da mal nicht täuscht. So erhaben sind die lieben Weinsberger nicht. – Nun, ich denke, Ihr wisst es wirklich nicht anders. Vermutlich hat man es Euch nicht erzählt.« Er stockt, sein Blick wandert über ihre Schulter hinweg. Als er weiterspricht, scheint er eher mit sich selbst zu reden. »Genaues habe ich auch nicht erfahren, man hat sich ja jede Mühe gegeben, es zu vertuschen, doch selbst das, was ich weiß, würde jeden...«

»Juliana?« Das Mädchen fährt herum. Ist das die Stimme des Vaters?

»Juliana!«

Sie kommt von draußen. Das Mädchen lässt den Kochendorfer stehen und läuft die Stufen hinunter in den Hof. Wo ist der Vater? Suchend lässt sie den Blick schweifen, bis seine Stimme erneut aus der offenen Tür des Bergfrieds erschallt, die in fast fünfzehn Schritten Höhe der einzige Zugang zum Wehrturm ist. So schnell sie kann, erklimmt Juliana die steile Holztreppe. Stimmengewirr dringt zu ihr herab, in dem sie das hysterische Schluchzen der Mutter ausmachen kann. Das Mädchen fühlt eisige Angst ihr Herz umklammern. Was ist geschehen? Hat Johannes versucht, die Stufen zum Bergfried hinaufzusteigen und ist gestürzt? Aber wie ist er überhaupt unbemerkt bis zum Eingang gekommen?

Außer Atem und mit zitternden Knien erreicht sie die Schwelle und tritt in das steinerne Gelass des Turms. In der Düsternis erkennt sie, wie sich Menschen um eine Falltür drängen, die in den darunter liegenden Raum führt. Juliana schiebt eine Magd beiseite und drängt sich nach vorn.

Wie die erlösenden Worte der Absolution trifft sie das unvermittelt einsetzende Geplärr des kleinen Bruders. Er lebt! Die Menge teilt sich, und Juliana steht vor der Mutter, die den Sohn umklammert. Seine Beinlinge sind beschmutzt und über dem rechten Knöchel zerrissen, ansonsten scheint der Knabe unversehrt.

»Dort unten haben wir ihn gefunden, bei den Wurfsteinen, ganz allein im Dunkeln, und die Falltür war geschlossen. Niemand konnte sein Weinen hören«, schluchzt die Edelfrau und presst das Kind noch fester an sich.

»Wir müssen Gott auf den Knien danken, dass Johannes sich nicht in den Steinhaufen weggewagt hat!«, sagt der Vater. Seine Stimme klingt seltsam rau.

Noch ehe ihre Lippen »warum« fragen können, überfällt sie die Erkenntnis, und noch einmal wird ihr eisig kalt. Dort unten, in der Mitte des Raums, ist der einzige Zugang zum Verlies: ein großes, rundes Loch im Boden, ohne Stufen, ohne Geländer. Wie leicht hätte Johannes im Dunkeln hinunterstürzen und dabei zu Tode kommen können!«

Ritter Kraft von Ehrenberg nimmt seinem Eheweib den Knaben aus den Armen und trägt ihn die steile Holztreppe hinunter in den Hof. Die Edelfrau und die anderen Gäste, die sich der Suche angeschlossen haben, folgen. Im Hof angekommen wendet er sich zu seiner Tochter um. Er sagt nichts, doch sein Blick treibt Juliana Tränen in die Augen. Kann sie ihren Leichtsinn jemals wieder gutmachen? Wird der Vater ihr irgendwann verzeihen und sie wieder in Liebe und mit Stolz betrachten?

Das Festmahl ist bereit, aber das Edelfräulein findet keine Freude daran. Sie meidet die Blicke der Ritter, starrt nur auf ihre eigenen Hände und isst schweigend ein wenig gebackenen Fasan mit Honigkruste. Nicht einmal die Spielleute, die zu später Stunde in den Saal stürmen und von den Herren und Damen begeistert begrüßt werden, können sie aus ihrer trüben Stimmung reißen. Sie ist froh, als der Vater zum Aufbruch ruft und von seinen Burgmannen die Pferde vorführen lässt.

Schweigend reiten sie durch die Nacht, die so wunderschön sein könnte, mit ihrem milden Sommerwind unter einem klaren Sternenhimmel. Die Kinderfrau Birgitta kommt nicht mit nach Ehrenberg zurück. Weder der Vater noch die Mutter sprechen über sie, und Juliana wagt nicht zu fragen, wo sie geblieben ist und was mit ihr geschehen wird. Hat sie sich auf Guttenberg verborgen und bleibt nun als Konkubine des jungen Ritters auf der Burg?

Schon bald wird sie sicher bereuen, dass sie mit dem Kochendorfer in diese Scheune gegangen ist, denkt das Mädchen. Seinen Launen und seinen Händen auf Gedeih und Verderben ausgesetzt zu sein! Ein eisiger Schauder rinnt ihr den Rücken hinunter.

»Heilige Jungfrau Maria«, betet sie im Stillen, »lass nicht

zu, dass ich jemals solch einem Mann ausgeliefert werde. Ich könnte es nicht ertragen. Lieber will ich sterben!«

Nein, sterben will sie natürlich jetzt noch nicht. Leben will sie! Sie denkt an Carl von Weinsberg, und ein warmes Prickeln durchflutet ihren Leib. Lange hat sie so etwas nicht mehr gespürt – seit Wolf von Neipperg sie verlassen hat.

»Wolf« Sie lässt seinen Namen durch die Nacht klingen. Nein, an ihn will sie nicht denken. Zu lange währte der Schmerz in ihr. Zu tief hat sie sein Verrat getroffen. Sie muss ihn vergessen, endlich, für immer.

19

Torres

Juliana stand in der Schlafkammer des Pilgerspitals, die Hand auf dem Knauf, und lauschte. Bis auf die gleichmäßigen Geräusche der Schlafenden war nichts zu hören. Sie holte tief Luft, zog die Tür einen Spaltbreit auf und spähte in den matt erleuchteten Gang. Es war niemand zu sehen. Sie huschte an den steinernen Wänden entlang bis zu einer schmalen Pforte, die eigentlich verriegelt hätte sein müssen. Waren die Männer dort hinausgegangen? Sie schlich ein Stück weiter den Gang entlang und spähte um die Ecke. Dort saß der Portner vor dem verschlossenen Tor auf einem Hocker. Sein Körper war in sich zusammengesunken, die Augen waren geschlossen, ein leises Schnarchen ließ die Lippen erbeben. Er wäre sicher aufgewacht, hätte sich jemand am großen Tor zu schaffen gemacht.

Juliana kehrte zu der Pforte zurück und drehte am Knauf. Die Tür ließ sich geräuschlos öffnen, und das Mädchen spähte in einen lang gestreckten Hof, der mit der einen Seite an die Außenmauer, mit der anderen an eines der Komtureigebäude stieß. Es roch nach den zahlreichen Kräutern, die hier in sauber umgrenzten Beeten wuchsen. Juliana blieb eine Weile stehen, bis sich ihre Augen an die Dunkelheit gewöhnt hatten und sie in der Mauer eine weitere Tür entdeckte. War er dort hinausgegangen? Die Pforte war nicht verschlossen. Wie seltsam, wo doch alle Klöster ihre Tore nachts stets sorgsam verriegelten. Das Ritterfräulein schlüpfte hinaus und sah sich um. Da! Zwischen dem Gehöft und einem Stall verschwand gerade eine Schattengestalt in Richtung Süden. Führte dort der Weg in die Schlucht hinunter? Sie überlegte, ob sie ihm weiter folgen sollte, als eine Stimme sie zusammenfahren ließ. Nur mit Mühe konnte sie einen Aufschrei unterdrücken.

»Falls du ein heimliches Gemach suchst, dann bist du hier falsch!«

»André! Was um alles in der Welt tust du mitten in der Nacht hier draußen?«

»Was man nachts so tut, wenn man erwacht«, sagte er spöttisch. »Vielleicht das Gleiche wie du?«

Juliana warf noch einen Blick die Gasse hinunter, die jetzt wieder verlassen unter dem Sternenhimmel dalag. War André der zweite Sprecher gewesen, oder war er wie sie von den Stimmen geweckt worden? Oder hatten ihn wirklich nur die normalen Bedürfnisse des Leibes hinausgetrieben? Wem konnte sie noch vertrauen?

»Es sind wohl die Zwiebeln der Abendsuppe, die in unseren Bäuchen rumoren«, sagte das Mädchen mit einem gezwungenen Lachen und trat in den Kräutergarten zurück. André folgte ihr. Ihre Hand lag auf dem schweren Eisenriegel. Sie zögerte einen Moment, dann ließ sie ihn einrasten. Sollte der nächtliche Wanderer sehen, wie er bei seiner Rückkehr in die Komturei kam. Vielleicht brachte ihr das Gewissheit, ob es wirklich Ritter Raymond war oder ob ihre Phantasie sie genarrt hatte.

»Willst du nun zum heimlichen Gemach?«, fragte André und legte seine Hand auf ihren Arm. Das Mädchen unterdrückte das Bedürfnis, sie abzuschütteln, doch vielleicht spürte der junge Ritter ihr Unbehagen, denn er trat einen Schritt zurück. Die Aufregung forderte ihren Tribut. Juliana nickte gezwungenermaßen.

»Gut, ich komme mit – damit du dich nicht verläufst. Und außerdem muss ich auch.«

Juliana stöhnte innerlich. Das war das Letzte, was sie wollte. Wie konnte sie ihn wegschicken, ohne Verdacht zu erregen? Ratlos tappte sie hinter ihm her in einen zweiten kleinen Hof bis zu der Grube, deren Bestimmung ihnen eindringlich als übel riechende Wolke entgegenschlug. André stellte sich breitbeinig vor den Balken, hob sein Hemd, schob die Bruech ein Stück hinunter und erleichterte sich mit einem dicken Strahl, der unten auf dem Unrat aufplatschte.

»Was ist mit dir? Ich denke, die Zwiebelsuppe will hinaus?«

»Oh ja, es rumort ganz fürchterlich.« Juliana zog ein klägliches Gesicht und presste sich beide Hände auf den Bauch. »Das wird glaube ich nicht angenehm.«

André grinste. »So empfindlich bin ich nicht. Aber nett, dass du auf meine Sinne Rücksicht nehmen willst.« Er stopfte sich seine Männlichkeit zurück in die Hose und ließ das Hemd fallen. Mit einer spöttischen Verbeugung verabschiedete er sich.

»Dann wünsche ich dir gute Verrichtung – und verlaufe dich auf dem Rückweg nicht wieder.« Sie hörte ihn beim Weggehen kichern. Das Mädchen wartete, bis André den Hof verlassen hatte, ehe es auf den Balken trat, das Hemd hob und sich in die Hocke niederließ.

Richtig gelogen war das mit den Folgen der Zwiebelsuppe nicht gewesen! Juliana rieb sich den schmerzenden Leib, während sie dem Gang zurück zur Schlafkammer folgte. Als sie sich der Abzweigung zum Haupttor näherte, hörte sie Stimmen. Rasch trat sie näher und sah um die Ecke. Es war unverkennbar Bruder Rupert, vollständig angekleidet in Kutte und Stiefeln, der mit dem Portner sprach. Obwohl er mit dem Rücken zu ihr stand und sie sicher keinen Lärm gemacht hatte, drehte er sich um und sah sie mit diesem undurchschaubaren Ausdruck an.

»Es herrscht allerhand Leben heute Nacht hinter diesen Mauern«, sagte er. »Erst vorhin bin ich mit unserem jungen Freund André zusammengetroffen. Er murmelte etwas von Leibschmerzen. Ich hoffe, du leidest nicht auch darunter?« Seine dichten Augenbrauen hoben sich.

Diese Ausrede griff Juliana gerne auf. »Es muss an der Zwiebelsuppe liegen!«, stimmte sie mit schwacher Stimme zu. »Aber ich denke, bis zum Morgen ist es vorbei. Haben Euch etwa auch Leibschmerzen aus dem Bett getrieben?«

Der Bettelmönch schüttelte den Kopf. »Ich bin nicht empfindlich. Mein Magen verträgt so einiges. Nicht einmal der Fraß in Ägypten hat ihn aus der Ruhe gebracht, obwohl sich die anderen die Seele aus dem Leib gekotzt haben.«

»Ihr wart in Ägypten?«, rief das Ritterfräulein überrascht. »Wann? Was habt Ihr dort getan?«

Doch wie gewohnt ignorierte Bruder Rupert ihre Frage. Sicher ärgerte er sich darüber, dass ihm dieser Satz unbedacht entwischt war, und so fuhr er fort, als wäre der Zwischenfall nicht geschehen. »Dann hoffe ich, dass du Recht behältst und es dir und André am Morgen wieder gut geht. Ihr jungen Burschen wollt doch sicher so schnell wie möglich nach Torres hinüber.«

»Warum sollten wir?«

»Ich dachte, ihr hättet solch einen Narren an den Tempelrittern gefressen?«

Juliana nickte. »Ach so, ja, wir werden uns die Kirche ansehen. Bis dahin möchte ich aber noch ein paar Stunden schlafen.« Sie gähnte herzhaft. »Ihr dagegen scheint nicht müde zu sein. Ich dachte, Schlaflosigkeit quäle einen erst im höheren Alter.«

Bruder Rupert deutete eine Verbeugung an. »Ich werde von ihr nicht gequält. Ich brauche nur nicht so viel Schlaf wie das jüngere Gemüse unserer Pilgergemeinschaft.« Damit wandte er sich ab und ging – nachdem er dem Portner ein Abschiedswort zugerufen hatte – in den Gang davon, durch den Juliana gerade gekommen war.

* * *

Drüben in Sansol wurde noch nicht zur Terz geläutet, da standen die fünf Pilger schon auf der anderen Seite der Schlucht auf dem Kirchplatz vor Santo Sepulcro.

Zu Julianas Überraschung und Enttäuschung hatten ihre vier Reisebegleiter alle in ihren Betten gelegen, als sie erwacht war, und keiner von ihnen machte den Eindruck, als habe er während der Nacht eine ausgedehnte Wanderung unternommen. War es wirklich der blonde Ritter de Crest gewesen, dessen Silhouette sie gesehen hatte? Jeder der vier hätte auf dem Weg zur Tür an ihrem Lager vorbeigehen müssen. – Oder war es gar keiner von ihnen gewesen? Hatte sie ein Gespräch gehört, das mit ihr und ihren Begleitern nichts zu tun hatte?

Während des kargen Morgenmahls musterte sie die anderen Pilger, die hier übernachtet hatten. Sie sahen erschöpft aus und hatten Ringe unter den Augen, was aber durchaus Zeichen ihrer entbehrungsreichen Reise sein konnten. Nein, das Rätsel dieser Nacht würde sich auf diese Weise nicht lösen lassen. Sie schob sich den klebrigen Brei in den Mund, der einen unangenehm muffigen Nachgeschmack zurückließ. Leider konnten sie heute auch nicht auf Proviant für ihre Beutel hoffen.

Als sie durch die Pforte schritten, mussten sie einen Karren umrunden, vor den vier kräftige Pferde gespannt waren. Zwei Laienbrüder und eine Magd beluden ihn mit Kisten und Säcken. Ein junger Knecht trug einen Gitterverschlag mit ein paar Hühnern heran und stellte ihn auf die Ladefläche.

»Der Wagen geht sicher nach Carrión?« Die Laienbrüder bestätigten Pater Bertrans Vermutung.

»Ha«, stieß er erbittert aus. »So kommt San Zoilo zu seinem Reichtum. Das Mutterhaus rafft aus den Komtureien alles zusammen, und für die armen Pilger bleibt nicht genug, ein Frühmahl zu kochen, das mehr ist als Schweinefraß ohne Geschmack!« Seine hagere Gestalt stapfte ihnen voran den felsigen Abhang hinunter, sein Stab ließ bei jedem zweiten Schritt ein dumpfes »Klonk« auf dem ausgetrockneten Boden erklingen.

Die Templerkirche von Torres hatte zwar dieselbe achteckige Grundform wie Eunate, unterschied sich in ihrer Wirkung jedoch völlig von ihr. Drei Stockwerke, unterbrochen von einem Sims, erhoben sich übereinander und ließen das Kirchenschiff an einen Turm erinnern.

Juliana drängte sich hinter den anderen in den trüben Innenraum, in dem zwei Öllampen auf dem Altar brannten und die Gesichter der Pilger erhellten. Ein Servient im braunen Mantel erhob sich von seinem Hocker und trat auf sie zu. Rasch huschte der Blick des Mädchens von einem zum anderen, aber sie konnte kein Zeichen des Erkennens finden. Der Bruder war entweder ein Meister der Beherrschung, oder er hatte wirklich noch keinen der Männer gesehen. Dann jedoch erschien ein Lächeln auf seinen Lippen, er trat auf den asketischen Augustiner zu und verbeugte sich tief.

»Pater Bertran, wie lange ist es her, dass wir uns begegnet sind? Ihr erinnert Euch? Es war in Paris. Ich weilte mit Bruder Thibauld – dem Ritter de Vichiers – in unserer Ordensfestung.«

Der Mönch wirkte nicht erfreut. »Aber ja, Euer Gesicht steht mir noch vor Augen, aber Ihr müsst mir verzeihen, in meinem Alter will das Gedächtnis manches Mal nicht mehr. Euer Name ist mir entglitten.«

»Bruder Guillaume, der Waffenmeister.«

»Ja, nun ist alles wieder da.« Der Augustinerpater mühte sich um ein Lächeln und legte seine Hände auf die des Servienten. »Meine jungen Begleiter hier verehren Euren Orden, daher lasst sie sich umsehen und ein Gebet sprechen, ehe wir unseren Weg zum Grab des Apostels fortsetzen.«

»Ihr pilgert nach Santiago?«, rief der Servient erstaunt. »Aber wie das?«, stotterte er. »Ich meine, Ihr ein geschätzter Vertrauter...«

»Vor Gott sind wir Menschen alle gleich«, fiel ihm Pater Bertran ins Wort und verzog seine Miene, als hätte man ihn mit unreifen Schlehen gefüttert. Er legte dem Templer die Hand auf den Arm und dirigierte ihn aus dem Gotteshaus.

»Wie geht es dem König?«, hörte sie den Servienten fragen, als er hinter Pater Bertran durch die Tür schritt. »Hat er die Schmach überwunden?«

Juliana sah ihm nach. Was hatte der Servient zuvor sagen wollen? Wie schade, dass der Pater ihm ins Wort gefallen war.

Sollte sie ihnen folgen? Vielleicht ergab sich eine Gelegenheit, sich nach dem Vater zu erkundigen, ohne dass Pater Bertran es mitbekam. – Zumindest würden es Bruder Rupert und Ritter Raymond nicht hören!

»Sieh dir diese Kuppel an!«, rief André begeistert. Den Kopf weit in den Nacken gelegt, starrte er nach oben. »So etwas habe ich noch nie gesehen.«

Für einen Moment abgelenkt sah auch das Mädchen hinauf und konnte sich eines Ausrufs der Bewunderung nicht erwehren. Anders als bei allen Kuppeln, die sie bisher gesehen hatte, verliefen die Rippen nicht durch den Scheitelpunkt sondern an ihm vorbei. Dadurch erzeugten die sich kreuzenden Linien zwei ineinander liegende achtstrahlige Sterne. André trat zu Juliana und legte ihr die Hand auf die Schulter.

»Wundervoll«, bestätigte auch Bruder Rupert. »Das haben die Templer von den Mauren gelernt.«

André ließ Juliana los und plusterte sich zu Widerspruch auf. Es passte nicht zu seinem Bild des edlen Templerordens, der die Sarazenen bekämpfte, dass sie von diesen ihre Baukunst übernahmen. Ja, die Vorstellung, dass die Muselmanen gar prachtvollere Bauwerke erschaffen konnten als die Christen, schmeckte ihm zu bitter. Indes stahl sich Juliana unbemerkt aus der Kirche und suchte den Templerbruder auf.

* * *

Er war hier gewesen – vor zwei Tagen! Der Vater war gesund, sie folgte seiner Spur und war ihm näher gekommen. Julianas Herz flatterte vor Aufregung. Bruder Guillaume hatte den Vater nach ihrer Beschreibung eindeutig erkannt. Von einem Brief hatte er gesprochen, der wichtig zu überbringen sei, doch das Mädchen konnte sich nicht mehr recht auf seine Worte konzentrieren. Das Glück strömte durch ihre Adern, und sie musste sich zügeln, den Servienten nicht zu umarmen. Nein, so sehr durfte sie sich nicht gehen lassen. Was würde Pater Bertran denken, der ein Stück entfernt auf dem Kirchplatz stand und ungeduldig mit den Sandalen im Staub scharrte. So verbarg sie ihre Glücksgefühle, so gut es ging. Dennoch liefen ihre Beine heute viel kraftvoller durch die Hitze, und nur widerwillig setzte sie sich zu einer Rast nieder, als die anderen nach Ruhe verlangten.

Plötzlich kam ihr etwas in den Sinn, das sie derart durcheinander brachte, dass sie unvermittelt stehen blieb. Warum eigentlich hatte der Vater in Torres Halt gemacht und die Templerkirche besucht? Vielleicht hatten Andrés Begeisterung und das nächtlich belauschte Gespräch ihre Sinne verwirrt, dass sie diesem Einfall verfiel, nun jedoch kam er ihr merkwürdig vor. Er hatte einen der ihren erstochen und floh vor dem Waffenbruder Jean de Folliaco und seinem Wappner Humbert, die für seine Tat Vergeltung forderten. Warum also hatte er ausgerechnet einen Hort des Templerordens aufgesucht? Und von was für einem Brief hatte der Servient der Templerkirche gesprochen? War das nur ein Zufall, oder hatte der Vater seine Schritte gezielt dorthin gelenkt? War er trotz oder wegen der Templer hierher gekommen?

»Johannes? Was ist mit dir?«

Andrés Stimme schreckte das Mädchen aus seinen Gedanken. »Es ist nichts! Ich komme schon.« Mit ausladenden Schritten mühte sie sich, die anderen einzuholen, doch noch ehe sie den jungen Ritter erreichte, kam ihr eine neue Frage in den Sinn: Hatte der Vater den Vetter von Gemmingen erstochen oder den Tempelritter Swicker? Ein seltsames Gefühl sagte dem Mädchen, dass die Antwort auf diese Frage entscheidend war und sie dem Verstehen des Rätsels ein Stück näher bringen würde. Konnte sie die Antwort finden, ohne sie aus des Vaters Mund zu hören? Würde sie sie erkennen, wenn sie sich alle Situationen und Gespräche mit Swicker ins Gedächtnis zurückrufen würde?

André war stehen geblieben und wartete, bis Juliana herankam. Obwohl seine Wange noch von seinem gestrigen Zusammenstoß mit Bruder Rupert geschwollen war und sich an einigen Stellen blau verfärbt hatte, lächelte er.

»Geht es dir nicht gut? Es tut mir so Leid!« Besorgt betrachtete André den verkrusteten Riss an Julianas Lippe.

Ihre Nase schien die gestrige Begegnung mit seiner Faust allerdings unbeschadet überstanden zu haben. Er hob die Hand, als wolle er die Wunde berühren, ließ sie dann aber wieder sinken.

»Es ist alles in Ordnung«, sagte das Mädchen bestimmt.

Erleichterung huschte über Andrés Gesicht. Während ihre Schritte den gleichen Rhythmus fanden, begann er, ihr zu erzählen, was Pater Bertran ihm über Vianna – die Stadt durch die sie als Nächstes kommen würden – berichtet hatte. Dem Mädchen blieb nichts anderes übrig, als ihre Überlegungen auf später zu verschieben. Sie wollte in die Erinnerungen eintauchen und sich jeden Gesichtsausdruck, jede Schwingung unter den gesprochenen Worten zurückholen. Nun lauschte sie dem Geplauder des jungen Ritters, der nicht mehr von ihrer Seite weichen wollte.

Pater Bertran wandte sich immer wieder nach ihnen um und musterte sie mit düsteren Blicken. Hatte André ihn verärgert? Oder passte es ihm nicht, dass sein eifriger Zuhörer ihn verlassen hatte?

Sie hatten den mühsamen Anstieg zu einer kleinen Einsiedelei hinter sich gebracht, den man offensichtlich nicht ohne Grund Mataburros – Eselstöter – nannte. In der Ermita waren Pilger willkommen. Man gab ihnen Wasser, ein paar getrocknete Früchte und dunkles Brot. Sie dankten und machten sich sogleich an den Abstieg.

Unter ihnen lag Vianna, eine stark befestigte Stadt, in der die Bewohner von acht Weilern vereint worden waren, um einen weiteren Verteidigungsposten gegen Kastilien zu errichten, dessen Grenze nahe lag. Vor den Toren der Stadtmauer waren noch die Ruinen eines der alten Dörfer zu erkennen. Von den

Häusern standen nur noch Reste der Grundmauern, die nun als Ziegenpferche dienten. Sicher hatte man die Steine sorgfältig abgetragen, um sie beim Bau der neuen Häuser wiederzuverwenden. Die Bewohner der Stadt hatten nicht lange darauf warten müssen, bis der Schutz ihrer neuen Mauern auf die Probe gestellt worden war. Wie auch Los Archos hatte König Alfons X. die Stadt belagert, um sie Kastilien einzuverleiben – ohne Erfolg.

Dass diese Stadt planvoll gegründet worden war, merkten die Pilger schon bald nachdem sie durch die Porte d'Stella schritten: Die Straßen waren breiter als in den anderen Orten, verliefen gerade und trafen sich in rechten Winkeln. Soweit es das vorgegebene Gelände zuließ, hatten die Baumeister versucht, ein möglichst ebenmäßiges Rechteck zu gestalten, mit einer wehrhaften Burg in der Südostecke, der Kirche Santa María im Norden und San Pedro, dessen Hauptfassade an die Stadtmauer grenzte, im Westen.

Die fünf Wanderer blieben vor der Kirche Santa María stehen und betrachteten die halbfertige Fassade, die hinter Gerüsten verschwand.

»Unglaublich«, murrte Pater Bertran. »Haben die in den vergangenen Jahren überhaupt etwas getan? Ich glaube nicht, dabei fehlt es in dieser Stadt gewiss nicht an Geld! Vielleicht hat der *Liber Sancti Jacobi* doch mit dem Recht, was er über die Navarresen schreibt: ein faules, hinterlistiges Volk.« Anklagend wies er mit seinem dürren Finger auf die halbfertige Kirche. »Oder könnt ihr euch erklären, warum die seit zwanzig Jahren keinen Stein mehr an dieser Kirche bewegt haben?«

* * *

Sie zogen in einem Durcheinander aus Karren, Pilgern und Reitern durch das Tor San Felices aus der Stadt. Der Weg war breit und ausgefahren und sprach von dem regen Handel mit der nahen Stadt Logronno*, die sie noch am Nachmittag durchqueren wollten. Immer wieder waren die Wanderer gezwungen, sich in einem Graben oder auf der Böschung zu einem Weinberg in Sicherheit zu bringen, wenn ein Fuhrwerk oder eine Gruppe Reiter die Straße für sich beanspruchten. Mit lauten Rufen und knallender Peitsche eilten sie vorbei.

Juliana und ihre Begleiter überholten eine Gruppe Pilger, die im Schatten einer Kiefer rasteten. Fünf Männer und ein altes Weib. Sie unterhielten sich lebhaft in einer Mischung aus Italienisch und Französisch. Grüßend hoben sie die Hände.

Der Weg führte um einen Berg herum, der wie eine umgestürzte Schüssel aussah. Vor vielen hundert Jahren sollte dort oben einmal eine Stadt gestanden haben, wie Pater Bertran ihnen sagte. Juliana konnte allerdings nur Buschwerk und Gestrüpp erkennen. Stechmücken umschwirrten sie in der flirrenden Nachmittagshitze, als sie sich dem Ufer des Ebro näherten. André schimpfte vor sich hin und schlug um sich, um die lästigen Mücken zu vertreiben.

»Einen seltsamen Tanz führst du da auf«, lästerte Ritter Raymond. Das Lachen verging ihm schnell, als zwei dicke Bremsen sich auf seinem Hals niederließen und in die sonnenverbrannte Haut stachen. Eine erschlug der Ritter, doch schon schwollen zwei unförmige Gebilde an, die, wie Juliana aus leidiger Erfahrung wusste, juckten und schmerzhaft brannten. Nur der hagere Augustiner schien von den Insekten nicht behelligt zu werden.

»Kein Wunder«, raunte André dem Mädchen zu, »was sollen die denn aus dem noch heraussaugen? Fließt in seinen Adern überhaupt noch ein Tropfen Blut?« Juliana unterdrückte ein Kichern.

»Seht euch dieses Wunderwerk der Baukunst an«, sagte Pater Bertran und blieb an der Uferböschung stehen. »Die Puente de Piedra!«

---

* heute: Logroño

Juliana staunte. Sie hatte auf ihrer Reise viele Flüsse überquert. Manche durch eine Furt watend, andere auf einer Fähre, viele auf hölzernen oder steinernen Brücken, doch selten war sie am Ufer eines solchen Flusses gestanden, der – in mehrere Seitenarme aufgeteilt – seine braunen Fluten vorbeiwälzte. Selbst jetzt in der Trockenheit des Sommers führte der Ebro viel Wasser. Wie musste es hier erst zur Zeit der Schneeschmelze in den Bergen aussehen?

Als habe er ihre Gedanken gelesen, sagte Pater Bertran: »Im Frühling ist die gesamte Flussaue überschwemmt, und immer wieder muss der ein oder andere Pfeiler ausgebessert werden, wenn das Treibholz ihn beschädigt oder einfach nur der Druck des Wassers zu stark ist. Alfons VI. hat die Brücke mit ihren sieben Bogen errichten lassen, als die Stadt wieder aufgebaut wurde, ein paar Jahre nachdem der Cid sie zerstören ließ«, sagte der Augustinerpater.

»Der berühmte Cid«, nickte Bruder Rupert. »Wie bei allen großen Männern gehen die Meinungen über ihn auseinander: Für die einen ist er der Held, für die anderen nur ein Raubritter, der die Mauren einmal bekämpft und sich dann wieder für seine eigenen Machtzwecke mit ihnen verbündet hat.«

Sie zogen durch das Stadttor, vor dem sich die Karren stauten, bis ein Zöllner sie untersucht und der Fuhrmann die geforderten Münzen bezahlt hatte.

»Der Ebro ist die neue Grenze«, sagte Pater Bertran. »Wir sind jetzt in Kastilien, dem riesigen Herrschaftsgebiet von König Ferdinand IV. und seiner Gemahlin Konstanze von Portugal. Ihr seht, die Macht des Kastiliers reicht weit. Nur das kleine Navarra mit seinem Franzosenkönig ist ihm ein stetiger Dorn im Auge.

Logronno war nicht groß und einzig als Flussübergang und neue Grenzstadt von Bedeutung. Ein wuchtiges Kastell ragte am anderen Ufer neben der Brücke auf. Die Pilger sahen ungewöhnlich viele Geldwechsler zu beiden Seiten der Straße, als sie durch die Rúa Vieja schritten. Sie tauschten ihre wenigen

Coronaten in die hier geltenden Maravedíes blancos, von denen sechzig einen Goldmaravedi wert waren. Obwohl Juliana nach der schlechten Nacht und dem heißen Tag erschöpft war, erhob sie keinen Einwand, den Weg heute noch fortzusetzen. Sie war sogar froh, die engen Gassen mit ihrem stinkenden Unrat hinter sich zu lassen. Durch die Hitze hatten die aufsteigenden Wolken von Verwesungsgerüchen eine geradezu betäubende Wirkung – und überall diese Fliegenschwärme! Wie gut tat es, zwischen Olivenbäumen und Weinstöcken der sich rötlich färbenden Sonne des Abends entgegenzugehen. Juliana atmete tief durch, bis sie das Gefühl hatte, ihre Lungen von dem üblen Geruch gereinigt zu haben.

Schweigend wanderten die fünf Pilger am Rand eines Höhenzuges den sanft ansteigenden Weg entlang. Noch bevor die Nacht hereinbrach, erreichten sie das Kloster San Juan de Acre, in dem die Hospitaliermönche nicht nur kranken und verletzten Pilgern Essen und eine Schlafstatt anboten. Ein prächtiges Tor aus rötlichem Sandstein führte sie in den ummauerten Klosterbereich.

Juliana löffelte in Windeseile ihre Gemüsesuppe und schob sich Brot und Käse in den Mund. Die anderen hatten gerade erst ihre Schalen ein zweites Mal füllen lassen, als sich das Mädchen für die Nacht verabschiedete und in die Schlafkammer zurückzog. Noch war sie allein in dem Raum und wählte sich das Lager unter der offenen Fensteröffnung. Sie hoffte, die anderen würden noch lange bei ihrem wässrigen Wein sitzen. So hatte sie endlich Ruhe, um nachzudenken. Juliana schloss die Augen und ließ ihre Gedanken nach Hause wandern, zurück in die Vergangenheit, zu den Tagen, als die Tempelritter nach Wimpfen gekommen waren. Wie hatten sie sich verhalten? Was war gesprochen worden? Die Erinnerungen vermischten sich mit Traumfetzen.

* * *

Sie musste über ihren Gedanken wohl eingeschlafen sein, mit einem Mal jedoch verschwanden Burg Ehrenberg und Wimpfen mit seiner Kaiserpfalz. Juliana spürte das verschlissene Laken an ihren nackten Beinen und einen frischen Luftzug im Gesicht.

Was hatte sie geweckt? Sie war sich sicher, dass es noch mitten in der Nacht war. Kamen die anderen Pilger, um ihre Betten aufzusuchen? Hatten ihre Stimmen sie aus dem Schlaf gerissen? Das Mädchen lauschte. Alles war ruhig. Keine Stimmen, kein Schnarchen, dennoch warnte sie etwas davor, die Augen zu öffnen und zu zeigen dass sie erwacht war. Die Härchen in ihrem Nacken richteten sich auf. Nun raschelte es kaum hörbar neben ihrem Lager, und sie konnte jemanden atmen hören. Es war ein rascher, unregelmäßiger Atem, der ein wenig nach Wein roch. Es hörte sich an, als versuche sich die Gestalt zur Ruhe zu zwingen. Juliana war es, als müsse ihr Kopf bersten, so schwer fiel es ihr, sich nicht zu bewegen und keinen Laut von sich zu geben. Unauffällig hob sie eines der Augenlider ein Stück.

Draußen war es noch dunkel. Durch das Pergament des Fensters kam kein Licht herein. Die Öllampe an der Tür jedoch verbreitete so viel Helligkeit, dass das Ritterfräulein eine Gestalt sehen konnte, die vor ihrem Lager kauerte, starr, wie zur Salzsäule erstarrt, die Hand auf halbem Weg zu ihrem Gesicht erhoben.

Wer um alles in der Welt war das, und was wollte er? War er auf der Suche nach ihrem Bündel, um sie zu bestehlen? Auch das kam unter Pilgern nicht selten vor. Was sollte sie tun? So wie die Hand über ihr lauerte, würde er ihr sicher die Luft abdrücken, bevor er die Entdeckung seiner Tat hinnahm.

Juliana war es, als müsse sie ersticken, obwohl der Fremde sie noch nicht einmal berührt hatte. Sie atmete langsam und gleichmäßig, auch wenn ihre Brust nach mehr Luft schrie. Nun bewegte sich die Hand langsam auf sie zu. Sie konnte die Wärme spüren und den männlichen Schweiß riechen. Es kostete sie alle Überwindung, deren sie fähig war, nicht zusammenzuzucken, als zwei Finger ihren Handrücken berührten. Es war nur ein Hauch, wie sie über ihre Haut strichen. Was tat er da und warum?

Die Hand hob sich wieder und wanderte zu ihrem Hals, wo ihr Hemd ein Stück verrutscht war und ein wenig mehr Haut freigab als gewöhnlich. Die Fingerkuppen strichen ihren Hals hinab, über das Schlüsselbein und bis zu ihrem Hemdsaum, der über die Schulter verlief.

Die Tür öffnete sich und ließ eine Gestalt mit einem Binsenlicht in der Hand ein. Der Mann vor ihrem Bett zuckte zusammen und warf den Kopf herum. Der Lichtschein erfasste sein Gesicht.

André!

20
Die Herren von St. Peter
Wimpfen im Jahre des Herrn 1307

Juliana atmet auf, als die Hufe der Pferde auf den Eichenbohlen erklingen. Das dumpfe Dröhnen ist ihr Musik, und die Anspannung fällt von ihr ab. Bis zum letzten Augenblick hat sie gefürchtet, die Mutter könnte den Ritt verbieten oder gar selbst mitkommen. Vielleicht hätte sie dagegen aufbegehrt, dass nur der Knappe Tilmann sie begleitet, wenn sie nicht mit Nervenfieber zu Bett liegen würde. Ruhe und ein dunkles Zimmer sind das Einzige, das in dieser Lage hilft – jedenfalls fühlt die Edelfrau nicht genug Kraft in sich, um mit der Tochter zu zanken. Vielleicht ist sie ja ganz froh, Juliana bei Dekan von Hauenstein in guter Obhut zu wissen, jetzt, da ihr der Ehegatte von ihrer Seite genommen wurde.

Kaum ist die Burg außer Sicht, gibt ihr Begleiter seinem Braunen die Sporen und jagt an dem Fräulein vorbei in die Flussaue hinab.

»Holt mich ein, wenn Ihr könnt!«, jauchzt Tilmann, der den Trübsinn, in den er seit dem Verschwinden seines Herrn gefallen war, offensichtlich überwunden hat. Zumindest im Augenblick macht er sich keine Gedanken darüber, was aus ihm, dem Knappen des Ritters von Ehrenberg, werden soll, nun, da der Ritter seine Ehre eingebüßt hat und nicht mehr da ist.

»Das kannst du glauben!«, ruft Juliana und treibt ihre Stute an. Der Wind zerrt an ihren Zöpfen. Sie beugt sich dicht über den Hals des Tiers und merkt erfreut, dass sie Tilmann rasch näher kommt. Sie schafft es, ihn noch vor dem ersten Gehöft des Weilers einzuholen. Beide lachen und zügeln den Schritt ihrer Rösser. Es ist das erste Mal seit dem Mord an Vetter Swicker und des Vaters Verschwinden, dass Juliana lacht. Gemächlich reiten sie durch Heinsheim. Die Bauern versammeln sich gerade, in ihren Sonntagsstaat gehüllt, um gemeinsam zur Kirche auf den Berg hinaufzusteigen, die bestimmt schon viele hundert Jahre dort oben auf der Hangkante Wind und Wetter trotzt. Sie ist die Taufkirche der Ehrenberger, und hier, in dem schmalen Kirchhof, werden die Toten der Familie begraben. Auch der kleine Johannes liegt dort in seinem Grab, neben den anderen Kindern der Edelfrau, die so lange gelebt haben, dass sie noch die Taufe empfangen konnten. Kaum drei Jahre durfte Johannes leben, ehe der Herr ihn zu sich in sein himmlisches Reich holte.

Wenn das Wetter es zulässt, ist es Tradition, dass der Ehrenberger Burgherr sonntags mit seiner Familie an der Messe teilnimmt. Da die Kirche über dem Hang fast auf der Höhe der oberen Burgmauer von Ehrenberg steht, sparen sich die Burgbewohner meist den Umweg über das Tal und folgen direkt dem Pfad an der Bergkante entlang, der an schönen Sommertagen voll vom Duft der Wiesen ist und einen herrlichen Blick über das Neckartal freigibt.

Zwei Deutschherren kommen Juliana und Tilmann am Ende des Dorfs in ihren weißen Mänteln mit dem schwarzen Kreuz auf der Schulter entgegengeritten. Sie heben grüßend die Hände. Juliana kennt sie nicht, erwidert aber den Gruß. Sicher gehören sie zur Komturei Horneck, deren Burganlage auf der anderen Flussseite über dem Dorf Gundelsheim aufragt. Seit die Ordensritter eine eigene Fähre betreiben, muss man nicht mehr bis nach Haßmersheim hinaufreiten, wenn man ans andere Ufer will. Allerdings werden die meisten Kähne und Nachen noch immer in dem Schifferort gebaut, der stets Männer hervorgebracht hat, die von und mit dem Neckar lebten. Für sie ist es vielleicht ein Segen, dass die alte Wimpfener Brücke eingestürzt ist und – wie der Vater damals schon sagte – sicher nicht so schnell wieder aufgebaut wird.

Der Schmerz fährt ihr heiß durch den Leib. Manches Mal gelingt es ihr zu vergessen und sich der Illusion hinzugeben, alles wäre in Ordnung. Dann aber kommt die Erinnerung zurück und mit ihr die Pein. Juliana will sie abschütteln. Heute ist ein solch herrlicher Tag. Sie liebt es, auf ihrer Stute auszureiten, vor allem, wenn keiner dabei ist, der sie ständig ermahnt, langsamer und vorsichtiger zu sein – einem Edelfräulein angemessen! Später, wenn sie das Stift erreicht, muss sie sich der Wirklichkeit stellen, nun jedoch bleibt ihr noch eine Weile Zeit zu vergessen.

»Einen Ritt um die Wette bis zum Bach?«, ruft sie Tilmann zu.

Der Knabe nickt übermütig. »Bei drei!«, bestätigt er und beginnt zu zählen.

Juliana lässt die Zügel fahren und feuert ihre Stute mit schrillen Rufen an. Das Tier ist jung und ausgeruht und lässt sich daher nicht lange bitten. Auch Tilmann hält sich gut auf seinem Ross. Das Tier ist größer und kräftiger gebaut, zählt allerdings nicht mehr zu den Jüngsten und lässt sich eher widerwillig zu diesem Wettrennen verleiten.

Die Flussaue wird hier breiter und zieht sich als saftig-grüner Streifen am Fuß des steilen Talhangs entlang. Im Frühling sind die Wiesen sumpfig, es bilden sich kleine Teiche, und man kann leicht im Morast versinken, nach den heißen Sommertagen jedoch sind sie für einen rasanten Ritt wundervoll geeignet.

Sie fliegen nur so dahin. Es ist, als würde der Wind allen Ballast aus ihrem Kopf wehen. Juliana fühlt sich leicht und frei und konzentriert sich nur auf die Bewegungen ihres Pferdes. Nichts anderes scheint es in diesem Augenblick auf der Welt zu geben.

Erst hat die feurige Stute die Nase vorn, dann aber scheint der Ehrgeiz des alten Schlachtrosses geweckt, das seinen Herrn lange Jahre getragen und nun noch eine Weile dessen Knappen dient. Tilmann holt auf und streckt dem Edelfräulein die Zunge heraus, als er an ihr vorbeizieht.

»Willst du dir das gefallen lassen?«, ruft sie ihrer Stute vorwurfsvoll zu. Diese lässt sich nicht aus der Ruhe bringen. Sie läuft in gleichmäßigem Galopp. Vielleicht kennt sie ihren Gegner und weiß um dessen Alter und um seine begrenzten Kraftreserven.

Als sie auf Höhe der ersten Häuser von Offenau am anderen Ufer sind, beginnt die Stute aufzuholen. Erst kaum merklich, dann immer schneller. Juliana triumphiert und duckt sich noch tiefer hinab. Die Mähne schlägt ihr ins Gesicht, doch sie achtet nicht darauf. Sie fixiert nur den Schweif des dunkelbraunen Pferdes vor sich. Endlich, kurz bevor sie den Taleinschnitt erreichen, schiebt sich die Stute an ihrem Gegner vorbei und gewinnt mit drei Längen Abstand. Das Wasser spritzt nach beiden Seiten, als das Fräulein nahezu ungebremst durch das Bachbett prescht. Sie achtet nicht auf die Flecken, die den Saum ihres Kleides dunkel färben. Sie zügelt die Stute und reißt jubelnd die Arme in die Luft. »Gewonnen!«

Tilmann lächelt ein wenig verkniffen und versucht sich nicht anmerken zu lassen, dass er sich ärgert. »Ja, Ihr seid die Siegerin, ich gratuliere.« Er sieht sie nicht an, sondern lässt den Blick das enge Tal hinaufwandern, das die Leute »Mühlental« nennen. Nicht nur Wimpfen besitzt an diesem Bachlauf eine Wassermühle, auch Hohenstadt und Zimmerhof, auf dessen Hügel hinter den Höfen das neue Hochgericht aufragt.

»Gut, aber auf dem Rückweg werde ich Euch schlagen!«, sagt der Knappe voller Zuversicht und streift den Unmut ab.

Das Ritterfräulein schweigt. Es wird keinen gemeinsamen Ritt nach Ehrenberg zurück geben und somit auch keine Revanche, doch das sagt sie ihm nicht. Er wird es noch früh genug erfahren.

Die beiden Reiter von Burg Ehrenberg folgen der Schleife, die den Fluss sich erst nach Westen und dann, vor seinem Zusammentreffen mit der Jagst, nach Osten winden lässt. Hoch über ihnen ragen die Turmspitzen von Wimpfen auf den Felsen auf: die Türme der Stadtmauer, der Kirchturm und natürlich die drei Bergfriede der Pfalz. Den Dachreiter des Dominikanerklosters kann man von hier unten nicht sehen.

Ehe es zu schmerzlich für sie wird, wendet Juliana den Blick ab und betrachtet stattdessen zwei breite Kähne, die sich von Jagstfeld her anschicken, den Fluss zu überqueren. Die Menschen drängen sich dicht auf den beiden Gefährten, die die Ruderer von der Strömung den beiden Reitern entgegentragen lassen. Die Frauen tragen weiße oder schwarze Schleiertücher, die Männer haben das Haupt mit Hüten verdeckt. Auf dem ersten Kahn steht vorn am Bug eine längliche Holzkiste.

»Ein Sarg«, sagt Tilmann, der ihrem Blick gefolgt ist, und bringt sein Ross neben ihr zum Stehen. »Für die Leute von Jagstfeld ist es teuer geworden, ihre Toten unter die Erde zu bringen.«

Das Mädchen nickt und sieht zu, wie einer der Ruderer mit einem Seil in der Hand an Land springt, das Tau um einen Pfosten schlingt und die Fähre von der Strömung gegen die Uferböschung drücken lässt. Ja, es ist schon sehr lange Brauch, dass die von drüben ihre Toten in der Erde rund um die Marienkirche begraben, die hier zwischen der Berg- und der Talstadt Wimpfen auf freiem Feld steht. Früher konnte man die feierlichen Leichenzüge beobachten, wie sie – von einem Pfarrer mit einem Kreuz in Händen angeführt – über die Brücke zogen. Seit sieben Jahren müssen sich die Leichengesellschaften auf den Fähren der Apostelfischer zusammendrängen.

»Wollt Ihr hinüber?«, ruft ihnen der Fährmann zu. Die beiden schütteln die Köpfe. Er scheint erleichtert.

»Das trifft sich gut«, erklärt er seine sonderbare Reaktion. »Wir wollen rasch nach St. Peter, bevor die Feierlichkeiten vorüber sind.«

»Eine Feier?«, wundert sich Tilmann.

»Ja, der greise Stefan, der Älteste von uns Apostelfischern, ist vor zwei Wochen gestorben, und nun nimmt der Herr Dekan seinen Sohn Heiner feierlich in die Gemeinschaft auf, damit wir wieder zwölf sind, wie es die Regel des Stifts vorsieht.«

※ ※ ※

Die Zeremonie dauert an. Ungeduldig wippt Juliana auf den Fußballen und sieht sich in der Kirche um. Tilmann ist draußen geblieben, um die Pferde in den Stall zu bringen. Vermutlich sitzt er nun auf dem Lindenplatz bei den Krämern in der Sonne und verspürt nicht die geringste Lust, in die düstere Kirche zu kommen. Soll sie zu ihm hinausgehen? Es dauert sicher noch eine ganze Weile, bis der Dekan für sie Zeit hat. Gerade hebt der neue Fischer seine rechte Hand und schwört dem Stift Treue und Dienstbereitschaft. Dekan von Hauenstein, angetan mit einem prächtigen Messgewand aus Seide, greift nach dem Birett, das auf einem Samtkissen liegt. Er hält es über das Haupt des vor ihm knienden Fischers, als wäre es die Krone für einen König, und spricht die rituellen Worte, mit denen er dem neuen Mitglied der Gemeinschaft »die Wasser von St. Peter« verleiht. Gemeinsam mit den elf anderen Apostelfischern sprechen sie ein Gebet, dann wiederholt der Dekan noch einmal die wichtigsten Rechte und Pflichten, die als Zunftordnung in der Fischertruhe verwahrt werden. Die Apostelfischer sollen das ganze Jahr über einen Fischmarkt abhalten und vor allem vor den Feiertagen und zu Fastenzeiten Fisch verkaufen. Bei seiner Aufnahme muss ein neuer Fischer auch schwören, Fährdienste zu leisten, was für die Talstadt seit dem Einsturz der Brücke überlebenswichtig geworden ist. Die nächste Brücke über den Fluss ist unten bei Heilbronn!

Der Dekan stimmt mit den Stiftsherren einen lateinischen Psalm an. Juliana unterdrückt einen Seufzer. Sonst hat es ihr immer Spaß gemacht, ihren Blick durch die Kirche wandern zu lassen, deren Harmonie so seltsam gebrochen scheint. Heute sehnt sie nur das Ende der Feier herbei, um endlich mit Gerold von Hauenstein sprechen zu können. Sie muss sich ablenken, will sie den Fluss der Zeit beschleunigen!

Es ist ein Spiel, erst das eine und dann das andere Auge zuzukneifen, um den Knick zwischen Westwerk und Langschiff noch deutlicher sehen zu können. Ein zweiter Winkel tut sich zwischen dem neuen Langhaus und dem Chor mit seinem

Querschiff auf. Und das sind nicht die einzigen Kuriositäten, die das Auge des Betrachters verwirren. Nur der vordere Teil des Schiffs ist überwölbt, der Rest von einer flachen Holzdecke bedeckt. Und auch von außen ist es nicht zu übersehen, dass die großartige Planung immer mehr der plötzlichen Leere in den Geldtruhen angepasst werden musste. Nein, für das Gewölbe war wirklich kein Gold mehr aufzutreiben, von einem neuen Westportal mit mächtigen Türmen gar nicht erst zu reden. Das war den Stiftsherren schon schmerzlich bewusst, als der zwölfseitige Mittelbau der alten Basilika abgerissen wurde. Was blieb ihnen anderes übrig, als den neuen Chor, mehr schlecht als recht, mit dem alten Westwerk zu verbinden, auch wenn diese nicht auf die gleiche Mittelachse ausgerichtet waren. Juliana findet das nicht schlimm, für den Dekan jedoch ist es Tag für Tag eine Quelle des Ärgers.

»Wie kann man einen vollkommenen Gott mit einem solch unvollkommenen Gotteshaus ehren?«, pflegt er zu sagen. Doch der Propst von Duna schüttelt nur resigniert den Kopf. »Wir haben heutzutage leider keinen Richard von Deidesheim mehr, der seine Goldschatullen großzügig für St. Peter öffnet.«

Juliana schreckt aus ihren Gedanken. Vorn am Altar kommt Bewegung in die Stiftsherren. In einer feierlichen Prozession ziehen sie durch das Kirchenschiff und verschwinden dann durch das Nordportal im Kreuzgang. Werden sie sich nun auch noch im Kapitelsaal besprechen? Das Mädchen stöhnt. Wie lange kann das dauern?, fragt sie sich, während sie sich mit den anderen Besuchern durch das Westportal auf den Lindenplatz hinaustreiben lässt. Im Schatten eines Baumes bleibt das Mädchen stehen und sieht sich unentschlossen um. Der Platz ist nun voller Menschen: Bäcker, die warmes Gebäck aus ihren Bauchläden verkaufen, die Gilde der Apostelfischer mit ihren Familien, Bürger und Gesinde aus der Stadt und natürlich die Krämer, die ihre Waren lautstark anpreisen. Tilmann ist nicht zu sehen.

Um sich die Zeit zu vertreiben, kauft sich das Mädchen einen

Honigkringel und wandert kauend an der Südfassade von St. Peter entlang. Sie will die Tür des Stadthauses im Blick haben, damit sie den Dekan auf keinen Fall verpasst. Noch bevor das Ritterfräulein das Südportal erreicht, tritt Gerold von Hauenstein mit zwei weiteren Domkapitularen des Mainzer Bischofs aus der Tür. Er gestikuliert und spricht nachdrücklich auf seine Begleiter ein. Langsam nähert sich das Mädchen, bis es seine Worte verstehen kann. Aha, er ist wieder bei seinem Lieblingsthema angelangt, das – den Gesichtern nach zu urteilen – den Stiftsherren ausreichend bekannt ist.

»Ich sage Euch, die Decke wird uns über den Köpfen zusammenbrechen! Wenn nicht heute, dann an einem anderen Tag. Und selbst wenn es uns dann nicht mehr geben sollte, wollen wir, dass unsere Nachfolger auf diese Weise zu ihrem Schöpfer heimkehren?«

»Ihr wisst, dass es so viel billiger war, als hätte man die Säulen aus massivem Stein gefertigt, das kann Euch jeder Baumeister bestätigen«, versucht der Mann zu seiner Rechten ihn zu beschwichtigen.

»Ja, billiger, das ist alles, was den Propst und den Bischof zu interessieren scheint, aber ist es auch haltbar genug, wenn man die hohlen Säulen mit Schutt auffüllt? Sie sollen einst ein Gewölbe tragen! Nicht nur eine flache Decke. Und auf Strebepfeiler verzichten wir auch! Die himmlischen Heerscharen werden unsere Kirche schon zusammenhalten!«

»Nun beruhigt Euch doch, verehrter Bruder, die Baumeister wissen, was sie tun.«

»So? Das Einzige, was diese Handwerker wissen, ist, was wie viel Geld kostet. Ohne Geld keine Stützmauern und kein massiver Stein! Wer hat es denn jemals ausprobiert, ob solche Fasnachtssäulen allein ein Kirchengewölbe tragen können? Ihr hofft ja nur, dass es nicht Eure Köpfe sind, über denen es einst zusammenbricht! Aber die alte Kirche war den Herren von St. Peter ja nicht mehr fein genug! Man muss mithalten mit den reichen Stiften!« Er schnaubt unwillig durch die Nase. »Besser eine alte Kirche, in Liebe zu Gott und mit Verstand solide gebaut, als dieses Flickwerk!«

Der Domkapitular zu seiner Linken stürzt sich auf das Stichwort. »Alt und baufällig war die Basilika, das wisst Ihr doch. Man musste eine neue Kirche in Auftrag geben.«

»Baufällig? Seht Euch das Westportal an. Ich kann bei diesen Mauern und Türmen nichts Baufälliges entdecken!«

»Aber das Problem mit dem Wasser!«, kommt Hilfe von der anderen Seite. »Wenn der Neckar im Frühling stieg, stand das Kirchenschiff schnell unter Wasser. Noch heute haben wir im Kreuzgang damit zu kämpfen.«

Für einen Moment ist dem Dekan der Wind aus den Segeln genommen. Dass der Kirchenboden nun fast drei Fuß höher liegt, ist wahrhaftig ein Vorteil, der nicht von der Hand zu weisen ist. Dennoch ist seine Munition noch nicht vollständig verschossen. Bevor er jedoch für einen weiteren Angriff Luft holen kann, verabschieden sich die beiden Herren und eilen davon. Juliana tritt heran und begrüßt den väterlichen Freund.

»Ich grüße dich auch, liebes Fräulein«, sagt er, die Stirn gerunzelt, die Gedanken offensichtlich noch immer bei seinem steinernen Sorgenkind, denn er fährt gleich fort: »Oh wie prächtig hat man hier doch gespart! Eher geht ein Kamel durch ein Nadelöhr, denn die Gläubigen Wimpfens durch dieses Portal«, schimpft er.

»So schmal sind seine Türen doch gar nicht«, wehrt das Mädchen ab. »Wenn die Menschen hintereinander gehen, gibt es keine Schwierigkeiten. Schließlich soll man nicht der Völlerei frönen und seinen Körper mästen!« Aber das sind nicht die rechten Worte, den Dekan zu beruhigen.

»Ach ja, wenn sie schön hintereinander gehen, meinst du«, poltert er und hebt die Hände. »Eine Schande ist es. Sie haben nichts begriffen! Der Aufbau einer Kirche muss einem göttlichen Plan folgen. Sieh es dir nur an! Da stellt man einen Apostel hierhin, den anderen dorthin, zwei der heiligen Könige innen, einen außen hin, und ein Franziskus – ich habe nichts gegen den heiligen Mann, aber man muss doch eine Grundordnung einhalten – verdrängt die Heilige Jungfrau von ihrem Platz! Nur weil die Figuren schon mal da sind und man sie bezahlt hat, muss man sie auch irgendwo rund um die Kirche aufstellen, ohne Sinn und Verstand!«

»Da die neue Westfassade nun nicht gebaut wird, für die sie gemeißelt wurden, wäre es doch schade, wenn sie keinen Platz unter den Augen der Gläubigen fänden«, wirft das Edelfräulein ein.

»Aber doch nicht so!«, schimpft der Dekan. »Und dann noch dieses unsäglich missglückte Gesellenstück einer Madonna hier an der Mittelsäule – da muss ich mich nicht wundern, dass sich mein Magen zusammenkrampft!« Er wendet sich mit einem Schaudern ab. Juliana kann sich der heftigen Reaktion wegen ein Lächeln nicht verkneifen. Gut, das Original dieser Gottesmutter mit Kind, das im Chor steht, ist schöner und feiner gearbeitet, die Proportionen stimmiger, dennoch führt sie das Brummen in ihrem Leib eher auf die Zeit zurück, die seit dem Frühmahl vergangen ist, und auf den schnellen Ritt, denn auf eine missglückte Steinfigur.

Zum Glück ist der Dekan den weltlichen Dingen nicht ganz entrückt, denn er lächelt nun das Ritterfräulein an.

»Ich habe dich noch gar nicht nach dem Grund deines Besuchs hier gefragt. Ist die Edelfrau auch mit nach Wimpfen gekommen?«

Juliana schüttelt den Kopf. »Ich wollte mit Euch sprechen.«

»Gut, das können wir in Ruhe bei gebratenem Huhn und weißem Brot machen, was meinst du? Ah, und ich glaube, zur Feier des Tages haben die Fischer eine ganze Menge Krebse, Lachse und Aal mitgebracht.«

Er reicht ihr den Arm und führt sie über den Platz zu seinem Haus. In der Stube ist das Mahl bereits gerichtet. Rasch besorgt der Knabe, der dem Dekan dient, noch einen Teller und einen Becher für den unerwarteten Gast, ehe er die Stubentür hinter sich zuzieht. Juliana isst mit Gerold von Hauenstein und pflegt

Konversation mit dem Stiftsherrn, da die Mutter ihr eingeschärft hat, wie ungern Männer sich während des Essens mit Problemen auseinander setzen. Als er dann endlich Messer und Löffel zur Seite legt, bricht es aus ihr heraus.

»Das Leben auf Ehrenberg ist so schrecklich geworden. Ich halte es nicht mehr aus!« Der Dekan schenkt ihr warmen Met ein, aber der kann das Mädchen nicht trösten.

»Die Mutter ist eine andere geworden. Hat sie nicht früher die Burg mit fester Hand geführt, selbst wenn der Vater monatelang nicht im Land war? Nun ist er kaum zehn Tage fort, und alles gerät aus den Fugen. Der Pater seufzt und starrt in seinen Weinbecher. »Ihr brauchtet einen Mann, der die Zügel in der Hand hält, bis der Ritter zurückkehrt. Doch wem könnten wir blind vertrauen? Ob ich meinen Neffen fragen soll?« Der Dekan zögert. »Ich weiß nicht, ob er der rechte Mann für so etwas ist.«

Juliana geht nicht auf seine Worte ein, zu groß ist die Empörung in ihrer Brust, die endlich hinausmuss. »Vater und Sohn von Kochendorf sind fast täglich auf Ehrenberg zu sehen und stolzieren umher, als wäre alles schon in ihrer Hand. Sie stecken ihre Nase in jede Kammer und jede Truhe – und die Mutter verwehrt es ihnen nicht! Nein sie bittet sie gar, zum Mahl zu bleiben, und lässt ihnen ein Bad und ein Bett richten, wenn sie zu viel getrunken haben, um noch nach Guttenberg zurückzureiten! Ich wundere mich, dass sie sich noch nicht erdreistet haben, in der Kemenate aufzutauchen!«

»Du kannst dich also immer noch nicht mit dem Gedanken anfreunden, mit dieser Familie eine Verbindung einzugehen?«

»Niemals!«, stößt das Edelfräulein aus. »Bitte, wisst Ihr nicht eine Möglichkeit, diesem Schwert über meinem Haupt zu entkommen?«

Der Dekan schüttelt den Kopf. »Nein, ich habe mich umgehört, wie ich es dir versprochen habe, aber meine Befürchtungen sind Wahrheit geworden. Die Familien halten erst einmal Abstand und wollen abwarten, wie die Sache ausgeht.

Gerade der Weinsberger – der als Schirmherr unseres Stifts uns und auch mir selbst sehr zugetan ist und mir sonst gern einen Wunsch erfüllt – lehnt jede Begegnung mit deiner Familie ab, solange der Geruch der Unehre noch um die Burg weht – so hat er sich ausgedrückt.«

»Dann lasst uns warten, bis sich alles geklärt hat. Ich stelle mich unter Eure Obhut. An Eurer Ehrenhaftigkeit wird niemand zweifeln. Ich werde wieder Eure Schülerin.« Ihre Wangen glühen, als sie den väterlichen Freund erwartungsvoll ansieht.

»Das ist nicht möglich. Wo solltest du wohnen?«

»Hier bei Euch. Gerda könnte mitkommen und über meine Tugend wachen.«

Er schüttelt den Kopf. »Du weißt, dass das nicht geht.«

Sie stampft mit dem Fuß auf den Boden. »Aber Euren Schüler, den habt ihr doch auch bei Euch aufgenommen und lehrt ihn!«

»Ja, denn er ist ein Junge. Außerdem bist du über das Alter einer Schülerin hinaus. Du bist erwachsen, und da ist es üblich zu heiraten.«

»Dann wollt Ihr mir also nicht helfen?«

Er sieht ihr nicht in die Augen. »Ich kann dir in diesem Punkt nicht helfen.«

Er kommt zu ihr um den Tisch herum, schenkt ihren Becher noch einmal voll und tätschelt ihr unbeholfen die Schulter, ehe er zu seinem Platz zurückkehrt.

»Wenn ich wenigstens mit Gerda eine Weile ins Stadthaus nach Wimpfen ziehen könnte«, seufzt sie. »Bis der Franzose und sein ekelhafter Wappner abgereist sind.«

Der Dekan fährt überrascht herum. »Sie sind wieder auf Ehrenberg?«

»Oh ja, und ich weiß nicht, wie es bei den Franzosen mit der Erziehung steht. Wenn dieser Tempelritter typisch für sie ist, dann sind sie ein barbarisches Volk. So ein neugieriger Schnüffler! Wenn ich die Worte richtig verstehe, die ich vor ein paar Tagen aufgeschnappt habe, dann war er mit Pater Vitus sogar im Wimpfener Haus und hat sich dort alles genau angesehen! Glaubt er, er könne sich bei uns ein Wehrgeld für den erschlagenen Bruder aussuchen? Man könnte gerade meinen, er suche etwas Bestimmtes. Glaubt er, noch mehr Leichen zu finden?«

Der Dekan hustet und trinkt hastig den Becher leer. Juliana fixiert ihn mit zusammengekniffenen Augen.

»Mutter weigert sich, über die Leiche im Verlies zu reden. Inzwischen ist sie so plötzlich wieder verschwunden, wie sie vergangene Woche aufgetaucht ist.«

Juliana zögert und holt tief Luft, bevor sie weiterspricht.

»Ein Wort, das die Mutter fallen ließ, bringt mich zu der Überzeugung, Ihr wisst, was geschah! Bitte, erzählt es mir. Ich werde es keinem Menschen weitersagen. Ihr habt gerade selbst darauf beharrt, ich wäre inzwischen erwachsen. Ist es dann nicht auch mein Recht, nicht nur die edlen Geschichten der Familie zu hören, sondern auch von den schwarzen Stunden zu erfahren? Bitte sagt mir: Wer war dieser Ritter, und was ist geschehen, dass er im Verlies unseres Bergfrieds einen solch grausamen Tod finden musste?

Widerstrebend hebt Gerold von Hauenstein den Blick. Schweigend sehen sie sich an. Die Minuten verstreichen. Dann endlich nickt er langsam. »Vielleicht hast du Recht. Nun gut, dann muss ich die Zeit und ihre schrecklichen Ereignisse noch einmal aufwecken. Höre es dir an und denke in Ruhe darüber nach, ehe du urteilst – verurteilst! Du weißt vielleicht, dass dein Vater – obwohl er ein edler und ehrenhafter Ritter ist – an zwei Schwächen leidet: Es sind sein Stolz und sein Ehrgeiz, die Familie weiterzubringen, und die Eifersucht, die sich rasch in Jähzorn wandeln können.«

Juliana nickt, und plötzlich ist sie sich nicht mehr sicher, ob sie die Worte des Dekans wirklich hören will.

21

Naxera*

Juliana blinzelte. Was hatte André mitten in der Nacht an ihrem Lager zu suchen? Sicher wollte er sich nicht an ihren wenigen Habseligkeiten vergreifen!

»Steh auf und komm sofort hierher!«, zischte Pater Bertran von der Tür her. Seine hagere Gestalt wurde von einem Lichtstrahl eingehüllt. Der junge Ritter sprang auf und rannte auf die offene Tür zu. Er versuchte, sich an dem Augustiner vorbeizudrücken, aber dieser ergriff seinen Arm. Er zischte ihm einen Schwall von Worten ins Ohr, von denen Juliana nur »tödliche Sünde« und »Buße« verstand. Dann gelang es André sich loszureißen. Seine Schritte verhallten in dem Korridor. Pater Bertran sah ihm nach, folgte ihm jedoch nicht. Stattdessen trat er in die Kammer bis an Julianas Lager. Er beugte sich über sie und schien auf ihre Atemzüge zu lauschen. Mit spitzen Fingern ergriff er das Leinentuch und zog es bis zu ihrem Kinn.

Mit einem Seufzer ließ sich der Augustinerpater auf der Strohmatratze direkt neben ihr nieder und zog seine Schuhe aus. Ein paarmal rauschte und knisterte es noch, als er sich umdrehte, dann erklang sein gleichmäßiges Schnarchen. Juliana öffnete die Augen und sah sich in der nur trüb erleuchteten Kammer um. André war nicht zurückgekommen. So müde sie fast den ganzen Tag über gewesen war, nun war alle Schläfrigkeit verflogen. Am liebsten hätte sie die Decke abgeworfen und wäre im Zimmer auf und ab gewandert. Was sollte das bedeuten? Hatte sie sich in dem jungen Ritter getäuscht? Musste sie sich vor ihm in Acht nehmen? Wenn er es nicht auf den Inhalt

* heute: Nájera

ihres Bündels abgesehen hatte, worauf dann? Hatte er Verdacht geschöpft und war gekommen, um diesen zu überprüfen? Wut und Scham glühten in ihren Wangen. Sie hätte ihn geohrfeigt, wenn er noch da gewesen wäre.

Was sollte sie nun tun? Mit ihm offen reden und ihn bitten stillzuschweigen? Ihm aus dem Weg gehen? Sich unter Pater Bertrans Schutz stellen?

Grübelnd lag sie da, während sich die Tür immer wieder öffnete und einen müden Pilger nach dem anderen einließ, bis nahezu alle Betten belegt waren und ein Chor von Grunz- und Schnarchgeräuschen von den Wänden widerhallte. Viele Stunden lag das Ritterfräulein wach. André kehrte nicht zurück.

* * *

Es herrschte ein bedrückendes Schweigen. Juliana und André vermieden es, einander anzusehen. Pater Bertran stapfte mit mürrischer Miene in seinen Sandalen voran, als wolle er heute gleich zwei Tagesetappen hinter sich bringen. Ein Felsbrocken hatte ihm den linken Knöchel blutig geschlagen, und der große Zehennagel, der sich die vergangenen Tage schwarz verfärbt hatte, begann sich zu lösen. Doch so wie er daherschritt, hatte man den Eindruck, der dürre Augustiner könnte keinen Schmerz fühlen.

Sie durchquerten eine Siedlung, stiegen auf den Hügel bis zur Kirche und wieder hinab zum westlichen Stadttor, ohne ein Wort zu wechseln. Juliana merkte, wie Bruder Rupert die Augenbrauen zusammenzog und seine Pilgergefährten abwechselnd musterte.

»Gibt es denn gar keine Geschichten über diese Stadt?«, wunderte sich der Bettelmönch, als sie zwischen Olivenbäumen und Weinstöcken einen flachen Berghang erklommen. »Oder verdirbt Euch das Wetter die Laune?«

Düstere Wolken wurden von einem böigen Wind über das

Land getrieben. Er wirbelte roten Staub auf und trieb ihn den Pilgern in Augen und Nase.

»Was wollt Ihr wissen?«, fragte der Augustinerpater barsch.

Bruder Rupert hob seine muskulösen Schultern. »Es wird doch sicher ein paar Helden gegeben haben, die sich in einer Schlacht hervorgetan, oder böse Verräter, die sie an den Feind ausgeliefert haben? Vielleicht sogar ein paar arme Ritter Christi für André? Er sieht so aus, als könne er heute zur Aufmunterung eine Heldensage über die Templer gebrauchen.«

Pater Bertran stieß einen Laut des Abscheus aus und spuckte in den Staub. »Heldensagen über Templer? Pah! In Navarrete gibt es keine, und das ist auch gut so, aber auf dem Alto de San Antón hat sich das heuchlerische, verlogene Pack niedergelassen, das den König mit seiner Arroganz verspottet.« Bruder Ruperts dunkle Augenbrauen wanderten vor Erstaunen nach oben.

»Ja, seht mich ruhig ungläubig an. Ihr gehört auch zu denen, die sich von einem weißen Mantel täuschen lassen Reinheit und Unschuld!« Er spuckte noch einmal aus. »Bei dem Gedanken kommt mir die Galle hoch!«

»Sprecht weiter, Pater Bertran«, forderte ihn der Bettelbruder auf und strich sich über seinen Bart. Seine braunen Augen waren interessiert auf den mageren Mönch gerichtet.

»Sie sind durch und durch verdorben. Der ganze Orden ist auf einer einzigen Lüge aufgebaut. Für die Sicherheit der Pilger im Heiligen Land sorgen? Pah! Sagt man nicht, neun Ritter hätten neun Jahre lang im Tempel Salomos gelebt, den der König von Jerusalem ihnen gegeben hat?«

»Nun ja, ich denke, die Zahl Neun ist eher symbolisch zu sehen, als Zeichen der Vollkommenheit – drei mal die Drei«, sagte Bruder Rupert, aber der Augustinerpater achtete nicht auf seinen Einwurf.

»Ich frage Euch, wie sollen neun arme Ritter die Pilger vor den wilden Sarazenen schützen?« Sein Finger bohrte sich in Bruder Ruperts Brust.

»Gar nicht!«, fuhr er fort, ohne eine Antwort abzuwarten. »Das geht nicht, und es lag auch nie in ihrer Absicht. Die Frage ist doch, warum sollte ein König von Jerusalem so einfach einen Teil seines Palasts räumen, um ihn ein paar Verrückten zu überlassen, die Ritter und Mönch in einem sein wollen? Es stand von Anfang an ein Plan dahinter! Das ganze »Arme-Ritter-Christi«-Geschwätz war nichts als Tarnung, um das Wohlwollen des Papstes zu erlangen und den heiligen Bernhard zu überzeugen.«

»Tarnung?«, wagte Juliana zu fragen. »Aber wofür?«

Pater Bertran warf ihr einen durchdringenden, aber nicht unfreundlichen Blick zu. Offensichtlich war er gerade erst in Fahrt gekommen und wollte noch einiges zu dem Thema ausführen.

»Sie wollten davon ablenken, was sie mit dem Tempel Salomos wirklich vorhatten, und da sind wir wieder bei der Frage: Was haben sie getan, bis sie zum ersten Mal übers Meer reisten und den Orden offiziell anerkennen ließen?« Er machte eine Pause und sah seine Mitpilger nacheinander an. Nur André sparte er aus. »Sie haben in den Stallungen gegraben, denn sie wussten, dass es hier etwas zu finden gab!«

»Kann denn niemand diesem Schwätzer das Maul stopfen?«, schimpfte Ritter Raymond de Crest und warf dem Augustiner zornige Blicke zu. »Nun ist André endlich mal still, und da muss der Alte mit seinem Geplapper unsere Ohren verschmutzen.« Doch keiner ging auf seine Worte ein, als hätten sie sich abgesprochen, den Ritter zu ignorieren.

»Gegraben in einem Stall? Neun Jahre lang?« Juliana sah den Augustiner zweifelnd an.

»Nicht in irgendeinem Stall«, fuhr sie der Pater an. »Die Stallungen Salomos sind ein Labyrinth unter dem alten Tempel, in dem man mehr als zweitausend Pferde unterbringen kann.«

»Und was haben sie dort gesucht?«

»Den Heiligen Gral«, sagte Bruder Rupert, als würde er über das nächste Abendessen sprechen.

»Ja, den Heiligen Gral«, stimmte Pater Bertran zu, jedoch in einem ganz anderen Tonfall. »Das müsst Ihr nicht so abfällig sagen. Es gab Papiere, geheime Dokumente, die ihnen sagten, wo sie zu suchen hatten. Nur deshalb wurde der Orden gegründet!«

»Ihr glaubt diese Geschichte?«, wunderte sich der Bettelmönch. »Dass die Templer den Gral besitzen und vielleicht auch noch die Bundeslade dazu? Ich halte diese Geschichten für so wahr wie die gesammelten Heldentaten unseres Ritters Roland, die wir überall in Navarra gehört haben.«

»Glaubt, was Ihr wollt«, fuhr der Pater ihn an. »Ich kann jedenfalls nichts an diesen verderbten Männern finden, die in ihren weißen Mänteln herumstolzieren und sich für etwas Besseres halten. Arrogant sind sie und geldgierig.«

»Da stimme ich Euch zu.« Bruder Rupert nickte.

»Und sie streben nach der Macht!« Die Augen des Paters glänzten. »Nach zu viel Macht! Sie sind gefährlich wie eine Seuche, die man ausrotten muss!«

Juliana sah zu André hinüber. Warum widersprach er nicht? Er war doch sonst immer der Verteidiger der Ehre aller Templer gewesen, aber der junge Ritter presste nur die Lippen zusammen und starrte zu Boden, wo jeder Schritt eine rötliche Staubwolke aufwirbelte.

»Sie nennen sich »Milites Christi« und spucken auf sein Kreuz. Sie verleugnen unseren Herrn. Man sagt gar, dass sie einen Götzenkopf anbeten. Und...«, rief Pater Bertran. Sein Finger ragte in die Luft, um die Schwere dessen zu unterstreichen, was er sich für den Schluss seiner Aufzählung aufgehoben hatte. »Und sie betreiben Sodomie!« Sein Blick durchbohrte André, der noch immer nicht aufsah. »Ritter mit Ritter, Knecht mit Knecht liegen sie beieinander und spotten Gottes Gebot. Es ist so widerlich, dass mir bei dem Gedanken die Galle im Hals brennt. Sogar auf ihrem Wappen reiten zwei Männer hintereinander auf einem Pferd.«

»Oh, ich dachte, dies sei nur ein Symbol ihres Gelübdes der Armut«, warf Bruder Rupert leichthin ein.

»Armut?«, griff der Augustiner das Wort auf. Er kreischte beinahe. Er warf die Hände in die Luft, dass die Kutte zurückglitt und seine knochigen, weißen Arme freigab. »Ich will nicht davon reden, ob der einzelne Ritter nun zwei oder drei Pferde sein Eigen nennt. Ich spreche hier von der Raffgier des Ordens. Er ist reicher als die Könige – vielleicht sogar als der Heilige Vater selbst! Unvorstellbare Schätze hat der Orden zusammengeraubt.«

»Ich dachte, viele Menschen hätten ihnen Geld und Güter geschenkt«, wagte Juliana einzuwerfen.

Bruder Rupert nickte. »Ja, das ist wahr. Die Templer und die Deutschordensritter sind bei den Adelsgeschlechtern sehr begehrt, um jüngere Söhne zu versorgen. Ganz umsonst ist diese Ehre allerdings nicht. Geld und Güter werden gern angenommen! – Wenn man nichts hat, muss man schon zu den Bettelmönchen gehen.« Er sah mit einem schiefen Lächeln an seiner braunen Kutte herab. »Dennoch denke ich, dass die Vorstellung von ihren Reichtümern übertrieben ist. Viele Gelder gehören nicht den Templern selbst. Sie verwahren die Schätze nur – früher für die Kreuzfahrer, heute für Kaufleute. Ja, wie ich gehört habe, hat selbst der französische König seinen Staatsschatz in der Pariser Templerburg untergebracht – dem sichersten Ort in Frankreich, sagt man nicht so?«

»Das ist richtig«, mischte sich Ritter Raymond ein. Seine Stimme klang ausnahmsweise interessiert. Der ablehnende Zug um seinen Mund war verschwunden, und sein Gesicht wirkte plötzlich sympathisch.

»Ich habe diese Burg gesehen – nein, keine Burg, eine Stadt in der Stadt. Man versteht, warum der König im vergangenen Jahr dorthin geflohen ist, als der Pariser Mob in den Gassen tobte. Ihm blieb keine andere Wahl. Welch Schmach für den großen, stolzen König! Ich glaube nicht, dass er das bis heute verwunden hat.« Der blonde Ritter zog eine Grimasse, ehe er fortfuhr: »Ich vermute, viele französische Schätze können nicht mehr in der Pariser Templerburg liegen, denn man sagt, der König habe große Summen bei den Templern geliehen.«

»Das Gold werden sie vermutlich nie mehr wiedersehen«, brummte Bruder Rupert.

»Wie kommt Ihr darauf?«, wollte Ritter Raymond wissen. Ein aggressiver Unterton schwang in seinen Worten mit.

»Wann hat der Franzosenkönig jemals Geld, das er sich geliehen hat, zurückbezahlt? Er vergilt solche Angelegenheiten lieber mit dem Schwert. Das mussten bereits die lombardischen Bankiers und die Juden schmerzlich erfahren.«

Ritter Raymonds Hand zuckte zum Schwertgriff. »Wollt Ihr den König beleidigen?«

Bruder Rupert zuckte mit den Schultern. »Ich sage nur, was wahr und allseits bekannt ist. Wollt Ihr Euch für die Ehre dieses Königs mit mir schlagen?«

Raymond de Crests Faust öffnete sich wieder. »Nein, dennoch könntet Ihr mehr auf Eure Zunge achten.«

»Da, seht«, mischte sich Juliana ein, um die Männer von ihrem Streit abzulenken. »Pater Bertran, ist das die Niederlassung der Templer, von der Ihr gesprochen habt?«

Sie näherten sich auf der Hügelkuppe einem zwischen Steineichen gelegenen Gebäude.

Der Augustinerpater schüttelte den Kopf. »Nein, das ist San Antón.« Er deutete auf zwei Mönche, die in ihren graubraunen Kutten in einem Gemüsebeet standen und Unkraut zwischen den sorgsam gehegten Pflanzen auszupfen. »Sieh, auf ihre Gewänder ist das blaue Tau gestickt.«

»Wir können sicher unsere Wasserflaschen im Kloster füllen«, sagte Juliana, die die ihre schon wieder geleert hatte. »Der Staub ist heute unerträglich.«

Erstaunt sah das Fräulein, wie Ritter Raymond abwehrend die Hand hob und der Augustiner blass wurde.

»Ich würde keinem raten, diesem Haus nahe zu kommen«, fügte der Pater hinzu. Juliana wollte gerade fragen, warum, als Andrés Gesicht ebenfalls an Farbe verlor und er mit zitternder Hand auf das Tor deutete, das gerade eine Gruppe von Männern und Frauen entließ.

»Heilige Mutter Gottes, was ist mit denen?«, stieß er hervor und musterte die entstellten Gesichter und Gliedmaßen voller Abscheu. »Sind das Aussätzige?«

Bruder Rupert schüttelte den Kopf. »Nein, obwohl man diese hier sicher ebenfalls finden kann. Diese armen Teufel leiden am Antoniusfeuer und hoffen, auf dem Pilgerweg Heilung zu finden.«

»Ja«, stimmte Pater Bertran zu, der anscheinend seinen gewohnten Gleichmut wiedergefunden hatte. »Es gibt viele Häuser des Ordens hier am Weg, und man sagt, sie hätten große Heilungserfolge. Auch beim roten Schweinsübel können sie helfen. Das Haupthaus werden wir vor der Stadt Castroxeris* sehen.«

Juliana schauderte. Sie war nicht erpicht darauf, solch einem Ort nahe zu kommen. Der Augustiner schritt wieder forsch aus und winkte seinen Begleitern, ihm zu folgen.

»Kommt weiter. Steigen wir nach Naxera hinab. Dort werden wir Wasser und sicher auch etwas zu essen finden – im Kloster Santa María la Real. Ihr werdet staunen!«

* * *

Sie wanderten am Poyo de Roldán vorbei, dem Hügel, auf dem der Kampf zwischen dem Riesen Ferragut und Ritter Roland stattgefunden haben soll – zumindest behaupteten das die französischen Troubadoure. Juliana konnte sich erinnern, mit Dekan von Hauenstein darüber gesprochen zu haben, als sie mit ihm einst das Rolandslied gelesen hatte. Die Einzelheiten wollten ihr aber nicht mehr einfallen. Bruder Rupert jedoch kannte die Geschichte: »Die Sage spricht davon, dass Roland kam, um christliche Ritter aus der Gefangenschaft zu befreien. Von diesem Felsen aus soll er den Riesen mit einem Stein erschlagen haben.«

André hob interessiert den Kopf und kam näher, um bes-

---

* heute: Castrojeriz

ser zuhören zu können. Zum ersten Mal an diesem Tag war seine Miene entspannt, und die trüben Gedanken, die ihn seit dem Morgen gefangen gehalten hatten, schienen verflogen zu sein.

Pater Bertran verlangsamte seinen Schritt, bis er wieder auf gleicher Höhe mit der Pilgergruppe ging.

»Es kursieren verschiedene Geschichten, wie es sich zugetragen haben soll. Eine andere Version berichtet von einem Kampf zu Pferd, bis Roland erschöpft ist. Er kann den Riesen nicht besiegen. Beide müssen eine Pause einlegen und kommen ins Gespräch, in dem der dumme Riese Roland seine einzige verletzliche Stelle verrät: den Nabel. Roland zieht den Dolch und ersticht Ferragut.«

André schnaubte ungläubig durch die Nase. »Das ist nicht möglich«, rief er. »Roland war ein edler Ritter, der sich niemals einer solchen Hinterlist bedient hätte! Das ist eine böse Verleumdung. Sicher haben die Basken diese Geschichte in Umlauf gebracht, um seinen Ruhm zu schmälern. Sie verunglimpfen ihn, als wäre er das böse Ungeheuer!« Mit glänzenden Augen stand er da, aufrecht, die Brust hervorgereckt, als würde er gleich selbst ein Schwert aus der leeren Scheide zaubern und an der Seite seines Helden gegen Unholde und Dämonen kämpfen.

Der Bettelmönch lachte, dass seine muskulöse Brust unter der Kutte bebte. »Ach André, ich sollte dir wünschen, dass du dir dein Leben lang deine Traumwelt erhalten kannst, die von tugendhaften Rittern und Templern bevölkert ist, die stets edel handeln und kämpfen. Ich frage mich, wo du aufgewachsen bist. Ich jedenfalls bin in meinem Leben nur selten auf die Tugend gestoßen. Gibt es in dem deinen denn keine Sünden?«

Die Miene des hageren Paters verhärtete sich. Er zischte André ein paar Worte zu, die Juliana nicht verstand. Andrés Blick huschte zu ihm hinüber und kehrte dann zu seinen Schuhspitzen zurück, die er bereits den längsten Teil des Tages betrachtet hatte. Seine Schultern sackten nach vorn.

»Nicht alle Ritter sind edel und gut«, murmelte er. »Manche

haben mehr als nur das Höllenfeuer verdient. Es wäre gerecht, wenn selbst Jakobus nicht vergeben würde.« Die tiefe Verzweiflung in seiner Stimme berührte das Mädchen. Sprach er von sich selbst?

»Wie hat man solch ein Kind zum Ritter schlagen können?«, sagte Raymond de Crest voller Verachtung. »Oder gibst du nur vor, einer zu sein? Hast du die Schwertscheide des Vaters gestohlen, um ein wenig damit anzugeben?«

Juliana hielt den Atem an. Welch Beleidigung! Nun würde André ihn fordern müssen, doch der junge Mann schwieg. Mit hängendem Kopf schlurfte er voran.

Ritter Raymond sah ihn noch einige Augenblicke an, ehe er sich mit einem Schulterzucken abwandte.

Sie näherten sich der Stadt, die die Muselmanen »Ort zwischen den Felsen« genannt hatten. Zwei Festungen ragten über den von Spalten und Höhlen zerfressenen roten Sandsteinen auf. Die Häuser waren bis an die senkrechten Felsen herangebaut, die die Stadt von Westen her schützten. Die Kuppen waren mit Kiefern bewachsen, deren dunkles Grün das Rot der Felsen noch leuchtender erscheinen ließ. Auf der Ostseite begrenzte der Fluss die Stadt.

Der Augustinerpater schritt ihnen voran durch die Stadt, die einst Königssitz von Navarra gewesen war – bevor Kastilien und Léon das ganze Rioja-Gebiet samt der Stadt erobert hatten.

»König García von Navarra hat auch das Kloster Santa María la Real gegründet«, erzählte Pater Bertran, der sie zielstrebig auf die Felswand hinter der Stadt zuführte. »Bei einer Taubenjagd ist ihm sein Falke in eine der Höhlen entflogen. Der König folgte ihm und fand Falke und Taube friedlich vereint vor einem Bild der Muttergottes. Der König war so gerührt, dass er das Kloster hier bauen ließ und den Ritterorden de la Terraza gründete. Heute allerdings leben Franzosenmönche aus Cluny hier. Die Eroberer haben die Stiftsherren von San

Isidor davongejagt. Nun, wir werden sehen, ob es bei den Kluniazensern Gastfreundschaft gibt.«

Nachdem er sie aus einer engen Gasse herausgeführt hatte, blieb er stehen. Bruder Rupert stieß einen Pfiff aus, Juliana staunte mit offenem Mund. Eine gewaltige Burg aus rotem Stein lehnte vor ihnen an den Felsen, mit Mauern und halbrunden, fünf Stockwerke hohen Türmen, die noch von einem quadratischen Turm überragt wurden. Erst auf den zweiten Blick erkannte das Mädchen, dass das, was sie für eine Schildmauer mit Manteltürmen gehalten hatte, das Kirchenschiff war.

»Man kann von der Kirche aus direkt in die Höhlen gelangen«, sagte Pater Bertran.

»Mir ist es wichtiger, was sie uns zu essen geben«, erwiderte Raymond der Crest und strebte auf die Pforte zu. Juliana stand noch immer unter den aufragenden Mauern, den Kopf in den Nacken gelegt. Welch wehrhafte Festungen hatten sie hier in Hispanien für ihre Gottesmänner gebaut.

»Johannes, komm, es gibt Speck und Käse«, riss Bruder Ruperts Stimme sie aus ihren Gedanken, und sie beeilte sich, ihren Anteil in Empfang zu nehmen.

Sie aßen und tranken und füllten ihre Flaschen mit kaltem, klarem Wasser, ehe sie das Kloster verließen und sich wieder auf den Weg machten.

Kaum hatten die fünf Pilger die Stadt hinter sich gelassen, um durch ein enges Tal in den Felsen den Berg zu erklimmen, als die bauchigen Wolken, die sie bereits den ganzen Tag begleitet hatten, ihre Schleusen öffneten. Der Regen rauschte herab, verwirbelt durch den Wind, der nun noch stärker blies. Der rote Staub verwandelte sich in Morast, in dem ihre Schuhe keinen Halt fanden. Am steilen Hang rutschten sie bei jedem Schritt stets einen halben wieder zurück. Die lichten Kiefern boten ihnen keinen Schutz. Bereits nach wenigen Minuten waren ihre Gewänder schwer von Feuchtigkeit, die unerbittlich bis auf die Haut vordrang.

»Wir sollten in den Höhlen Schutz suchen«, rief Juliana über das Rauschen hinweg und zeigte auf die niedrigen Öffnungen in den Felsen am Wegesrand.

Bruder Rupert schüttelte den Kopf. »Die sind zu klein. Da passen wir gar nicht alle hinein. Außerdem sind wir bereits durchnässt. Sehen wir zu, dass wir die Höhe überqueren und vor der Nacht eine Herberge finden. Pater Bertran, kennt Ihr den nächsten Ort, der uns ein Dach über dem Kopf bietet?«

Die hagere Gestalt schritt vor ihnen durch den Regen, als würde sie ihn nicht bemerken. Die Sandalen patschten gleichmäßig durch den Schlamm, rote Rinnsale bahnten sich ihre Wege über Kutte und Füße.

»Vielleicht in Azofra«, sagte er. »San Pedro hat dort ein Spital und einen Friedhof.«

»Na lieber das Spital als den Friedhof«, brummte der Bettelmönch. Raymond de Crest fluchte leise.

Endlich wurde der Weg flacher, der Lehm behinderte jedoch immer noch ihr Fortkommen. Juliana sehnte das Dorf mit seinem Spital herbei. Waren durch den Wasserschleier dort vorn nicht die ersten Häuser auszumachen?

Es war das Dorf, das ersehnte trockene Lager fanden sie dort allerdings nicht.

»¿Un peregrino enfermo? ¿Hay heridos?« Der Laienbruder sah die fünf Wanderer nacheinander prüfend an. »Gibt es Verletzte oder Kranke?«, wiederholte er in gebrochenem Latein. Die fünf Köpfe verneinten.

»Lo siento«, entschuldigte er sich und hob die Schultern. »No hay espacio – Wir haben nicht genug Platz. Fast alle Lager sind von kranken Pilgern belegt. Und dann hat der Regen vor kaum einer Stunde noch eine Gruppe aus Burgund zu uns getrieben. Ihr müsst weiterziehen.« Er wünschte ihnen Gottes Segen und das Wohlwollen des Apostels, dann schloss sich die Pforte wieder. Ein Riegel rastete innen geräuschvoll ein.

Juliana stützte sich mit ihrem ganzen Gewicht auf ihren Wanderstab. »Oh nein«, jammerte sie leise. »Mein Mantel ist völlig durchnässt, und ich kann nicht mehr!«

»Warum hast du nicht gesagt, dass du Hilfe brauchst?«, schimpfte André, der anscheinend ebenfalls keine Lust mehr hatte, weiter durch den Regen zu wandern.

»Weil ich weder krank noch verletzt, sondern einfach nur nass und müde bin«, verteidigte sich das Ritterfräulein.

»Und außerdem hätten sie dann nur Johannes aufgenommen«, fügte Bruder Rupert hinzu. »Uns bleibt also nur weiterzugehen. – Es sei denn, Johannes möchte versuchen, drinnen ein Lager zu bekommen?«

Er sah sie aufmerksam an. Hoffte er, dass sie zustimmte, oder wollte er eine Ablehnung hören? Wie immer gelang es ihr nicht, in seiner Miene zu lesen. Es war verlockend, es zu versuchen. Sie ließ den Blick über die vier Begleiter wandern. Sie alle waren nass und schmutzig, und die Erschöpfung sprach aus ihrem Blick. Pater Bertran war noch hohlwangiger geworden, als er es schon in La Puent de la Reyna gewesen war, André wirkte, als könne er jeden Moment umkippen, und auch der blonde Ritter Raymond hatte Ringe unter den Augen. Nur Bruder Rupert sah noch erstaunlich kräftig aus.

»Gehen wir weiter«, hörte sie sich sagen. Bruder Rupert nickte. Der alte Augustiner patschte mit seinen Sandalen schon wieder durch den Schlamm.

»Auf, ihr jungen Burschen, wenn der Pater es auf seinen alten Beinen noch ein Stück schafft, dann sollten Eure Füße erst recht noch etwas hergeben.« Bruder Rupert schritt forsch aus, als habe er sich eben erst von seinem Lager erhoben.

»Der hat gut reden«, grummelte André. »Woher nimmt er nur diese Kraft? Hast du gesehen, was der für Arme und Beine hat?«

Juliana nickte errötend. Ihr stand das Bild seines nackten Körpers noch ganz deutlich vor Augen.

»Ich habe noch nie einen solchen Bettelmönch gesehen!«, fügte der junge Ritter hinzu und setzte sich mit einem Stöhnen in Bewegung.

»Ich dachte, gerade die Bettelmönche müssten viel körperliche Arbeit selbst verrichten«, wandte Juliana ein und nahm seinen Schritt auf. »Ziehen sie nicht für ihre Almosen übers Land? Er wird schon weite Wege in seinem Leben gewandert sein.«

»Hm«, knurrte André nur und stolperte den unebenen Pfad entlang. »Ein Königreich für einen Pferderücken.«

Juliana ging nicht darauf ein. Ihre Gedanken weilten noch immer bei Bruder Rupert. »Warum nur will er uns nicht von seinen Reisen erzählen? Er war sogar in Ägypten! Das ist ihm anscheinend nur so herausgerutscht. Aber was wäre schlimm daran, uns von diesem geheimnisvollen Land der Muselmanen zu berichten?«, überlegte sie und seufzte.

»Alle tun so geheimnisvoll. Hat hier denn jeder etwas zu verbergen?« Sie sah André an, doch der wandte rasch den Blick ab und starrte nun wieder angestrengt zu Boden.

»He!« Das Mädchen knuffte ihn in den Oberarm. »Hörst du mir überhaupt zu?« André zuckte zusammen. Er wich zur Seite aus, strauchelte über eine Wurzel und wäre beinahe gefallen. Juliana griff nach seinem Arm. Er riss sich von ihr los, als habe er sich verbrannt.

»Ich wollte doch nur...« Sie beendete ihren Satz nicht. André beschleunigte seine Schritte, bis er Bruder Rupert eingeholt hatte. Kopfschüttelnd folgte das Mädchen den anderen. Was war nur mit ihren Begleitern los?

Juliana rückte ihre Kapuze zurecht und stöhnte, als sie einen Berg vor sich im Regen aufragen sah. Mühsam arbeitete sie sich durch den zähen Morast voran.

Die Nacht brach bereits herein, als sie die Höhe erklommen hatten, auf der ihnen durch die Dämmerung ein Licht entgegenschimmerte. Ein alter Ritter des Calatravaordens lud sie ein hereinzukommen und führte sie in einen niedrigen, feuchten Raum, in dem jedoch im Kamin ein Feuer flackerte. Dankbar warfen die Reisenden ihre Mäntel ab und setzten sich in ihren nassen Kleidern vor die Flammen. Juliana war so erschöpft, dass sie fast im Sitzen eingeschlafen wäre, noch ehe der Bruder mit einer Schüssel Zwiebelmus und Lauch zurückgeschlurft kam.

»Comed y descansad« – »Esst und ruht euch aus«, sagte er mit seiner rauen Stimme, »al lado hay algunos jergones de paja« – »nebenan sind ein paar Strohsäcke.«

Sein Rücken war gebeugt, sein Haupt fast vollständig kahl. Er schlurfte zum Kamin, um noch einmal Holz nachzulegen. Da er merkte, dass nicht alle seine Gäste kastilianisch sprachen, wechselte er in eine Mischung aus Latein und Französisch.

»Es wird ein wenig eng, aber die anderen Räume sind bei solchem Wetter nicht mehr trocken.« Er seufzte. »Wir waren einst ein großes Haus mit Männern, die mit dem Schwert in der Hand die Pilger beschützten. Ihr müsst wissen, in den Wäldern hier treibt sich mancher Strauchdieb herum. Nun jedoch geht es mit uns zu Ende. Mit drei alten Rittern und ein paar Laienbrüdern harren wir hier noch aus, um euch zu dienen, die ihr zum Grab des Apostels wollt.« Traurigkeit war ihm ins Gesicht geschrieben, als er den Kopf schüttelte. »Nur Gott weiß es, ob es dieses Haus noch lange geben wird.« Er blieb beim Feuer sitzen, auch als die Pilger sich bereits auf ihre Strohlager zurückgezogen hatten. Juliana fiel sofort in tiefen Schlaf. Erst gegen Morgen waren Körper und Geist so weit erholt, dass sie zu träumen begann. Sie sah den Dekan Gerold von Hauenstein, wie er sie anlächelte und ihr Mut zusprach.

»Du wirst es schaffen mein Kind. Ich glaube an dich.«

22
Auf staubiger Straße
Wimpfen im Jahre des Herrn 1307

Gerold von Hauenstein mahnt zum Aufbruch. »Die Mutter wird sich sorgen, wenn ihr in die Dämmerung kommt«, sagt er und schiebt das Mädchen zur Tür. Ein wenig länger als gewöhnlich hält sie seine Hand und betrachtet sein Gesicht, so als müsse sie es sich aus irgendeinem Grund genau einprägen. Dann wendet sie sich abrupt ab und geht die Gasse hinunter. Juliana ist sich sicher, dass Tilmann noch in der Nähe des Lindenplatzes zu finden ist, dennoch geht sie hinunter zu dem Törlein, das sie ans Neckarufer bringt. Sie spaziert an der Anlegestelle der Fähre vorbei, weiter bis zu der Stelle, an der die Eichenbalken der geborstenen Brücke noch aus der Böschung ragen, bis zum Ende der Stadt, an der sich die Mauer nach Süden wendet. Hier dreht sie um und wandert langsam zurück. Der Augenblick sich zu entscheiden ist gekommen. Wenn sie Tilmann gegenübertritt, dann muss sie sich die Worte, mit denen sie ihn überzeugen kann, zurechtgelegt haben. Und dann gibt es kein Zurück mehr. Sie steht an einer Abzweigung. Der eine Weg ist breit und glatt und lockt mit Bequemlichkeit. Doch wer kann schon sagen, ob nicht hinter der nächsten Biegung bereits eine Räuberbande auf den Leichtfertigen wartet? Hat nicht auch Christus gemahnt, den dornigen Weg der Wahrheit zu wählen? Wenn er doch nur nicht so weit wäre! Juliana wiegt das Herz schwer in ihrer Brust. Sie will keinen der beiden Pfade gehen, anscheinend ist es ihr jedoch nicht gegeben, den Fluss des Lebens anzuhalten oder auch nur ein wenig zu verlangsamen.

Sie rafft die Röcke und geht zur Kirche zurück. Tilmann sitzt auf den Stufen des Portals, springt jedoch auf, als er sie kommen sieht, und eilt ihr entgegen. Seine Miene ist mürrisch.

»Da seid Ihr ja endlich. Wir müssen uns eilen. Ich habe keine Lust, mir eine Strafpredigt auf mein Haupt zu laden.«

Juliana tut überrascht. »Du bist noch hier? Aber du weißt doch, dass ich heute nicht mit nach Ehrenberg zurückkomme. Das hat die Mutter dir doch sicher gesagt?«

Der Knappe starrt sie an. »Aber nein, ich meine, wohin geht Ihr? Ihr könnt die Nacht nicht allein hier verbringen, das würde die Edelfrau nicht erlauben.«

Juliana verdreht die Augen. »Natürlich verbringe ich die Nacht nicht allein. Du siehst selbst, wie zerrüttet die Nerven der Herrin seit Tagen sind. Daher will sie, dass ich eine Weile unter der Obhut des Dekans bleibe, bis – ja – bis für die Hochzeit alles geregelt ist.«

Tilmann öffnet den Mund. »Beim Dekan?«

»Nicht in seinem Haus«, fügt sie ungeduldig hinzu. »Das wäre ja wohl nicht schicklich, oder? Bei seiner Nichte natürlich. Wusstest du nicht, dass sie hier lebt?«

Tilmann schüttelt den Kopf. Er zögert noch immer. »Warum hat die Herrin mir gar nichts gesagt?«

»Woher soll ich das wissen?« Sie seufzt dramatisch. »Offensichtlich geht es der Mutter schlechter, als es den Anschein hat. Nun gut, du kannst sie morgen herzlich von mir grüßen und ihr sagen, dass ich wohlauf bin. Und nun eile dich. – Was ist? Warum zögerst du noch? Willst du mit zu Dekan von Hauenstein kommen und die Redlichkeit seiner Absichten überprüfen?«

Sie kann nur hoffen, dass er ihre Anspannung nicht bemerkt. Ihre Finger krallen sich in den Stoff ihres Reitkleides. Wenn er jetzt zum Dekan geht, ist alles verloren.

»Nein, nein«, wehrt Tilmann ab, »ich will den Stiftsherrn nicht belästigen. Dann wünsche ich Euch alles Gute, bis wir uns wiedersehen. Soll ich sonst noch etwas bestellen?«

Juliana schüttelt stumm den Kopf. Sie fürchtet, dass sie die

Kontrolle über ihre Stimme verliert. Sie räuspert sich und gibt vor zu husten, dann versucht sie ein Lächeln.

»Nein, sonst gibt es nichts. Es genügt, wenn du die Herrin morgen aufsuchst. Sie sollte in ihrer Ruhe nicht gestört werden – solange sie in diesem Zustand ist.«

Der Knappe nickt, verbeugt sich und geht davon, um sein Pferd zu holen. Juliana wartet, bis er die Stadt verlassen hat. Dann lässt auch sie ihre Stute satteln und reitet hinauf in die Bergstadt.

Ihr erstes Ziel ist das Kloster der Dominikaner. Sie hat Glück und trifft den Infirmarius in der Kirche an. Sie nickt ihm zu und tut so, als würde sie vor dem Bild der Heiligen Jungfrau beten. Als der Mönch die Kirche verlässt, gesellt sie sich zu ihm. Sie hat keine Zeit, das Gespräch unauffällig in die gewünschte Richtung zu lenken, daher platzt sie gleich damit heraus: »Bruder Stephan, Ihr kümmert Euch doch um die Kranken – auch um die Pilger, die immer wieder durch die Stadt ziehen.« Sie sieht ihn fragend an. Der Mönch nickt.

»Wart Ihr nicht gar selbst einmal auf Pilgerfahrt nach Santiago? Ein Freund hat mir vor Jahren davon berichtet.« Wieder neigt der Mann sein ergrautes Haupt. Falls er sich über ihre Fragen wundert, dann lässt er es sich jedenfalls nicht anmerken.

»Wisst Ihr den Weg nach Santiago, zum Grab des Apostels Jakobus?«

Nun betrachtet er sie mit aufmerksamem Blick, fragt aber immer noch nicht, was dieser seltsame Überfall zu bedeuten hat.

»Aber ja, mein Kind. Man reist über Cluny, Le Puy und Toulouse und dann über die Pyrenäen nach Navarra.«

Juliana unterbricht ihn. »Ich meine, erinnert Ihr Euch noch genauer an den Weg? So genau wie möglich – welche Straße man nehmen muss, wenn man von Wimpfen aus nach Sankt Jakob ziehen will.« Sein Blick scheint sie nun zu durchbohren.

»Unser Knappe Tilmann möchte nach Santiago pilgern, aber

ich fürchte, dass er vom Weg abkommen könnte«, lügt sie. »Ich würde ihm gerne helfen, dass er das Grab des Apostels sicher erreicht.« Sie sieht den Mönch flehend an.

»Nun, von hier aus geht es erst nach Süden, vorbei an Heilbronn, Nordheim und Brackenheim, weiter zum Kloster Maulbronn und an der Enz entlang. In Freiburg kann man sich nach Westen wenden, den Rhein überqueren und nach Colmar hinüberwandern.« Er hält inne. »Könnt Ihr Euch das alles merken?« Juliana schüttelt schwach den Kopf.

»Dann werde ich es Euch wohl aufschreiben müssen. Euer Knappe kann doch lesen, oder?« Wieder nickt das Ritterfräulein.

»Dann wartet hier. Ich werde notieren, woran ich mich erinnere.«

* * *

Es ist dunkel und still im Haus. Juliana sitzt mitten in der großen Stube und sieht zu, wie die Schatten sich vertiefen. Die Klänge der abendlichen Stadt dringen zu ihr herauf. Die Bürger kommen zur Ruhe, das Tagewerk ist vollbracht. Die Kirche läutet zur Abendmesse, ein paar Stimmen wehen am Haus vorbei. Jeder strebt der Sicherheit seines eigenen Herdes zu, weg von der Straße, um die Nacht unter Gottes schützender Hand zu verbringen. Und sie will zu dieser Stunde das Haus verlassen, um sich den Gefahren der Nacht auszusetzen?

»Gottes Hand ist überall«, sagt sie laut, um die Zweifel niederzuringen. Aber wird er sie schützen wollen, wenn sie gegen alle Gebote des Himmels und der Menschen verstößt? Bald wird der Nachtwächter sein Lied anstimmen.

»Was ich tue, ist richtig!«, sagt sie sich und lauscht den Geräuschen der Straße. Wie spät ist es? Wann hat Tilmann Ehrenberg erreicht? Hat die Mutter sich bereits in ihre Kemenate zurückgezogen, oder hat sie bemerkt, dass die Tochter nicht zurückgekommen ist? Glaubt Gerda, was der Knappe ihr berichtet? Wann wird ihr klar werden, dass ihr Schützling sie belogen hat? Wird die Mutter die Burgmannen auf ihre Fährte setzen? Bestimmt! Die Frage ist nur wann? Eines ist jedenfalls sicher: Die Zeit drängt. Warum sitzt sie dann hier im Dämmerlicht, die Hände müßig im Schoß? Ist sie ihrer Sache nicht sicher? Reicht ihr Mut zu nicht mehr als zu den Worten eines Schwurs, dem keine Taten folgen? Ihr Blick richtet sich auf das Pergament des Dominikaners, das vor ihr auf dem Tisch liegt. Es ist eng beschrieben mit Namen von Städten, Klöstern, Burgen und Flüssen. Bis nach Burgund hinüber scheint die Beschreibung recht genau zu sein, dann werden die Angaben vager. Seine Erinnerung an die fernen Länder ist sicher verblasst. Manche der Namen klingen so fremdartig, dass Juliana nicht weiß, wie man sie aussprechen muss.

»Da sitzt du nun und fürchtest dich vor der Fremde«, wirft sie sich vor. Ihr Flüstern verklingt in der Dunkelheit. »Die Straße, die Menschen, Hunger und Entbehrung, alles macht dir Angst und lässt dich nach deinem vertrauten Bett jammern. Ach, wie köstlich klingt plötzlich Gerdas Schnarchen in deinem Ohr! Wie sehr wirst du dich danach sehnen, wenn du erschöpft, frierend und hungrig am Wegesrand zusammensinkst, die Füße wund von der Unendlichkeit der Straße.«

All die warnenden Worte der Mutter sammeln sich in ihrem Gedächtnis und dröhnen ihr im Ohr, als würde der Erzengel ins Horn stoßen. Ein Mädchen ohne Schutz in der Fremde! Nicht eine ganze Heerschar an Engeln könnte ihre Ehre schützen. Nein, das Edelfräulein Juliana von Ehrenberg kann sich nicht auf den Weg machen. So viel steht fest.

Entschlossen springt das Mädchen auf. Es entzündet den Docht einer Öllampe und macht sich auf den Weg zur Küche. An der Stange neben dem Kamin hängen die scharfen Messer. Mit einem Seufzer des Bedauerns löst sie ihre langen, blonden Flechten, die ihr bis über die Hüften hängen, und zieht zum letzten Mal die Bürste durch die Locken.

»Es muss sein«, spornt sie sich an und greift nach dem Messer. Da fallen sie herab, Strähne für Strähne, und ringeln sich zu ihren Füßen. Das Edelfräulein hält erst inne, als ihr Haar nicht einmal mehr die Schultern berührt. Sie sucht sich einen groben Hanfstrick und bindet den traurigen Rest im Nacken zusammen. Wie gut, dass sie sich nicht ansehen muss! So gelingt es ihr, die Tränen hinunterzuschlucken. In der Herdstatt verbrennt sie die verräterische Pracht bis zur letzten Locke.

Als Nächstes muss sie die Kleider loswerden. In der Truhe des Vaters findet sie nichts Brauchbares. Selbst mit einem Gurt um die Taille ist ihr alles viel zu weit. Ratlos hält sie einen schweren Rock in Händen. Soll sie in der Gesindekammer nachsehen? So recht schmeckt ihr der Gedanke nicht. Muss sie gar in groben Holzschuhen durch die Lande wandern? Sie sieht auf ihre Füße herab. Nun, die bestickten roten Schnabelschuhe kann sie jedenfalls nicht tragen und ihre Reitschuhe ebenfalls nicht. Ratlos steht sie in dem prächtigen Schlafgemach des Vaters und spürt, wie die Panik schon wieder nach ihr greift.

»Tilmann!«, kommt ihr der rettende Gedanke. Vielleicht hat er einige seiner Gewänder im Stadthaus zurückgelassen. Sie eilt in die winzige Dachkammer hinauf und reißt den Deckel der Truhe hoch. Zwei knielange Hemden, Beinlinge – wenn auch mit Löchern an den Zehen –, ein Reiserock und ein langer Wollumhang mit Kapuze. Sogar ein paar lederne Schuhe findet sie, die man bis über den Knöchel schnüren kann. Sie schickt dem Knappen im Stillen ein Dankgebet, während sie in seine Kleider schlüpft. Sie passen ihr, auch wenn sie sich ungewohnt anfühlen. Nur die Schuhe sind ein wenig zu groß. Juliana sucht sich ein paar Leinenlumpen aus der Küche und wickelt sie um die Füße, bis die Schuhe leidlich passen. Sie geht ein wenig in der Stube auf und ab.

Und so soll sie bis ins ferne Kastilien kommen? Auf diesen Sohlen? Zweifelnd sieht sie an sich herab. Wie viel einfacher und schneller ist es zu reiten! Sie wird ihre Stute mitnehmen, dann kann sie den Vater sicher bald einholen.

Aber wie kann sie als Bursche auf einem Damensattel reiten?

Soll sie sich etwa einen Sattel stehlen? Wer soll ihn dem Pferd auflegen? Kann sie sich überhaupt auf Männerart auf dem Pferderücken halten? Außerdem ist die Stute ein viel zu auffälliges Tier, das eine Spur legen würde, die kein noch so einfältiger Verfolger übersehen könnte. Und woher soll sie das Geld nehmen, sich und das Ross auf solch einer Reise zu ernähren?

Juliana seufzt. Nein, sie kann das Tier nicht mitnehmen, sie muss die Reise zu Fuß tun, mit einem Rucksack auf dem Rücken, wie alle reuigen Sünder, die nach Santiago pilgern.

»Ich bin keine Sünderin! Und ich pilgere auch nicht«, begehrt sie noch einmal trotzig auf.

Keine Sünderin? Welcher Hochmut!, wispert eine Stimme in ihrem Kopf. Du hast deine Mutter belogen und alle anderen auf Ehrenberg, die dir vertrauen. Du hintergehst den Pater – das Herz wird ihm brechen! Ja, selbst all die Menschen, die du auf deiner Reise treffen wirst, willst du mit deiner Maskerade hinters Licht führen. Du stiehlst Tilmanns Kleider, du verstößt gegen Anstand und Sitte. Oh nein, du wirst keine Sünden zu bereuen haben, wenn du vor den Altar deines Schöpfers trittst!

Juliana will diese Stimme nicht hören. Sie läuft durch das Haus, einen Leinenrucksack in den Händen. Was soll sie mitnehmen? Sie braucht Wasser und Essen, Nadel und Faden, um die Beinlinge zu stopfen. Hat die Mutter irgendwo Geld zurückgelassen? In der Schatulle sind Pfennige, ein wenig Silber und ein einzelner Gulden. Das Mädchen hält eine schmale Goldkette und eine Brosche mit Perlen in den Händen.

Oh nein, gar keine Sünden, schallt es in ihrem Kopf, und ein schadenfrohes Gelächter erklingt.

»Vielleicht hängt mein Leben davon ab!«, ruft sie und lässt die Schmuckstücke im Rucksack verschwinden. Sie kann nur hoffen, dass die Mutter ihr einst verzeihen wird.

Mit Pater Vitus' Hut auf dem Kopf, den dieser hier zurückgelassen hat, und einem prallen, viel zu schweren Bündel auf dem Rücken, macht sich das Ritterfräulein kurz nach Mitternacht auf den Weg. – Nein, nicht Ritterfräulein Juliana, verbessert sie sich selbst. Der Knappe Jul – hm, Tilmann? Nein: Johannes, ja das ist gut. Für einen Augenblick denkt sie an den kleinen Bruder, der nur so kurz auf dieser Erde weilen durfte, dann verjagt sie die traurigen Gedanken der Vergangenheit. Sie muss geradeaus sehen und sich auf die große Aufgabe konzentrieren, die vor ihr liegt. Der Knappe Johannes wird über die Straße nach Santiago wandern, auf der Suche nach seinem Vater.

Sie wartet, bis der Nachtwächter in Richtung Kirche davongeht, und eilt dann durch die nächtliche Gasse zum Spital hinunter. Wieder einmal dankt sie den Stadtvätern, dass der Mauerbau sich hinzieht und sie ungesehen und ohne unbequeme Fragen Wimpfen am Berg verlassen kann.

* * *

Das Ritterfräulein wandert durch die Nacht. Trotz der Tücher, die sie sich fest um die Füße geschlungen hat, drücken die ungewohnten Schuhe, und die Nacht kommt ihr kalt und feindselig vor. Noch hat sie keine Schwierigkeiten, ihren Weg zu finden. Die Straße nach Heilbronn ist ausgefahren und folgt dem Neckarufer nach Süden. Sie muss den unteren und den oberen Ort Eisesheim queren, deren Lehensherr der Weinsberger ist. Juliana versucht, nicht daran zu denken, wie ihr Leben verlaufen könnte, würde die Familie des Weinsbergers sich mit den Ehrenbergern verbinden wollen. Wenn der Vater nicht in die Fremde geschickt worden wäre, wenn er den Vetter nicht niedergestochen hätte! Es sind immer die gleichen Satzfolgen, die sich in ihrem Geist zusammenfügen. Es ist wie ein Mühlrad mit dem stets gleichen Geklapper. Das Schicksal hat die Familie von ihrem Weg abgedrängt, und nun bleibt ihr nur die Wahl, Wilhelm von Kochendorf zu heiraten, unter seiner Hand auf der Burg zu sitzen und zu hoffen, den Vater irgendwann wiederzusehen oder ihren Pfad selbst zu bestimmen und dem Vater auf seiner Straße zu folgen.

»Du hast dich entschieden!«, mahnt sie sich. »Dann jammere nicht, sondern halte die Füße in Bewegung!«

Ach, wenn es ihr nur nicht so schwer fiele! Der nächste Weiler, wo die Gartach in den Neckar fließt, liegt in tiefem Schlaf. Die Nacht wird immer kühler. Kein Licht ist zu sehen, nicht die Glut eines Feuers, keine Wärme. Nur ein Hund verbellt den nächtlichen Eindringling. Schnell geht Juliana weiter. Der Mond erhellt ihren Weg. Sie kann die Mauern von Heilbronn auf der anderen Flussseite erahnen. In ihrem Geist sieht sie die Wächter auf den Wehrgängen auf und ab gehen, den wachsamen Sinn in die Nacht gerichtet, um ihren Bürgern sicheren Schlaf zu schenken. Welch wundervolle Gewissheit, beschirmt zu werden. Wie lange wird sie das Gefühl, in Sicherheit zu sein, nun vermissen müssen? Den Gedanken – noch ist es nicht zu spät umzukehren – lässt sie nicht zu. Sie bleibt auch nicht stehen, um Atem zu holen oder aus der Flasche zu trinken, obwohl ihr Mund trocken ist und nach Wasser verlangt, zu groß ist ihre Furcht, ihr Mut könne ins Straucheln geraten. So folgt Juliana dem Weg der Sterne nach Süden, Schritt für Schritt. Ein weiteres Dorf im Schlaf säumt ihren Weg.

Muss sie sich nun nicht nach Westen halten? Oder erst bei der nächsten Ansiedlung? Es ist zu dunkel, um das Schreiben des Dominikanermönchs zu entziffern, außerdem ist niemand wach, den sie nach dem Namen des Dorfes fragen könnte. Juliana spürt die Kälte, die in der Zeit vor dem Morgengrauen durch den Mantel kriecht, und hört das Grummeln des Hungers in ihrem Bauch. Blasen haben sich an ihren Zehen und den Fersen gebildet und quälen sie bei jedem Schritt mit stechendem Schmerz. Sie folgt einem schmalen Waldpfad nach Westen und fragt sich bang, ob sie sich schon verlaufen hat. Der Berghang, den sie quert, wird immer steiler, doch wie soll sie sich in diesem Dickicht orientieren? Sie muss weitergehen, bis das Land freier wird, bis es hell wird und sie auf Menschen trifft, die sie fragen kann.

Die Nacht verblasst, die Sterne verlöschen, endlich weichen

die Bäume zurück. Das Edelfräulein bleibt stehen und lässt den Blick über die Doppelburg schweifen, die sich, vom ersten Sonnenlicht angestrahlt, auf dem Bergrücken vor ihr erhebt. Zwei mächtige Bergfriede, die so vertraut an Wimpfen erinnern, von je einer Ringmauer umgeben: Sie weiß, dass der Turm der oberen Burg schon seit Generationen der Familie als Donjon dient. Der untere Turm wird von den Burgmannen bewohnt. Ein zweiter Mauerring umschließt die großartige Anlage.

Zu Füßen der Doppelburg breitet sich ein Weiler aus, von dem drei Männer mit Äxten über den Schultern den Hang hinauf auf sie zukommen. Eigentlich braucht Juliana die Männer nicht mehr zu fragen, um zu erfahren, dass hinter diesen Mauern ihr Freund Wolf von Neipperg aufgewachsen ist. Wie oft hat er ihr von seiner Heimatburg erzählt, bis es ihr so vorkam, als habe sie jede Ecke, jedes Stockwerk der Türme, jedes Stück Mauer von Neipperg mit eigenen Augen gesehen.

Das Ritterfräulein lässt sich auf einen Baumstumpf sinken und verbirgt das Gesicht in den Händen. Zum Glück haben sich die Bauern bereits abgewandt. Es hätte sie sicher gewundert, den jungen Burschen plötzlich in solch tiefer Trauer vor sich zu sehen.

Wolf! Allein sein Name treibt ihr Tränen in die Augen. Vier Jahre sind verstrichen, in denen die Hoffnung immer weiter schwand, bis sie von der Gewissheit verdrängt wurde, dass sie ihn in diesem Leben nicht wiedersehen würde. Welch wundervolle Tage der Kindheit haben sie zusammen verbracht, und wie roh wurden sie von einem zum nächsten für immer beendet. Es kommt dem Ritterfräulein vor, als sei seit ihrer letzten gemeinsamen Stunde ein ganzes Leben verstrichen, und dennoch brennt die Frage wie am ersten Tag in ihr und schmerzt in ihrer Seele: Warum ist er fortgegangen? Wie konnte der Ruf des toten Apostels schwerer wiegen als der lebendige Leib der Freundin an seiner Seite? Und was hat ihn davon abgehalten, zu ihr zurückzukehren?

Juliana wirft noch einen Blick auf Neipperg. Sie weiß nun,

dass sie vom Weg abgekommen ist. Brackenheim liegt fast eine Stunde weiter südlich.

Hat sie sich einfach nur verlaufen, oder ist es ein Wink des Schicksals, der ihre Schritte zur Doppelburg Neipperg lenkte? Was soll ihr die Erinnerung sagen, die so heftig auf sie einstürmt, als wäre er erst gestern von ihr gegangen? Kann sie hoffen, nach so vielen Jahren seine Spuren zu entdecken? Das Mädchen schüttelt energisch den Kopf und erhebt sich. Sie kann froh sein, wenn die Fußstapfen des Vaters noch nicht vollständig verweht sind und manch einer den Ritter aus Ehrenberg im Gedächtnis bewahrt, bis sie nach ihm fragen kann.

»Nun frisch weiter«, fordert sie sich mit strenger Stimme auf. »Der Tag verfliegt, und der Weg ist weit!«

Ein letzter Blick auf die beiden Bergfriede. Und es ist ihr noch einmal so zumute, als würde sie die Heimat nie mehr wiedersehen.

Juliana wandert weiter. Sie ist müde, Rücken, Beine und Füße schmerzen, aber sie geht unverdrossen, die Sonne weist ihr den Weg nach Südwesten. Mal sind es ausgefahrene Karrenwege, mal schmale Waldpfade, mal geht es einen Feldrain entlang. Der Nachmittag ist bereits angebrochen, als das Kloster Maulbronn vor ihr auftaucht. Juliana humpelt auf die weitläufige Anlage zu und klopft an das Tor. Die Zisterzienser öffnen ihr, bitten sie herein und geben ihr zu essen. Zögernd fragt sie nach einem Lager für die Nacht, obwohl die Sonne noch für Stunden am Himmel stehen wird. Der Mönch, der sich um die Gäste kümmert, nickt. »Wohin soll es denn gehen?«, fragt er.

»Zum Grab des Apostels nach Santiago de Compostela«, sagt sie, und es klingt seltsam in ihren Ohren, jetzt, da sie es zum ersten Mal laut ausspricht. »Aber ich weiß nicht, ob ich es schaffe«, fügt sie hinzu. »Ich bin gerade mal einen Tag und eine Nacht unterwegs, und meine Füße fühlen sich an, als steckten sie im Fegefeuer.«

Der Mönch lächelt wissend. »Darf ich mir die Füße ansehen, die dir solche Pein bereiten?«

Zögernd stimmt Juliana zu. Es ist ein seltsames Gefühl, seine Beine vor einem fremden Mann zu entblößen. Er greift nach ihnen und tastet sanft über offene Blasen. Dem Mädchen stehen Tränen in den Augen. Verzweiflung will sie verschlingen. Der Mönch spürt, wie ihr zumute ist.

»Nun, nun, nicht so verzagt, die ersten Tage auf der Straße sind die schlimmsten, das kann dir jeder Pilger berichten. Deine Füße – ja dein ganzer Leib muss sich erst an dieses neue Leben gewöhnen. Schon bald werden deine Fußsohlen hart wie Leder sein und dein Rücken das Bündel nicht mehr als Last empfinden. Den Kampf gegen die Blasen hast du gewonnen, noch ehe du den Rhein überschreitest. Ruhe nun, bis der Tag anbricht. Ich werde dir die wunden Stellen mit einer Salbe einreiben und dir ein kleines Töpfchen davon mitgeben. Kopf hoch! Der Herr wird dir Mut geben. Wenn die Zweifel kommen, dann bete zu ihm und zur Heiligen Jungfrau.«

Juliana nickt nur stumm und sieht zu, wie der Zisterziensermönch ihre geschundenen Füße mit Salbe einreibt.

23
Santo Domingo*

Das Gefühl der wunden Füße überdauerte den Traum. Besorgt betrachtete Juliana die rissigen Stellen in den ansonsten verhornten Fußsohlen, die sich wie rosige Schlangen in die Tiefe der Haut wanden und ihr Schmerzen bereiteten. Missmutig sah sie die schlammigen Lappen an, mit denen sie die zu großen Schuhe ausgestopft hatte.

André streckte den Kopf durch die Tür. »Wenn du dich nicht beeilst, dann wirst du kein Mus mehr bekommen.« Seine Stimme klang, als habe der Regen auch seinen Trübsinn davongeschwemmt. Juliana humpelte in den angrenzenden Raum, wo der alte Ordensmann – wieder oder immer noch – beim Kamin saß.

»Was ist mit deinen Füßen?«, fragte er und bestand darauf, sie sich anzusehen. Dann schlurfte er davon und kam mit einigen Leinenstreifen zurück, die er in eine grüne, scharf riechende Flüssigkeit getaucht hatte. Er wickelte sie fest um die wunden Ballen und band noch ein leidlich sauberes Tuch darüber.

»Morgen wird es besser sein.« Er lächelte und ließ ein paar schwärzliche Zahnstümpfe sehen. Artig bedankte sich das Mädchen und schlang dann das klebrige Mus herunter, das der Alte für sie gekocht hatte.

Die fünf Pilger packten ihre Bündel, verabschiedeten sich von dem alten Mönch und brachen auf. Noch immer hingen dichte Wolken am Himmel, der Regen aber hatte aufgehört. Der Schlamm allerdings war noch unangenehmer geworden. Bei jedem Schritt saugte er sich an den Sohlen fest und schien

---

* heute: Santo Domingo de La Calzada

diese nur widerwillig freizugeben. Als die Straße sich absenkte, mussten die Wanderer Acht geben, nicht auszurutschen und zu fallen.

André war der Erste, der im Morast landete. Schimpfend versuchte er, die roten Flecken von seinem feuchten Umhang zu wischen, verteilte den Lehm dabei jedoch nur. Juliana stemmte bei jedem Schritt den Stab fest in den Boden. Auch ihre Kleider waren noch feucht, und sie fröstelte unter dem Wind, der ihr durch die blonden Locken fuhr und ihr ein paar Haarsträhnen, die dem Band entwischt waren, ins Gesicht wehte. Sie sollte ihr Haar wieder ein Stück schneiden, bevor es sie noch mädchenhafter erscheinen ließ.

Alle waren froh, die Stadt Santo Domingo zu erreichen, die sich im flachen Tal des Río Oja ausbreitete.

In gerader Linie führte die Straße vom Stadttor kommend immer weiter, bis die Kirchenmauern vor ihnen auffragten und die Gasse zwangen, in einem Bogen nach Süden auszuweichen. Es schien, als habe man das Gotteshaus mitten auf die Straße gebaut.

»Gut beobachtet«, stimmte Pater Bertran zu, als Juliana ihre Gedanken aussprach. »Der heilige Domingo hat hier an der Oja als Einsiedler gelebt. Er wollte einst Mönch von San Millán werden, dem berühmten Kloster einen Tagesmarsch südlich von hier, aber – nun, es tut nichts zur Sache, warum er dort nicht aufgenommen wurde. Jedenfalls zog er sich hierher an die Oja zurück. Die Pilger, die so beschwerlich über den Fluss gelangen mussten, dauerten ihn, also begann er, eine Brücke und eine gepflasterte Straße – eine Calzada, wie man hier sagt – zu bauen. Ja, die ganze Stadt mit dem großen Spital, das ihr dort drüben auf der anderen Seite des Platzes seht, ist sein Werk!«

»Ein fleißiger Mann«, warf der Bettelmönch ein.« Sein verwilderter Bart teilte sich zu einem Grinsen.

»Ja!«, bestätigte der dürre Pater scharf. »Das war er. Er hat auch noch andere Brücken gebaut und ausgebessert. Und deshalb hat man ihn geheiligt, hier mitten auf seiner Straße begraben und eine Kathedrale über seinem Grab errichtet.«

»Du siehst, Johannes, in diesem Land werden nicht Märtyrer, sondern Baumeister heilig gesprochen«, spottete der Bettelmönch.

Der Augustinerpater warf Bruder Rupert einen bösen Blick zu, schwieg aber. Die Pilgergruppe schritt an der geöffneten Kirchentür und dem daneben aufragenden Turm vorbei, als ein durchdringendes Krähen Juliana innehalten ließ.

»Das hat sich angehört, als käme es aus der Kirche.«

»Es kam aus der Kirche!«, bestätigte Bruder Rupert.

»Was ist das für eine Stadt, in der man Hühner in seinem Gotteshaus frei herumlaufen lässt«, wunderte sich das Ritterfräulein.

»Sie laufen nicht frei herum, sie sitzen in einem Käfig«, berichtigte der Augustinerpater.

»Das muss ich mir ansehen«, rief das Mädchen und trat in das Kirchenschiff. Sie folgte dem Gackern bis nach vorn ins Querschiff und blieb dann vor einem kunstvoll geschmiedeten Käfig stehen, in dem ein Henne und ein prächtiger Hahn saßen.

»Das ist ja seltsam«, wunderte sie sich und sah sich nach Pater Bertran um, der mit den anderen zu ihr trat. Der Pater verhüllte seinen fast nackten Schädel mit der schwarzen Kapuze seines Habits und neigte den Kopf vor dem Altar.

»Sie erinnern an ein Wunder, das der heilige Domingo hier gewirkt hat.«

Da das Mädchen ihn gespannt ansah, begann er, die Geschichte, von einer Familie aus Ad Sanctus im Münsterland, die auf ihrer Pilgerreise hier in der Stadt in einer Herberge eingekehrt war, zu erzählen. »Eine Magd fand an dem blonden Sohn der Leute Gefallen und wollte ihn verführen. Hatte er nicht für Sankt Jakob ein Gelübde abgelegt? Und er widerstand der Verlockung des Weibes. Die Verschmähte wurde zornig und versteckte einen silbernen Becher in seinem Bündel. Als die Familie am folgenden Tag ihre Pilgerreise fortsetzen wollte, schickte sie ihm die Büttel hinterher. Tatsächlich fanden sie den vermissten Becher in der Tasche des Jünglings. Die Büttel schleppten ihn zur Stadt zurück. Der Stadtrichter verurteilte den jungen Mann und ließ ihn aufhängen.

Juliana schlug sich die Hand vor den Mund. »Wie schändlich! Durfte er sich denn gar nicht verteidigen? Oh, welch große Pein muss die Magd in der Hölle erwartet haben. Fühlte sie denn gar keine Reue?«

Bruder Rupert grinste, der Pater jedoch ließ sich nicht verunsichern, sondern erzählte weiter.

»Bevor die Eltern ihre Pilgerreise fortsetzten, zogen sie voller Gram an den Ort, wo ihr Sohn am Galgen den Tod gefunden hatte. Aber, welch Wunder, plötzlich hörten sie seine Stimme. Er lebte, Santo Domingo selbst stützte ihm die Füße!«

»Das ist ja unglaublich«, stieß André aus, der ebenfalls atemlos zugehört hatte.

Ritter Raymond de Crest dagegen schlenderte mit gelangweilter Miene durch die Kirche und verschwand dann durch das Portal.

»Die Eltern liefen zum Stadtrichter, der bei seinem sonntäglichen Hühnerbraten saß, um ihm von dem Wunder zu berichten. Er war über diese Störung nicht erfreut und wollte den Eltern keinen Glauben schenken.«

»Was nicht weiter verwundert«, warf Bruder Rupert ein und strich sich über seine Narbe am Hals. Der Pater schenkte ihm einen kalten Blick, fuhr aber fort: »Der Stadtrichter sagte: ›Eher wachsen Hahn und Henne hier auf meinem Teller wieder Flügel, als dass Domingo diesen Dieb am Leben erhalten hat.‹ Nun, er muss sehr erstaunt gewesen sein, als sein Braten nach diesen Worten durch das Fenster davonflog. Sogleich ließ er den Jüngling vom Galgen losbinden und die Magd statt seiner hängen. Und seit dieser Zeit gibt es einen Käfig mit Hahn und Henne in der Kirche.«

»Welch wunderliche Geschichte«, sagte Juliana und strich mit den Fingern über die Federspitzen, die die Henne an die Gitterstäbe drückte. Sie nahm ein Stück Brot aus dem Rucksack und streute ein paar Krumen in den Stall, die sofort unter aufgeregtem Gegacker aufgepickt wurden.

»Ja, wunderlich«, stimmte ihr Bruder Rupert zu, »aber nicht einzigartig. Ich habe das Gleiche schon aus Toulouse gehört. Dort hat der heilige Jakobus den Jüngling vom Galgen errettet. Wer weiß, wie viel Federvieh von unseren Heiligen aus der Bratpfanne erlöst wurde?«

»Spottet nicht!«, fuhr ihn Pater Bertran an und fuchtelte mit seinem knochigen Finger durch die Luft. »Ist Euch denn nichts heilig? Wollt Ihr Gott und seine Apostel lästern?«

Der Bettelmönch verneigte sich. »Aber nein, das würde mir nicht in den Sinn kommen. Ich glaube nur nicht alle Geschichten, die von Mund zu Mund getragen werden. Auch wenn sie sich vortrefflich erzählen lassen und den Ruhm eines Heiligen vergrößern.«

Draußen trafen sie Ritter de Crest wieder. Obwohl der Tag noch nicht weit fortgeschritten war, verlangte er nach einer Erfrischung. Er nahm den Hut ab und strich sich durch das staubverkrustete Haar, dessen Blond nun eher rötlich erschien.

»Zu dieser Stunde werdet Ihr in der Pilgerherberge kaum etwas bekommen«, sagte Pater Bertran kühl.

»Das ist mir egal«, murrte der Ritter und starrte den Augustiner finster an. »Dann gehe ich in die Taverne dort drüben. Meine Kehle verlangt nach Wein!« Er wandte sich ab und ging zielstrebig auf eine offene Tür zu, über der ein verwittertes Schild an einer Kette leise knarrend hin- und herschaukelte. Die anderen sahen ihm nach.

»Einen Becher guten Wein würde ich auch gerne trinken«, sagte André mit Sehnsucht in der Stimme. »Ach, wenn ich an die Weine denke, die der Oheim auf Wildenstein auszuschenken pflegte«, er schnalzte mit der Zunge, »dann wird mir ganz weh ums Herz. Ich habe die Leute hier reden hören, dass der Wein aus Rioja zu sündigen es wert wäre.« Er seufzte. »Es ist zu schade, aber ich fürchte, ich muss meine letzten Münzen zusammenhalten. Wer weiß, was uns noch erwartet.«

Pater Bertrans Lippen wurden noch schmaler als sonst. Sein Gesicht erinnerte an einen Totenschädel »Sind wir hier auf einer Pilgerfahrt, um Buße zu tun und Vergebung zu erlangen, oder soll das ein Saufgelage werden?«

Ich bin nicht auf Pilgerfahrt!, wehrte sich Juliana in Gedanken. Ich bin auf der Suche nach einer Antwort auf die Frage, warum mein Vater zum Sünder wurde. Ich brauche den Apostel nicht! Sie spürte den durchdringenden Blick des Augustiners über sich gleiten und sah errötend zu Boden. Niemand war ohne Schuld und konnte auf die göttliche Gnade verzichten.

»Ich bekomme fast den Eindruck, als wandere jemand an meiner Seite, der sich einbildet, über Sünde und Schuld erhaben zu sein. Möge ihn Gottes Zorn für seinen Hochmut treffen!«

Widerstand wallte in Juliana auf, sie sah hoch und wollte dem alten Mönch ihre Verteidigung ins Gesicht schleudern, als sie merkte, dass er nicht sie ansah, sondern André, aus dem seine fröhliche Lebhaftigkeit wieder einmal gewichen war. Er schrumpfte geradezu unter dem anklagenden Blick des Paters.

»Ich werde mir die Stadt ein wenig ansehen«, sagte Bruder Rupert und reckte seine kräftigen Arme. Er gähnte herzhaft und kratzte sich den Bart, in dem noch ein paar Essensreste klebten. »Es ist ermüdend, hier herumzustehen und auf den Herrn Ritter zu warten.« Er drehte sich um und stapfte davon.

»Wollen wir mitgehen?«, forderte das Mädchen André auf, doch er schüttelte nur den Kopf, ohne sie anzusehen. Juliana schwankte zwischen Mitleid und Zorn. Warum ließ er sich von Pater Bertran so behandeln und immer wieder in solch tiefe Verzweiflung stürzen? Wer war dieser Pater, dass er sich einbildete, Richter über seine Mitreisenden zu sein? Dagegen schien ihr Bruder Rupert in diesem Augenblick fast sympathisch.

»Dann nicht«, sagte das Mädchen schulterzuckend und eilte dem Bettelmönch nach. »Wir sehen uns hier auf dem Kirchplatz wieder!«

Als sie kaum eine Stunde später den Platz zwischen Pilgerherberge und der Kathedrale wieder erreichten, sahen sie den Ritter de Crest und Pater Bertran etwas abseits stehen. An den Gesten des hageren Augustiners konnte man deutlich erkennen, in welchen Bahnen das Gespräch verlief.

»Aha, jetzt ist Raymond dran, seine Predigt über Pilgerfahrt und Sünde zu hören«, schmunzelte der Bettelmönch. »Der Dämon des Weines, ein dienlicher Gesell des Teufels!«

Juliana nickte. Anders als André ließ sich der blonde Ritter allerdings nicht so leicht einschüchtern. Sie hörte seine Stimme über den Platz dröhnen, auch wenn sie die Worte nicht verstand. Als er die Begleiter kommen sah, verstummten beide und traten auf sie zu.

»Wo ist André?«, fragte das Mädchen und sah sich suchend um.

»Ich weiß es nicht, und es interessiert mich auch nicht«, fauchte Pater Bertran, dessen Wangen gerötet waren. »Gehen wir!«

Juliana öffnete den Mund, um zu protestieren, da trat der junge Mann aus der Kathedrale.

Die Reisenden verließen die Stadt mit ihren sieben Toren und den mehr als drei Dutzend Manteltürmen und schritten auf die Brücke zu, die der Heilige gebaut hatte. Der Río Oja war zwar über den Sommer fast ausgetrocknet, dennoch war das Bauwerk des Heiligen, das seit mehr als zweihundert Jahren das weite Tal überspannte, ein eindrucksvoller Anblick. Vierundzwanzig Bogen zählte Juliana, während sie hinter den beiden so verschiedenen Mönchen über die Brücke schritt. Welch Schauspiel musste es sein, wenn die braunen Wassermassen aus den Bergen sich hier nach dem Winter herabwälzten.

* * *

Unter einem grau verhangenen Himmel, von böigem Wind getrieben, wanderten sie weiter. Meist stieg der Weg auf der sanft geneigten Ebene leicht bergan, die immer wieder von Bächen gekerbt wurde. Felder und ausgedorrte Brachflächen wechselten sich mit lichten Eichenhainen ab. Im Westen schied sich eine hohe Bergkette vom Grau der Wolken.

»Müssen wir dort hinüber?«, fragte Juliana.

»Ich glaube schon«, vermutete Bruder Rupert.

Pater Bertran, der, seit sie Santo Domingo verlassen hatten, schweigend vorangeschritten war, drehte sich um.

»Das sind die Ocaberge. Eine wilde Gegend voll von üblem Gesindel. Über sie müssen wir hinüber, bevor wir die Stadt Burgos erreichen. Wenn Gott es will, dann werden wir den Pass morgen unbeschadet überschreiten und am dritten Tag in Burgos sein. Es geht hoch hinauf, und wir können nur beten, dass sich das Wetter bessert.«

Juliana unterdrückte ein Stöhnen und zwang sich weiterzugehen. Sie hatten die gepflasterte Straße verlassen. Zum Glück wurde der Pfad nun trockener. Sie suchte sich die mit Gras bewachsenen Wegränder, auf denen sie leichter vorankam. Erde und Felsen waren nicht länger rot. Nun ragten hellgraue Bänder aus den Böschungen, und der Ackerboden war von blassem Braun.

Sie querten eine stark befestigte Stadt, über der auf einem Hügel eine imposante Burg stand. André murmelte zwar, dass er Hunger habe, traute sich aber nicht, seinen Wunsch, um ein Stück Brot zu bitten, laut zu äußern. So musste er sich ein Bachtal und einen Aufstieg lang gedulden, bis sie Redecilla erreichten. Das erste Spital, das in Sicht kam, war eines der Häuser von San Lázaro, um das jeder Mensch, der nicht von fiebrigen Krankheiten geplagt wurde oder an entstellenden Ausschlägen litt, einen Bogen schlug. Gegenüber jedoch fanden sie ein kleines Spital, in dem ihnen ein Bruder in zerschlissener Kutte zu essen gab. Lange hielten sie sich nicht auf. Pater Bertran trieb sie an. Sie würden heute noch einige Hänge erklimmen müssen, wollten sie morgen den Pass überwinden. Auf der nun wieder gepflasterten Straße schritten sie voran. Der Augustinerpater blieb stehen und deutete mit seinen knochigen Fingern die Straße entlang.

»Bleibt einmal stehen und staunt. Seht mit offenen Augen, was der Heilige alles geschaffen hat!«

»Santo Domingo?«, fragte Juliana, die die Gelegenheit einer Verschnaufpause gern aufgriff.

Der Pater nickte. »Ja, er hat die Straße hier entlanggeführt und unermüdlich mit seinen Schülern für die Pilger gearbeitet – obwohl San Millán hier in der Gegend großen Einfluss hatte. Auch heute noch sind viele Klöster und Spitäler, die ihr am Wegrand seht, von San Millán abhängig.«

»Warum wurde der heilige Domenicus dort nicht aufgenommen?«, wagte André zu fragen. »Hatte er sich eines Verbrechens schuldig gemacht, dass die Mönche ihm die Tür wiesen?«

»Sicher nicht!«, fuhr ihn Pater Bertran an. »Man sagt, Santo Domingo wurde noch zu seinen Lebzeiten heilig gesprochen!«

»Nun ja, das eine schließt das andere nicht aus«, mischte sich der Bettelmönch ein.

»Lästert nicht!«

Bruder Rupert stieß einen gequälten Laut aus. »Obwohl Ihr vom Alter her von unserer Gemeinschaft die größte Erfahrung in Eurem Leben gesammelt haben müsstet, kommt Ihr mir manches Mal einfältiger vor als unser junger Ritter André. Ich sage Euch, ich habe noch keinen Menschen getroffen, der nur gut oder nur böse war, nur sanftmütig oder nur grausam, und ich bin schon recht weit in der Welt herumgekommen. Es steckt von allem etwas in uns und tritt zuweilen zu Tage. Unsere Taten abzuwägen, müssen wir dem Allmächtigen überlassen. Wäre es so klar, könnten wir selbst auf der Erde entscheiden, wer für den Himmel und wer für die Hölle taugt. Ich will Euch nicht fragen, wie sicher Ihr Euch auf der richtigen Seite wähnt.«

Der asketische Pater kniff die Augen zusammen, warf Bruder Rupert einen erbosten Blick zu und wandte sich dann ab.

Sein Zorn war so groß, dass er wohl nicht einmal bemerkte, wie schnell er den Hügel hinauflief. Die Sohlen seiner Sandalen patschten über das Pflaster. Juliana und André fielen immer weiter zurück, und auch Ritter Raymond schwitzte und fluchte vor sich hin. Er schwankte leicht beim Gehen, seit er Santo Domingo verlassen hatte, und ein paarmal strauchelte er über hervorstehende Steine. Nur Bruder Rupert schritt genauso schnell wie der Augustiner, ohne dass auch nur sein Atem schneller wurde. Es schien, als wäre es ihm gleich, ob es bergan oder bergab ging.

※ ※ ※

Pater Bertran hatte sich vorgenommen, heute noch nach Vilafranca* aufzusteigen, doch als sie das Tal des Flusses Tirón erreichten, versank die Sonne hinter dem bewaldeten Höhenzug vor ihnen.

»Wir sollten die Nacht hier verbringen.« Bruder Rupert deutete auf die Stadt vor ihnen, die sich, anders als die meisten Orte, durch die sie gekommen waren, nicht entlang des Pilgerweges ausdehnte, sondern in Nord-Süd-Ausrichtung auf einer Terrasse über dem Fluss am Fuß eines Kalksteinfelsens erstreckte. Eine Burg thronte über der von Höhlen durchlöcherten Wand.

Es war bereits dunkel, als sie das Tor erreichten. Bruder Rupert rief den Wächter in Französisch und Latein an, er versuchte es sogar auf Deutsch, doch der tat so, als verstehe er ihn nicht. Erst als sich Pater Bertran einmischte und einen spanischen Wortschwall zur Mauer hinaufschickte, gewährte der Wächter ihnen gnädig Zutritt zur Stadt und schickte sie zum Hospital de los Caballeros, das sich gleich hinter die Mauer duckte.

Obwohl es ein Haus des Bischofs von Burgos war, trafen die Wanderer nur auf einen fettleibigen Mönch, dem ein Novize

---

* heute: Villafranca Montes de Oca

zur Hand ging. So dick der Mönch in seinem makellos schwarzen Habit war, so aufgeschossen und schmal war der Junge, dessen viel zu weite Kutte um seinen Leib schlotterte. Sie reichte ihm gerade einmal bis zu den Waden, die wie dürre Äste unter dem Saum hervorlugten. Der dicke Mönch, den der Novize mit »Fray Diego« ansprach – wobei er sich jedes Mal verbeugte – hatte sich in einem bequem gepolsterten Scherenstuhl zurückgelehnt, der am Kopfende eines langen Tisches nahe des Kamins stand. Von hier aus erteilte er dem Jungen Anweisungen. Mit klappernden Sandalen eilte der Novize hinaus.

»Setzt euch, und ruht euch aus«, lud Fray Diego die Wanderer ein, »und erzählt mir, woher ihr kommt und was ihr auf eurer Reise alles erlebt habt. Es wird noch eine Weile dauern, bis das Nachtmahl bereitet ist. Der Junge ist zwar willig, aber nicht sehr geschickt – und leider versteht er nichts vom Kochen. Ich bin stets gezwungen, mich selbst an den Kessel zu bewegen!«

Juliana unterdrückte ein Lächeln und sah verstohlen zu André hinüber. Auch um seine Lippen zuckte ein Grinsen.

»Ihr könnt alle in der Kammer hinter der Kapelle schlafen.« Sein Blick schweifte über die fünf Neuankömmlinge. »Drei Matratzen müssten noch da sein. Hm.« Er überlegte.

»Ich benötige keine Matratze«, wehrte Bruder Rupert ab. »Ich habe in meinem Leben schon viele Nächte auf dem nackten Boden verbracht.«

»Ach, und die beiden Burschen können sich eine teilen«, sagte Fray Diego mit einem zufriedenen Lächeln auf dem feisten Gesicht.

Juliana starrte den fetten Mönch voller Entsetzen an. Das durfte nicht sein Ernst sein. Sie konnte das Lager nicht mit André teilen.

»Nein!«, keifte Pater Bertran und erhob den knochigen Zeigefinger. »Es schadet dem jungen Ritter gar nichts, wenn er auf dem Boden schläft und noch ein wenig Abhärtung erfährt!« André wagte nicht zu widersprechen, und Juliana ließ erleichtert die Luft entweichen, die sie vor Schreck angehalten hatte. Sie konnte nicht verhindern, dass sie dem Augustinerpater dankbar war.

»Ihr könnt Eure Lager vorn bei der Tür aufschlagen«, fuhr Fray Diego fort. »Haltet euch bitte von dem Wandschirm in der Ecke fern. Dort liegt ein Weib, das wir in unsere Obhut genommen haben, bis sie wieder gesund ist.«

»Ein Weib?«, rief Ritter Raymond, der den ganzen Tag über mürrisch gewesen war und sich von den anderen fern gehalten hatte. »Eine Pilgerin?«

Der dicke Mönch nickte. »Ja, ein junges Weib, das vom fernen Norden kommt, sagt sie.«

»Ist sie...«, er leckte sich über die Lippen. »Ist sie schon lange hier?«

»Seit drei Tagen. Ein Fieber hat sich ihrer bemächtigt, als sie bei einem Regenguss völlig durchnässt wurde.«

Juliana sah, wie es hinter Ritter Raymonds Stirn arbeitete. Sie war sich sicher, dass er die erste Gelegenheit ergreifen würde, um sich zu vergewissern, ob das Weib das Fräulein von Ehrenberg sein konnte, auf dessen Suche er geschickt worden war.

Wenn Ihr wüsstet, dachte sie und hoffte gleichzeitig, dass er nicht herausfinden möge, dass er bereits tagelang in Gesellschaft der von ihm Gesuchten unterwegs war.

»Fray Diego?« Der Novize kam zurück und verbeugte sich tief. »Das Essen ist so weit. Soll ich Euch in die Küche bringen?« Er trat an den Stuhl heran. Der Mönch wuchtete sich mit einem Stöhnen aus dem Stuhl und legte sogleich seinen Arm um die Schulter des Jünglings. Schwer atmend blieb er einige Augenblicke stehen, sein Blick huschte über die Besucher, bis er an dem Ritterfräulein hängen blieb.

»Wie ist dein Name, mein Junge?«

»Ich heiße Johannes, Fray Diego.«

Er winkte mit seiner fleischigen Hand. »Komm her und führe mich.«

Zögernd gehorchte das Mädchen. Sie dachte, ihr Rückgrat müsse brechen, als sich der Mönch auf sie stützte. Mit winzigen Schrittchen schob er sich zur Küche hinüber, um sich vor dem Kessel sogleich auf den nächsten Hocker fallen zu lassen. Die dünnen Beine knarzten unter seinem Gewicht, und Juliana wunderte sich, dass der Hocker nicht zusammenbrach. Fray Diego nahm den großen Schöpflöffel, probierte den verkochten graugrünen Brei und verzog angewidert das Gesicht.

»Das taugt nicht einmal, um Schweine damit zu füttern. Los Junge, bring mir Salz und Knoblauch, Thymian und Salbei und ein paar Wacholderbeeren.« Der Novize eilte durch die Küche, um die gewünschten Zutaten zu bringen. Der Dicke ließ getrocknete Kräuter und Pulver in den Kessel rieseln, bis er zufrieden nickte. »Nun kannst du den Topf hinüberbringen und die Glocke zum Spätmahl läuten – nein – ist nicht nötig, mir zu helfen, unser hübscher Freund Johannes wird das heute tun, nicht?«

Er tätschelte ihre Wange, als sie zu ihm trat, um ihm aufzuhelfen. Es kostete sie einige Überwindung, nicht zurückzuweichen und die rote Pranke wegzuschlagen.

»So ein schönes Gesicht, solch wundervolles Haar«, schwärmte der Dicke, als sie den Rückweg antraten. »Weißt du schon, was du machen willst, wenn du von Sankt Jakob zurückkehrst? Willst du nicht hier bleiben und mit mir für die Pilger sorgen? So ein Bürschchen wie dich könnte ich hier gut gebrauchen. Was meinst du?«

»Nein, das geht nicht«, würgte Juliana hervor. »Meine Familie, sie wartet. Ich muss wieder nach Hause zurück.«

Er schürzte vor Enttäuschung die fleischigen Lippen. »Das ist schade. Woher kommst du denn?«

»Aus Franken im Reich des Kaisers.«

»Ah!« Er lächelte und sprach zu ihrer Überraschung in gebrochenem Deutsch weiter. »Ich reisen ins Kaiserreich, vor langer Zeit. Freue mich, wenn ich üben kann zu sprechen. Gestern erst eine Ritter aus die Frankenland bei mir war. Auch ein schöner Mann, nicht so blond wie du und auch älter, aber schön, sehr schön.«

Julianas Herz begann zu rasen. »Er war hier? Erst gestern?«

»Aber ja!« Er nickte so heftig, dass sich Kinn und Hals in mehrere Falten legten. »Du kennst ihn?«

»Wann ist er aufgebrochen?«, drängte sie. Ihre Augen leuchteten, ihre Wangen glühten.

»Nach dem Geläut zur Prim. Ganz allein ist er gegangen, nicht mit den anderen, die hier geschlafen.«

Das Mädchen war so aufgeregt, dass es nicht bemerkte, dass sie den Speiseraum bereits erreicht hatten und Pater Bertran und Bruder Rupert sie aufmerksam musterten.

»Ach, wenn es noch nicht so spät wäre, dann würde ich noch in diesem Augenblick aufbrechen«, sagte sie. Die Müdigkeit und der schmerzende Rücken waren in diesem Moment vergessen.

»Du bist mir ein lustiger Geselle«, bemerkte der Mönch und lachte, dass sein massiger Leib bebte. Er ließ sich in seine Kissen fallen. Rasch wich Juliana zurück, damit er sie nicht noch einmal tätscheln konnte. Für einen Moment wirkte er enttäuscht.

»Überlege es dir«, schlug er vor. »Mein Angebot bleibt bestehen. Es ist noch ein weiter Weg bis Santiago, da kann so vieles geschehen. Hier ist ein Platz für dich, wenn du zurückkommst.«

Der Novize stellte Tonschalen und Becher auf den Tisch und lächelte das Mädchen schüchtern an. »Ich würde mich auch über deine Gesellschaft freuen.«

Juliana nickte. »Ich werde darüber nachdenken«, würgte sie hervor, schwor sich jedoch im Stillen, eher den Kochendorfer zu heiraten, als hier mit diesem Fleischberg von einem Mönch zu leben.

24
Auferstehung und Tod
Burg Ehrenberg im Jahre des Herrn 1307

Ostern. Der Dekan ist gekommen, um das Fest der Auferstehung mit ihnen zu begehen. Die Messe um Mitternacht hat er natürlich mit den anderen Stiftsherren in St. Peter gefeiert, doch nun, da der Tag erwacht ist und der Frühling einen sonnigen Tag verspricht, ist er nach Ehrenberg geritten. Juliana wartet am oberen Tor auf ihn und kann sich kaum gedulden, bis er aus dem Sattel gestiegen ist und die Zügel dem Stallknecht in die Hand gedrückt hat.

»Pater, ach wie gut es tut, Euch zu sehen«, ruft sie und küsst seine Hand. »Wie sehr habe ich Euch vermisst! Geht es Euch gut?« Sie betrachtet ihn besorgt. Der Stiftsherr entzieht ihr seine schmale, faltige Hand und legt die ihre auf seinen Unterarm.

»Auch ich habe deine Gesellschaft nur ungern entbehrt. Der Winter war lang und kalt, und der Schnee wollte den ganzen Februar über nicht weichen. Ich muss gestehen, dass mir die Stunden in der Kirche und die Treffen im Kapitelsaal zur Last wurden.«

»Ihr wart sehr krank, nicht wahr? Der Vater hat es mir berichtet.«

»Ja, das Alter fordert seinen Tribut. Fieber und Husten warfen mich auf mein Lager nieder, und ein entzündeter Hals ließ mich kaum noch Nahrung zu mir nehmen.«

Das Mädchen mustert ihn aufmerksam. Er ist dünn geworden, der Hals faltig, die Wangen eingefallen. Selbst die grünen Augen scheinen an Farbe verloren zu haben.

»Nun sieh mich nicht so voller Sorge an!« Sein Lächeln ist warm und gütig wie immer. »Dem Herrn hat es gefallen, dass ich mich von meinem Lager wieder erhebe, also will ich mich freuen und den Tag mit dir und deiner lieben Familie genießen – und natürlich das Mahl, das die Edelfrau ohne Zweifel an diesem Festtag auftischen lässt.« Er lächelt verschmitzt, und um Julianas Herz wird es leichter. Sie lächelt zurück.

»Worauf ihr Euch verlassen könnt! Seit drei Tagen ist die Küche ein Taubenschlag, in dem ein Kommen und Gehen herrscht, dass die Köchin und die beiden Mägde, die ihr helfen sollen, nicht mehr ein noch aus wissen. Ich habe heute Morgen schon einen Blick um die Ecke geworfen, und ich sage Euch, was ich sehen und riechen konnte, ist äußerst vielversprechend!«

»Dann warten wir mit Spannung die Messe ab und stellen uns schon einmal die Köstlichkeiten vor.«

»Aber doch nicht während der Messe!«, widerspricht das Mädchen in gespielt entrüstetem Ton.

»Aber nein«, stimmt ihr der Dekan zu und zwinkert. »Während der Messe werden wir uns jeden Gedanken an unser leibliches Wohl verkneifen, und möge es uns noch so schwer fallen.« Er seufzt. »Der Hunger muss schweigen, während wir unsere Gedanken auf die Auferstehung richten. – Wobei ich mich frage, ob man nicht ganz unbemerkt schon vor der Messe eine Kleinigkeit kosten könnte? Man wäre dann nicht so sehr von den Worten Eures Pfarrers abgelenkt, was meinst du?«

Juliana wirft den Kopf in den Nacken und lacht. »Ach, ist das herrlich, Euch an meiner Seite zu haben. Mit niemandem kann ich so unbeschwert lachen wie mit Euch.«

»Du schmeichelst mir, mein Kind.«

»Nein«, sagt sie ernst. Sie gehen eine Weile schweigend weiter, bis sie den Eingang zum Palas erreichen. Der Duft von Gebratenem und von frischem Brot hüllt sie ein. Der Dekan leckt sich die Lippen.

»Nun, was meinst du? Können wir es wagen, oder riskiere ich, die Freundschaft des Hauses zu verlieren?«

Juliana kichert hinter vorgehaltener Hand. Dann zieht sie den väterlichen Freund hinter sich her in die Küche hinüber.

* * *

»Dekan von Hauenstein!« Die Edelfrau, die mit ihrem Gatten in der Tür zum Palas steht, um die Gäste zu empfangen, dreht sich erstaunt um. »Ihr seid schon da? Wir haben Euch nicht kommen gehört.«
Der Stiftsherr schluckt den letzten Bissen Honiggebäck hinunter und verbeugt sich vor seinen Gastgebern.
»Eure liebreizende Tochter war so freundlich, mich am Tor zu empfangen«, sagt er nur. Ihren Ausflug in die Küche verschweigt er, und da in diesem Moment die anderen Besucher eintreffen, fragt die Edelfrau nicht weiter. Der Dekan tauscht mit Juliana einen verschwörerischen Blick. Nun kann sie nur mühsam das Kichern unterdrücken, das schon wieder in ihr aufsteigt.
Der Ritter Konrad von Weinsberg überquert mit Weib und zwei Söhnen den Hof, sein Waffenknecht Germar wie gewöhnlich in seinem Schatten. Hinter ihm kommen Arnold von Kochendorf mit Sohn und der ältesten Tochter. Die Edelfrau entschuldigt er mit Unpässlichkeit. An ihrer Gesundheit habe der Winter gezehrt. Juliana begrüßt Carl von Weinsberg mit einem strahlenden Lächeln, den Kochendorfer versucht sie zu ignorieren, was nicht leicht ist, da Wilhelm sogleich zu ihr tritt. Sie macht sich von ihm los und geht zu ihrer Mutter, die gerade die Frage nach dem Erben der Ehrenberger beantwortet.
»Der Winter hat vielen hart zugesetzt«, sagt die Edelfrau. Ihr Blick wandert den Palas hinauf zu den Fenstern der Kemenate. »Auch Johannes hat ihn nicht unbeschadet überstanden. Ein seltsames Fieber und eine Schwäche warfen ihn auf sein Lager. Das Atmen fiel ihm immer schwerer, er keuchte oft und schrie vor Schmerz, wenn er keine Luft bekam. Er wurde immer weni-

ger, und wir mussten bereits das Schlimmste befürchten. Der Bader von Wimpfen war dreimal auf der Burg, und ich habe mir gar überlegt, nach dem neuen Medicus zu schicken, der sich in Heilbronn niedergelassen hat.«

»Doch dann bekamen wir glücklicherweise den Rat, uns an die Deutschherren auf Burg Horneck zu wenden«, ergreift Kraft von Ehrenberg das Wort. »Ihr Bruder Gotthelf ist ein weit gereister Ritter, der im Heiligen Land viel über die Heilkunde erfahren hat. Mit seinen Kräutern wirkt er Wunder!«

Die Herren haben sich bereits abgewandt, um den Rappen zu betrachten, den der Stallknecht gerade in den Hof führt. Nur die Edeldamen und der Dekan lauschen noch der Schilderung des besorgten Vaters.

»Jetzt geht es ihm besser, auch wenn er sich noch nicht dem kühlen Wind aussetzen soll. Daher wird er uns nicht zur Kirche begleiten.« Ein Lächeln huscht über das Gesicht des Ritters. »Seine Kinderfrau verfolgt den Fortschritt seiner Genesung, die es ihr jeden Tag schwerer machen, ihn in seinem Bett zu halten.« Er sieht mit einem verklärten Blick zum Fenster hinauf, dann scheint er sich seiner Pflichten als Herr des Hauses zu erinnern und bittet die Gäste zu einem Glas Wein, bevor man sich zur Osterprozession zur Bergkirche aufmacht. Ritter Kraft achtet darauf, dass Carl von Weinsberg seine Tochter den Feldweg entlangführt. Nicht nur die von Ehrenberg beobachten den stetigen Aufstieg der Familie von Weinsberg mit Interesse. In Wimpfen wächst ihr Besitz ständig, so dass Ritter Kraft die Häuser, Hofstätten und Rechte nicht mehr zählen kann – neben den Burgen und Dörfern, die sie im Umkreis ihr Eigen nennt. Natürlich vergibt Konrad von Weinsberg die meisten Besitzungen als Lehen weiter. Schließlich kann er sich nicht selbst um alles kümmern. Manchen Ort mit seinen Rechten, so hat der Ehrenberger gehört, soll er jedoch seinen Söhnen gegeben haben.

»Der junge Carl von Weinsberg hat Oedheim vom Vater bekommen«, hat ihm erst vor ein paar Tagen der Deutschherr

Ritter Rupert, drüben auf Burg Horneck, erzählt. »Er lässt sich ein befestigtes Haus im Ort bauen, sagt man. Vielleicht will er ein Weib dorthin führen?«

Sabrina von Ehrenberg sieht ihren Gatten fragend an, als er ihr von seinem Gespräch mit dem Deutschherrn berichtet, aber der Vater zuckt nur mit den Schultern, und auch Juliana wagt nicht zu fragen, ob das für sie etwas zu bedeuten hat.

Jedenfalls ist sie an dem heutigen Tag über das Arrangement des Vaters nicht böse, findet ihren Begleiter aber nicht so charmant wie bei der Jagd im vorherigen Jahr. Er ist zwar höflich, seine Gedanken scheinen jedoch an einem anderen Ort zu weilen.

»Nun, entspricht er nicht Euren Wünschen?«, fragt Wilhelm von Kochendorf leise, als es ihm vor der Kirche gelingt, dicht hinter ihr zu stehen. »Euer Gesicht ist ein offenes Buch, in dem groß ›Enttäuschung‹ geschrieben steht. Ihr solltet Euch darin üben, Eure Züge ein wenig zu kontrollieren. Nicht jeder ist Euch freundlich gesinnt und will Euer Leid mit Euch teilen.«

»Dafür solltet Ihr lernen, Eure stets vor Spott triefende Stimme in den Griff zu bekommen, dann glaubt Euch vielleicht irgendwann jemand Eure Heucheleien!«, faucht das Mädchen.

»Ich fürchte, Euer Vater hat den Weinsberger nicht so im Griff, wie er es sich erhofft hat. Schade, alles umsonst, die ganzen Pläne, die blutigen Hände – nun ja, ich denke nicht, dass er sich eigenhändig beschmutzt hat, und die kleinen Kratzer auf seiner Ehre sind ja leicht zu verbergen, nicht wahr?«

»Ich weiß nicht, wovon Euer kranker Geist spricht, und ich will es auch gar nicht wissen«, fährt ihn Juliana an, kehrt ihm den Rücken zu und drängt sich zwischen den wartenden Gläubigen zu den Eltern durch.

Nach der Messe fordert Konrad von Weinsberg seinen ältesten Sohn auf, der Mutter den Arm zu reichen, und unterbindet dadurch die Bemühungen des Ehrenbergers, Carl wieder zu seiner Tochter zu führen. Ritter Kraft zieht eine finstere

Miene, sagt aber nichts. Juliana gesellt sich rasch zu Dekan von Hauenstein.

»Ihr müsst mir Euren Arm reichen, Pater, rasch!« Gehetzt sieht sie sich um. Schon nähert sich der Kochendorfer, hält aber inne, als der Dekan ihr die Hand gibt.

»Wäre es nicht besser, wenn du dich zu den jungen Rittern gesellen würdest?«, fragt ihr Begleiter.

Das Mädchen schüttelt nachdrücklich den Kopf. »Ritter Carl wurde zu seiner Mutter befohlen, und sein jüngerer Bruder ist eine Plage. Und meine Meinung über Wilhelm von Kochendorf habe ich Euch, glaube ich, mehr als einmal mitgeteilt.«

Der Dekan nickt. »Ja, das hast du wirklich, und ich habe deine Worte über mein Krankenlager nicht vergessen. Ich dachte nur, du könntest deine Meinung geändert haben.«

»Niemals!«, stößt sie hervor.

Gerold von Hauenstein wechselt das Thema und beginnt, über Belangloses zu plaudern. Juliana antwortet ihm abwesend, beobachtet dabei jedoch den Vater, der ein paarmal versucht, Ritter Konrad von Weinsberg von seinem Waffenknecht und den anderen Gästen zu trennen und ihn in ein Gespräch zu ziehen. Seine Versuche bleiben aber ohne Erfolg. Ob es der Zufall ist oder der Weinsberger bewusst die Zweisamkeit verhindert, kann das Mädchen nicht erkennen. Ihr Eintreffen auf Ehrenberg unterbindet jedenfalls jeden weiteren Versuch. Nun richtet sich alle Aufmerksamkeit auf das Festessen, das die zurückgebliebenen Mägde und Knechte auf der langen Tafel in der Halle aufgetischt haben.

* * *

Die Sonne steht schon tief, als Konrad von Weinsberg die Halle verlässt. Vielleicht, um sich zu erleichtern oder den Kopf vom vielen Wein zu klären. Vielleicht drückt ihn der Leib nach Lammbraten und Pastete, Suppe und Schmorbraten, Fisch und Gebäck. Juliana bemerkt, wie der Vater ihm nachsieht und dann nach einer Weile ebenfalls aus der Halle in den Hof tritt. Auch der Waffenknecht Germar hat die Halle kurz nach seinem Herrn verlassen. Julianas Neugier treibt sie, sich von ihren Tischherren zu verabschieden, um den Männern zu folgen. Blinzelnd bleibt sie im Hof stehen. Die tief stehende Sonne trennt den Hof in Feuer und Finsternis, durch die scharfe Schattenlinie begrenzt, die rasch auf die Ostmauer zueilt, um dann an ihr hinaufzusteigen, bis das letzte Glühen oben auf den Zinnen verglimmt.

Juliana sieht sich um, kann die beiden Ritter aber nicht entdecken. Hat sie sich geirrt? Hat ihre Phantasie sie genarrt? Gerade überlegt sie, ob sie in die Halle zurückkehren soll, als sie neben den Mauern des Bergfrieds das Purpur von Vaters Gewand aufblitzen sieht. Sie rafft den hellgelben Surkot und den blau schimmernden Stoff des Unterkleides und hastet im Schatten verborgen über den Hof. Vorsichtig nähert sie sich der Ecke und späht zu dem Verschlag hinüber, unter dem Fässer und Kisten Schutz vor dem Regen finden. Dort, in den düsteren Schatten, stehen der Vater und Ritter Konrad von Weinsberg, den sie deutlich an seinem prächtigen silbernen Gewand erkennt, obwohl er ihr den Rücken zukehrt. Der Waffenknecht ist nicht zu sehen. Auf dem Weg zum Aborterker sind die beiden Ritter sicher nicht, und auch die Grube befindet sich in einer anderen Ecke des Hofes. Ein ungewöhnlicher Ort für den Herrn der Burg, mit einem hohen Gast eine Unterhaltung zu führen!

»Das war abgemacht!«, erklingt eben die Stimme des Vaters ungewöhnlich barsch. »Es war Teil eines Geschäfts.«

»Nein, Ritter Kraft, da muss ich Euch korrigieren. An ein Geschäft kann ich mich nicht erinnern. Ich habe Euch lediglich gebeten, mir aus einer – sagen wir – unangenehmen Lage zu helfen, und Ihr wart so freundlich – nun, ja, die Sache aus der Welt zu schaffen.« Der Weinsberger spricht leise. Seine Worte umschmeicheln das Ohr.

»Aus der Welt zu schaffen?« Kraft von Ehrenberg streckt den Zeigefinger aus, so dass es aussieht, als würde er auf den nun in finstere Schatten gehüllten Bergfried deuten. »Die Sache, wie Ihr es nennt, ist nicht aus der Welt geschafft. Sie ist hier und mahnt jeden Tag mein Gewissen!«

»Hier?« Juliana stellt sich vor, wie der Weinsberger ungläubig die Augenbrauen hebt. »Das meint Ihr nicht ernsthaft.«

»Oh doch, das meine ich völlig ernst«, zischt der Vater, der dem Mädchen ungewöhnlich erregt vorkommt.

Der Weinsberger stößt einen Pfiff aus. »Ihr wollt mir erzählen, Ihr habt in dieser langen Zeit nichts weiter unternommen, um die Spuren dieses Vorfalls...«

»Es war kein Vorfall«, unterbricht ihn der Ritter von Ehrenberg. »Ihr habt es von mir verlangt, als Bezahlung für Eure Zustimmung.«

»Wohlwollen! Ich erinnere mich genau, mein Wort lautete Wohlwollen. Ich weiß nicht, worüber Ihr Euch ereifert. Ich habe es Euch gegeben und nicht wieder von Eurer Familie genommen.«

»Was nützt mir Euer Wohlwollen ohne einen Ehevertrag?«, hört sie den Vater schimpfen.

Konrad von Weinsberg hebt die Schultern und lässt sie wieder fallen. »Ich denke, in diesen schwierigen Zeiten ist es immer von Vorteil, Verbündete an seiner Seite zu wissen. Und außerdem habe ich mich Euren Plänen ja nicht grundsätzlich verweigert. Es ist nur – nun, ich muss noch eine andere Möglichkeit prüfen...«

»Die Euch mehr Vorteile bringen würden, als eine edle Tochter aus dem Haus von Ehrenberg?«

»Ja, richtig. Was bringt Eure Tochter schon mit außer ihrer Ehre und ein wenig Mitgift? Ja, wenn sie die Burg erben und ihr Gemahl den Titel bekommen würde, dann wäre ihr Wert ein ganz anderer, doch so wie es im Moment aussieht, wird der Knabe Johannes den Titel bekommen und hier später seine Familie heimführen, oder nicht?«

»Deshalb habe ich mich Euch verpflichtet, das wisst Ihr genau!«, erhebt der Vater die Stimme.

»Mäßigt Euch«, rät ihm der Weinsberger. »Das letzte Wort ist noch nicht gesprochen. Ihr tut ja gerade so, als sei die Sache von größter Dringlichkeit und dulde keinen Aufschub. Es ist doch nicht etwas mit ihr, das ich wissen sollte?«

»Wagt es nicht, ihre Ehre anzuzweifeln!«, entrüstet sich der Hausherr.

»Dann verstehe ich Euer Drängen nicht«, sagt der Weinsberger und wendet sich ab. Kraft von Ehrenberg greift nach seinem Arm und hält ihn auf.

»Wie Ihr Euch auch dreht und wendet, wir haben eine Abmachung getroffen, und ich bestehe darauf, dass Ihr sie einhaltet. Also sorgt dafür, dass Euer Sohn sich nicht anderweitig verpflichtet.«

Der Weinsberger sieht den Hausherrn lange schweigend an, dann löst er seinen Arm mit einem Ruck aus dessen Griff. Ohne noch ein weiteres Wort zu sagen, geht er davon. Juliana hört den Vater vor sich hin murmeln, versteht aber nicht, was er sagt, da sie sich rasch um die Ecke zurückziehen muss. Sie läuft an der Wand entlang und drückt sich auf der anderen Seite des Turms in den Stall. Eine Weile bleibt sie hier und streichelt eine braune Stute. Nach einer Leckerei fordernd stupst sie das Mädchen immer wieder an, aber Juliana achtet nicht auf sie. Ihre Gedanken folgen noch einmal dem Gespräch der beiden Männer, das ihr ein Rätsel aufgibt. Wie kann sie den Vater auf das Geheimnis ansprechen, ohne zu verraten, dass sie ihm gefolgt ist und gelauscht hat?

Nach einer Weile gibt sie die Grübelei auf, ohne eine Lösung gefunden zu haben. Vielleicht ist es eine gute Idee, in die Halle zurückzukehren und sich um Carl von Weinsberg zu kümmern. Schließlich kann es nicht schaden, ihn zu überzeugen, dass sie die richtige Wahl ist!

* * *

Nun, nachdem er viel gegessen und noch mehr getrunken hat, findet Juliana den blonden Ritter Carl in guter Stimmung, und er ist gern bereit, seinen Charme über der Tochter des Hauses auszuschütten. Zu Julianas Freude gelingt es ihm auch vortrefflich, den Kochendorfer in Schach zu halten, der sich aufdringlich immer wieder in ihr Gespräch einmischt. Mag es daran liegen, dass er ihm in Geist und Witz überlegen ist, oder daran, dass Wilhelm von Kochendorf noch betrunkener ist als der Rivale. Juliana wirft ihm einen angewiderten Blick zu, den er mit einem Grinsen erwidert. Offensichtlich ist er nicht mehr in der Lage, Feinheiten zu erkennen, und deutet jede ihrer Regungen als Ermunterung.

Da sich Carl mit dem dringenden Bedürfnis sich zu erleichtern für kurze Zeit von ihr verabschiedet, wendet Juliana dem Kochendorfer den Rücken zu und lässt den Blick durch die rauchverhangene Halle schweifen. Weder der Vater noch Konrad von Weinsberg sind nach ihrem Streit hierher zurückgekehrt. Germar, der Waffenknecht des Weinsbergers, lungert nun in der Nähe der Tür herum und tritt immer wieder in den Hof hinaus, als würde er nach seinem Herrn Ausschau halten. Am anderen Ende des Tisches sitzt die Mutter mit den anderen Damen und dem Pater im Gespräch. Auch die alte Kinderfrau ist auf Anweisung der Hausherrin nach unten gekommen, nachdem Johannes seinen Schlaftrunk erhalten hat. Ihr gegenüber sitzt Carls jüngerer Bruder mit gelangweiltem Blick. Wilhelm von Kochendorf unterbricht ihre Betrachtungen und rutscht so nah an sie heran, dass sie seinen Weinatem riechen und seine Wärme spüren kann. Seine Worte sind bereits so undeutlich, dass sie sie kaum versteht. Er legt den Arm um ihre Taille.

»Lasst mich los!«, faucht sie ihn an. »Ihr benehmt Euch wie ein rüder Bauer!«

Er lacht und schwankt leicht, hält sie aber weiterhin fest. »Macht Euch keine falschen Hoffnungen«, lallt er. »Am Ende kriege ich Euch, lasst Euch das gesagt sein.«

»Das Einzige, das Ihr gleich kriegt, ist eine blutige Nase«, zischt das Mädchen und krallt ihre Finger in seinen Arm, um ihn von sich zu lösen.

»Und wer sollte mir die verpassen?«, antwortet Wilhelm kichernd.

»Ihr Vater vielleicht?«

Die Stimme hinter ihm lässt ihn mit einem Schrei von seinem Sitz auffahren. Juliana kippt fast von der Bank, so plötzlich, wie er sie loslässt.

»Ritter Wilhelm von Kochendorf!« Der Vater nähert sein Gesicht dem des betrunkenen jungen Mannes. Trotz des düsteren Scheins, den die Fackeln an den Wänden verbreiten, kann Juliana die roten Flecken erkennen, die seinen Ausbrüchen von Jähzorn vorauseilen. Am liebsten würde sie wie früher unter den Tisch kriechen und sich die Hände auf die Ohren pressen, doch zu ihrer Verwunderung bleibt des Vaters Stimme gesenkt.

»Ihr seid hier als Gast in unser Haus geladen, daher fordere ich Euch auf, Euch wie ein solcher zu benehmen. Ich bin Eurem Vater in Freundschaft zugetan, aber ich verspreche Euch, solltet Ihr es noch einmal wagen, meine Tochter mit unsittlichen Worten zu belästigen oder sie gar zu berühren, dann stoße ich Euch mein Schwert in den Leib. Keiner darf leben, der meiner Tochter oder meinem Weib zu nahe tritt! Diesen Schwur habe ich schon vor langer Zeit getan. Ihr wärt nicht der Erste, der das plötzlich und endgültig lernen muss!«

Eine unliebsame Erinnerung, die sie erfolgreich verdrängt geglaubt, steigt in Juliana auf und lässt sich nur mühsam bändigen. Nein, das ist nicht wahr. Das kann nicht sein!

»Ihr Gatte wird sie einst heimführen, dann ist sie sein. Doch bis zu dem Tag, an dem der Pfarrer seinen Segen über sie gesprochen hat, gehört sie mir!«

Wilhelm scheint vom Zorn des Vaters nicht sehr beeindruckt zu sein. »Ach ja, ihr Gatte, den müsst Ihr leider an ihre Haut lassen«, spottet der junge Ritter. Juliana kann kaum mehr atmen vor Anspannung. Ist der Wein ihm so sehr zu Kopf gestiegen, dass er so viel Mut – nein, Leichtsinn zeigt?

»Und Ihr werdet das bestimmt nicht sein«, faucht der Ehrenberger.

Wilhelm dreht sich noch ein Stück weiter zu dem wütenden Ritter um und betrachtet ihn nachdenklich. »Warum eigentlich nicht? Wisst Ihr, das mit den Gefälligkeiten ist eine seltsame Sache. Man denkt, man wäre derjenige, der sie einfordern darf, und stellt dann unvermittelt fest, dass sich die Rollen geändert haben und man derjenige ist, der zu geben hat. Oder soll ich gar das böse Wort Erpressung verwenden? Ich muss nachdenken. Was könnte es zwischen Euch und dem Weinsberger für ein Geheimnis geben, das, in falschen Händen, einen Trumpf – oder soll ich sagen ein Edelfräulein wert wäre?«

Das Antlitz des Vaters wechselt von rot zu blass. »Hinaus«, sagt er leise. Seine Stimme zittert. »Verlasst meinen Saal, und wagt nicht noch einmal, solche Worte auszusprechen.«

Zu Julianas Verwunderung wendet sich Wilhelm von Kochendorf ab und geht hinaus. In der Tür dreht er sich noch einmal um, und es kommt ihr so vor, als wäre er mit sich sehr zufrieden. Auch der Waffenknecht verlässt den Saal.

Lange sitzen sie schweigend nebeneinander. Sie kann den Zorn des Vaters spüren. Seine Hände schließen sich immer wieder zu Fäusten, bis die Finger knacken. Endlich wagt Juliana, ihn anzusehen.

»Vater, wovon hat der Kochendorfer gesprochen? Ich bin verwirrt.« Sie schüttelt den Kopf, als müsse sie ihre Gedanken klären. »Ein Trumpf, den Ihr gegen den Weinsberger einsetzen könnt? Was hat er gemeint, als er von Erpressung sprach?«

»Das ist nicht deine Sache«, antwortet der Vater abweisend. »Du solltest das vergessen.« Er bemüht sich um ein Lächeln und einen leichten Ton. »Er ist vom Wein berauscht und spricht nur noch wirres Zeug. Hätte er es gewagt, sich dir auf diese Weise zu nähern, wäre er noch Herr seiner Sinne? Seine Worte waren Unsinn, nichts als hohler Unsinn.«

Juliana schweigt, obwohl sie nicht überzeugt ist. Was sie im Hof gehört hat, sagt ihr, dass der Kochendorfer sehr wohl wusste, wovon er sprach. Aber um was für ein Geheimnis handelt es sich? Und wie hat Wilhelm davon erfahren?

»Geh zu deiner Mutter, und frage sie, ob du etwas für sie tun kannst.«

Widerwillig lässt Juliana den Vater zurück. Sie will die Wahrheit wissen. Ihr ist allerdings klar, dass sie diese im Augenblick nicht aus dem Ritter herausbekommen kann. Ihr bleibt also nichts anderes übrig, als die brave Tochter zu spielen, Augen und Ohren offen zu halten und auf eine günstige Gelegenheit zu warten.

* * *

»Johannes ist nicht in seinem Bett«, ruft sie der Mutter schon von der Tür her entgegen. Atemlos durchquert das Mädchen den Saal. »Ich habe die ganze Kemenate durchsucht. Dort ist er nicht!«

Eine Weile hat sich Juliana mit den Damen aus Weinsberg und Kochendorf unterhalten, doch sie war nicht böse, als die Mutter sie hinaufschickte, um nach Johannes zu sehen. Seit das Fieber gesunken ist, schläft er zwar meist die ganze Nacht durch, doch nun, da die alte Kinderfrau mit am Tisch sitzt, findet die Mutter keine Ruhe und verlangt nach beruhigender Nachricht. Diese kann die Tochter ihr allerdings nicht bringen. Die Edelfrau sieht zu Gerda hinüber, deren runzelige Haut alle Farbe verliert. Sie stößt einen Schrei aus.

»Wir müssen ihn suchen«, ruft die Mutter und springt auf. Die Verzweiflung in ihrer Stimme schneidet Juliana ins Herz. Stumm beginnt sie zu beten, während sie hinauf in ihre Kammer läuft, um zu sehen, ob der Bruder es sich vielleicht in ihrem Bett bequem gemacht hat.

Dekan von Hauenstein nimmt das Kommando in die Hand, da weder die Edelfrau noch der Ritter dazu in der Lage scheinen. Er schickt die Knechte nach Fackeln und verteilt Gäste und Bewohner auf die verschiedenen Bereiche der Burg. Nur die Kinderfrau ist nicht in der Lage, sich an der Suche zu beteiligen. Sie weint von hysterischen Krämpfen geschüttelt, so dass Juliana die Hilfe einer Magd in Anspruch nehmen muss, um die alte Frau in die Kemenate zurückzubringen.

»Ich hätte bei ihm bleiben müssen«, schluchzt sie. »Ich hätte das Angebot der Herrin ablehnen müssen. Oh, Herr im Himmel, beschütze meinen kleinen Johannes und lass ihn uns schnell finden.«

Stumm fällt Juliana in das Gebet ein. Ihr steckt der Schreck vom vergangenen Sommer noch deutlich in den Gliedern. Wie knapp Johannes damals davongekommen war. Wie nah war sie daran gewesen, aus Eitelkeit und Vergnügungssucht den Tod des eigenen Bruders auf ihr Gewissen zu laden! Noch immer wird es ihr kalt in der Brust, wenn sie nur daran denkt. Wie gnadenlos kann das Schicksal ein wenig Unvernunft nutzen, um einen für immer in der eigenen Hölle schmoren zu lassen!

Diese Mal ist sein Verschwinden nicht meine Schuld, denkt sie erleichtert, verbannt den Gedanken jedoch sogleich wieder. Sie muss sich jetzt um Johannes kümmern, ihn finden und ihn retten!

Juliana lässt die Magd bei Gerda und eilt hinunter in den Hof. Wo soll sie mit der Suche anfangen? Der Dekan hat nichts zu ihr gesagt. Sie bleibt stehen und überlegt, wohin Johannes sich gewendet haben könnte, als er plötzlich aus dem Schlaf erwacht ist und keinen in der Kemenate vorgefunden hat.

In die Küche!, entscheidet sie und läuft sofort die Treppen hinunter, doch hier haben die Mutter und der Dekan schon jedes Fleckchen durchsucht. Anscheinend war er wirklich hier, denn eine Schale mit süßem Gebäck liegt zerbrochen vor dem Herd. Juliana kehrt in den Hof zurück. Überall scheinen Fackeln in der Nacht zu schweben, selbst auf den Mauergängen, in den Torhäusern und im Zwinger. Wie von selbst tragen sie ihre Füße über den Hof zu der niederen Baracke des Gesindes. Sie öffnet die Tür zum Waschhaus, in dem die Mägde für den Waschtag in großen Bottichen bereits die Leinen einweichen lassen. Es ist dunkel hier drinnen und still. Nur ab und zu steigt ein leises Gluckern aus dem Laugenfass. Juliana fühlt, wie sich ihre Nackenhaare aufstellen und eine ungekannte Angst ihr das Herz zusammenpresst.

25
Über die Ocaberge

Sie brachen früh auf. Pater Bertran drängte sie und presste missmutig die schmalen Lippen zusammen, als Ritter Raymond umständlich sein Bündel packte und darauf bestand, das Schwert, das in der noch immer feuchten Hülle steckte, noch einmal gründlich einzufetten.

Auch Juliana konnte es kaum erwarten, ihre Herberge zu verlassen. Nicht nur, dass sie so schnell wie möglich einen sicheren Abstand zwischen sich und den fetten Mönch der Ermita bringen wollte. Wenn Fray Diego Recht hatte, dann war der Vater nur einen Tag voraus! Wenn in ihren Beinen doch nur mehr Kraft wäre, würde sie den Bergpass im Lauf nehmen!

Sie überquerten den Río Tirón und folgten dann einem seiner Zuflüsse durch ein ansteigendes Tal. Noch war die Luft kühl, der Berghang nicht zu steil. Juliana schritt weit aus und ließ sogar die asketische Gestalt des Paters hinter sich zurück. Warum trödelte Ritter Raymond heute so? Er und André blieben immer wieder zurück. Sie musste sich zügeln, um sie nicht mit harscher Stimme anzutreiben. In der Mitte ging Bruder Rupert. Seine muskulösen Beine bewegten sich gleichmäßig, ohne ständig innezuhalten und warten zu müssen, bis der Atem ruhiger wurde. Als sich der Bach und an ihm der Weg gabelte, war Juliana gezwungen, auf ihre Reisegefährten zu warten. Neben ihr erhob sich eine steile Wand. Graue Felsplatten wechselten mit verwitterten Lehmschichten, die an einigen Stellen zu Höhlen ausgewaschen waren. Auf halber Höhe entdeckte das Mädchen eine Kapelle, die unter einem Felsvorsprung fast völlig verschwand. Vor dem Eingang zu einer anschließenden Höhle konnte sie eine Gestalt erkennen.

»Unser junger Bursche hat es heute sehr eilig«, stellte Pater Bertran fest. »Der Weg nach Santiago ist noch weit. Du wirst es heute nicht mehr erreichen. Spare dir deine Kräfte!«

Bruder Rupert kniff seine braunen Augen zusammen und betrachtete das Mädchen. »Mir kommt unser Johannes heute auch ungewöhnlich forsch vor. Wenn ich meinen Blick zum Pass hinaufschweifen lasse, dann vermute ich jedoch, dass sein Übermut lange vor dem Abend gedämpft sein wird.«

Pater Bertran wählte die linke Abzweigung, die sich am Talhang emporwand.

»Dort oben in der Höhle steht ein Mann«, sagte André, der nun mit dem blonden Ritter herankam.

Juliana nickte. »Ich habe ihn gesehen. Was er dort oben wohl macht?«

»Er wohnt dort«, mischte sich Pater Bertran ein. »Das ist die Ermita Virgen de la Peña – der Felsenmadonna. Ein Schafhirte hat hier einst ein Licht entdeckt und im lehmigen Hang zu graben begonnen. Er stieß auf eine Höhle, in der er eine Glocke und eine Marienstatue fand. An dieser Stelle errichtete man die Kapelle, und ein paar Einsiedler ließen sich in den Höhlen nieder.«

Juliana schüttelte sich. »Wie kann man das aushalten? Was für ein Leben ist das in einer schmierigen, engen Höhle?«

»Zu Ehren des Herrn!«, sagte der Augustinerpater vorwurfsvoll. »Man kann sie nur bewundern, dass sie solch ein gottgefälliges Leben führen!«

»Mir scheint das eher verrückt«, murmelte Bruder Rupert.

Pater Bertran warf ihm einen finsteren Blick zu. »Ich frage Euch lieber nicht, aus welchem Kloster Ihr kommt. Vermutlich eines dieser Häuser, in denen Völlerei und Müßiggang gepflegt werden. Mehr ein Hurenhaus denn ein Kloster!«

Bruder Rupert neigte den Kopf. »Wenn Ihr es sagt«, antwortete er, doch der scharfe Tonfall strafte die demütigen Worte Lügen.

»Wollen wir nicht zum Pass hinaufsteigen?«, mischte sich

Juliana ein und sah zum Himmel empor, wo sich schon wieder regenschwere Wolken ballten. Düster und bedrohlich schoben sie sich über die Bergkette.

Bruder Rupert nickte. »Sputen wir uns, bevor sich der Weg in einen Sturzbach verwandelt.« Er schwang seinen Stab und ging raschen Schrittes voran, obwohl der Weg nun zunehmend steiler wurde.

* * *

Vilafranca war die letzte Stadt vor dem Pass. Sie war sehr alt. Bereits unter den römischen Kaisern hatten hier die fremden Besatzer in einer Siedlung namens Auca gelebt, unter den frühen Christen wurde der Ort Bischofssitz. Doch seit dieser vor zweihundert Jahren nach Burgos verlegt worden war, ging es mit der Stadt bergab. Die fünf Pilger kamen an vielen verlassenen Häusern vorbei, von denen zum Teil nur noch die Grundmauern standen, die Straßen waren von Unrat bedeckt.

»Die Sarazenen haben die alte Stadt zerstört«, erklärte Pater Bertran, der seinen Streit mit dem Bettelmönch anscheinend vergessen hatte. »König Alfons VI. versuchte zwar, mit Hilfe des heiligen Domingo und seines Schülers Juan de Ortega eine neue Stadt aufzubauen, aber die Verlegung des Bischofssitzes hat ihr die Kraft geraubt. Im Winter ist der Ort von Pilgern völlig übervölkert, die sich verspätet haben und den Weg über die verschneiten Berge nicht mehr schaffen. Dann platzt jede Herberge und jedes Hospital aus allen Nähten. Den Rest des Jahres jedoch geht der Verfall von Vilafranca weiter.«

Sie füllten noch einmal ihre Kürbisflaschen und baten beim Spital des heiligen Jakob um Brot, dann verließen sie die Sicherheit der Siedlung und stiegen einen steilen, steinigen Hohlweg hinauf. Dornenbüsche säumten die Böschungen und verwehrten den Blick über das Land. Bald schon hörte das Steinpflaster auf, und sie mussten sich zwischen tief ausgewaschenen Rinnen ihren Weg suchen. Die Böschung verflachte sich, und als sie um eine Biegung kamen, sahen sie die Stadt unter sich liegen. Für einen Moment rissen die grauen Wolken auf, und ein Sonnenstrahl strich über die Dächer der Häuser. Weit dehnte sich das Land unter ihnen mit seinen rotbraunen Feldern und den dürren Wiesen bis zu den Bergen am Horizont, auf deren Gipfeln schon der erste Schnee lag. Bald hatten sie die Felder des Ortes hinter sich gelassen. Heide und Buschwerk säumten nun ihren Weg. Eine Windböe rauschte den Berghang hinab und zerrte an den Umhängen der Pilger, die sich beeilten voranzukommen. Nun stiegen sie durch immer dichter werdenden Eichenwald bergan. Die Blätter begannen bereits sich braun zu verfärben. Hier oben war der Winter nicht mehr weit. Nur der Ginster an den Wegrändern leuchtete in frischem Grün zwischen dunklem Heidekraut. Wie herrlich musste es hier im Frühling sein, wenn der gelbe Ginster mit purpurnem Heidekraut in seiner Blüte wetteiferte. Dazwischen drängten sich stachelige Büsche, die die Leute hier Tojo nannten.

Juliana schwitzte. Im Wald war es windstill, und als sie höher kamen, verstummte auch das Zwitschern der Vögel. Düster und feindselig kamen ihr die Bäume vor, die über den Köpfen der Pilger ihre Äste ineinander verschränkten und den Blick zum Himmel verwehrten. An den Stämmen wuchsen graue Flechten. Fast sehnte sich Juliana nach einer Abkühlung.

Der Wind jedoch, der die Wanderer traf, sobald sie über die Hangkante des ersten Höhenzuges kamen, war so eisig, dass sie sich bald wünschte, wieder in den Schutz des Waldes zurückkehren zu können. Weite Flächen der sanft gewellten Hochebene waren nur von verkrüppelten Büschen und dürrem Gras bewachsen, über die kalte Böen hinwegheulten. Die rote Erde unter ihren Füßen war aufgeweicht, in den Senken hatten sich kleine Teiche gebildet, in deren Wasser sich der düstere Himmel spiegelte. Die Wolken schienen auf die Wanderer herabzudrücken. Der Wind entriss ihnen weiße Nebelfetzen und trieb sie vor sich her, bis sie in den Kronen der wenigen, abgestorbenen Eichen, die hier noch wuchsen, hängen blieben.

Welch seltsame Geräusche, dachte das Mädchen und lauschte dem Heulen, das an- und abschwoll, mal vor und dann wieder hinter ihnen erklang.

Es hört sich gar nicht wie der Wind an, der bei uns um die Burg streift oder über die grasigen Berge. Es klingt fast wie...

Das Mädchen blieb mit einem Keuchen stehen. »Bruder Rupert, hört Ihr das? Was glaubt Ihr, ist das? Der Wind?«, fragte sie hoffnungsvoll. Ihre Wangen, gerade noch von der Anstrengung des Aufstiegs und dem kühlen Wind gerötet, wurden plötzlich blass.

Der Bettelmönch blieb an ihrer Seite stehen. »Ich kann den Wind hören, ja«, sagte er ernst, »zwischen den Rufen der Wölfe ist er deutlich zu vernehmen.«

»Es sind zwei Rudel«, bestätigte André. »Zum Glück ist es erst kurz nach Mittag. Sie gehen nicht vor der Dämmerung auf Jagd. Dann möchte ich hier nicht mehr sein.«

»Ach, haben die jungen Helden Angst vor ein paar räudigen Wölfen?« Raymond de Crest grinste verächtlich. »Macht euch nur nicht die Kittel nass.«

»Es ist kein Fehler, Gefahr zu meiden«, widersprach der Bettelmönch. »Und es spricht von Klugheit, wenn man sich ihr nicht gedankenlos aussetzt. Warum sinnlos sterben? Hat Gott uns dafür erschaffen? Er wird uns zürnen, wenn wir sein Geschenk leichtfertig wegwerfen.«

»Schöne Predigt, Mönch«, sagte Raymond de Crest. »Ihr Kirchenleute könnt leicht von Friedfertigkeit reden, solange ihr euch hinter den Schwertern der Ritterschaft verstecken könnt, die Eure Haut beschützen. Von einem wie Euch, der noch nie ein Schwert in der Hand gehalten hat, fordere ich als Ritter Dankbarkeit und Respekt!«

Die Männer maßen sich mit Blicken, ohne dass einer der beiden bereit gewesen wäre, den seinen zu senken. Juliana sah die Kiefer des Mönchs mahlen. Er spannte seine kräftigen Arme an und ballte die Hände zu Fäusten, dann plötzlich wandte er sich ab und schritt wortlos weiter.

Seines Gegners beraubt fuhr Raymond de Crest André an: »Und du Bursche wirst uns auch keine Hilfe sein mit deiner leeren Scheide an der Seite. Haben wir nicht genug Orte durchquert, in denen du dir ein neues Schwert hättest besorgen können?«

Vielleicht hätte er seine schlechte Laune noch weiter über dem jungen Mann ausgeschüttet, doch ein Donnergrollen ließ die fünf Reisenden zum Himmel aufsehen.

»Lasst uns zusehen, dass wir den Wald erreichen, bevor das Wetter über uns hereinbricht«, drängte Bruder Rupert, und keinem war anscheinend nach Widerspruch zumute. Mit strammem Schritt ging er den Pilgern voran auf die Kiefern zu, die über einem tief eingeschnittenen Bachbett vor ihnen aufragten. Juliana schlitterte den steilen Berg hinunter, sprang über den Bach und eilte hinter den Männern den anderen Hang wieder hinauf. Ihr Herz raste, ihr Atem kam stoßweise aus dem offenen Mund. Schweiß rann ihr trotz des kalten Windes über den Rücken. Immer wieder fanden ihre Sohlen keinen Halt in dem schmierigen Morast.

Noch bevor die fünf Wanderer den schützenden Wald erreichten, brach der Gewittersturm über sie herein. Hagelkörner prasselten auf sie herab. Der Himmel war nun so dunkel, als wäre der Tag bereits vorüber. Nur die Blitze tauchten die Kiefern vor ihnen für kurze Momente in grelles Licht. Sie liefen und stolperten weiter, bis sie sich unter die Zweige der ersten, eng zusammenstehenden Baumgruppe flüchten konnten. Ganz in der Nähe fuhr der Blitz in eine einzeln stehende Eiche. Der Feuerstrahl spaltete den Stamm bis zum Grund. Die eine Hälfte des Baumes krachte zu Boden, auf der anderen begannen Flammen zu tanzen, bis der Regen sie in Qualm erstickte.

»Das Jüngste Gericht«, murmelte Pater Bertran und bekreuzigte sich.

»Unsinn! Ein Unwetter, weiter nichts. Wenn es so tobt, dann wird es bald vorüber sein«, widersprach der Bettelmönch.

* * *

Sie traten aus dem Schatten der Bäume. Keiner der Wanderer hatte sie gehört oder gesehen, bevor sie auf den Weg hinaussprangen – vor, hinter und zu beiden Seiten neben ihnen: sechs Männer mit Knüppeln und scharfen Klingen bewaffnet. Einer trug eine blutige Binde über dem rechten Auge. Sie alle waren in schmutzige Gewänder gehüllt, die nicht viel mehr als Fetzen waren. Ein Blick in ihre Gesichter jedoch ließ keinen Zweifel daran, dass sie nicht freundlich um ein Stück Brot bitten würden.

»¡Poned todas las bolsas y armas aquí!«, brüllte der bärtige Kerl, der breitbeinig vor ihnen auf dem Weg stand, und deutete auf den Boden vor sich. Auch ohne seine Worte zu verstehen, war Juliana ihre Bedeutung klar. Sie griff nach ihrer Tasche und sah unsicher zu den beiden Mönchen und Ritter Raymond hinüber, die einige Schritte von ihr entfernt standen.

»Pater, sagt diesen Bastarden, dass wir gar nicht daran denken, ihnen auch nur einen Kanten altes Brot zu gönnen!« Ritter Raymond zog sein Schwert.

Es war nicht nötig, dass der Augustiner übersetzte. Sobald die Klinge aus der Scheide fuhr, brüllten sie wie wilde Tiere und stürzten sich auf die Pilger. Ritter Raymond schlug mit einem Schwung seines Schwerts dem ersten Angreifer dessen Klinge aus der Hand. Der Mann wich zurück, der Ritter setzte ihm nach. Pater Bertran taumelte zur Seite und kroch unter die tiefen Zweige eines Baumes. Die mageren Arme schützend über den Kopf gelegt kauerte er sich auf den Boden und betete lautlos. Noch hatten die Angreifer ihn nicht ins Visier genommen. Dafür ging einer mit einer gebogenen Klinge auf den Bettelmönch los. Bruder Rupert ballte die Fäuste. Er duckte sich unter der Schneide hindurch und versetzte dann seinem Angreifer einen solchen Fausthieb gegen die Schläfe, dass dieser, ohne einen Laut von sich zu geben, bewusstlos zusammenbrach.

Andrés Hand schoss zu seiner Schwertscheide und griff ins Leere. Einen Augenblick zögerte er – ein dünner Kerl drang mit einer Keule auf ihn ein. André zog sein Messer aus dem Gürtel, wich dem Schlag des anderen aus und stach zu. Auch sein Gegner war nicht träge und sprang zur Seite, so dass die Klinge seinen Oberarm traf. Der Mann heulte auf und zog den Arm zurück. Der Messergriff entglitt Andrés Fingern. André trat dem Mann gegen das Knie. Mit einem Stöhnen knickte er ein.

»André!«, brüllte Bruder Rupert. »Hinter dir!« Bevor der junge Ritter reagieren konnte, traf ihn der Holzknüppel auf den Kopf. Das Geräusch fuhr Juliana durch die Eingeweide und ließ sie würgen. André wankte und brach zusammen. Noch ehe er im Morast aufschlug, stand Bruder Rupert neben ihm und stieß den Knüppel zur Seite, bevor er ein zweites Mal sein Ziel fand. Der Bettelmönch rang mit dem Mann und erschlug ihn mit seiner eigenen Keule. Mit eingedrücktem Gesicht fiel er rückwärts in den Schlamm.

Das Mädchen stand wie versteinert mitten auf dem Weg und versuchte zu begreifen, was um es herum vor sich ging. Waren sie nicht vor wenigen Augenblicken noch durch die einsame Natur gewandert, und schienen Regen und Wind ihre einzigen Feinde gewesen zu sein? Und nun erscholl Waffengeklirr um sie, Todesschreie klangen in ihren Ohren, und Blut färbte den Morast des Weges.

Juliana bemerkte die Gefahr, die ihr drohte, zuerst in Bruder Ruperts Miene. Sein Entsetzen sprang auf sie über. Er streckte die Hände aus und stürzte auf sie zu, doch da umschlang sie bereits ein kräftiger Arm. Eine Klinge drückte kalt gegen ihren Hals. Die Augenblicke dehnten sich. Es war ihr, als stehe sie neben sich und könne sich selbst beobachten. Sie bemerkte das ungewöhnlich dichte, schwarze Haar auf dem Unterarm, der ihre Mitte umschlang, sie fühlte ganz deutlich, wie die Schneide in ihre Haut drang, bis die ersten Blutstropfen hervorquollen, sie sah, wie die Adern an Bruder Ruperts Schläfen vor Anstrengung hervorquollen. Seine Hand zog das Messer in seinem Gürtel. Er sprang – er flog, mit weit vorgestreckten Armen auf sie zu – oder war er nur über seine lange Kutte gestolpert? Das Mädchen wurde samt seinem Angreifer umgerissen und fiel nach hinten über.

Jetzt ist es vorbei, dachte sie, und kniff die Augen zusammen. Ein Schmerz fuhr durch ihren Hals.

26
Die neue Erbin
Burg Ehrenberg im Jahre des Herrn 1307

Juliana kann sich nicht rühren. Sie ist nicht einmal mehr in der Lage zu atmen. Sie steht in der Tür des Waschhauses und starrt in die Finsternis. Ein Fackelschein nähert sich von hinten.

»Seid Ihr das, Jungfrau Juliana?«, erkundigt sich Carl von Weinsbergs Stimme. »Habt Ihr etwas gefunden?«

Sie rührt sich noch immer nicht. Der Ritter zieht die Tür weit auf und tritt neben sie. Der Feuerschein wandert über Körbe mit schmutzigen Gewändern, Fässer mit Lauge, eine Kiste Holzkohle und den großen Trog, in dem die Wäsche geklopft wird. Als das Licht über die beiden vollen Kessel streicht, zieht der Ritter scharf die Luft ein. Noch ehe er den ersten erreicht hat, beginnt Juliana zu schreien. Der Dekan kommt herbeigelaufen, die Mutter in seinem Schatten. Auch der Vater und die anderen Gäste rennen herbei. Als Letzter kommt der junge Kochendorfer, der, wie er sagt, mit einem der Wächter auf den Bergfried gestiegen war. Als er eintritt und über die Köpfe hinwegzuspähen versucht, haben Carl von Weinsberg und der Dekan den leblosen Körper längst aus dem Wäschekessel befreit und die Linnen von ihm gezogen, die ihn wie Leichentücher umwickelt haben. Die Edelfrau weint hemmungslos, der Ritter ist erstarrt. Er sieht nur stumm auf den toten Körper seines Sohnes herab, der seine letzte Hoffnung auf einen Stammhalter gewesen ist.

»Wie ist er zum Rand des Wasserkessels hinaufgekommen?«, flüstert eine Magd hinter Juliana. Diese hebt stumm den Arm und zeigt auf einen umgestülpten Eimer. Dort könnte er hinaufgeklettert sein. Oder er soll den Eindruck erwecken, dass es sich so zugetragen hat.

Juliana sucht den Blick des Dekans. Sie sieht ihren Verdacht in seinem Gesicht gespiegelt. Auch er scheint sich zu fragen: Wäre jemand dazu fähig, sich an einem Kind zu vergreifen und es kaltblütig im Wäschetrog zu ertränken? Wenn ja, dann muss er hier in diesem Raum sein. Juliana spürt, wie das Gefühl aus ihren Beinen weicht, die Gesichter um sie herum verschwimmen. Sie merkt noch, wie sie fällt, den Aufschlag kann sie schon nicht mehr fühlen.

※ ※ ※

Niemals hat auf Burg Ehrenberg nach dem Fest der Auferstehung eine solch düstere Stimmung geherrscht. Es ist doch die Zeit der Freude und der Hoffnung, die Zeit, da der Frühling erwacht und alles grünt und sprießt.

»Es ist keine Zeit zu sterben«, sagt die Köchin leise zum Küchenmädchen und sieht sich furchtsam um, doch die Edelfrau hat sich schon wieder in ihre Kemenate zurückgezogen. Man sieht sie in den Tagen kaum durch die Burg gehen und nach dem Rechten sehen, wie sie es stets mit großer Sorgfalt getan hat. Kaum einer der Bewohner wagt es, die Stimme zu erheben oder gar laut zu lachen. Es ist, als habe sich ein Leichentuch über ganz Ehrenberg gesenkt.

Drei Tage nach Ostern wird Johannes im Hof der Bergkirche bestattet. Die Beerdigungsgesellschaft ist nicht groß. Kinder werden geboren und sterben in jungen Jahren. Erst wenn sie alt genug sind, ihre Pflichten als Erwachsene zu erfüllen und in das Spiel um Macht und Besitz eingebunden werden, nehmen die anderen adeligen Familien sie wahr. Dann wären sicher auch die von Gemmingen gekommen, die von Neipperg, von Helmstadt und von Hornberg.

Überraschenderweise entdeckt Juliana Konrad von Weinsberg unter den Gästen – und leider auch Wilhelm von Kochendorf.

»Was will der hier?«, murrt das Mädchen.

Dekan von Hauenstein schüttelt den Kopf. »Nicht so feindselig! Er ist gekommen, um mit uns um deinen Bruder zu trauern.« Der Kirchenmann streicht sich das dichte graue Haar aus den Augen, das der warme Frühlingswind verweht hat, und drückt sich den Hut fester auf den Kopf.

»Pah, das könnt Ihr nicht ernsthaft glauben, Pater. Versucht einmal, wie ein normaler Mensch zu denken und nicht wie ein Stiftsherr!« Vorwurfsvoll sieht Juliana ihn an. Der Dekan räuspert sich, obwohl es eher wie ein unterdrücktes Lachen klingt.

»Gut, ich versuche wie ein ›normaler‹ Mensch zu denken. Zu welchem Schluss müsste ich deiner Meinung nach kommen?«

»Dass er hier ist, um seine Chancen abzuschätzen, um dem Vater um den Bart zu gehen oder einfach, um sich an unserer Trauer zu weiden!«

»Hältst du ihn nicht einer menschlich guten Regung für fähig?«, erkundigt sich der Dekan interessiert.

»Nein!«, zischt das Mädchen. »Und wagt ja nicht, über mich zu lachen!«

»Ich bin ganz ernst«, versichert der väterliche Freund. »In mir ist nur der Verdacht, dass du dich in eine Abneigung hineingesteigert hast, die dir den klaren Blick trübt.«

»Ich sehe völlig klar«, faucht Juliana. »Ich weiß nur noch nicht genau, was mir meine Augen zeigen: einen Aasgeier oder einen Mörder?«

Gerold von Hauenstein zieht scharf die Luft ein und öffnet den Mund, um etwas zu erwidern. In diesem Augenblick watschelt Pater Vitus von Gemmingen heran und drückt ihm die Hand. Sein feistes Gesicht ist wie immer gerötet und glänzt vor Schweiß.

»Ach, verehrter Dekan, wer hätte gedacht, dass wir uns an diesem Ort so schnell wiedersehen und dann auch noch zu einem solch traurigen Ereignis. Die Edelfrau ist untröstlich, und auch den Ritter habe ich nie derart durcheinander erlebt.« Er nickt, dass sein Kinn sich in mehrere Falten legt und die Wangen in Schwingung geraten. »Sie wird keine Kinder mehr gebären, das ist sicher. Die einzige Möglichkeit, die dem Ritter noch bleibt, ist – sollte die Edelfrau sterben – sich ein jüngeres Weib zu nehmen. Nicht dass ich meiner geliebten Cousine einen frühen Tod wünschen würde«, fügt er hastig hinzu, als er in Julianas zorniges Gesicht sieht. Er verbeugt sich, obwohl ihm das mit seinem massigen Körper sichtlich schwer fällt.

»Verzeiht, ich muss hinein. Ich werde eine Leichenrede auf den armen kleinen Johannes halten.« Er schnauft davon, eine Schneise zwischen den Kirchgängern zurücklassend. Die Glocken verhindern, dass Juliana ihre Meinung über den Hausgeistlichen von Ehrenberg loswerden kann. Am Arm des Dekans betritt sie die Kirche.

* * *

Ritter von Ehrenberg und sein Weib stehen am Tor und verabschieden sich von den Gläubigen, die zur Seelenmesse des Kindes gekommen sind. Die Edelfrau bleibt stumm, während der Ritter immer die gleichen Worte des Dankes murmelt. Neben seinen Burgmannen sind die Bauern und Handwerker aus der Umgebung von Heinsheim gekommen. Im Gegensatz zu den Junkern des Neckartals sind die einfachen Leute mit ihren Familien hier, um den Ehrenbergern ihre Aufwartung zu machen und ihr Mitgefühl auszudrücken. Juliana steht ein wenig abseits und lässt die Menschen an sich vorüberziehen. Sie hängt ihren Gedanken nach und sieht zu Boden. Die Worte rauschen ungehört an ihr vorbei, bis Konrad von Weinsberg auf die trauernden Eltern zutritt.

Warum ist er gekommen? Juliana beobachtet ihn unter den halb gesenkten Lidern. Er verbeugt sich artig vor der Edelfrau und wendet sich dann an den Vater.

»Vielleicht lindert es Eure Trauer ein wenig, wenn ich Euch sage, dass ich Eurem Ansinnen nun offener entgegensehe?«

Kraft von Ehrenberg schnappt nach Luft. Ihm fehlen die Worte. Auch Juliana ist erstarrt. Hat der Weinsberger seine Hand mit im Spiel – oder gar sein Sohn Carl? War er es, der den Bruder in den Waschkessel drückte, bis das Leben aus dem kleinen Körper wich? Sie verspürt Übelkeit. Wird sie vielleicht das Weib eines Mörders? Des Mörders ihres eigenen Bruders?

»Es ist weder der Ort noch die Zeit, über solche Dinge nachzudenken«, zischt der Ehrenberger. Der Weinsberger zuckt mit den Schultern.

»Eure Trauer in Ehren, Ritter Kraft, aber damit macht Ihr das Kind nicht wieder lebendig. Es war Gottes Wille, ihn zu sich zu nehmen.«

Gottes Wille oder der Eure?, denkt Juliana erbost.

»Schaut vorwärts! Ihr habt eine schöne und begehrenswerte Tochter, auf die Ihr nun Euer Augenmerk richten solltet.« Mit einem Kopfnicken wendet er sich ab und steigt die Stufen vom Kirchhof hinab zu seinem Pferd, das sein Waffenknecht an den Zügeln hält.

Juliana spürt, wie der Blick des Vaters zu ihr wandert. Aus Furcht, in ihrem Gesicht könnte zu lesen sein, dass sie das Gespräch mit angehört hat, wendet sie sich ab.

Begehrenswert, denkt sie und schnaubt vor Wut. Ja, sie weiß genau, wie der Weinsberger das gemeint hat. Weder Schönheit noch Klugheit noch Anmut sind ihm wichtig, allein der Tod des Erben erhöht ihren Wert.

✳ ✳ ✳

Anscheinend fallen die Worte des Weinsbergers auf fruchtbaren Boden. Aus welchen Grund auch immer, Kraft von Ehrenberg wendet sich wieder seiner Tochter zu, die er vor Johannes' Geburt so vergöttert und verwöhnt hat. Während die Edelfrau sich wochenlang in die Stille ihrer Kammer zurückzieht, sucht der Vater Julianas Gesellschaft und schenkt ihr wieder diesen Blick, den er lange Zeit für seinen Sohn reserviert hatte. Er spricht mit ihr, er reitet mit ihr aus, und er lacht wieder mit ihr. Manchmal huscht der Gedanke durch ihren Sinn, dass Johannes' Tod ihr Segen ist. Sogleich durchfluten sie Scham und Gefühle der Schuld, und doch kann sie nicht verhindern, dass sie die Wandlung des Vaters genießt.

Im Mai siedelt die Familie in das Stadthaus nach Wimpfen um. »Ich bete, dass sie dort ihren Trübsinn vergessen wird«, vertraut Kraft von Ehrenberg seiner Tochter an und wirft seinem Weib einen düsteren Blick zu. »Ich möchte deine Mutter gern wieder einmal ohne verweinte Augen antreffen.«

Juliana nickt, und wieder fühlt sie sich schuldig, dass sie nicht an der Mutter Seite um den Bruder weint. Ist sie tief in ihrem Innern froh, dass der Bruder tot ist? Hat sie auf Burg Guttenberg – wenn auch unbewusst – den Stein ins Rollen gebracht? Hat sie eine Sünde auf ihre Seele geladen?

»Ich bin ein schlechter Mensch«, beichtet sie dem Dekan, als sie ihn ein paar Tage nach dem Umzug in St. Peter besucht.

»Warum denkst du das? Weil du nicht von Verzweiflung ergriffen wirst wie die Mutter? Weil sie weint und du nicht? Jeder von uns trauert anders. Da gibt es kein Richtig und Falsch, kein Besser oder Schlechter.«

»Und wenn ich gar nicht trauere? Wenn ich gar manches Mal Erleichterung fühle oder mich freue? Dann kommt es mir vor, als habe ich ihn mit meinen eigenen Händen getötet.«

Gerold von Hauenstein legt den Arm um ihre Schulter und führt sie durch das Kirchenschiff zum Westtor. »Du hast deinen Bruder nicht umgebracht! Du musst keine Schuld empfinden. – Was ist es, das dich freut? Sein Tod oder die Aufmerksamkeit, die du nun wieder genießt?«

»Ihr lest in mir, wie in einem offenen Buch«, seufzt das Ritterfräulein und tritt neben ihm auf den sonnigen Platz hinaus. Sie blinzelt und lächelt dann ihren Begleiter an. »Sprechen wir von etwas anderem. Wie steht es um den Fortschritt Eurer Reformen?«

Der Stiftsherr schnaubt entrüstet. »Schlecht steht es, ganz schauderhaft schlecht. Es war schon früher ein elendiges Ringen, die große Begräbnishalle in einen Kreuzgang umzubauen –

wer weiß, wann der Westflügel jemals fertig wird – na, und den Südflügel mit dem neuen Kirchenschiff sparen sie sich jetzt ganz!« Wieder gibt er einen Laut der Missbilligung von sich. Entspannt geht Juliana mit ihm über den Platz. Die frühlingsgrünen Linden werfen ihr Schattenspiel auf den Boden, das, vom Wind bewegt, immer neue Formen annimmt. Es tut ihr wohl, seinen Kümmernissen zu lauschen und nicht über ihre eigenen nachdenken zu müssen.

»Es ist nicht nur dieses ständige Sparen«, fährt der Dekan fort. »Noch immer ist der Ostflügel nicht überwölbt, und langsam glaube ich nicht mehr daran, dass er das jemals sein wird. Es ist die Einstellung der Mitbrüder, die mir die Zornesröte ins Gesicht treibt. Sie wollen Stiftsherren von St. Peter sein, aber wie die Ritter in schönen Steinhäusern leben. Die Überlegung, die Räume über dem Kreuzgang zu einem Dormitorium und einem Refektorium auszubauen, wird jedes Mal schnell vom Tisch gewischt. Sie wollen nicht mit den anderen Herren zusammenleben. Um Himmels willen, nicht so viel Gemeinschaft! Es genügt ihnen, wenn es gerade passt – ein Stundengebet gemeinsam zu sprechen.«

Sie gehen auf sein prächtiges Haus zu. Juliana lässt den Blick an den doppelbogigen Fenstern emporschweifen. »Würdet Ihr die Bequemlichkeit Eures Hauses nicht vermissen? Das weiche Lager, das Essen aus eigener Küche?«

Gerold von Hauenstein seufzt tief und streicht sich über den Leib, der mit den Jahren ein wenig fülliger geworden scheint. »Oh ja, ich würde es sehr vermissen. Komm, wir wollen sehen, was die neue Magd gekocht hat. Mein Schüler scheint da leider ein schwieriger Fall, aber man soll die Hoffnung niemals aufgeben. Vielleicht kann sie ihm etwas beibringen.« Er leckt sich über die Lippen. »Ich glaube, es gibt Pastete mit Pilzen und Wildschweinschinken.«

Juliana folgt ihm die Treppe hinauf in das von geschnitzten Hölzern ausgekleidete Speisezimmer. Der Dekan schenkt ihr Met ein und nimmt sich einen schweren Wein. Er setzt sich in seinen gepolsterten Scherenstuhl und sieht der Magd zu, die Brot und Pastete, Schinken und eingelegten Fisch serviert.

»Ja, es würde mir sehr schwer fallen«, sagt er, als die Magd die Tür hinter sich geschlossen hat. »Doch wir haben unser Leben nicht vorrangig dem Bischof und dem Geld, das wir für ihn einziehen, gewidmet, sondern Gott dem Herrn.« Er spießt ein großes Stück Schinken auf die Spitze seines Messers. »Und der Herr verlangt Entbehrung von uns«, sagt er mit vollem Mund.

Juliana unterdrückt ein Kichern und nickt.

* * *

Als sie am späten Nachmittag in Begleitung des Knappen Tilmann in die Bergstadt zurückkehrt, erwartet sie eine unliebsame Überraschung. Sie hat ihre Stute in Tilmanns Obhut im Stall an der Stadtmauer zurückgelassen und ist dann allein weitergegangen. Solange es hell ist, wird die Mutter keine Einwände erheben, wenn sie in der Stadt die wenigen Schritte ohne Begleitung unterwegs ist. Das Mädchen überquert den Marktplatz, den Blick auf den Boden und ihren hellblauen Rocksaum gerichtet, den sie sich nicht mit Mist und verfaultem Gemüse verderben will, als eine Stimme sie anspricht.

»Das Glück ist mir doch noch hold. Ich habe schon vergeblich an die Tür Eures Hauses geklopft und musste mir sagen lassen, Ihr wärt in der Talstadt.«

Sie blickt rechtzeitig auf, um zu sehen, wie sich der junge Kochendorfer verbeugt.

»Ich begrüße Euch, liebste Juliana.«

»Ritter Wilhelm, ich wusste nicht, dass wir eine solch enge Beziehung pflegen, dass Ihr mich »liebste Juliana« nennen dürftet!«, gibt sie kühl zurück.

»Nun seid nicht kratzbürstig. Ich sage auch gerne Jungfrau von Ehrenberg zu Euch, wenn Ihr dafür mit mir ein wenig Honiggebäck esst.« Er deutet auf den Bäckergesellen, der gerade mit einem Bauchladen voller ofenwarmer Köstlichkeiten über den Platz auf sie zukommt. Das Mädchen zögert. Der Duft ist verlockend.

»Danke, ich habe bereits mit dem Dekan gespeist und verspüre keinen Hunger.«

Wilhelm von Kochendorf lacht. »Seit wann braucht man Hunger, um Süßigkeiten zu essen? Und das ausgerechnet aus Eurem Mund? Nein Jungfrau, das nehme ich Euch nicht ab. Ich erkenne die Zurückweisung hiermit an! Also, darf es trotzdem etwas sein? Entscheidet Euch, bevor der Bäcker die Salzgasse erreicht.«

»Nun gut, einen Honigkringel und einen Safrantaler«, sagt das Mädchen schnell. Der Ritter grinst. »Das klingt schon viel besser!«

Am liebsten würde sie die Gebäckstücke nehmen und ihm dann den Rücken kehren, doch so unhöflich zu sein, traut sie sich nicht. Anderseits will sie ihn nicht weiter ermutigen. Daher bleibt sie stehen und beginnt schweigend, die Gebäckstücke zu essen.

»Fangen wir ein harmloses Gespräch an?«, schlägt der Ritter vor. »Was habt Ihr in der Talstadt gemacht? Euren Freund den Dekan besucht?«

»Ja, wir haben weiter im Rolandslied gelesen.« Sie kann es nicht verhindern, dass ihre Stimme angriffslustig klingt.

»Im Rolandslied?«, wiederholt der Ritter verdutzt.

»Ja, die Geschichte des Helden Roland, der mit Karl dem Großen nach Hispanien zog, um die Sarazenen zu vertreiben und das alte christliche Land zurückzuerobern. Der Held wird bei einem Hinterhalt in den Pyrenäen getötet.«

»Aha«, sagt Wilhelm lahm und sieht sie mit gerunzelter Stirn an. »Und warum lest Ihr das? Das ist doch eine ganz alte Geschichte.«

»Die Troubadoure singen noch heute davon!«, gibt sie zurück.

»Ja, schon, ich habe ja auch nicht gesagt, dass man sich das nicht anhören soll, wenn ein fahrender Sänger auf der Durchreise ist, aber lesen? Gar in Latein oder Französisch?«

»Französisch! Der Dekan und ich lesen die Verse im Wechsel oder sprechen sie auswendig, soweit wir uns ihrer erinnern.«

Nun mustert der Ritter das Mädchen, als habe es etwas Ungehöriges gesagt. »Wozu soll das gut sein? Ich meine, warum nehmt Ihr diese Anstrengung auf Euch? Genügt es Euch nicht, Euer Gebetbüchlein lesen zu können?«

»Nein, das genügt mir nicht!«, faucht sie. »Es ist eine Erfüllung für Seele und Geist, Bücher zu lesen!«

Darüber muss der Ritter von Kochendorf erst einmal nachdenken. Er isst seinen dritten Kringel und wischt sich die fettigen Hände an seinem Rock ab.

»Ich dachte, so etwas würden nur Mönche und Nonnen tun – wenn auch eher Märtyrergeschichten als Heldensagen.« Er schüttelt den Kopf, als könne er es immer noch nicht fassen.

»Ich danke Euch für die Süßigkeiten und wünsche einen sicheren Heimweg«, unterbricht das Mädchen seine Gedanken.

»Ach Juliana, gebt Ihr Euren Widerstand denn niemals auf? Hartnäckigkeit ist für ein Weib keine Tugend!«

»Nun, dann könnt Ihr ja froh sein, dass Ihr Euch nicht mit mir abgeben müsst«, schnappt sie.

Wilhelm verdreht die Augen. »Ja, das sollte ich wirklich sein, aber – ob Ihr es glaubt oder nicht – ich möchte noch immer Eure Gunst gewinnen und die Eures Vaters.«

Sie stemmt die Hände in die Hüften und kneift die Augen zusammen. »O ja, das glaube ich Euch. Burg Ehrenberg ist Euch ans Herz gewachsen, nicht? Ihr habt mir ja selbst gesagt, dass eine Verbindung mit mir nicht erstrebenswert ist, solange mein Bruder lebt. Habt Ihr das Hindernis nun erfolgreich aus dem Weg geräumt?«

»Ihr denkt doch nicht etwa, ich hätte Euren Bruder ertränkt, um den Erben zu beseitigen?«

»Wie entrüstet Eure Stimme klingen kann. Aber bemüht Euch nicht, denn ich schenke Euch keinen Glauben!« Sie wendet sich ab. Er greift nach ihrem Arm, bekommt aber nur den Stoff ihres weiten Ärmels zu fassen.

»Juliana, ich habe Eurem Bruder nichts angetan. Das Bild des Schreckens hat sich tief in meine Erinnerung geprägt: der riesige Kessel mit der Wäsche und dann diese Kinderbeine mit den kleinen Füßen, die daraus hervorragen.« Er schüttelt sich. »Wer sagt Euch, dass es kein Unfall war? Er war ein neugieriger Kerl.«

Etwas regt sich in ihr, aber sie kann es nicht fassen. Es ist wie eine Gräte, die im Hals stecken bleibt, den Schlund ritzt und noch lange, nachdem man sie entfernt hat, einen beim Schlucken schmerzt. So peinigen das Mädchen seine Worte, obwohl sie längst gesprochen und verhallt sind. Was ist es nur, das sich so hartnäckig gegen das Vergessen wehrt? Widerwillig lässt sie es zu, dass die schrecklichen Bilder zu ihr zurückkehren. Die dünnen, weißen Kinderbeine mit den kleinen Füßen. Sie fährt herum und sieht ihn an.

»Die Füße! Habt Ihr Euch seine Füße angesehen?«

Der Ritter lässt ihren Ärmel los und weicht unter ihrem starren Blick ein Stück zurück. »Was soll mit den Füßen gewesen sein?«, fragt er irritiert.

»Denkt genau zurück, und dann sagt mir: Waren seine Fußsohlen beschmutzt?«

Noch immer blickt der Ritter verwirrt drein, doch dann stößt er einen leisen Pfiff aus. »Eure Kinderfrau hat ihn nicht zufällig an diesem Abend in einen Waschzuber gesteckt?«

Juliana nickt. Sie ist wütend auf sich, dass sie nicht früher daran gedacht und nicht selbst nachgesehen hat. Nun ist Johannes' Körper in einem Sarg unter einer Steinplatte verschwunden.

»Ihr meint also, wenn ihn jemand getragen hätte, dann wären seine Fußsohlen sauber gewesen. Und Ihr habt nicht darauf geachtet? Hm.« Er legt den Zeigefinger an seine Lippen. Ein paar Mal huscht sein Blick zu ihr hinüber, dann strafft er sich. »Seine Füße waren nicht richtig sauber...«

»Doch waren sie so schmutzig, dass man annehmen könnte, er wäre über den Hof gelaufen?«

Wilhelm zuckt mit den Schultern. »Wer kann das sagen? Schlammig waren sie nicht, aber es hat auch nicht geregnet, und der Hof war trocken.«

Juliana überlegt. »Er kann von sich aus die Kemenate verlassen, in der Küche etwas genascht haben und dann später auf seinen Mörder gestoßen sein.«

Wilhelm von Kochendorf schüttelt den Kopf. »Ihr gebt nie auf. Nun, dann wünsche ich Euch viel Erfolg bei Eurer Mördersuche. Eines kann ich Euch allerdings versichern, wenn Ihr Euren Verdacht weiter auf mich richtet, verschwendet Ihr nur Eure Zeit.«

Von der anderen Seite des Marktplatzes kommt Tilmann auf sie zu. Seine Miene verrät, was er davon hält, das Fräulein mit dem Ritter anzutreffen. Er strafft die Schultern und kommt mit hocherhobenem Haupt auf die beiden zu. Seine Stimme klingt tiefer als sonst, als er der Tochter seines Ritters den Arm anbietet.

»Jungfrau Juliana, ich bringe Euch nach Hause!« Er wirft dem Kochendorfer einen herausfordernden Blick zu. Der zuckt mit den Schultern.

»Nun, dann mache ich mich eben auch auf den Heimweg. Mit Eurem jungen Wachhund, knurrend und zähnefletschend an meiner Wade, will mir ein Geplänkel mit Euch nicht schmecken.«

Sie nickt, verabschiedet sich kühl und geht mit Tilmann davon. Sie gönnt dem Kochendorfer nicht den Triumph, sich noch einmal nach ihm umgedreht zu haben. Leider erfährt sie dadurch auch nicht, ob er ihr nachsieht.

Der Kratzer der Fischgräte bleibt den ganzen Abend über und lässt sie immer wieder in Grübelei verfallen. Sie schließt die Augen und versucht, die Situationen noch einmal Schritt für

Schritt zu durchleben, seien diese auch noch so schmerzlich. Da ist etwas! Warum nur kann sie sich nicht erinnern?

Erst als Juliana in ihrem Bett liegt und die Kinderfrau auf ihrer Strohmatratze zu ihren Füßen schnarcht, weiß sie es plötzlich. Sie fährt in ihrem Bett auf und presst sich die Hand auf den Mund, um nicht laut aufzuschreien. Herr im Himmel! Er kann es nicht gesehen haben! – Und wenn doch, dann bedeutet das... Sie zieht die Decke bis ans Kinn und kneift die Augen zusammen, als könne sie dadurch verhindern, dass ihre Überlegung bis zum Ende weitergeht, wo die Wahrheit unerbittlich auf sie wartet.

27
San Juan de Ortega

Juliana fühlte, wie die Klinge des Dolches über ihren Hals fuhr und ihre Haut zerschnitt. Dann löste sich die Umklammerung des Strauchdiebs mit einem Ruck. Der Schrei des Angreifers und ein ersticktes Gurgeln sandten eine zweite Welle von Übelkeit durch ihren Leib.

»Johannes!« Zwei kräftige Hände umfassten ihre Handgelenke und zogen sie hoch. Das Mädchen öffnete die Augen. Als Erstes sah sie in das bärtige Gesicht des Bettelmönchs, dann fiel ihr Blick auf den Körper zu seinen Füßen, aus dessen linkem Auge der Griff eines Messers ragte. Der Schwall aus ihrem Magen brach sich so schnell seine Bahn, dass er sich über die Beine des Toten ergoss.

»Alles in Ordnung?«

Das Mädchen nickte, obwohl es noch nicht darüber nachgedacht hatte. Sie hörte Pater Bertran in den höchsten Tönen kreischen. Einer der Strauchdiebe hatte ihn entdeckt und zerrte ihn an seiner Kapuze unter dem Baum hervor. Juliana starrte auf die erhobene Klinge in seiner Hand. Ritter Raymond kam eben mit blutigem Schwert aus dem Wald zurück, war jedoch noch zu weit weg, um dem Pater zu Hilfe zu eilen. Aus den Augenwinkeln sah sie, wie Bruder Ruperts Hand zu seinem Stiefel fuhr, dann holte er aus, und etwas Silbernes surrte durch die Luft. Der Straßenräuber stieß einen Schrei aus, drehte sich halb um seine Achse und brach zusammen. Schon im Fallen ließ er den Pater los.

Es war plötzlich seltsam still. Man konnte den Wind wieder durch die Baumwipfel rauschen hören. Der einzige menschliche Laut war das leise Stöhnen des Mannes, den André an Arm und

Bein verletzt hatte. Er kauerte auf dem Boden und umklammerte die zerschmetterte Kniescheibe.

Raymond de Crest trat zu Pater Bertran und zog ihn grob auf die Beine.

»Reißt Euch zusammen«, zischte er ihn an. Der hagere Augustiner zitterte am ganzen Leib. Mit fahrigen Bewegungen versuchte er sich den Schmutz von der schwarzen Kutte zu wischen. Juliana und Bruder Rupert traten zu ihnen, um sich zu überzeugen, dass die beiden Mitreisenden unverletzt geblieben waren.

Der Ritter wälzte den reglosen Körper des Angreifers auf den Bauch. Er beugte sich hinab und zog an dem Griff, der zwischen den Schulterblättern des Toten steckte. Raymond de Crest wischte das Blut am Kittel des Erstochenen ab, ehe er dem Bettelmönch den Dolch zurückgab.

»Das war ein guter Wurf«, sagte er und fixierte den Mann in der braunen Kutte mit zusammengekniffenen Augen. »Euer Kloster scheint seinen Brüdern ungewöhnliche Dinge beizubringen – oder gibt es da ein Leben vor dem Gelübde?«

Bruder Rupert antwortete nicht. Er wandte sich ab und ging zu André hinüber, der mit blassem Gesicht und geschlossenen Augen auf dem Boden lag. Juliana folgte ihm.

»Ist er tot?«, fragte sie mit zitternder Stimme, als der Mönch neben ihm auf der Erde kniete.

Bruder Rupert schüttelte den Kopf. »Nein, der Schlag hat ihn nur betäubt. Ich kann jedoch nicht sagen, ob er nachhaltigen Schaden davongetragen hat. Gib mir Wasser, vielleicht kann ich ihn aufwecken.«

Juliana reichte ihm ihre Kürbisflasche. Der Mönch hob Andrés Oberkörper an und spritzte ihm Wasser ins Gesicht. Dann setzte er die Flasche an dessen Lippen.

Während sich das Mädchen und der Bettelmönch um André kümmerten, trat Ritter Raymond zu dem Mann, der von Bruder Ruperts Faust niedergestreckt worden war. Der Gesetzlose stöhnte und begann sich zu regen, dann öffnete er die Augen und versuchte sich aufzusetzen. Der Ritter zog seinen Dolch aus der Scheide. Seine Miene wirkte unbeteiligt, als er dem Mann fast gemächlich die Spitze an die Brust setzte. Julianas Augen weiteten sich.

»Nein!«, schrie sie. In diesem Augenblick stieß der Ritter zu. Der gerade aus seiner Ohnmacht Erwachte sank tot in den Schlamm zurück. Raymond de Crest erhob sich. Seine Augen wanderten zu dem Verletzten, der noch immer leise jammernd sein Bein umklammerte.

»Raymond«, polterte der Bettelmönch, »Ihr nennt Euch einen christlichen Ritter, also handelt auch danach! Es ist eine Sache, sich im Kampf zu wehren, aber eine andere, einen Besiegten einfach hinzurichten.«

Raymond de Crest sah kalt auf den Mann hinab, der unter diesem Blick verstummte. »Sie hätten auch uns gegenüber keine Gnade gekannt. Warum soll ich sie am Leben lassen? Dass sie sich erholen und noch andere Pilger überfallen? Das könnt Ihr nicht wollen!«

In diesem Moment regte sich André. Bruder Rupert richtete ihn auf und gab ihm zu trinken. Ritter Raymond zog sein Schwert aus der Scheide und fixierte den verletzten Strauchdieb. Juliana öffnete den Mund. In einem weiten Schwung holte der Ritter aus und ließ die Schneide hinabsausen, die mit einem Schlag den Hals durchtrennte. Der Kopf des Gesetzlosen flog durch die Luft, schlug auf dem Weg auf und rollte auf das Mädchen zu. Aus dem Hals des Toten schoss eine Fontäne hellen Bluts. Die Arme zuckten, der Körper bäumte sich auf, ehe er nach hinten fiel. Juliana kniff die Augen zusammen und schrie. Sie schrie und schrie, bis zwei Hände sie packten und grob schüttelten.

»Jetzt ist es genug!«, herrschte sie der Bettelmönch an. »Stell dich nicht so an, dir ist nichts geschehen, also halte den Mund! Die Wunde an deinem Hals ist nicht tief und wird bald heilen.« Er hob das Mädchen hoch und stellte es auf die Füße. »So, nun nimm deinen Rucksack und deinen Stab und geh voran. –

Und Ihr tragt Andrés Bündel.« Er drückte dem erstaunten Ritter Raymond Tasche und Stock des Jünglings in die Hand. Dann schob er den Arm unter Andrés Achseln und zog ihn hoch. Der junge Mann war totenblass und schwankte, aber der kräftige Mönch hielt ihn fest.

»Wir sollten zusehen, dass wir das Kloster erreichen. Es ist spät geworden. Versuche zu gehen, ich stütze dich.«

André zog eine Grimasse, nickte aber. Seine Schritte waren unsicher, und immer wieder gaben seine Knie nach, doch der Bettelmönch hielt ihn mit eisernem Griff und ließ nicht zu, dass er fiel.

Pater Bertran sah unsicher von einem zum anderen. Da sich niemand um ihn kümmerte, schulterte er mit einem Seufzer sein Bündel und tappte den anderen hinterher über die offene Hochebene. Später säumten wieder vereinzelte Eichen und Kiefern ihren Weg. Der Wald rückte heran und schloss sich um die späten Wanderer. Inzwischen war es völlig dunkel, und sie konnten ihren Weg eher erspüren als sehen. Dafür erklangen wieder die Stimmen der Wölfe hinter ihnen, und wie es Juliana schien, kamen sie immer näher.

Würden sie nun, da sie den Messern der Strauchdiebe entkommen waren, den Reißzähnen von Wölfen zum Opfer fallen? Das Mädchen drängte sich so nah wie möglich an Bruder Rupert, der den noch immer schwachen André stützte. Was raschelte dort rechts im Unterholz? Sie versuchte, die Finsternis zu durchdringen. Bildete sie sich das nur ein, oder leuchteten dort gelbe Augen? Wieder ließ das Heulen der Wölfe sie zusammenzucken. Es klang unheimlich nah! Würden sie angreifen?

Selbst Ritter Raymond schien ihre Befürchtung zu teilen und zog sein Schwert. Die Waffe erhoben, den Blick aufmerksam im Rund schweifend, schritt er voran. Der asketische Mönch in seiner schwarzen Kutte blieb dicht bei ihm. Es schien dem Mädchen, dass Pater Bertrans Angst inzwischen genauso groß war wie die ihre. Sie schwiegen, und jede Minute, die ereignislos verstrich, schien die Spannung noch zu verstärken.

Langsam folgten sie dem Pfad über die Hochebene, bis der Weg sich nach Westen abzusenken begann. Sie ließen den Wald zurück. Als der Wind die Wolkendecke aufriss, fiel das Mondlicht auf einen Glockenturm, der einen ummauerten Gebäudekomplex überragte: das Kloster San Juan de Ortega. Sie waren in Sicherheit.

Obwohl das Kloster selbst in der Dunkelheit der Nacht vernachlässigt und ein wenig baufällig wirkte, erschien es Juliana wie das Paradies. Sie wollte gar nicht daran denken, dass sie den Schutz des Klosters am nächsten Morgen schon wieder verlassen musste. Nun war sie erst einmal erleichtert, eine hohe Mauer zwischen sich und den heulenden Wölfen zu wissen und keinen weiteren Angriff fürchten zu müssen.

Ein Novize mit feisten, roten Wangen führte sie ins Spital, wo Bruder Rupert André auf eine Matratze bettete.

»¿Qué te pasa?«, fragte der plumpe junge Mann, schüttelte aber den Kopf, als André auf Französisch zu erzählen begann.

»Bandidos, ladrones«, schimpfte Pater Bertran, der sich von seinem Schrecken noch nicht erholt zu haben schien.

»Salteadores«, sagte der Novize und nickte zustimmend. »Vale, comprendo.« Er versprach, den Fray Médico zu holen, und eilte davon. Pater Bertran folgte ihm, vielleicht, um sich Ritter Raymond im Refektorium anzuschließen. André ließ sich mit einem Stöhnen auf das Kissen sinken.

»Versuche zu schlafen«, riet Bruder Rupert.

»Es dreht sich alles, wenn ich die Augen schließe«, wehrte André ab. »Und außerdem ist mir so übel.« Er hatte den Satz kaum beendet, da bäumte sich sein Körper auf, und ein Schwall übel riechender Brühe ergoss sich in die Binsen und über die Stiefel des Bettelmönchs. Mit einem Fluch sprang Bruder Rupert zurück und starrte missmutig auf seine Schuhspitze.

»Ist das der Dank, dass ich dich durch die Wälder geschleppt habe, bis meine Schultern krumm wurden?«, schimpfte er. André lief rot an und murmelte eine Entschuldigung.

»Dafür kann er nichts«, verteidigte ihn Juliana und schob

sich zwischen den Mönch und den jungen Ritter. »Schreit ihn nicht so an. Er ist verletzt und braucht Ruhe!«

»Johannes, der Engel der Rache«, spottete Bruder Rupert. »Nun, dann bleib bei unserem zusammengeschlagenen Ritter und lass dir über dein Gewand kotzen. Ich will mir den Appetit bewahren und verlasse euch jetzt. So wie es draußen im Gang riecht, ist ein gutes Essen auf dem Feuer.«

Juliana sah ihm mit funkelnden Augen nach. Auf ihren Wangen erschienen rote Flecken. »Er kann so widerlich sein, dass ich ihm ins Gesicht schlagen möchte!«

»Sei nicht so hart«, widersprach André. »Vergiss nicht, er hat mich gerettet.«

»Ja schon«, gab das Mädchen in ungeduldigem Ton zu, ohne zu erwähnen, dass auch sie ohne das Eingreifen des Bettelmönchs nicht mehr am Leben wäre. »Ich sage ja nicht, dass er ein schlechter Mensch ist, und dennoch verhält er sich manches Mal abstoßend.«

»Es ist auch abstoßend, mit Erbrochenem besudelt zu werden«, sagte André mit einem verzerrten Lächeln. »Daher rate ich dir, dich lieber zu den anderen zu gesellen.«

Da in diesem Moment der Novize mit einem älteren, glatzköpfigen Mönch zurückkam, nickte das Mädchen und verließ die Krankenkammer.

Drüben, im Refektorium des Spitals, saßen noch einige Pilger beim Mahl. Die Reisegefährten hatten sich um einen Tisch an der hinteren Wand versammelt. Ihre Stimmen schallten dem Mädchen bereits entgegen, noch ehe es die Tür erreicht hatte. Dass sie sich nicht friedlich unterhielten, war Juliana spätestens klar, als sie um die Ecke bog und Bruder Rupert sah, der sich über den Tisch gebeugt und Pater Bertran an seiner Kutte gepackt hatte. Die beiden Männer starrten sich wütend an. Juliana hörte Ritter Raymond sagen:

»Ich habe keine Hemmungen, ihm hier im Kloster den Kopf abzuschlagen, Ihr müsst nur ein Wort sagen.«

»Tranquilizáos!« – »Beruhigt euch!« – rief ein Pilger vom

Nebentisch, ehe Juliana sich entschieden hatte, ob sie sich einmischen sollte. Ihr Blick kreuzte den von Bruder Rupert. Er verzog keine Miene, ließ die Kutte jedoch los, so dass der Pater mit einem dumpfen Knall auf seinen Hocker zurückfiel. Er strich sich den Stoff über seiner schmächtigen Brust glatt, griff nach dem Löffel und begann schweigend zu essen. Auch der Bettelmönch wandte sich seiner Schale zu. Der Ritter zog ein Messer und schnitt den Brotleib, den ein Knabe auf den Tisch gelegt hatte, in dicke Scheiben.

Juliana setzte sich neben Pater Bertran und sah die drei Gefährten nacheinander an. »Worum ging es?«, fragte sie.

»Benutze deinen Mund zum Essen«, herrschte sie Bruder Rupert an, und dieses Mal schien der asketische Pater mit ihm einer Meinung zu sein.

»Es steht einem jungen Burschen nicht an, solch Neugier an den Tag zu legen«, schimpfte er. Ritter Raymond schob ihr eine Scheibe Brot über den Tisch zu, so dass dem Mädchen nichts anderes übrig blieb, als stumm zu essen und sich seine Gedanken darüber zu machen, worüber die Männer wohl gestritten hatten.

* * *

Später trat Juliana allein in den Hof. Eigentlich war sie erschöpft von ihrer Wanderung über den Bergpass und den schrecklichen Erlebnissen. Dennoch zerrten die Wölfe und der Überfall, der fast ihr Leben gekostet hätte, noch so an ihren Nerven, dass es ihr unmöglich war, Ruhe zu finden. Sie ging eine Weile im Hof auf und ab. Ihre Beine waren schwer, die Füße schmerzten in den Schuhen. Da entdeckte sie eine steinerne Bank in einer Ecke und strebte darauf zu. Erst im letzten Moment sah sie den Schatten, der sich zu einem dunklen Habit zusammenfügte. Als die Gestalt den Kopf hob, blitzte der weiße Rand einer Wimpel unter dem dunklen Schleiertuch wie ein Heiligenschein auf. Juliana blieb stehen.

»Oh, verzeiht, Schwester, ich habe Euch nicht gesehen. Ich möchte Euch nicht stören«, sagte sie in Französisch.

»Du störst nicht. Möchtest du dich setzen?« Ihre Stimme war dunkel, und sie sprach die französischen Worte seltsam hart aus. Einladend wies sie auf den freien Platz neben sich.

»Danke!« Das Ritterfräulein streckte mit einem unterdrückten Seufzer die Beine aus.

»Was ist es, das dir den Schlaf raubt? Du bist lange gewandert und müsstest müde sein.«

Juliana nickte. »Das bin ich auch, und doch erfüllt mich eine seltsame Unruhe, die mich von meinem Lager wegtreibt.«

Die Frau an ihrer Seite nickte. »Ich habe von dem Überfall gehört. Dein Geist braucht Ablenkung, dass er sich von der Erinnerung der Gefahr löst und die Angst vergisst.«

»Da mögt Ihr Recht haben. Wie ist Euer Name? Seid Ihr auch auf der Reise nach Santiago?«

»Ich heiße Isabella – wie die Schwester unseres Königs. Ich war auf der Reise und habe das Grab unseres Apostels gesehen, doch dann bin ich auf meinem Rückweg hier geblieben.«

»Warum? – Ich meine, falls Ihr meine Frage nicht als zudringlich empfindet«, entschuldigte sich Juliana.

Isabella schwieg einen Moment. »Hier habe ich den Platz in meinem Leben gefunden. Gott hat mich hierher gebracht, dass ich ihm hier diene.«

»Aber wird das Spital nicht von Mönchen geführt?«

Die Schwester nickte. »Das ist richtig. Ich helfe den Frauen und kümmere mich um sie.«

Juliana sah sie überrascht an. »Frauen? Was für Frauen? Ich habe auf meiner Reise nur selten eine Pilgerin gesehen – und wenn, dann mit ihrem Gatten oder Vater.«

Isabella schüttelte den Kopf. »Nicht die Reisenden nach Santiago. Ich meine die Frauen, die hierher kommen, um zu beten und um ein Kind zu flehen. Für viele ist Ortega die letzte Hoffnung. Wenn sie von weit her kommen, dann müssen sie die Nacht unter diesem Dach verbringen. Manche sind auch krank – an

Körper oder Seele. Dort drüben, in dem kleinen Anbau, den du hinter dem Baum siehst, dort wohne ich mit ihnen.

»Und, hilft San Juan den Frauen?«

Die Schwester lachte leise. »Höre ich da den Zweifel in deiner Stimme? Zweifeln darf man nicht, man muss glauben, dann sind die Mutter Gottes und die Heiligen uns gnädig. Ich habe viele Frauen erlebt, deren Wunsch erfüllt wurde.«

Juliana nickte und schwieg. Sie dachte darüber nach, warum sich gerade dieser Heilige der Unfruchtbaren annehmen sollte. Gab es im Himmel eine Art Aufgabenverteilung – wie auf einer Burg? Jeder hatte seinen Bereich, in dem er die ihm zugeteilte Arbeit erledigte. Dann war Gott der Burgherr, der die Aufgaben verteilte und über deren ordentliche Erledigung wachte? Die Vorstellung ließ sie schmunzeln. Oder kamen die Heiligen mit der Bitte in den Himmel, sich für Fischer oder Reisende, für eine bestimmte Stadt oder die Hirten auf dem Feld, für Schwindsüchtige oder eben für unfruchtbare Frauen einsetzen zu dürfen?

»Er war ein guter Mann«, unterbrach Sergenta Isabella nach einer Weile die Stille. »Ich kann es fühlen. Sein Geist ist noch in diesen Mauern, die er hier, an einem der gefährlichsten Orte des Weges, errichten ließ, um die Pilger zu schützen. Es ist dieses Gefühl, das mich bleiben ließ. Ich habe niemals in meinem Leben diesen Frieden gefühlt. Nicht bei meiner Familie früher und nicht in meinem Kloster. Hier ist mein Platz.«

Juliana fühlte, dass sie die Wahrheit sprach. Sie konnte den Frieden spüren, der die Frau an ihrer Seite wie eine unsichtbare Wolke umgab. Wie alt war sie? Nicht viel älter als fünfundzwanzig, doch in ihrem Antlitz schimmerte die Weisheit des Alters, ohne ihm die Schönheit der Jugend zu nehmen. Für einen Moment fühlte das Ritterfräulein einen Stich von Neid. Wie herrlich musste es sein, seinen Platz gefunden zu haben. In ihrer Welt war nichts mehr, wie es sein sollte. Die Hoffnung, den Vater endlich aufzuspüren, meldete sich schmerzhaft in ihr. Er würde alle Fragen beantworten und die Zweifel ausräumen. Er würde ihre Welt wieder in Ordnung bringen. Und wenn nicht? Wenn ihre Hoffnung sie betrog? Wenn ihre Welt nicht mehr zu retten war?

»Erzählt mir von Eurem Heiligen«, forderte sie die Schwester auf, um diesen bedrückenden Gedanken zu verdrängen.

»Er war ein Schüler des Santo Domingo und führte dessen Werk fort. Er befestigte die Straßen und baute Spitäler für die Pilger. San Juan ist selbst bis nach Jerusalem gepilgert und brachte von dort Reliquien von fünf Heiligen mit. Von Nikolaus und der heiligen Barbara und selbst ein Stück des heiligen Jakobus.«

Juliana fragte nicht, wie er in Jerusalem ein Stück des Apostels hatte finden können, dessen Grab doch in Galicien entdeckt worden war, dort, wo heute die Kathedrale von Santiago aufragte.

»Eines Tages geriet er in tödliche Gefahr. Er betete zum heiligen Nikolaus und schwor, ihm eine Kirche zu errichten, wenn er ihn errette. Als er nach Kastilien zurückkam, ließ er sich also hier nieder und begann, das Kloster zu erbauen mit der Kirche, dem Kreuzgang und den Klosterräumen außen herum. Er war ein angesehener Mann, den selbst Bischöfe und Könige hier in seinem Kloster in den Ocabergen aufsuchten. San Juan de Ortega erblühte!«

Juliana sah sich um. Der Mond war hinter den Wolken hervorgetreten und beleuchtete die baufälligen Gebäude. Als habe sie die Gedanken des Ritterfräuleins gelesen, seufzte Isabella.

»Die Zeiten sind leider vorbei. Heute kümmert sich keiner der hohen Herrn mehr um uns. Die Brüder werden immer weniger, und die, die bleiben, wissen nicht, wie sie die Gebäude erhalten können. Manches Mal haben wir kaum genug, um die Pilger zu beherbergen.«

Juliana wollte etwas sagen, als plötzlich eine Gestalt aus dem Schatten zu ihnen trat. Sie hatte den Mann nicht kommen hören und erschrak so, dass sie einen Schrei ausstieß.

»Sieh an, unser mutiger Johannes«, erklang Ritter Raymonds Stimme. Er strich sich das blonde Haar zurück, das ihm der Nachtwind ins Gesicht wehte. »Schreckhaft wie ein Mädchen!« Sein Tonfall zeigte deutlich, dass sich seine Laune nicht gebessert hatte. »Kinder gehören zu dieser Zeit in ihr Bett«, fuhr er fort, doch Juliana ignorierte die Aufforderung und blieb auf der Bank sitzen. Der Ritter stieß einen ärgerlichen Laut aus.

»Guten Abend und Gottes Segen, Ritter«, begrüßte ihn die Schwester. »Kann ich Euch mit irgendetwas behilflich sein, oder wollt Ihr nur die Schönheit und Ruhe der Nacht genießen?« Von fern erklang das Geheul eines Wolfes. Der Ritter schnaubte durch die Nase. Er warf Juliana noch einen scharfen Blick zu, als diese sich jedoch nicht vom Fleck rührte, schlug er einen betont freundlichen Ton an.

»Nein, es ist nicht die Nacht, die mich hier in den Hof treibt. Ich wollte Euch etwas fragen, Schwester. Wie ich hörte, lebt Ihr hier und kümmert Euch um Frauen?«

Isabella sah ihn aufmerksam an. »Das ist richtig.«

»Nun, ich wollte Euch nach einer Pilgerin fragen. Sie ist auf dem Weg nach Santiago. Ein junges Mädchen aus Franken mit blondem Haar, das allein nach Santiago wandert. Sie ist auf der Suche nach ihrem Vater.«

Juliana musste sich zwingen, nicht unruhig auf ihrem Platz herumzurutschen. Sie senkte den Blick auf die Grasbüschel zu ihren Füßen, die in den Ritzen zwischen den Steinplatten hervorquollen.

Die Frau im schwarzen Habit faltete die Hände in ihrem Schoß. »Es kommen nur sehr wenige Frauen über diesen Weg nach Santo Iacobus, und wenn, dann nicht allein. Ein Vater mit seiner Tochter war vor einigen Wochen hier – sie kamen aus Burgund, und dann ein Kaufmann mit seinem Eheweib. Nein, die Frauen, die sich in meine Obhut begeben, sind aus Kastilien, manche auch aus Galicien oder Navarra, und sie kommen hierher, um ein Kind empfangen zu können.«

»Könnte es sein, dass sie unbemerkt am Kloster vorbeigewandert ist?«

»Nein, das kann ich mir nicht vorstellen. Jeder Wanderer, der die Ocaberge überwunden hat, kommt zumindest für eine Rast und ein stärkendes Mahl zu uns herein. Ein blondes Mädchen wäre nicht unbemerkt geblieben.«

Der Ritter stieß einen ärgerlichen Laut aus, verneigte sich dann jedoch und wünschte eine gute Nacht. Noch während er sich über den Hof entfernte, konnte Juliana ihn vor sich hin schimpfen hören: »Es ist so sinnlos. Wahrscheinlich ist sie gar nicht hier, sondern im Nest irgendeines Ritters am Lauf des Neckars, und ich wetze mir die Sohlen durch.« Seine Stimme verklang.

»Ein blondes Fräulein aus Franken habe ich nicht gesehen, aber einen blonden Ritter aus diesem Land«, sagte Isabella. »Erst gestern saß er hier neben mir auf der Bank und erzählte mir von seiner Heimat. Von seiner Burg, die über einem Fluss namens Neckar aufragt, und von seinem Weib und seiner Tochter, die er verlassen musste, um seine Sühnereise nach Santiago anzutreten.«

»Gestern Nacht?«, flüsterte Juliana. »Hat er die Berge gesund überquert? Wann ist er weitergezogen?«

Falls sie sich über die Frage wunderte, so ließ die Schwester es sich zumindest nicht anmerken. »Er brach heute in aller Frühe auf, und soweit ich es sehen konnte, erfreute er sich bester Gesundheit.« Das Mondlicht beschien ihre Gesichter. Die Schwester stutzte. »Du siehst ihm ähnlich!« Erstaunt musterte sie ihren Banknachbarn. »Also wenn der Ritter vorhin nicht gesagt hätte, es wäre ein Mädchen, das nach seinem Vater sucht, dann...« Sie verstummte und wandte den Blick ab. Abrupt erhob sie sich, strich sich Habit und Schleiertuch glatt und sprach einen Nachtsegen.

»Ich werde beten, dass du ihn schon bald einholst«, fügte sie leise hinzu und eilte dann über den Hof davon, auf das niedrige Haus zu, das fast unter den Ästen der alten Eiche verschwand. Juliana starrte ihr sprachlos hinterher.

※ ※ ※

Juliana schlief tief und traumlos, als wäre sie in eine Ohnmacht gefallen. Sie hörte die anderen Pilger nicht schnarchen, merkte nicht, dass erst Ritter Raymond und dann Bruder Rupert die Schlafkammer verließen und erst nach Stunden zurückkehrten. Erst als die Glocke zum Frühmahl rief, regte sie sich und schlug die Augen auf. Ihre Hand tastete nach dem Verband an ihrem Hals, den der Fray Médico noch am Abend angelegt hatte. Der Schnitt schmerzte kaum noch und hatte bereits eine feste Kruste gebildet, und auch sonst fühlte sie sich erstaunlich gut. Sie reckte die Glieder, schwang die Beine unter der Decke hervor und zog sich rasch an. Sie besuchte als Erstes André, den sie noch in seinem Bett vorfand.

»Ich muss mich nicht mehr erbrechen, aber mein Schädel dröhnt mir noch gewaltig«, gab er Auskunft. »Der Fray sagt, ich soll einen Tag hier bleiben. Wie geht es dir? Ein wenig Ruhe würde dir sicher auch gut tun.« Hoffnungsvoll sah er zu Juliana auf.

Das Mädchen hob abwehrend die Hände. »Ich kann nicht bleiben! Ich fühle mich stark und muss meinen Weg fortsetzen. Es ist schade, wenn sich unsere Pfade hier trennen, doch vielleicht begegnen wir uns wieder.«

Die Enttäuschung in seiner Miene traf sie so tief, dass sie schnell den Blick abwandte.

»Es ist nicht der Apostel, der dich antreibt. Du suchst jemanden, ich weiß. War da nicht ein Mädchen, das von daheim verschwunden ist? Von Ehrenberg, so hieß die Burg doch, oder? Ritter Raymond hat auch nach jemandem gefragt. Nach einem Ritter – und nach einem Mädchen.« André betrachtete sie nachdenklich. »Wäre es möglich, dass ihr das gleiche Ziel habt? Hast du mit ihm darüber gesprochen?«

Widerstrebend schüttelte das Mädchen den Kopf. »Nein, und ich möchte dich bitten, es auch nicht zu tun.«

André zuckte mit den Schultern. »Ich mische mich nicht ein, dennoch würde es mich interessieren, warum du sie so dringend finden musst, dass du dir keinen Tag Erholung gönnst.«

»Ich kann nicht darüber sprechen, und ich muss weiter, verstehe das bitte. Ich wünsche dir alles Gute und Gottes Segen auf deiner Reise.«

Sie hob die Hand, zögerte jedoch und ließ sie wieder sinken. André griff nach ihr und umklammerte sie fest.

»Johannes, bitte, nur einen Tag. Für mich. Verlange ich zu viel? Bin ich dir nach allem, was wir zusammen erlebt haben, kein Freund geworden, der dir am Herzen liegt?«

Sie entzog sich seinem Griff. »Ich muss gehen. Verzeih«, flüsterte sie und wandte sich ab. Sie lief fast in die massige Gestalt Bruder Ruperts hinein, die ihr durch der Tür entgegenkam.

»Nun, was ist mit dir? Hast du dein Bündel noch nicht gepackt? Wir wollen aufbrechen.«

»Sind die anderen schon bereit?«, wunderte sich das Mädchen.

Bruder Rupert schüttelte den Kopf. »Unser lieber Pater fühlt sich nicht wohl, und so, wie ich es mitbekommen habe, wird Ritter Raymond mit ihm hier bleiben.«

»André ist noch nicht kräftig genug, um weiterzuwandern«, sagte das Mädchen.

Bruder Rupert zuckte die Achseln. »Das habe ich mir gedacht. Er wird hier gut versorgt, da musst du dir keine Sorgen machen. Gehen wir?«

Alles in ihr sträubte sich dagegen, mit dem Bettelmönch allein weiterzuziehen. Er schien sich zu freuen, die anderen hier zurückzulassen. Warum nur? Was hatte er gegen sie? Worüber hatten sie sich gestern gestritten? Sie zögerte. Sollte sie bei André bleiben und damit einen Tag verlieren, oder konnte sie es wagen, sich dem Bettelmönch anzuvertrauen? Sie fühlte sich von ihm bedrängt. Sein Blick schien ihren Willen niederringen zu wollen.

»Komm, wir gehen!«

Sie sah zu André hinüber, der sich halb auf seinem Lager aufgerichtet hatte und sie nicht aus den Augen ließ. Was sollte sie nur tun?

»Ich werde mitkommen!«, sagte der junge Ritter entschlossen und warf die Decke ab. »Das Dröhnen in meinem Kopf wird schon besser.«

»Wir werden nicht so schnell vorankommen, wenn er an unseren Fersen klebt«, murrte der Bettelmönch. »Das ist unsinnig! André, geh in dein Bett zurück, und du Johannes, nimm deinen Stab, und folge mir!«

»Ihr habt mir gar nichts zu befehlen«, wehrte sie ab. »Wenn André sich kräftig genug fühlt, dann werde ich mit Freude an seiner Seite wandern.«

»Ich dachte, du hättest es so furchtbar eilig?«, schimpfte der Mönch, wandte sich ab und stapfte hinaus.

Bruder Rupert wartete draußen vor dem Tor auf die beiden jungen Pilger. Zu Julianas Überraschung war er nicht allein. Ritter Raymond und Pater Bertran hatten sich anscheinend ebenfalls besonnen und beschlossen, ihren Weg noch heute fortzusetzen.

»Sagtet Ihr nicht, Ihr wolltet ruhen?«, brummte der Bettelmönch die beiden an. Der Blick und seine Stimme waren missmutig. Er stellte sich neben Juliana, als müsse er sie vor den beiden beschützen. Sein Gesichtsausdruck erinnerte sie an den Vater. Hatte er nicht auch stets so finster dreingesehen, wenn sich ein fremder Ritter der Mutter näherte? Oder irgendein Mann seiner Tochter? Was war das? Ging es darum, den eigenen Besitz zu schützen? War es Eifersucht? Sie rückte ein wenig von dem Bettelmönch ab. Er hatte weder ein Anrecht darauf, eifersüchtig zu sein, noch das Recht, irgendeine Art von Besitz in ihr zu sehen!

»Gehen wir!«, sagte sie und sah dabei nur die anderen drei Gefährten an.

So wanderten sie in gewohnter Gesellschaft durch Eichen und Kiefernwälder über eine Bergkette ins Tal des Río Pico hinab, der sie bis zu den Toren der Stadt Burgos begleitete.

Obwohl die Strecke nicht sehr lang war und sie nur einen Kamm überschreiten mussten, war es bereits spät am Nachmittag, als die Mauern der Stadt vor ihnen auftauchten. André kam nur langsam voran, und auch Pater Bertran forderte heute mehr als einmal eine Verschnaufpause ein. Sein Angreifer hatte ihm einen Faustschlag in den Leib versetzt, der ihn noch immer schmerzte. Bruder Rupert schien unzufrieden, und auch Ritter Raymond zeigte seine schlechte Laune deutlich. So sprachen die fünf Reisenden an diesem Tag nur wenig und atmeten alle auf, als sie das Stadttor erreichten.

Während ihres Weges über den Berg dachte Juliana über Eifersucht und Besitzansprüche nach. Es waren starke Gefühle, die gut sein, die aber auch zerstörerisch wuchern konnten. Immer wieder sah sie den Vater vor sich, als er sie und Wolf in der Scheune entdeckt hatte und als er sie mit Swicker von Gemmingen-Streichenberg bei den Falken fand. Dieser Ausdruck in seinen Augen hatte früher stets das Bedürfnis in ihr ausgelöst, sich hinter den Röcken der Mutter zu verkriechen, und ihr auch später noch eine seltsame Furcht eingeflößt. Würde ein Mensch aus falscher Eifersucht töten? Wäre ihr Vater dazu fähig?

28
Der Templer Swicker
Burg Ehrenberg im Jahre des Herrn 1307

Swicker von Gemmingen-Streichenberg verbeugt sich vor der Tochter des Hauses. »Darf ich Euch in den Saal geleiten? Die Mägde bereiten schon den Tisch. Sicher wird das Essen bald aufgetragen.«

Juliana winkt ab. »Das dauert sicher noch eine ganze Weile. Ich möchte vorher noch zu den Falken. Wollt Ihr mitkommen?« Sie strahlt den Ordensritter in seinem weißen Gewand an. Jetzt, da er sich Haar und Bart gewaschen und von alten Essensresten befreit hat, sieht er sehr sympathisch aus.

Der Templer nickt und reicht ihr den Arm. »Habt Ihr einen eigenen Falken?«

»Aber nein!«, wehrt das Fräulein ab und sieht ihn verwundert an. »Alle Vögel gehören dem Vater. Ich habe mir immer gewünscht, einen von ihnen abtragen zu dürfen, aber dafür habe ich den Rittern oft dabei zugesehen, wie sie mit ihnen üben und das Federspiel kreisen lassen und wie sie ihnen dann, wenn die Greife das Spielzeug binden, ein Stück der Fleischreste in ihrer Tasche zur Belohnung geben – als Atzung – so sagt man doch, nicht wahr?«

Ein Lächeln bringt den Bart des Tempelritters in Bewegung. »Ja, das stimmt. Man merkt sogleich, dass Ihr Euch mit der Falknerei beschäftigt habt und ihre Sprache beherrscht.«

»Ja, aber leider nur die Sprache. Die Beizjagd ist nun einmal das Vorrecht der Ritter.«

»Meine Schwester hat einen Falkenterzel abgetragen und ihn einige Jahre lang sogar über den Winter behalten«, widerspricht Swicker. »Mein Vater war nicht erfreut, dass sie ihn nicht mit den anderen freiließ, aber sie bestand darauf, ihren

»Benedicto«, wie sie ihn nannte, zu behalten. Für ihn hat sie sogar Ratten und Mäuse im Keller des Palas gefangen!«

»Wie glücklich kann sich Eure Schwester schätzen«, sagt Juliana voller Sehnsucht. Sie schiebt die Tür des Stalls auf und führt den Ritter an den wertvollen Pferden des Vaters vorbei zu dem abgetrennten Teil, in dem die Beizvögel auf ihren Stangen angebunden sind.

»Wart Ihr denn nie bei einer Beizjagd dabei?«, fragt der Ritter und geht auf einen schlanken, grauen Falken zu, der den Fremden mit schief gelegtem Kopf beäugt.

»Natürlich! Die Edelfrau reitet nicht gerne mit, aber ich habe die Gelegenheit stets ergriffen, wenn der Vater es mir erlaubte. Ihr habt mit geübtem Blick seinen besten Falken erkannt. Isolde ist berühmt hier am Neckar! Er hat sie schon das zweite Jahr. Sie schlägt Rebhühner nicht nur im Anwarten mit großer Sicherheit, ich habe sie auch schon von der Faust geworfen erfolgreich gesehen!«

»Ein Falke? Rebhühner von der Faust?« Der Templer sieht sie zweifelnd an. »Ich kenne nur Falkenterzel, die es mit der Geschwindigkeit eines fliehenden Rebhuhns aufnehmen. Und selbst diese schlagen besser vom hohen Flug aus, wenn sie sich auf ihre Beute herabstürzen können.«

»Und dennoch ist es so!«, bekräftigt das Mädchen. »Isolde ist schlanker und kleiner als die meisten Falken – und sie zeigt großen Mut!«

Juliana wickelt ein Stück Fleisch, das sie in der Küche stibitzt hat, aus einem Leinenfetzen, sieht rasch zur Tür und hält dann der Falkendame den Leckerbissen entgegen. Isolde lässt sich nicht lange bitten.

»Das dürft Ihr aber nicht dem Vater verraten«, beschwört Juliana den Gast. »Ich darf seine Vögel nicht füttern.« Dennoch geht sie zu den beiden jungen Terzeln und auch zu des Vaters Habicht und gibt jedem Greif seinen Anteil.

»Schade dass der Vater keinen Adler hat. Es sind prächtige Tiere! Euren Vetter von Gemmingen habe ich einst mit einem grauen Felsenadler gesehen. Welch wunderbare Jagdflüge muss es mit solch einem Greif geben!«, schwärmt das Mädchen.

Swicker betrachtet die beiden jungen Terzel, die nun versuchen, auf die Stange des anderen zu gelangen. Sie hüpfen und flattern, doch die ledernen Fesseln an ihren Beinen halten sie zurück.

»Es ist nicht die Größe des Vogels, die einen sehenswerten Flug und einen spannenden Kampf ausmacht. Ich habe mir einst einen Merlin abgetragen, und ich versichere Euch, nie wieder habe ich spannendere Beizen erlebt als in diesem Sommer und Herbst, bis ich ihn wieder freiließ.«

»Ein Merlin? Was ist das für ein Vogel?«, fragt Juliana.

»Ein kleiner Falke. Der kleinste aller Falken! Der Merlinterzel ist kaum größer als eine Schwarzdrossel.«

Juliana sieht ihn zweifelnd an. »Und was jagt Ihr mit solch einem kleinen Vogel?«

»Unterschätzt ihn nicht, nur wegen seiner Größe, mein edles Fräulein. Man kann mit dem Merlin Tauben und Rebhühner beizen, aber am spannensten ist die Lerchenjagd. Esst Ihr gerne Lerchen?«, fragt er sie augenzwinkernd.

»Oh ja – in Honig gebacken!«

»Die Lerche ist ein flinker, kleiner Vogel, der einem Falkenangriff geschickt auszuweichen versteht. Sie kann sich aus großer Höhe wie ein Stein herabfallen lassen und selbst im niedrigsten Gebüsch Deckung finden. Nur im August und im September, wenn sie in der Mauser ist, kann ein Greif sie schlagen. Wir haben Lerchen mit zwei eingespielten Merlinfalken gejagt. Es war wie eine Reiherbeize – nur im Kleinen.«

Schritte erklingen, dann betritt jemand den Stall. »Ritter Swicker?«, ruft der Ehrenberger.

»Ja, wir sind hier drüben und bewundern Eure wundervollen Greife«, antwortet der Templer arglos, bietet Juliana den Arm und führte sie dem Vater entgegen. Der Hausherr steht noch immer in der offenen Tür und starrt den Templer und seine Tochter an.

»Was tut Ihr hier?«, fragt er leise, doch der drohende Unterton entgeht weder dem Mädchen noch dem Besucher.

»Wie ich es schon sagte, Eure Tochter war so freundlich, mir Eure Beizvögel zu zeigen. Keine Sorge, wir sind ihnen nicht zu nahe gekommen und haben sie nicht beunruhigt«, sagt er und verbeugt sich. Die Miene des Ehrenbergers scheint sich noch mehr zu verfinstern.

»Und dem Fräulein bin ich ebenfalls nicht zu nahe getreten, falls das Eure Sorge sein sollte«, fügt er nun ebenfalls in schärferem Ton hinzu. Wie zufällig legt sich seine Hand auf den Griff seines Schwertes. Auch der Hausherr umklammert das kühle Metall an seiner Seite. Entsetzt sieht Juliana von einem zum anderen. Das können sie nicht ernst meinen. Das muss ein Scherz unter Rittern sein, den sie nicht versteht!

»Ritter Swicker?« Die Stimme des Wappners scheint die beiden Männer in die Wirklichkeit des abendlichen Burghofs zurückzubringen. Sie fahren herum und sehen zur Tür des Palas hinüber, durch die Bruder Humbert in den Hof tritt. Er geht auf Vater und Tochter und den Ordensbruder zu. Die Spannung unter den Männern scheint noch immer greifbar, auch wenn sich die Hände von den Waffen gelöst haben.

»Ist Euch etwas geschehen?« Der dienende Bruder läuft zu seinem Herrn und stellt sich mit grimmiger Miene schützend vor ihn. Swicker legt die Hand auf die von grobem braunem Stoff bedeckte Schulter des untersetzten Mannes. Sein Lächeln wirkt natürlich, und auch aus der Stimme ist der drohende Unterton gewichen.

»Aber nein, Bruder Humbert, mein treuer Begleiter, was soll mir denn hier in der Burg unseres Freundes von Ehrenberg geschehen? Wir sind als Gäste geladen!«

Der Wappner stemmt die Hände in den massigen Leib und neigt den kahlen Schädel. »Es kam mir so vor, als hätte ich barsche Stimmen vernommen«, sagt er leise und wirft dem Hausherrn einen misstrauischen Blick zu.

»Was du so immer siehst und hörst!« Der Templer bemüht

sich, belustigt zu klingen.«Man könnte meinen, du hast noch nicht gemerkt, dass wir uns nicht mehr zwischen feindlichen Linien befinden, umgeben von grimmigen Muselmanen, die nach unserem Blut gieren und danach trachten, uns den Kopf von den Schultern zu schlagen.« Nachlässig tätschelt er die Schulter des Wappners. »Beruhige dich, wir sind dieses Mal nur unterwegs, ein paar Briefe zu unseren ungarischen Komtureien zu bringen.«

Juliana kommt es vor, als unterdrücke der Tempelritter einen Seufzer. Vermisst er die Gefahr? Den blutigen Schwertkampf für Christus? Sie schüttelt ungläubig den Kopf. Männer sind seltsame Wesen.

Eine Magd kommt atemlos gelaufen, knickst vor ihrem Herrn und richtet die Worte der Edelfrau aus: Das Essen sei nun bereit, und sie bitte die Gäste an die Tafel.

»Nun, dann kommt«, fordert Kraft von Ehrenberg die Templer auf. Ehe einer der Gäste es tun kann, zieht er die Hand der Tochter in seine Armbeuge und führt das Mädchen zum hell erleuchteten Saal, aus dem es verlockend duftet.

* * *

Eigentlich sollte sie bereits in ihrer Kammer sein und sich von Gerda auskleiden lassen, doch Juliana fühlt sich noch nicht schläfrig. Ganz im Gegenteil, eine seltsame Unruhe pulsiert durch ihre Adern. Hat sie zu viel von dem unverdünnten Wein getrunken? Ja, sicher, aber das ist es nicht allein. Wie wunderbar war dieser Abend! Die Männer von ihren Erlebnissen in fremden Ländern berichten zu hören, lässt in ihr ein wenig das Gefühl aufkommen, sie selbst hätte ein Abenteuer bestanden. Wie langweilig plätschert das Leben sonst auf Ehrenberg dahin – seit Wolf nicht mehr da ist. Nein, sie will nicht an den verlorenen Freund denken und ihn wieder schmerzlich vermissen. Wenn es schon sein muss, dann will sie ihm zürnen, dass er sie hier zurückgelassen hat, um allein in die aufregende Welt hinauszuwandern. Die einzige Abwechslung, die ihr seit Jahren bleibt, sind die lehrreichen Stunden mit Dekan von Hauenstein. Ein wenig lassen auch seine Erzählungen von Helden vergangener Zeiten ihr Herz schneller schlagen. Perceval, der auszog, den Gral zu finden, Kaiser Karl der Große, der mit seinem Heer nach Hispanien zog, um die Ungläubigen zu bekämpfen. Und natürlich sein Held, der Ritter Roland, der einen Riesen erschlug und dann in einer Schlucht der Pyrenäen den Tod fand. Und doch ist es anders, wenn der Dekan ihr diese Geschichten erzählt oder sie mit ihm die französischen Zeilen liest. Er hat die Abenteuer nicht miterlebt. Viele Jahre sind seit diesen Zeiten vergangen. Der Templer dagegen, der hier heute mit ihr an einem Tisch gesessen war, hat in Akkon gekämpft und gesehen, wie die Mauern fielen, seine Schwertklinge war vom Blut der Sarazenen gerötet. Ihr Herz schlug schneller, als sie in sein Antlitz blickte und seinen Worten lauschte. Ja, ein wenig war es, als sei sie selbst dabei gewesen. Wie sehr hofft das Mädchen, dass er noch ein paar Tage bleibt. Der Franzose und der kahle Wappner sind ihr einerlei, aber der große, kräftige Vetter der Mutter mit seinem sandfarbenen Haar und den blauen Augen, die so ernst, ja, vielleicht sogar ein wenig schwermütig dreinschauen, geht ihr nicht aus dem Sinn. Der Fall von Akkon ist Jahre her. Was mag er seit dieser Zeit noch alles erlebt haben? Wie viele Tage bleiben ihr, seinen Worten zu lauschen, bis er mit den beiden Brüdern weiter nach Osten reist? Juliana hofft, dass er auf seinem Rückweg aus Ungarn wieder nach Ehrenberg kommen möge. Mit einem Seufzer lässt sie sich auf einen Steinquader sinken und betrachtet den Sternenhimmel, der sich klar und schimmernd über ihr wölbt. Swicker von Gemmingen-Streichenberg hat vielleicht kein so einnehmendes Antlitz wie Carl von Weinsberg, aber gerade weil er fast ein Dutzend Jahre älter ist als dieser und sich die Zeit in seine Züge einzugraben beginnt, zieht er das Mädchen, das in ihrem Leben bisher nur Wimpfen und ein paar Burgen am Neckar gesehen hat, auf geradezu magische Weise an. Juliana blickt in den nachtschwarzen Himmel, aber sie sieht sein Gesicht und hört seine Stimme.

»Eine herrliche Nacht!«

Juliana fährt erschreckt auf. Das ist wirklich seine Stimme! Wo ist er? Sie kann ihn nicht sehen. Hat er zu ihr gesprochen? Nein, dort drüben nähert sich der weiße Mantel einer zweiten Gestalt.

»Hm, ja. Was tut Ihr so spät noch hier draußen?« Juliana erkennt die ungeduldige Stimme. Es ist der Vater, der nun vor dem Templer stehen bleibt. »Sucht Ihr jemanden?«, herrscht er den Gast an.

»Nein, was meint Ihr?«, wundert sich Swicker. »Bevor ich mich zur Ruhe lege, bin ich gern noch ein wenig mit Gott und meinen Gedanken allein unter seinem Sternenzelt.«

»Mit Gott?«, erwidert der Ehrenberger voller Spott. »Oder eher mit einem Weiberrock?«

Juliana presst sich mit dem Rücken an die Mauer hinter sich, als könne sie so mit der Wand verschmelzen und unsichtbar werden. Sie ahnt, dass es der Unterhaltung eine tragische Wende geben könnte, würde der Vater sie in diesem Augenblick hier draußen entdecken.

»Ihr irrt Euch«, wehrt der Tempelritter kühl ab. »Die Gedanken, die ich in mir bewege, haben nichts mit einem Weib zu tun.«

»So? Meine Augen sagen mir etwas anderes«, faucht der Ehrenberger. »Ich habe Euch den ganzen Abend beobachtet! Ich dulde es nicht, dass ein fremder Ritter mein Weib oder meine Tochter mit solchen Blicken anstiert oder sie gar in einen Stall lockt! Seid gewarnt, Ihr spielt mit Eurem Leben!«

»Ritter von Ehrenberg, so beruhigt Euch doch. Wenn ich die edle Dame oder das Fräulein während des Mahls angesehen habe, dann gänzlich ohne unkeusche Gedanken. Ich bitte Euch, glaubt mir. Ich bin nicht nur ein Ritter, ich bin ein Ordensmann, der Armut, Gehorsam und Keuschheit geschworen hat!«

»Pah, das bedeutet nichts! Egal welche Farbe die Kutte hat

oder nach welcher Regel die Mönche beten, sie scheren sich nicht um die Gebote und stürzen unschuldige Edelfräulein ins Verderben.«

Swicker schnaubt durch die Nase. »Ich sage nicht, dass es nicht in jeder Gemeinschaft schwarze Schafe und verderbte Seelen gibt, ich dulde jedoch nicht, dass Ihr gegen mich oder meine Brüder solch unangemessene Anklage erhebt!«

Die Männer stehen sich im nächtlichen Hof gegenüber und starren sich an. Juliana überlegt, ob sie unbemerkt den Palas erreichen kann. Sie schiebt sich ein wenig nach vorn. Plötzlich hat sie das Gefühl, der Tempelritter würde nicht mehr den Vater ansehen, sondern sie. Sein Blick trifft sie und lässt sie erschaudern. Nein, das ist ganz unmöglich! Selbst eine Katze würde sie in der Dunkelheit auf solch eine Entfernung nicht erspähen können. Und doch fühlt es sich so an, als gleite sein Blick langsam an ihr hinab.

»Ich werde nun mein Lager aufsuchen«, sagt Swicker unvermittelt und verbeugt sich steif vor dem noch immer erzürnten Gastgeber. »Falls Ihr Sorge tragt, ich könne die rechte Tür nicht finden, dann begleitet mich, bis Ihr Euch vergewissert habt, dass meine Ordensbrüder und ich in unseren eigenen Betten ruhen.«

Swicker schreitet direkt auf die Tür des Palas zu, der Ehrenberger folgt ihm nach kurzem Zögern. Juliana atmet auf. Eine Weile wartet sie noch, ehe sie sich in den Palas zurückschleicht, die Treppe hinauf und in ihre Kammer, wo sie die alte Kinderfrau noch angekleidet, aber tief schlafend, in einem Scherenstuhl vorfindet. Juliana zieht die Bänder ihres Gewandes auf und windet sich umständlich aus den Stoffen. Sie schleicht zum Bett, bläst das Binsenlicht aus und schlüpft, die Haare noch aufgesteckt, unter ihr warmes Federbett. Ihr ist nicht nach Gerdas Rügen. Zu viele Gedanken schwirren ihr durch den Kopf und müssen erst einmal sortiert werden.

29
Burgos

Burgos war eine große Stadt. Vor mehr als zweihundert Jahren war der Bischofssitz von Vilafranca hierher verlegt worden. Seither war die Stadt stetig gewachsen. Nun, im vereinten Königreich von León und Kastilien, war sie zum Sitz des Königs ernannt worden.

Schon vor der Stadtmauer schritten die fünf Wanderer durch eine eng bebaute Gasse, an der Handwerker ihre Buden und Werkstätten betrieben. Sie passierten Kloster und Spital des heiligen Johannes, gegenüber ragte die Kirche zu Ehren von San Lesme auf. Vor dem Spital drängten sich Pilger und Bettler, die kaum voneinander zu unterscheiden waren. Als sie näher kamen, sah Juliana, dass einer der Benediktinermönche aus einem großen Korb Brotstücke verteilte.

Sie überquerten einen Nebenarm des breiten Flusses Arlanzón, der im Süden an der Stadt vorbeifloss, und ließen sich im Pulk der vielen Menschen auf das älteste der zehn Stadttore zuschieben. Bis zur Brücke zurück stauten sich Händler mit Wagen, Bauern und Pilger, denn die Wachen hielten jeden Einzelnen an, prüften Waren, berechneten den Zoll oder ließen sich Pilgerbriefe vorzeigen. Endlich durften sie das Tor passieren. In einem weiten Bogen, der sich erst nach Norden wand und dann nach Süden um den Burgberg führte, zog sich die Hauptgasse an der Kathedrale vorbei, um dann ins Westtor zu münden. Obwohl die Gasse recht breit war, quoll sie über von Karren und Reitern, Fußgängern und Krämern mit ihren Bauchläden, so dass die fünf Wanderer nur langsam vorankamen.

Die unzähligen Stimmen, die schwatzten und lachten, fluchten und schimpften oder mitten auf der Gasse Geschäfte abschlossen, vermischten sich zu einer Glocke aus Lärm, die sich über die Stadt spannte. Je weiter sie in die Stadt eindrangen, umso unerträglicher wurde der Gestank von Abfällen, Schweiß und Kot, Juliana wurde es schwindelig. Pater Bertran, der sich von den Folgen des Überfalls am Vortag erholt zu haben schien und die Gruppe nun wieder mit gewohntem Gleichmut anführte, hielt an einer Straßenecke, an der ein baufälliger Karren mit Hühnerverschlägen im Morast stand und die Fußgänger zwang, auf die andere Straßenseite auszuweichen. Er drehte sich um, ließ den Blick schweifen und fixierte dann Juliana.

»Johannes, was ist mit dir? Du bist so blass, dass man meinen könnte, du fällst jeden Augenblick in den Straßenschmutz.«

Juliana schüttelte heftig den Kopf, um den Schwindel zu vertreiben. Sie griff nach dem Pfosten einer auf die Straße hinausragenden Verkaufsbude, da sie fürchtete, auf dem morastigen Pflaster auszurutschen.

»Es geht schon«, keuchte sie. »Es ist nur die schlechte Luft hier.« Ein Schmerz, der unvermittelt durch ihren Unterleib fuhr, entlockte ihr ein Stöhnen. Sie krümmte sich ein wenig und verzog das Gesicht. Nein! War es wieder so weit? Sie hatte gar nicht daran gedacht, dass mehr als drei Wochen vergangen waren, seit sie ihr monatliches Unwohlsein erdulden musste. Ein zweiter Stich durchzuckte sie bis hinab in die Schenkel, deren Muskeln sich schmerzhaft verkrampften. Bruder Rupert trat neben sie und griff nach ihrem Arm. Sie senkte den Blick unter dem seinen, der sie streng musterte.

»Du hast wohl doch mehr bei unserem gestrigen Abenteuer abbekommen, als ich dachte. Es wird Zeit, dass wir uns eine Unterkunft suchen.«

»Ja, das wird es sein«, stimmte sie zu und beobachtete den Bauern, der in aller Ruhe seine Hühner auslud, obwohl inzwischen vier weitere Karren durch ihn aufgehalten wurden und die Fuhrleute schimpften und fluchten.

»Sollen wir zurück zu den Benediktinern?«, fragte sie. »Es schien mir ein recht großes Spital mit einer Herberge zu sein.«

Pater Bertran nickte. »Ja, das ist es wohl. Sicher eines der größten am Weg.«

»Und entsetzlich voll gestopft, was man so gesehen hat«, rümpfte Ritter Raymond die Nase. »Ich habe genug. Ich werde in der Stadt nach einer anständigen Herberge suchen, koste es, was es wolle.«

Bruder Rupert nickte und strich sich über seine kräftige Brust. »Ja, dagegen hätte ich nichts einzuwenden.«

»Ich habe kein Geld, eine Unterkunft zu bezahlen«, warf das Mädchen leise ein.

»Das ist auch nicht nötig!«, stimmte Pater Bertran zu. »Es gibt in dieser Stadt beinahe dreißig Spitäler und Pilgerherbergen, da werden wir etwas finden, was auch dem Herrn Ritter genehm ist!« Sie tauschten wütende Blicke.

»Wenn es unser junger Freund noch schafft, dann würde ich vorschlagen, dass wir noch vor Einbruch der Dunkelheit Burgos wieder verlassen und an die Tore des Klosters de las Huelgas klopfen«, fuhr er fort und sah Juliana an. »Dann müssen wir morgen nicht lange am Tor warten, bis die Wachen sich bequemen, uns passieren zu lassen.«

»Ist das nicht das berühmte Kloster der noblen Damen?«, wunderte sich Bruder Rupert.

»Ich meine ja nicht, dass wir in die Klausur der Zisterzienserinnen eindringen sollen!«, stellte der Pater richtig. »Die Damen haben die Sorge über das Hospital del Rey übernommen, und ich denke, wir werden dort eine bequeme Unterkunft finden – die sogar unserem anspruchsvollen Ritter de Crest genehm sein dürfte!« Er warf Raymond einen herausfordernden Blick zu. »So, und nun gehen wir weiter.«

Bruder Rupert nickte. »André ist bereits seit Stunden verstummt. Ich vermute, dass ihn sein Kopf schmerzt.«

Da sowohl der Bettelmönch als auch Pater Bertran noch Besorgungen in Burgos erledigen wollten und der blonde Ritter mürrisch erklärte, er werde in eine Taverne gehen, schlug Bruder Rupert vor, André und Johannes sollten schon einmal vorgehen. Man würde sich bei den Nonnen in der Herberge wiedertreffen. Die beiden stimmten zu und machten sich auf den Weg. Juliana hörte noch, wie Pater Bertran vorschlug, man könne sich bei Sonnenuntergang im Wirtshaus San Martín vor dem Westtor treffen, um gemeinsam zum Kloster zu gehen.

✳ ✳ ✳

»Ich bin froh, dass wir endlich wieder einmal allein sind«, sagte André, als die anderen drei im Durcheinander der Stadt zurückgeblieben waren.

Juliana nickte abwesend. Nicht nur, dass ihre Leibschmerzen – wie gewohnt zu diesem Ereignis – immer schlimmer wurden, sie hatte beim letzten Mal die restlichen Leinenlappen aus ihrem Vorrat verbraucht und nicht einmal ein Stück Moos, das ihr daheim immer gute Dienste leistete, in ihrer Tasche. Nicht mehr lange, dann würde das Blut zu fließen beginnen. Was, wenn es durch Hemd und Rock drang? Selbst wenn sie eine Weile den Mantel um sich schlang, es würde ihr sicher nicht gelingen, in einem Bach oder in einer Herberge die verräterischen Flecken zu entfernen! Sie brauchte Leinenstreifen, und zwar schnell! Und möglichst, ohne dafür bezahlen zu müssen.

»Habe ich etwas getan, das dich gekränkt hat?«, drang Andrés Stimme in ihr Bewusstsein. »Es ist wegen des Überfalls, nicht? Ich weiß, du hast geschworen, die Hand gegen niemanden zu erheben, und ich war nicht an deiner Seite, dein Leben zu schützen.« Er sackte in sich zusammen. »Ich darf mich nicht mehr Ritter nennen.« Er griff nach der leeren Schwertscheide an seiner Seite und starrte sie voller Hass an.

»Aber nein, es ist nichts – nichts, das mit dir zu tun hätte«, stotterte das Mädchen. »Vielleicht hat Bruder Rupert Recht, und mein Unwohlsein ist eine späte Folge der gestrigen Ereignisse«, griff sie die Ausrede des Bettelmönchs auf. »Ich gebe dir nicht im Geringsten die Schuld.«

»Und doch habe ich versagt«, beharrte André. »Ich bin

nichts wert, ich kann nur Unglück über die Menschen bringen, die ich...« Er hielt inne und wandte sich ab. Er brauchte eine Weile, bis er sich gefasst hatte. »Komm, lass uns weitergehen. Ich sehne mich nach Ruhe und einer dunklen Kammer.« Er trat näher zu dem Mädchen und lächelte es an. Zärtlichkeit stand in seinem Blick. Rasch wandte sich Juliana ab. Scheinbar interessiert wanderte ihr Blick zum Festungsberg hinauf, der sich rechts vor ihnen erhob. Welch wehrhaftes Bauwerk! Nicht nur die Burg selbst war ummauert, um den ganzen Berg zogen sich zinnenbesetzte Mauerstücke und halbrunde oder rechteckige Türme in stetem Wechsel. Es mussten mehrere Dutzend sein!

Sie folgten dem Strom der Menschen, in dem immer mehr Pilger unterwegs waren, die alle ein Ziel hatten: das Portal der Kathedrale, durch das sie verschwanden. Die Ostseite der Kirche war von einem Wald an Baugerüsten umgeben, und auch an den Türmen und Kuppeln wurde eifrig gearbeitet. Die niedrige Nordseite am Berghang hingegen war bereits vollendet. Das prächtige Portal war seitlich mit fein gehauenen Figuren der Apostel geschmückt. Auf dem Giebelfeld prangte der Herr als Weltenrichter, Maria und Johannes zu seiner Seite. Darunter der Erzengel, der die Seelen abwägt. Dem Betrachter wurde deutlich vor Augen geführt, was mit den Seelen geschieht, die Michael verwirft. Dämonische Gestalten schleppten sie fort, um sie in einem der Höllenkessel zu martern.

»Das wird auch mit mir geschehen, wenn ich sterbe«, sagte André und deutete auf die Figuren über dem Portal. Er war nun noch blasser als das Mädchen.

Juliana schüttelte den Kopf. »Aber nein, du bist auf dem Weg zu Sankt Jakob. Wer zu ihm pilgert und um Vergebung bittet, der wird den ganzen Ablass erhalten. Hell und rein wird deine Seele zurückkehren, egal wie groß deine Sünden auch waren.«

»Nicht wenn ich weiterhin ein Sünder bin und meine Seele jeden Tag aufs Neue beschmutze«, stieß er wild hervor. »Kein Apostel der Welt kann mir helfen.«

Was sollte sie ihm sagen? Sie wollte ihn trösten, den Arm um seine Schulter legen und ihm versichern, dass Gott sich seiner Seele annehmen würde, aber er wich zurück.

»Du solltest weitergehen. Die Nonnen werden sich um dich kümmern«, sagte sie bestimmt.

»Und du?«, fragte André. Er sah sie mit flehend aufgerissenen Augen an.

»Ich gehe in die Kathedrale – allein! Ich werde auch für dich beten. Und nun geh! Wir sehen uns beim Spätmahl im Kloster.«

Er zögerte, dann nickte er, wandte sich ab und trottete davon. Juliana wartete, bis er außer Sicht war. Doch sie folgte nicht den Pilgern in die Kathedrale, sondern verschwand in den Gässchen, um sich Leinen zu besorgen. Zu ihrer Erleichterung wurde sie bald schon fündig und erwarb ein ganzes Bündel alter Leinenstreifen für zwei kleine Kupfermünzen. Die Suche nach einem Ort, an dem sie sich ein paar davon unauffällig in ihre Bruech stecken konnte, war schon schwieriger. Sie lief kreuz und quer durch die immer enger werdenden Gassen, bis sie endlich einen verlassenen Hof mit einem Bretterverschlag fand, in den sie sich für einige Augenblicke zurückzog.

* * *

Anscheinend hatte Juliana, ohne es zu merken, einen großen Bogen um die Kathedrale geschlagen und näherte sich nun von Südwesten dem großen Platz, der bis zum südlichen Stadttor reichte, das wie die Kirche den Namen Santa María trug. Von hier unten gesehen reckte sich die Kathedrale beeindruckend in die Höhe, unzählige Treppen führten zum Südportal hinauf. Während diese Fassade und der anschließende Kreuzgang bereits vollendet schienen, war die ganze Westseite bis zu den beiden Turmstümpfen hinauf von Gerüsten umhüllt. Der Platz hallte vom Klang unzähliger Hämmer und Meißel wider. Mit offenem Mund blieb das Mädchen stehen. So etwas hatte sie noch nicht gesehen. Langsam ging sie weiter, zwischen Steinblöcken und Gruben hindurch, in denen Zement gemischt wurde. In einer Ecke wurden die angelieferten Mauerblöcke nachbearbeitet, ein Stück weiter entstanden Bogenteile, Kapitelle und Maßwerk. Welch hohe Kunst war es, aus unförmigen Quadern feine Leisten, Blätter, Vögel oder auch die bösen Fratzen der Wasserspeier herauszuarbeiten. Juliana blieb stehen und beobachtete einen Steinmetzgesellen, der sich mühte, einen Block zu glätten. Zweimal glitt der Meisel ab. Ein Splitter brach von der Kante. Sein Meister stürmte herbei und versetzte ihm eine Ohrfeige. Er riss ihm das Werkzeug aus der Hand und behob den Schaden mit ein paar Hammerschlägen. Dann eilte er zu seinem Werkstück zurück, das vielleicht einmal einen Heiligen oder einen der Apostel darstellen würde. Grob konnte man bereits den Kopf und ein in Falten gelegtes Gewand erkennen. Juliana dachte an La Puent de la Reyna zurück und an den Bettler, den sie dort vor der Kirche getroffen hatte. Wie war sein Name gewesen? Sebastian, ja, der Baumeister, der ihr von Burgos erzählt hatte. Hier auf diesem Platz war also auch er gesessen und hatte, wie Zauberei, aus Steinen Menschen, Pflanzen und Muster geformt, bis ein zusammenstürzendes Gerüst sein Leben zerstörte.

Das Mädchen ging an der Kathedrale entlang und sah hinauf zu den Rosetten und Statuen. Gern hätte sie gewusst, ob Sebastian einen Teil von ihnen geformt hatte. Ob sie ihn wiedersehen würde? Auf ihrem Rückweg nach Hause? Würde sie dann an des Vaters Seite wandern? Juliana beschloss hineinzugehen und zu beten. Sie stieg die vielen Stufen zum Südportal hinauf und betrat das Querschiff.

Obwohl die Kathedrale von außen noch eine riesige Baustelle war, wurde sie schon dutzende von Jahren genutzt. Ihre Weihe lag fast fünfzig Jahre zurück. Juliana umrundete das Kirchenschiff und trat in eine kleine, düstere Seitenkapelle. Sie kniete vor dem Altar nieder, auf dem nur eine hölzerne Figur der Muttergottes stand. Hier konnte sie beten und fühlte sich Gott ein wenig näher. Draußen unter der hohen Decke des Kirchenschiffs war sie so klein und unbedeutend, dass sie sich nicht vorstellen konnte, dass ihre Stimme bis zu Gott vordrang. Juliana schloss die Augen und beschwor das Bild des Vaters herauf. Sie wollte ihn sehen, wie er lachte, wie er auf seinem Pferd saß, den Falken auf der Faust, aber sie hatte immer nur das eine Bild vor Augen: wie er sich über den toten Templer beugte, das blutige Messer in Händen.

※ ※ ※

Die Sonne näherte sich dem Horizont, als Juliana das Tor erreichte. Es war mehr ein provisorischer Mauerdurchbruch am Ende der Straße als ein befestigtes Tor. Rund um sie strebten die Menschen zu ihren Häusern oder auf die Herbergen zu, in denen sie die Nacht zubringen wollten. Vor ihr ging eine Gruppe Juden in ihren schwarzen Gewändern und mit dem Käppchen auf dem Hinterkopf. Noch vor dem Stadttor bogen sie nach links in die Judería ein, die, nach ihrer Ausdehnung zu schätzen, eine ansehnliche Zahl Familien beherbergte. Vor dem Tor warteten ein paar Fuhrmänner auf ihren Karren darauf, von den Wächtern durchgewinkt, zu werden. Eine Gruppe von Männern in schwarzen Kutten zwängte sich vorbei und verschwand unter dem Tor. Das Mädchen ließ noch einmal den Blick schweifen, bis er an einem hölzernen Schild hängen blieb. In groben Zügen war eine Gestalt im Priestergewand darauf gemalt. Sollte das der heilige Martin sein? Dann war dies das Wirtshaus, in dem sich die anderen treffen wollten. Vielleicht waren sie noch da, dann könnte Juliana mit ihnen zusammen zum Kloster Las Huelgas Reales gehen. Sicher würde die Dunkelheit sie unterwegs einholen, und es war nie ratsam, nachts allein unterwegs zu sein. Juliana schob die Tür auf und trat in einen engen Flur, in dem die Luft von Schweiß, Bier und heißem Öl erfüllt war. Drei Türen gingen von ihm ab. Dem Lärm nach zu urteilen führte die mittlere in den Schankraum. Die rechte war geschlossen, die linke nur angelehnt. Ein Lichtstreifen fiel auf den schmutzigen Flurboden. Juliana griff gerade nach dem

Knauf, um die Tür zur Gaststube zu öffnen, als durch den Türspalt zur Linken Ritter Raymonds Stimme erklang. Sie waren noch hier! Erleichterung durchströmte das Mädchen.

»Ich bin das Versteckspiel leid!«, polterte er. Juliana trat näher an den Spalt heran.

»Was soll das? Wir laufen uns hier die Füße wund und hören überall nur, dass keiner das Mädchen gesehen hat. Sie kann einen Tag hinter uns sein, und wir würden es nicht bemerken!«

Eine andere Stimme antwortete, doch sie sprach so leise, dass Juliana sie weder erkennen noch die Worte verstehen konnte. Der Lärm, der durch die Tür zur Schankstube drang, verschluckte die Stimme des Zweiten.

»Ja, ich weiß, dass die anderen hinter uns sind, aber wie viel einfacher und bequemer wäre es, sich ein Pferd zu nehmen und die Strecke abzureiten.«

Wieder folgte eine Pause.

»Unauffällig, pah, so ein Unsinn. Was soll das bringen? Sie soll kein Misstrauen fühlen und nicht gewarnt werden? Ja, und wenn schon, was kann ihr das nutzen? Sie ist nur ein Mädchen!«

Juliana spürte, wie sich ihre Nackenhaare aufstellten und ein kalter Schauder über ihren Rücken rann. Was ging dort vor sich? Worüber sprachen die Männer? Es hörte sich jedenfalls nicht so an, als habe eine besorgte Mutter ihr den Ritter hinterhergeschickt, um auf sie Acht zu geben oder sie zurückzubringen.

»Sie soll keine Gelegenheit haben, den Umschlag zu vernichten oder ihn weiterzugeben«, erklang wieder Raymond de Crests Stimme. »Ich glaube nicht, dass sie ihn bei sich hat. Was weiß ich, warum sie ihm nachreist. Wer kann schon in den Kopf eines Weibes sehen. Ich sage: Ihn müssen wir in die Hände bekommen. Ich sage Euch, er ist ein elender Dieb, der sich mit fremdem Eigentum aus dem Staub gemacht hat!«

Juliana presste das Ohr an den Spalt, vernahm aber dennoch von dem zweiten Mann nur ein Murmeln. Ritter Raymond pfiff durch die Zähne.

»Er hat den Umschlag in ihren Händen gesehen, kurz bevor sie verschwand? Das ist natürlich etwas anderes. Aber ist er sich sicher, dass er der ist, den wir suchen?« Eine Pause trat ein. Julianas Verwirrung nahm zu. Worüber sprachen die Männer? Suchten sie doch nach jemand anderem? Aber wie konnte das sein? Gab es noch mehr blonde Fräulein aus dem Neckartal, die nach Santiago wanderten? Das war unwahrscheinlich.

»Ich denke, sie hat ihn nicht geöffnet. Wenn sie wüsste, dass die Zeit zu handeln fast abgelaufen ist, dann würde sie nicht völlig ungerührt durch Kastilien ziehen. Dann hätte sie gleich daheim bleiben und ihn ins Feuer werfen können. Nur, warum ist sie überhaupt aufgebrochen, wenn sie von seinem Inhalt nichts weiß?« Beide schwiegen. Juliana trat von einem Fuß auf den anderen. Sie drückte sich noch näher an die Tür, es gelang ihr jedoch nicht, einen Blick in die dahinterliegende Kammer zu werfen. Sie wollte zu gern wissen, wer der zweite Mann war. Kannte sie ihn? War er einer ihrer Begleiter?

»Nein, das ist mir ganz gleich, ich habe genug. Macht was Ihr wollt, aber ich werde von dieser Stunde an meinen eigenen Plan verfolgen. Als Erstes reite ich nach Olmillos de Sasamón und werde mich unauffällig umhören. Und ich prophezeie Euch, dass ich mir die Belohnung verdiene!« Seine Schritte dröhnten über den Boden. Mit einem Sprung wich das Mädchen zurück, riss die gegenüberliegende Tür auf und drückte sich in eine dunkle Kammer. Die Schritte polterten durch den Flur, die Haustür knarrte und schlug zu. Juliana wollte eben ihre Zuflucht verlassen, da kamen einige Leute aus dem Schankraum. Ein Stimmengewirr passierte den Gang. Noch einmal schlug die Haustür. Vorsichtig öffnete Juliana einen Spalt und lugte hinaus. Der Gang war verlassen. Mit zwei Schritten war sie auf der anderen Seite und schob die Tür auf. Die Kammer war leer. Sie sah sich suchend um, konnte aber nichts entdecken, was ihr einen Hinweis auf den anderen Mann gegeben hätte. Warum nur war sie davongelaufen? Sie hätte so tun können, als wäre sie gerade erst gekommen. Der Gedanke an Ritter Raymonds kalte blaue Augen ließ sie allerdings erschaudern. Es wäre sicher nicht angenehm, von ihm beim Lauschen erwischt zu werden! Grübelnd verließ sie das Zimmer und stieß auf dem Gang gegen Bruder Rupert. Er schob finster die Augenbrauen zusammen.

»Was um alles in der Welt tust du hier? Ich dachte, du seist mit André nach Las Huelgas gegangen?«

»Ich, ich war noch in der Kathedrale – zum Beten«, stotterte sie. Ihr Herz raste plötzlich, und ihr Atem ging so schnell, als wäre sie gerannt.

Seine Augenbrauen wanderten noch ein Stück höher. »So? Und was machst du hier?«

»Ich dachte, es wäre besser, den Weg zum Kloster gemeinsam zu gehen.«

Er nickte nur, warf ihr aber noch einen prüfenden Blick zu. Bruder Rupert stieß die Tür zum Schankraum auf. Er war niedrig, Rauchschwaden waberten durch die Luft. Pater Bertran, der allein in einer Ecke stand, kam auf sie zu.

»Da seid Ihr ja endlich! Die Tore werden bald geschlossen. Der Wirt hat es gerade verkündet.« Er ließ seinen Blick über Juliana schweifen und dann zu der offenen Tür.

»Ich glaube nicht, dass Ritter Raymond kommt«, platzte das Mädchen heraus.

»Was?«, rief der hagere Pater, während Bruder Rupert sie nur durchdringend anstarrte. Sie fühlte sich, als sei sie nackt, ja, als könne er bis in ihren Geist sehen und dort wie in einem Buch lesen.

»Nun, dann gehen wir eben«, schimpfte Pater Bertran. »Ich will seinetwegen nicht mein Lager im königlichen Spital aufgeben.«

Bruder Rupert nickte, und so verließen sie die Stadt und wanderten auf den letzten Streifen Licht zu, der sich purpur eingefärbt hatte.

* * *

Sie hatten den Fluss überquert und gingen nun im Licht des aufgehenden Mondes auf das Kloster zu. Jeder Schritt auf das Gebäude zu offenbarte ihnen deutlicher, welch beeindruckende Anlage Las Huelgas war. Vermutlich hätte Ehrenberg mit Palas, Bergfried und all seinen Mauern mehrmals in die Umfassungsmauer des Klosters gepasst. Türme und ineinander verschachtelte Giebel zeichneten sich gegen den Nachthimmel ab.

»Wie gewaltig!«, hauchte Juliana.

Pater Bertran nickte. »Ja, es steht einem Königspalast in nichts nach. Nun, früher war es ja einmal ein Schloss der königlichen Erholung, bis Alfons der VIII. es den Zisterzienserinnen schenkte, die es ihren Bedürfnissen nach umbauten: die prächtige Kirche, die weitläufigen Gebäude, die sich um zwei Kreuzgänge scharen, und dann die Gärten, in denen die adeligen Schwestern Stunden der Muße verbringen. Natürlich habe ich sie nicht selbst gesehen, doch sie sollen ein Abbild des Paradieses sein«, schwärmte der asketische Mönch, und Juliana konnte trotz der Dunkelheit seine Augen glänzen sehen.

Sie ließen das Kloster links liegen und schritten auf geradem Weg durch gepflegte Ländereien. Bald schon ragte das königliche Hospital vor ihnen auf, dessen Eingang von Fackeln hell erleuchtet wurde. Ein Servient begrüßte sie am Tor und begleitete sie über den Hof zum Haupthaus. Hier überließ er sie der Fürsorge einer Laienschwester. Ihr strenger Habit war sauber, das Schleiertuch ließ nicht eine Haarsträhne sehen. Sie führte die Pilger am großen Krankensaal und ein paar kleineren Räumen vorbei eine Treppe hinauf. Oben kam ihnen eine Dame im Ordenskleid der Zisterzienserinnen entgegen. Die Laienschwester legte die Hände übereinander und verbeugte sich tief. »Schwester Beatris«, sagte sie voller Ehrerbietung und drückte sich an die Wand, um die Nonne passieren zu lassen.

Diese war groß und schlank und hielt sich sehr gerade. Eine Edelfrau, die zu herrschen gewohnt war. Aus dem weißen Gesicht ragte eine scharf geschnittene Nase hervor. Ihre dunklen

Augen strichen über die Schwester und die Pilger, die hinter ihr die Treppe heraufkamen.

»Sie können im hinteren Zimmer schlafen, gegenüber müssen die Binsen erneuert werden! Das Mahl unten ist bereits abgeräumt. Lass den Männern etwas in ihr Zimmer bringen!«

Die Laienschwester verneigte sich noch einmal. »Jawohl, Schwester Beatris.«

Juliana war sich sicher, dass ihr Ordensgewand und der Schleier aus Seide waren, so schimmernd weich, wie sie an ihr herabfielen. Um den Hals trug sie eine schwere Goldkette, an der ein Kreuz hing, das mit Smaragden und Rubinen geschmückt war. Diese glitzerten im Licht der Öllampen. Auch an ihren Händen konnte sie Schmuck sehen. Drei mit Juwelen besetzte Ringe aus Gold. Die edle Nonne sprach einen Segen und verschwand dann die Treppe hinunter. Ihre Röcke raschelten leise.

»War das eure Äbtissin?«, fragte Juliana verwundert. Die Laienschwester lachte hell.

»Aber nein, unsere Äbtissin ist Doña Urraca Alfonso. Um solche Kleinigkeiten kümmert sich die Nonne, der die Aufsicht über das Spital übertragen wurde. Es gibt übrigens nur wenige Damen, die nicht in strenger Klausur leben und somit eine Aufgabe hier draußen annehmen.«

»Nur eine Nonne«, staunte das Mädchen. »Sie sah so – so königlich aus.«

Dieses Mal lachte die Laienschwester nicht. »Nun, das ist sie auch fast. Sie ist eine de Lara.« Pater Bertran nickte wissend, Juliana zuckte nur fragend mit den Schultern.

»Die de Lara sind neben den de Haro eine der mächtigsten adeligen Familien in Kastilien«, erklärte ihr der Augustiner. »Natürlich stehen sie stets auf unterschiedlichen Seiten. Wenn die de Lara den König unterstützen, dann sind die de Haro Anhänger eines aufmurrenden Infanten oder umgekehrt.«

»Ich würde gern einmal einen Blick auf Doña Urraca Alfonso werfen«, sagte Bruder Rupert, als sie in ihrer Kammer vor einer Schüssel mit Fleisch, Gemüse und weißem Brot saßen. Der Wein war dunkelrot und schwer.«»Man sagt, die Äbtissin von las Huelgas sei nicht nur die mächtigste Frau Kastiliens, nein, der ganzen christlichen Welt!«

»Die mächtigste und die reichste Frau – zumindest wenn man ihr all die Güter und Dörfer zuschreibt, über die sie für das Kloster frei entscheiden kann«, stimmte ihm Pater Bertran zu. »Nicht einmal der König darf ihr heutzutage etwas vorschreiben. Sie untersteht nur dem Papst – und vielleicht auch dem Haupthaus der Zisterzienser in Cîteaux.«

Juliana gähnte. Staunend sah sie sich immer wieder in ihrem Quartier um. Es hatte nichts gemein mit den Lagern, in denen sie so viele Nächte geschlafen hatte. Hier standen richtige Betten, und der Boden war mit frisch duftenden Binsen belegt. Zwar waren die Matratzen wie überall mit Stroh ausgestopft, doch auf ihnen lagen richtige Bettdecken, mit Federn gefüllt! Vermutlich gab es hier nicht einmal Ungeziefer. Und das Essen war sicher besser und reichhaltiger als in jedem Wirtshaus in ganz Burgos! Sie fühlte sich satt und schläfrig. Die Krämpfe in ihrem Leib waren für eine Weile abgeflaut, und mit den Leinenstreifen zwischen den Beinen musste sie nicht mehr fürchten, sich durch blutige Flecken im Gewand zu verraten. Endlich löschten die Männer das Licht und krochen unter ihre Decken.

Als ihre gleichmäßigen Atemzüge den Raum erfüllten, kehrten Julianas Gedanken zu der Taverne am Stadttor zurück und zu Ritter Raymond de Crest. Noch immer konnte sie sich keinen Reim darauf machen, wovon der Ritter gesprochen hatte und wonach die Männer offensichtlich so verzweifelt suchten. Etwas sehr Wertvolles musste in diesem Umschlag stecken. Und eines war sicher, sie hatte nichts in ihrem Besitz, das eine Verfolgung durch ein halbes Dutzend Königreiche rechtfertigte! Irgendjemandem war ein Fehler unterlaufen, das war klar, doch wer steckte dahinter, und was suchten die Männer? Langsam webten sich Träume in die Gedanken, die keine Lösung finden konnten, so abenteuerlich die Ideen auch waren, die sie vorbrachten.

30
Der Brief
Burg Ehrenberg im Jahre des Herrn 1307

Noch ein Toter! Der Gestank und das Bild des Panzerschuhs mit dem herausragenden Knochen will ihr nicht mehr aus dem Kopf gehen. Fünf Nächte ist der Vater jetzt weg, und jeder Tag bringt einen neuen Schrecken und neue Fragen, die sie nicht beantworten kann. Seit sie die Leiche des Ritters im Verlies entdeckt haben, führen sich die beiden Templer noch unverschämter auf. Der Franzose hat es sogar gewagt – als die Damen mit Pater Vitus in der Bergkirche waren –, in den Frauenbereich des Palas einzudringen und den persönlichen Besitz der Edelfrau und ihrer Tochter zu durchwühlen! Linde, die kleine, zierliche Küchenmagd, hat ihn zufällig gesehen und es dem Edelfräulein erzählt.

Selbst ein Franzose müsste wissen, dass der Burgherr der einzige Mann ist, der die Frauengemächer betreten darf! Für solch einen Frevel hätte der Vater jeden Eindringling sofort getötet – sei er nun Knecht oder Ritter. Aber der Vater ist nicht da, die Frauen sind seines Schutzes beraubt. Juliana erschrickt über diesen Gedanken. Soll sie nun froh darüber sein, dass es nicht noch mehr Tote geben kann, oder soll sie es bedauern, dass sie selbst und ihre Mutter diesen schrecklichen Männern ausgeliefert sind? Und die Besuche des jungen Kochendorfers und seines Vaters bedeuten auch eher Verdruss denn Hilfe.

Juliana zögert, der Edelfrau von diesem ungeheuerlichen Verhalten der Gäste zu berichten. Warum? Will sie die Mutter schonen, oder fürchtet sie sich vor der Hilflosigkeit in ihrem Blick? Jetzt muss sie den Männern die Tür weisen und, wenn sie nicht freiwillig gehen, die Wächter zusammenrufen, um die Templer mit gezogenen Waffen bis zu den Grenzen Ehrenbergs zu begleiten. Juliana ahnt, dass die Mutter nicht die Kraft finden wird, die notwendigen Anweisungen zu erteilen. Mit dem Vater ist auch ein Teil von ihr gegangen. Außerdem fühlt sie sich den beiden Templern gegenüber schuldig, obwohl der Ermordete nicht nur deren Ordensbruder, sondern auch ein Vetter aus ihrer Familie war.

Juliana trödelt heute besonders lange mit dem Umziehen, und Gerda kann es dem Fräulein nicht recht machen. Zweimal wechselt sie das Unterkleid, dann gefällt ihr die Farbe der angenestelten Ärmel nicht. Auch die Frisur muss die Kinderfrau ein paar Mal wieder lösen.

»Was ist nur heute mit Euch los, mein liebes Kind?«, fragt die Alte in dem gewohnt weichen Ton. Sie wird nie ungeduldig. Es reizt das Mädchen, sie weiter zu piesacken, nur um zu sehen, wann sie bei Gerda das Ende der Geduld erreicht. Sofort schämt sich Juliana der Gedanken. Die Kinderfrau kann nichts für ihre Unruhe und ihre schlechte Laune, und es ist auch ganz bestimmt nicht Gerdas Schuld, dass Juliana am liebsten gar nicht in die Halle hinuntergehen möchte. Sie umarmt die alte Frau.

»Du hast die Geduld einer Heiligen, Gerda. Ich danke dir. Du wirst sicher einst neben der Heiligen Jungfrau sitzen.«

Die Kinderfrau bekommt rosige Wangen und lächelt verlegen. »Ach, was Ihr immer so daherredet. Ich tue meine Pflicht – und ich liebe Euch, mein Kind. Wer wollte Euch zürnen, dass Ihr nach diesen furchtbaren Tagen durcheinander seid? Ach, ich wünschte, ich könnte den Kummer von Eurer und Eurer Mutter Seele nehmen. Doch nun geht, Eure Mutter wartet auf Euch, und Ihr wollt sie doch nicht mit diesen Männern allein lassen?«

Aus der Art, wie sie die Worte »diese Männer« betont, ist deutlich zu hören, was sie von den beiden Templern hält.

»Aber Pater Vitus ist doch bei ihr.«

»Ja, schon«, sagt Gerda und schneidet eine Grimasse. Der Pater, der den Wein so sehr liebt, genießt bei ihr kaum größeres Ansehen.

Juliana küsst sie auf die schlaffen Wangen. »Ich werde nicht lange bleiben, dann kannst du heute früh zu Bett gehen.«

»Oh, nehmt keine Rücksicht auf mich«, wehrt Gerda ab. »Ich warte auf Euch. – Weckt mich, falls ich versehentlich einnicke!«

Juliana greift nach ihrem Mantel und steigt langsam die Treppe in die Halle hinunter.

* * *

Juliana kann nicht einschlafen. Sie hat an diesem Abend kaum etwas gegessen, und dennoch verspürt sie eher Übelkeit als Hunger. Warum verlassen die beiden Templer nicht endlich die Burg und ziehen weiter nach Ungarn, wie sie es vorhatten, bevor sie nach Ehrenberg kamen? Hat Swicker nicht gesagt, sie müssten dort einige Komtureien besuchen? Ist das nun nicht mehr wichtig? Ein schrecklicher Gedanke durchfährt sie, so dass sie sich mit einem Ruck in ihrem Bett aufsetzt. Wollen sich die beiden gar hier einnisten, bis der Vater zurückkommt, um dann doch noch an ihm Rache zu nehmen? Nein, das dürfen sie nicht! Wenn jemand eine solche Sühnereise unternimmt, dann ist er von aller Schuld gereinigt, wenn er zurückkehrt. Es ist das Recht der Kirche, solche Bußfahrten aufzuerlegen.

Juliana kaut auf ihrer Lippe. Ist es wirklich so einfach? Kann jeder Kirchenmann einen Mörder vor dem Galgen retten, indem er ihn auf die Reise schickt? Als sie merkt, dass sie das Wort »Mörder« gedacht hat, zuckt sie zusammen.

Kann der Täter zwischen Strick und Reise wählen? Nein, davon hat sie noch nie gehört. Würde sonst je ein Verbrecher gerichtet werden? Wer würde schon den Tod nehmen, wenn er stattdessen in die Fremde gehen kann, um irgendwann gereinigt zurückzukehren? Nein, so einfach ist es nicht. Oder ist es ein Privileg der Edelfreien? Juliana überlegt. Es gibt nicht viele Ritter, die einem Henkersschwert zum Opfer fallen. Der schimpfliche Strick ist den Gewöhnlichen und Unfreien vorbehalten – es sei denn, die Tat ist besonders unehrenhaft.

Wer bestimmt über die Strafe? Der Herr des Landes oder die Kirche? Im Land des Bischofs von Speyer oder Würzburg ist das einfach. Sie haben nur einen Herrn, aber wie ist das hier? Wem steht die Entscheidung zu? Wer ist mächtiger? König oder Kirche? Die Templer sind mit ihrem Orden direkt dem Heiligen Vater unterstellt. Ihnen kann ein Landvogt keinen Prozess machen – ja selbst der Kaiser darf nicht Hand an sie legen. In diesem Fall sind jedoch nicht die Templer die Beschuldigten, sondern die Opfer der Tat. Müssen sie dann nicht eine Bestrafung durch die Kirche begrüßen? Oder liegt ihr Missmut darin, dass der Dekan, ein Freund und Gönner des Vaters, der ihm wohl gesonnen ist, die Entscheidung an sich gezogen hat. Wird der Franzose von so kleinlichen Gefühlen wie blinder Rachsucht beherrscht? Trügt der weiße Mantel, der Symbol für Reinheit und Tugend sein soll?

Jedenfalls kann sie es nicht ertragen, die beiden Fremden den ganzen Herbst und Winter in Ehrenberg zu sehen! Juliana stöhnt leise. Gerda bewegt sich auf ihrer Matratze zu Füßen des Bettes, gibt ein paar schmatzende Geräusche von sich und kehrt dann wieder zu ihrem gleichmäßigen Schnarchen zurück.

Die kalten Augen des Franzosen scheinen Juliana aus der Dunkelheit anzusehen. Ja, sie traut es ihm zu, dass er hier geduldig auf sein Opfer wartet, bis es zurückkehrt – in dem Glauben, von seiner Schuld gereinigt zu sein. Ahnungslos wird der Vater in die Falle tappen!

Die geisterhafte Gestalt des Franzosen grinst, hebt sein Schwert und stößt zu. Als er die Klinge wieder zurückzieht, ist sie voller Blut. Des Vaters Blut!

Juliana schlingt die Arme um ihren Leib und beginnt sich leicht vor und zurück zu wiegen. Das darf sie nicht zulassen! Aber wie kann sie diesen Anschlag verhindern? Sie muss den Vater warnen. In ihrem Geist jagt ein Bote auf einem schnellen Pferd über Land. Nein. Sie hat kein Geld, um einen Reiter zu bezahlen. Das Bild verblasst. Kann sie mit der Mutter darüber reden? Sie muss die Männer fortschicken! Der Dekan kann es ihnen sagen, wenn die Edelfrau nicht will.

Und dann? Selbst wenn die Templer Ehrenberg verlassen, wie kann sie sicher sein, dass sie dem Vater nicht andernorts auflauern? Ratlos sitzt Juliana im Bett. Kein Gedanke, der ihr durch den Geist schwirrt, ist klar genug, dass sie ihn greifen kann. Doch dann schält sich eine Idee aus der wirbelnden Masse, die ihr den Atem nimmt. Es ist die Lösung. Die einzige Lösung, die sie von mehreren Problemen befreit und ihr endlich Antworten auf ihre drängenden Fragen bringt: Sie selbst muss ihm nachreisen!

Nein, wie soll das gehen? Die Mutter hier schändlich im Stich lassen? – Immerhin hat sie Pater Vitus an ihrer Seite. – Einen weinseliger Vetter, der seinen Durst wichtiger nimmt als den Trost seiner Mitmenschen!

Und doch nimmt der Gedanke immer klarer Gestalt an. Sie kann den Vater warnen, ihm alle Fragen stellen, die ihr auf der Zunge brennen, und mit ihm nach Santiago ziehen. Sie wäre die Templer los, die sie mit ihren Blicken verfolgen und ihr Furcht einjagen. Und sie kann dem Kochendorfer entgehen! Der Vater wird nicht zulassen, dass sie ihn heiraten muss! Die Mutter dagegen sähe die Verbindung gern – und wenn auch nur, damit sofort ein Mann in Ehrenberg einzieht, um nach dem Rechten zu sehen.

Was würde Dekan von Hauenstein zu diesem Plan sagen?

Die Worte will sie sich nicht ausmalen, deren er sich bedienen könnte. Sicher jedoch ist, dass er diese Idee alles andere als gutheißen würde. Mit ihm kann sie also nicht darüber sprechen, und es gibt auch niemand anderen, der ihr raten kann. Nicht einmal Gerda gegenüber darf sie ein Wort verlieren. Die Kinderfrau ist ihr zwar ergeben, fühlt sich allerdings auch für ihre Sicherheit verantwortlich. In diesem Fall würde sie vielleicht sogar ein Stillschweigeversprechen brechen und der Mutter alles gestehen.

Eine Reise nach Santiago. Allein. Nur auf sich gestellt.

Die Gedanken lösen ein Kribbeln in ihrem Leib aus, das aus freudiger Aufregung und Furcht zusammengesetzt ist. Nach und nach scheint die Abenteuerlust die Oberhand zu gewinnen. Fremde Länder sehen, Menschen kennen lernen, einen ganz neuen Lebenspfad beschreiten, an dessen Ende der Vater auf sie wartet.

Du bist ein einfältiges, dummes Ding!, schilt sie sich selbst. Deine Lust am Abenteuer wird dir schnell vergehen, wenn die Blasen an deinen Füßen schmerzen und du nicht weißt, wie du deinen Hunger und Durst stillen kannst und wo du in der Nacht dein Haupt betten sollst!

Je mehr Juliana darüber nachdenkt, desto mehr fühlt sie den leeren Leib rumoren. Kein Wunder, so wenig, wie sie an diesem Abend gegessen hat. Sie beschließt, in die Küche zu schleichen und sich ein paar Reste des Mahls zu holen. Barfuß tappt sie über die Binsen, öffnet leise die Tür und steigt die Treppe hinunter. Obwohl sie kaum die Schatten voneinander scheiden kann, so dunkel wie es ist, bewegt sie sich mit geübter Sicherheit durch den Saal und die nächste Treppe hinunter in die Küche. Es ist schließlich nicht das erste Mal, dass sie nachts ihren Hunger zu stillen sucht!

Juliana entzündet ein Binsenlicht an der sorgsam abgedeckten Glut im Ofen und schenkt sich einen Becher Met ein. Sie nagt ein kaltes Hühnerbein ab und schiebt sich den Rest einer Fischpastete in den Mund. Juliana beschließt, noch ein Stück Speck mit hinaufzunehmen, kontrolliert noch einmal den Ofen und bläst dann die Lampe wieder aus. Sie will sie gerade zurück auf den Tisch stellen, als ein Geräusch sie herumfahren lässt. Fast wäre ihr vor Schreck die Lampe entglitten.

Was war das? Juliana schleicht zur Tür und späht in die Dunkelheit. Es muss aus dem Palas gekommen sein. Von weiter oben? Oder narren sie ihre Sinne?

Das Mädchen tastet sich die Treppe hinauf und durchquert den Saal.

Was ist das? War das nicht ein Lichtschein? Nun jedenfalls ist es wieder dunkel. Juliana bleibt stehen und lauscht. Schritte. Leise, tastende Schritte. Dann ein Poltern und ein unterdrücktes Stöhnen.

Ist das Pater Vitus auf der Suche nach mehr Wein, oder schleichen die Templer nun auch noch nachts durch die Burg und stecken überall ihre Nase hinein?

Wut kocht in ihr hoch. Sie eilt zu ihrer Kammer zurück, entzündet eine kleine Öllampe und tritt wieder auf den Gang hinaus. Nun ist alles ruhig. Woher kann das Geräusch gekommen sein? Sie geht bis zur geschlossenen Tür der Kemenate, hinter der die Mutter schläft, macht kehrt und sieht in die Schlafkammer des Vaters. Eine schmale Treppe führt unters Dach. Dort gibt es noch eine Kammer mit verschiedenen Truhen, in denen altes Linnen, aber auch Gewänder für Gäste, Decken und ein paar Reste wertvoller Stoffe und Bänder aufbewahrt werden. Eine Truhe gehört dem Vater. Juliana hat keine Ahnung, was darin sein könnte. Sie ist stets mit einem Schloss gesichert.

Kam das Geräusch von dort oben? Juliana beschirmt die Flamme mit der Hand, sieht sich um und lauscht in die Nacht. Der ruhelose Wanderer scheint sich wieder auf sein Lager zurückgezogen zu haben. Vielleicht war es doch nur der Pater. Dennoch kann es nicht schaden, einmal in der Kammer nachzusehen!

Das Mädchen rafft sein langes Hemd und steigt die Stufen hinauf. Die Tür zur Kammer ist nur angelehnt. Zaghaft schiebt Juliana sie auf. Sie quietscht ein wenig. Dahinter ist es dunkel. Das Mädchen tritt ein und sieht sich um. Eine Lampe steht auf der Truhe mit den Gästegewändern. Rasch tritt sie vor und berührt die Schale. Sie ist heiß! Also doch! Jemand hat sich hier herumgetrieben – und das war bestimmt nicht Pater Vitus. Hier oben gibt es nichts, was für ihn von Interesse wäre. Nein, den guten Pater würde man eher im Keller antreffen.

Juliana öffnet nacheinander jede Truhe, kann aber nichts

Ungewöhnliches entdecken. Da fällt ihr Blick auf das Schloss, das des Vaters Habseligkeiten schützen soll. Es ist gebrochen! Kann es dieses Geräusch gewesen sein, das sie gehört hat? Rasch tritt sie näher und öffnet den Deckel. Es scheint, als habe jemand in Hast den Inhalt durchwühlt. Bestickte Handschuhe, Falkenhauben, Taschen und Gürtel bilden mit einem Hornkamm, edlen Brokatschnabelschuhen, ein paar langen Federn und einer Laute ein wüstes Durcheinander. Dazwischen haben sich lange Seidenbeinlinge und Bänder ineinander verschlungen. Auf dem Boden liegen ein paar Münzen, ein Ring und eine Fibel. So hat der Vater seine Sachen sicher nicht zurückgelassen – oder doch? Hat er in der Eile vor seiner Abreise hier etwas gesucht? Nein, das konnte nicht sein. Oder der Dekan? Immerhin war er noch auf Ehrenberg gewesen, bevor der Vater nach Santiago aufbrach. Die Wächter haben das bestätigt. Juliana kniet sich auf den kalten Boden und späht unter die Truhe. Liegt da etwas? Etwas Helles, Flaches? Sie versucht, es herauszuziehen, doch der Spalt zwischen den Bohlen und dem Truhenboden ist so schmal, dass ihr Arm stecken bleibt. Noch einmal leuchtet sie und späht hinein, die Wange fest an den Boden gedrückt.

Ja, da liegt etwas. Sie holt die längste Feder aus der Truhe und versucht noch einmal, das weiße Etwas zu sich zu ziehen. Behutsam schiebt sie es ins Licht.

Was ist das? Sie hebt einen Umschlag mit gebrochenem Siegel auf und dreht das schwere, teure Pergament im Lampenschein hin und her. Das Siegel des Vaters ist es jedenfalls nicht und auch sonst kein Wappen, das sie schon einmal gesehen hat. Die Worte sind in keiner Sprache geschrieben, die sie kennt. Seltsam. Sie hält den Umschlag näher ins Licht. Was ist das auf dem Siegel? Ein Tier und zwei Menschen. Ein Pferd? Mit zwei Reitern?

Plötzlich hat sie das Gefühl, als würde sie jemand beobachten. Juliana fährt herum, aber da ist niemand. Schwarz und leer sieht die Türöffnung sie an. Und doch hätte sie schwören können, dass sich gerade noch ein Blick in ihren Rücken gebrannt hat! Ihre Nackenhaare sträuben sich. Juliana springt auf, umklammert mit der einen Hand das Binsenlicht und drückt mit der anderen den Umschlag an ihre Brust. Ihre nackten Füße eilen die Treppe hinunter. Ohne noch einmal innezuhalten, läuft das Mädchen in seine Kammer zurück.

* * *

Soll sie Ehrenberg wirklich verlassen und allein auf die Reise gehen?

Die Morgensonne scheint durch das offene Fenster. Juliana ist in ihrer Kammer. Sie hat ihre Schätze vor sich auf der Bettdecke ausgebreitet: ein abgerissenes Haarband, das Wolf ihr geschenkt, ein durchbohrtes Geldstück, das der Dekan in der Erde gefunden hat. Er behauptet, es sei sehr alt, aus der Zeit, da die Römer in Wimpfen hausten. Das bestickte Tüchlein ist von der Mutter, die Glocke hat Vaters früherer Lieblingsfalke am Bein getragen. Der Ritter hat sie ihr geschenkt, als er den Greif vor dem Winter in die Freiheit entließ.

Ihr jüngstes Sammlungsstück ist die Muschelschale von Ritter Swicker. Vom Ende der Welt sei sie, hat er gesagt.

Eine Weile starrt Juliana auf die Gegenstände herab. Seltsam, sie zurückzulassen, fällt ihr schwerer, als all ihren Schmuck oder die feinen Gewänder zu verlieren. Es ist, als würden die kleinen Erinnerungen sie mit den Menschen verbinden, zu denen sie gehörten, und ihr Kraft geben.

Juliana sammelt die Kleinodien zusammen und packt sie in den Umschlag, den sie in der Nacht unter der Truhe gefunden hat. Sie wird sie auf ihrer Wanderung mitnehmen! Und es ist ihr, als könne ihr nichts passieren, solange sie eine Erinnerung an die Menschen, die ihr wichtig sind, bei sich trägt.

31
Die Meseta

Ritter Raymond de Crest tauchte auch am anderen Morgen nicht auf, obwohl die Pilger erst spät aufbrachen. Juliana wunderte sich nicht, und auch ihre beiden Begleiter im Mönchsgewand verloren darüber kein Wort. Nur André fragte, wo der Ritter geblieben sei.

Zu viert folgten sie noch eine Weile dem breiten Fluss und verließen ihn dann, nachdem sie die Brücke überquert hatten, neben der ein kleines Pilgerspital unter ein paar staubigen Pappeln stand. Drei Reiter kamen von Osten herangepprescht und bogen dann auf einen Weg ein, der sich in spitzem Winkel nach Nordwesten bog. Die Pilger sprangen in den Graben, um ihnen Platz zu machen.

»Rücksichtsloses Pack!«, grummelte Pater Bertran. »Die wollen sicher nach Olmillos.«

»Meint Ihr Olmillos de Sasamón? Ich habe den Namen schon einmal gehört. Was ist das für ein Ort?« Sie spürte den bohrenden Blick des Bettelmönchs in ihrem Rücken und zwang sich dazu, sich nicht umzudrehen.

Der hagere Pater spuckte ins Gras. »Eine Templerburg, ein paar Wegstunden von hier.«

Templer! Schon wieder Templer. War Raymond de Crest gar einer von ihnen? Vielleicht. Sie hatten ihn geschickt, um das Eigentum, das der Vater dem Toten entwendet hatte, wieder an sich zu bringen. Ihr Vater ein Mörder und Dieb! War der Gedanke nicht noch schlimmer als der Verdacht, er habe aus falscher Eifersucht oder Jähzorn getötet? Die Vermutung brannte wie Säure in ihrem Hals. Juliana versuchte, die Gedanken wegzuschieben. Der Himmel war heute wolkenlos, und ein stürmischer Wind zerrte an ihrem Umhang. Es würde ein schöner Tag werden, an dem das Wandern leicht voranging!

Hinter dem nächsten Dorf führte ihr Weg in ein sumpfiges Tal hinab. Sie konnten Rabe* auf der anderen Seite des Flüsschens bereits zum Greifen nahe sehen, doch der Pfad durch den Morast ließ sie nur sehr langsam vorankommen. André fluchte. Dreimal rutschte er aus und versank bis über die Knie im schlammigen Wasser. Manches Graspolster, das einen sicheren Tritt versprach, gab tückisch unter dem Stiefel nach und versank. Dichtes Schilf nahm ihnen immer wieder die Sicht. Je höher die Sonne stieg, desto dichter wurden die Schwärme von Stechmücken, die um ihre Köpfe surrten, um sich an ihrem Blut zu laben. Auf Julianas Wangen beulten sich bereits einige rote Pusteln, die schmerzten und juckten, Bruder Rupert ging es nicht besser. Sein ganzer Hals war von Stichen übersät. Nur den Pater schienen die Mücken nicht zu behelligen. In seinen Sandalen schritt er geschickt voran und ließ sich nicht aus dem Gleichgewicht bringen. Nachdem das Mädchen ihn eine Weile beobachtet hatte, eilte sie zu ihm und ging nun dicht hinter ihm her. Eine kluge Entscheidung, dachte sie, als André kurz darauf wieder einmal fluchend bis zu den Waden im Morast versank. Wie waren sie alle froh, als sie endlich die gepflasterte Römerstraße von Rabe erreichten.

Nach dem Dorf breitete sich eine weite, sanft hügelige Ebene vor ihnen aus, auf der das reife Korn im Morgenwind wogte. Kaum ein Baum war zu sehen, so weit der Blick auch reichte, nur Felder und niedrige Steinmauern. Die meisten waren bereits abgeerntet, so dass die gelben Stoppeln mit der dunkel hervorschimmernden Erde den einzigen Farbkontrast boten. Nur ein paar flache Bachtäler gliederten die eintönige Landschaft. Die Dörfer wurden weniger und ärmlicher. Ja, auch sie wirkten irgendwie ausgedörrt. In einiger Entfernung erspähte Juliana eine Gruppe Pilger, die am Morgen früher als sie vom Hospital del Rey aufgebrochen war.

---

* heute: Rabé de les Calzadas

Die Sonne stieg höher, wärmte sie und zwang sie, die Mäntel auszuziehen. Bald schwitzten sie, und die Füße glühten unangenehm in den Schuhen. Der Wind war so heiß, dass er selbst das Wasser aus ihren Flaschen zu saugen schien. So wurde jeder Bachlauf freudig begrüßt, selbst wenn sein Wasser nicht ganz rein schien.

Die vier Wanderer stiegen über einen Hügelkamm und dann hinunter nach Hornillos*, das sich auf der anderen Seite eines Flüsschens am Weg entlangschlängelte. Es war eines dieser Dörfer, das mit und von den Pilgern lebte, die täglich vorbeizogen. Benediktiner führten hier ein Spital, und ein wenig abseits gab es ein Haus für Aussätzige.

Noch einmal füllten die vier Reisenden ihre Kürbisflaschen, ehe sie auf die Hochebene hinauswanderten. Mittag war längst vorüber, und so brannte die Sonne unbarmherzig herab. Der Wind schien aus einem Backofen zu stammen, und weit und breit spendete kein Baum ein wenig Schatten. Stumm tappten sie hintereinander her. Julianas Augen brannten, die Haut war trocken und schien in Gefahr, bei einer unbedachten Bewegung aufzureißen. Jeder Schweißtropfen verflüchtigte sich sofort mit der nächsten Windböe.

Endlich senkte sich der Weg in ein Tal ab und führte sie durch das nächste Straßendorf. Für eine Verschnaufpause duckten sie sich in den Windschatten der Kirche und aßen die letzten Kanten Brot, die so hart schienen wie der ausgedörrte Boden.

»Gehen wir heute noch weit?«, wagte Juliana zu fragen. Ihr taten Unterleib und Beine weh, und die Füße brannten. Ihr Gesicht war von den Insektenstichen am Morgen geschwollen, und es kostete sie alle Beherrschung, die sie aufbringen konnte, sich nicht blutig zu kratzen. Um ihren Hals war noch immer ein Verband geschlungen, der schweißnaß und voller Staub war.

»Ich denke, wir können Castroxeris noch vor der Dunkelheit

---

* heute: Hornillos del Camino

erreichen. Dort sind Franziskaner und auch Dominikaner. Ich glaube, dort gibt es insgesamt vier Unterkünfte für Pilger«, gab Pater Bertran Auskunft. Er schien heute noch hagerer. Vielleicht hatte ihn der Wind noch weiter ausgedörrt. Sein Gesicht glich fast einem Totenschädel, so tief lagen die Augen in ihren Höhlen.

Das Mädchen seufzte. »Wie lange werden wir brauchen?«

Bruder Rupert hielt einen Bauern an und fragte ihn, doch erst als der Pater die Frage in Kastilisch übersetzte, nickte der alte Mann und öffnete den fast zahnlosen Mund.

»Wenn man zur Non losgeht, dann ist man zur Vesper in Castroxeris«, übersetzte Pater Bertran und bedankte sich. Der Bauer hob grüßend die Hand, murmelte noch ein paar unverständliche Worte und schlurfte davon. Zwei große schwarze Hunde umsprangen seine Beine.

Drei Stunden. Nun gut, das mussten die Füße heute noch hergeben. Juliana folgte dem Pater, der sein Bündel schon wieder geschultert hatte und der einzigen Straße des Dorfes folgte. Erst säumten dicht aneinander gebaute Häuser den Weg, dann aus den gleichen hellen Kalkbrocken der Umgebung aufgeschichtete Mauern. Ein paar verkrüppelte Bäume schoben ihre Äste über die Mauerkronen. Die Wanderer folgten dem Tal, das sich gemächlich nach Süden bog. Im Talgrund hatten die Dorfbewohner Felder angelegt, kleine ummauerte Flecken mit fruchtbarer Schwemmerde, deren sattes Braun sich deutlich von den Hügelkuppen schied, auf denen offensichtlich kaum eine Pflanze gedeihen konnte. Fast weiß, in weichen Formen, die Abhänge vom abfließenden Wasser in tiefe Rinnen zerfurcht, begleiteten sie das Tal zu beiden Seiten. Wie ein weißes Band zog sich der Pfad zwischen Steinbrocken, Mauern und dürrem Gras oberhalb der Felder entlang. Bald mündete der Bach in ein breiteres Tal, in dem ein paar Weiden wuchsen. Mönche in grauen Kutten mit dem charakteristischen blauen Tau der Antoniter auf der Schulter arbeiteten auf den Feldern. Bald, nachdem der Weg wieder nach Westen schwenkte, sahen sie den

Konvent de San Antón vor sich aufragen. Juliana erkannte die Kirche und einen zweiten großen Bau mit einem weiten Torbogen. Von den anderen Gebäuden ragten nur die Dachgiebel über die Mauer heraus.

»Der Weg scheint direkt auf das Kloster zuzuführen. Sollen wir nicht einen Bogen über die Felder schlagen?«, fragte das Mädchen nervös. Sie wollte diesen Menschen nicht zu nahe kommen.

»Wir müssen das Kloster nicht betreten, der Weg führt durch den Bogen hindurch und an der anderen Seite wieder hinaus«, stellte Bruder Rupert fest. Andrés Kopf ruckte nach oben.

»Da können wir nicht hin!«, stieß er hervor. Es waren seit dem Morgen die ersten Worte, die er sprach. Mit gesenktem Haupt war er mit einigem Abstand hinter den anderen hergetrottet. Sicher schmerzte ihn sein Kopf, dachte Juliana voller Mitleid. Sie selbst fühlte sich auch ganz schwach. Ihr Leib krampfte sich in regelmäßigen Abständen zusammen, und ihre Knie schienen nur mit Mus gefüllt.

»Unsinn!«, schimpfte der Pater nur und schritt in seinen Sandalen weiter, gleichmäßig und hoch aufgerichtet, nicht anders als die Tage davor.

»Wir wollen ja nicht ins Kloster und auch nicht dort rasten. Wir folgen nur dem Weg. Sie werden uns schon nicht wie Dämonen aus dem Dunkeln anspringen.«

Da Bruder Rupert ihm ohne Widerrede hinterherging, folgten die beiden jüngeren Pilger, wenn auch mit deutlichem Missfallen in ihren Mienen. Düster ragte der Torbogen vor ihnen auf. Es war Juliana, als müsse sie durch die Hölle gehen.

Es sind nur ein paar Schritte bis auf die andere Seite, versuchte sie sich zu beruhigen. Dahinter schien die Sonne wieder hell und warm auf den Weg. Sie sah hinauf zu den spitzbogigen Fenstern, über denen das Tau eingemeißelt war. Hinter den anderen trat das Mädchen in den Schatten des Bogens und schrak dann mit einem Aufschrei zurück. Drei Gestalten lösten sich von den Steinblöcken und traten auf eine Nische in der rechten Wand zu. Nun sah das Mädchen, dass diese zwei verschließbare Durchbrüche enthielt. Einer wurde soeben geöffnet. Von einer grauen Kutte verhüllte Arme erschienen und stellten Schalen und einen Krug in die Öffnung. Mit nicht zu verbergender Gier griffen die drei zu. Es waren ein Mann und eine Frau in mittleren Jahren und ein junges Mädchen. Vielleicht ihre Tochter, so genau konnte Juliana die Züge nicht erkennen. Alle drei trugen Kapuzen, die sie weit in die Gesichter gezogen hatten. Juliana spürte den Drang, sich an die gegenüberliegende Wand zu drücken, doch sie presste die Lippen zusammen und folgte den anderen.

Plötzlich drehte sich die jüngere Frau um und kam auf sie zu. Ihre Kapuze fiel herab und enthüllte die entstellten Züge. Sie sagte etwas, das Juliana nicht verstand. Das Ritterfräulein sah nur die mit offenen Ekzemen übersäten Hände, die sich ihr entgegenstreckten. Einige Fingerkuppen schienen bereits abgefault.

Mit einem Schrei sprang Juliana zurück. Sie fühlte, wie ihr linker Fuß ins Leere trat. Der Knöchel knickte zur Seite und schlug gegen einen Stein. Juliana fiel. Schmerzhaft prallte ihre Hüfte gegen die Kante einer Mulde, die durch das Fehlen einige Steine des Straßenpflasters entstanden war. Stöhnend richtete sie sich wieder auf und griff nach Andrés Händen, die sich ihr helfend entgegenstreckten. Bruder Rupert schrie die Elenden an und scheuchte sie davon.

»Bist du verletzt?«, fragte der junge Ritter besorgt.

Juliana schwankte. Ein stechender Schmerz fuhr durch ihren Knöchel, sobald sie in belastete. »Ich weiß nicht«, stotterte sie und blinzelte, um die aufsteigenden Tränen zu vertreiben.

Hilflos sah André sie an. »Hier können wir nicht bleiben, oder?«

»Nein!«, stieß das Mädchen hervor und hinkte unter dem Torbogen hervor, bis die grelle Sonne sie traf. André eilte an ihre Seite und schob seinen Arm unter ihrer Achsel durch. So humpelte das Mädchen weiter, das Gesicht zu einer Grimasse verzerrt, jedoch fest entschlossen, diesen schrecklichen Ort hinter sich zu lassen.

»Das ist doch Blödsinn«, polterte Bruder Rupert. »Wenn du nicht laufen kannst, dann müssen wir die Nacht über hier bleiben.«

Entsetzt wich das Mädchen zurück. Ihre Hand zitterte, als sie zu den Mauern des Klosters zurückwies. »Hier wollt Ihr die Nacht zubringen? Zwischen all den entstellten Kranken?«

»Nein, was denkst du! Aber wenn wir die Herberge vor dem Abend nicht erreichen, dann können wir auch gleich hier am Bach unter den Weiden unser Nachtlager aufschlagen. Ich bin zwar kein Bader, aber so viel weiß ich, dass du deinen Knöchel lieber ein paar Stunden schonen und im Wasser kühlen solltest.«

Die anderen waren einverstanden, und so verließen sie den Weg und querten ein abgeerntetes Feld, um zu dem schmalen Streifen Grün oberhalb der Uferböschung zu gelangen. André stützte das Mädchen und ließ es dann an einer weichen Stelle vorsichtig zu Boden sinken. Sie lächelte dankend zu ihm hoch.

»Hat jemand noch etwas Essbares in seinem Bündel?« Bruder Rupert sah die verneinend geschüttelten Köpfe nacheinander an und seufzte.

»Dann werden wir heute fasten«, stellte der hagere Pater fest und setzte sich unter eine Weide, deren biegsame Zweige auf der anderen Seite bis ins Wasser hingen.

»Wenn man Euch so ansieht, dann scheint Euch das nichts auszumachen«, knurrte der Bettelmönch und strich sich über den Leib. »Ich jedoch möchte nicht zu einer solch schmächtigen Sammlung von Haut und Knochen werden.«

»Wenn Euch die Völlerei so am Herzen liegt, dann habt Ihr Euch den falschen Orden ausgesucht«, schimpfte der Pater.

»Zwischen Fasten und Völlerei passen viele Stücke Brot und

Käse«, widersprach Bruder Rupert. Unentschlossen sah er zu San Antón hinauf, das von ihrem Lagerplatz aus noch deutlich zu sehen war.

»Ihr wollt doch nicht etwa die Antoniter fragen«, keuchte André. »Dann lieber fasten!«

Juliana zögerte. Ihr Magen schmerzte, und noch immer fühlte sie sich schwach. »Meint Ihr, es ist gefährlich, etwas von ihnen anzunehmen?«

Bruder Rupert schüttelte nachdrücklich den Kopf. »Nein! Ich kann mir nicht denken, dass sie die Kranken in die Klosterküche lassen, und irgendetwas müssen die Mönche ja auch essen. Wenn ich darauf achte, nicht mit den Kranken in Berührung zu kommen, sehe ich keine Gefahr.«

Er fragte nicht, ob einer der anderen mitkommen würde, sondern stapfte, ohne einen weiteren Einwand abzuwarten, davon.

* * *

Bruder Ruperts Beute reichte, dass sie alle vier satt wurden. Der Bettelmönch sammelte trockene Zweige und entfachte ein Feuer. Lange schon war es dunkel. Juliana starrte schläfrig in die Flammen. Pater Bertran sprach André an, der ein zweites Mal Zweige gesammelt hatte. Juliana hörte nicht, was er ihm sagte, aber Andrés Miene zufolge nichts Angenehmes. Der junge Mann wandte sich ab und ging davon. Es wurde spät. Der Mond kroch am Himmel empor, und die Sterne blinkten immer heller. Ein glitzerndes Band, fast wie schimmernder Nebel, zog sich nach Westen, wo irgendwo Santiago de Compostela lag. Man sagte, der Schimmer bestände aus vielen, winzigen Sternen. Einer ganzen Straße aus Sternen.

Juliana rutschte unruhig hin und her. Sie musste ihre Leinenstreifen erneuern und sich vor dem Schlafenlegen noch einmal erleichtern. Sie stemmte sich hoch und humpelte auf ihren Stock gestützt zwischen den Bäumen außer Sicht. Auf dem Rückweg sah sie, wie sich auf der Uferböschung eine menschliche Silhouette gegen das schimmernde Wasser abhob.

»Was machst du hier?« Sie schlug einen leichten Ton an. »Ich denke nicht, dass heute Nacht einer wachen muss, um uns zu beschützen. Also komm mit ans Feuer, Ritter André. So heiß der Tag heute war, so kalt ist jetzt schon die Nacht.«

»Nenn mich nicht Ritter«, stieß er bitter hervor.

»Warum?« Juliana war erstaunt. »Was ist mit dir? Du scheinst in keiner guten Stimmung zu sein. Kann ich dir helfen?« Sie hinkte näher und ließ sich neben ihm ins Gras fallen.

»Ich bin kein Ritter«, sagte André leise und sah zu Boden. Juliana öffnete den Mund, aber er hob die Hand und sprach hastig weiter. »Es ist schon richtig, dass sie mich auf Wildenstein zum Ritter geschlagen haben, nachdem ich dort erst Page und dann Knappe meines Oheims war, das meine ich nicht. Mir fehlt die Ehre, mich Ritter nennen zu dürfen. Ich habe schwere Schuld auf meine Seele geladen.« Zaghaft hob er den Kopf, sein Blick huschte kurz zu dem Gesicht gegenüber.

»Willst du es mir erzählen?«, fragte Juliana. »Es kann die Last erleichtern.«

André schüttelte den Kopf. »Nichts auf dieser Welt kann meine Schuld kleiner machen, und die Last, die ich trage, habe ich verdient!«

Das Mädchen rückte ein Stück näher. »Kann es so etwas Unverzeihliches geben? Du bist zu hart mit dir.«

»Sprich nicht über Dinge, von denen du nichts weißt!«, fuhr er sie so scharf an, dass sie zurückwich. Seine nächsten Worte waren so stockend und leise, dass Juliana eine Weile brauchte, bis sie sicher war, ihn richtig verstanden zu haben.

»Ich habe meine Mutter und meinen Bruder gemordet!«

Sie musste sich anstrengen, ihn nicht mit offenem Mund anzustarren. Hatte er wirklich diese Worte gesagt? »Aber, was willst du damit sagen? Wie konnte es zu so etwas kommen? Ich meine, warum?«

»Warum?« Seine Stimme war voll Bitterkeit. »Aus Selbstsucht und Eitelkeit, aus Dummheit und Leichtsinn.«

Juliana stürzte sich auf das Wort Leichtsinn. »Dann war es nur ein Versehen, kein Mord in klarer Absicht?«

»Versehen oder nicht, das macht keinen Unterschied. Sie sind beide tot, und es ist ganz allein meine Schuld!« Er schleuderte die Worte heraus. Sein Atem ging schwer, seine Wangen glühten, als wäre er gelaufen. Juliana griff nach seiner Hand.

»Erzähle es mir. Ich werde dich nicht verurteilen.«

Er riss seine Hand zurück und wischte sie an seinem Umhang ab, als habe sie ihn beschmutzt. Lange schwieg er, und sie dachte schon, er würde sich wieder in sich zurückziehen, als er endlich zu erzählen begann – tonlos, ohne Höhen und Tiefen, als wäre es ein anderer, der aus ihm heraus sprach.

»Lange Zeit war ich von der elterlichen Burg fern. Wildenstein über der Donau war mir eine zweite Heimat geworden – ja, ich sprach schon vertrauter in Deutsch denn in Französisch. Ich fühlte mich wohl und war stolz, den Ansprüchen meines Oheims zu genügen und zum Ritter geschlagen zu werden – ein Jahr früher, als es allgemein üblich ist. Ich dachte daran, wie sehr sich die Mutter freuen, wie stolz der Vater auf mich sein würde!« Er stieß ein bitteres Lachen aus und starrte zu Boden, in Gedanken weit weg. Stille senkte sich zwischen ihnen herab, bis Juliana leise fragte: »Was geschah?« André schreckte hoch und wirkte ein wenig verwirrt, als habe er ihre Anwesenheit vergessen.

»Bist du nach Burgund zurückgekehrt?«

Er nickte. »Ja, ich dachte, es wäre an der Zeit, nach Hause zu reiten und sich als Ritter den Eltern zu präsentieren.« Er seufzte. »Sie bereiteten mir einen prächtigen Empfang. Der Oheim hatte einen Boten vorausgesandt, so dass sie von meiner Rückkehr wussten und mich mit einem Fest überraschten. Es war schön und auch seltsam, sie nach so langer Zeit wiederzusehen. Der Vater war nun grau, sein Haar jedoch noch dicht. Die Mutter war fülliger geworden, die Wangen rund. Vier Geschwister hatte ich bekommen, die ich nun zum ersten Mal sah, und auch jetzt war die Mutter guter Hoffnung, obwohl es nicht üblich ist, in diesem Alter noch zu gebären. Die Hebamme warnte sie, dass es nicht einfach werden würde. Man solle sie nur recht frühzeitig holen.« Er räusperte sich. Es fiel ihm sichtlich schwer weiterzusprechen.

»Drei Wochen später kam sie nieder. Die Wehen begannen, und der Vater schickte mich los, die weise Frau zu holen. Das Wetter war schlecht. Es regnete, ja, und ich war nicht erfreut, durch den Schlamm reiten zu müssen. Im Dorf saß ich ab und fragte in der Herberge, wo die Hebamme sei. Der Wirt sagte mir, sie wäre im Herrenhaus auf der anderen Seite des Flusses. Die Edelfrau hätte vor drei Tagen ihren ersten Sohn bekommen, und da wollte die Hebamme noch einmal nach dem Kind sehen. Nun, ja«, er wand sich. »Ich hatte keine Lust, über den Hügel und durch die Furt zu reiten. Inzwischen kamen ganze Sturzbäche herab, und in der Stube saßen die alten Freunde, mit denen ich als Knabe häufig gespielt hatte, bei heißem Gewürzwein zusammen. Sie luden mich ein. Und da der Wirt sagte, die Hebamme würde sicher bald zurückkehren, dachte ich, ich könne vor dem Kamin behaglich auf sie warten, statt durch diese Sintflut zu reiten.« Er wischte sich über den Mund und warf Juliana einen nervösen Blick zu. Sie saß ganz still da, sah ihn aufmerksam an und wartete, dass er weitersprach.

»Wir hatten uns so viel zu erzählen. Ein Becher folgte dem anderen. Ich – ich vergaß die Zeit. Irgendwann ging die Tür auf, und die Hebamme trat ein. Ich sagte ihr, dass sie mit zur Burg kommen müsse. Sie war nicht erfreut, rief aber gleich nach dem Burschen, dass er ihr Pferd nicht absatteln solle. Inzwischen hatte es aufgehört zu regnen, und als ich vor das Wirtshaus trat, bemerkte ich voll Entsetzen, dass die Dämmerung bereits über dem Land lag. Ich hatte nicht bemerkt, wie viel Zeit verstrichen war.« Wieder machte er eine Pause und wand sich. Juliana spürte, wie schwer es für ihn war, sich dem Ende der Geschichte zu nähern.

»Wir waren kaum aufgesessen, als der Vater herangeprescht kam. Die Angst in seinen Augen werde ich nie vergessen.« »Wo bleibst du?«, rief er. »Es steht schlecht! Beeilt euch!«
Wir ritten zurück, so schnell der aufgeweichte Boden es zuließ. Die Hebamme rannte geradezu hinter ihm die Treppe zur Kemenate hinauf....« Ein Schluchzen raubte ihm die Stimme. »Es war zu spät. Das Kind war mit den Füßen zuerst gekommen und stecken geblieben. Es war tot, als wir ankamen, und die Mutter schrie vor Schmerz. Sie war halb von Sinnen. Der Vater schickte mich weg, aber ich konnte sie bis in die Halle hinunter hören. Ich betete, sie solle endlich ruhig sein, und als ihre Stimme dann verklang, war ich für einen Moment lang froh. Als der Vater jedoch herunterkam und ich sein Gesicht sah, wusste ich, dass auch sie tot war. Ich habe meine Mutter und meinen jüngsten Bruder ermordet!«

Reglos saßen sie sich gegenüber, ohne sich anzusehen. Was sollte sie ihm sagen? Juliana war ratlos. Sicher war es kein Mord, keine vorsätzliche Tat gewesen, und dennoch wären Mutter und Kind vielleicht noch am Leben, wenn er die Pflicht, die der Vater ihm aufgetragen hatte, nicht so nachlässig versäumt hätte. Egal, ob sie ihn nun beschuldigte oder von böser Absicht freisprach, lebendig würden die Toten nicht mehr werden. Langsam hob Juliana die Hand und legte sie ihm auf die Schulter.

»Es war Gottes Wille«, sagte sie leise. »Er hat sie zu sich gerufen. Sie sind bei ihm und schauen seine Herrlichkeit. Er hätte helfen und dich mahnen können, wenn es in seinem Sinn gewesen wäre. Wer kann sagen, ob die Hebamme hätte helfen können, wenn sie früher dagewesen wäre? Du bereust und tust mit dieser Pilgerfahrt Buße, mehr wird der Herr nicht von dir verlangen.«

»Aber mein Vater«, schluchzte André. »Er wird mir niemals verzeihen. Ich kann nicht mehr nach Hause zurückkehren.«

»Hat er dir Vorwürfe gemacht?«

André schüttelte den Kopf. »Er hat nichts gesagt – ich meine, gar nichts mehr, zu mir, kein einziges Wort, aber in seinem Blick stand die Anklage deutlich geschrieben.«

»Und dann bist du fortgegangen?«

»Ja, am Tag nachdem sich der Sargdeckel über meiner Mutter geschlossen hat, zerschlug ich mein Schwert. Ich legte meinem Vater die Bruchstücke vor seine Schwelle und machte mich mit der leeren Scheide an meiner Seite auf den Weg zum Grab des Apostels. Am Anfang hoffte ich noch, dass ich dort Vergebung und Frieden finden könnte, aber jetzt kann ich nicht mehr daran glauben. Ich habe mein Leben verwirkt.« Seine Schultern zuckten von einem lautlosen Schluchzen geschüttelt. Ohne darüber nachzudenken, rutschte Juliana näher und legte den Arm um seine Mitte. Er umschlang sie, zog sie an sich und drückte sein Gesicht gegen ihre Schulter. Sie streichelte ihm den Rücken, der unter ihren Händen bebte, doch kein Ton kam über seine Lippen. In Andrés Kummer versunken saßen sie da, von der Welt entrückt. Sie hörten die Schritte nicht, die sich näherten. Erst als hinter ihnen ein Aufschrei ertönte, fuhren sie auseinander. Sie erschraken so sehr, dass Juliana trotz ihres verletzten Knöchels auf die Füße sprang. Auch André erhob sich, die Hand griff nach der leeren Schwertscheide an seiner Seite.

»Ich kann es nicht fassen«, kreischte eine sich überschlagende Stimme. »Der Herr im Himmel ist mein Zeuge, dass mir noch keine solch verdorbenen Sünder unter die Augen gekommen sind. Wehe, wehe euch, wenn ihr einst vor Gottes Gericht steht!«, kreischte Pater Bertran. Andrés Hand fiel herab. Gebrochen stand er vor dem Mönch, Tränenspuren auf den Wangen.

Juliana starrte den Augustiner an. Sie brauchte einige Augenblicke, bis der Schrecken seines plötzlichen Auftauchens sie nicht mehr lähmte. Eine Welle heißen Zorns stieg in ihr auf und schwappte durch ihren Leib. Ehe sie darüber nachdachte, schrie sie den hageren Pater an, der wie ein Racheengel vor ihnen stand.

»Urteilt nicht über Dinge, über die Ihr nicht Bescheid wisst! Auch Selbstgerechtigkeit ist eine Sünde, die Ihr vor dem Jüngsten Gericht zu verantworten habt. Ihr glaubt, was Eure Augen sehen, lässt nur einen Schluss zu, und Ihr verurteilt sogleich, ohne die Wahrheit zu suchen. Aber ich sage Euch: Sorgt Euch um Euer eigenes Seelenheil. In diesem Moment habe ich keine Furcht, vor Gottes Angesicht zu treten, denn er und ich wissen, dass ich hier und jetzt weder in meiner Seele noch in meinen Taten gesündigt habe!«

Ihre Wangen glühten, ihre Augen blitzten. Mit in die Hüften gestemmten Händen stand sie vor dem Pater und funkelte ihn an. Die beiden Männer schwiegen verblüfft. Weder André noch der Mönch wussten eine Erwiderung. Sie starrten das Mädchen nur mit offenem Mund an. Juliana wandte sich ab und hinkte zum Lagerplatz zurück, wo Bruder Rupert mit untergeschlagenen Beinen am Feuer saß und in die Glut sah. Er sagte nichts, und das Mädchen war froh, dass sie ihm keine Ausrede auftischen musste. Sie legte sich ein Stück abseits in einer sandigen Mulde nieder und wickelte sich in ihren Umhang. Zwar schloss sie die Augen, doch ihr Gemüt war so in Aufruhr, dass an Schlaf nicht zu denken war. Sie hörte, wie Pater Bertran zum Lager zurückkehrte und kurze Zeit später auch André. Nacheinander schliefen die Männer ein. Nur das Mädchen lag noch wach und dachte über das Gehörte nach.

Welch große Last lag auf der Seele des jungen Ritters. Wie schrecklich, eine Unbedachtheit hatte Leben zerstört. Wie würde der Weltenrichter darüber denken? Würde sich die Waagschale senken und den Freund ins Höllenfeuer verdammen? Juliana dachte an die Figuren auf dem Portal der Kathedrale von Burgos, die so drastisch das Los der Sünder zeigten.

Nein, der Herr Jesus Christ war für die Sünden der Menschen gestorben und hatte das Los des Blutes auf sich genommen, um sie reinzuwaschen. André würde gerettet, wenn er Santiago erreichte. Schließlich hatte er nicht in böser Absicht gehandelt. – Und die Sünde, Gefühle wider die Natur zu hegen, hatte er ebenfalls nicht begangen, auch wenn Pater Bertran und er selbst es dachten.

Aber wie war es mit denen, die den Dolch mit der Absicht zu töten hoben? Um etwas an sich zu bringen, das ihnen nicht zustand? Mord aus Raffsucht und Habgier? Julianas Herz krampfte sich zusammen. Sie dachte an Ritter Raymonds Worte, die sie belauscht hatte. Etwas von großem Wert war verschwunden. Sie trug es nicht in ihrem Bündel. Hatte der Vater es an sich genommen? War es so gewesen? Hatte der Tempelritter etwas besessen, das der Vater unbedingt haben wollte? Hatte er ihn deshalb in die Pfalzkapelle gelockt und ihn dort niedergestochen? Stumme Tränen rannen über ihre Wangen. Ihr geliebter Vater? Sie konnte es nicht glauben. – Sie wollte es nicht glauben.

32
Das Kind wird zum Fräulein
Burg Ehrenberg im Jahre des Herrn 1303

Es ist ein wundervolles Osterfest. Juliana dreht und wendet sich in ihrem neuen, langen Kleid, das sogar eine kurze Schleppe hat. Sie kann sich gar nicht satt sehen und lächelt ihrem Bild in Mutters Spiegel zu. Die Ärmel des Unterkleides liegen eng an, der Surkot ist weiter und kürzer geschnitten, so dass man den seidigen Stoff des Untergewandes sehen kann. Gerda hat ihr Blumen und eine silberne Kette ins Haar geflochten.

»Vater wird Augen machen«, strahlt das Mädchen. »Und Wolf erst! Er hält mich immer noch für ein ungezogenes Kind, das er an den Zöpfen ziehen kann, wann es ihm beliebt. Aber von heute an bin ich ein Edelfräulein!«

Die Mutter nickt. »Ja, das bist du. Nun, da du jeden Mond die Leinenstreifen benutzen wirst, gehörst du zu den Frauen.«

Juliana verzieht missmutig das Gesicht. »Das gefällt mir schon jetzt nicht«, beschwert sie sich. »Mein Leib verkrampft sich, als hätte ich zu viele unreife Zwetschgen gegessen. Wie lange muss ich das aushalten?«

Die Mutter verkneift sich ein Lächeln und legt den Arm um die Schulter der Tochter. »Unser monatliches Leiden ist ein Zeichen unserer Fruchtbarkeit. Wir müssen an der Erbsünde Evas tragen, aber wir dürfen uns auch freuen, denn solange bei jedem Mond unsere Lebenskraft fließt, können wir Kinder empfangen und gebären.«

Juliana sieht die Mutter zweifelnd an. Diesen Teil des Erwachsenwerdens kann sie nicht als Glück begreifen. Und außerdem werden noch viele Jahre vergehen, bis sie einem Kind das Leben schenken wird.

Jetzt denkt sie erst einmal an das Festessen, das zu ihren Ehren heute aufgetischt wird, und daran, dass sie dem Vater und dem Freund in ihrem ersten großen Gewand gefallen will. Sie rafft Surkot und Unterrock und läuft zur Tür.

»Halt, halt!«, ruft die Mutter. »Du kannst jetzt nicht mehr wie ein Wildfang die Treppen hinunterstürmen. Bleib stehen und lass Gerda dir deinen Umhang umlegen. Sieh nur, wir haben ihn aus roter und gelber Seide genäht. Nun mach es wie ich, die eine Hand gehört an die Tasselschnur, die andere muss so in den Stoff greifen, dass das farbige Innenfutter zur Geltung kommt. So ist es gut. Und nun folge mir – langsam!«

Juliana fühlt ihre Freude ein wenig gedämpft. Vielleicht ist es doch gar nicht so gut, zu den Erwachsenen zu gehören. Mit diesem Gewand jedenfalls kann sie weder auf Bäume klettern, noch würde es einen Besuch im Stall oder in der Scheune unbeschadet überstehen – jedenfalls nicht, wenn sie mit Wolf die Pferde abreibt oder sich mit ihm ein Lager in einem Heuberg gräbt.

Ähnliche Gedanken scheinen auch Wolf durch den Kopf zu gehen, als er sie betrachtet. Im Gegensatz zu dem Ritter, der seine Tochter voller Stolz anstrahlt, sieht Wolf eher kritisch drein.

»Du glaubst doch nicht etwa, ich würde in Seide und Brokat zu den Pferden oder den jungen Hunden gehen«, beruhigt sie den Freund und schenkt ihm ein strahlendes Lächeln. »Und zum Brombeerenpflücken ist das Gewand auch völlig ungeeignet. Wenn wir zusammen hinausgehen, dann ziehe ich natürlich meine alten Kittel an!«

»Nein, das wirst du nicht!« Die Miene des Vaters hat sich verdüstert. Die Edelfrau legt ihm beruhigend die Hand auf den Arm.

»Lasst mich es ihr erklären«, sagt sie ruhig. »Es ist eine große Umstellung vom Kind zur Frau.« Sabrina von Ehrenberg führt ihre Tochter zum Tisch und spricht leise auf sie ein. Juliana sieht sich nach Wolf um, der ihr mit einem Blick voller Sehnsucht nachsieht. Plötzlich ist die Freude über ihren Festtag dahin, und nicht einmal die besonderen Süßigkeiten der Köchin wollen ihr schmecken.

* * *

»Ich weiß nicht, ob das eine gute Idee ist«, wehrt Wolf ab und schüttelt den Kopf. »Du weißt, dass es der Ritter verboten hat.«

Juliana macht eine wegwerfende Handbewegung. »Der Vater ist nicht da. Wer weiß, wann er von Guttenberg zurückkommt. Und die Mutter leidet wieder unter diesen Schmerzen im Kopf und hat sich in die Kemenate zurückgezogen.«

Sie bleibt vor der großen alten Scheune stehen, die im Zwinger unterhalb der Burg an der Umfassungsmauer lehnt.

»Und dein Gewand? Es wird schmutzig werden«, gibt Wolf zu bedenken.

»Bist du ein Knappe oder ein Waschweib?«, mault Juliana, bleibt vor der Scheunentür stehen und beginnt, die Bänder des Obergewands zu lösen.

»Was machst du da?«, fragt ihr Freund nervös.

»Ich ziehe den Surkot aus, damit er nicht schmutzig wird«, antwortet sie heiter. »Hilf mir mal!«

»Nicht hier draußen, widerspricht Wolf und öffnet die Scheunentür. Er schiebt Juliana hinein und lässt die Tür hinter ihr zufallen. Ihr Gewand gleitet raschelnd zu Boden, die unbequemen Schnabelschuhe folgen.

»Nun komm schon!«, ruft sie. »Ich bin mir sicher, dass sie ihre Jungen hier irgendwo versteckt hat. Ich habe sie genau beobachtet.«

Nur mit ihrem knöchellangen Hemd bekleidet, krabbelt Juliana über den großen Heuhaufen hinweg. Wolf leckt sich nervös die Lippen. Es ist nicht klug, was er da tut, gar nicht klug, aber seine Füße scheinen mit dem Boden verwurzelt und weigern sich, die Scheune zu verlassen. Er sieht ihre nackten Waden und die weißen Fußsohlen hinter dem Berg verschwinden. Es ist düster hier drinnen, in seinem Geist jedoch sieht er mehr von ihr, als schicklich ist.

»Schieb den Laden auf. Ich kann ja gar nichts erkennen!«, fordert sie ihn auf. Wolf gehorcht und folgt ihr auf die andere Seite des Heulagers.

»Miez, Miez, Miez, wo bist du?«, lockt Juliana und sieht hinter Brettern und zerbrochenen Fässern nach. »Komm her, meine schönste aller Katzendamen. Wo hast du deine Brut versteckt?«

Wolf hilft ihr suchen und hat das Katzennest bald gefunden. »Hier sind sie. Drei Junge hat sie geworfen.«

Juliana krabbelt rasch durchs Heu herbei und drückt sich eng an den Freund, um auch in die Höhle unter den an der Wand lehnenden Zuber sehen zu können.

»Nein, sind sie nicht süß?« Wolf rückt ein Stück von ihr ab und überlässt ihr den Platz vor der Katzenhöhle.

»Bleib hier. Du musst sie dir anschauen! Sie haben gerade erst die Augen geöffnet. Ach, sieh nur diese winzigen, runden Öhrchen! Und diese Pfoten, auf denen sie so tollpatschig herumtorkeln!«

»Ich habe schon eine Menge Katzen gesehen«, brummt Wolf ein wenig abweisend.

»Die schwarze dort hinten mit dem weißen Fleck auf der Nase und den weißen Pfötchen ist aber allerliebst!«, beharrt das Mädchen.

»Ob weißer Fleck oder nicht, dein Vater wird sie ersäufen, wenn er sie zu Gesicht bekommt!«

»Du bist ein widerliches Scheusal!« Juliana wirft ein Holzstück nach dem Freund, doch der weicht geschickt aus.

»Ich? Nur weil ich die Wahrheit sage? Ich will sie ja nicht ertränken! Obwohl es schon stimmt, dass sich inzwischen ein paar Katzen zu viel auf der Burg herumtreiben.«

Juliana wirft sich auf den Freund und versucht, ihn an den schulterlangen Haaren zu ziehen, doch Wolf ist flinker und stärker als sie.

»Nun ist es aber genug!«, ruft er, packt sie und wirft sie ins Heu. Juliana kichert und beißt ihn in die Wade. Wolf lässt sich neben sie fallen. »Das war eines Fräuleins nicht würdig!«, rügt er sie mit gespielter Strenge in der Stimme. »Was kicherst du so, du kleiner Kobold? Willst du denn gar nicht erwachsen werden?« Er piekt sie in die Seite. »Was? Ach, das kitzelt? Und wie ist es hier? Oder hier?« Das Mädchen hält sich den Bauch vor Lachen.

»Hör auf!«, japst sie und wischt sich die Tränen aus den Augenwinkeln. Wolf lässt sich rückwärts ins Heu fallen und verschränkt die Arme hinter dem Kopf. »Gut, dann erzählen wir uns Geschichten. Du fängst an!«

»Gleich«, ruft sie und rutscht zu Boden. Sie legt sich vor der Katzenhöhle auf den Bauch und holt die drei Jungen eines nach dem anderen heraus. Mit ihrer Beute kehrt sie zu Wolf zurück und bettet die Kätzchen sorgfältig in eine Heukuhle. Der Freund verdreht die Augen.

»Was? Ich wärme sie nur, solange ihre Mutter auf Mäusejagd ist. Wenn Mondauge zurückkommt, bringe ich ihre Kinder sofort in ihr Nest.«

»Wie kann man eine Katze nur Mondauge nennen!«

Juliana knufft ihn in den Arm. »Still jetzt. Wie soll ich mir denn bei deinem Geschwätz etwas ausdenken?«

Die Geschichte von zwei Waldtrollen, die von einem Kobold verzaubert werden und Hilfe bei einer Wasserfee suchen, ist noch nicht weit gediehen, als sich Schritte der Scheune nähern. Juliana verstummt und drückt sich tiefer ins Heu. Es sind Männerstimmen. Ist der Vater zurückgekehrt? Anscheinend hat auch der Freund die Stimme des Ritters erkannt. Sein Gesicht ist blasser als sonst. Warum reiten die Männer nicht die Rampe bis in die Burg hinauf?

»Du solltest deinen Surkot und die Schuhe wieder anziehen«, sagt Wolf mit belegter Stimme.

Juliana steigt über das Heu. »Ja, ich muss Vater fragen, ob wir heute noch nach Wimpfen reiten.« Die Vorfreude schwingt in ihrer Stimme. Das Mädchen sieht an ihrer Cotte herab, die nun zerknittert und verschmutzt ist. So kann sie sich dem Vater natürlich nicht zeigen, aber das Überkleid wird die Flecken verbergen. Dann muss sie nur noch unbemerkt aus der Scheune schlüpfen und ihren Vater mit einem artigen Lächeln begrüßen.

»Wolf, nun komm schon her und hilf mir mit den Bändern!«, ruft sie ungeduldig.

Der Freund steigt gerade über den Heuberg hinweg, als der Ritter von Ehrenberg die Scheunentür aufreißt. Was immer er auch in diesem Moment hat sagen wollen, die Worte bleiben ihm im Hals stecken, und er starrt seine Tochter mit offenem Mund an. Auch die beiden jungen Leute scheinen zu Stein geworden zu sein. Juliana steht in ihrem schmutzigen Unterkleid vor dem Vater, den Surkot in der Hand. Wolf schlittert noch ein Stück den Heuberg herab und bleibt dann stehen. Das Haar verwirrt. Ein paar Halme stehen nach allen Seiten ab.

Juliana beobachtet den sich wandelnden Gesichtsausdruck des Vaters. Erst ist es Erstaunen, dann Erschrecken und Zorn, doch dann steigt etwas in seinen Zügen auf, das sie ängstlich zurückweichen lässt.

»Was soll das bedeuten?«, donnert er.

»Vater«, piepst das Mädchen. Wirre Gedanken wirbeln in ihrem Kopf herum. Nur nichts von den Kätzchen verraten. In dieser Stimmung würde der Ritter sie auf der Stelle erwürgen! Sie muss ihn ablenken. Hoffentlich sagt Wolf nichts Unbedachtes.

»Wir haben uns ein wenig ins Heu gelegt und Geschichten erzählt. Wie früher. Ich habe darauf geachtet, dass mein neuer Surkot nicht schmutzig wird! Ich weiß, das würde der Mutter gar nicht gefallen.« Sie hört Wolf hinter sich gequält aufstöhnen. Die Miene des Vaters wird – wenn das überhaupt möglich ist – noch bedrohlicher. Dieser Glanz in den Augen verheißt nichts Gutes.

»Zieh dein Gewand an!«, sagt er leise. Seine Fäuste sind so fest zusammengeballt, dass die Knöchel weiß werden. Juliana zieht das Kleid über den Kopf. Die Bänder kann sie später schnüren. Sie bückt sich und greift nach den Schnabelschuhen. Als sie sich wieder aufrichtet, umschließt die Hand des Vaters schmerzhaft ihr Handgelenk.

»Du rührst dich nicht von der Stelle, bis ich wiederkomme!«, fährt er den zitternden Knappen an. Dann zieht er die sich sträubende Tochter zu seinem Pferd, hebt sie in den Sattel und schwingt sich hinter ihr auf sein Ross. Schweigend reitet er um die Burg herum durch die Tore in den Hof. Die Wächter bleiben im Zwinger zurück und stellen dort ihre Pferde in den großen Stall.

»Vater, bitte, Ihr tut mir weh! Ich habe nichts Böses getan. Die Mägde werden die Cotte wieder sauber waschen. Oh, drückt nicht so fest. Ihr zerbrecht meinen Arm.«

»Sei still!«, zischt er sie an und zieht sie in den Palas und dann die Treppe zur Kemenate hinauf. »Wenn du so etwas noch einmal machst, dann werde ich dir mehr antun, als dir nur deinen Arm brechen!« So wie er die Worte hervorstößt, mit diesem Blick voller Hass, könnte sie fast glauben, dass er sie ernst meint. Nun rinnen ihr die Tränen über die Wangen, die sie bisher zurückhalten konnte.

»Seid doch nicht so zornig, Vater. Ist es denn wirklich so schlimm, in der Scheune zu spielen?«

Kraft von Ehrenberg reißt die Tür zur Kemenate auf und schiebt seine Tochter unsanft ins Zimmer. »Anscheinend bist du so unverdorben, wie du mich glauben machen willst, dennoch kann ich dein Verhalten nicht entschuldigen. Sprich mit deiner Mutter und lass dir sagen, welch Folgen es hat, wenn du dich noch einmal mit Wolf oder einem anderen Mann auf diese Weise herumtreibst. Und zieh dir ein sauberes Gewand an und lass dich kämmen. Du wirst mit der Mutter und deiner Kinderfrau noch heute nach Wimpfen reiten. Ich gebe euch ein paar Männer zur Begleitung mit.«

Juliana faltet die Hände. »Kommt Ihr nicht mit, Vater?«

»Ich folge euch morgen«, sagt er brüsk.

»Und Wolf?«, haucht sie und senkt den Blick.
»Ich will seinen Namen nicht mehr aus deinem Mund hören! Vergiss ihn, er hat dich nicht mehr zu kümmern!« Damit stürmt er die Treppe hinunter und überlässt das weinende Mädchen der Obhut seiner Mutter.
»Wird der Vater Wolf strafen?«, wagt Juliana zu fragen, als die Mutter ihr die Haare bürstet und Gerda ein paar Gewänder in einer ledernen Truhe verstaut.
»Natürlich, das muss er, will er nicht riskieren, dass seine Männer den Respekt vor ihm verlieren.«
»Es ist aber meine Schuld! Ich wollte nach den jungen Katzen suchen – bitte Mutter, verratet es dem Vater nicht, sonst wird er sie töten – und Wolf hat mitgemacht, weil ich es ihm gesagt habe.« Sie seufzt schwer. »Also werde ich ihm sagen, dass mir allein die Strafe gebührt.«
Sabrina von Ehrenberg schüttelt den Kopf. »Du kannst die Schuld nicht allein auf dich nehmen, denn Wolf wusste, wie unschicklich euer Verhalten ist. Wäre er ein paar Jahre älter, müsste der Vater ihn nun töten, um seine Ehre zu wahren. So hat er sicher das Glück, mit einer Tracht Prügel davonzukommen.«
Juliana keucht vor Entsetzen. »Er würde Wolf töten? Auch wenn er gar nichts Schlimmes gemacht hat?«
Die Mutter steckt die aufgedrehten Locken fest und führt die Tochter dann zu den beiden Scherenstühlen hinüber.
»Gerda, du kannst die beiden Kisten später packen, ich muss erst mit Juliana sprechen.« Die Kinderfrau nickt, verbeugt sich schwerfällig und verlässt die Kemenate.
Sabrina von Ehrenberg betrachtet ihre Tochter eine Weile schweigend. »Juliana«, beginnt sie endlich in ernstem Ton. »Es ist wichtig, dass du mir jetzt zuhörst und dass du begreifst, was ich dir sage, denn sonst wirst du – wenn auch ohne es zu wollen – viel Leid über dich bringen und über die, die dich lieben. Als Ritterfräulein sind deine Ehre und deine Jungfräulichkeit dein höchstes Gut, und deines Vaters Pflicht ist es, beides mit

seinem Leben zu beschützen.« Das Mädchen sieht die Mutter aus großen, blauen Augen an und versucht, ihr nicht zu zeigen, wie sehr sich alles in ihr gegen ihre Worte sträubt.

※ ※ ※

Der Vater kommt erst zwei Tage später nach Wimpfen. Juliana wagt nicht nach ihrem Freund zu fragen, und von sich aus erwähnt der Ritter seinen Knappen nicht. Am fünften Tag kehrt die Familie zur Burg zurück. Juliana macht sich sogleich auf die Suche nach Wolf, kann ihn aber nirgendwo finden. Die Mägde und Knechte weichen ihrem Blick aus und flüchten sich in Ausreden und ihre Arbeit. Auch der Ritter scheint ungehalten und schimpft über den pflichtvergessenen Knappen. Juliana steigt auf den Bergfried, um Samuel zu fragen.

»Wo kann er sich nur versteckt halten? Samuel, du weißt doch sonst immer über alles Bescheid, was auf Ehrenberg vor sich geht. Hat er sich bei dir auf dem Turm verkrochen?«

Der alte Mann schüttelt den Kopf. »Vielleicht solltet Ihr Euch an den Gedanken gewöhnen, dass er weg ist und nicht mehr wiederkommt.«

Das Mädchen reißt ungläubig die Augen auf. »Was? Wieso denn? Das ist doch nicht möglich.« Plötzlich fällt ihr etwas ein, und ihr Herz wird schwer. »Er ist fortgegangen, nach Santiago, nicht? Wie er es immer gesagt hat.«

Der Türmer lässt den Blick in die Ferne schweifen. »Vielleicht«, murmelt er.

»Wie kann er nur!«, ruft das Mädchen. »Der Vater hat allen Grund, wütend auf ihn zu sein. So ohne ein Wort seinen Herrn zu verlassen, dem er geschworen hat, als Knappe zu dienen!« Sie ist zornig und schlägt mit den Fäusten auf die hölzerne Brüstung ein. »Ich kann es nicht glauben. Wegen einer Tracht Prügel einfach wegzulaufen. Das hätte ich nie von ihm gedacht!«

»Man darf nicht urteilen, wenn man nur die eigene Wahrheit kennt«, sagt der alte Mann, den Blick fest auf die fernen Türme

Wimpfens gerichtet. »Der Ritter kann sich leicht in seinem Zorn vergessen.«

»Ach was!«, schimpft das Edelfräulein. »Es ist unwürdig davonzulaufen. Vaters Wut – so heftig sie auch aufflammen mag – ist stets schnell wieder vorüber.«

»Hm«, Samuel wendet sich ab und schlurft in sein Turmzimmer hinunter.

Der Gedanke, der Vater könne Wolf in seiner eifersüchtigen Wut vielleicht totgeschlagen haben, kommt dem Mädchen nicht. Juliana ist sich sicher, dass der Freund in diesem Augenblick gen Süden wandert, auf der Straße nach Sankt Jakob.

33

Villasirga*

Juliana war schon fast eingeschlafen, als ein Geräusch die Schläfrigkeit vertrieb. Der Schrei eines Nachtvogels? Der Wind blies über ihre Haut und wehte ihr eine Haarsträhne ins Gesicht. Das Mädchen strich sie ungeduldig hinter das Ohr und drehte sich zur Seite. Schritte näherten sich zaghaft. Sie spürte es mehr, als dass sie es hörte. War das wieder André? Der Silhouette nach gut möglich. Er trug sein Bündel auf dem Rücken und hielt den Stab in der Hand. Was hatte er vor? Er blieb neben ihr stehen, beugte sich herab und strich ihr so leicht wie der Nachtwind über die Locken.

»Möge Jakobus dich beschützen«, hauchte er, wandte sich ab und schritt davon.

Wo wollte er mitten in der Nacht hin? So ganz allein? Hatte er vor, heimlich ohne seine Reisebegleiter weiterzuwandern? Das würde sie nicht zulassen! Sie wollte gerade aufspringen, als eine Stimme ganz in der Nähe sie zurückhielt.

»Ich dachte, die Erschöpfung drückt dich nieder, junger Rittersmann.«

André blieb stehen, antwortete jedoch nicht. Bruder Rupert warf seinen Mantel ab und erhob sich. André ging weiter, aber der Bettelmönch verstellte ihm mit seinem kräftigen Leib den Weg.

»Kann es einen guten Grund geben, der dich mitten in der Nacht davontreibt?«

»Es gibt einen Grund, doch der geht Euch nichts an«, zischte André durch die Zähne.

* heute: Villacázar de Sirga

»Ach ja, die üblichen Geheimnisse, die du eifrig sammelst, um sie auf deine Seele zu laden. Fürchtest du nicht, die Last könnte eines Tages zu schwer werden?«

»Ich werde schon jemanden finden, der sie mir wieder nimmt. Vielen Dank für Eure Besorgnis.«

Der Bettelmönch stieß einen kurzen Laut aus, der Ärger oder auch ein unterdrücktes Lachen bedeuten konnte. »Du Narr, komm hierher und erzähle mir davon. Die Nacht ist finster. Stelle dir einfach vor, ich wäre dein Beichtvater.«

»Pater Bertran hat bereits mit mir gesprochen«, wehrte André steif ab.

»Ach, und wie viele Ewigkeiten Fegefeuer hat er dir angedroht? Ich fürchte, unser asketischer Pater ist unversöhnlicher als Gottvater und sein Erzengel zusammen.«

»Dann meint Ihr, ich könnte dennoch auf Erlösung hoffen?«, fragte der junge Mann zaghaft und trat einen Schritt näher. Bruder Rupert ließ sich auf dem trockenen Boden nieder und klopfte einladend neben sich.

»Das kann ich erst sagen, wenn du mir deinen Kummer erzählt hast.«

André setzte sich ihm gegenüber. Während der Bettelmönch sich behaglich gegen den Baumstamm in seinem Rücken lehnte, blieb der junge Ritter stocksteif sitzen.

»Du willst wegen Johannes fortgehen«, sagte Bruder Rupert. Das Mädchen in seiner Mulde drehte unauffällig den Kopf, um besser hören zu können. Anscheinend hatte André genickt, denn der Mönch sagte: »Ja, das dachte ich mir.«

Da brach es aus ihm heraus. André barg das Gesicht in den Händen und schluchzte. »Ich weiß nicht, was mit mir los ist. Noch nie habe ich so seltsame Gefühle verspürt. Ich mochte ihn, seit wir uns begegnet sind. Am Anfang schien mir das normal, wie mit den anderen Knappen und jungen Rittern, ein freundschaftliches Gefühl. Dann aber bemerkte ich, wie es mich drängte, ihm nahe zu sein. Ich wollte ihn berühren!« Sein Körper bebte.

»Bruder, glaubt mir, ich war völlig von diesen Gedanken überrascht. Nie vorher kam mir so etwas in den Sinn. – Ja, natürlich hatte ich manches Mal unkeusche Gedanken, aber dabei stand mir stets ein Weib vor Augen! Nie habe ich etwas anderes als eine Frau begehrt – bis ich auf Johannes stieß.«

Er machte eine Pause, aber Bruder Rupert schwieg.

»Pater Bertran hat es bemerkt und – und mich zur Rede gestellt. Er hat mir gesagt, wie gnadenlos Gott widernatürliche Liebe straft. Es gibt kaum etwas Schlimmeres unter der Sonne als Fleischeslust zwischen Männern, das waren seine Worte. Es graut ihm vor mir, und er wendet sich mit Abscheu von mir ab.«

»Ja, das ist mir nicht entgangen«, sagte der Bettelmönch ruhig, als würden sie über das Essen plaudern.

»Und Ihr? Seid Ihr jetzt nicht auch von Grauen erfüllt?«

»Hm.« Er tat so, als müsse er überlegen. »Nein, mein Junge, ich muss dich enttäuschen. Du wirst nicht zu den Begegnungen gehören, deren Erinnerung mir Übelkeit bereitet.«

»Nein? Oh, aber dennoch werdet Ihr verstehen, dass ich nicht bei Euch – bei ihm bleiben kann. Er ist so unschuldig und ohne Argwohn. Seine Berührungen sind die eines Freundes, der Trost spenden will. Ich kann und will ihn nicht in diesen Sumpf der Sünde ziehen. Ich muss von nun an meinen Weg allein finden und darauf hoffen, am Grab des Apostels Vergebung zu finden.«

Bruder Rupert erhob sich, André folgte seinem Beispiel.

»Ich werde dich nicht aufhalten. Vielleicht ist es die beste Lösung, wenn du dir andere Weggefährten nach Santiago suchst. Doch eines will ich dir noch sagen: Gräme dich nicht zu sehr. Gott wird dich dafür nicht strafen. Es gibt so manches auf dieser Welt, das wir nicht verstehen und das wir einfach hinnehmen müssen. Du hast gegen das Drängen angekämpft, das ist gut so. Und nun befreie dich von deinen Gefühlen der Schuld. Ich bin mir sicher, wenn du durch deine Gebete in Santiago gereinigt nach Hause zurückkehrst, dann wirst du ein Edelfräulein heiraten, und es wird dich danach drängen, nur sie zu berühren und zu besitzen.«

»Ich werde niemals nach Hause zurückkehren können«, stieß er hervor, und es hörte sich an, als würde er weinen.

»Willst du es mir sagen?«

»Nein!« André erhob sich. »Ich danke Euch, Bruder Rupert, und ich hoffe, Ihr behaltet Recht. Denkt nicht schlecht von mir, und gebt auf Johannes Acht. Er ist so jung – so zart...« André räusperte sich. »Ich weiß nicht, wie er hier auf der Straße allein überleben könnte«, fügte er barsch hinzu.

»Ich werde nicht von seiner Seite weichen!«, versicherte Bruder Rupert in einem Tonfall, der Juliana schaudern ließ. Es klang fast so, als wäre ihm dies wichtiger, als das Grab des Apostels zu erreichen. Hegte er gar ähnliche Gefühle für sie wie André? Hatte er sich deshalb seit Freiburg an ihre Fersen geheftet? Aber nein, wie konnte das sein? Nichts in seinem Blick deutete an, er könne sie verehren.

War er Ritter Raymonds Komplize? Hatte sie in der Kammer des Wirtshauses Ritter de Crest mit Bruder Rupert sprechen hören?

»Also dann...« André wandte sich zum Gehen.

Nein! Das durfte sie nicht zulassen. Sie musste ihn aufhalten. Das Mädchen mochte ihn, er war ihre Stütze zwischen den anderen Männern, die ihr stets ein Rätsel blieben. Aber ihr Mund blieb stumm, und sie rührte sich nicht. Wie konnte sie ihn zurückhalten und ihn in diese Seelennot stürzen? Ihn weiter mit der Vorstellung quälen, er habe krankhaft unnatürliche Triebe? Aber die Wahrheit durfte sie ihm auch nicht sagen, um ihn von seiner Qual zu befreien. Selbst wenn er ihr versprach, ihr Geheimnis zu wahren, würde er sich erst recht zu ihr hingezogen fühlen. Hatte er nicht gesagt, es dränge ihn, sie zu berühren? Sie konnte, wollte und durfte ihm das nicht gestatten – egal ob als Mann oder Mädchen. Nein, so sehr es sie schmerzte, es war besser, wenn er ging. Eine Träne rann aus ihrem Augenwinkel und tropfte in den Sand. Sie würde ihn nicht wiedersehen.

* * *

Tiefe Traurigkeit drückte ihre Seele nieder, als sie am Morgen erwachte. Sie gab sich nicht überrascht, André nicht mehr vorzufinden. Sie sagte gar nichts. Stumm packte sie ihr Bündel und stemmte sich hoch. Der Knöchel schmerzte zwar noch, aber – mit dem Stab in der Hand – würde es schon gehen.

»Wo ist dieser Nichtsnutz?«, schimpfte Pater Bertran. »Wir werden nicht auf ihn warten. Dann kann er sehen, wie er zurechtkommt.«

»Das wird er«, antwortete der Bettelmönch, sah aber nicht den Pater, sondern das Mädchen an. »Er hat sich entschlossen, noch heute Nacht weiterzuwandern.«

Juliana starrte nur vor sich hin und hinkte zum Weg zurück. Ein schrecklicher Tag lag vor ihr. Nicht nur, dass ihr Knöchel noch schmerzte, auch war das übliche Unwohlsein der Weiber noch nicht überwunden. Vor allem jedoch fühlte sie sich einsam. Erst jetzt merkte sie, wie sehr der junge Ritter ihr ans Herz gewachsen war. Sicher waren seine Launen manches Mal anstrengend oder lästig gewesen, sein oft so abrupter Wechsel zwischen überschäumender Freude und tiefer Verzweiflung – und dann seine fast kindliche Verehrung der Tempelritter und allem, was durch ihre Hand geschaffen worden war. Und dennoch war sie sich immer sicher gewesen, dass er es gut mit ihr meinte. Nun hatte sie den Freund verloren und musste mit den beiden Mönchen weiterwandern, über deren Motive sie sich alles andere als sicher war. Sie zürnte Pater Bertran, dass er André mit seinen Drohungen weggetrieben hatte, und sie misstraute Bruder Rupert mehr denn je.

So wanderten sie stumm durch Castroxeris, das sich in Form eines S am südlichen Hang des Burgberges mit seiner imposanten Festung entlangzog. Sie zogen an der Kirche am Stadteingang und den anderen drei Kirchen des sich erstaunlich lang hinziehenden Städtchens vorbei, dann schritten sie wieder allein über Land, die Hügel hinauf und hinunter, wateten durch Bäche oder überquerten Flüsse auf steinernen Bogenbrücken. Die meiste Zeit jedoch gingen sie über die heiße, staubige Ebene, über der die Sonne die Luft zum Flimmern brachte. Einzig die zahlreichen Taubenhäuser und ab und zu eine Steineiche boten dem Auge Abwechslung.

Am Nachmittag wanderten sie über das völlig ebene Land voller Felder und Weiden an einem Fluss entlang, bis sie am Abend Formesta* erreichten. Pater Bertran wollte die Klosterkirche des San Martín de Tours besuchen, um dort zu beten, wogegen Juliana sich nur noch nach Dunkelheit und einem Lager sehnte. Ihr Knöchel peinigte sie. Während der Pater sich zu den Clunymönchen aufmachte, die hier ein Priorat von San Zoilo de Carrión unterhielten, gingen das Mädchen und Bruder Rupert zur Herberge von San Lazaro, die in einem eigens ummauerten Bereich vor der Stadt lag. Zwar waren die aus Holz und Lehm gefertigten Hütten der gesunden Pilger streng von denen, in denen Kranke und Aussätzige untergebracht waren, getrennt, dennoch war es Julianna nicht wohl bei dem Gedanken, den Entstellten so nahe zu sein. Sie warf kurz einen Blick in die Kapelle, um die sich die Hütten scharten, zog sich dann jedoch auf den Strohsack zurück, den einer der Brüder ihr angewiesen hatte.

* * *

Der nächste Tag brachte weder kühleres Wetter, noch hob sich die Stimmung der drei Pilgerreisenden. Juliana hatte das Gefühl, ihr Gewand schlottere nur noch an ihr herab. Wenn sie noch länger der Sonne und dem glühenden Wind ausgesetzt wäre, würde sie bald so vertrocknet aussehen wie der Pater. Die Haut ihres Gesichts und der Hände hatten die Farbe und die Struktur gegerbten Leders angenommen. Zum Glück lag die Zeit schmerzhafter Sonnenbrände hinter ihr. Auch ihr Knöchel schien heute viel weniger zu schmerzen, und sie blutete kaum mehr. Noch ein oder zwei Leinenstreifen, dann würde sie für die nächsten Wochen wieder Ruhe haben.

---

* Fromista

Während des Vormittags kamen sie an einer einsamen Ermita vorbei. Dörfer wurden immer spärlicher. Zwar hatten die Könige der vergangenen Jahrhunderte versucht, Untertanen hier anzusiedeln, doch nicht immer war ihren Bemühungen anhaltender Erfolg beschieden. Nur die kämpferischen Orden wie die Johanniter, auf deren Niederlassung sie bald stießen, hielten aus und versammelten einige niedrige, verstaubte Bauernhäuser in ihrem Schatten. Es war aber auch die Nähe des fließenden Wassers, das der Tierra de Campos hier ein wenig ihrer Unbarmherzigkeit nahm. Welch Erleichterung war es, eine Weile unter den Bäumen am Ufer zu wandern, ehe sie das Wasser wieder verlassen und dem Weg weiter nach Westen folgen mussten.

»Wusstest du, dass hier die berühmte Schlacht von Golpejera stattgefunden hat?«, brach Pater Bertran die Stille, als der Fluss hinter ihnen ihren Blicken entschwand.

Juliana schüttelte den Kopf. Sie hatte noch nie von diesem Ort und dieser Schlacht gehört, war jedoch froh, dass der Pater das dumpfe Schweigen brach. Nun war es an ihr, Andrés Rolle zu übernehmen und den hageren Mönch nach den Begebenheiten der Vergangenheit zu fragen.

»Es ist zwar schon beinahe zweihundertfünfzig Jahre her, doch für die Menschen hier leben die Geschichten und vor allem ihre Helden weiter. Der Cid hat hier mit König Sancho von Kastilien gegen Alfons von León gekämpft und den Leóneser geschlagen. Das war, als die Königreiche noch unter den Brüdern aufgeteilt waren. Als Gefangenen führte der Cid seinen König Alfons nach Burgos. Es sind viele Balladen und Heldenlieder über die Schlacht gedichtet worden. Lass mich sehen, ob ich ein paar Verse zusammenbekomme.« Er überlegte kurz und räusperte sich. Dann sprach er die fremd klingenden Worte, zu deren Takt das Mädchen plötzlich viel leichter dahinschritt. Immer wieder hielt Pater Bertran inne und übersetzte den Inhalt. So verstrich die Zeit, bis sie Villasirga erreichten.

»Sagt, Pater Bertran, wer war nun der Held, ich meine der gute Held?«, wollte das Mädchen wissen, als er geendet hatte.

»Der König oder der Cid? Mir kommt der Cid eher wie ein aufrührerischer Rebell, wie ein gesetzloser Raubritter vor. Unser Held Roland machte sich vielleicht der Sünde des Hochmuts schuldig, als er meinte, er könne die Feinde ohne Unterstützung des Kaisers und des Hauptheeres schlagen, doch er war stets ein treuer Ritter und Freund seines Landesherren!«

Der Augustinerpater blieb stehen und kratzte sich das spitze Kinn. »Solch eine Frage kann nur ein Franke stellen! Der Cid war alles – Aufrührer und Held. Mal auf der Seite des Königs und dann wieder gegen ihn. Er war einer dieser Männer, die es nur selten gibt, nur sich selbst, seiner Ehre und Gott verpflichtet. Und er folgte seinem Weg mit einer Zielstrebigkeit, die man bewundern muss. In der Kathedrale von Burgos soll es einen Koffer geben, der einst dem Cid gehört hat. Der König forderte ihn auf, ein Heer zum Kampf gegen die Mauren zusammenzurufen. Der Cid hatte jedoch kein Geld mehr, Männer anzuwerben. Da packte er Steine in einen Koffer, ging zu den Juden und erzählte ihnen, darin seien Kleinodien aus Gold. Diese würde er ihnen als Sicherheit lassen, wenn sie ihm das Geld für den Feldzug leihen würden. Nach der Schlacht käme er seinen Schatz auszulösen.«

»Und die Juden gaben ihm das Geld, ohne in den Koffer zu sehen?«, rief Juliana überrascht.

Der hagere Pater nickte. »So wird die Geschichte erzählt.«

»Hat der Cid Wort gehalten?«

»Ja. Als er die Schlacht geschlagen hatte, konnte er die Juden aus dem Beutegut auszahlen, das er von den Ungläubigen mitbrachte – und er bekam seinen Koffer mit den Steinen ungeöffnet zurück. Niemand hat seinen klugen Schachzug bemerkt.«

»Das stimmt nicht ganz«, widersprach Bruder Rupert und strich sich über die Narbe an seinem Hals. »Irgendjemand muss den Koffer wohl geöffnet haben, sonst könntet Ihr heute die Geschichte nicht erzählen. Oder hat der Cid sich später selbst mit seinem Betrug gebrüstet?«

Pater Bertran warf dem Bettelmönch einen wütenden Blick zu. »Das war kein Betrug, das war Schlauheit!«

»Seht nur«, unterbrach Juliana die beiden Männer, bevor es zum Streit kommen konnte, und deutete auf die Kirche von Villasirga, der sie sich nun näherten. »Ein Teil der Kirche ist vor nicht allzu langer Zeit eingestürzt.«

Ohne eine Reaktion der Männer abzuwarten, schritt Juliana auf die festungsartige Wehrkirche zu. Als sie näher kam, erkannte sie, dass einer der beiden Türme in sich zusammengesackt war. Ein Trümmerhaufen aus Steinen und Ziegeln und ein Loch in der Kirchenwand waren stumme Zeugen des Unglücks. Das Mädchen spähte ins Innere. Eines der Querschiffe war mit kunstvollen Rosettenfenstern geschmückt. Ansonsten waren die Fensteröffnungen schlitzartig wie in einer Festung und ließen daher kaum Licht ins Kirchenschiff. Nur um das Loch der Einsturzstelle herum lag ein Teil der Kirche in hellem Sonnenlicht. Juliana trat noch ein paar Schritte näher und beugte sich vor.

Ein Mann in weißem Rock und Mantel, das rote Kreuz auf der Schulter, trat hinter einer Säule hervor und kam auf sie zu. Mit einem Schrei fuhr das Mädchen zurück. Ihr Herz klopfte unregelmäßig und begann zu rasen, als ein Sonnenstrahl das Gesicht des Mannes erreichte und den weißen Mantel zum Leuchten brachte: die große, muskulöse Gestalt, das gebräunte Gesicht mit dem sandfarbenen Haar und Bart, die blauen Augen. Tempelritter Swicker von Gemmingen-Streichenberg. War er von den Toten auferstanden? Das Mädchen griff sich an die Brust und keuchte.

»¿Qué te pasa? ¿Te sientas mal?« – »Was ist los? Fühlst du dich schlecht?« – Er trat näher und hob die Hand.

Ein Geist, er musste ein Geist sein. Juliana wurde blass und wich zurück. Er stieg über die Steinbrocken hinweg auf den Platz hinaus. Fragend wandte er sich an die beiden Mönche, die inzwischen herangetreten waren. Der Templer deutete auf das nun am ganzen Leib zitternde Mädchen, das mit weit aufgerissenen Augen auf den weißen Mantel starrte. ¿Viaja con vosotros? – »Reist er mit Euch?« –

»Sí«, bestätigte Pater Bertran. »Viene con nosotros.«

»¿Está loco?«

Der Pater verneinte. Nein, der junge Pilger Johannes sei geistig völlig normal. Zweifelnd ließ der Templer seinen Blick an dem Mädchen herabwandern.

»Wie ist Euer Name?«, stieß sie hervor.

»Ich bin Tempelherr Sebastian von Burg Ponferrada«, sagte er und verbeugte sich.

Nein, er war kein Geist. Jetzt, als das erste Herzklopfen nachließ, konnte sie sehen, dass sein Bart lichter war, seine Gestalt schlanker, die Augen von nicht ganz so intensivem Blau. Es war alles in Ordnung. Er war nur ein junger Templer, der ihm erschreckend ähnlich sah. Nun erst sickerte durch ihren Geist, dass er ihr auf Deutsch geantwortet hatte. – Und es hörte sich so an, als wäre ihm diese Sprache vertraut.

»Wo kommt Ihr her?«, drängte sie, »Ich meine, wo seid Ihr geboren?«

Der Templer runzelte die Stirn. »Ich wurde auf Streifenberg geboren, meine Familie trägt den Namen von Gemmingen. Unsere Ländereien liegen zwischen der Kurpfalz und der Grafschaft Württemberg. Ich weiß nicht, ob dir das etwas sagt.«

»Ich kenne diese Gegend sehr gut«, ächzte das Mädchen. »Ich stamme selbst aus dem Tal des Neckars.«

Der Templerritter lächelte sie an. »Ach ja, mir war so, als riefe der Klang deiner Stimme heimatliche Gefühle in mir wach. Mein Bruder Swicker, auch ein Templer, ist gerade nach Osten unterwegs. Er wollte auf dem Weg die Heimat besuchen. Er reist mit einem Waffenbruder aus Frankreich und mit seinem Wappner. Ich hoffe, er schafft den Rückweg über die Pyrenäen noch vor dem ersten Schnee. Sonst sehen wir uns erst im nächsten Jahr wieder.«

Er wusste es nicht. Er hatte noch nicht erfahren, dass sein Bruder tot war – ermordet von der Klinge seines eigenen Dolches, den ihr Vater ihm ins Herz gestoßen hatte. Ihre Knie gaben nach, und sie fiel dem Templer vor die Füße. Er griff nach ihren Händen und half dem Fräulein aufzustehen.

»Dir scheint es nicht gut zu gehen. Du solltest eine Weile aus der Sonne und dich in der Kühle der Kirche erholen. Ich will die Brüder der Komturei fragen, ob sie euch etwas zu essen reichen können.«

Juliana ließ sich von dem jungen Tempelherrn in die Kirche schieben und sank auf einen Schemel nieder. Kurz darauf nippte sie an verdünntem Wein und kaute an einem Gebäck, das nach Knoblauch und Thymian schmeckte, während sich Bruder Rupert mit dem Templer unterhielt. Er lebte auf Burg Ponferrada im Westen und war, zusammen mit einem Waffenbruder, von seinem Meister mit Briefen und verschiedenen Aufträgen zu Niederlassungen der Templer im Osten Kastiliens geschickt worden. Nun müsse er noch zur Festung Olmillos, ehe er zur Burg zurückkehren könne.

Juliana hörte zu, sagte jedoch nichts. Sie konnte an nichts anderes denken, als dass er vergeblich auf die Rückkehr seines Bruders warten würde. Wann würde er es erfahren? Offensichtlich war er dem Vater nicht begegnet. Wie wäre dieses Treffen verlaufen? Wie hätte der Vater reagiert, so unerwartet den Bruder des Toten vor sich zu sehen, der ihm so unglaublich ähnlich sah? Hätte er, wie sie, geglaubt, seinen Geist vor sich zu haben?

Ein anderer Gedanke kam ihr in den Sinn. War es etwa gar kein Zufall, dass der Bruder des Toten hier an der Straße nach Sankt Jakob zu finden war? Hatten der Vater und der Dekan davon gewusst und seine Sühnereise absichtlich auf diesen Pfad gelenkt? Warum? Wollte er dem Bruder des Ermordeten seine Tat gestehen und um Vergebung bitten? – Oder plante er gar noch mehr Böses gegen die Familie von Burg Streichenberg? Schwebte der Templer Sebastian etwa in Gefahr?

Nein, das konnte sich Juliana nicht vorstellen. So etwas würde ihr Vater nicht tun. Es gäbe nichts, das ihn zu solch einer

Tat verleiten könnte. – Oder vielleicht doch? Was hatte ihn dazu gebracht, Swicker zu erstechen?

* * *

Juliana grübelte noch über die Begegnung nach, als sie eine gute Wegstunde später Carionne* erreichten. Es war die größte Stadt hier in der Tierra de los Campos, und sie passierten eine ganze Anzahl an Pilgerunterkünften und Spitälern. Das Kloster der heiligen Clara sah noch recht neu aus. Man sagte, der heilige Franz von Assisi selbst habe es auf seiner Pilgerreise nach Santiago gegründet. Am prächtigsten jedoch erhob sich das Kloster San Zoilo, das die Gebeine des Heiligen aufbewahrte, die Graf Gome Diaz einst aus Córdoba hatte herbringen lassen. Kluniazensermönche wachten über den Schatz, dessen Ruhm mit jedem Jahrzehnt mehr verblasste. Schon lange hatte das Kloster von Sahagún San Zoilo an Macht und Einfluss überflügelt.

»Wollen wir uns nicht ein Lager suchen?«, schlug Bruder Rupert vor und betrachtete die altehrwürdigen Mauern des Klosters.

Obwohl ihr Knöchel nun wieder schmerzte, schüttelte Juliana nachdrücklich den Kopf. Der Drang, den Vater einzuholen, war stärker als ihr geschundener Körper. »Es ist noch viele Stunden Tag! Wir können weitergehen.«

»So viele Stunden auch wieder nicht«, meinte Bruder Rupert, widersprach jedoch nicht weiter, sondern schritt auf die Brücke über den Carrión zu.

Schon eine Stunde später bereute das Mädchen seinen Entschluss, doch nun mussten sie weiter, wollten sie nicht wieder am ungeschützten Feldrand die Nacht zubringen. Ohne einmal innezuhalten, tappte der Augustiner in seinen Sandalen auf der alten Römerstraße voran, während die Sonne vor ihnen über den Feldern verglühte.

---

* heute: Carion de los Condes

Die ersten Sterne standen schon am Himmel, als Pater Bertran an die Tore eines Hauses klopfte. Ritter des spanischen Santiagoordens ließen sie ein und bewirteten sie vorzüglich. Sie setzten sich zu ihnen an den Tisch und erzählten, bis das Mädchen vornübersank und mit dem Kopf auf den verschränkten Armen einschlief. Sie merkte nur halb im Traum, wie Bruder Rupert sie hochhob und in den Nebenraum trug, wo sie in einem weichen Bett bis zum Morgen schlief.

34
Ein Besuch auf Guttenberg
Burg Guttenberg im Jahre des Herrn 1307

Es ist die Stunde, in der der neue Tag anbricht und die Nacht sich vom ersten Licht des Morgens verdrängen lässt. Juliana liegt unter der wärmenden Federdecke in ihrem Bett, noch halb in wohligen Träumen gefangen. Doch mit dem Licht und den Geräuschen des Tages kehren auch die Erinnerungen zurück. Kein Kinderlachen wird durch die Burg tönen. Keine kleinen Füße über die Binsen rascheln. Kein kleiner Körper auf ihr Bett krabbeln, um die ältere Schwester zu wecken.

Mit jedem Tag, der nun verstreicht, sieht sie den Bruder in hellerem Licht. Die vielen Streitereien und die Eifersucht verblassen, das nagende Gefühl von Schuld aber bleibt. Warum musste er sterben? Die Mutter hat inzwischen zwar begonnen, ihre Aufgaben als Burgherrin wieder wahrzunehmen, aber Juliana weiß, dass die Trauer um ihren Sohn nicht kleiner geworden ist. Die Edelfrau versteht es nur besser, den Schmerz in sich einzuschließen und vor den anderen zu verbergen.

War es wirklich Gottes Wille, den Knaben zu sich zu nehmen? Juliana wälzt sich in ihrem Bett hin und her. Die Worte des Kochendorfers brennen in ihren Gedanken. Sie muss ihn zur Rede stellen! Fast eine Woche ist die Familie nun bereits aus Wimpfen zurück, doch Wilhelm hat sich bisher nicht auf Ehrenberg blicken lassen. Es ist zum Verzweifeln. Sonst, wenn sie ihn weit weg wünscht, schwänzelt er ständig um sie herum, und nun, da sie ihn unbedingt sprechen muss, sieht und hört sie nichts von ihm.

Die Kinderfrau erhebt sich und geht hinaus, um den Wasserkrug zu füllen. Juliana lauscht ihrem schweren Schritt auf der Treppe. Sie hört die Mutter, die sicher schon fertig angekleidet ist und nun in der Halle die Mägde beaufsichtigt, die den Tisch säubern und frische Binsen ausbringen müssen.

Vielleicht steckt eine Absicht dahinter, dass sich Wilhelm von ihr fern hält? Ist ihm der Fehler in seinen Worten aufgefallen, und meidet er sie nun, bis – ja bis sie alles vergessen hat?

»Da kann er lange warten«, faucht das Ritterfräulein und wirft die Decke von sich. »Ich habe ein gutes Gedächtnis!« Nun, wenn der Kochendorfer nicht zu ihr kommen will, dann wird sie eben zu ihm gehen und ihn zur Rede stellen!

Während Gerda sie ankleidet, überlegt Juliana, wie sie ihren Plan am geschicktesten in die Tat umsetzen kann. Sie wartet bis nach dem Frühmahl. Vater will heute mit einigen seiner Burgmannen zu den Deutschordensrittern nach Horneck hinüber. Gut. Er wird eine Weile weg sein. Sie sieht den Männern nach, wie sie durch das Tor reiten. Der Knappe ist nicht dabei. Dann wird er das Edelfräulein begleiten müssen. Juliana findet Tilmann im oberen Stall bei den Falken und befiehlt ihm, ihre Stute und sein Ross zu satteln.

»Wir reiten aus«, sagt sie knapp. Der Knappe sieht sie mit einer Mischung aus Freude und Zweifel an.

»Hat der Ritter das erlaubt? Mir hat er gar nichts gesagt, als ich ihm vor wenigen Augenblicken sein Streitross brachte.« Tilmann sieht es in ihrer Miene, dass sie den Vater nicht um Erlaubnis gebeten hat.

»Ich sattle gern die Pferde, aber Ihr fragt die Edelfrau«, sagt der Bursche. »Bitte«, fügt er hinzu, denn er kennt Julianas störrische Natur. »Ich bekomme sonst Ärger.«

»Na gut«, gibt das Mädchen nach und eilt in den Palas zurück. Sie ist schon öfter mit dem Knappen ausgeritten, doch sie weiß, dass die Mutter es stets mit ein wenig Sorge sieht. Dieses Mal muss sie es ihr einfach erlauben! Juliana wird ihr versprechen, in der Nähe der Burg zu bleiben und noch vor dem Mittagsläuten zurück zu sein. Mit klopfendem Herzen tritt sie in den Saal.

»Mutter hat nichts dagegen!«, ruft sie Tilmann zu, als sie

wenig später mit gerafftem Reitkleid über den Hof eilt. Nun strahlt der Knappe, denn auch er liebt es, im Galopp über die Felder zu jagen. Und das Fräulein ist für seine Querfeldeinritte bekannt!

Er folgt Juliana in die Aue hinunter und dann am Neckar entlang nach Norden. Er wundert sich nicht, als sie den Hang wieder erklimmt, auf dessen Kante Guttenberg aufragt. Erst als sie dem Weg an den Holzhütten entlang folgt, der zur Zugbrücke führt, schließt er auf und fragt, was sie vorhat.

»Gedulde dich, ich werde dir deinen Part schon beizeiten mitteilen.«

Misstrauen breitet sich über dem Antlitz des Knappen aus. »Ihr habt eine Teufelei vor, ich ahnte bereits im Hof so etwas. Ich kann es Euch ansehen!«

Juliana umreitet eine Scheune und zügelt die Stute. »Ach was«, winkt sie ab. »Komm her, und hilf mir aus dem Sattel.«

Tilmann seufzt, aber er traut sich nicht, sich ihren Befehlen zu widersetzen. Er gleitet von seinem kräftigen Ross, schlingt die Zügel um die niedrigen Zweige eines Apfelbaumes und hilft dann dem Fräulein von seinem Pferd.

»Und nun?«, fragt Tilmann, als er die Stute neben seinem Tier anbindet. »Was habt Ihr vor? Ihr seid sicher noch nicht so müde, dass Ihr einer Rast bedürft!«

Sie schüttelt den Kopf, dass die Zöpfe fliegen. »Nein, das hast du richtig erkannt. Ich möchte, dass du in die Burg gehst und Ritter Wilhelm aufsuchst. Und dann bringst du ihn hierher.«

Der Blick, den er dem Fräulein zuwirft, schwankt zwischen Unglaube und Verachtung. »Ich dachte, Ihr mögt ihn nicht!«

»Ich verabscheue ihn!«, bestätigt das Mädchen. »Sieh mich nicht so an, als wäre ich zu einem unkeuschen Stelldichein mit ihm bereit! Ich muss dringend mit ihm sprechen – ohne dass jemand aus seiner Familie oder vom Gesinde zuhört.«

Erleichterung breitet sich auf Tilmanns Gesicht aus. »Ich habe schon befürchtet...« Er spricht die Worte nicht aus, aber Juliana weiß auch so, was er gedacht hat, doch sie geht nicht weiter darauf ein.

»Pass auf. Ich will auch nicht, dass du unser Gespräch hörst, aber ich möchte, dass du hier bei den Pferden bleibst – so dass dich der Ritter sehen kann. Das wird ihn hoffentlich dazu bringen, sich nach Anstand und Sitte zu benehmen!«

Tilmann verzichtet, das Ritterfräulein darauf hinzuweisen, dass sie es ist, die gerade gegen Anstand und Sitte verstößt. Stattdessen umrundet er die Scheune und geht zum Tor, um den Sohn des Hauses zu suchen.

Ruhelos geht Juliana auf und ab und brütet darüber nach, welche Worte sie wählen soll, um Wilhelm aus der Deckung zu locken. Es kommt ihr wie eine Ewigkeit vor, bis Tilmann mit dem jungen Kochendorfer im Schlepptau endlich um die Ecke der Scheune biegt und über die Wiese auf sie zukommt.

»Ich wollte Eurem Knappen nicht glauben«, begrüßt sie der junge Ritter und verbeugt sich. »Doch wenn mich meine Sinne nicht täuschen, dann seid Ihr es in Fleisch und Blut. Kann ich wirklich hoffen?«

Juliana weicht zur Scheunenwand zurück, bis Tilmann sie nicht mehr hören kann. »Es ist mir gleich, ob Ihr Euch falscher Hoffnung hingebt. Ich bin heute jedenfalls nur aus dem einen Grund gekommen: Ich möchte ein paar Antworten von Euch hören!«

Er lächelt. »Gern, wenn Ihr die richtigen Fragen stellt.« Wilhelm geht auf die Scheunentür zu. »Wollen wir nicht hineingehen? Dort sind wir ungestört.«

Juliana sieht ihn verächtlich an. »Für wie einfältig haltet Ihr mich? Ich bleibe hier, wo mein Knappe mich und vor allem Euch sehen kann. Also benehmt Euch!«

Wilhelm verdreht die Augen. »Soll ich mich nun vor einem Kind fürchten?«

»Nein, aber vor meinen Fragen, die Eure Heuchelei und Eure Lügen entlarven!«, erwidert sie scharf.

Wilhelm von Kochendorf runzelt die Stirn. »Ich habe keine Ahnung, wovon Ihr sprecht.«

Juliana versucht sich an einem überheblichen Blick, obwohl ihr das Herz bis zum Halse schlägt. Wenn sie sich nicht irrt, dann steht sie einem kaltblütigen Mörder gegenüber! Sie mustert ihn vom Kopf bis zu den Füßen.

»Eure Worte gehen mir nicht mehr aus dem Sinn. Ihr spracht davon, wie sich das Bild des Schreckens in Euer Gedächtnis eingebrannt hat. Die Kinderbeine mit den weißen Füßen, die aus dem Wäschekessel ragen.« Sie sieht ihn aufmerksam an.

»Ja, das sagte ich, als ich Euch in Wimpfen traf. Ich erinnere mich. Und ich schwor Euch auch, dass ich mit Johannes' Tod nichts zu tun habe.« Er sieht sie verständnislos an. Ihm scheint noch nicht klar zu sein, dass er sich verraten hat.

»Wie gut, dass Ihr Euch erinnert. Ich erinnere mich auch, und zwar sehr genau, an den Abend, als wir Johannes fanden.« Sie schluckt. »Sagt mir, Wilhelm von Kochendorf, wie könnt Ihr Euch an dies Bild erinnern, wenn der Dekan Johannes' Körper bereits aus dem Kessel gezogen hatte, ehe Ihr vom Bergfried heruntergekommen und in die Waschkammer getreten seid?« Sie sieht ihn scharf an. Es dauert ein paar Augenblicke, ehe er ihre Worte begreift, dann werden seine Wangen blass.

»Ich habe ihn nicht ermordet«, stößt Wilhelm hervor. Spott und Blasiertheit sind aus seiner Stimme gewichen, in seiner Miene steht Entsetzen.

»Das könnt Ihr dem Landvogt erzählen«, zischt das Mädchen.

»Ihr wollt mich anklagen?«, ruft der Kochendorfer. »Das könnt Ihr nicht tun. Ich schwöre Euch!« Er fällt auf die Knie und greift nach ihrem Arm. Juliana reißt sich los und weicht zurück.

»Fasst mich nicht an, Mörder! Wie konntet Ihr das tun? Ein unschuldiges Kind. Ist Eure Gier nach Macht und Gütern so groß?« Ihre Stimme zittert vor Abscheu.

Wilhelm stemmt sich hoch. »Bitte, hört mich an. Ich kann es erklären.«

»Was muss man da noch erklären?«, stößt sie bitter hervor.

»Ich habe ihn gesehen, das ist wahr, aber da war er schon tot!«

»Und das soll ich Euch glauben?«

Wilhelm nickt und sieht sie flehend an. »Ja, denn es ist die Wahrheit. Euer Vater hat mich aus dem Palas gejagt. Ich war wütend und ging über den Hof, als ich Vater und Sohn von Weinsberg auf mich zukommen sah. Die beiden schienen in ein ernsthaftes Gespräch vertieft. Ich stand vor einer angelehnten Tür, von der es nach Lauge und nassem Leinen roch, und da ich die Weinsberger nicht treffen wollte, schlüpfte ich ins Waschhaus. Nun, ich hoffte auch, etwas von ihrem Gespräch belauschen zu können. Ich weiß, dass es zwischen Ehrenberg und Weinsberg ein unrühmliches Geheimnis gibt, und brenne schon lange darauf, ihm auf den Grund zu gehen.«

»Das ist noch kein Beweis!«, unterbricht ihn Juliana ungeduldig. »Ist Johannes dann in die Waschkammer gekommen, und Ihr habt Eure Chance ergriffen?«

»Nein! Nun hört doch zu. Er war längst tot, als ich dort stand und am Türspalt lauschte. Es war ganz still im Waschhaus. Er regte sich nicht, doch noch konnte ich ihn nicht sehen, denn es war stockfinster.«

»Ihr sagt aber, Ihr habt ihn gesehen!«

Wilhelm nickt ernst. »Ja. Ich wartete, bis die beiden Weinsberger vorbeigegangen waren. Sie sprachen über Euch. Ich wollte ihnen folgen und weiter lauschen, da bemerkte ich, dass mir mein Hut im Waschhaus heruntergefallen war. Ich wartete, bis sie weit genug weg waren, dann holte ich mir eine Fackel aus dem Halter am Aufgang des Bergfrieds.« Er schluckt. »Ich fand meinen Hut sogleich nicht weit hinter der Tür auf dem Boden liegen, aber ich sah auch zwei Kinderbeine, die reglos aus einem Kessel ragten. Ich lief zu ihm und umfasste die Waden, aber es bestand kein Zweifel, dass er bereits tot war.«

»Und dann habt Ihr ihn einfach in dem Kessel stecken lassen?« Wilhelm nickt und schlägt die Augen nieder. »Warum?«

»Ich, ich hatte Angst«, sagt er so leise, dass Juliana ihn kaum hören kann.

»Angst?«

»Ja. Angst, dass Euer Vater mich anklagen würde, für seinen Tod verantwortlich zu sein – dass Ihr mich beschuldigen würdet! Bei der Vorstellung, in den Palas zu gehen und Euch zu sagen, dass Johannes tot in einem Waschkessel liegt und ich die Leiche gefunden habe, übermannte mich die Panik. Ich lief hinaus und auf den Bergfried hinauf. Hier wollte ich bei Eurem Türmer bleiben, bis ein anderer das tote Kind entdeckt.«

»Das habt Ihr dann ja auch getan«, sagt Juliana und betrachtet ihn immer noch voller Misstrauen. »Ihr wollt mir also sagen, es war Feigheit?«

Ein Hauch von Stolz flackert in seinen Augen, dennoch sagt er: »Nennt es, wie Ihr wollt. Jedenfalls versichere ich Euch, dass ich keine Schuld trage, noch jemals solche Gedanken gehegt habe.« Er sinkt noch einmal auf die Knie und schwört ihr bei Gott und der Heiligen Jungfrau, dass er die Wahrheit gesagt hat.

Juliana lauscht in sich hinein. Sie glaubt ihm. Er scheint in diesem Augenblick keiner Lüge mehr fähig zu sein. Barsch fordert sie ihn auf sich zu erheben. Eine Weile starrt sie ihn nur schweigend an, dann sagt sie langsam: »Sagt mir noch einmal genau, was die beiden Weinsberger gesagt haben.«

»So genau weiß ich es nicht mehr, nur dass sie über Euch sprachen und dass die Verbindung von Vorteil wäre.«

»Dann waren es die Weinsberger«, stellt das Ritterfräulein fest. »Begreift Ihr nicht? Sie müssen bereits gewusst haben, dass Johannes tot ist, oder wie erklärt Ihr Euch sonst, dass sie eine Verbindung plötzlich für erstrebenswert halten?«

Wilhelm versucht vergeblich, sich die Grasflecken von seinem Rock zu wischen. »Nein, so sehr ich es ihnen auch zutrauen würde«, sagt er mit einer Spur des Bedauerns. »Ich habe ein wenig herumgeschnüffelt, während Ihr mit Eurer Familie in Wimpfen wart. Sie können es nicht gewesen sein. Der alte Weinsberger hat erst mit Eurem Vater gesprochen und stand dann bei den Wächtern am Tor – bis er auf Carl traf, aber da war Johannes ja bereits tot. Und Carl hat mit Eurer kleinen Küchenmagd herumpussiert, nachdem er den Palas verlassen und die Grube aufgesucht hat. Sie hat es mir bestätigt, und ich glaube nicht, dass sie lügt.« Wilhelm hebt die Schultern und lässt sie wieder fallen. »Ich fürchte, wir müssen die Weinsberger von jedem Verdacht freisprechen, obwohl ich es ihnen zutrauen würde und es ihnen gelegen kommt.«

»Gar nichts müssen wir! Glaubt ihr wirklich, der alte Weinsberger würde sich selbst die Finger schmutzig machen?«, widerspricht Juliana. »Es muss jemand gewesen sein, dem die Weinsberger vertrauen, der keine Fragen stellt, nur Befehle ausführt.«

Wilhelm lässt pfeifend die Luft entweichen. »Der Waffenknecht!«, sagt er und nickt. »Germar ist dem Weinsberger treu ergeben, seit er ihm das Leben gerettet hat, und weicht nie von seiner Seite. Wo aber war er, während sich alle zum Bankett setzten? Ich habe ihn erst wiedergesehen, als Johannes bereits tot war!« Sie sehen sich an und schweigen.

»Der Weinsberger hat den Tod meines Bruders befohlen«, flüstert Juliana mit erstickter Stimme.

»Ihr werdet es ihm nicht beweisen können, also belastet Euren Sinn nicht weiter mit solchen Gedanken. Es war Gottes Wille! Er hätte Johannes' Tod verhindern können!«

»Nein, beweisen kann ich es nicht«, stimmt ihm Juliana traurig zu. »Und muss ich mich nun immer fragen, ob Carl davon gewusst oder ob sein Vater diesen schrecklichen Plan allein ausgeheckt hat?«

Wilhelm tritt auf das Fräulein zu und legt seine Hände an ihre Taille. »Wenn es Euch wichtig ist zu wissen, dass Euer Gatte eine reine Seele hat, dann wählt besser mich. Juliana, ich verehre Euch, und ich will Euch ein guter Ehegemahl sein.«

Er versucht, sie zu küssen, aber das Ritterfräulein windet sich aus seinem Griff. »Geht! Ich habe nichts mehr mit Euch zu schaffen«, faucht sie. »Ich verabscheue Euch! Egal, was sein Vater getan oder befohlen hat, Carl ist ein edler Ritter, der nichts Unrechtes tun würde. Ich vertraue ihm noch immer und würde ihm freudig meine Hand reichen, wenn er mich darum bitten würde!«

Sie läuft über die Wiese zu Tilmann und den Pferden. Der Kochendorfer folgt ihr nicht. Nur sein Blick bleibt an ihr haften, während der Knappe ihr in den Sattel hilft und sich selbst auf sein Ross schwingt.

»So schnell also kann ein habgieriger Mörder seine Ehre in Euren Augen wiedererlangen. Und mir misstraut Ihr trotz meines Schwures«, ruft er ihr hinterher. Bitterkeit schwingt in seiner Stimme mit. Wilhelm sieht ihr nach, wie sie über die Wiese galoppiert, bis die Reiter im Wald verschwinden.

35
León

Drei Tage später erreichten sie die Stadt León, die einst die wichtigste im christlichen Iberien gewesen war, eine Königsstadt mit ihrem eigenen Reich León. Immer wieder wurde León an Kastilien angeschlossen und wieder abgetrennt. Seit einhundert Jahren jedoch – seit die erneute Bedrohung durch die Sarazenen die christlichen Herrscher gezwungen hat, ihre Streitigkeiten zu begraben und sich Alfonso IX. von León und Berenguela von Kastilien die Hand zur Ehe gereicht hatten – schien die Eigenständigkeit des Königreiches endgültig vorbei und mit ihr der Glanz der alten Hauptstadt. Die Könige zog es seitdem zu anderen Palästen.

Obwohl es Juliana so vorkam, als sei sie diese drei Tage ohne auch nur innezuhalten gegangen, hatten sie den Vater noch immer nicht eingeholt. Er war wie ein Schatten, der vor ihnen herschwebte und den sie nicht greifen konnte.

Das Wetter war unverändert heiß und windig geblieben. Die drei Wanderer drangen so weit in die Meseta vor, dass es nicht einmal mehr Steine zum Bau der Häuser und Kirchen gab, zu weit lagen die felsigen Bergketten in allen Richtungen entfernt. Ziegel aus gebranntem Lehm waren alles, was den Menschen zum Bau blieb. Selbst die Kirchen wurden in Sahagún und vielen anderen Orten aus diesen Ziegeln errichtet, und in Mansilla* am Ufer des Río Esla hatten sie gar ihre Stadtmauer aus Flusskiesel und Mörtel gebaut: fast zehn Schritte hoch und mehr als sechs Schritte breit, aus sauber neben- und übereinander geschichtetem Geröll!

---

* heute: Mansilla de las Mulas

Nun, am Ende des dritten Tages, zogen die Pilger bei bedecktem Himmel und regenschwerer Luft in León ein, deren nahezu rechteckige Stadtmauer noch immer ihren Ursprung widerspiegelte, der in einer römischen Legion lag. Schon bevor sie das Tor passierten, kamen sie an einem Kloster und einem Spital vorbei, das von Rittern des Heiligen Grabes betreut wurde, doch sie beschlossen, auf der anderen Seite der Stadt zu übernachten.

León war die Stadt des heiligen Isidoros. Die Reliquien des Kirchenlehrers von Sevilla waren auf Drängen von König Ferdinand I. hierher gebracht worden. Nun ruhten in der Stadt nicht nur Isidoros Knochen, auch viele Könige hatten mit ihrer Gemahlin und zahlreichen Infanten das Panteón unter der Stiftskirche zu ihrer Ruhestätte gemacht. Lange war die Kirche San Isidoro die prächtigste der Stadt gewesen, obwohl es schon früher eine Kathedrale gab. Vor kaum fünfzig Jahren jedoch, nachdem Kastilien und León vereinigt worden waren, gab König Alfons der Weise den Auftrag, eine neue Kathedrale zu bauen, die mit ihrer Pracht alles Dagewesene in den Schatten stellen sollte. Und obwohl Burgos schon vierzig Jahre länger an seiner Kirche baute – deren Fertigstellung man noch nicht absehen konnte –, war die Kathedrale von León bereits nahezu fertig. Und sie war ein Meisterwerk geworden! Diese aufstrebenden Türme mit den Spitzen, die fast bis in den Himmel ragten, die riesigen, mit buntem Glas gefüllten Rosetten, die großen Fenster, durch die der ganze Kirchenraum zu einem einzigen, sonnendurchfluteten Farbenspiel wurde. Seit Tagen ließ sich Juliana zum ersten Mal aus ihrer Lethargie reißen.

Es war ihr, als würden all ihre Kräfte und Sinne nur noch dazu gebraucht, ihre Füße vorwärts zu bewegen. Um zu sehen, zu hören, zu riechen und zu schmecken, blieb nichts mehr von ihr übrig. Sie wusste nicht mehr, wie die Städte und Dörfer ausgesehen hatten, an denen sie vorbeigekommen waren, sie konnte sich an keine Kirche und kein Spital mehr erinnern. Sie wusste nicht mehr, ob und wie lange sie geschlafen und was sie gegessen hatte. In ihrem Geist ging sie immer nur voran und hörte das Geräusch ihrer eigenen Schritte. Nur der Wind, der heiß um ihren Körper wehte, war ihr eindringlich bewusst.

Und nun stand sie auf dem Platz vor der Kathedrale und sah zu dem regenschweren Himmel empor. Noch einmal zerriss die Abendsonne die Wolkendecke und hüllte das Gotteshaus in einen Schein, als würden die Engel selbst die Strahlen der Sonne lenken. Das Mädchen ließ sich mit dem Strom aus Bürgern und Pilgern zur Abendmesse in die Kirche ziehen. Ihr Blick streifte über die bunten Glasscheiben, ihr Geist versuchte, die dargestellten Personen und Geschichten zu erkennen.

»Herr Jesus Christ, heilige Jungfrau Maria«, betete sie plötzlich. »Heiliger Jakobus und all Ihr anderen Heiligen an meinem Weg, seht gnädig auf mich herab. Ich habe alles versucht, meinem Körper abverlangt, was er geben konnte und noch ein bisschen mehr, doch ich sehe in diesem Augenblick: Ich kann es nicht schaffen. Wer bin ich, dass ich mir eingebildet habe, allein zurechtzukommen? Welcher Hochmut, dass ich meinte, auf göttliche Hilfe verzichten zu können.« Tränen rannen über ihre Wangen, während die Worte in ihrem Kopf widerklangen. »Ich höre die Dämonen ihren Spott mit mir treiben. Sie lachen mich aus und narren meine Sinne. Töricht und blind bin ich durch das Land gehastet und habe geglaubt, mein Wille allein würde genügen, mich an mein Ziel zu führen. Nun seht Ihr mich zerschlagen vor Euch knien und Euch um Hilfe anflehen. Gewährt mir die Gnade, mein Ziel zu erreichen – schnell, o bitte schnell. Ich verspreche, ich werde nach Sankt Jakob ziehen und eine Nacht an seinem Grab beten, doch bitte, lasst mich nicht länger verzweifeln. Gebt mir meinen Vater wieder.«

* * *

In der Nacht träumte sie von ihm. Er trat in den Schlafsaal und nahm sie in die Arme. Mit einem Schluchzen warf sie sich an seine Brust. Er strich über ihren Rücken und tröstete sie, sein Blick jedoch war vorwurfsvoll.

»Warum zweifelst du an mir, meine Tochter? Wie kannst du nur solch schändliche Dinge von mir denken?«

»Ich habe es gesehen!«, rief sie.

»Was hast du gesehen?«, fragte er.

»Das Blut des Templers an Euren Händen!«

Der Vater nickte. »Ja, so ist es immer. Wir sehen nur einen Teil und denken, es ist die ganze Wahrheit. Wir wissen nicht, und dennoch verurteilen wir und brechen den Stab.«

»Ich verurteile nicht!«, empörte sich das Mädchen. »Ich bin gekommen, um Antworten zu erhalten.«

»Wirklich?« Er ließ sie los, seine Gestalt verblasste.

»Bleibt hier! Vater, bleibt bei mir!«

Sie erwachte. Ein Streifen Mondlicht fiel über die nebeneinander aufgereihten Lager. Trotz der offenen Fensterschlitze war der Gestank, der den vielen, ungewaschenen Leibern entströmte, betäubend, und ein vielstimmiges Schnauben, Schmatzen und Schnarchen erfüllte den Raum. Juliana presste sich die Handflächen gegen die Ohren, aber der Schlaf wollte nicht zurückkehren. Es war ihr, als müsse sie hier drinnen ersticken. Nach einer Weile gab sie es auf, zog sich leise an und tastete sich zur Tür hinüber.

Die Nachtluft war kalt, ein frischer Wind wehte und trieb ab und zu die modrigen Schwaden der Stadt bis über die Klostermauern von San Marcos hinweg, das sich außerhalb der Stadtmauern am Ufer des Río Bernesga erhob. Das Spital war eine mächtige Anlage unter der Fürsorge der Ritter des Jakobsordens. Juliana saß in ihren Mantel gehüllt auf einer Bank im Hof und beobachtete den Himmel, der sich von Osten her erhellte. Eine Glocke begann zart zu klingen, eine zweite fiel ein und läutete die Stunde der Laudes ein – des Stundengebets vor dem Aufgang der Sonne. Nun würden sich die Pilger bald erheben, um weiter nach Westen zu ziehen.

Juliana, Bruder Rupert und Pater Bertran verließen das

Spital San Marcos mit einer Gruppe anderer Pilger, die für die nächsten beiden Tage ihren Weg teilen sollten. Sie waren zu sechst: zwei Gerber, Vater und Sohn aus Aquitanien, ein alter Haudegen aus Anjou, der – wollte man seinen Worten glauben – alle Schlachten des Heiligen Landes mit geschlagen hatte, ein junges Ehepaar aus der Provence – er war Korbflechter – und Pierre, ein Kaufmannssohn aus Flandern, der die Pilgerfahrt für seinen Vater übernahm. Dieser müsse sich schließlich um das Geschäft kümmern und den Tuchhandel vorantreiben. Pierre war ein lustiger Geselle, so dass Juliana meist an seiner Seite schritt. Sie hatte das Gefühl, dass die neue Gesellschaft weder dem Pater noch Bruder Rupert schmeckte. Vielleicht war sie gerade deshalb froh über diese Abwechslung. Auch wurde das Wetter mit jeder Stunde, die sie sich den Bergen näherten, angenehmer. Der Wind war nicht mehr so heiß und trocken, und ab und zu milderten ein paar Wolken die sengenden Sonnenstrahlen.

Oder war es das Gebet, das sie aus ihrer trüben Stimmung gerissen hatte? War es ihre Aussöhnung mit Gott und seinen Heiligen? Dann hatte er ihre Bitten mit Wohlwollen vernommen. Ihr Herz jubelte. Der Herr würde ihr helfen. Sie war plötzlich so aufgeregt und zappelig, dass es selbst Bruder Rupert auffiel und er eine Bemerkung darüber fallen ließ. Bei jedem Dorf, bei jeder noch so kleinen Einsiedelei, der sie sich näherten, klopfte ihr das Herz stürmisch im Leib, und sie spähte in jeden Hof, in Erwartung, den Vater dort stehen zu sehen. Juliana war enttäuscht, als die anderen Pilger in einer kleinen Herberge einkehrten und beschlossen, die Nacht dort zu verbringen. Das Mädchen wollte weitergehen! Unentschlossen sah sie über die weite Ebene, über der schon bald die Sonne untergehen würde.

»Hast du noch nicht genug?«, störte sie Bruder Ruperts tiefe Stimme.

»Ich weiß nicht«, sagte sie ausweichend. »Die Herberge kommt mir nicht sehr sauber vor.«

Der Bettelmönch nickte. »Ja, das ist wahr. Ich habe bereits

zwei Wanzen von meiner Bettstatt entfernt und in der Wasserschüssel ersäuft. Willst du weitergehen? Ich kann mir Bündel und Stab holen. Es ist bestimmt noch mehr als zwei Stunden hell.«

»Aber die anderen möchten den Tag hier beenden«, warf sie ein.

Bruder Rupert zuckte mit seinen breiten Schultern. »Ja, und? Dann wandern wir beide weiter.« Es waren das Drängen in seiner Stimme und der lauernde Blick, den er ihr zuwarf, die sie zurückweichen ließen.

»Nein, die anderen haben sicher Recht, ihr Tagewerk für heute zu beenden. Wer weiß, wann wir auf die nächste Herberge treffen. Auf dieser Ebene scheint es nicht viele Dörfer zu geben.«

Einen Moment schien der Bettelmönch zu überlegen, ob er weiter drängen sollte, entschied sich jedoch offensichtlich dagegen. »Nun, wenn du meinst. Dann wollen wir sehen, ob die Suppe schon auf dem Tisch steht.«

Ohne sich zu vergewissern, ob sie ihm folgte, wandte er sich ab und stapfte zum Haus zurück.

* * *

Am Morgen zogen sie über die leicht ansteigende Ebene weiter. Die Wolken hatten sich verdichtet und hingen nun grau und schwer über ihnen, doch noch regnete es nicht, und die stürmischen Windböen trieben ihnen den Staub ins Gesicht. Dennoch waren ihre neuen Begleiter guter Stimmung. Der alte Haudegen hatte einige Krüge Wein beim Spiel gewonnen und verteilte den Inhalt nun großzügig unter den Pilgern. Bald begannen sie zu singen und wollten nicht wieder aufhören, bis sie am Mittag den Órbigo erreichten. Jetzt in den Sommermonaten floss nur wenig Wasser in den beiden Armen, zwischen denen sich eine breite, kiesige Insel ausbreitete. Pater Bertran bestätigte allerdings, dass zur Zeit der Schneeschmelze die Aue samt der Inseln überflutet würden. Deshalb zog sich die Brücke mit ihren zwei Dutzend Bogen über die Insel hinweg von einer bis zur anderen Uferböschung, wo sich ein Dorf erhob.

Endlich wurde das Land wieder hügeliger, Steineichen bedeckten die rötlichen Kuppen, in den Tälern und an den unteren Hängen wuchsen Getreide und Wein, oder es weideten Schafe auf den Wiesen zwischen Obstbäumen, die voll reifer Früchte hingen. Obwohl zwei Hunde sie wütend ankläfften, pflückten sich die Pilger ihre Taschen voll. Alle außer Pater Bertran, der mit finsterer Miene auf dem Weg stehen blieb und von der Sünde des Diebstahls sprach. Vom Gebell angelockt, trat der Bauer aus seiner Scheune und hob die Faust. Er schrie Worte, die Juliana nicht verstand. Dass er sie des Diebstahls wegen beschimpfte, war ihr aber auch so klar. Rasch hob sie noch einen herabgefallenen Apfel auf und lief den anderen hinterher, die bereits die nächste bewaldete Kuppe erklommen.

Am Nachmittag überquerten sie wieder eine Ebene, die plötzlich in einem Streifen von Bäumen und Gebüsch endete und in einem steilen Hang in einen Talkessel abfiel. Der Tuerto hatte hier sein Bett immer tiefer gewaschen und dann eine Schwemmebene aufgeschüttet. Am Horizont zeichnete sich nun deutlich das schroffe, blaue Band der Berge ab – und dazwischen breitete sich zu ihren Füßen die alte römische Stadt Asturica Augusta aus. Die Pilger blieben stehen und sahen staunend auf die Dächer und Turmspitzen herunter. Zwei wichtige römische Straßen waren hier aufeinander getroffen und hatten sie zur Hauptstadt der Region gemacht.

»Überall in der Stadt findet man unter und zwischen den Häusern auch heute noch Spuren der Römer, ihre Bäder und ihre Mosaiken«, erklärte Pater Bertran.

Inzwischen nannten die Bewohner die Bischofstadt Astorga, die für viele Pilger, die sich im Herbst verspäteten, zum Winterquartier wurde. Daher war sie eine der Städte auf dem Weg zu Jakobus, die die meisten Spitäler und Herbergen zählten. Über zwanzig waren es ganz sicher, und es gab allein zehn Klöster in und vor der Stadt.

»Im Winter gibt es viel Schnee in den Leóneser Bergen«, sagte Pater Bertran. Er stand da, die dürren Arme um den Leib verschränkt, ein verklärtes Lächeln auf den Lippen.

»Schon im Oktober ist das Wetter auf dem Pass oft sehr schlecht und in ein paar Wochen kann bereits der Winter hereinbrechen. Ich selbst war einmal noch vor Sankt Martin zur Umkehr gezwungen.« Er blinzelte und sah auf die Stadt hinunter, die im Abendlicht unter ihnen lag. »Ist das nicht ein wundervoller Anblick? Mir ist, als müsse ich auf die Knie sinken und Gott dafür danken. Seht euch nur die Kathedrale an mit dem Hospital des heiligen Johannes daneben – und dort hat der Bischof seinen Sitz. Das kleine Gebäude davor ist die Iglesia de Santa Marta, an der übrigens das Gefängnis für liederliche Weiber angebaut ist. Die vielen Pilger, die hier oft monatelang bleiben, spülen leider auch solches Gesindel herein. Wir werden die Stadt durch die Puerta del Sol betreten. Der kleine Turm dahinter gehört zu San Bartolome, und das dort drüben ist das Franziskanerkloster.« Er breitete die Arme aus. »Und betrachtet auch die Stadtmauer in ihrer regelmäßigen Form mit den halbrunden Türmen.«

»Astorga scheint Euch sehr am Herzen zu liegen«, sagte Juliana. Eigentlich war sie auf eine Abfuhr gefasst, doch der Augustinerpater wischte sich über die Augen.

»Ich wurde dort geboren«, sagte er, schien die Worte jedoch sogleich zu bereuen. »Nun, was ist?«, fügte er schroff hinzu. »Steigen wir hinab, oder wollt ihr hier Wurzeln schlagen, bis sie die Tore für die Nacht schließen?«

Die neuen Begleiter warfen sich fragende Blicke zu, folgten dann aber dem asketischen Mönch, der auf seinen Sandalen den Hang hinuntereilte.

* * *

Es regnete. Bereits in der Nacht war ein Gewitter aufgezogen, und auch am Morgen fiel der Regen noch in dichten Schleiern herab und schwemmte den Unrat durch die Gassen und in gemauerten Rinnen dem Fluss entgegen. Wie würde es erst auf dem Berg oben sein? Die sechs neuen Begleiter beschlossen, den Tag in der Stadt zu verbringen und besseres Wetter abzuwarten, bevor sie sich an den Aufstieg zum Pass machten.

»Wir müssen uns erst vorbereiten, ehe wir zum Cruz de Ferro hinaufsteigen. So einfach kann man seine Sorgen nicht auf einem Berg zurücklassen.« Der alte Haudegen zog mit einem verschmitzten Lächeln den letzten verkorkten Krug aus seinem Rucksack und brach das Wachs. Juliana lehnte dankend ab.

»Was ist das? Das Cruz de Ferro?«, fragte sie stattdessen. Doch der Pilger widmete sich lieber seinem Wein, als ihre Neugier zu befriedigen.

Juliana und die beiden Mönche verabschiedeten sich von den anderen. Vor allem Pierre ließ das Mädchen mit Bedauern zurück. Seinetwegen einen Tag in Astorga zu verlieren, kam ihr jedoch nicht in den Sinn. Sie hatte am Abend noch die Stadt durchstreift und alle Herbergen aufgesucht, die sie entdecken konnte, aber keine Spur des Vaters entdeckt. Er musste also noch vor ihr sein, und heute würde sie ihn einholen. Was sonst konnte die zitternde Unruhe in ihr bedeuten?

Sie schulterte ihre Tasche und den Rucksack, nahm den Stab zur Hand und folgte den beiden Mönchen hinaus in den Regen. Sie wunderte sich nicht einmal, dass ihre alten Begleiter an ihrer Seite blieben und mit ihr die Bischofstadt verließen.

»Das Cruz de Ferro«, nahm Pater Bertran ihre Frage auf und patschte ungerührt durch die Pfützen. Feine Wasserfäden rannen von seiner Kapuze, über die Schultern und den Mantel herab.

»Es ist schon sehr alt. Manche behaupten, diesen Brauch habe es schon gegeben, bevor sich die Menschen hier zu unserem Herrn Jesus bekannten. Ich weiß es nicht. Jedenfalls tragen schon viele hundert Jahre Pilger und andere Wanderer, die den Pass queren, einen Stein vom Fuß des Berges oder gar von ihrer Heimat dort hinauf und legen ihn zu Füßen des eisernen Kreuzes, das auf einem langen Holzstamm befestigt ist. Mit diesem Stein legen sie symbolisch die Last ab, die auf ihrer Seele liegt, ihre Sorgen und Nöte. Inzwischen bilden die Steine schon einen eigenen kleinen Berg, aus dessen Spitze das Kreuz emporragt.« Juliana bückte sich und hob einen Steinbrocken auf.

»So groß sind deine Sorgen und Nöte?«, fragte Bruder Rupert spöttisch. Das Mädchen wog den Stein in seiner Hand.

»Überlege es dir gut, ob du ihn dort hinaufschleppen willst!«

»Überqueren wir den Pass heute noch?«

Pater Bertran wiegte den Kopf hin und her. »Nein, bei diesem Wetter nicht. Wir können froh sein, wenn wir Rauanal* vor der Nacht erreichen. Die Templer werden uns Schutz gewähren. Der Pass ist gefährlich, doch seit die Ritter sich in Rauanal niedergelassen haben, werden die Überfälle weniger.«

»Dort oben gibt es sicher auch Wölfe, nicht?«, vermutete das Mädchen. Der Augustinerpater nickte.

»Ja, auch ein Grund, der es nicht ratsam erscheinen lässt, in die Dunkelheit zu kommen.«

»Deshalb spute dich, Johannes«, fügte Bruder Rupert hinzu. »Und halte uns nicht mit Felsbrocken auf, aus denen du ein halbes Haus bauen könntest!«

Das war natürlich grob übertrieben, dennoch war der Stein schwer und rutschte ihr, regennass wie er war, immer wieder unter dem Arm durch. Als er das dritte Mal zu Boden fiel, ließ Juliana ihn liegen. Sie griff sich stattdessen einen kleinen weißen, der wie ein Flusskiesel abgerundet war, und schob ihn in die Tasche.

»Ah, so schnell können sich Sorgen und Nöte verringern«,

---

* heute: Rabanal

spottete Bruder Rupert. Juliana antwortete nicht, sondern beschleunigte ihren Schritt, um Pater Bertran einzuholen, der schon wieder ein ganzes Stück voraus war.

Immer dichter wurde der Bewuchs, die Bäume zu beiden Seiten höher. Säumten zu Anfang nur Ginster und ein paar Steineichen ihren Weg, so schritten sie nach Mittag durch dichte Wälder von Kiefern und Eichen immer steiler bergan. Zwei Weiler passierten sie, doch außer ein paar Hunden, die ihnen nachkläfften, war kein Lebewesen zu sehen. Endlich ließ der Regen nach, und als er aufhörte, waren die Bäume und Büsche noch triefendnass. Überall glucksten und murmelten die kleinen Rinnsale, die dem nächsten Bach zueilten. Pater Bertran erzählte, dass die Römer hier in der Nähe Stollen in den Fels getrieben hatten, um Erze abzubauen.

»Erze? Um Eisen zu gewinnen?«, fragte Juliana gerade, als Bruder Rupert unvermittelt vor ihr stehen blieb. Das Mädchen stieß gegen seinen breiten Rücken.

»Verzeiht, ich wollte nicht – was ist?«

»Psst, bewegt euch nicht und seid ruhig!« Geduckt huschte er ein paar Schritte zurück und verschwand im Wald. Pater Bertran und das Mädchen standen allein auf dem Weg und sahen sich verwundert an. Nichts war zu hören außer ein leises Tropfen von den Bäumen.

»Was um alles in der Welt ist in ihn gefahren?«, fragte Juliana und starrte auf die Büsche, in denen der Bettelmönch verschwunden war. Nichts regte sich. »Pater, was meint Ihr?«

Was dann geschah, ging so schnell, dass sie es nicht recht erfassen konnte. Juliana hörte rasche Schritte. Jemand rannte. Der Pater schrie. Sie drehte sich zu ihm um und sah sein verzerrtes Gesicht, den Mund zum Schrei geöffnet. Und sie sah zwei Gestalten aus den Büschen brechen, die offensichtlich nichts Gutes mit ihnen im Sinn hatten.

»Hinter dir!«, kreischte der Pater, aber noch ehe Juliana sich umdrehen konnte, fuhr ein Blitz durch ihren Sinn, und ein flammender Schmerz zuckte durch Kopf und Schulter. Die

Baumkronen drehten sich, der braune Weg kam auf sie zu. Sie spürte noch, wie sie auf dem Boden aufschlug. Dann war alles dunkel.

36
Geschichten aus der Vergangenheit
Wimpfen im Jahre des Herrn 1298

»Guter Freund, ich kann Eure Trauer verstehen, aber Ihr dürft nicht in der Trübsal untergehen!« Der Kirchenmann legt dem Vater freundschaftlich die Hand auf den Arm.

Der Ritter von Ehrenberg lässt den Kopf hängen. Nein, nicht nur den Kopf. Seine Schultern krümmen sich nach vorn, sein Rücken ist gebeugt. Es ist, als wäre alle Kraft aus ihm gewichen. »Der Herr hat uns verlassen«, sagt er leise.

»Nein!«, widerspricht der Mann in dem prächtigen roten Brokatgewand, den Juliana schon öfter auf Ehrenberg und in Wimpfen gesehen hat. Sie weiß, dass er Gerold von Hauenstein heißt. Früher war er ein Ritter, nun aber gehört er zu den Stiftsherren von Sankt Peter im Tal. Er kommt in letzter Zeit häufig zum Nachtmahl, doch sie muss sich stets mit Gerda zurückziehen, bevor die Speisen aufgetragen werden, und bekommt ihren Teller in der Kemenate vor der Kohlenpfanne gereicht.

Juliana findet ihn sympathisch, obwohl er noch nie das Wort an sie gerichtet hat. Aber sie hat ihn beobachtet und mag sein schmales Gesicht, das dichte, graue Haar und die grünen Augen. Seine Stimme ist tief und wohlklingend und verliert anscheinend niemals die Ruhe. Am liebsten betrachtet sie jedoch seine langen, schmalen Hände mit den gepflegten Fingernägeln und einem großen Ring mit grünem Edelstein. Welch Unterschied zu den Rittern und Waffenknechten! Sicher kann er schreiben und zeichnen. Solch wundervolle Buchstaben malen, wie sie jede Seite des Buches zieren, in dem die Mutter jeden Abend liest. Meist für sich, doch manches Mal trägt sie der Tochter eine Geschichte oder einen der Psalme vor.

»Ihr müsst mir widersprechen«, sagt der Vater mit einem

gequälten Lächeln. »Ihr seid nun ein Mann der Kirche. Und dennoch, wie kann ich glauben, dass der Herr noch mit Wohlgefallen auf uns herabsieht, wenn er uns doch alles nimmt? Erst zu Weihnachten ist uns ein Knabe tot zur Welt gekommen, und nun hat ein Fieber mir meinen Erstgeborenen dahingerafft.«

»Ich weiß, es ist hart«, stimmt ihm der Stiftsherr mit Wärme in der Stimme zu. »Wir Menschen sind zu klein, um die Wege des Herrn zu verstehen. Und dennoch hat er Euch nicht alles genommen. Euer Weib ist gesund und kräftig und kann Euch weitere Söhne gebären – und Ihr habt ein Kind, das den ersten gefährlichen Jahren entwachsen ist und prächtig gedeiht!«

»Ein Mädchen«, wirft der Vater zögernd ein. »Es ist sicher gut, auch Töchter zu haben«, sagt er, den Blick fest auf den Stiftsherrn gerichtet. »Sie ist ein liebes Kind, wenn ich jedoch einen Sohn hätte, dann würde ich Euch bitten, ihn in Eure Obhut zu nehmen, ihn zu unterrichten, ihm Lesen und Schreiben beizubringen und an Eurer Weisheit teilhaben zu lassen, an der Geschichte der Vergangenheit. Aber so...« Er seufzt.

Unmut steigt in Juliana auf. Der Vater und der Stiftsherr reden so, als sei sie gar nicht da. Es kümmert sie nicht, dass sie jedes Wort hört – oder glauben sie etwa, sie wäre noch so klein, dass sie nichts verstünde? Am Ende haben die Männer sie einfach vergessen. Da steht sie mitten im Hof der kaiserlichen Pfalz, die Sonne lässt ihre Locken golden glänzen, und doch scheint sie unsichtbar – weil sie unwichtig ist? Nur ein Mädchen?

Nun ist es heißer Zorn, der in ihr brodelt und sie die Fäuste ballen lässt. Sie ist nicht froh darüber, dass der Bruder gestorben ist, obwohl er sie nun nicht mehr im Dunkeln erschrecken oder an ihren Zöpfen ziehen kann. Manchmal ist sie sogar richtig traurig und weint ein wenig um ihn. Auch Wolf, der Page des Vaters, der seit drei Jahren mit auf Ehrenberg wohnt, scheint den Kameraden schmerzlich zu vermissen. Ob er nun mit ihr spielen wird? Bisher haben die beiden Jungen keinen Wert darauf gelegt, das Mädchen auf ihre Streifzüge mitzunehmen. Plötzlich spürt sie den Blick des Stiftsherrn auf sich ruhen. Sie sieht in seine grünen Augen, die sie forschend betrachten.

»Ich kann auch lesen und schreiben lernen!«, stößt sie hervor. »Und ich will die Geschichten hören, auch wenn ich nur ein Mädchen bin!«

»Juliana!«, ruft der Vater ärgerlich. »Wie kannst du dich erdreisten, so respektlos mit Stiftsherr von Hauenstein zu sprechen?« Seine Stirnfalten zeigen Sturm an, und seine Lippen sind zusammengepresst, der Kirchenmann jedoch blickt weiter freundlich drein.

»So, Fräulein Juliana, du willst also lesen und schreiben lernen.«

»Und Geschichten hören«, erinnert sie ihn rasch, damit er diesen Teil nicht vergisst.

»Und Geschichten hören«, wiederholt Gerold von Hauenstein und lächelt sie an, dass die grünen Augen strahlen. Der Ritter von Ehrenberg will seine Tochter wegziehen, aber der Kirchenmann gebietet ihm Einhalt. Er betrachtet das Kind aufmerksam, das den Blick halb trotzig, halb erwartungsvoll erwidert.

»Die Mutter kann lesen, und sie war früher auch einmal ein Edelfräulein«, fügt Juliana hinzu, um ihrem Ansinnen seine Ungeheuerlichkeit zu nehmen.

»Meinst du denn, du kannst dir diese schwierigen Dinge merken?«, fragt der Stiftsherr. »Mit dem Lesen und Schreiben ist das nicht so einfach, wie du dir das jetzt vielleicht vorstellst. Man braucht Geduld, muss viele Stunden still sitzen und üben.«

Juliana sieht ihn mit ernster Miene an und nickt. »Ja, das weiß ich. Ich höre der Mutter immer ganz genau zu und habe mir alle Geschichten gemerkt. Soll ich Euch das Gleichnis von den klugen und den törichten Jungfrauen erzählen oder den Psalm aufsagen, wer alles selig werden wird?«

Wieder greift des Vaters Hand nach ihrem Arm. »Nun ist es aber genug, Juliana. Wenn du den Herrn von Hauenstein noch länger belästigst, dann werde ich dich nicht mehr mit in die Pfalz nehmen. Dann wirst du in Zukunft bei Gerda im Haus bleiben.«

»Sie belästigt mich nicht, guter Freund«, widerspricht der Kirchenmann. »Ihr habt eine interessante Tochter, die offensichtlich mit einem festen Willen gesegnet ist und – trotz ihrer jungen Jahre – bereits genau weiß, was sie will. Das gefällt mir. Ich werde sie unterrichten.«

»Was?« Der Vater weicht einen Schritt zurück und starrt Gerold von Hauenstein an. »Ich verstehe nicht.«

»Wenn es Euch recht ist, Ritter, dann werde ich Eure Tochter unterrichten, ihr Lesen und Schreiben beibringen und sie die Geschichte unserer Vorfahren lehren.«

»Aber sie ist ein Mädchen«, stottert der Ehrenberger verdutzt.

Gerold von Hauenstein schmunzelt. »Glaubt mir, Ritter, das ist mir nicht entgangen. Ihr könnt sie mit ihrer Kinderfrau zu mir schicken, wenn Ihr in Wimpfen weilt.«

Juliana ist es, als würde sich der Hof mitsamt dem Palas, der Kapelle und den drei hohen Türmen um sie herum zu drehen beginnen. Hat sie seine Worte recht verstanden? Will der hohe Kirchenherr mit den gepflegten Händen und dem wertvollen Gewand sie wirklich unterrichten, oder erlaubt er sich nur einen grausamen Scherz mit einem Mädchen? Sie kneift die Augen zusammen und mustert voller Misstrauen seine Züge, in denen sie weder Spott noch Falschheit entdecken kann.

»Gut«, sagt sie zögernd. »Können wir gleich anfangen?«

»Warum die Eile? Fürchtest du, ich könnte meine Worte vergessen?«

Das Kind nickt. »Ja, vielleicht habt Ihr nur mit mir geschwerzt, und morgen erinnert Ihr Euch nicht mehr an Eure Worte. Dann bleibt mir wenigstens das, was Ihr mir heute beigebracht habt.«

Gerold von Hauenstein beugt sich ein wenig nach vorn und fasst sie bei den Händen. Wie schön sich das anfühlt, von diesen Fingern umschlossen zu werden. Sie sind nicht so schwielig grob wie die des Vaters, nicht so feucht und weich wie die des Beichtvaters, und nicht so flatternd leicht wie die der Mutter. Der Griff ist warm und fest und flößt ihr noch mehr Vertrauen ein als seine Worte.

»Fräulein Juliana von Ehrenberg, ich verspreche dir, dich zu unterrichten, wann immer meine und deine Zeit es erlauben. Ich werde dir beibringen, was ich weiß, solange du eifrig lernst und auf meine Worte achtest – und solange dein Vater keine Einwendungen dagegen hat«, fügt er schnell hinzu und sieht den Ritter fragend an. Der scheint noch immer ein wenig verwirrt, nickt aber zustimmend. »Gut, dann sehe ich dich morgen nach der Terz. Ich werde zu euch kommen, da ich anschließend in der Bergstadt zu tun habe.«

»Werdet Ihr ein Buch mitbringen?«, will Juliana wissen und sieht ihn mit einem Blick an, als habe sie nach süßem Kuchen gefragt.

Der Kirchenmann nickt. »Aber ja, ein dickes Buch, das die fleißigen Hände eines Mönchs geschrieben haben und in dem wir viel Weisheit und viele spannende Geschichten finden werden.«

»Gut, morgen nach der Terz«, stimmt das Kind mit ernster Miene zu. »Ich werde Euch erwarten.«

Wimpfen im Jahr des Herrn 1302

Wolf sieht seine Spielgefährtin missmutig an. Ihr Strahlen wirkt in keiner Weise ansteckend auf ihn. Nein, es scheint seine schlechte Laune nur noch zu vertiefen.

»Musst du unbedingt nach Wimpfen reiten?«, murrt er und schlägt mit einem langen Stock ein paar frischen grünen Brennnesseln die Spitzen ab.

»Aber ja!«, nickt das Mädchen noch immer freudestrahlend. »Mein Unterricht wird endlich fortgesetzt. Warum kommst du nicht mit?«

Wolf zieht eine Grimasse. »Wozu soll das gut sein? Sich hinter staubigen Wälzern vergraben und lateinische Worte faseln? Glaubst du, ich will Pfaffe werden? Ich bin ein Ritter!«

»Du wirst einmal einer«, verbessert sie ihn. »Trotzdem kann es nicht schaden, wenn du etwas lernst. Ich finde es herrlich!« Ihre blauen Augen glänzen. »Welch spannende Geheimnisse uns die Bücher offenbaren, wenn wir die Zeichen, in denen sie verfasst sind, erst einmal zu deuten wissen.«

»Und wann bist du damit fertig?«, fragt der Freund. »Du machst das nun schon«, er zählt an den Fingern ab, »schon vier Sommer lang.«

Juliana schüttelt den Kopf. »Niemals!«

Längst hat sie viele Tage, ja vielleicht sogar schon Monate über den Büchern oder mit der Feder in der Hand verbracht. Sie kann inzwischen Lateinisch lesen und schreiben, und ihr Französisch wird mit jedem Tag besser. Der Stiftsherr von Hauenstein hat ihr Geschichten erzählt und viele Bücher mit ihr durchgelesen.

»Du kannst das erst verstehen, wenn du selbst beginnst, den Geheimnissen nachzuspüren. Ich werde nie damit aufhören, denn das ist die Sonne meiner Tage!« Sie dreht sich um und läuft über den Burghof auf die beiden gesattelten Pferde zu. Ein Waffenknecht des Vaters wird sie heute nach Wimpfen begleiten.

»Und ich? Was ist mit mir?«, ruft der Junge ihr nach. Sie hört ihn nicht. Er sieht zu, wie sie sich in den Sattel heben lässt und dann mit dem Burgmann durch das Tor hinausreitet. Ein paar weitere Brennnesseln fallen seinen Stockhieben zum Opfer.

»Hast du nicht auch einmal gesagt, ich sei deine Sonne?«, brummt er unwillig, als der Hufschlag bereits im Zwinger verklingt.

Um die Mittagszeit erreichen die Reiter aus Ehrenberg die Talstadt von Wimpfen. Juliana läuft die Stufen zu der Stube hinauf, in der der Stiftsherr seine Bücher und Papiere aufbewahrt und in der er oft stundenlang – mit der Feder in der Hand – über einem Pergament brütet. Auch heute sitzt er an seinem Sekretär, die Stirn in Falten gelegt, die linke Hand am Tintenfass, die Finger der rechten am Federkiel.

»Ich bin da!«, ruft Juliana und lässt die Tür hinter sich zufallen. Gerold von Hauenstein schreckt hoch. Die Stirn glättet sich, und ein Lächeln hebt seine Mundwinkel.

»Wie könnte mir das entgangen sein? Dein eiliger Schritt ist bereits vom Marktplatz her zu hören.«

Röte überzieht die Wangen des Mädchens. »Das ist nicht möglich. Wir sind bis vor die Tür geritten.«

Gerold von Hauenstein legt die Feder aus der Hand, rollt das Pergament zusammen und erhebt sich. Er trägt es zu einer kleinen Truhe hinüber, verstaut es sorgfältig darin und schließt den Deckel.

»Nun, womit werden wir uns heute beschäftigen? Wir haben uns zwei Wochen lang nicht gesehen.«

»Fünfzehn Tage und achtzehn Stunden«, verbessert ihn das Mädchen. »Das Wetter war so fürchterlich und die Wege zu sehr aufgeweicht, als dass mich die Mutter hätte ziehen lassen.«

Der Kirchenmann zieht seine ergrauten Augenbrauen zusammen. »Fünfzehn Tage und achtzehn Stunden? Du scheinst die Zahlen zu lieben. Also heute die Magie der Zahlen und die Kunst der Geometrie?«

Juliana schüttelt den Kopf. »Nein, wir haben über die Kaiser und Könige in Wimpfen gesprochen, in der Zeit, als der Bischof von Worms nicht mehr Herr der Stadt war. Ihr wolltet mir von König Heinrich erzählen, der wohl lange Zeit in Wimpfen weilte und der sich dann in unrühmliche Gefangenschaft begeben musste.«

Gerold von Hauenstein nickt. »Ja, ich erinnere mich.« Er tritt an das hölzerne Bord, auf dem eine ganze Reihe von Büchern stehen, während Juliana erwartungsvoll auf einem Scherenstuhl Platz nimmt.

»König Heinrich VII.«, wiederholt der Stiftsherr. »Welch

tragische Geschichte. Wimpfen erfreute sich der Gunst des jungen Königs, der ihr einen prächtigen Forst verehrte und seinen Hofstaat auf der Pfalz einrichtete. Es müssen glänzende Jahre gewesen sein. Stell es dir vor, das rege Leben auf der Pfalz mit dem königlichen Gefolge, den Rittern und Damen – nicht nur ein paar gelangweilte Burgmannen wie heute.« Gerold von Hauenstein seufzt und sieht für ein paar Augenblicke in die Ferne so, als habe er die Zeit selbst erlebt.

»Nun, doch wie du bereits weißt, hat er sich mit seinem kaiserlichen Vater überworfen und dachte gar nicht daran, die Friedenshand auszustrecken. Alle Vermittlungsversuche scheiterten, und der Kaiser war so erzürnt, dass er mit seiner Ritterschaft aus Italien heranreiste, um den trotzigen Sohn in die Knie zu zwingen. Heinrich unterwarf sich – aber zu spät. Der Vater führte ihn als Gefangenen zurück nach Italien, wo Heinrich sieben Jahre später starb.« Er zog ein Buch aus der Reihe hervor und schlug es auf. »Hör, was uns der Chronist dazu berichtet.«

Juliana legt den Kopf ein wenig schief und faltet die Hände um ihre Knie, wie immer, wenn sie mit Aufmerksamkeit ihrem Gönner und Lehrmeister lauscht.

»Tapfer, unbeugsam, stolz«, sagt Juliana langsam. »Die Tugenden eines wahrlich großen Ritters.« »Doch ist eine Tugend immer eine Tugend? Kann sie nicht auch zum Fehler werden? Zum Verhängnis?«

Der Stiftsherr setzt sich ihr gegenüber und streicht mit seinen schlanken Fingern über eine Seite des Buches, auf der, neben dem lateinischen Text, das Bild eines Ritters, der mit seinem Schwert gegen einen Riesen kämpft, in bunten Farben gemalt ist.

»Ja, Tugend ist nicht absolut. Sie muss sich an einer Tat oder einer Situation messen lassen. Kennst du schon die Geschichte des Feldzuges von Karl dem Großen nach Hispanien? Der Kampf und Tod seines treuen Ritters Roland? Ihm wurden zu viel Tapferkeit und Stolz zum Verhängnis.«

Juliana schüttelt den Kopf. »Wo liegt Hispanien? Ist das weit entfernt?«

Der Dekan holt eine große Pergamentrolle und streicht sie auf dem Tisch glatt. »Sieh, das sind die Grenzen des Reiches heute. Dort im Westen liegen Burgund, das Reich des Franzosenkönigs und Aquitanien. All das vereinigte Karl der Große unter seiner Krone. Doch hier im Süden, wo ein Gebirge, das sie die Pyrenäen nennen, Hispanien vom Rest der Welt trennt, herrschten die Muselmanen, Sarazenen, wie heute und damals auch in der heiligen Stadt Jerusalem. Nur dort oben am Meer, in Asturien, lebten noch ein paar Christen und beteten um Beistand, die Ungläubigen zu vertreiben.«

Und dann zog Karl der Große über das Gebirge, um die Sarazenen zu vertreiben?« Der Stiftsherr nickt.

Juliana fährt mit dem Finger sanft über die Karte, von Alemannien aus über den Rhein und die Rhône weiter nach Westen bis zu dem Gebirgszug der Pyrenäen.

»Erzählt mir von diesem Land!«, fordert sie Gerold von Hauenstein auf. »Und von Ritter Roland, dem seine Tugend zum Verhängnis wurde.«

37
Rauanal

Sie schwebte. Ihr Körper erhob sich und strebte dem Licht entgegen, das sie warm umfing. Es lockte sie, und sie gab sich auch wirklich Mühe, dem Ruf zu folgen, aber irgendetwas hielt sie fest. Der Schmerz zwang sie zurück auf den Boden. Er umschlang sie und band sie fest. Das Mädchen stöhnte und bäumte sich auf, doch die Fesseln wollten nicht nachgeben. Ein Gewicht drückte sie nieder. Flammen zuckten rot um ihre Lider. Sie hörte sich selbst stöhnen und dann eine Stimme, die sie zusammenzucken ließ.

»Juliana, beruhige dich, es wird alles gut! Bleibe still liegen, dein Körper braucht Ruhe.«

Das Mädchen runzelte verwirrt die Stirn. Etwas war falsch. Diese Stimme gab es nicht mehr. Diesen Klang hatte sie einst gehört, aber nun war er verschwunden und gehörte nicht mehr zu ihrem Leben. Der Freund war weggegangen und hatte sie verlassen. – Und noch etwas stimmte nicht.

»Juliana, kannst du mich hören?«

Juliana? Nein, sie war Johannes, der Knappe, der nach Santiago pilgerte. Das Ritterfräulein war in Wimpfen zurückgeblieben. Die Stirn entspannte sich, ihre Fäuste erschlafften. Es war nur ein Traum, in dem sich Altes und Neues vermischte, Wunsch und Furcht aufeinander trafen. Bald würde sie in einer der Herbergen am Weg erwachen, ihre Schuhe schnüren und ihr Bündel über die Schulter werfen, um weiter den Spuren des Vaters zu folgen – wenn nötig bis zu Sankt Jakobs Grab.

Warum nur ließen sich die Schmerzen nicht verscheuchen? Sie brauchte ihren Schlaf und die Erholung, um kräftig genug für einen langen Tag auf der Landstraße zu sein. Aber die Stimme der Vergangenheit wollte nicht weichen.

»Juliana, öffne die Augen, wenn du mich hören kannst. Bitte, sprich mit mir, wenn du mich verstehst.«

Vielleicht würde er sie in Ruhe lassen, wenn sie seinem Drängen nachgab? Zaghaft hob sie die Lider und wartete, bis sich die verschwommenen Flecken von Licht und Schatten zu einem kleinen Raum mit einem bogenförmigen Fenster schieden, durch das Sonnenlicht hereinfiel und einen Teil der Mauersteine schmerzhaft grell aufleuchten ließ. Sie stöhnte und schloss die Augen bis auf einen schmalen Spalt. Da hing ein Kruzifix an der Wand. Der Erlöser schien sie zu betrachten. Auf einem Hocker vor dem Bett standen eine Schüssel mit rötlich gefärbtem Wasser und einige Tiegel, daneben lagen zusammengefaltete Leinenstreifen. Auf einem zweiten Bett sah sie einen Rucksack und schmutzige Gewänder. Waren das nicht ihre Kleider?

»Juliana!«, seufzte eine Stimme voller Erleichterung.

Das Ritterfräulein sah ein, dass die Zeit gekommen war, den Mann, der an ihrem Bett saß, anzusehen, um dem trügerischen Traum ein Ende zu bereiten. Sie hob die Lider noch ein Stück weiter und fixierte das Gesicht, das sich über sie beugte.

»Wolf!«, krächzte sie und fuhr mit einem solch jähen Ruck auf, dass ihre Köpfe beinahe zusammenstießen. Der Schmerz, den diese Bewegung auslöste, war überwältigend. Mit weit aufgerissenen Augen starrte sie den jungen Mann einen Moment lang an, dann sackte sie in sich zusammen und war erneut bewusstlos. Bis zum Morgen schlief sie, ohne sich ein einziges Mal zu rühren.

* * *

Als Juliana das nächste Mal erwachte, saß eine Frau an ihrem Bett und wusch ihr das Gesicht. Sie war schlank und hatte langes, schwarzes Haar. Ihre Haut war dunkel, und ihre Augen schimmerten in samtigem Braun. Sie konnte kaum älter als fünfundzwanzig sein.

»Ihr seid erwacht«, sagte sie in einer Mischung aus Französisch und Kastilisch. »Wie fühlt Ihr Euch? Meint Ihr, Ihr könnt eine leichte Suppe essen? Mein Name ist Tereysa. Viele nennen mich Schwester Tereysa, obwohl ich das nicht bin.«

Also war es doch nur ein Traum gewesen. Erleichterung und Enttäuschung durchfluteten sie gleichermaßen. Sie nickte, bereute es jedoch sofort, den Kopf bewegt zu haben.

»Was ist geschehen?«, krächzte sie.

Die junge Frau, die sich vom Bett erhoben hatte, drehte sich überrascht um. »Fräulein Juliana, wisst Ihr das denn nicht mehr? Ihr seid in den Wäldern überfallen und niedergeschlagen worden.«

Etwas stimmte hier ganz und gar nicht. Das Mädchen schob die Decke ein Stück weg und sah an sich hinab. Sie trug ein einfaches, sauberes Hemd, das allerdings nicht ihr gehörte. Sie fuhr sich mit der Zunge über die aufgesprungenen Lippen. »Warum nennt Ihr mich so?«

Die Frau hob erstaunt die Augenbrauen. »Ist das nicht Euer Name? Bruder Wolf sagt, Ihr wärt das Edelfräulein Juliana von Ehrenberg. Das stimmt doch, oder?«

Sie nickte nur. Was konnte es jetzt noch nutzen, es abzustreiten? Dass sie kein Knappe war, wusste derjenige, der sie ausgezogen hatte sowieso, und dass er oder sie das für sich behalten könnte, darüber machte sich das Mädchen keine Illusionen. Aber etwas anderes stieß ihr übel auf.

»*Bruder* Wolf?«

»Nun ja, die Anrede ist nicht ganz richtig. Wolf hat kein Gelübde abgelegt. Er gehört zu den Confratres hier, die sich dem Orden verpflichtet haben, ihn unterstützen und mithelfen, die Straße zu sichern und den Pilgern eine behütete Nacht oder einen ruhigen Ort der Genesung zu geben. Streng genommen gehöre ich auch dazu.«

In Julianas Kopf schwirrte es. Vielleicht war es der Schmerz, der sie nicht klar denken ließ. »Schwester Tereysa, Ihr seid ein *Confratre?*«

Sie lachte hell auf. »Ja, es gibt keine Bezeichnung für Frauen, die die Templer und dienenden Brüder mit Geld, Gütern und ihrer Arbeit unterstützen. In Aragón soll es mehr davon geben, reiche Damen des Adels. Ich konnte leider nicht viele weltliche Güter einbringen, obwohl ich eine Nobleza bin. Hier in den wilden Bergen ist eine freie Frau, die im Umfeld des Ordens lebt, schon ein wenig ungewöhnlich. Ich bin mit zweien meiner Mägde hierher gekommen, nachdem mein Gatte nicht weit vom Pass oben erschlagen wurde. Drei Jahre ist das nun schon her.«

Juliana richtete sich vorsichtig auf und blinzelte, um den aufkommenden Schwindel zu vertreiben. »Wo bin ich eigentlich? Und was ist mit meinen Begleitern geschehen?«, wechselte sie das Thema.

»Oh, das könnt Ihr ja nicht wissen. Ihr seid im Pilgerspital der Templer in Rauanal, am Fuß des Iragopasses. Zwei unserer Ritter kamen auf ihrem üblichen Patrouillenritt gerade noch rechtzeitig, um eine Horde Strauchdiebe zu verjagen. Ein paar haben sie erschlagen, die anderen sind ihnen entkommen. Seid unbesorgt, Euren Begleitern ist nichts geschehen. Euer Bruder Rupert scheint ein guter Kämpfer zu sein, der es – trotz seiner Bettelmönchskutte – mit manch einem Tempelritter aufnehmen könnte, sagen die Gerüchte.«

Juliana nickte vorsichtig. »Ja, ich habe ihn einmal gegen Straßenräuber vorgehen sehen.«

»Nun ist es aber Zeit für Euer Essen«, fiel es Tereysa ein. »Legt Euch wieder hin. Unser Bruder Infirmarius sagt, Ihr müsst still liegen und ruhen.« Geschäftig eilte sie hinaus und ließ Juliana mit ihren wirren Gedanken in der kleinen Kammer zurück.

* * *

Es kam ihr wie eine Ewigkeit vor, bis sich endlich wieder eine menschliche Seele blicken ließ. Juliana hatte ihre Gemüsesuppe gegessen und einen Becher warmer Ziegenmilch getrunken, dann blieb ihr nur noch zu warten und zu grübeln. Es verlangte sie, Wolf zu sehen und mit ihm zu sprechen. Sie musste ihn berühren, um endlich glauben zu können, dass er es war, der hier an diesem einsamen Ort in den Bergen plötzlich wieder in ihr Leben zurückgekehrt war.

Wo war er? Warum kam er nicht zu ihr? Ihn rufen zu lassen wagte sie nicht, solange sie nicht wusste, wer von ihrer Anwesenheit und vor allem über ihre Identität Bescheid wusste. Endlich öffnete sich die Tür, und Wolf trat in Begleitung eines groß gewachsenen, älteren Templers ein, der offensichtlich der von Tereysa erwähnte Infirmarius war. Er tastete Julianas Kopf ab und sah ihr in die Augen. Wolf übersetzte seine Fragen, dann nickte er, gab noch ein paar kurze Anweisungen und verschwand mit einer knappen Verbeugung.

»Was sagt er?«, wollte Juliana wissen.

Wolf blieb unschlüssig in der Mitte der kleinen Kammer stehen. »Dass Ihr keinen Schaden genommen habt.« Das Mädchen brummte und griff sich an den schmerzenden Schädel. »Nun, keinen schwerwiegenden. Dass es eine Weile wehtun wird, ist normal, wenn man solch einen Schlag abbekommen hat.« Er sah sie an, als könne auch er noch nicht glauben, dass er kein Trugbild vor sich hatte.

»Dass ich dich – verzeiht, ich meine Euch, hier wiedersehe! Es kommt mir wie ein Traum vor.«

»Wolf«, sie streckte beide Hände nach ihm aus. »Setz dich. Waren wir nicht eine Ewigkeit Freunde und Vertraute? Müssen die Jahre der Trennung zwischen uns stehen? Sag nicht Fräulein zu mir, ich bitte dich, das klingt so fremd aus deinem Mund.«

Er lächelte. »Nun, mein ›wilder Waldkobold‹ kann ich wohl kaum noch zu dir sagen und auch nicht ›Zornteufel‹ oder ›Brombeerenfee‹ – zumal ich nicht weiß, ob du immer noch bereit bist, dir für diese Früchte Arme und Beine blutig kratzen zu lassen.«

Juliana lächelte zurück. »Nein, die Mutter würde mich strafend ins Gebet nehmen.«

Wolf kam näher und setzte sich am Fußende auf die Bettdecke. »Ach, hat sie das früher nicht getan?«

»Doch, aber damals hat es mich nicht gekümmert.«

»Du hörst inzwischen auf das, was Mutter und Vater sagen? So sehr hast du dich verändert? Das kann ich kaum glauben«, neckte der Freund aus Kindertagen. Sie sahen einander an, in Gedanken in der Vergangenheit versunken, bis Juliana errötend den Blick senkte.

»Ja, ich habe mich verändert. Ich bin erwachsen geworden.«

»Bist du sicher? Wann ist das geschehen?« Wolf versuchte, den Plauderton zu erhalten, doch die Stimmung war getrübt.

An dem Tag, an dem mein Vater einen Dolch in das Herz eines Unschuldigen stieß, dachte sie, sagte es aber nicht.

»Warum bist du ohne ein Wort fortgegangen?«, fragte sie stattdessen.

Nun mied Wolf ihren Blick. »Ich habe dir immer gesagt, dass ich mich einst auf den Weg nach Sankt Jakob mache.«

»Ja, und ich habe es nie verstanden«, erwiderte sie verstimmt. »Du hast aber auch gesagt, dass du deine Pflicht meinem Vater gegenüber erfüllen wirst. Du hast ihn um vier Jahre betrogen – und dich auch! Du hättest in diesem Sommer den Ritterschlag bekommen, wenn du geblieben wärst!«

»Vielleicht werden mich die Templer zum Ritter machen. Ich bin mit einigen von ihnen in Freundschaft verbunden. Don Fernando Muñiz, der Comandador von Ponferrada etwa, ist mir zugetan und hat meine Arbeit gelobt. Er war einige Male hier, und ich habe Ritter Rodrigo und seinen Wappner Lope einmal zur Festung begleitet.«

»Ich verstehe das nicht«, sagte sie, ohne auf seine Worte einzugehen. »Was hat dich getrieben? Konntest du bei deinem Freund, dem toten Apostel, finden, was du gesucht hast?«

Ein ärgerlicher Zug huschte über sein Gesicht. »Falls du wissen möchtest, ob ich am Grab von Jakobus gebetet habe, so lautet die Antwort: Ja. Und hier zu Füßen des Monte Irago habe ich Frieden gefunden. Es erfüllt mich, mit den Rittern, Servienten und Confratres für die Sicherheit der Wege zu sorgen und mich um die Pilger zu kümmern.«

»Sehr sicher sind die Wege nicht geworden«, widersprach Juliana und griff sich an den brummenden Schädel. Die Wangen des jungen Mannes röteten sich.

»Es ist wie mit den Wölfen. Ganz ausrotten kann man diese Plage nicht«, verteidigte er die Ritter von Rauanal. »Immerhin lebst du dank unseres Eingreifens.«

»Bruder Rupert hätte mich gerettet!« Trotzig starrten sie sich eine Weile an, bis Wolfs Mundwinkel zuckten.

»Du sagst, du seist erwachsen geworden? Bist du dir ganz sicher? Ich meine, das trotzige Mädchen wieder vor mir zu haben, das mir Tag und Nacht mit seinen verrückten Ideen die Ruhe raubte.«

Sie schwankte zwischen Ärger und Lachen, dann jedoch siegten die freundlichen Erinnerungen. »Da kannst du lange warten, bis ich zu solch einem blassen, langweiligen Fräulein werde wie die Weinsbergerin oder, noch schlimmer, das Fräulein von Wittstatt. Kannst du dich noch erinnern, wie sie sich beim Besuch des Königs in der Pfalz aufgeführt hat?« Beide lachten.

»Ja, ich will hoffen, dass du nicht wie die wirst. Das würde dir gar nicht zu Gesicht stehen. Er hob die Hand, ließ sie aber auf halbem Weg auf die Decke zurücksinken. »Bleibe genau so, wie du jetzt bist.«

Die Heiterkeit verwehte und machte einem Schweigen voller Peinlichkeit Platz. Anscheinend gab es diese Schwingung zwischen ihnen noch immer. Sie könnten wieder dort anknüpfen, wo seine plötzliche Abreise ihre Freundschaft jäh unterbrochen hatte – wenn er mit ihr nach Wimpfen zurückkehren würde.

»Warum hast du dich nicht einmal von mir verabschiedet? Warum bist du nicht zurückgekommen?«

Wolf erhob sich und wich zur Tür zurück. »Ich war jung und ungestüm. Ich lechzte nach einem Abenteuer, das ist alles. Und nun habe ich hier meinen Platz gefunden. Ruhe dich aus, damit du dich schnell erholst.« Seine Hand tastete nach dem Türknauf.

»Wolf, ist es diese Witwe, Tereysa?«

»Was?« Er starrte die Jugendfreundin verblüfft an.

»Bleibst du wegen ihr?«

Sein Erstaunen schien echt. »Aber nein. Wie kommst du darauf? Sie ist eine freundliche Frau, und auch mit den Mägden kommt man aus, aber sonst?« Er schüttelte den Kopf, als sei ihm der Gedanke nie gekommen.

Noch einmal hielt sie ihn auf. »Wer weiß, dass ich hier bin? Ich meine, dass ich Juliana und nicht Johannes bin?«

»Tereysa, der Infirmarius und ich«, zählte er an den Fingern ab.

»Wer hat mich ausgezogen?«

Röte schoss ihm ins Gesicht. »Das war ich, nein, ich meine, nur bis ich dich erkannte, dann ging ich los, um Tereysa zu holen, und sie hat dein schmutziges Hemd gegen ein frisches getauscht. – Nun muss ich aber wirklich los. Tereysa wird dir später ein Nachtmahl bringen.« Er verließ die Kammer schnell, fast, als wäre er auf der Flucht

* * *

Bruder Ruperts dröhnende Stimme riss sie aus dem Schlaf. Juliana blinzelte. Sie lag noch immer in der Kammer des Templerspitals in Rauanal, und sie war allein. Noch immer schmerzte ihr Schädel, doch es kam ihr vor, als würde das Dröhnen nachlassen.

»Danke der Nachfrage, ich werde bleiben«, sagte nun Pater Bertran säuerlich. Sie hatte also nicht geträumt. Die Männer mussten irgendwo unter dem Fenster stehen.

»Ihr hattet es doch so eilig«, erwiderte Bruder Rupert. »Ich denke, dass Johannes hier gut aufgehoben ist. Der Infirmarius ist zuversichtlich, dass er bald wieder auf die Beine kommt. Ihr könnt also ganz ohne drückende Gewissenslast mit unseren Bekannten aus León weiterwandern.«

»Ich danke Euch für Euren Vorschlag, verehrter Bruder. Ich bin aber der Meinung, dass mein Körper nach einer Ruhepause verlangt. Daher werde ich hier ruhen und auf Johannes' Genesung warten. Aber ich gebe den Vorschlag gern an Euch weiter: Reist nur unbesorgt mit den anderen Pilgern.«

Juliana hatte das Bild zweier Wölfe vor Augen, die sich umkreisten und versuchten, die Kraft des anderen abzuschätzen.

»Danke, aber ich glaube, ich werde mir auch ein wenig Erholung gönnen, bevor meine Beine den Pass bezwingen müssen. Euch scheint das Wohlergehen unseres lieben Burschen ja sehr am Herzen zu liegen, dass Ihr ihn bis zum Grab des Apostels nicht aus den Augen lassen wollt«, erklang wieder Bruder Ruperts Stimme.

Der Augustinerpater lachte schrill. »Ist es nicht seltsam, dass mir ein ähnlicher Gedanke gekommen ist? Was hat Johannes nur an sich, dass alle so an seinem Wohlergehen interessiert sind?«

Juliana konnte Bruder Rupert geradezu mit den Achseln zucken sehen. »Ich weiß nicht. Sagt Ihr es mir!«

»Ich sage Euch gar nichts«, wehrte Pater Bertran kalt ab. »Aber ich warne Euch, versucht keine Spitzbüberei! Es würde Euch nicht bekommen.«

Der Bettelmönch schien belustigt und ließ die Fingerknöchel knacken. »Ach, wer sollte das verhindern? Ihr etwa? Ich glaube, Euer Sinn ist getrübt – oder nur Euer Augenlicht? Seht Euch doch an. Glaubt Ihr, dass ein Knochengestell in schwarzer Kutte mich von irgendetwas abhalten kann? Denkt noch einmal darüber nach, vielleicht wäre es für Euch gesünder, wenn Ihr mit den anderen schnell abreist.«

Der Pater ließ sich nicht beeindrucken. »Ihr werdet es nicht schaffen«, sagte er. »Ich weiß genau, worauf Ihr aus seid, doch

Ihr seid nicht der richtige Mann für diese Aufgabe. Ich habe schon viel auf meinen Reisen gesehen und gehört. Ich bin in Frankreich und Hispanien bei Hof gewesen. Also spart Euch Eure Drohungen.« Juliana hörte das vertraute Geräusch der Sandalen auf Steinpflaster, die sich rasch entfernten. Sie sank in ihr Kissen zurück. Nun hatte sie noch mehr Stoff zum Nachdenken.

* * *

Draußen war es schon dunkel, und Juliana hatte ihr Nachtmahl verzehrt, als vor dem Fenster Hufschlag erklang. Der Reiter zügelte sein Ross und schwang sich aus dem Sattel.

»Wenn das nicht unser verehrter Ritter Raymond de Crest ist«, hörte das Mädchen Pater Bertrans spöttische Stimme. »Was führt Euch hierher?«

Ohne auf die Frage einzugehen, fuhr er den Augustiner schroff an: »Ist Bruder Rupert auch hier?«

»Aber ja, der Gute geht uns nicht verloren«, säuselte der Pater. »Im Gegensatz zu André, der sich nach einer verdienten Strafpredigt bei Nacht und Nebel davongemacht hat.«

»Und Johannes?«

»Ach, unser lieber Bursche Johannes. Ja, er ist hier, irgendwo hinter diesen Mauern. Über ihn könnte ich Euch Interessantes berichten, wenn es Eure Zeit zulässt.«

»Sprecht!«

Die Männer entfernten sich, so dass Juliana nicht verstehen konnte, was der Pater zu sagen hatte, aber ein unangenehmes Prickeln, das sich in ihr ausbreitete, sagte ihr, dass es nichts Gutes bedeutete. Noch ehe sie sich darüber Gedanken machen konnte, kam Wolf herein, stellte eine Kerze auf den Tisch neben dem Bett und setzte sich zu ihr.

»Nun, wie fühlst du dich? Ich wollte vor dem Schlafengehen noch einmal nach dir schauen, und ich muss dir sagen, du siehst schon viel besser aus. Wenn mich der Schein der Flamme nicht trügt, dann haben deine Wangen wieder Farbe bekommen. Was macht der Kopf?«

Juliana zog eine Grimasse. »Er dröhnt – allerdings nicht mehr so schlimm wie am Morgen«, fügte sie rasch hinzu.

»Das ist gut. Dann kannst du in ein paar Tagen weiterziehen. Deine Begleiter haben mir gesagt, dass sie auf dich warten wollen.«

»Wie schön«, presste sie hervor.

»Und außerdem ist ein Ritter angekommen, blond, spricht französisch, der nach dir gefragt hat. Wie heißt er denn gleich?« Wolf legte die Stirn in Falten.

»Raymond de Crest.«

»Ja, genau.« Wolf betrachtete sie. »Bist du mit ihm unterwegs? Ist er – ich meine...«

»Nein, ist er nicht«, fiel sie ihm ins Wort. »Ich bin nicht erfreut, ihn zu sehen, das kannst du mir glauben. Ich weiß nicht, was ich von ihm halten soll. Seine Worte lassen darauf schließen, dass Mutter ihn mir nachgeschickt hat, um auf mich aufzupassen, aber ich glaube ihm nicht. Er hat ganz andere Gründe – nun, das wäre jetzt zu schwierig, es dir zu erklären. Jedenfalls will ich dem Kerl nicht begegnen.«

Wolf sah sie verblüfft an. »Ich glaube, es ist Zeit, dich zu fragen, was auf Ehrenberg geschehen ist. Ich vermute, du reist dem Vater hinterher, aber warum...«

Juliana richtete sich im Bett auf. »Wolf, hast du den Ritter von Ehrenberg gesehen?«

»Deinen Vater? Ja, er kam vor zwei Tagen hier durch. Er hat mich nicht erkannt, ich ihn dagegen sofort. Er hat sich nicht verändert. Ich habe mir lange überlegt, ob ich ihn ansprechen und mich zu erkennen geben soll.«

»Und? Hast du es getan?« Sie sah ihn gespannt an. Wolf nickte. »Er hat dir sicher verziehen. Er ist aufbrausend, aber er trägt einem irgendeine Dummheit nicht jahrelang nach.«

»Es geht hier nicht um irgendeine Dummheit. Bitte sage mir, was ist zu Hause geschehen?«

Das Mädchen zögerte. »Hat der Vater es dir nicht gesagt?«
»Er sprach von einem wichtigen Auftrag, dass er in Eile sei und jeder Tag zähle. Dass er Angst habe, zu spät zu kommen.«
Nun war Juliana daran, ihr Gegenüber überrascht anzustarren. »Das hat er gesagt?«
»Ja, und ich würde gerne wissen, was das für ein Auftrag ist, der den Ritter bis ins ferne Kastilien führt. Er schien sich vor Verfolgern zu fürchten und bat mich, mit niemandem zu sprechen. Er fragte mich über die Templer aus und über Comandador Don Fernando. Ich kann mir darauf keinen Reim machen.«
Juliana schüttelte den Kopf. »Ich auch nicht.« Einen Moment überlegte sie, ob sie ihm von der verhängnisvollen Nacht erzählen sollte, in der alles begann. – Oder war es nur die Nacht, in der *für sie* alles begann?

Juliana brachte es nicht über sich, die Worte auszusprechen, daher sagte sie nur: »Er ist auf Bußfahrt geschickt worden, aber ich kann mir nicht vorstellen, dass es sich so zugetragen hat, wie es sich darstellt. Nun reise ich ihm hinterher, um die Wahrheit zu erfahren! Ich bin mir sicher, dass der Vater stets ehrenvoll gehandelt hat. Er ist ein Ritter! Nie würde er feige und hinterlistig sein!« Wolf hüstelte.
»Was?«, rief Juliana. »Bist du anderer Meinung?«
Vielleicht ließ der aggressive Ton ihn zögern. »Ich glaube nicht, dass ich diese alte Geschichte jetzt aufwärmen sollte.«
»Und ich glaube, dass dies genau der richtige Zeitpunkt dafür ist!« Juliana saß nun kerzengerade in ihrem Bett und sah ihn aus weit aufgerissenen Augen an.
»Nun ja, wie soll ich beginnen?« Wolf räusperte sich und knetete seine Hände. »Ich bin nicht einfach so ohne ein Wort weggegangen – ich meine, ich hatte es nicht vor. Ich wollte eigentlich gar nicht weg – zumindest nicht zu diesem Zeitpunkt, in diesem Jahr. Ich hatte es ernst gemeint, als ich dir sagte, ich werde meine Pflichten dem Ritter gegenüber erfüllen.«
»Dann hat er dich weggeschickt?«, rief sie mit schmerzerfüllter Stimme. »Weil er uns zusammen im Heu angetroffen

hat? In meinen finsteren Stunden habe ich es befürchtet. Seine Eifersucht war übermächtig. Er konnte es nicht ertragen, einen Mann mir nahe zu sehen.«

»Ja und nein. Ja, er war erzürnt und aus Eifersucht voller Zorn, obwohl ich nichts Unrechtes getan hatte, aber das wollte er nicht gelten lassen. Er rief mich noch am Abend zu sich. – Willst du die Geschichte wirklich hören? Es ist – nun ja, schon lange her.«

»Ich kann die Tage nicht mehr zählen, die ich auf der Straße wandere, um ihn zu finden. Meinst du nicht, ich sollte meinen Vater langsam richtig kennen lernen?«

»Ja, vielleicht hast du Recht. Vielleicht ist es besser, wenn du alles erfährst, bevor du ihn einholst. Nun gut, dann werde ich dir berichten, was sich in dieser Nacht im Sommer vor vier Jahren zugetragen hat.«

Juliana schloss die Augen und lauschte seiner Stimme. Ihr war, als schlüpfe sie in seine Gestalt und erlebe alles, was er erzählte, selbst mit. Sie konnte Vaters Stimme hören und die seines Knappen. Ihr war gar, als spüre sie den Nachtwind und rieche das Stroh im Stall.

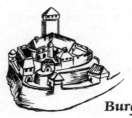

38
Wolfs Flucht
Burg Ehrenberg im Jahre des Herrn 1303

Du hast mein Vertrauen missbraucht«, schreit der Ritter. Sein Gesicht ist vor Zorn rot verzerrt. Der Junge weicht ein Stück zurück. Er ist nicht ängstlich, doch der Herr ist eine imposante Erscheinung, und in seiner Wut kann er selbst einem mutigen Sechzehnjährigen Angst einjagen.

»Ich habe jetzt keine Zeit, mich mit dir zu befassen, aber glaube bloß nicht, dass du ungestraft davonkommst. Niemand nähert sich unzüchtig meiner Tochter oder meinem Weib! Wenn ich mit dir fertig bin, dann wirst du das niemals wieder vergessen!«

Wolf öffnet den Mund, um sich zu verteidigen, aber Kraft von Ehrenberg lässt ihn nicht zu Wort kommen.

»Bei Sonnenuntergang bist du unten im Zwinger im Stall und holst dir deine Strafe ab, ist das klar? Wenn du nicht kommst, suche ich dich und ersteche dich eigenhändig mit diesem Dolch.« Er zieht die lange gebogene Klinge aus der Scheide und zielt auf die Brust des Jungen. Wolf zweifelt nicht einen Moment, dass er seine Worte ernst meint.

»Es wäre mein gutes Recht, dich hier sofort vom Hals bis zu deinen Leisten aufzuschlitzen, und du hast es nur meiner Großmut zu verdanken, dass ich es nicht tue. Das ist dir hoffentlich bewusst?«

Der Junge nickt. Er schlägt die Augen nieder, um dem Blick des Ritters auszuweichen. Wolf ist in den vergangenen zwei Jahren um ein Dutzend Zoll gewachsen und inzwischen fast so groß wie sein Herr, allerdings ungelenk und schlacksig, nicht wie dieser im Schwertkampf trainiert und von muskulöser Statur.

Der Ritter lässt ihn einfach stehen und stürmt über den Hof zum Palas hinüber. Wolf spürt den ganzen Nachmittag die mitleidigen Blicke des Gesindes auf sich ruhen, wohin er auch geht. Natürlich haben ein paar Leute den Zwischenfall mitbekommen. Die Stimme des Ritters war ja laut genug. Und die, die nicht direkt Zeuge waren, haben es inzwischen von den anderen erfahren. Zum Glück weiß Juliana nichts davon. Der Ritter hat sie mit der Mutter, ihrer Kinderfrau und zwei Wächtern zur Begleitung nach Wimpfen geschickt.

Wolf findet keine Ruhe. Er kann nicht einmal etwas essen, und das ist für den ansonsten stets hungrigen Burschen schon außergewöhnlich. Er denkt an Juliana. Vielleicht hat er die Strafe ja doch verdient. Zwar hat er nichts getan, was den Zorn des Herrn rechtfertigen könnte, und Juliana ist selbst in ihren Gedanken noch ein unschuldiges Kind, was sich aber in seinem Kopf zuweilen zuträgt, ist alles andere als kindlich und harmlos zu nennen. Nicht dass es ihm je eingefallen wäre, auch nur ein Wort davon zu dem Mädchen zu sagen oder sie gar zu berühren. Dennoch fühlt er sich ein wenig schuldig. Wie dumm ist er gewesen, sich von ihr überreden zu lassen. Anderseits haben sie die vergangenen Jahre zusammen verbracht. Natürlich sind sie auch früher allein durch den Wald gestreift und an regnerischen Tagen zusammen im Stall bei den Pferden gewesen – oder haben wie heute im Heu gelegen, um sich Geschichten zu erzählen.

Wolf ballt zornig die Fäuste. Was soll dieser Aufschrei der Empörung? Es hat sich nichts geändert! Früher hat der Ritter auch nichts dagegen einzuwenden gehabt, und nun will er ihn plötzlich wegen nichts erstechen!

Er weiß, dass er sich selbst belügt. Es hat sich sehr wohl etwas geändert. Es war um Petrus und Paulus herum, als Sabrina von Ehrenberg stolz verkündete, das Edelfräulein würde nun zu den Frauen gehören. Am Abend ließ der Ritter ein Festessen auftischen, und seitdem muss sich Juliana wie eine Frau kleiden – außer dass sie als Jungfrau ihre blonden Locken offen tragen darf. Die Zeit der wadenlangen Kittel ist vorbei, die Zeit, mit dem Freund barfuß über die Ländereien zu streifen, und die Zeit, sich mit ihm in einem Heuberg zu verkriechen! Wolf wusste das, und dennoch konnte und wollte er ihrem Drängen nicht widerstehen.

»Wie könnte ich auch«, schimpft er vor sich hin. »Welcher Bursche würde sehenden Auges einen ihrer Wutanfälle heraufbeschwören?!« Das muss der Ritter doch wissen, er, der das gleiche aufbrausende Temperament sein Eigen nennt!

Doch es nützt nichts, er hat wider bessere Wissen nachgegeben, und nun muss er die Folgen tragen, seien sie auch noch so schmerzlich. Verstohlen tastet seine Hand nach dem noch unversehrten Hinterteil.

»Ja, tätschle dir deine Pobacken, solange noch Haut darauf ist«, ertönt eine Stimme hinter ihm. Wolf fährt herum. Seine Wangen glühen vor Scham.

»Heute Abend wirst du dein Essen bestimmt im Stehen einnehmen – und so wie ich den Ritter kenne, die nächsten Tage noch dazu.« Der Türmer lacht, doch in seinen Augen liest der Junge keinen Spott.

»So, dann hat es sich also schon bis auf den Bergfried herumgesprochen«, brummt Wolf.

»Nein, ich habe die Neuigkeit in der Küche erfahren.« Samuel deutet auf einen Korb zu seinen Füßen, in den die Küchenmagd sein Essen für die nächsten beiden Tage gepackt hat. Erst wenn der Korb geleert ist, wird Samuel wieder von seiner Plattform herabsteigen.

»Willst du mir helfen und mein Feuerholz tragen?«

Wolf nickt und greift nach dem zweiten Korb. Er folgt dem alten Türmer die vielen Stufen hinauf bis zu der kleinen Stube direkt unter der Aussichtsplattform.

»Ich habe Met – willst du?« Wolf nickt und nimmt den Becher entgegen. Beide trinken schweigend. Erst als der Knappe sich zur Treppe wendet und die Hand noch einmal zum Gruß hebt, sagt Samuel mit seiner tiefen Stimme:

»Junge, mir ist bewusst, dass es mir nicht zusteht, dir Ratschläge zu erteilen, aber ich will es jetzt dennoch tun. Ich weiß, dass ihr, du und das Fräulein, viele Jahre zusammengehängt seid wie ein paar Kletten, aber dir sollte bewusst sein, dass das vorbei ist – für immer! Ich weiß, dass sie das nicht einsehen will, darum mache du dem ein Ende. Schmerzlich und endgültig! Sie ist nun nicht mehr in deiner Welt. Die Weiber werden dich ins Unglück reißen, wenn du dir das nicht beizeiten klar machst. Suche dir eine nette, junge Magd, und habe mit ihr Spaß. Keiner wird es dir übel nehmen. Du bist zwar ein jüngerer Sohn, aber von edlem Hause, und du wirst in ein paar Jahren ein Ritter sein. Bis dahin jedoch mache einen großen Bogen um die Edelfräulein. Du bist ein hübscher Kerl und gut anzusehen. Lass nicht zu, dass eine dich in einem leichtfertigen Spiel ins Unglück reißt!«

»Du weißt nicht, wovon du redest. Du bist nur ein Wächter!«, schnaubt Wolf.

Samuel nickt. »Ja, nur ein Wächter auf seinem einsamen Turm, aber glaube mir, ich bin weder blind noch taub, und ich habe schon viel in meinem Leben gesehen.«

»Ich will keine Magd und auch kein anderes Edelfräulein. Was fällt dir ein, mir niedere Lust zu unterstellen! Juliana ist meine Freundin, und sie wird es weiterhin bleiben!«

Samuel zuckt mit den Schultern. »Stolzer junger Narr. Ich habe es nicht anders erwartet. Nun geh und hole dir deine Strafe ab, und dann denke noch einmal über meine Worte nach.« Er schmunzelt. »Lass dir von einem alten Narren sagen, die niedere Lust wird kommen – selbst wenn du sie jetzt noch nicht empfindest – und sie wird dich verbrennen, wenn du ihr keinen Raum zum Leben gibst.«

Ohne den Türmer noch eines Blickes zu würdigen, poltert Wolf die Stufen hinunter. Noch ehe er die Tür unten erreicht und den Steg zur Burgmauer überquert, ist sein Zorn verraucht. Er ahnt, dass der alte Mann Recht hat, doch noch will er sich den Folgen nicht stellen. Mit beiden Händen klammert er sich an die schönen Jahre der Vergangenheit. Er will nicht, dass sich alles ändert. Er will Juliana nicht verlieren. Für einen tollkühnen Moment stellt er sich vor, wie er den Ritter um ihre Hand bittet. Ob er ihn dann gleich totschlägt? Nein! Dazu hat er kein Recht. Von Neipperg ist ein stolzer Name, dem Respekt gebührt. Sein Oheim und sein Vater sind die Herren der prächtigen Doppelburg mit den beiden Türmen und Mauerringen nördlich von Brackenheim. Und doch hat er als jüngerer Sohn kein großes Erbe zu erwarten. Nein, er kennt die Antwort seines Herrn Kraft von Ehrenberg, bevor er ihm die Frage stellt.

* * *

Die Strafe fällt noch schmerzhafter aus, als Wolf es befürchtet hat. Er muss seinen Kittel und die Beinlinge ausziehen und sich über die Pferdetränke legen. Mit der Peitsche schlägt der Ritter zu, auf Hinterbacken, Rücken und Beine. Wolf nimmt sich vor, nicht zu schreien. Erst presst er nur die Lippen zusammen, dann beißt er in das Holz des Troges, dennoch wird sein Stöhnen mit jedem Schlag lauter.

Endlich, als er schon fürchtet, das Bewusstsein zu verlieren und vom Trog herabzurutschen, hören die Schläge auf. Zaghaft wendet er den Kopf und wirft einen Blick zurück, um zu sehen, ob der Ritter wirklich vorhat aufzuhören oder ob er nur eine Pause einlegt. Kraft von Ehrenberg hat die Peitsche wieder an die Wand gehängt. Dem Herrn im Himmel sei Dank, es scheint vorüber. Schwer atmend steht der Ritter da, das Hemd klebt ihm am schweißnassen Körper. Er zieht die Handschuhe aus und wischt sich seine Hände an den Beinlingen ab.

»Du kannst jetzt gehen.«

Wolf erhebt sich vorsichtig, doch seine Beine wollen ihn nicht tragen. Mit einem Wimmern sinkt er auf die Knie. Der Ritter betrachtet ihn, während er sein tunikaartiges Gewand wieder überwirft und über den Knien zurechtzupft.

»Ich werde morgen für eine Woche nach Wimpfen reiten. Du

kannst hier bleiben. Ich denke nicht, dass du dich in den nächsten Tagen in einem Sattel halten kannst. Lass dir von Berta ihre Kräutersalbe geben. Ich erwarte deine Dienste erst wieder, wenn ich zurück bin.« Der Grimm ist aus der Stimme des Ehrenbergers gewichen. Er klingt nun fast ein wenig mitleidig.

»Nun gut, ich denke, du hast die Lektion gelernt«, fügt er unschlüssig hinzu, lässt den Blick noch einmal über den am Boden kauernden Jüngling schweifen und verlässt dann den Stall, um in die Burg zurückzukehren.

Wolf rührt sich eine ganze Weile nicht. So wie es sich anfühlt, ist nicht viel Haut auf seiner Rückseite unversehrt geblieben. Bald wird ihm auch die kauernde Haltung unerträglich, und er kriecht auf allen vieren zu einer leeren Pferdebox. Mit einem Stöhnen lässt er sich bäuchlings ins frische Stroh fallen. Es ist vorbei. Trotz der Schmerzen fühlt er Erleichterung, und die Worte des Türmers kommen ihm in den Sinn. Nein, es ist sicher nicht gut, wenn er solch eine Strafe noch einmal riskiert. Das war das letzte Mal, dass Juliana ihn zu etwas überredet hat!

* * *

Wolf schreckt hoch und muss sich sogleich vor Schmerz auf die Lippen beißen. Zaghaft bewegt er die Schultern. Er kann jeden der blutigen Striemen fühlen, die sich kreuz und quer über den Rücken ziehen. Er versucht sich aufzusetzen, gibt den Versuch jedoch gleich wieder auf. Sein Hintern und die Oberschenkel sind in keinem besseren Zustand als der Rücken. Seufzend rollt Wolf sich ein wenig auf die Seite und stützt den Kopf in die Hand. Sein Magen knurrt. Kein Wunder, er hat seit der Milchsuppe am frühen Morgen nichts gegessen. Wie lange er wohl geschlafen hat? Durch die Ritzen der Stallwand dringt jedenfalls kein Licht, also muss es Nacht sein – oder erst spät am Abend? Er glaubt Schritte zu vernehmen. Ja, der langsame Hufschlag eines Pferdes, das an den Zügeln geführt wird, und der Klang von Stiefeln. Die Fuchsstute, die hinter der nächsten

Trennwand angebunden ist, schnaubt und scharrt mit den Hufen. Ist es der Ritter, der da kommt? Wolf hat keine Sehnsucht, seinen Herrn so schnell wiederzusehen, doch an eine Flucht durch das Fenster oben auf dem Dachboden ist in seinem Zustand heute nicht zu denken. Er beschließt einfach, ruhig liegen zu bleiben. Es wird schon niemand ausgerechnet in diese Ecke sehen!

»Verratet Ihr mir nun endlich, was diese Geheimnistuerei soll?«, vernimmt Wolf die Stimme seines Herrn. »Was tut Ihr hier zu so später Stunde? Und warum wollt Ihr nicht auf die Burg hinaufkommen und besteht darauf, Euer Ross in den Stall im Zwinger zu führen?« Eine Hand greift nach der Tür und zieht sie auf.

»Wartet, ich zünde eine Lampe an.«

»Nein, das ist nicht nötig. Ihr sollt mir einfach zuhören.« Der Besucher tritt, sein Pferd am Zügel hinter sich herziehend, in den Stall und lässt die Tür zufallen.

Wer ist das?, fragt sich Wolf und hebt lauschend den Kopf. Das Pferd schnaubt, von den anderen Tieren kommt nervöses Wiehern zurück.

»Ich mache Licht«, sagt der Ehrenberger in dem Wolf so gut bekannten Tonfall, der keinen Widerspruch zulässt. »Wenn es denn sein muss, dann setzen wir uns auf die Sattelbank und unterhalten uns eben hier im Stall!«

Wolf hört den Stein schlagen, bis ein Funke den Feuerschwamm entzündet. Das kleine Binsenlicht, das an einem Haken an der Wand hängt, verbreitet einen warmen Lichtkreis um die Männer und das Pferd, dessen Zügel der Hausherr nun um einen Balken schlingt. Dann setzt er sich dem Besucher gegenüber auf einen Hackklotz. So sehr er sich auch bemüht, Wolf kann das Gesicht des Besuchers nicht erkennen.

»Nun, ich höre. Erzählt mir Eure Geschichte.«

»Angenommen, Ihr hättet den Verdacht, ein fremder Ritter würde – während Ihr fern Eurer Burg weilt – bei Eurem Weib liegen. Was würdet Ihr tun?«

»Ich würde ihm mit meinem Schwert die Eingeweide rausschneiden«, poltert Kraft von Ehrenberg. Der Junge im Stroh krümmt sich ein wenig zusammen. Das ist kein gutes Thema, und es ist auch kein guter Ort für ihn, um sich länger aufzuhalten. Aber wie soll er von hier wegkommen, ohne dass die Männer ihn hören und sehen? Ihm ist klar, es gibt keine Möglichkeit, unbemerkt zu entkommen. Gezwungenermaßen hört er weiter zu und zermartert sich den Kopf, wer der andere sein könnte. Ein Edelfreier, so viel kann er an der Art hören, wie er redet und wie der Ritter ihn anspricht. Jemand, den er kennt?

Der Besucher wehrt ab. »Ihr habt den Verdacht, aber keinen Beweis. Er ist schlau und lässt sich nicht erwischen, dennoch seid Ihr Euch Eurer Sache sicher.«

»Dann würde ich Gott als Zeuge rufen, ihn zum Zweikampf herausfordern und ihn dabei töten«, bekräftigt der Ehrenberger.

»Das ist schon richtig«, windet sich der Fremde. »Nur, dann müsstet Ihr ihn fordern und Euren Verdacht verlautbaren. Alle Welt könnte Anteil nehmen, und egal, wie der Kampf enden würde, es wäre für Euch fatal. Wenn Ihr verliert, dann habt Ihr Euch wohl getäuscht – Ihr seid dann jedoch tot. Wenn Ihr aber gewinnt, dann ist die Schuld des Frauenräubers bewiesen, und alle Welt wird auf Euch und Euer Weib zeigen – sie die ehrlose Hure und Ihr der gehörnte Gatte.«

»Hm, da habt Ihr nicht Unrecht.« Der Hausherr legt grübelnd die Stirn in Falten.

»Ihr versteht sicher, dass ich ihn nicht einfach auf meiner Burg töten lassen kann. Seine Familie würde Fragen stellen.«

Aha, nun hat er zugegeben, dass es um sein eigenes Weib geht. Aber warum erzählt er dem Ritter von Ehrenberg davon? Begibt er sich damit nicht in dessen Hand? Wolf schüttelt ratlos den Kopf.

»Nein, das solltet Ihr nicht«, stimmt der Ehrenberger zu. »Warum legt Ihr Euch nicht außerhalb Eurer Ländereien auf die Lauer und erledigt ihn in einem einfachen Kampf ohne lästige Zeugen?«

»Ja, diese Möglichkeit kam mir in den Sinn, daher bin ich heute hier. Ich weiß, dass er sich zu einem Mahl nach Wimpfen begeben hat und noch in der Nacht nach Guttenberg reiten will.«

»Ihr wollt ihm auf meinen Ländereien auflauern?«, vergewissert sich Kraft von Ehrenberg. Eine gewisse Zurückhaltung schleicht sich in seine Stimme.

»Nicht ganz. Wie Ihr wisst, habe ich einen Sohn, einen prächtigen, wohlgeratenen Sohn.«

Anscheinend ist nicht nur Wolf über den plötzlichen Wechsel des Gesprächsthemas verwirrt. »Ja, und?«

»Er ist nicht nur prächtig von Gestalt, er wird auch später einige Burgen und viele Ländereien erben.«

»Sprecht weiter!«

Der Besucher räuspert sich. »Ich habe Eure Tochter gesehen. Sie entwickelt sich gut, und ich denke mir, Ihr habt nur das Beste für sie im Sinn.«

Wolf beginnt zu ahnen, was der Besucher will. Nicht er wird sich heute Nacht die Finger mit Blut beflecken!

»Es gibt viele Edelfräulein, die meinem Carl gern die Hand reichen würden, und nicht wenige Familien lechzen danach, sich mit uns zu verbinden, doch ich könnte mich überreden lassen, der Familie Ehrenberg mit Wohlwollen zu begegnen.«

Hat er Carl gesagt? Wolf überlegt, welche jungen Ritter mit Namen Carl er kennt.

»Und was verlangt Ihr, das ich dafür tue?«, ächzt Kraft von Ehrenberg.

»Aber, aber, guter Freund, ich verlange doch nichts von Euch. Ich spreche nur mit Euch und teile meine Gedanken mit. Sagen wir, falls jener Ritter, von dem wir sprechen, heute Nacht Guttenberg nicht mehr erreicht und auf unerklärliche Weise verschwindet, ohne dass jemand mit diesem Vorfall in Verbindung gebracht wird, dann könnte ich mir gut vorstellen, dass mein Sohn bei Euch vorspricht.« Wolf kann es geradezu vor sich sehen, wie es hinter der Stirn des Hausherrn arbeitet. Ihm wird schlecht.

»Ich kann das nicht tun«, wehrt der Ehrenberger nach einer Weile ab. »Ich bin ein Ritter, kein Mörder.«

»Dann fordert ihn zum Kampf. Keiner hat gesagt, dass Ihr ihm von hinten ein Messer in die Rippen jagen sollt. Schlagt ihn in einem fairen Kampf und seht dann zu, dass seine Leiche verschwindet. Überlegt nicht zu lange, wer weiß, wann sie in Wimpfen die Tafel aufheben.«

»Und Ihr?«

»Ich werde hier in Eurem gemütlichen Stall warten, bis Ihr mir vom Ausgang Eures nächtlichen Ritts berichtet.«

»Gut«, der Ehrenberger klingt unentschlossen, »dann werde ich jetzt mein Pferd satteln.« Wolf hört, wie sich Kraft von Ehrenberg erhebt und sich hinter der Wand mit dem Sattelzeug zu schaffen macht.

»Wer ist er?«, will der Hausherr wissen, während er der Fuchsstute, die er nur noch selten reitet, das Zaumzeug anlegt.

»Das müsst Ihr nicht wissen.«

»Und wie soll ich ihn erkennen?«

Der Fremde überlegt einen Augenblick. »Seine Helmzier ist blau und gelb. Er reitet ein großes, falbes Streitross.« Eine Weile ist nur das Schnauben der Pferde zu hören, dann der Hufschlag der Stute, die zur Tür geführt wird.

»Wollt Ihr nicht in den Saal hinaufgehen?«

»Nein danke. Ich bleibe lieber unerkannt. Außerdem vermute ich, dass Euer Pater noch bei seinem wer weiß wievielten Krug Wein sitzt und mich in eines seiner fürchterlichen Gespräche ziehen würde. Ich habe dem Wachmann am vorderen Tor einen falschen Namen genannt, da möchte ich mich nun nicht zu erkennen geben!«

Wortlos verlässt Kraft von Ehrenberg den Stall, während der Besucher dort zurückbleibt. Wolf unterdrückt ein Fluchen. Er ist nun dazu verdammt, stundenlang bewegungslos dazuliegen, dabei kitzelt es ihn in der Nase, und er fürchtet, jeden Augenblick niesen zu müssen.

* * *

Die Hölle kann nicht schlimmer sein als diese nicht enden wollende Warterei. Ein paar Mal ist Wolf bereit, alle Folgen auf sich zu nehmen und einfach aufzustehen, um endlich ein paar Schritte zu gehen, seine verspannten Muskeln zu lockern und etwas zu essen und zu trinken. Doch er unterdrückt das Verlangen. Er ahnt, dass ihm Schlimmeres als eine Tracht Prügel mit der Peitsche droht, wenn er dem Besucher in die Quere kommt. Nach mehr als einer Ewigkeit öffnet sich die Stalltür wieder und Kraft von Ehrenberg kehrt zurück.

»Und? Da Ihr unversehrt vor mir steht, nehme ich an, diese – Unannehmlichkeit ist aus der Welt geschafft? Oder habt Ihr ihn gar verpasst?«

»Nein, ich habe ihn getroffen«, sagt der Ehrenberger mit belegter Stimme, »aber...«

»Was aber?«, fällt der Besucher ihm scharf ins Wort. Wolf lauscht so gespannt, dass er Hunger, Durst und sogar die schmerzende Rückseite vergisst.

»Es lief nicht so, wie Ihr das gedacht habt. Er hat sich ergeben!«

»Und?«

»Er hat sein Schwert niedergelegt und sich meiner Gnade ausgeliefert!«

»Feigling!«, zischt der Fremde.

»Ich kann einen Gegner im Kampf töten, aber keinen Mann, der sich mir ergibt, abschlachten! Für was haltet Ihr mich? Für einen ehrlosen Mörder?«

Statt einer Antwort zieht der Besucher scharf die Luft ein. »Was wollt Ihr mir damit sagen? Ihr habt ihn doch nicht etwa gehen lassen?«

»Nein, das konnte ich nicht. Er hat mich erkannt. Was glaubt

Ihr, würde seine Familie machen!« Der Ehrenberger schnaubt durch die Nase.

»Was habt Ihr dann mit ihm angestellt?«, fragt der Fremde. Wolf kommt es vor, als vernehme er zum ersten Mal Unsicherheit hinter der arroganten Fassade des Besuchers.

»Nichts. Er ist hier vor der Tür, auf mein Pferd gefesselt und geknebelt.«

Der fremde Ritter stöhnt. »Sagt mir, dass das nicht wahr ist. Und nun? Was habt Ihr nun mit ihm vor?«

»Ich?«, ruft der Hausherr. »Ich habe gar nichts vor. Ihr könnt ihn mitnehmen und mit ihm machen, was Euch beliebt. Mich geht das Ganze nichts mehr an.«

»Da irrt Ihr Euch, Kraft von Ehrenberg«, zischt der andere. »Ihr habt Euch die Suppe eingebrockt, und Ihr löffelt sie wieder aus. Ich werde nun nach Hause reiten. Ich weiß von nichts, und ich war niemals hier. Macht mit dem Gefangenen, was Ihr wollt.« Wolf hört die Stalltür quietschen.

»Bleibt hier, Ihr habt das so gewollt, nun bringt es zu Ende!«, ruft der Hausherr.

»Ich kann mich an nichts erinnern. Ihr habt dem Ritter aufgelauert und ihn auf Eure Burg geschleppt. Ich kann Euch nur zu Eurem Besten raten, ihn nicht wieder auf freien Fuß zu setzen. Das würde Euch und Eure Familie zu Grunde richten. Anderseits, wenn Ihr es sauber zu Ende bringt, könnte ich mit meinem Sohn sprechen und sein Augenmerk auf ein bestimmtes junges Fräulein lenken. Werft ihn in Euer Turmverlies und lasst den Schlüssel verschwinden, wenn Ihr ihm Euer Schwert nicht ins Herz stoßen wollt!«

Kraft von Ehrenberg atmet schwer. »Das kann ich nicht, auch das wäre Mord.«

Der Fremde stößt einen wütenden Laut aus. »Dann geht wenigstens voran und sorgt dafür, dass Eure Wächter uns nicht in die Quere kommen! Und wagt es nicht, dieses Verlies jemals wieder zu öffnen. Ich schwöre Euch, ich würde dafür sorgen, dass Eure Familie für immer entehrt wird!«

Die Stalltür schlägt zu, Schritte entfernen sich. Wolf hört die Stute draußen wiehern. Dann ist es still. Er beißt die Zähne zusammen und stemmt sich schwerfällig hoch. Er muss sich eine ganze Weile an einen Pfosten klammern, ehe das Kribbeln in den Beinen nachlässt und sie wieder bereit sind, ihn zu tragen. Den Kopf voll schwirrender Gedanken schlurft er auf die Stalltür zu. Er kann es nicht fassen. Wollen die Männer den Gefangenen wirklich ins Turmverlies werfen, um ihn dort zu vergessen? Wolf legt das Ohr an die Tür. Draußen ist es still. Vorsichtig schiebt er sie auf und lugt hinaus. Im Zwinger ist niemand zu sehen. Kann er es wagen, zur Burg hinaufzugehen und sich in der Küche etwas zu essen zu holen?

Mühsam schleppt er sich den schneckenförmig gewundenen Pfad hinauf. Er hat die Engstelle zwischen Bergfried und Mauer noch nicht erreicht, als ein Ausruf des Entsetzens ihn erstarren lässt. Nur widerstrebend wandert sein Blick zu dem hölzernen Steg hinauf, bis er die beiden Ritter sieht, ihre Gesichter und die menschliche Last in ihren Armen vom Mondlicht beschienen.

»Bleib stehen! Rühr dich nicht vom Fleck!«

Dieser Befehl bringt Leben in Wolfs schmerzende Beine. Nur für einen Moment kann er hoffen, sein Herr würde ihn in der Dunkelheit von dort oben aus nicht erkennen.

»Wolf, hast du gelauscht? Bleib stehen! Ich bringe dich um!«

Nein, er hat nicht vor, sich erwischen zu lassen. Wolf rennt zum Zwinger zurück, durch das offene Tor hinaus und verschwindet in der Nacht, ehe die Männer ihre Last im Turm abgelegt haben und die Verfolgung aufnehmen können.

39
Ponferrada

Und dann hast du dich auf den Weg nach Santiago gemacht?«, sagte Juliana, als sie die Stille nicht mehr ertragen konnte, die nach dem Ende von Wolfs Erzählung eingetreten war. Der Freund nickte.

»Nicht sogleich. Ich wusste nicht, wohin ich gehen sollte. Ich wanderte erst nach Neipperg zurück und verbarg mich zwei Tage im Wald und zwischen den Weinbergen. Ich traute mich nicht nach Hause. Der Vater und der Oheim würden eine Erklärung verlangen, warum ich Ehrenberg verlassen habe. Was sollte ich ihnen sagen? Wenn ich ihnen ein paar Ausflüchte auftischte, würden sie mich bestimmt strafen und zu meinem Herrn zurückschicken. Wenn ich ihnen aber die Wahrheit erzählte, würde ich meine Familie damit in Gefahr bringen. Würden sie mir überhaupt Glauben schenken? Ich stahl mir also mein Essen auf den Höfen ringsum zusammen. Am zweiten Tag jedoch erkannte mich einer der Pächter meines Vaters. Ich ahnte, dass er zur Burg gehen würde, um sich zu beschweren.« Wolf seufzte und zuckte mit den Schultern. »Ich musste fort. Da fiel mir Santiago wieder ein – das Grab des Apostels, und so beschloss ich, auf der Straße nach Sankt Jakob zu ziehen, voller Zuversicht, dass er mir meinen weiteren Lebensweg weisen würde.«

»Und, hat er das getan?«, fragte Juliana schnippisch.

Wolf nickte. »Ja, er hat mir meinen Platz auf dieser Welt gezeigt: Er ist hier in Rauanal.«

Wieder schwiegen sie eine Weile. »Du hast geglaubt, der Vater rief seine Worte im Ernst – ich meine, dass er dich töten wollte. Glaubst du das immer noch?«

Wolf musterte das Mädchen, ehe er antwortete. »Damals ja. Ich bin mir sicher, dass er in dieser Nacht seine Worte im Ernst gesprochen hat, und ich will mir nicht vorstellen, was mit mir geschehen wäre, hätten die beiden Ritter mich erwischt. Vermutlich hätte ich das Schicksal des unbekannten Ritters im Verlies teilen müssen.« Juliana zuckte zusammen.

»Heute jedoch fürchte ich den Ritter von Ehrenberg nicht mehr. Er ist kein grausamer Wüterich – wenn nicht gerade der Zorn in ihm hochkocht. Er sprach ganz freundlich, als ich mich ihm schließlich zu erkennen gab, und schlug mir vor, einen Brief an die Eltern mitzunehmen. – Warum siehst du mich so an? Glaubst du, ich habe diese Geschichte erfunden? Es liegt mir fern, deinen Vater in einem schlechten Licht darzustellen. Ich habe nur erzählt, was sich vor vier Jahren zugetragen hat.«

Juliana stieß einen langen Seufzer aus. »Ich glaube dir«, sagte sie leise. »Ich war dabei, als die Leiche des Ritters gefunden wurde. Ich habe sie gerochen, als sich die Tür zum Verlies öffnete, und habe die Reste gesehen, die aus seinem Panzerstiefel ragten.

Wolf blinzelte verwirrt. »Man hat das Verlies geöffnet? Wer? Der Ritter von Ehrenberg selbst?«

Juliana schüttelte den Kopf. »Nein, der Vater war schon auf dem Weg nach Santiago. – Das ist eine lange, komplizierte Geschichte. Hat er dir denn gar nichts gesagt, warum er nach Sankt Jakob reist?«

»Aber nein! Er erwähnte nicht einmal, dass er nach Santiago wollte. Er sprach nur von Ponferrada. Die Templerburg schien ihm wichtig, und er war begierig darauf, sie so schnell wie möglich zu erreichen.«

Die Templer. Immer wieder die Templer. Sie musste mit Wolf darüber sprechen!

»Dekan von Hauenstein hat den Vater zu einer Bußfahrt nach Santiago geschickt, weil er in der Pfalzkapelle Mutters Vetter, den Tempelritter Swicker von Gemmingen-Streichenberg erstochen hat.« Ihre Stimme klang in ihren eigenen Ohren seltsam fremd. Zwar dachte sie seit Wochen kaum an etwas anderes, dennoch fiel es ihr schwer, diese entsetzliche Tat vor dem Jugendfreund laut auszusprechen.

Wolf blinzelte ungläubig. »Er hat den Tempelritter in der Kapelle erstochen? Warum? Haben sie sich gestritten? Musste er sich gegen einen Angriff verteidigen?«

»Es sah nicht danach aus, als habe Ritter Swicker eine Waffe gegen ihn erhoben«, gab das Mädchen widerstrebend zu. »Erst dachte ich, es ginge um die Ehre – meine Ehre – und dass Vater ihn aus Eifersucht erstochen hat.« Sie sah, wie Wolf nickte. Das schien ihm eine verständliche Erklärung, die zu Kraft von Ehrenbergs Wesen passte.

»Nun allerdings habe ich Hinweise, dass – nun ja, dass der Vater sich etwas aneignen wollte, was dem Tempelritter gehörte, etwas Wichtiges, etwas Wertvolles, hinter dem auch andere her sind.« Die Worte schmerzten sie in der Kehle. Wolf schüttelte ungläubig den Kopf.

»Das kann ich mir nicht vorstellen. Dein Vater hält zu viel auf die Ehre. Er ist eifersüchtig, und sein Jähzorn treibt ihn zu Dingen, die er vielleicht später bereut, doch er ist frei von Habgier. Er würde keinen Mord begehen und seine Ehre aufs Spiel setzen, um etwas zu rauben, sei es auch noch so wertvoll!« Seine Worte waren Balsam für ihre Seele. Sie legte ihre Hände auf die seinen.

»Vielleicht hat er sich wieder von jemandem dazu drängen lassen, der ihm einen Vorteil für die Familie versprach. Wie damals der Weinsberger – es war doch Carl von Weinsbergs Vater, nicht?«

Wolf nickte stumm. Er wollte diese Vermutung nicht bestätigen, konnte sie aber auch nicht aus voller Überzeugung abweisen. Er umschloss mit der einen Hand ihr zierliches Handgelenk und strich mit der anderen über die Schwielen und eingerissenen Fingernägel, die so gar nicht zu einem Fräulein passten. Juliana wurde rot und wandte den Blick ab, doch sie brachte es nicht über sich, ihm ihre Hand zu entziehen. Seine

Berührungen taten so wohl. Er beugte sich ein wenig nach vorn, doch das Klopfen an der Tür ließ ihn zurückfahren. Rasch erhob er sich, ehe Tereysa im Türrahmen erschien.

»Euer Reisebegleiter Bruder Rupert möchte Euch sprechen«, sagte sie. Sie warf erst Juliana und dann dem Mönch, der sich nun in die Kammer schob, einen nervösen Blick zu. Das Mädchen zog sich rasch die Decke bis unters Kinn.

»Da haben wir ja unseren teuren Johannes«, sagte der Mönch spöttisch. »Von den Toten erwacht! Ja, ich muss sagen, du siehst schon viel besser aus. Bist du bereit, den Weg fortzusetzen? Die Sonne brannte den ganzen Tag vom Himmel, und so, wie ich die dienenden Brüder reden hörte, wird das gute Wetter morgen vermutlich noch anhalten.«

Wolf stellte sich so, dass er dem Mönch die Sicht auf das Fräulein verwehrte. »Ja, es geht Ju – äh, Johannes besser, so dass er in ein paar Tagen seine Wanderung fortsetzen kann. Nun aber braucht er Ruhe, gutes Essen und viel Schlaf.«

Er schritt auf Bruder Rupert zu, doch der kräftige Mönch ließ sich nicht so einfach aus der Kammer drängen. Er trat zur Seite und musterte das Mädchen aus zusammengekniffenen Augen.

»Du wirst es nicht glauben, Johannes, Ritter Raymond ist ganz zufällig wieder auf uns gestoßen – und er spricht wirres Zeug von einem Mädchen, das sich vor ihm versteckte und das er nun endlich aufgespürt hat! Wie wunderlich, nicht? Man könnte meinen, der lange Weg habe ihm die Sinne verwirrt.«

Er sah sie noch einen Augenblick scharf an, dann ließ er sich von Wolf durch die Türöffnung schieben. Juliana blieb mit ihren Gedanken allein zurück.

* * *

Juliana schlief kaum in dieser Nacht, und noch bevor der erste Hahn sich reckte, um mit seinem Schrei den neuen Morgen zu begrüßen, zog sie sich leise an, packte Bündel und Stab und schlich aus der Kammer. Nach den ersten Schritten musste sie bereits stehen bleiben und warten, bis der Schwindel in ihrem Kopf verflog. Es pochte und dröhnte noch immer am Hinterkopf unter der Schädeldecke, doch das Mädchen ahnte, dass es keine andere Wahl hatte, als sich so schnell wie möglich heimlich davonzumachen – selbst wenn Bruder Ruperts Worte am Vortag nicht als Warnung gedacht waren.

Leise öffnete Juliana die Tür und stolperte fast über die Gestalt, die draußen auf dem Gang kauerte und, nach den Tönen zu urteilen, die sie von sich gab, fest schlief. Hatte Wolf ihr einen Bewacher gegeben? Der Gedanke an ihn versetzte ihr einen Stich. Wie konnte sie sich nun ohne ein Wort davonmachen, nachdem Gott ihnen die Gnade gewährt hatte, sich nach diesen Jahren der Ungewissheit wiederzufinden? Sie würde ihm auf dem Rückweg alles erklären.

Der Mann am Boden stieß einen Schnarchton aus und drehte sich ein wenig zur Seite. Juliana beugte sich herab und versuchte, das Gesicht unter der Kapuze zu erkennen. Sie sah einen Hals, Kinn und Wangen von dichtem, dunklem Bart bedeckt – und eine weiße Narbe, die sich vom Ohr zum Hals schlängelte. Das war Bruder Rupert! Wollte er sie beschützen oder verhindern, dass sie ihm entkam? Sie würde ihn nicht danach fragen! Vorsichtig stieg sie über ihn hinweg und verließ ungesehen das Haus.

Rauanal war weniger ein befestigtes Kloster mit Kirche, Kreuzgang und Mauern. Die Anlage glich eher einem für diese Gegend typischen Dorf mit schlichten Häusern aus Schieferbruchsteinen und ein paar Gebäuden aus behauenen Kalkquadern mit kunstvoll geschnitzten Holzbalkonen, welche vermutlich von den Tempelrittern bewohnt wurden. Die Dächer waren mit Schieferplatten belegt. Nur Scheunen und die kleinen Häuser zum Dorfrand hin waren mit Stroh gedeckt. Verwundert stellte Juliana fest, dass es in dem kleinen Ort drei Kirchen gab. Santa María, die Kirche oben am Hang, wurde von den Templern betreut. Um ihren Kirchplatz herum standen die Templerhäuser und auch das kleine Spital, in dem Juliana die Nacht verbracht hatte.

Das Mädchen ging den steilen Berg zur Straße hinunter und bog dann nach rechts ab. Sie hatte sich den Weg zum Pass genau beschreiben lassen, als Tereysa die geleerte Schale ihres Abendbrots geholt und ihr einen Schlaftrunk gebracht hatte. Das Schlafmittel war kurz darauf durch den Fensterschlitz außen an der Wand hinabgeflossen.

Nun schritt Juliana die Straße entlang, die sich bald zu einem erdigen Pfad verengte. Heidekraut und Ginster wucherten zu beiden Seiten. Zuerst wuchsen an den Talflanken noch Bäume, doch einige Stunden später waren aus den Kiefern auf den Hügelkuppen verkrüppelte Büsche geworden. Der Weg wurde immer steiler. Bald begann das Mädchen zu schwitzen. Ihre Schuhe waren von ockerfarbenem Staub bedeckt, aus der Wegböschung ragten Schieferbänke, die im Sonnenlicht seidig schimmerten. Schwer atmend blieb Juliana stehen und griff nach ihrer Kürbisflasche. Sie war kaum halb voll. Wie dumm von ihr! Sie hatte nicht daran gedacht, sie in Rauanal am Brunnen aufzufüllen. Nun war es zu spät umzukehren. Obwohl ihr Durst noch nicht gestillt war, steckte sie die Flasche in ihre Tasche zurück und ging weiter. Hoffentlich konnte sie im nächsten Dorf ein wenig Wasser bekommen – wenn es denn noch eine Ansiedlung vor dem Pass gab!

Juliana hatte Glück. In Foncebadón gab es nicht nur Wasser für ihre Flasche, in einem kleinen Spital, dessen Garten von Kreuzen umkränzt wurde, gab man ihr auch noch Brot und Käse, die sie hungrig verschlang. Der Eremit Gaucelmo habe das Spital einst gegründet, erzählte ihr ein zahnloser Mann in einer Kutte, die so zerschlissen war, dass sie ihm jeden Augenblick vom Leib zu fallen drohte. »Er lebte hier als Einsieder – zur gleichen Zeit, wie der heilige Domingo am Río Oja. Die Pilger dauerten ihn, und so begann er, die Kranken und Schwachen bei sich aufzunehmen, ihnen ein Lager anzubieten und Essen für sie zu kochen.«

Juliana steckte den letzten Brocken Käse in den Mund und verbeugte sich dankend. Der Mann hob seine schwielige Hand. »Buen camino«, wünschte er ihr und winkte zum Abschied.

* * *

Das Eisenkreuz – la Cruz de Ferro. Schon während Juliana den letzten Bergrücken voller Heidekraut querte, konnte sie auf dem Pass vor sich etwas Langes, Schlankes aufragen sehen. Als sie näher kam, erkannte sie einen bunten Haufen Steine, über dem ein Kreuz aufragte. Sie hatte gar nicht mehr an die Geschichte gedacht. Staunend stand das Mädchen am Fuß des Hügels und versuchte zu ermessen, wie viele Menschen hier in Hunderten von Jahren versucht hatten, ihre Sorgen in Form eines Steines abzulegen. Juliana kramte in ihrer Umhängetasche. Ja, da war der weiße Kiesel, den sie hinter Astorga aufgelesen hatte. Sie erklomm den Steinhaufen und legte ihren kleinen, runden Kiesel zu Füßen des Holzstamms nieder. Um sie von ihren erdrückenden Sorgen zu befreien, empfand sie diesen Stein als viel zu klein. Vielleicht konnte ein Gebet die Sache unterstützen? Juliana faltete die Hände und senkte den Kopf. Als ihr Blick sich wieder hob und den Berghang streifte, über den sie gekommen war, entdeckte sie zwischen dem Buschwerk einen schwarzen Punkt, der sich auf den Pass zubewegte. Ein Bauer aus Foncebadón? Oder ein einsamer Pilger? In ihrem Nacken kribbelte es unangenehm. Sie wollte nicht warten, bis sie es herausfand. Juliana wand sich wieder den schneebedeckten Gipfeln zu, die im Süden in den blauen Himmel ragten. Waren dies Reste vom vergangenen Winter oder die ersten Zeichen, dass der Sommer bereits in den Herbst übergegangen war? Als würde der nächste Schneesturm bereits hinter den Gipfeln darauf lauern, den Pass unter seiner weißen Last zu begraben, eilte Juliana nach Westen voran. Der Pfad führte durch einen kleinen Weiler und dann zum Pass der zweiten Bergkette hinauf. Ein frischer Wind wehte in Böen über dürres Gras und

Buschwerk. Eilig ließ Juliana die Höhe hinter sich. Steil ging es bergab. Der Weg wand sich erst über grasige Schafweiden, dann durch enge Bachtäler mit felsigen Wänden, zwischen Bäumen und wucherndem Unterholz hindurch. Eichen und Kastanien wuchsen mit massigen, in sich verdrehten Stämmen, Hagebutten glänzten blutrot aus Rosenbüschen am Wegesrand.

Schon viele Stunden bevor sie den Grund des Talkessels erreichte, konnte sie Ponferrada mit der Stadt und der Templerburg über dem Flussufer unter sich liegen sehen. Der Río Sil, der hier mit ein paar Bächen aus den eben überwundenen Bergen zusammentraf, floss durch eine Landschaft, die von hier oben wie eine tiefe, grüne Schüssel aussah. Auf der anderen Seite ragte bereits der Cebreiropass auf, der den einzigen Übergang nach Westen zwischen zwei hohen Gebirgsketten ermöglichte. Er war der höchste und schwierigste Aufstieg auf dem ganzen Weg – seit den Pyrenäen. Juliana hoffte, dass sie diesen Pass nicht überqueren musste, und wenn, dann an der Seite ihres Vaters! Ihr Ziel lag zum Greifen nahe zu ihren Füßen! In Ponferrada wartete die Antwort auf all ihre Fragen.

Fast rannte sie den felsigen Pfad hinunter, bis sie am Grund des Kessels eine kleine Stadt durchquerte. Juliana achtete nicht auf die schöne Brücke oder die Mühlen am Flussufer oder die Häuser der Adeligen mit ihren prächtigen Wappen zu beiden Seiten der Calle Real. Sie nahm sich nicht einmal die Zeit, etwas zu essen oder zu trinken. Juliana eilte weiter, bis sie kaum zwei Stunden später erschöpft am Ufer des Río Boeza stand. Es schien keine Brücke zu geben, und das Wasser sah nicht danach aus, als könne man hindurchwaten. Das Mädchen trat zu zwei Frauen, die am Ufer warteten, gefüllte Körbe zu ihren Füßen. Sie trugen lange rote Röcke und hatten sich trotz der Wärme bestickte Tücher um die Schultern gelegt. Das zu Schnecken aufgedrehte Haar lugte unter breitkrempigen Strohhüten hervor. Sie unterhielten sich in schnellen, harten Worten, die Juliana wie das Poltern von Kies vorkamen, der einen steilen Hang hinunterrollt.

»Ich bitte um Verzeihung – les ruego me disculpen«, unterbrach sie die Frauen, nachdem sie vergeblich auf eine Pause gewartet hatte. »Wie komme ich über den Fluss?« Sie deutete ans andere Ufer, da die beiden sie offensichtlich nicht verstanden. Nun lachten sie und schlugen die Hände vor den Mund.

»La barca«, sagte die eine und zeigte auf ein Boot, das von zwei Männern in braunen Kutten gesteuert wurde. »¡Llegará en un rato!«

Juliana nickte und bedankte sich. Sie kannte die Worte zwar nicht, verstand aber, dass die Laienbrüder sie in der kleinen Fähre übersetzen würden.

Es dauerte wirklich nicht lange, bis die beiden Brüder die Frauen, Juliana und drei ältere Pilger, die gerade noch rechtzeitig am Ufer eintrafen, hinübergerudert hatten. Juliana dankte und machte sich weiter zur Burg auf, deren Turmzinnen schon über den Dächern der Stadt zu erkennen waren. Kurz darauf klopfte Juliana an das Tor der Templerburg.

»Bitte lasst mich ein«, flehte sie.

Der Servient am Tor schüttelt den Kopf. »El albergue de peregrinos y el hospital están al lado de la iglesia Santa María.« Sein schmutziger Finger zeigte auf den Kirchturm hinter ihr.

»Ich will nicht zur Herberge und auch nicht zum Spital«, wehrte das Mädchen ab. »Ich suche meinen Vater!« – »¡Busco a mi padre!«, versuchte sie es mit den Brocken Kastilisch, die sie inzwischen aufgeschnappt hatte.

Der Servient hob die Augenbrauen. »¿Tu padre? ¿Es un caballero de los templarios?«

»Caballero sí, templario no«, stellte sie richtig. »Ein Ritter aus Franken, aus dem Reich des Kaisers. Bitte, lasst mich ein, ich muss ihn sehen!«

Doch der dienende Bruder am Tor bestand darauf, dass im Moment kein fremder Ritter auf Burg Ponferrada weile.

»Kann ich dann wenigstens Euren Meister sprechen – ¿Su comandador?« Wie hieß er noch gleich? »¿Don Fernando Muñiz?«

Wieder schüttelte der Torwächter den Kopf. »No está aquí.«

Juliana brannten die Tränen unter den Lidern. Es konnte nicht sein – es durfte nicht sein, dass sie nach Wochen der Entbehrung und so vielen Meilen auf der Straße an einem dienenden Bruder scheiterte. Ihr Vater musste sich hinter dieser Mauer befinden. Er hatte Wolf gesagt, dass diese Burg sein Ziel war.

»O bitte, lasst mich ein und selbst nach ihm suchen«, flehte sie.

»Nach diesem Gewaltmarsch wirst du doch nicht etwa an einem Torwächter scheitern?«, sprach eine ihr wohl bekannte Stimme ihre eigenen Gedanken aus. Juliana drehte sich langsam um, so als wolle sie ihm Zeit geben, sich als Trugbild zu verflüchtigen. Doch er blieb. Lebendig und voller Kraft in seiner staubigen braunen Kutte stand Bruder Rupert vor ihr.

»Erstaunlich«, sagte er und nickte anerkennend mit dem Kopf. »Ich hätte nicht gedacht, dass ich dich erst hier einhole.« Er kratzte sich den ungepflegten Bart. »Offensichtlich bin ich eingenickt, dass ich deinen frühen Aufbruch nicht bemerkt habe. Wie rücksichtsvoll von dir, mich schlafen zu lassen!«

Der Unterton gefiel ihr gar nicht. »Ich bin Euch keine Rechenschaft schuldig! Mir war eben danach, meinen Weg allein fortzusetzen.«

Bruder Rupert stieß ein kurzes Lachen aus. »Sehr vernünftig, nachdem du gerade erst in den Wäldern eine Keule über den Schädel gezogen bekamst!«

»Eure Anwesenheit hat mich davor ja auch nicht bewahrt!«, zischte das Mädchen.

Der Mönch brummte. »Der Stich trifft. Ja, ich habe mich von zwei Strauchdieben ablenken lassen, während der Rest der Gruppe sich von der anderen Seite her an euch rangemacht hat.« Er neigte den Schädel mit dem kurzen verfilzten Haar. »Es ist meine Schuld, und ich bitte um Vergebung.«

»Ihr seid nicht für mich verantwortlich«, wehrte Juliana ab, aber Bruder Rupert war bereits an ihr vorbeigegangen und sprach nun leise auf den Wächter ein. Er zog ein Blatt Pergament aus seinem Bündel und entfaltete es. Der einfache Bruder starrte eine Weile auf die Schrift und schüttelte dann den Kopf.

»¡Esperad aquí!«, sagte er und schlug die Tür hinter sich zu.

»Gut, wir warten«, sagte der Mönch und verschränkte die Arme vor der Brust. »Ich hoffe nur, nicht so lange. Ich habe Hunger!«

Kurz darauf kam der Torhüter mit einem Ritter zurück. Sein weißer Mantel mit dem roten Kreuz war zwar ein wenig verstaubt und sein Bart starrte vor Schmutz, doch er war unzweifelhaft ein Tempelritter. Noch einmal entfaltete Bruder Rupert das Schreiben. Juliana reckte den Hals, konnte die Worte jedoch nicht erkennen. Sie rückte ein Stück näher, aber da legte er es schon wieder zusammen und steckte es in seine Tasche. Der Templer hob einladend die Hand.

»Kommt herein und ruht Euch aus. Ich werde in der Küche Bescheid geben, dass wir Gäste haben.«

»Komm, Johannes, die Tore sind geöffnet. Wie geht es nun weiter?« Er sah sie aufmerksam an.

»Ihr geht etwas essen und trinken, und ich sehe mich ein wenig um«, sagte sie. »Ich komme später zu Euch.«

Seine Barthaare zitterten. »Wie du wünschst.«

Spottete er über sie? Weidete er sich an ihrem Unglück? Sie folgte ihm bis zu der Gästekammer, die der Templer ihnen zeigte. Hier dürften sie ruhen, bis die Glocke zum Mahl rufe. Dann könnten sie den anderen ins Refektorium folgen und am Tisch für Gäste Platz nehmen. Heute gebe es Fleisch, fügte er noch hinzu, ehe er mit einem Kopfnicken hinausging.

* * *

Als die Glocke zum Spätmahl rief, hatte Juliana bereits jeden Fußbreit der Burg, den man sie sehen ließ, in Augenschein genommen.

Die Festung war auf einem abgeflachten Hügel errichtet worden, dessen Nordosthang steil zum Fluss hin abfiel. Die Stadt auf der anderen Seite war durch eine Mauer und einen Graben abgetrennt, der nur über eine Zugbrücke überquert werden konnte. Ein Mauerring zog sich um die gesamte Hügelkuppe und schützte die Wohngebäude der einfachen Brüder und die der Bauern und Knechte.

Die Ritter selbst wohnten in der Hauptburg, die sich in Form eines Trapezes an der Nordseite des Hügels erhob. Auf der Innenseite entstand gerade ein mächtiger, quadratischer Turm. Auch an den anderen Mauern wurde gebaut. Das Haupttor an der Brücke sollte offensichtlich ebenfalls verstärkt werden.

Juliana schritt über die zinnenbewehrte Schutzmauer. Der Wehrgang war immer wieder unterbrochen, die Abgründe dazwischen mit Brettern belegt, so dass sie wie kleine Zugbrücken rasch hochgezogen werden konnten, um einem Feind, der es bis auf den Hügel geschafft hatte, das weitere Vordringen zur Hauptfestung zu erschweren. In Gelassen am Fuß der Mauer wurden Steine, Spieße und Fackeln aufbewahrt. Juliana sah selbst in die Ställe der Pferde und des Kleinviehs und ging zwischen den Gemüsebeeten hindurch, aber sie fand keine Spur von ihrem Vater. Die meisten Männer, die sie fragte, konnte sie nicht verstehen, doch auch die Ritter, die Französisch oder ein wenig Latein sprachen, versicherten ihr, dass der Comandador nicht auf der Burg weile und es keine weiteren Gäste gebe.

Vor Erschöpfung und Enttäuschung den Tränen nahe setzte sie sich neben Bruder Rupert und ließ sich von ihm eine Schale mit dicken Fleischbrocken füllen. Er nahm noch zwei mächtige Stücke Brot aus dem Korb und legte sie neben ihre Schale. »Iss!«

Sie saßen an einem eigenen Tisch ein Stück von den elf Rittern entfernt. Neben der Tür war eine Tafel, an der die Brüder, die als Wappner dienten, Platz nahmen. Die Handwerker, Bauern und Knechte durften zum Mahl anscheinend nicht in die Burg.

Juliana kaute und schluckte, ohne recht zu würdigen, was sie aß.

»Ich habe ein wenig mit den Rittern geplaudert«, sagte Bruder Rupert mit vollem Mund und schob gleich noch einen fettigen Fleischbrocken hinterher.

»Don Fernando war mit zwei seiner Ritter in Santiago, irgendeinen Zwist mit dem Bischof beizulegen. Anscheinend will der Bischof einen Jakobsgulden von Ponferrada kassieren oder so etwas, weil die Templer von den vielen Pilgerreisenden zum Grab des Apostels profitieren. Seltsam, aber vielleicht habe ich das nicht richtig verstanden. Jedenfalls wird der Comandador in zwei Tagen zurückerwartet.« Eine Weile schwieg der Bettelmönch und leerte seine Schale, um sie aus dem Kessel, den ein dienender Bruder vorbeitrug, rasch noch einmal zu füllen.

»Einen Gast der Burg aus deiner Heimat haben wir übrigens nur knapp verpasst. Ein Ritter aus Franken! Er war zwei Tage hier und ist erst heute Nachmittag aufgebrochen.«

Juliana senkte ihr Gesicht tief über ihre Schüssel. Sie spürte, dass Bruder Rupert sie beobachtete. Hatte ihm der Bruder an der Pforte erzählt, wonach sie suchte?

Draußen war Hufschlag zu vernehmen. Gedämpfte Stimmen drangen bis in die Halle. Einer der Ritter am unteren Ende der Tafel stand auf und ging hinaus. Kurz darauf führte er zwei Reisende herein. Juliana verschluckte sich an einem Brotstück und hustete, dass ihr die Tränen über die Wangen liefen.

»Unserem jungen Freund scheint es nicht wohl zu sein?«, sagte Pater Bertran kühl und setzte sich ihr gegenüber.

»So unverhofft trifft man sich wieder«, begrüßte Bruder Rupert die beiden und schlug Juliana kräftig auf den Rücken. Das Mädchen wischte sich über die Augen und senkte hastig den Blick.

»Raymond, welch Freude, Euch wiederzusehen«, sagte der Bettelmönch sarkastisch.

»Was man zusammen begonnen hat, das sollte man auch gemeinsam zu Ende bringen«, erwiderte der blonde Ritter. »Manchmal schlägt uns Gott mit Blindheit, und wir erkennen nicht, was wir direkt vor uns haben!«

»Weise gesprochen«, stimmte ihm Bruder Rupert zu. Die beiden maßen sich mit Blicken. Juliana wäre am liebsten davongelaufen. Doch wohin sollte sie in der Dunkelheit der Nacht gehen? Wenn sie nur früher erfahren hätte, wie knapp sie den Vater verpasst hat, dann hätte sie vielleicht das nächste Dorf noch erreichen können. Nun blieb ihr nichts anderes übrig, als den Morgen abzuwarten, wenn das Tor wieder geöffnet wurde.

Ritter Raymond de Crest schöpfte sich reichlich Fleisch, nahm den Löffel von seinem Gürtel und begann zu essen. Bruder Rupert wischte sich die Hände an seiner braunen Kutte ab und erhob sich.

»Komm, junger Freund, wir sollten uns niederlegen. Der Tag war hart, und morgen haben wir wieder einen Berg zu bezwingen.«

* * *

Bruder Rupert schloss die Kammertür hinter sich und blieb dann mit auf dem Rücken verschränkten Armen vor ihr stehen.

»Johannes, ich muss mit dir sprechen.«

»Was ist?« Sie sah ihn nicht an, sondern wühlte in ihrem Rucksack.

»Wir werden den Weg morgen nicht nach Westen fortsetzen.«

»Ach, und wohin werden wir dann gehen?«, fragte sie scheinbar unbeeindruckt, während sie ihre Pilgertasche heranzog.

»Nach Süden.«

Nun sah Juliana doch auf. »Was gibt es denn im Süden zu finden?«

»Die Templerburg Cornatel und die roten Minenberge von Las Médulas. Die Römer haben dort einst im großen Stil Gold gewaschen. Ich meine in richtig großem Stil! Sie haben ganze Berge versetzt, indem sie sie ausgehöhlt haben und dann von gestauten Seen wegschwemmen ließen.«

»Ich bin nicht auf der Suche nach Gold. Was soll ich da? Geht Ihr dorthin, wenn Ihr es wollt, mein Ziel liegt im Westen – und es ist ganz nah!« Sie funkelte ihn herausfordernd an.

»Das weiß ich wohl, und gerade deshalb ist es jetzt notwendig, dass du einen anderen Weg einschlägst.«

Juliana setzte sich aufrecht hin und verschränkte die Arme vor der Brust. »Dann erklärt mir, was Ihr vorhabt. Vielleicht werde ich Euch glauben. Ich rate Euch, strengt Euch an mit Eurer Erklärung, denn es ist wahrscheinlicher, dass ich Eure Geschichte von vorn bis hinten für eine Lüge halte.«

Der Bettelmönch stürzte sich auf sie und umklammerte ihre Handgelenke. »Verflucht noch einmal, ich muss dir überhaupt nichts erklären. Glaubst du, ich weiß nicht, wen du suchst? Ich habe Augen und Ohren! Ich bin diesen Weg an deiner Seite gegangen und habe deine Launen erduldet, aber damit ist jetzt Schluss. Du wirst niemanden mehr in Gefahr bringen. Ich lasse das nicht zu. Du wirst mir gehorchen, und ich sage dir, wir werden morgen nach Süden wandern, so lange, wie ich es für notwendig halte!« Er stieß sie aufs Bett. »Und nun schlafe, du wirst deine Kräfte brauchen.«

Juliana rieb sich verstohlen die schmerzenden Handgelenke. Sie würde ihm nicht gehorchen, auf keinen Fall. Jetzt, wo sie den Vater fast erreicht hatte? Niemals! Warum nur wollte er sie daran hindern, ihn zu finden? Wer hatte ihn auf den Weg geschickt und warum? Ihre grübelnden Gedanken mischten sich mit Traumfetzen, bis sie ganz in die Welt des Schlafs hinüberglitt.

40
Zwei Tempelritter in Wimpfen
Wimpfen im Jahre des Herrn 1307

Der Herr Dekan hat Besuch«, informiert sie der Schüler mit einem vorwurfsvollen Klang in der Stimme. Da die Neuankömmlinge jedoch nicht bereit sind, von sich aus den Rückzug anzutreten, führt er sie nach einem kurzen Zögern die Treppe zur großen Stube hinauf, in der Gerold von Hauenstein gerade das Mahl mit seinen Gästen einnimmt. Der hagere Jüngling stößt die Tür weit auf und kündigt die Neuankömmlinge an, als gelte es vor einer Zuhörerschar ein Gedicht zu rezitieren.

»Ritter Kraft von Ehrenberg und das Fräulein Juliana von Ehrenberg!«

Der Dekan springt auf und kommt ihnen mit offenen Armen entgegen. »Liebe Freunde, das ist eine angenehme Überraschung. Setzt Euch und teilt unser Mahl mit uns.« Der Schüler steht noch immer in der Tür und mustert die Gesellschaft mit abweisender Miene.

»Albert, geh und hole zwei Schalen und zwei Zinnbecher«, befiehlt ihm der Hausherr. »Und sage der Magd in der Küche Bescheid, dass sie mehr Brot und Wein bringen soll.« Widerstrebend nickt der Schüler und verlässt die Stube.

Währenddessen betrachtet Juliana neugierig die Gäste des väterlichen Freundes. Auch sie sind Kirchenmänner, wenn auch nicht, so wie der Dekan und seine Stiftsherren, im Dienste des Bischofs. Nein, dieser Orden dient anderen Idealen, und obwohl Juliana bisher noch keinen von ihnen zu Gesicht bekommen hat, weiß sie, wen sie vor sich hat. Die weißen Gewänder und Mäntel mit den roten Kreuzen auf der Schulter schmücken viele Geschichten und Gerüchte. Tempelritter sitzen hier im Haus des Stiftsherrn von Sankt Peter beim Spätmahl! Zumindest zwei der Männer gehören zu den Rittern. Der dritte, dessen Kutte aus grobem, braunem Stoff gefertigt ist, muss so etwas wie ein Laienbruder des Ordens sein. Sie lässt den Blick über die Gesichter schweifen. Anders als die Mönche der betenden Orden haben diese Männer keine Tonsur, tragen aber auch nicht das schulterlange Haar der Ritter. Dafür scheinen sie keinen Wert auf eine Rasur zu legen. Der Bart des schwarzhaarigen Templers ist sauber gestutzt, und auch sonst ist er eine gepflegte Erscheinung. Er ist kleiner und scheint weniger kräftig als sein Begleiter, dessen muskulöse Arme unter den Ärmeln des hochgeschobenen Gewands hervorsehen. Sein Haar hat die Farbe von Wüstensand, seine Augen sind blau wie ein Sommerhimmel. Obwohl Haar und Bart schmutzig und voller Ungeziefer scheinen, ist er eher geeignet, jungmädchenhafte Träume von heldenhaften Tempelrittern zu entfachen als sein dunkler Begleiter, der mehr zu einer Abendgesellschaft des Königshofs passt. Ja, so müssen sie aussehen, die Ritter des Glaubens, die die Heilige Stadt aus den Händen der Sarazenen gerissen haben, die unter glühender Sonne durch die Wüste geritten sind und denen keine Entbehrung zu hart ist, um für Gott das Schwert zu erheben. So braun gebrannt wie seine Haut ist, scheint er direkt aus dem Heiligen Land zu kommen. Natürlich weiß Juliana, dass das nicht möglich ist. Jerusalem ist bereits vor Jahren an die Ungläubigen zurückgefallen!

Der dritte Mann in seiner einfachen Kutte ist klein und breit. Als er sich auf der Bank zurücklehnt, kann das Mädchen seinen Bauch, der nicht gerade von Hunger und Entbehrung spricht, den Stoff wölben sehen. Sein Haupt ist fast kahl, dafür wuchert graues und braunes Barthaar um Kinn und Wangen. Im Gegensatz zu den Rittern starrt er auf das Essen vor sich und scheint sich nicht für die neuen Gäste zu interessieren. Seine vierschrötigen Züge und die farblosen Augen machen sein Gesicht nicht gerade anziehend.

»Die Herren Tempelritter Jean de Folliaco und Swicker von Gemmingen-Streichenberg und ihr Wappner Bruder Humbert«, stellt der Dekan vor. Sie erheben sich, verneigen sich und legen die Hände höflich an die Brust.

»Habe ich recht gehört? Von Gemmingen-Streichenberg?«, wiederholt der Vater und tritt auf den Templer mit dem sandfarbenen Haar zu. »Dann ist dies Eure Heimat? Die Herrin von Ehrenberg, die ich mein Weib nennen darf, ist eine Edelfrau von Gemmingen, Sabrina, Tochter des Diether von Gemmingen.«

»Ah!«, ruft der Templer und lächelt den Ehrenberger an. »Dann ist Eure Gemahlin meine Cousine. Ich glaube, ich bin ihr als Junge ein paarmal begegnet, ehe ich als Knappe aus der Heimat fortgeschickt wurde und dann in den Orden eintrat, um ins Heilige Land zu ziehen. Nun allerdings nenne ich seit einigen Jahren eine Festung in Kastilien meine Heimat.«

Also doch! Er ist im Heiligen Land gewesen und hat für Gott gekämpft. Der Franzose hat ihn dabei sicher nicht begleitet, denkt Juliana und lässt den Blick noch einmal abschätzend über den Mann gleiten, der nun höflich dem Vater zulächelt. Dann schon eher der vierschrötige Wappner. Ist der Vetter der Mutter denn schon so alt? Sie beginnt zu rechnen. Sein jugendliches Aussehen täuscht offensichtlich. Auf die vierzig muss er bereits zugehen, wenn er in Palästina war.

»Werdet Ihr nach Streichenberg gehen?«, fragt der Vater, der auf einem Scherenstuhl gegenüber Platz nimmt.

»Nein«, schüttelt der Templer den Kopf und scheint ein wenig verlegen. »Nun, es gab ein paar – sagen wir – Differenzen mit meinem älteren Bruder, der nun die Burg innehat. Unser Vater ist bereits vor Jahren gestorben, wie Ihr vielleicht wisst.«

»Hm, ja, deshalb seit Ihr hier in Sankt Peter zu Gast«, bemerkt der Ehrenberger nickend. Juliana setzt sich neben ihn, ohne die fremden Besucher aus den Augen zu lassen. Der Waffenknecht frönt noch immer seinem ausgeprägten Appetit und schiebt Fleisch, Brot und Pasteten in sich hinein. Der Franzose dagegen nippt nur an seinem Becher, den er zierlich mit zwei Fingern in der Hand balanciert.

»Es war meine Entscheidung«, meldet er sich zu Wort. Seine

Stimme ist weich, und die Worte haben den typischen Klang der Franzosen. »Es schien mir – sagen wir – neutraler als bei den Deutschherren auf Horneck abzusteigen.« Er zieht ein wenig die Oberlippe hoch, um zu zeigen, dass er von dem anderen großen Ritterorden nicht viel hält. Nun, diese Geringschätzung beruht seit Gründungszeiten auf Gegenseitigkeit, wie Juliana aus Gesprächen der Deutschordensritter am Neckar weiß. So wundert es sie auch nicht, dass der Dekan darauf verzichtet, den Gästen zu berichten, dass sein Neffe und Patensohn als Deutschordensritter auf Horneck lebt.

»Das ist verständlich«, stimmt der Vater zu. »Warum kommen die Herren nicht mit nach Ehrenberg? Die Edelfrau und ich würden uns freuen, wenn Ihr Euer Quartier für ein paar Tage in unseren Mauern aufschlagt. Einen lang vermissten Vetter zu begrüßen ist ein Anlass zu feiern und ein Festessen aufzutragen.«

Swicker lächelt und nickt, der Franzose dagegen scheint das Angebot nicht zu schätzen.

»Wir müssen weiterreiten. Eine – ja, eine wichtige Mission, die keinen Aufschub duldet«, wehrt er ab.

»Bruder Jean«, widerspricht Swicker, »habt Ihr nicht selbst gesagt, dass unseren Pferden eine Pause gut tun würde? Ich würde es sehr bedauern, wenn ich mein Ross zurücklassen und gegen ein anderes eintauschen müsste. So eilig ist die Sache nicht, dass wir nicht zwei oder drei Tage rasten können. Schließlich sind wir mehr als eine Woche ohne Unterlass geritten.«

Der Wappner nickt zustimmend. Anscheinend hat er gegen eine Unterbrechung der Reise nichts einzuwenden. Vielleicht ist es aber auch nur das Wort Festessen, das seine Phantasie beflügelt.

»Wenn es sich um eine Geheimmission handelt, dann will ich nicht drängen«, wehrt der Vater ab. »Darf man fragen, wohin die Reise geht? Vielleicht habt Ihr auf dem Rückweg ein wenig Muße in Ehrenberg zu verweilen?«

»Aber nein, so eilig ist die Sache nicht«, beeilt sich nun der Franzose zu versichern, doch sein Lächeln wirkt ein wenig angestrengt. »Wer spricht denn von einem Geheimnis? Ich dachte nur, wir sollten nicht säumen und unsere Aufgabe so rasch wie möglich erledigen, damit wir dem verehrten Großmeister wieder frei zur Verfügung stehen. – Also dann, wir nehmen Eure Einladung nach Ehrenberg an.«

Die Frage, wohin die Reise der Templer gehen soll, lässt er unbeantwortet. Leider fragt der Vater nicht noch einmal nach. Selbst das Wort an die beiden Tempelritter zu richten, traut sich Juliana nicht. Sie weiß, wie streng des Vaters Ansichten über das gute Benehmen eines Edelfräuleins sind, und sie will nicht riskieren, beim bevorstehenden Besuch der Templer in die Kemenate verbannt zu werden. Sicher wird sich eine Gelegenheit ergeben, den Rittern ein paar aufregende Geschichten zu entlocken! Und vielleicht erzählen sie dann ja auch von ihrer Mission, die sie so weit von ihrer neuen Heimat entfernt. Kastilien? Ist das nicht eines der Königreiche jenseits der Pyrenäen im fernen Hispanien? Wolfs Gesicht taucht vor ihr auf, wie er von Galicien spricht, von León und Kastilien, wie die Pilger es ihm berichtet haben. Sie fühlt einen Stich in ihrem Herzen. Anscheinend war es für den Templer Swicker eine leichte Aufgabe, von dort bis zum Neckar zu reiten. Ihr geliebter Freund dagegen hat den Weg bis heute nicht zurückgefunden.

Juliana spürt einen Blick auf sich ruhen und hebt den Kopf. Es sind die blauen Augen des Tempelritters Swicker. Der Vater ist mit dem Franzosen und dem Dekan im Gespräch über die unterschiedlichen Absichten des Königs und des Papstes vertieft, Swicker jedoch schweigt und betrachtet das Mädchen.

»Ich würde einen Grosso für Eure Gedanken geben«, sagt er leise.

Juliana errötet. »So wichtig waren sie nicht. Ihr würdet Euer Geld verschwenden. Ich dachte nur daran, wie weit Kastilien entfernt ist. Es kommt mir vor, als liege es am Ende der Welt.«

»Es liegt fast am Ende der Welt«, bestätigt er schlicht. »Nur ein paar Tagesreisen weiter in Galicien findet Ihr finis terrae*, das Ende der Welt.«

Juliana nickt. So viele Erinnerungen steigen in ihr hoch, und es kommt ihr vor, als würde sie Wolfs Stimme hören. Der Dekan nimmt die Aufmerksamkeit des Templers in Anspruch und beendet den seltsamen Augenblick der Zweisamkeit. Doch als der Abend vorangeschritten ist und sich die Gäste erheben, um sich zu verabschieden, tritt Swicker ganz nah zu ihr und raunt ihr leise zu: »Ich war dort, am Ende der Welt. Wer es einmal gesehen hat, der kann diesen Anblick nicht wieder vergessen, und er bleibt unser Leben lang tief in unsere Seele eingegraben.« Der Blick aus seinen blauen Augen lässt sie rasch die Lider senken. Er kramt in seiner Gürteltasche, dann ergreift er ihre Hand.

»Das ist für Euch, Jungfrau von Ehrenberg. Ich habe es selbst von finis terrae mitgebracht.« Sie spürt die Wärme seiner Fingerspitzen in ihrer Handfläche, dann schließt er ihre Finger behutsam über einem kleinen Gegenstand.

»Dann hoffe ich, Euch morgen auf Ehrenberg zu sehen«, verabschiedet sich Templer Swicker und verbeugt sich. Juliana sieht sich rasch nach dem Vater um. Er bedankt sich gerade bei Dekan von Hauenstein und wendet sich nun zu seiner Tochter um. Seine entspannte Miene zeigt ihr, dass er die ungehörige Szene nicht beobachtet hat. Juliana verbirgt das Kleinod in ihrem kleinen Samtbeutel.

Es hat nichts zu bedeuten, sagt sie sich, als sie zwischen dem Vater und den beiden Waffenknechten nach Ehrenberg zurückreitet. Er ist ein Tempelritter, der sein Leben dem Kampf für den Glauben geweiht hat, und dennoch schlägt ihr Herz bei dem Gedanken, ihn wiederzusehen, ein wenig schneller.

Endlich auf der Burg angekommen, zieht sich Juliana in ihre Kammer zurück und zündet eine Öllampe an. Vorsichtig nimmt sie den kleinen Gegenstand aus ihrem Beutel. Es ist eine Muschelschale, die das Meer im fernen Galicien ans Ufer ge-

---

* heute: Finesterre

worfen hat, wo der Tempelritter sie fand und sie in seine Tasche steckte. Juliana dreht sie im Lichtschein in ihren Händen und betrachtet das Farbenspiel.

Schwerfällige Schritte nähern sich der Kammer. Das kann nur die Kinderfrau Gerda sein. Rasch zieht Juliana eine kleine Holzschachtel aus einem Versteck und legt die Muschelschale zu den anderen Schätzen, die sie hier drinnen aufbewahrt.

41

Cebrero*

Juliana erwachte, als Bruder Rupert die Kammer verließ. Es konnte noch nicht Morgen sein. Rasch schlüpfte sie unter der Decke hervor und lugte durch den Türspalt. Er verschwand in Richtung Hof. Sie wartete einen Augenblick und huschte ihm dann hinterher. Der Burghof lag ruhig im Sternenschein. Wo war der Bettelmönch hingegangen? Drüben in der Küche brannte Licht. Juliana schlich an der Mauer entlang und spähte durch das schmale Fenster. Sie konnte niemanden sehen, aber seine Stimme erkannte sie sofort. Er sprach lateinisch, ein Fremder antwortete.

»Ja, ich kenne das Kraut und wie man es zubereiten muss. Man kann es bei Krankheiten des Magens und des unteren Leibes verwenden. In kleinen Dosen reinigt es und löst Verstopfung.«

»Ich weiß, ich kenne mich damit aus. Habt Ihr es da?«, drängte Bruder Rupert.

Der andere zögerte. »Ich habe hier ein Fläschchen. Ich könnte Euch den Saft so verdünnen, dass er keinen Schaden anrichten kann. In dieser Form, in der ich ihn hier habe, kann es leicht geschehen, dass er einen für Tage auf das Krankenlager wirft oder sogar zum Tode führt. Dazu reicht ein einziger Löffel voll! Man kann es nicht herausschmecken, wenn der Saft in Wein oder Met verabreicht wird«, warnte der Templer.

»Ein nicht zu verachtender Vorteil«, sagte Bruder Rupert grimmig. »Gebt mir das Fläschchen, ich werde Euch gut bezahlen.«

* heute: O Cebrero

Der Templerbruder war nicht überzeugt. »Ihr seid bei bester Gesundheit, und auch Euer junger Reisebegleiter scheint mir nicht an verstopften Gedärmen zu leiden. Wollt Ihr mir nicht sagen, wofür Ihr den Saft benötigt?«

»Nein, eigentlich nicht. Was Ihr nicht wisst, Bruder, über das müsst Ihr Euch auch nicht den Kopf zerbrechen. Ich versichere Euch, dass ich es weder selber schlucken noch es meinem jungen Freund in seinen Wein mischen werde.«

»Ich kann nicht zulassen, dass Ihr einem Mitglied der Bruderschaft Schaden zufügt«, wehrte der Mann ab.

»Ich schwöre Euch bei der Jungfrau Maria, die Ihr Templer über alles verehrt, dass ich keinem Menschen dieser Gemeinschaft hier Übles will! Bitte, gebt mir das Fläschchen.«

»Nun, dann bleiben nicht viele übrig«, kombinierte der Bruder. »Könnte es sein, dass wir zwei Gäste für ein paar Tage mehr als geplant in unseren Mauern beherbergen müssen?«

»Schafft sie doch ins Spital«, sagte Bruder Rupert kalt.

»Dann gebt Acht mit der Menge, sonst sind sie nur noch Arbeit für den Totengräber.«

Der Bettelmönch stieß einen verächtlichen Laut aus. »Auch das würde mich nicht kümmern, wenn ich sie nur endlich loswerde. Ich gebe Euch noch eine Münze, falls sie Euch am Ende mehr Ärger bereiten als erwartet.«

Juliana presste sich die Hand vor den Mund, um keinen Laut von sich zu geben. Er war bereit, die anderen beiden heimtückisch zu ermorden! Warum wollte er sie aus dem Weg schaffen? Um mit ihr ein leichtes Spiel zu haben? Sie hatte Recht gehabt, ihm stets zu misstrauen – aber waren Pater Bertran und der Ritter ihre Freunde? Der Ritter nicht, das wusste sie, seit sie das Gespräch im Wirtshaus belauscht hatte. Nun war allerdings klar, dass nicht Bruder Rupert der zweite Mann im Zimmer gewesen sein konnte. War es möglich, dass der asketische Pater mit Raymond unter einer Decke steckte? Immerhin waren sie heute zusammen zur Burg gekommen – zu Pferd! Einerseits drängte es Juliana, die beiden Mitreisenden zu warnen, anderseits musste sie fürchten, vom Regen in die Traufe zu geraten.

Drinnen hörte sie Geldmünzen klirren. Es wurde Zeit, diesen Ort zu verlassen. Lautlos huschte sie zurück und lag bereits wieder unter ihrer Decke, als Bruder Rupert zurückkam. Er stellte ein kleines Fläschchen neben sein Bündel auf den Boden und fiel dann in tiefen Schlaf.

Juliana wartete, bis sein Schnarchen den Raum erfüllte. Dann tastete sie sich zu seinem Lager, nahm das Fläschchen und Bruder Ruperts Kürbisflasche und schlich noch einmal hinaus. Der Mond war inzwischen aufgegangen und spendete ihr genug Licht für ihr Vorhaben. Sie zog den Korken, schüttete ein Drittel in die Kürbisflasche und füllte dann das Fläschchen wieder mit Wasser auf. Dann brachte sie beides zurück an seinen Platz.

* * *

»Was siehst du mich dauernd so an? Ist irgendetwas?«, brummte Bruder Rupert. »Es müsste dich doch freuen, dass ich mich deinem Willen beuge und wir weiter nach Westen ziehen.«

Juliana wandte den Blick ab. Drei Stunden waren sie nun schon unterwegs, aber der Bettelmönch schien sich nach wie vor prächtiger Gesundheit zu erfreuen. Hatte er gar die Flasche ausgeschüttet und mit frischem Wasser gefüllt, bevor sie die Burg verließen? Oder hatte er nur noch nicht aus seiner Kürbisflasche getrunken? Sie ließ ihn nicht aus den Augen und beobachtete genau, was er tat. Hatte sie den Kräutersud vielleicht zu sehr verdünnt?

Dass er in der richtigen Konzentration wirkte – und zwar schnell –, hatte Juliana am Morgen miterlebt. Ritter Raymond und Pater Bertran hatten ihren Morgenbrei noch nicht leer gelöffelt, als sie kurz nacheinander in höchster Eile aus dem Refektorium verschwanden. Der Ritter schaffte es wohl noch, einen Aborterker zu erreichen, der Pater jedoch erbrach sich das erste Mal auf der Schwelle und dann noch zweimal, als er den Hof überquerte. Dann schien es auch in die andere Richtung kein Halten mehr zu geben. Er raffte seine Kutte hoch und kauerte sich am Fuß der Mauer zusammen.

»Irgendetwas scheint ihnen nicht bekommen zu sein«, bemerkte Bruder Rupert heiter und packte sein Bündel. »Komm Johannes, lass uns gehen. Ich vermute, unsere Reisebegleiter werden hier zurückbleiben müssen.«

Nun wanderten sie seit einigen Stunden nach Westen und erreichten Cacavelos*, hinter deren Stadtmauer der Río Cúa vorbeifloss. Zwei Pilgerspitäler und eine Herberge gab es neben der Kirche. Hier hatte der Vater die Nacht verbracht. Es gab keinen Zweifel. Der Hauswirt beschrieb ihn genau und sah dann nachdenklich auf den jungen Pilger hinab. Juliana dankte hastig und verabschiedete sich.

Weiter wanderten sie über die Brücke und am Leprosenspital vorbei. Bruder Rupert nahm die Kürbisflasche vom Gürtel und trank einen kräftigen Schluck. Wassertropfen perlten an seinem Bart hinab.

»Was ist? Willst du auch? Hast du deine Flasche nicht gefüllt?«

»Doch, doch«, beeilte sich Juliana zu sagen und nahm ihre eigene Flaschen aus der Tasche.

Bruder Rupert schritt munter weiter. Mittag war vorbei, als sie zwischen Weinbergen Rast machten. Der Bettelmönch aß und trank und sprang dann gleich wieder auf, um den Weg fortzusetzen. Sie wanderten durch ein welliges Tal zwischen Weinbergen und Obstbaumwiesen. Kurz nachdem sie einen Bach durchwatet hatten, griff sich der Bettelmönch zum ersten Mal an den Magen. Er zog eine Grimasse und schüttelte sich, ging aber beherzt weiter. Der Weg wurde breiter und ausgefahren. Immer öfter mussten sie Bauernkarren ausweichen. Ein untrüg-

---

* heute: Carcabelos

liches Zeichen, dass sie sich der nächsten Stadt näherten. Mägde und Knechte zogen mit hölzernen Schütten auf dem Rücken in die Weinberge, um die reifen Trauben zu ernten. Zweimal verschwand der Bettelmönch hastig zwischen den Weinstöcken. Juliana konnte die unschönen Geräusche bis auf den Weg schallen hören. Eine steile Falte erschien auf Bruder Ruperts Stirn und vertiefte sich. »Seltsam«, murmelte er und nahm noch ein paar lange Züge aus der Kürbisflasche.

Der erste Kirchturm von Vilafranca* war schon in Sicht, als der Mönch sich zusammenkrümmte und seinen Mageninhalt in krampfartigen Stößen von sich gab. Er fluchte leise, wischte sich mit dem Ärmel über den Mund und stemmte sich schwerfällig hoch.

»Dort vorn gibt es sicher ein Spital«, murmelte Juliana, die bei seinem Anblick von Schuldgefühlen geplagt wurde.

Bruder Rupert nickte und ging schwankend weiter, die Hand auf den Leib gedrückt. Sein Gesicht spiegelte die Schmerzen wider, die er leiden musste. Die Kirche schien nicht näher zu kommen. Der Bettelmönch übergab sich noch dreimal und musste sich dann auf Julianas Schultern stützen, um die Pforte des Spitals zu erreichen. Ein Laienbruder, in ungebleichte Wolle gekleidet, befreite das Mädchen von seiner Last und führte Bruder Rupert in einen steinernen Raum mit einem halben Dutzend Strohlagern. Drei davon waren belegt. Unter einer Decke ragte ein Bein mit einem blutigen Verband hervor. Mit einem Ächzen ließ sich der Mönch auf die Matratze fallen, fuhr aber gleich wieder hoch und erbrach ein wenig Galle auf den Boden. Unschlüssig blieb Juliana unter der Tür stehen.

»Ich glaube, wir müssen heute unser Nachtlager hier aufschlagen«, stöhnte der kräftige Mann und krümmte sich.

Juliana schüttelte den Kopf. »Es ist noch viele Stunden hell.«

»Das weiß ich«, fauchte der Bettelmönch und griff nach seiner Flasche. Julianas Hand zuckte, als wolle sie sie ihm entrei-

---

* heute: Villafranca del Bierzo

ßen. Bruder Rupert würgte. Er starrte auf die Flasche in seiner Hand und dann auf das Mädchen. Die Erkenntnis blitzte in seinen Augen.

»Du hast gelauscht!«, stieß er hervor. »Verdammtes Miststück, was hast du getan?«

Juliana wich zurück. »Ich muss jetzt gehen. Mein Vater erwartet mich. Möge der Apostel seine Hand über Euch halten, Bruder Rupert!«

»Narr! Komm zurück. Juliana, komm sofort zurück! Du läufst in dein Verderben!«

Seine Worte verklangen. Das Mädchen rannte aus dem Spital und die steile Straße in die Stadt hinunter. Sie folgte der Calle del Agua, die sicher nicht nur wegen der Schankstuben zu beiden Seiten ihren Namen trug, wie man an den unteren Reihen des Mauerwerks der Häuser sehen konnte. Die Stadt am Zusammenfluss von Burbia und Valcárcel stand mit ihren tiefer gelegenen Vierteln nach der Schneeschmelze regelmäßig unter Wasser.

Juliana folgte dem Tal des Río Valcárcel, dessen Flanken sich beängstigend eng über ihr erhoben. Der erste Ort lag unterhalb einer trutzigen Burg und bot eine kleine Kirche und ein Spital, doch das Mädchen trieb es weiter. Längst lag das Tal schon im Schatten, als die letzten Sonnenstrahlen eine zweite Festung oben auf dem Berghang streiften. Ein paar Bauernhäuser drängten sich am Flussufer, doch keine Herberge ließ sich finden. Die Nacht brach nun schnell herein, und so war das Mädchen gezwungen, in einem Heuschober Schutz zu suchen. Sie fand kaum Schlaf in dieser Nacht, und im ersten Licht des Tages setzte sie ihren Weg fort. Eine dritte Burg tauchte nun über dem linken Talhang auf. Juliana passierte mehrere kleine Dörfer, erbettelte sich Brot und einen Becher Ziegenmilch und strebte, so schnell ihre Beine sie trugen, auf die Bergkette zu, die im Licht der Morgensonne golden erstrahlte.

Nach dem Hospital de los Ingleses entfernte sich der Weg vom Bach und wand sich steil einen bewaldeten Hang hinauf. Juliana keuchte und schwitzte, obwohl es immer kühler wurde, je höher sie stieg. Es war ihr sogar zu anstrengend, über den seltsamen Namen des Dorfes nachzudenken. Engländer? Was hatten diese hier zu suchen? Beim Spital hatte sie jedenfalls nur dunkelhaarige Laienmönche gesehen.

Der Pfad war nun mit Steinplatten belegt und vertiefte sich zu einem Hohlweg zwischen steinigen Böschungen. Buchen und Eichen verwoben über ihr die knorrigen Äste zu einem dichten Dach. Dann ließ das Mädchen den Wald hinter sich. Ein paar Höfe klebten an einem steilen Wiesenhang, Ziegen kamen ihr entgegen und meckerten. Ein paar Hunde kläfften, als sie den Weiler passierte. An einem Brunnen füllte sie ihre Flasche. Für eine kurze Erholungspause verflachte sich der Pfad und führte über eine saftig-grüne Bergkuppe, doch die Atempause währte nicht lang. Zwischen stacheligen Büschen von bläulichem Grün, Heidekraut und Ginster ging es weiter. Felsbänder ragten aus der rechten Wegböschung, während sich links der Blick zurück über die Landschaft des Bierzos öffnete. Die Sonne verzog sich hinter dichten Wolken, und ein kalter Wind zerrte an ihrem Mantel. Weiter, immer weiter. Wenn nur ihre Füße nicht so brennen und ihr Rücken nicht so schmerzen würden. Durst und Hunger plagten sie, aber sie wollte ihre Flasche nicht schon wieder leeren. Wer konnte sagen, ob sie auf der Höhe oben sauberes Wasser bekam?

Der Pass rückte näher. Zu beiden Seiten erhoben sich felsige Berggipfel. Juliana stolperte über den steinigen Pfad weiter. War das der Klang einer Glocke? Sie lauschte. Der Wind pfiff in ihren Ohren, doch darunter mischte sich der helle Klang einer Glocke. Sie hastete weiter. Da kamen die ersten Dächer und über ihnen der aus grauen Bruchsteinen gemauerte Glockenturm der Kirche in Sicht.

* * *

Die Häuser auf dem Cebreropass waren runde, strohgedeckte Pallozas, wie sie Juliana bereits in der äußeren Burg von Ponferrada und ein paarmal auf ihrem Weg zum Pass gesehen hatte. Drei in Schwarz gehüllte Frauen saßen auf einem kleinen Platz und säuberten Gemüse. Zwei halb nackte Kinder spielten zwischen den Häusern. Männer konnte Juliana nicht sehen. Sicher waren sie mit den Ziegen draußen oder schlugen Holz. Das Dorf machte einen ärmlichen Eindruck. Kein Wunder. Juliana fragte sich gar, wie diese Menschen hier oben überhaupt überleben konnten. Wieder schlug die Glocke auf dem gedrungenen, quadratischen Turm. Sollte sie den Pfarrer aufsuchen? Das Mädchen war noch keine fünf Schritte auf das Portal zugegangen, als Hufschlag sie innehalten ließ. Drei Pferde, denen man die Strapaze des Aufstieges ansah, trabten auf den Kirchhof.

»Da ist sie!«, rief der erste Reiter, brachte den falben Wallach vor ihr zum Stehen und sprang aus dem Sattel. Juliana öffnete tonlos den Mund und schloss ihn dann wieder. Es war nicht der Anblick des Ritters Raymond de Crest, der ihr die Sprache raubte – wenn sie sich auch darüber wunderte, dass er so rasch von seinem Unwohlsein genesen war. Nein, die beiden anderen Reiter, die nun ebenfalls abgestiegen waren, ließen sie nach Luft schnappen. Sie blinzelte heftig, doch die beiden waren keine Trugbilder. Vor ihr standen, höchst lebendig und mit grimmigen Mienen: der französische Templer Jean de Folliaco und der Wappner des Ermordeten, Bruder Humbert. Wie kamen sie von Burg Ehrenberg plötzlich hierher?

Ritter Raymond unterbrach ihre Gedanken. Er griff nach ihren Oberarmen und schüttelte sie, dass ihre Zähne aufeinander schlugen.

»Verfluchtes Weibstück, wie hast du uns genarrt!«

Vergeblich versuchte sie sich loszureißen. »Was wollt Ihr von mir?«

Noch einmal schüttelte er sie. »Den Brief! Gib uns den Brief, den Swicker dir gegeben hat.«

»Mir gegeben? Der Ritter Swicker von Gemmingen-Streichenberg? Aber nein, das muss ein Irrtum sein. Er hat mir nichts gegeben – keinen Brief, nur eine kleine Muschelschale vom Ende der Welt.«

»Nun nehmt ihr schon den Rucksack und die Tasche ab«, rief der Franzose ungeduldig und schwang sich nun auch aus dem Sattel. »Und wenn wir nichts finden, dann reißen wir ihr die Kleider runter! Irgendwo muss der Brief sein.«

Juliana sah sich Hilfe suchend um. Die Frauen waren mit ihren Kindern in den Hütten verschwunden, sobald die Reiter im Dorf erschienen. Sollte sie schreien? Wer könnte sie hören? Der Pfarrer? Ein paar dienende Brüder, die sich hier um Pilger kümmerten?

Der Franzose zog sein Messer aus der Scheide. »Wirf deine Bündel herüber!«

Juliana streifte den Rucksack ab und warf die Umhängetasche hinterher. »Da seht selber nach. Ich habe keinen Brief bei mir!«

Der Franzose gab dem Wappner einen Wink. Der kniete nieder und schüttete Julianas Sachen auf den staubigen Boden. Achtlos wühlte er darin herum und zog dann mit einem Aufschrei den Umschlag mit ihren kleinen Kostbarkeiten zwischen ihrer Wäsche hervor. Jean de Folliaco riss ihn dem Bruder aus der Hand.

»Da!«, schrie er und schwenkte triumphierend das teure, geprägte Pergament. Dann bemerkte er, dass das Siegel gebrochen war. Hastig schlug er das Blatt auseinander. Ein besticktes Tuch, ein rosafarbenes Seidenband, eine Glocke, eine durchbohrte Münze und eine Muschelschale fielen zu Boden. Ungläubig starrte der Franzose von den Gegenständen zu seinen Füßen auf das leere Blatt in seiner Hand.

»Wo ist der Brief?«, kreischte er und stürmte auf Juliana zu. Es kümmerte ihn nicht, dass er auf ihre Habseligkeiten trat. Die Muschelschale zerbrach unter seinem Stiefel. Ritter Raymond holte aus und schlug ihr mit seinem Lederhandschuh ins Gesicht. Juliana schrie vor Überraschung und Schmerz. Aus den Augenwinkeln sah sie zwei Männer aus der Kirche stürmen.

»Lass sie sofort los«, brüllte der eine, dessen Stimme ihr seltsamerweise vertraut vorkam.

Ihre Peiniger kümmerten sich nicht darum. Raymond de Crest schlug sie ein zweites Mal. »Wo ist der Brief?«

»Ich habe ihn!«

Julianas Knie gaben nach.

»Lasst meine Tochter gehen!«

Der Ritter ließ sie los, und mit einem Schluchzen fiel Juliana zu Boden. Langsam gingen die drei Angreifer auf das Kirchenportal zu. Sie zogen ihre Schwerter.

»Gebt mir den Brief!«, sagte Jean de Folliaco ruhig.

»Nein! Niemals! Ich habe ihm in der Stunde seines Todes geschworen, dass er nicht in die Hände seines Mörders fallen wird, und ich habe vor, mein Versprechen zu halten.«

Juliana sah auf und starrte den Vater an, neben dem André stand, der nun ebenfalls sein Schwert zog. – Seit wann trug er ein Schwert?

Auch der Ritter von Ehrenberg hob seine Klinge. »Für die Ehre der Templer! Das ist dein Ende, französischer Spitzel!«

Die Klingen trafen aufeinander. André focht mit dem Wappner, während die anderen beiden auf den Vater eindrangen. Juliana kreischte um Hilfe. Zwei junge Männer in Kutten kamen angerannt, ein ältlicher Pfarrer folgte ihnen. Hilflos sahen sie auf die Kämpfenden vor dem Kirchenportal, griffen aber nicht ein, da keiner von ihnen eine Waffe trug. Der Pfarrer packte Juliana an den Handgelenken, zog sie an den Rand des Platzes und schickte einen der jungen Benediktiner davon. Mit fliegendem Habit rannte er los. Der Pfarrer hielt die Taille des Mädchens umklammert.

»¡Quédate aquí, chico loco!«, schimpfte er. Aber Juliana wollte nicht bei ihm bleiben, auch wenn es verrückt war. Sie musste dem Vater und André beistehen! Doch der Griff, der sie umklammerte, war für einen alten Mann erstaunlich fest.

Sie sah, wie Raymonds Schwert in des Vaters Seite stieß. Juliana schrie.

»Töte ihn nicht«, rief der Franzose, »ich muss ihm noch ein paar Fragen stellen. Den anderen brauche ich nicht.«

André verletzte den Wappner am Arm. Das Mädchen sah, dass der Vater nicht mehr lange gegen die beiden standhalten würde.

Ein Pferd jagte im Galopp über den Hof. Juliana sah einen Ritter in Wams und Kettenhemd vom Pferd springen, das Schwert schon in der Hand. Das Tier rannte einfach weiter und kam erst zwischen den Hütten zum Stehen. Wiehernd warf der Rappe den Kopf zurück. Juliana starrte den fremden Ritter an. Auf welcher Seite stand er? Aber nein, das war ja Bruder Rupert! Er stürzte nach vorn und durchbohrte Raymond gerade, als dessen Klinge Kraft von Ehrenberg traf. Beide fielen zu Boden. Juliana erstarrte. Sie konnte nicht einmal mehr schreien. Wie durch eine Nebelwand sah sie André mit dem Wappner fechten. Beide bluteten. Vor dem Portal rappelte sich der Vater wieder auf und tastete nach seiner Waffe. Bruder Rupert kreuzte inzwischen mit dem Franzosen die Klinge.

»Ihr seid ein Teufel«, kreischte der sich am Boden wälzende Ritter de Crest. »Ich hätte Euch erledigen sollen, solange noch Zeit war. Habt Ihr uns vergiftet? Sicher! Pater Bertran wartet schon in der Hölle auf Eure Seele. Ihr habt den Spitzel des Franzosenkönigs mit Eurer Giftmischerei ermordet! Seinen Agenten für Kastilien und Navarra! König Philipp wird nicht erfreut sein, nun auf die Dienste des alten Bertran verzichten zu müssen.« Raymond lachte irr, dann brach sein Blick, und er erschlaffte.

Der Franzose trieb Bruder Rupert über den Hof. Selbst Juliana konnte sehen, dass er sich kaum mehr auf den Beinen halten konnte. Der Schweiß rann ihm in Strömen über Stirn und Schläfen. Er blinzelte heftig und hielt sich unnatürlich gebeugt. Der Kampf in seinen Eingeweiden war noch nicht zu Ende und raubte ihm die Kraft. Noch bevor ihm das Schwert aus der Hand geschlagen wurde, wusste Juliana, dass sie ihn getötet hatte.

Vor der Kirche fiel der Wappner von Andrés Schwert getroffen. Der junge Ritter rannte brüllend auf Bruder Rupert zu. Von der anderen Seite kamen einige Mönche mit Spießen und Knüppeln in den Händen gelaufen. Sie würden ihn nicht rechtzeitig erreichen!

Einmal ging die Klinge des Franzosen fehl, von den Eisenringen des Kettenhemds abgelenkt, doch dann stieß er sie mit aller Kraft zwischen Bruder Ruperts Rippen. Das Schwert noch in seinem Leib sank er auf die Knie. Der Franzose zerrte am Griff seiner Waffe, doch da fielen die Mönche über ihn her und schlugen ihn nieder. Ehe sie es verhindern konnten, rammte André dem Franzosen Jean de Folliaco sein Schwert in den Leib.

Juliana spürte, dass der Griff um ihre Taille sich lockerte. Der Blick aus Bruder Ruperts sterbenden Augen traf sie. Sie lief zu ihm und fiel neben ihm auf die Knie.

»Was habe ich getan?«, weinte sie. »Wer seid Ihr? Bitte sagt mir Euren Namen, damit ich für Eure Seele beten kann.«

»Ich bin Deutschherr Rupert von Hauenstein aus Horneck.«

Juliana sog scharf die Luft ein. Er hatte in ihrer Nähe gelebt, in Sichtweite auf der anderen Seite des Neckars. Sie bettete seinen Kopf auf ihren Schoß. »Wer hat Euch geschickt?«

»Mein Oheim und Gevatter Dekan Gerold von Hauenstein. Er ahnte, was Ihr vorhabt, und bat mich, Euch zu beschützen und zu Eurem Vater zu führen.« Ein verzerrtes Lächeln erhellte noch einmal seine Züge. »Ich hätte ihm glauben sollen, dass Ihr ein bemerkenswertes Fräulein seid – halsstarrig und erfinderisch und sehr zäh.« Er lachte und hustete. Ein Schwall Blut drang aus seinem Mund.

»Es geht zu Ende«, stöhnte er. Juliana hätte ihm gerne widersprochen, doch sie wusste, dass er Recht hatte.

»Könnt Ihr mir verzeihen?«, weinte sie.

»Dass du mich mit meinem eigenen Gift außer Gefecht gesetzt hast?«, er lachte leise. Seine Augen wurden schmal vor Schmerz. »Aber ja. Ich war ein Narr und hätte es anders beginnen sollen. Du hättest mir Glauben geschenkt, wenn ich dir von Anfang an die Wahrheit gesagt. Nun, fast wäre es dir gelungen, meinen Auftrag zu verhindern, aber nur fast.« Er sah zu dem Schatten auf, der über ihn fiel, und hob die Hand, um die des Ritters von Ehrenberg zu ergreifen.

»Ich bringe Euch Eure Tochter«, sagte er. »Nun seht selber zu, wie Ihr mit diesem eigensinnigen Geschöpf zurechtkommt.«

»Ich danke Euch, Ritter von Hauenstein.«

Noch einmal traf sein Blick das Mädchen. »Bete für mich am Grab des Apostels. Das kann nicht schaden. Ich denke, jeder Tag weniger im Fegefeuer wird mir willkommen sein. Nimm dir mein Pferd und meinen Beutel. Sie gehören dir. Es war – es war eine aufregende Reise an deiner Seite.« Noch einmal hustete er Blut, dann trübte sich sein Blick. Er war tot. Juliana legte seinen Kopf vorsichtig auf den Boden und erhob sich. Für immer würde nun der Fels der Schuld auf ihrer Seele lasten, leichtfertig den Tod eines edlen Ritters verschuldet zu haben! Wie hatte sie ihn so verkennen können? Wie hatte ihr Misstrauen sie mit Blindheit geschlagen!

»Juliana, meine Tochter!«, riss sie die Stimme des Ehrenbergers aus ihrer Verzweiflung. Einen Augenblick starrte sie den Vater nur an, dann umarmte sie ihn und schluchzte in den Stoff seines Rockes. Er legte den rechten Arm um sie und zog sie an sich.

»Was muss ich von dir hören, mein Kind? Warum bist du nicht daheim und gehorchst deiner Mutter?«

»Ich habe so viele Fragen, und keiner kann mir Antworten geben. Warum nur, Vater, warum? – Und außerdem will ich den Kochendorfer nicht heiraten!«, fügte sie trotzig hinzu.

»Das sollst du auch nicht, doch nun hast du mich in eine schwierige Situation gebracht.« Sie spürte, wie er wankte. Juliana ließ ihn los und starrte auf seine linke Hand, die er gegen seinen Unterleib presste. Hellrotes Blut floss über seine Finger hinab.

»Vater, seid Ihr schwer verletzt?«

»Ich glaube, er hat mir meinen Leib ganz schön zerfetzt«, stöhnte der Ritter und lockerte den Griff. Ein Schwall Blut färbte seinen Rock und spritzte auf die Beinlinge. Kraft von Ehrenberg wurde blass, aber ehe er fallen konnte, griff ihm André unter den einen Arm und einer der herbeigeeilten Mönche unter den anderen. Noch bevor sie die drei Pallozas des Spitals erreichten, verlor Ritter von Ehrenberg das Bewusstsein. Rasch trugen sie ihn in die Hütte, entzündeten eine Lampe und zogen ihm Rock und Hemd aus. Der Schnitt an der Seite war nicht tief und blutete kaum mehr, aber der Stich unterhalb des Bauchnabels war tief eingedrungen und hatte ihm die Gedärme zerschnitten. Juliana fing den besorgten Blick auf, den sich die beiden Padres zuwarfen. Tränen rannen über ihre Wangen. Einer der Mönche füllte eine Kräuterpaste in ein Leinentuch, wickelte es zu einem Kissen zusammen und drückte es auf die Wunde. Gemeinsam schlangen sie breite Stoffstreifen um den Leib des Ritters. Ein dritter Bruder brachte Wein mit einem Schlaftrunk.

»Sein Leben ist nun in Gottes Hand«, sagte einer der Mönche und klopfte Juliana väterlich auf die Schulter. »Mehr können wir nicht tun, außer für ihn beten. Cura Diago wird drüben in Santa María la Real eine Messe für ihn lesen. Kommst du mit?«

»Ich glaube, ich bleibe lieber bei ihm«, wehrte Juliana ab. »Wenn er aufwacht, soll er nicht allein sein.«

»Er wird ein paar Stunden schlafen. Du brauchst dich nicht sorgen – nicht jetzt. Einer der Brüder wird an seinem Lager wachen. Er reichte ihr die Hand und half ihr beim Aufstehen. André, der sich inzwischen seine drei leichten Schnittwunden hatte verbinden lassen, ging neben ihr her zur Kirche.

»Und wie bist du in diese Verschwörung verwickelt? Was hast du mir alles verschwiegen?«, fragte sie mit leichter Bitterkeit in der Stimme.

Er schüttelte den Kopf. »Nichts, außer – außer meine Gefühle. Es war Zufall, dass ich auf deinen Vater traf. Er hatte zwar ein wildes Gestrüpp im Gesicht, aber dennoch fiel mir die Ähnlichkeit ins Auge. Ich wusste ja, dass du jemanden suchst, und so sagte ich ihm auf den Kopf zu, dass sein Sohn sich kaum eine Tagesreise hinter ihm befände. Nun, er wehrte ab. All seine Söhne seien im zarten Kindesalter gestorben. Ich müsse ihn verwechseln. Er habe nur eine Tochter. – Ich war so blind! Erst als er diese Worte aussprach, habe ich es begriffen. Allerdings wunderte ich mich sehr, dass er, statt zu warten, seinen Schritt noch beschleunigte. Er müsse erst nach Ponferrada, sagte er, Don Fernando Muñiz aufsuchen oder den Templer Sebastian von Gemmingen. Als wir dort ankamen, waren beide nicht da. Wie ein gefangener Wolf lief dein Vater in der Burg auf und ab. Ritter Sebastian war zu irgendwelchen Besitzungen unterwegs, und der Comandador sollte in den nächsten Tagen aus Santiago zurückkehren. So beschloss er, ihm entgegenzuwandern. Ich wollte ihn begleiten. Er warnte mich, es könne gefährlich werden, doch ich sagte, ich würde ihm helfen. Da kaufte er mir ein Schwert und bestand darauf, dass ich es trage. Nur so sei ich ihm von Nutzen.« André hob die Schultern. »Nun, er hat Recht behalten.«

Sie traten durch das Portal in die kleine Kirche, die schon sehr alt sein musste. Vor dem einfachen Steinaltar, über dem ein Bildnis der Jungfrau Maria hing, begann der Cura, die Messe zu lesen. Juliana betete für ihren Vater und für Bruder Rupert. Als er geendet hatte, trat der Pfarrer zu ihr und setzte sich neben sie.

»Auf diesen Ort schaut der Herr mit besonderer Güte hinab«, sagte er. »Kennst du die Geschichte vom Wunder von Cebrero?« Juliana schüttelte den Kopf.

»Dann will ich sie dir erzählen. Sieh den goldenen Kelch und den wie eine Blüte geformten Hostienteller auf dem Altar. Einst hütete ein Pfarrer, der seinen eigenen Glauben verloren hatte, diese Kirche. Ein Bauer stieg den langen Weg vom Tal herauf, um hier die Messe zu hören und die Kommunion zu empfangen, aber der Pfarrer verlachte ihn seines einfältigen Glaubens wegen. Hier oben würde er Gott nicht antreffen. Doch der Bauer glaubte daran und kam hierher in die Kirche, um zu beten. Und Gott sah in diesem Moment nach Cebrero. Er wandelte den Wein in das Blut und die Hostie in den Leib Christi! Geh nun, und sieh nach deinem Vater. Ich werde hier bleiben und für seine Genesung beten.«

In der Nacht erwachte Kraft von Ehrenberg, und sein Blick war klar. Juliana gab ihm zu trinken und stützte ihn.

»Vater, ich muss Euch eine Frage stellen«, platzte sie heraus. »Warum habt Ihr den Templer Swicker erstochen?«

»Du hast einen weiten Weg zurückgelegt, um eine Antwort zu erhalten, meine Tochter. Ich werde dir alles erzählen, was sich an diesem verhängnisvollen Tag zugetragen hat. Dann wirst du hoffentlich verstehen.«

42
Der Mord an Templer Swicker
Burg Ehrenberg im Jahre des Herrn 1307

»Ihr seid aber schon früh auf den Beinen«, begrüßt Ritter Kraft von Ehrenberg den Gast.

Swicker von Gemmingen-Streichenberg nickt. »In guten Nächten kann ich – ohne mich einmal zu rühren – schlafen, bis die Sonne am Himmel steht, doch zu manchen Zeiten kommen Geist und Körper nicht zur Ruhe.«

»Ich schließe aus Euren Worten, dass diese Nacht nicht zu den guten gehört hat.«

Der Templer nickt.

»Ich hoffe, es lag nicht an meinem Wein oder dem Essen, das Euch gereicht wurde.« Der Ehrenberger ist verlegen. »Und auch nicht an den Worten, die ich Euch gesagt habe.« Er sieht zu Boden. »Ich möchte Euch um Verzeihung bitten. Euer Verhalten und Eure Worte hätten mir kein Anlass sein dürfen, in dieser Weise mit Euch zu sprechen. Es ist nur…«

Der Templer winkt ab. »Grämt Euch nicht, Ritter Kraft, ich kann verstehen, dass Euch das Wohl und die Ehre Eurer Tochter am Herzen liegen. Ich trage Euch die Worte nicht nach. Nein, Ihr und die Bewohner von Burg Ehrenberg habt keine Schuld an meiner durchwachten Nacht. Es ist…« Er zögert. Die beiden Männer schlendern über den Hof zu dem Stall, in dem der Ritter seine besten Pferde stehen hat und seine Greife auf ihrem Reck sitzen.

»Es ist eine zu fällende Entscheidung, die mich drückt. Ich weiß nicht, was richtig und was falsch ist.«

Der Stallbursche taumelt gähnend heran und fragt nach den Wünschen des Hausherrn, doch der Ehrenberger schickt ihn weg.

»Ist es eine Frage von Gottes Geboten, der Ehre oder den Regeln Eures Ordens?«

»Vielleicht ein wenig von allem«, sagt der Templer nach einer Weile und schlingt sich den weißen Mantel enger um den Leib. Der Morgen ist ungewöhnlich kühl für diese Jahreszeit.

»Könnt Ihr nicht den Franzosen um Rat fragen? Reisen nicht deshalb stets zwei Tempelritter zusammen? Damit sie sich gegenseitig eine Stütze sind, wenn sie keinen Meister oder Präzeptor fragen können?«

»Ja, das ist richtig«, bestätigt Swicker, schnaubt dann jedoch voller Abscheu durch die Nase. »Dennoch wäre er der Letzte, der mir raten könnte. Es war nicht meine Wahl, mit ihm zu reiten!«

»Hm.« Der Hausherr tritt zu seinem Ross und beginnt, es zu satteln. »Wollt Ihr mit hinausreiten? Wir können den jungen Falken aufsteigen lassen.«

Swicker nickt und führt sein Pferd aus der Box. Auch er entscheidet sich, auf die Hilfe eines Burschen zu verzichten, hebt den Sattel auf den glänzenden braunen Rücken und zieht den Gurt unter dem Bauch des Tieres fest. Das Streitross steht ganz ruhig da und scharrt nicht wie viele andere nervös mit den Hufen oder versucht, zur Seite auszuweichen. Kraft von Ehrenberg tritt in den abgeteilten Bereich des Stalles, in dem die Greife auf ihrem Reck sitzen. Er begrüßt seinen Lieblingsfalken Isolde und gibt ihm ein Stück Fleisch, das der Greif in einem Stück hinunterwürgt. »Braves Mädchen, doch heute musst du hier bleiben.«

Er überprüft den Geschühriemen und den Bell seines neuen Falken, zieht den festen Falknerhandschuh über und lässt den Vogel auf seine Faust steigen.

Swicker tritt zu ihm. »Werdet Ihr ihn nicht bedecken?«

»Aber ja, ich habe die Erfahrung gemacht, dass der Falke stets besser mit Haube getragen wird. Einen Habicht könnt Ihr ohne Haube mit auf die Beize nehmen.« Er tritt an ein weiteres Reck heran. »Seht, ich habe hier noch einen unerfahrenen

Terzel. Wenn Ihr noch eine Weile bleibt, dann können wir ihn zusammen abtragen.«

Swicker schüttelt den Kopf. »Wir werden morgen unseren Weg fortsetzen.«

»Und wohin führt er Euch?«

»Ins Königreich Ungarn.«

Kraft von Ehrenberg pfeift nach seinem Jagdhund, der die Beize stets begleitet. Die beiden Männer besteigen ihre Pferde, reiten über den Hof und dann den gewundenen Pfad um die Burg herum bis zum Tor in der unteren Burgmauer. Der drahtige, schwarze Hund des Ritters läuft ihnen voran. Sie reiten den Bergrücken entlang auf den Wald zu.

»Ungarn? Was hat ein Templer aus Kastilien in Ungarn zu suchen?«

Swicker stößt einen harten Laut aus. »Wenn ich diese Frage beantworten kann, dann komme ich auch in meiner Entscheidung weiter. Mein Comandador Don Fernando schickte mich mit meinem Wappner Humbert nach Paris, da er hoffte, unser Großmeister Jacques de Molay würde sich mit seinem inneren Kreis dort im Pariser Tempel aufhalten, doch ich kam vor ihm dort an. Ich übergab meine Briefe dem Meister von Paris, als mich Jean de Tour, der Schatzmeister des Tempels – und des französischen Königs! – holen ließ. Er stellte mir Jean de Folliaco vor und bat mich, ihn nach Ungarn zu begleiten. Da der Pariser Meister den Befehl bestätigte, musste ich reisen, obwohl Don Fernando mich sicher schon lange zurückerwartet. – Nun, vielleicht haben sie ihm einen Boten geschickt. Der Franzose sagt, wir würden ein paar Komtureien in Ungarn aufsuchen und Anweisungen vom Pariser Tempel bringen, aber ich glaube ihm nicht. Wie ich mitbekommen habe, steht er mit den Männern des Königs auf vertrautem Fuß.«

»Gibt es viele Komtureien der Templer im ungarischen Königreich?«

Swicker nickt. »Ja, wie überall hat sich der Orden vor allem dort angesiedelt, wo Pilger und Kreuzfahrer unserer Schwerter bedürfen. All die großen Kreuzfahrerheere sind über Ungarn ins Heilige Land gezogen. Beim zweiten Kreuzzug waren es die wenigen Templer des Heeres, die den großen Haufen vor der völligen Vernichtung bewahrten.«

»Wie das?«, erkundigt sich der Ehrenberger.

»Die Franzosen schleppten sich zu Tausenden ohne rechte Waffen und Essen dahin, ohne kundigen Führer und ständig von kriegerischen Türken bedrängt. Die Vorhut der Ritter, die den großen Haufen schützen sollte, rückte viel zu schnell in die Schluchten von Chones vor, so dass die Türken sie vom Heer abschneiden konnten. Ganze Wolken von Pfeilen prasselten auf die Kreuzfahrer herab. Panisch stoben sie auseinander. Die Türken hätten sie bis zum letzten Mann abgeschlachtet, wenn nicht die Templer unter ihnen eine wirksame Verteidigung formiert hätten. Tempelmeister Eberhard von Barres war einer der tapferen Ritter, denen das Heilige Land verdankt, dass wenigstens Teile seines französischen Heeres bis zu den Toren Jerusalems gelangten!«

Kraft von Ehrenberg zuckt mit den Schultern. »Das ist lange her. Nun sitzen die Heiden seit vielen Jahren wieder in der Heiligen Stadt, und es sieht mir nicht so aus, als könnten wir sie zurückerobern. – Nicht einmal mit der Hilfe der tapferen Templer«, fügt er ein wenig spöttisch hinzu.

»Unser Großmeister wird nichts unversucht lassen, den Heiligen Vater zu überzeugen, dass es Zeit ist, zu einem neuen Kreuzzug aufzubrechen.«

»Ach, und dann sollen die ungarischen Templer wieder das Heer schützen? Vielleicht deshalb die Briefe?«

Swicker schüttelt den Kopf. »Nein, wenn es nach Großmeister de Molay geht, dann wird es keinen allgemeinen Aufruf zum Kreuzzug geben. Diese Haufen von Abenteurern und Bettlern, Gauklern und freien Weibern, Handwerkern ohne Arbeit und mittellosen Raubrittern sind kein Heer, mit dem man ein Land erobern kann. Vermutlich würde bereits wieder mehr als die Hälfte auf dem Landweg den Tod finden, der Rest käme ausgehungert und ohne jede Ausbildung an den Waffen ins Heilige Land. Nein, es muss eine Armee aus Rittern und Waffenknechten sein, die etwas von ihrem Handwerk versteht und einem Kommandanten gehorchen kann. Die sich diszipliniert aufführt, wie es bei uns im Kampf üblich ist. Mit schwerer und leichter Reiterei, mit Bogenschützen und strammen Kolonnen von Fußvolk.« Kraft von Ehrenberg macht ein zweifelndes Gesicht.

»Wir müssen das Heer einschiffen, um ohne Verluste an den Ort des Kampfes zu kommen.«

»Und dann meint Ihr, Jerusalem zurückholen zu können?«, fragt der Ehrenberger.

»Ich weiß nicht, welches Ziel der Großmeister im Auge hat. Vielleicht einen neuen Feldzug nach Ägypten?«

Der Hund hat einen Fasan aufgestöbert. Kraft von Ehrenberg zügelt sein Pferd und nimmt dem Falken die Haube ab.

»So, meine junge Freundin, dort ist deine Beute.« Er wirft den Greif in die Luft. Die Falkendame öffnet ihre Schwingen und steigt hoch in den Himmel. Der Fasan hat den Feind schon gesehen und versucht, ins Dickicht zu entkommen. Für einen Moment verharrt der Greif in der Luft, dann stößt er herab und bindet den Fasan. Der wehrt sich noch immer, doch der Falke hält ihn fest in seinen Fängen. Zusammen mit seiner Beute stürzt er herab und landet im hohen Gras. Der Ehrenberger ruft den Hund zurück, springt aus dem Sattel und eilt zu der Stelle, wo er den Falken hat verschwinden sehen. Swicker folgt ihm in einigem Abstand. Der Ritter hebt den Arm und bedeutet dem Templer stehen zu bleiben. Weder Falke noch Fasan sind zu sehen, aber die Glocke am Bein des Greifes klingelt leise. Kraft von Ehrenberg geht langsam auf ein paar hohe Grasbüschel zu. Da sitzt die junge Falkendame, die Schwingen über die getötete Beute gebreitet, und sieht den Herrn aus ihren gelben Augen an. Der Ritter holt ein kleines Stück Fleisch aus seiner Tasche und beugt sich zu seinem Vogel herab. Der nimmt den Leckerbissen mit einem heiseren Ruf entgegen und würgt ihn hinunter. Ohne sich zu zieren, steigt der Falke auf den ihm dargebotenen Handschuh und überlässt dem Herrn die Beute.

»Das war ein vielversprechender Anfang. Natürlich werdet Ihr sagen, das ist nicht das wahre Beizvergnügen, einen Falken von der Faust auf den Fasan zu werfen! Nur aus dem Anwarten hoch in der Luft bieten Falke und Fasan einen sehenswerten Flug, aber ich denke, in ein paar Wochen ist der Vogel so weit, dass er mir auch im hohen Flug folgt und das Wild, das der Hund aufstöbert, im rauschenden Stoß schlägt.« Kraft von Ehrenberg schiebt den Fasan in einen Beutel und schwingt sich wieder auf seinen Rappen.

»Was macht Ihr solch ein finsteres Gesicht?« Er sieht den Templer überrascht an. Die Sorgen des Gastes hat er über die Beizjagd vergessen.

»Etwas stimmt nicht«, sagt Swicker und macht eine vage Handbewegung. »Mein Verdacht lässt mich nicht mehr schlafen, doch wenn ich einen Beweis will, dann muss ich etwas tun, das gegen unsere Regeln und meine Ehre verstößt. Erweist sich mein Verdacht als richtig, dann wird mich der Meister dafür ehren, eine Verschwörung aufgedeckt zu haben. Was ist aber, wenn ich mich irre? Dann muss ich meine Tat beichten und die Schande ertragen, die ich über mich und die Templerbruderschaft gebracht habe.«

»Eine schwere Entscheidung, fürwahr«, stimmt ihm der Hausherr zu.

* * *

Am Nachmittag lässt Jean de Folliaco die Pferde satteln und in den Hof führen.

»Wir reiten nach Wimpfen zurück«, informiert er den Ehrenberger brüsk. Sein Blick ist voller Zorn und wandert zwischen dem Hausherrn und seinen beiden Templerbrüdern hin und her. Juliana kommt über den Hof geeilt.

»Ihr wollt schon aufbrechen? Oh, ich dachte, Ihr verbringt

den letzten Abend noch mit uns zusammen auf Ehrenberg.« Sie wendet sich um und ruft nach der Mutter, die in der Tür des Palas erscheint.

Die Edelfrau kommt gemesseneren Schrittes über den Hof als ihre Tochter, die wieder einmal mit gerafftem Rock herbeigeeilt war.

»Wie schade, dass Ihr uns verlassen wollt. Werdet Ihr das Spätmahl mit Dekan von Hauenstein einnehmen?«

»Vielleicht«, sagt der Franzose unhöflich. Die Edelfrau hebt erstaunt ihre feinen, blonden Brauen und wendet sich an Swicker.

»Lieber Vetter, es war mir eine Freude, Euch wiederzusehen. Richtet Eurem Bruder Sebastian die liebsten Grüße aus, wenn Ihr nach Kastilien zurückkehrt.« Sie reicht ihm beide Hände. Er ergreift sie und neigt das Haupt. Nun sieht Kraft von Ehrenberg genauso finster drein wie der Franzose.

»Mutter, können wir nicht mit nach Wimpfen reiten?«, schlägt Juliana vor. »Der Vater wollte doch ohnehin mit dem Baumeister in der Pfalz sprechen. Dann können die Ritter zum Frühmahl ins Stadthaus kommen, bevor sie weiter nach Osten ziehen.«

Der Vater scheint nicht erfreut, doch seine Gattin hat den Blick wohl nicht bemerkt, denn ihre Miene hellt sich auf. »Das ist eine wundervolle Idee. Dann dürfen wir Euch morgen erwarten, bevor Ihr die Stadt verlasst?«

»Gern, liebe Base.« Swicker von Gemmingen-Streichenberg beugt sich noch einmal über ihre Hände, ehe er sein Pferd besteigt und hinter dem Franzosen durch das Tor reitet. Der Wappner folgt ihm in respektvollem Abstand.

* * *

Da es die Edelfrau angeboten hat, kann der Ritter die Einladung nicht zurücknehmen, ohne gegen das Gesetz der Gastfreundschaft zu verstoßen. So begleitet er Eheweib und Tochter nach

Wimpfen zum Stadthaus der Ehrenberger. Dort leben nur eine alte Magd und ein Stallknecht, wenn die Familie nicht in der Stadt weilt, daher reist natürlich auch das notwendige Gefolge, das für die Bequemlichkeit der Familie und der Gäste sorgen soll, mit. Voraus reitet Tilmann, der Knappe, der Wolfs Stelle nach dessen Verschwinden eingenommen hat. Der Vater sieht es seiner Tochter an, wie gern sie mit ihm um die Wette reiten würde, aber unter den strengen Augen der Eltern wagt sie es nicht.

Kaum hat der Ritter seine Familie am Stadthaus abgeliefert, macht er sich auf den Weg zur Pfalz. Solange der Herrscher nicht in Wimpfen weilt, hat der Ehrenberger als Burgvogt der Pfalz dort nach dem Rechten zu sehen und die Burgmannen und Türmer zu beaufsichtigen. Meist genügt es, wenn er alle paar Tage nach Wimpfen kommt. Der alte Joseph, den er als seinen Obmann bestellt hat und der mit den Männern in der Pfalz wohnt, dient nun schon dem dritten Kaiser und ist ein verlässlicher Mann.

Der Baumeister erwartet seinen Burgvogt am Fuß des Südturms. »Ich finde, wir sollten ihn abbrechen«, sagt der kleine Mann mit dem verfilzten grauen Haar. »Die Steine sind gut, und wir brauchen sie dringend zum Bau des neuen Tores und der Stadtmauer. Die Stadt muss endlich wieder einen geschlossenen Schutzwall haben!« Der Ehrenberger wiegt unschlüssig den Kopf hin und her.

»Das ist schon richtig, aber dafür den Turm schleifen?«

»Wozu brauchen wir ihn? Wir haben zwei gute Bergfriede in der Pfalz. Dieser hier steht nun, da die Stadt sich vergrößert hat, nur unnütz mittendrin. Schon lange sitzt kein Türmer mehr dort oben. Also, was sagt Ihr?«

»Eure Argumente sind gut, aber der Turm gehört dem König. Ich kann ihn nicht ohne seine Erlaubnis abtragen lassen.« Der Baumeister macht ein enttäuschtes Gesicht.

»Ich verspreche Euch, eine Anfrage in den nächsten Brief an den königlichen Hof zu legen. Sobald der König zustimmt, könnt Ihr die Steine haben.«

Der Baumeister dankt und verbeugt sich zum Abschied. Es dämmert bereits, als der Ehrenberger auf das Tor zuschreitet.

»Ritter von Ehrenberg«, grüßt ihn der junge Mann an der Zugbrücke, der erst seit dem Osterfest auf der Pfalz dient. »Ein Templer hat nach Euch gefragt, ein Ritter von Gemmingen-Streichenberg.«

»Was wollte er?«

Der junge Wächter zieht die Schultern hoch. »Er sagte nur, dass er Euch zu sprechen wünsche. Ich gab ihm die Auskunft, Ihr wärt in der Pfalz unterwegs. Da dankte er und ging Euch suchen.«

»Dann ist er noch hier?«

Der Wächter nickt. »Er ist nicht wieder durch das Tor gegangen. Später kamen dann noch zwei Templer, ein Ritter und ein dienender Bruder. Sie müssen auch noch irgendwo sein.«

Verwundert runzelt Kraft von Ehrenberg die Stirn. »Seltsam. Ich habe keinen von ihnen getroffen. Wo mögen sie nur sein?«

»Der Servient könnte auf den hohen Turm gestiegen sein. Ich sah, wie er mit dem Türmer sprach, der gerade unten war, um Holz und Fackeln zu holen. Die anderen sind in Richtung steinernes Haus und Palas gegangen.«

Kraft von Ehrenberg bedankt sich und macht kehrt. Das steinerne Haus, das beim Besuch des Herrschers die Königin und ihre Damen beherbergt, liegt dunkel und verlassen da, und auch im Palas kann er keine Menschenseele entdecken. Vielleicht ist er in die Kapelle gegangen, um zu beten und Gottes Rat zu erbitten? Kraft von Ehrenberg geht an den Mauern des Palas vorbei auf den Torbogen der Pfalzkapelle zu.

Was will der Tempelritter von ihm? Hat er die vermutete Verschwörung etwa aufgedeckt und wird nun seinen Rat erfragen? Was gehen ihn die Intrigen der Templer an? Nun gut, Swicker ist kein schlechter Mann und vielleicht auch ein guter Kämpfer, auch wenn der Ehrenberger es nicht gern sieht, dass er so vertraulich mit seinem Weib und der Tochter spricht. Vom Orden der Templer allerdings hält der Ritter nicht viel. Es gibt so viele

Gerüchte über sie, und ihr Stolz und ihre Raffgier sind geradezu sprichwörtlich. Wenn schon Mönche das Schwert in die Hand nehmen, dann bevorzugt er die Deutschordensritter. Er kennt einige der Männer von Horneck, drüben auf der anderen Neckarseite.

Kraft von Ehrenberg greift nach dem Türknauf. Ein seltsames Gefühl überfällt ihn. Es ist ihm, als sei es plötzlich kälter und dunkler geworden. Unwillig schüttelt er den Kopf und stößt die Tür auf.

»Swicker, seid Ihr hier?«, ruft er, noch ehe er in das Kirchenschiff sehen kann. Er hört ein Geräusch. Schritte, die sich rasch entfernen. »Ritter Swicker?«

Zwei Öllampen auf dem Altar verbreiten rötliches Licht. Sein Blick schweift durch die kleine Kirche. Ein Stöhnen lässt ihn seine Aufmerksamkeit dem Altar zuwenden. Etwas Großes, Weißes liegt dort auf dem Boden. Noch während der Ehrenberger sich mit großen Schritten nähert, erkennt er das rote Tatzenkreuz auf dem Mantel. Er lässt sich auf die Knie fallen und umfasst den zusammengekrümmten Körper. Der Lichtschein erfasst die Gesichtszüge des Templers Swicker. Seine Frage bleibt dem Ehrenberger im Hals stecken, als er den Dolchgriff aus dessen Brust ragen sieht. Helles Blut breitet sich rasch über dem weißen Gewand aus. Er fühlt, dass das Herz noch schlägt. Kraft von Ehrenberg umklammert den Dolchgriff. Da schlägt der Templer die Augen auf.

»Lasst ihn stecken, Ihr könnt mich nicht retten. Wenn Ihr die Klinge herauszieht, verblute ich nur noch schneller. Vielleicht bleiben mir so noch ein paar Augenblicke, die ich dringend brauche.«

»Wer hat Euch das angetan?«, keucht der Ehrenberger, die Hände noch immer um den Dolchgriff gelegt.

»Was glaubt Ihr denn? Der Franzose natürlich! Ich war einfältig und ließ es zu, dass er meinen eigenen Dolch gegen mich erhob.« Kraft von Ehrenberg öffnet den Mund, doch der sterbende Ritter unterbricht ihn.

»Hört zu. Ich hatte Recht! Jean de Folliaco spielt ein doppeltes Spiel, und er dachte, ein Tölpel aus dem fernen Kastilien wird keine Fragen stellen. Er hat nicht vor, für unseren Großmeister Aufträge zu erledigen, er ist für den König von Frankreich unterwegs!«

Kraft von Ehrenberg runzelt die Stirn. »Das verstehe ich nicht. Ist der König nicht der Freund der Templer? Hat er sich nicht viel Geld von den Tempelrittern geliehen?«

»Genau«, nickt Swicker und stöhnt. »Gerade deshalb fürchten einige hohe Männer des Ordens, Philipp der Schöne habe eine Teufelei gegen uns im Sinn.« Er hustet. Zwei Blutfäden rinnen aus seinen Mundwinkeln. Er legt seine eigenen Hände um die des Ritters. »Helft mir! Bitte schwört mir, dass Ihr mir helft. Erfüllt die letzte Bitte eines Sterbenden.«

»Nun gut, ich schwöre es«, stimmt der Ritter zögernd zu.

»Ich habe das Bündel des Franzosen durchsucht und einen Brief auf teurem Pergament gefunden. Er trägt unser Siegel, doch ich brach es. Darin fand ich noch ein versiegeltes Schreiben, an den König von Ungarn – verschlossen mit dem königlichen Siegel von Philipp dem Schönen! Und ein Datum steht darauf: erst zu öffnen am Morgen des 13. Oktobers im Jahre des Herrn 1307. Ich sage Euch, da ist etwas im Gange, das mich frösteln lässt.«

Kraft von Ehrenberg sieht, wie die Haare an den Unterarmen des Templers sich aufstellen, doch er ahnt, dass es nicht die Angst vor der Verschwörung ist, sondern der Tod, der nach dem Ritter greift. Seine Stimme wird schwächer, und der Ehrenberger muss sich tief hinabbeugen, um ihn noch zu verstehen.

»König Philipp plant etwas. Ungarn ist heute nur noch eine französische Garnison, die an seinen Fäden tanzt. Wir wissen nicht mehr, wem wir trauen können. Der Brief muss in die richtigen Hände! Sorgt dafür, dass mein Comandador Don Fernando Muñiz ihn erhält oder gebt ihn meinem Bruder Tempelritter Sebastian. Sie werden wissen, was zu tun ist. Seht das Datum. Ihr habt genug Zeit, im Verborgenen zu reisen.«

»Nach Kastilien?«, stößt der Ehrenberger entsetzt aus.

»Ja, zur Festung von Ponferrada. Ich warne Euch, hütet Euch vor dem Franzosen. Jean de Folliaco wird wieder töten, um den Brief zurückzubekommen. Er wird sich Eurer Familie bedienen, um Euch gefügig zu machen, wenn er Verdacht schöpft. Traut ihm das Schlimmste zu, dann könnt Ihr nicht überrascht werden.«

»Ja, und wo ist der Brief?«, drängt Kraft von Ehrenberg, der spürt, wie der Herzschlag unter seinen Händen den regelmäßigen Rhythmus verliert. »Habt Ihr ihn bei Euch?«

Swickers Mundwinkel zucken. »Darauf hat dieser Verräter gehofft, doch er wurde enttäuscht. Er wollte mir das Versteck gerade herausprügeln, als Ihr ihn zum Glück gestört habt.« Er hustet.

»Wo ist der Brief?«

»Auf Ehrenberg. De Folliaco hat mich fast erwischt, als ich seine Sachen durchwühlte, daher konnte ich ihn nur rasch unter die Truhe schieben. Ich wollte ihn später holen, hatte aber keine Gelegenheit mehr, unbeobachtet zurückzuschleichen, denn er hatte das Fehlen des Briefes bereits entdeckt und ließ mich nicht mehr aus den Augen.« Swicker keucht und schließt die Augen. »Der Franzose darf nicht wissen, dass ich mit Euch gesprochen habe!«, flüstert er. »Bitte, sorgt dafür, dass der Brief sein Ziel rechtzeitig erreicht.«

Die letzten Worte spricht er so leise, dass der Ehrenberger sie eher ahnt, als dass er sie hören kann. Dann fällt der Kopf des Templers zur Seite, und der Blick wird starr. Ohne darüber nachzudenken, zieht Kraft von Ehrenberg das Messer aus der Brust. Er starrt auf den Toten herab.

Einen Brief unbemerkt nach Hispanien tragen! Wie stellt Swicker sich das vor? Er weiß ja nicht einmal, was in diesem Brief steht. Wie kann er sicher sein, dass wirklich eine Verschwörung geplant ist? Darf er das Siegel des französischen Königs brechen?

Nein, Kraft von Ehrenberg will nicht weggehen, nicht für

einen Tempelritter, den er kaum gekannt hat. Was geht es ihn an? Ja, er hat es ihm versprochen. Er kann ja einen Boten suchen und ihn nach Kastilien schicken.

Das ist nicht, was du ihm gelobt hast, mahnt ihn eine Stimme. Unvermittelt wandern seine Gedanken ein paar Jahre zurück und führen ihn zu seiner größten Schmach. Er hat es zugelassen, dass ein Ritter in seinem eigenen Verlies schändlich verderben musste, nur weil er nicht den Mut fand, gegen den Weinsberger vorzugehen, und weil er eine gute Heirat für seine Tochter arrangieren wollte. Gott muss ihm dafür zürnen! Sein Gewissen jedenfalls kommt seit dieser Zeit nicht mehr zur Ruhe. Nacht um Nacht quält ihn seine Tat.

Hat Gott ihm diese Aufgabe geschickt, um zu sühnen? Wie wird der Herr ihn strafen, wenn er nun auch noch ein Versprechen bricht, das er einem Sterbenden gegeben hat? Er sieht auf seine blutigen Hände hinab und auf die Klinge, die den Vetter seiner Gattin getötet hat.

Wäre er nur nicht in die Kapelle gegangen, dann hätte er nun mit der ganzen Sache nichts zu tun. Sogleich schämt er sich seiner Gedanken.

Plötzlich vernimmt er Schritte und Stimmen. Ist das Juliana? Nein, das kann nicht sein. Was hätte sie zu dieser Stunde in der Pfalz zu suchen?

Der Ritter von Ehrenberg kniet neben dem Toten, den Dolch in der Hand, und starrt auf die Tür, die mit Schwung aufgestoßen wird. Es ist Juliana, die mit der Mutter und dem Dekan von Hauenstein in die Kirche tritt. Das unschuldige Mädchengesicht wird vom Grauen überflutet. Juliana erstarrte, wie ihr Vater, und sieht ihn sprachlos an. In ihren Augen kann er die ungläubige Frage lesen: Vater, warum habt Ihr ihn ermordet? Wie konntet Ihr so etwas tun? Die fassungslose Enttäuschung in ihrem Blick trifft ihn, als würde sich die Klinge in sein Herz bohren.

Fast überrascht stellt er fest, dass, so wie sich ihr das Bild darbietet, sie gar nicht anders kann, als ihn für den Mörder zu halten. Dennoch zuckt er zusammen, als der Wappner hereinkommt und die Anklage laut herausschreit. Auch der Franzose ist plötzlich da.

Da steht er, der wahre Mörder! In Ritter Krafts Kopf beginnt es zu rauschen. Ist es klug, ihn zu bezichtigen? Wird ihm jemand Glauben schenken? Er hält das blutige Messer in der Hand, und der Templer vor ihm ist tot. Der Ehrenberger sucht den Blick des Freundes und bittet ihn stumm um Rat. Dekan von Hauenstein versteht und schickt alle hinaus, um die unglaubliche Geschichte des Ritters von Ehrenberg zu erfahren. Schweigend hört er zu.

»Ereilt mich nun die Strafe, die ich verdiene?«, fragt der Ehrenberger. »Bin ich nicht schon vor langer Zeit zum Mörder geworden?«

»Seid still und hört mir zu«, unterbricht Gerold von Hauenstein die reuigen Worte. »Ich werde ihnen berichten, dass er sofort tot war und nichts mehr sagen konnte. Glaubt mir, mein Freund, es ist besser so.«

»O ja«, sagt der Vater mit bitterer Stimme. »Wer ist schon bereit, sich die ganze Wahrheit anzuhören...«

»...und ihr dann noch Glauben zu schenken«, fügt der Dekan grimmig hinzu.

»Nun, dann werde ich Euch wohl um eine weitere gute Tat bitten, verehrter Freund, bevor Ihr das letzte Gebet für mich sprecht und meinen Tod betrauert, denn sterben werde ich müssen. Ihr wisst, wie stolz sie sind. Sie werden keine Ruhe geben, ehe ihr Ordensbruder gerächt ist. Bitte sorgt dafür, dass ein Schwert mir den Kopf vom Hals trennt. Der schimpfliche Makel des Galgens würde meiner Familie ewig anhängen.« Der Ehrenberger seufzt. »Es war dumm von mir anzunehmen, Gott könne vergessen. Der Allmächtige vergisst keine Tat. Er lässt sich nur manches Mal Zeit, bis er sein flammendes Schwert zückt, um es strafend herabsausen zu lassen. Ich habe es verdient und bin bereit, SEINE Entscheidung anzunehmen.«

»Redet keinen Unsinn«, fährt ihn Gerold von Hauenstein

an. »Der Herr vergisst nicht, da habt Ihr Recht, aber er vergibt.« Anklagend zeigt er auf die blutige Leiche zu ihren Füßen. »Das ist nicht die Strafe Gottes. So einfach dürfen wir es uns nicht machen. Wie leicht ist es, die Hände in den Schoß zu legen, und alles seinem Willen zuzuschreiben.«

»Einfach, sich dem Henker zu übergeben?«

»Nichts tun ist immer einfacher, als zu handeln!«

Kraft von Ehrenberg setzt zu Widerspruch an, aber der Dekan gebietet ihm zu schweigen.

»Ruhig jetzt, wir haben nicht viel Zeit. Es gibt eine andere Möglichkeit, und ich glaube, sie wird dem Allmächtigen gefallen. Wir haben schnell zu handeln. – Ihr müsst fort von hier, Freund, auf unbekannten Pfaden gehen, und nur der Herr im Himmel kann sagen, ob Ihr Euer Ziel erreicht und ob Ihr jemals zurückkehren werdet. Dann jedoch wäre Euer Name wieder rein.«

»Ich glaube, Ihr habt nicht verstanden, was ich Euch gesagt habe«, schnaubt der Ritter. »Ist Euer Gedächtnis so kurz?«

»Mit meinem Gedächtnis ist noch alles in Ordnung«, versichert ihm der Dekan, »und ich habe nicht nur sehr genau zugehört, ich habe Eure Worte auch verstanden. Ich denke an eine sehr lange Reise – durch Burgund und Frankreich, über die Pyrenäen hinüber, durch Navarra und León in Kastilien bis nach Galicien, wo das Ende der Welt zu finden ist.«

»Bis ans Ende der Welt?«, wiederholt der Ehrenberger.

»Nicht ganz. Die Pilgerreise geht bis zum Grab des heiligen Apostels, nach Santiago de Compostela.«

Kraft von Ehrenberg zieht scharf die Luft ein. »Santiago – Kastilien – ja, ich glaube, ich verstehe Euch.«

43
Kloster Samamos*

Der Vater verstummte. Juliana konnte nur noch seinen schweren Atem hören. Sicher litt er große Schmerzen, aber er beklagte sich nicht.

»Und so habt Ihr Euch zur Tarnung auf eine Pilgerreise der Sühne gemacht«, ergänzte das Mädchen und nickte. »Der Plan des Dekans war gut. Lange haben sie Euch geglaubt und nicht vermutet, Ihr könntet über die Verschwörung Bescheid wissen. Sie ärgerten sich, dass Ihr Euch – in den Augen der Templer – der Strafe für den Mord, den sie Euch angehängt hatten, entziehen konntet. Sie argwöhnten jedoch nicht, Ihr könntet den wichtigen Brief bei Euch tragen. Sie kamen unter einem Vorwand nach Ehrenberg und durchsuchten die ganze Burg. Auch im Haus des Dekans und in Wimpfen habe sie sich umgesehen.«

Der Vater runzelte die Stirn. »Dann wundert es mich aber, dass sie sich auf meine Fährte setzten.«

»Nun, es war nicht so sehr Eure Fährte. Sie folgten eher meiner«, gab die Tochter widerstrebend zu. »Ich fand den äußeren Umschlag in der oberen Kammer und nahm ihn mit, um ein paar Dinge zu verstauen, an denen meine Erinnerung hängt. Ich wurde beobachtet – ich vermute von dem Franzosen. Natürlich dachte er, ich hätte auch den Brief. Bevor er jedoch eine Gelegenheit fand, ihn mir abzunehmen, verschwand ich, um ebenfalls den Weg nach Santiago zu suchen. Wäre ich als Mädchen gegangen, sie hätten mich vermutlich schon am folgenden Tag eingeholt. So aber verschwand Juliana von Ehrenberg, und sie

* heute: Samos

konnten nur mutmaßen, dass ich mich auf die Suche nach Euch begeben hatte.«

Kraft von Ehrenberg nickte. »Ja, so wird es gewesen sein.« Eine Weile herrschte Stille in dem runden Steinhaus mit dem Strohdach. Nur der rasselnde Atem des Ritters von Ehrenberg war zu hören.

»Vater? Wo ist dieser wichtige Brief nun, der so viele Tote forderte?«

Er erhob sich ein Stück und schob die Hand in seinen Pilgerrock. Als er sie wieder herauszog, hielt er ein schweres Stück Pergament mit zwei unversehrten Siegeln in den Händen. Unschlüssig nahm sie das Schreiben.

»Ihr habt es nicht geöffnet? Aber dann wisst Ihr noch immer nicht, ob es so wichtig ist, wie Swicker angenommen hat. Wo ist der Beweis, dass es um eine große Verschwörung geht?«

Der Vater lachte kurz auf und hustete Blut. Er zog eine grimmige Miene, die von seinen Schmerzen sprach. »Ist nicht die Anstrengung, die die Männer unternommen haben, das Schreiben wieder in ihre Hände zu bekommen, Beweis genug? Sieh, auf der anderen Seite steht geschrieben, dass der ungarische König seine Kommissäre und Seneschalle am Morgen des 13. Oktobers versammeln soll, wenn er den Brief öffnet, und alle Anweisungen sofort zu befolgen hat.«

»Aber wir haben bereits Oktober«, rief das Mädchen. »Was ist morgen für ein Tag? Der des heiligen Dionysius oder des heiligen Viktors?«

»Viktor«, nickte der Ritter von Ehrenberg, »der 10. Oktober. Die Zeit drängt. Deshalb wollte ich nicht länger in Ponferrada auf den Comandador warten, sondern bin ihm entgegengeeilt.«

Juliana wollte ihm den Brief zurückgeben, aber der Vater wehrte ab. »Du bist mir bis hierher gefolgt, und eigentlich müsste ich dir für deinen Ungehorsam zürnen und dich strafen, meine Tochter. Stattdessen übertrage ich dir nun die Pflicht, meine Aufgabe zu Ende zu bringen. Sieh, der Tod grinst mir schon ins Gesicht. Mach dich auf und sorge dafür, dass Don Fernando das Schreiben vor dem 13. Oktober erhält.«

»Nein!«, begehrte Juliana auf und umarmte den Vater. »Euch wird es bald besser gehen. »Ich lasse Euch hier nicht allein zurück.«

»Du musst! Ich befehle es dir. Gib Don Fernando den Brief, und reise dann nach Santiago und bete für meine Seele. Es ist wahr, gegen den Templer Swicker habe ich nicht gesündigt, aber ich trage eine andere Last mit mir herum, die nur am Grab des Apostels Vergebung finden kann.« Über sein Gesicht legte sich ein Schatten. »Ich kann nicht darüber reden!«, wehrte er ab und senkte den Blick.

»Ihr sprecht von dem toten Ritter im Verlies des Bergfrieds, nicht wahr?«

Kraft von Ehrenberg fuhr hoch und stieß einen Schrei der Überraschung und des Schmerzes aus, den diese unbedachte Bewegung verursacht hatte.

»Der Franzose und der Wappner haben die Leiche unter dem Bergfried gefunden, als sie Ehrenberg durchsuchten. Nun, und außerdem habe ich Wolf von Neipperg in Rauanal wiedergesehen.«

Der Ritter stöhnte und barg sein Gesicht in den Händen. »Bete für mich, meine Tochter. Bald schon werde ich vor meinem Richter stehen.«

Juliana wachte die ganze Nacht an seinem Lager. Zweimal ließ sie den Infirmarius holen, aber er konnte nichts für den Ritter tun. Das Fieber stieg, und bald darauf begann der Ehrenberger zu phantasieren. Während die Mönche in der Kirche die Terz beteten, starb Kraft von Ehrenberg, ohne das Bewusstsein noch einmal wiederzuerlangen. Juliana weinte um den Toten und um ihr eigenes Schicksal, das sie allein auf einem rauen Bergpass in Kastilien zurückließ.

Gleich nach der Messe begruben die Mönche den toten Ritter und sprachen Gebete für ihn. André kniete an seinem Grab.

»Wie wird es jetzt weitergehen?«, fragte er das Mädchen, als er sich erhoben und die Erdkrumen von seinen Beinlingen geklopft hatte.

»Ich nehme mir das Pferd von Bruder Rupert und reite dem Comandador entgegen«, sagte Juliana bestimmt. »Und dann gehe ich nach Santiago, um zu beten – für meinen Vater, für Bruder Rupert und – für meine Seele.«

André nickte. »Gut. Ich werde dich begleiten. Ich nehme mir das Pferd das Wappners. Gehört die Beute nicht dem Sieger? Dein Vater hat mir gesagt, es bringe nichts, meine Klinge zu zerbrechen. Von nun an müsse ich in meinem Leben ritterlich handeln. Und meine erste Tat war, das Schwert für ihn und seine Mission zu schwingen.« Mit ernster Miene gürtete er die billige Waffe um seine Hüften. »Dann lass uns gehen.« Juliana blieb am Grab stehen. Während sie auf den frisch aufgeworfenen Hügel mit dem einfachen Kreuz hinabblickte, sagte sie: »André, ich kann nichts für dich tun, ich meine, ich kann dir nicht das geben, was du dir wünschst.«

André sah sie fragend an.

»Ich kenne deine Gefühle«, fügte Juliana leise hinzu, ohne ihn anzusehen.

Der junge Ritter aus Burgund straffte die Schultern. »Du musst sehr schlecht von mir denken, wenn du annimmst, dass ich für deinen Schutz einen Lohn einfordere! Ob Johannes oder Juliana, ich werde dir beweisen, dass auf ritterliche Tugend Verlass ist! Ich werde nicht noch einmal fehlen. Gott der Herr und der Apostel sollen sehen, dass ich mich geändert habe.«

Das Edelfräulein umarmte ihn. »Ich danke dir aus tiefstem Herzen. Es tröstet mich, deiner Freundschaft sicher zu sein und dein Schwert an meiner Seite zu haben.

Sie verabschiedeten sich vom Pfarrer und von den Mönchen des Cebreropasses. Die Benediktiner gaben ihnen reichlich Proviant mit, und Juliana trug nun auch die Münzen, die sie in Vaters Bündel gefunden hatte, in ihrer Tasche. In raschem Trab ließen sie die Pallozas und die Kirche des Eucharistiewunders hinter sich. Juliana fragte sich, wohin Gott wohl gesehen haben mochte, als ihr Vater elendig an seiner Bauchwunde starb. Nach Cebrero jedenfalls nicht.

※ ※ ※

Juliana und André ritten durch eine großartige Landschaft. Weit schweifte der Blick über die Bergketten, deren grüne Wiesen, Wälder und graue Schieferabbrüche sich im Sonnenlicht zu einem harmonisch gemusterten Teppich verwoben. Doch die beiden Reiter hatten keinen Blick für die Schönheit von Gottes Natur. Sie trieben ihre Pferde den immer steiler abfallenden Weg entlang, ohne sich eine Pause zu gönnen. Bei Einbruch der Dunkelheit erreichten sie Triacastela, eine kleine Stadt in einem engen Tal, die von drei halb zerfallenen Burgen auf den Bergschultern bewacht wurde. Die Flanken des grünen Tals wirkten an einigen Stellen wie von einer Verletzung aufgerissen. Als sie näher kamen, sahen sie, dass es Steinbrüche waren. Zwei Männer im Pilgergewand packten gerade je einen Steinblock in ihr Bündel. Als sie die Reiter herankommen sahen, winkten sie ihnen.

»Seid Ihr auf dem Weg nach Santiago? Wollt Ihr nicht auch ein paar Steine für die Kathedrale mitnehmen? San Jacobo wird es Euch danken.« Juliana schüttelte den Kopf und ritt weiter.

»Die wollen diese Brocken bis nach Santiago tragen?«, wunderte sich André und schüttelte ungläubig den Kopf. »Ich wäre froh, wenn meine Füße mein eigenes Gewicht bis dorthin trügen.«

In Triacastela verbrachten sie die Nacht und erkundigten sich nach dem weiteren Weg. Ihr Wirt war sich unschlüssig, ob sie die kürzere Route direkt nach Vila Nova de Sarria* einschlagen oder über das berühmte Kloster Samamos** reiten sollten, das ein wenig weiter südlich lag.

---

* heute: Sarria
** heute: Samos

»Die meisten Pilger gehen nach Samamos«, fügte er hinzu. »Siebenhundert Jahre soll das Kloster bereits alt sein«, sagte er und schüttelte ungläubig den Kopf. »Die Mönche haben ihr Kloster dem Märtyrerehepaar Julian und Basilisa geweiht. Sie waren wohl die Ersten, die den Menschen in dieser Gegend den christlichen Glauben brachten.«

Juliana und André beschlossen, sich zu trennen und sich in Vila Nova de Sarria wiederzutreffen. Juliana ritt nach Samamos, während der junge Ritter den direkten Weg nahm. Das Pferd des Wappners war nicht das beste, und er fürchtete, es würde lahmen, wenn er es auch an diesem Tag zu sehr antrieb.

* * *

Es war um die Mittagszeit des 11. Oktobers, als das Kloster Samamos vor Juliana auftauchte. Es lag in einem Tal am Ufer eines klaren Baches zwischen Feldern und grünen Wiesen. Das Ritterfräulein wollte gerade auf das Tor zureiten, als es unten am Bach eine einfache Kapelle aus Schiefersteinen entdeckte. An einer Zypresse waren vier Pferde angebunden. Stattliche Tiere, wie sie die Ritter in Schlachten zu reiten pflegen. Ein Mann im braunen Mantel der dienenden Brüder stand neben ihnen, um über sie zu wachen. Langsam ritt Juliana näher. Sie hatte die Kapelle noch nicht erreicht, als sich die Tür unter dem hufeisenförmigen Tor öffnete und drei Männer in weißen Mänteln heraustraten. Die roten Kreuze auf ihren Gewändern leuchteten Juliana entgegen. Das Mädchen schwang sich aus dem Sattel und trat näher. Sie verbeugte sich.

»Verzeiht, dass ich Euch anspreche, Herr Tempelritter«, wandte sie sich auf Französisch an den Ältesten der drei, dessen Haar und Bart ergraut waren, der aber immer noch die Statur eines Kämpfers zeigte. »Seid Ihr Don Fernando Muñiz, der Comandador von Ponferrada?«

Der Templer neigte den Kopf zum Gruß und kam auf sie zu. »Ja, der bin ich, und wer bist du?«

»Ju – Johannes von Ehrenberg in Franken im Reich des deutschen Kaisers«, sagte sie. Sicher war es jetzt nicht die Zeit, sich als Fräulein erkennen zu geben. Sie ahnte, dass diese Beichte ihrer Glaubwürdigkeit bei den Tempelrittern schaden würde.

»Franken?« Der Ritter runzelte die Stirn. »Liegt dort nicht die Burg Streichenberg?«

Juliana nickte. »Ja, es ist nicht weit von Ehrenberg. Meine Mutter ist eine Edelfrau von Gemmingen.«

Die Miene des Comandadors hellte sich auf. »Bringst du mir etwa Nachricht von unserem Bruder Swicker?«

»Ja, Herr, aber es ist keine gute Botschaft. Er ist tot! Ermordet von einem, der sich im weißen Kleid der Templer zeigte.«

Die anderen Ritter sahen sich verwundert an.

»Bevor Euer Bruder Swicker starb, gab er meinem Vater einen Auftrag. Ich bin an seiner Stelle hier, dies letzte Versprechen an einen Sterbenden einzulösen, denn auch mein Vater ist tot. Er starb gestern auf dem Cebreropass durch eine Schwertklinge.«

Der Comandador von Ponferrada starrte den jungen Pilger einige Momente lang schweigend an, so als müsse er abwägen, ob dessen Geschichte es wert sei, angehört zu werden.

»Gehen wir in die Capilla. Dort kannst du mir alles in Ruhe erzählen.« Er wies seine Tempelritter an, Wache zu halten und dafür zu sorgen, dass sie nicht gestört würden. Juliana trat hinter ihm in den kleinen, rechteckigen Kirchenraum und setzte sich neben den Templer auf die einzige Holzbank nahe des Altars, auf dem die Figur des Heilands stand, von zwei brennenden Öllichtern erhellt. Juliana erzählte ihm alles, was sich auf Burg Ehrenberg, in Wimpfen und auf dem Weg bis Cebrero zugetragen hatte. Dann zog sie den Brief aus ihrer Tasche und reichte ihn dem Comandador. Don Fernando hielt das Pergament näher an die Flammen, betrachtete die Siegel und brach sie dann mit einer raschen Handbewegung.

»Hast du die Siegel gesehen?«

Juliana nickte. »Eines ist vom französischen König.«

»Und das andere von Wilhelm de Nogaret!«, rief der Templer.
»Wer ist das?«
»Der Bluthund des Königs!« Fast zögerlich faltete er das Blatt auseinander und begann zu lesen. Wie unter Zwang erhob er sich von der Bank und starrte auf das Schreiben. Juliana kam es vor, als würde alle Farbe aus seinem Antlitz weichen, sicher konnte sie das jedoch beim Flackern des Lichts nicht sagen. Der Ausdruck in Don Fernandos Gesicht allerdings war reines Entsetzen.
»Hatte Ritter Swicker Recht? Geht es um eine große Verschwörung?«, fragte das Mädchen mit bebender Stimme. Zu ihrer Überraschung reichte ihr der Comandador den Brief. Erst fiel es ihr schwer, die schwungvollen Buchstaben zu entziffern, dann aber sank ihr Kiefer hinab, und sie starrte mit offenem Mund auf die Nachricht.
»Aber, aber, das kann er nicht machen«, stotterte das Edelfräulein und sah zu Don Fernando auf. »Er hat kein Recht dazu. Die Templer unterstehen nur dem Heiligen Vater. Das muss ein Scherz sein.«
»Der König der Franzosen scherzt mit solchen Dingen nicht«, widersprach Don Fernando grimmig. »Wenn er in diesem Brief die Anweisung gibt, alle Templer am Morgen des 13. Oktobers im Jahre des Herrn 1307 zu verhaften und in die Kerker der Krone werfen zu lassen, dann wird diesem Befehl Folge geleistet. Hast du nicht gelesen? Alle Güter sind aufzunehmen, Geld und Schätze zu beschlagnahmen! Das ist bitterer Ernst!«
Ein Lächeln der Erleichterung huschte über das Gesicht des jungen Mädchens. »Wie schrecklich, wenn der Brief an sein Ziel gelangt wäre! Nun aber weiß der König nicht, dass sein Schreiben Ungarn nie erreicht hat! Und Ihr könnt die Brüder warnen. Die Templer sind ein großer Orden und haben mehr Macht als der Franzosenkönig. Sein böser Anschlag ist misslungen!«
Don Fernando schüttelte den Kopf. Seine Miene war ernst.

»Nein, du hast nicht ganz verstanden. Die Templer in Ungarn mögen dem französischen Arm durch diesen Zufall entgangen sein. Aber glaubst du wirklich, dass dies der einzige Brief ist? Wird Philipp le Bel nicht seine Seneschalle und Kommissäre im ganzen Reichs mit solchen Anweisungen bedacht haben, so weit sein Arm reicht?«

Juliana sprang auf. Sie fühlte, wie nun auch ihr alle Farbe aus dem Gesicht wich. »Aber dann werden alle Templer in Frankreich verhaftet?! – Was ist heute für ein Tag? Der elfte? Schon übermorgen! Sie sind völlig ahnungslos! Man wird sie überrumpeln und in den Kerker werfen, noch ehe sie begreifen, welche Teufelei ihnen geschieht. Don Fernando, Ihr müsst sie warnen! Schnell! Schickt Eure Männer los!«

Der Templer sank auf die Bank zurück. »Wie weit werden sie kommen?«, fragte er leise. »Selbst mit den schnellsten Pferden werden sie nicht einmal die Grenzen Kastiliens erreichen.« Juliana ließ sich neben ihm auf die Bank fallen. Beide starrten sie eine Weile auf die Figur des Gekreuzigten. Dann stemmte sich Don Fernando schwerfällig von der Bank hoch, als wäre er in den wenigen Augenblicken um Jahre gealtert.

»Genug geredet. Retten wir, was zu retten ist. Ich werde meine Begleiter in alle Himmelsrichtungen schicken und selbst, so schnell es geht, nach Ponferrada zurückkehren, um von dort weitere Ritter auszusenden. Wirst auch du uns helfen? Du scheinst mir, trotz deiner Jugend, ein entschlossener Bursche. Wir könnten dich als Knappe gut gebrauchen.«

Juliana senkte errötend den Kopf. »Ich danke Euch für das Vertrauen, Don Fernando, aber Euer Knappe kann ich nicht werden. Wenn ich aber eine Nachricht nach Westen tragen soll, dann stehe ich Euch gern zur Verfügung.«

Der Templer nickte. »Gut, ich gebe dir eine Notiz für den Bischof von Santiago mit. Dann können meine Männer andere Ziele anreiten.«

Im Kloster bekam der Comandador Pergament, Feder und Tinte und kritzelte rasch ein paar Worte für seine Tempelritter und für den Bischof von Santiago nieder. Ein Mönch brachte dunkelroten Siegellack, mit dem Don Fernando die Briefe verschloss.

»Reitet schnell wie der Wind«, sagte er, als er ihnen die Schreiben reichte. Mögen Gott der Herr und die Heilige Jungfrau uns beistehen.«

Und so sprengten sie davon. Die Ritter nach Norden und Süden, der Comandador zu seiner Festung nach Ponferrada und Juliana nach Vila Nova de Sarria im Westen, um sich mit André zu treffen. Trotz des scharfen Rittes konnte sie nicht verhindern, dass ihre Gedanken zu kreisen begannen. Sie weilten bei den Toten. Bei ihrem Vater und dem Templer Swicker. Und sie kehrten immer wieder zu Bruder Rupert zurück – zu Deutschherr Rupert von Hauenstein.

44
Der Deutschherr
Burg Horneck im Jahre des Herrn 1307

Er muss ein paarmal an die Tür klopfen, bis eine Stimme ihn hereinruft. Sie klingt ungeduldig und ablehnend. Der Mann im schlichten Waffenrock zögert, stößt dann aber die Tür auf und tritt einen Schritt in das Gemach. Er lässt den Blick durch den Raum huschen. Die Ritter haben es recht gemütlich: ein breites, weiches Bett mit Federdecke und Kissen, einen Kamin, der im Sommer natürlich kalt ist, Truhe und Waffenständer, Teppiche an den Wänden und bequeme Scherenstühle. In einem von ihnen sitzt der Ritter gerade. Seinen weißen Mantel mit dem schwarzen Kreuz hat er achtlos auf das Bett geworfen. Neben ihm auf dem Tisch stehen drei Weinkrüge, von denen zwei offenbar bereits geleert wurden.

»Was gibt's?«, fragt der Ritter unfreundlich.

Der Torwächter teilt dem Deutschherrn Rupert von Hauenstein höflich mit, dass ein Besucher ihn zu sprechen wünsche.

»Um diese Zeit?« Die dunklen Augenbrauen wandern nach oben, und der Ritter sieht den Wachmann erstaunt an. »Warum hast du ihn nicht fortgeschickt? Will er hier die Nacht verbringen? Dann führe ihn in eine der Gästekammern. – Wer ist es denn?«, fügt er nach einem großen Schluck aus dem letzten Krug hinzu.

»Ich glaube, es ist der Herr von Sankt Peter, und er möchte Euch unbedingt sprechen – sogleich, wenn das möglich ist, Herr Ritter.«

»Von Sankt Peter? Doch nicht etwa der Dekan?«, wundert sich Rupert. »Nun gut, führe ihn herauf.«

Der Wachmann verbeugt sich und eilt davon. Bald darauf sind leise Schritte auf dem Gang zu hören, und der Dekan Gerold von Hauenstein betritt das Gemach. »Einen guten Abend und Gottes Segen, Rupert. Willst du deinen Oheim nicht höflich begrüßen?«

Sein Blick drückt Missfallen aus, als er über den von Weinflecken und Essensresten verschmutzten Waffenrock wandert, hinauf zu dem dunklen, ungepflegten Bart und dem wild nach allen Seiten abstehenden Haupthaar. Zögerlich erhebt sich Ritter Rupert.

»Ihr wart lange nicht mehr auf Horneck, Oheim. Was führt Euch zu dieser Stunde her?« Er durchquert in seinen schmutzigen Stiefeln den Raum, räumt ein paar Kleidungsstücke von einem zweiten Scherenstuhl herunter und fordert den Besucher auf sich zu setzen. »Wollt Ihr Wein?«

Der Dekan schüttelt den Kopf, lässt sich aber auf das Sitzkissen sinken.

»Ich bin gekommen, um dich um einen Gefallen zu bitten – vielleicht einen sehr großen Gefallen.«

»Soll ich für Euch ein paar Sarazenen jagen? Oder ungläubigen Prußen den Kopf abschlagen?« Er reckt die Arme und spannt die Muskeln an. Seine Fingerknöchel knacken. »Dann zählt auf meine Hilfe. Ich werde noch zu einem schwächlichen Betbruder verkommen, wenn ich hier noch länger herumsitze und nichts weiter zu tun habe, als den Schiffen auf dem Neckar nachzuschauen.« Er ballt ein paarmal zornig die Fäuste. »Ich kann es nicht verstehen, dass mich der Komtur nicht nach Osten lässt. In Marienberg werden gute Ritter gebraucht, um die heidnischen Prußen zu bekämpfen.«

»Oder sie zu bekehren?«, wendet der Dekan ein.

»Oder sie zu bekehren«, wiederholt Rupert unwirsch. Er trinkt noch einen Schluck und fixiert dann mit seinen dunklen Augen den Besucher, der mit seiner hochgewachsenen Gestalt und dem makellosen, wertvollen Gewand eine eindrucksvolle Erscheinung ist.

»Nun, was soll ich für Euch tun, wenn es keine Ungläubigen zu bekämpfen gibt?«

»Kennst du den Ritter Kraft von Ehrenberg?«

Der Deutschherr nickt. »Ja, ich habe einige Male mit ihm gesprochen.«

»Und hast du auch gehört, was sich in der Pfalz vor einigen Tagen zugetragen hat?«, fragt der Dekan vorsichtig weiter.

Ein Grinsen teilt den verwilderten Bart. »Oh ja, solch Neuigkeiten sprechen sich schnell herum. Er hat einem Tempelherrn einen Dolch in die Brust gestoßen. Kein Fehler, wenn Ihr mich fragt, ich habe das eingebildete Pack nie leiden können.« Er prostet dem Oheim zu und nimmt einen tiefen Schluck.

»Solch Reden stehen dir nicht an«, schimpft Dekan von Hauenstein. »Ich habe diese kindischen Streitereien zwischen den Orden nie für gut befunden. – Aber darüber will ich heute nicht mit dir sprechen. Ich habe den Ehrenberger nach Santiago geschickt.«

»Und ihn so vor dem rächenden Zorn der Templerbrüder geschützt. Was man so hört, schäumen sie vor Wut.«

Gerold von Hauenstein nickt. »Ja, deshalb dürfen sie auch nicht erfahren, wohin Kraft von Ehrenberg reist. Ich habe ihm eingeschärft, sich unauffällig zu verhalten und wie ein armer Pilger dahin zu ziehen.«

»Soll ich für Euch den Rest der Templerbande erledigen? Dann hat er keinen Feind mehr in seinem Rücken zu fürchten.«

»Nein! Kannst du an nichts anderes denken als daran, irgendjemandem den Kopf abzuschlagen? Hast du keinen Verstand mehr, kein Herz und kein Gefühl? Was ist aus dir geworden? Ein versoffener Schläger!«

Rupert weiß um seine kräftige Statur, die auf viele Menschen eine Furcht einflößende Wirkung hat, doch unter dem anklagenden Blick aus den grünen Augen fühlt er sich plötzlich wieder wie ein Knabe.

»Ich bin nicht betrunken«, verteidigt sich Rupert kleinlaut.

»Das solltest du aber sein, wenn du all diese Krüge geleert hast«, entgegnet der Dekan traurig. »Um so schlimmer, wenn du immer so viel trinkst.«

»Erzählt mir, was Euch so wichtig ist, dass es Euch bei Nacht nach Horneck treibt«, sagt Ritter Rupert ernst und hält dem Blick des Oheims stand.

»Edelfräulein Juliana von Ehrenberg, Ritter Krafts Tochter«, seufzt der Dekan.

»Ein Fräulein?«, ruft Rupert verblüfft. »Ihr seid doch nicht etwa in Liebe zu ihr entbrannt?«

»Ich liebe sie, seit sie ein kleines Mädchen war, wie meine Tochter! Ich habe sie unterrichtet und ihr Leben begleitet, doch nun ist ihre Welt aus den Fugen geraten.«

Rupert zuckt mit den Schultern. »Ja, und?«

»Sie hat mich heute besucht, und ich sah es in ihren Augen, dass sie etwas plant. Ich fürchte um sie. Auch dass die Templer noch immer auf Ehrenberg weilen, erfüllt mich mit Sorge. Ich hätte nicht gedacht, dass sie so hartnäckig sind.«

»Und was kann ich dabei tun?« Die Augen des Deutschherrn verengen sich. »Ich soll doch nicht etwa Amme spielen? Das könnt Ihr nicht wirklich wollen!«

»Ich möchte, dass du sie beschützt – notfalls mit dem Schwert, denn ich vermag es nicht zu tun! Sie kann sehr störrisch und leichtsinnig sein!«

»So tief bin ich noch nicht gesunken, dass ich mich als Kinderfrau verdingen muss!«, poltert Rupert und knallt den Weinkrug auf den Tisch. »Soll ich mich verkleiden und auf Ehrenberg einschleichen, oder wie habt Ihr Euch das gedacht?«

»Verkleiden wäre nicht schlecht«, nickt der Dekan. »Wenn meine Ahnung richtig ist, dann wird sie nicht auf Ehrenberg bleiben.«

»Und wenn sie beim Papst selbst Unterschlupf sucht, ich laufe hinter keinem Weiberrock her!«

Der Dekan erhebt sich und faltet die Hände vor seinem glänzenden roten Gewand. »Dann ist das ein Nein?«

Der vierschrötige Ritter nickt. »Ich denke, ich habe mich deutlich ausgedrückt.« Er greift nach seinem Weinkrug.

Der Dekan erhebt sich und tritt zur Tür. »Nun gut, dann

lasse ich dich jetzt allein, Deutschritter Rupert. Ich sehe, du hast noch einen Krug zu leeren. Dabei will ich dich natürlich nicht stören!«

Er neigt den Kopf und verlässt die Kammer. Rupert starrt auf die geschlossene Tür. Sein Wein will ihm plötzlich nicht mehr schmecken.

»Alter Narr, verfluchter Quälgeist!«, schimpft er laut und wirft einen der leeren Krüge zu Boden. Aber selbst die lauten Worte können das ungute Gefühl nicht übertönen, das sich in ihm ausbreitet.

* * *

Deutschherr Rupert steht wie so oft auf dem Wehrgang und lässt den Blick über die Zinnen hinweg zum Neckar hinunterwandern. Die Fähre setzt gerade einen Reiter über, zwei weitere Kähne fahren gemächlich flussabwärts. Seltsam, dass der Anblick des Flusses und seiner Boote die Sehnsucht in ihm stets noch heißer brennen lässt. Er fühlt sich eingesperrt und nutzlos. Inzwischen redet er sich sogar ein, der Feldzug nach Ägypten wäre ein wundervolles Abenteuer gewesen. Wenn ihn heute jemand fragen würde, er würde sich sofort und ohne zu zögern noch einmal in die Wüste begeben – aber es kommt niemand, ihn zu fragen.

Die Fähre hat das Ufer inzwischen erreicht, und der Reiter führt sein Pferd an Land. Es ist eine große, schlanke Gestalt. Als sie den Hut zieht, um sich die Stirn zu trocknen, sieht Rupert einen dichten, grauen Haarschopf. Ein seltsames Gefühl glimmt in seinem Leib und breitet sich aus. Er kennt diese Ahnung, die ihn auf den Feldzügen oft vor Gefahr gewarnt hat. Aber warum steigt jetzt dieses Gefühl in ihm auf? Hat es mit dem Reiter dort unten zu tun? Er sitzt nun wieder im Sattel und treibt sein Ross auf das Tor der Deutschherrenfestung zu. Der Besuch des Oheims vom vergangenen Abend kommt ihm wieder in den Sinn, und er versucht, die Gedanken rasch zu verdrängen. Warum sieht er sich selbst plötzlich mit den Augen des Dekans? Ein träger, nutzloser Säufer, der von keinem gebraucht wird.

Es wundert Rupert kaum, als sich kurz darauf eilige Schritte hinter ihm nähern und er die Stimme des Oheims vernimmt.

»Hier bist du«, keucht er, und der Deutschherr fragt sich, was passiert ist, dass der korrekte Dekan von St. Peter jede höfliche Begrüßung weglässt. Gemächlich dreht sich Rupert um.

»Oheim, Ihr schon wieder? Was verschafft mir die Ehre?«

»Ich habe es geahnt«, stöhnt der alte Kirchenmann und lehnt sich schwer atmend gegen eine Zinne. »Sie ist weg!«

Ruperts Miene verdüstert sich. »Ihr sprecht doch nicht etwa schon wieder von Eurem Ammenkind?«

Dekan von Hauenstein legt seine schlanke Hand auf den schmuddelig weißen Ärmel des Deutschritters. »Vielleicht habe ich es falsch angefangen. Bitte, höre mir zu und gib mir die Möglichkeit, dir alles zu erklären. Dann denke darüber nach und antworte mir.«

Ruppert brummt und verschränkt ablehnend die Arme vor der Brust, nickt dann aber. »Nun gut, ich höre.«

Gerold von Hauenstein beginnt zu berichten, von den drei Templern und der Nacht des Mordes in der Pfalz, von der Pilgerfahrt des Ehrenbergers und dem wichtigen Brief, der nun auf geheimen Pfaden nach Kastilien reist. Wider Willen hört Rupert fasziniert zu. »Eine große Verschwörung«, sagt er, und in seinen Augen glänzt Tatendrang. Das Kribbeln in seinem Leib wird stärker.

»Juliana weiß nichts von dieser Sache. Sie denkt, ihr Vater hat Swicker ermordet. Wir haben ihre Gewänder gefunden, ihr Pferd hat sie in Wimpfen zurückgelassen. Ich vermute, dass sie ihr Haar geschnitten und sich die Kleider eines Knappen angelegt hat. Als Bursche verkleidet wandert sie dem Vater hinterher – wenn nötig bis nach Santiago.«

»Bis nach Santiago«, wiederholt Rupert und empfindet gegen seinen Willen Respekt. Dennoch sagt er abfällig: »Verrückt. Sie weiß nicht, worauf sie sich einlässt. Weit wird sie nicht kommen. Ein Edelfräulein auf der Landstraße!«

»Vielleicht weiß sie nicht, worauf sie sich einlässt«, stimmt ihm der Dekan zu, »und doch bin ich überzeugt, dass sie ihren Weg gehen wird – wenn es sein muss, bis ans Ende der Welt!«

»Ein ungewöhnliches Fräulein«, brummt der Deutschordensritter.

»Ja, das ist sie. Zu schade, um Opfer einer Intrige zu werden – und das wird sie, wenn die Schergen des Franzosenspitzels ihre Fährte aufnehmen! Sie kennen keine Skrupel. Was zählt ihnen ein junges Leben, das unter ihrem Schwert zugrunde geht?«

Rupert kaut auf seiner Unterlippe und kratzt sich die Narbe am Hals. »Ihr glaubt also, dass sie sie verfolgen könnten? Um an den Vater ranzukommen?«

»Oder weil sie vermuten, Juliana hätte den wertvollen Brief gefunden«, ergänzt der Dekan. »Ich weiß es nicht, fürchte aber das Schlimmste. Ohne einen Beschützer, der zur Not auch mit der Waffe in der Hand ihr Leben rettet, wird sie es nicht schaffen.«

Rupert überlegt. »Habe ich das richtig verstanden? Ihr wollt nicht, dass ich sie einfange und zurückbringe? Ihr wollt, dass ich mit ihr gehe – wenn notwenig bis nach Santiago?«

»Bis nach Santiago und zurück«, nickt der Dekan. »Ich weiß, ich kann dir nicht befehlen, aber ich bitte dich als dein Oheim, dein Gevatter und dein Freund. Wenn du zustimmst, werde ich mit dem Komtur sprechen.«

Das Kribbeln ist nun eindeutig das Gefühl freudiger Erregung, die er immer dann verspürt, wenn es etwas Neues und Aufregendes zu entdecken gilt. Sein Bart teilt sich zu einem Lächeln.

»Gut. Verehrter Oheim, ich beuge mich Euren Wünschen. Ich gehe mein Schwert schleifen und das Ross satteln. Sprecht Ihr so lange mit dem Komtur. In einer Stunde bin ich zum Aufbruch bereit.«

»Äh, noch etwas«, hält ihn der Dekan zurück.

»Was?«

»Ich denke, du solltest im Verborgenen reisen – als Pilger – sagen wir als Bettelmönch. Sie ist sehr störrisch. Versuche ihr Vertrauen zu gewinnen und bleibe dann an ihrer Seite. Du solltest dich nicht als Deutschordensritter und mein Neffe zu erkennen geben.«

Rupert, der schon auf dem halben Weg zum Treppenabgang ist, dreht sich langsam um. »Was meint Ihr damit, als Pilger? Als Bettelmönch?«

»Sie tragen braune Kutten«, sagt der Dekan kleinlaut. »Und kein Schwert.«

»Ach, und womöglich soll ich auch noch zu Fuß gehen?«

»Ja, das dachte ich so, denn auch Juliana und ihr Vater reisen zu Fuß.«

Ruperts Miene verfinstert sich wieder. »Zu Fuß nach Santiago – und dann auch noch ohne Schwert gegen einen Sack voll verräterischer Franzosen.«

»Das macht die Sache für dich natürlich schwierig«, räumt der Oheim ein und beobachtet die Miene des Ritters.

»Hm, darf ich wenigstens einen Dolch mitnehmen? Und einen zweiten im Stiefel tragen?«, blafft Rupert.

Dekan von Hauenstein lächelt. »Ich bitte darum.«

Nun muss auch Rupert grinsen. »Ihr seid ein Teufelskerl!«

»Lass das nicht meinen Propst hören«, wehrt der Kirchenmann ab.

»Doch, das seid Ihr. Ihr lasst die Menschen an Fäden tanzen, ohne dass sie es bemerken. Ihr wusstet, dass Ihr mich herumkriegen würdet. Vermutlich habt Ihr mir bereits eine Kutte besorgt.«

Dekan von Hauenstein schlägt die Augen nieder. »Sie ist in dem Paket, das du am Sattel meines Pferdes findest. Eine Pilgertasche und einen Stab habe ich dir auch mitgebracht.«

Für ein paar Augenblicke starrt der Deutschordensritter seinen Oheim verblüfft an, dann beginnt er, schallend zu lachen.

»Nun gut, dann wollen wir sehen, dass der Bettelmönch Bruder Rupert seine Pilgerreise antritt!« Seit vielen Monaten hat Rupert sich nicht mehr so leicht und frei gefühlt.

45
Santiago

Am Morgen des 13. Oktober 1307 ritt das Fräulein Juliana von Ehrenberg von Vila Nuova* aus durch das nasse grüne Galicien. Noch heute Abend würde sie in Santiago sein. Es regnete seit dem vergangenen Nachmittag ohne Unterlass. Mantel, Kittel und Hemd waren lange schon durchweicht, aber das Mädchen ritt weiter. Die Nacht hatte sie in einem Kloster verbracht. Sobald man den Weg im ersten Licht des Tages jedoch wieder erkennen konnte, war sie aufgebrochen. André hatte sie bereits in Portomarín zurückgelassen. Sein Ross war dem strengen Ritt nicht gewachsen und lahmte. Es war dem jungen Ritter gar nicht recht, Juliana allein ziehen zu lassen, aber diese ließ ihm keine Wahl. Ein frisches Pferd zu kaufen, hätte ihren Beutel zu sehr geschmälert, obwohl er mit Bruder Ruperts und des Vaters Münzen nun nicht schlecht gefüllt war. Vielleicht würden sie sich in Santiago wiedersehen. Darüber konnte sie später nachdenken, nun musste sie erst dem Bischof Don Fernandos Brief überbringen.

Wenn nur der Regen endlich nachlassen und die Wege ein wenig trockener würden. Das Pferd drohte immer wieder im Morast auszugleiten. Im Tal war das Gras schwer und nass, an den Hängen und auf den Kuppen der niederen Hügel standen triefende Eichen dicht beisammen. Ihre mächtigen, knotigen Stämme waren dicht von Moosen und Farnen bewachsen.

Das Ross kämpfte sich voran. Im Stillen dankte Juliana Bruder Rupert für seine gute Wahl. Sicher hatte er ein Vermögen dafür ausgegeben, das beste Pferd des Ortes zu erstehen. Doch

* heute: Arcúa

meist waren ihre Gedanken nach Frankreich unterwegs. Was geschah dort an diesem Morgen? Waren die Templer bis heute ahnungslos geblieben? Hatte der König es geschafft, sie zu überrumpeln? Ihre Burgen waren stets gut befestigt. Würden sie Widerstand leisten? Oder vertrauten sie auf ihr reines Gewissen und die Gerechtigkeit der Justiz, die das Missverständnis bald klären würde?

Es dämmerte schon, als Juliana einen Hügel herabritt und an dessen Fuß einen Fluss erreichte, in dem zahlreiche nackte Männer und ein paar Frauen badeten.

»Komm herein!«, rief ihr einer zu und winkte. »Willst du so schmutzig vor den Apostel treten? Alle baden in der Lavacolla!«

Juliana schüttelte den Kopf und ritt den Talhang auf der anderen Seite hinauf. Sie näherte sich dem Kamm des Hügels. Oben stand eine Kapelle, neben der sich ein Grüppchen Pilger auf die Knie sinken ließ. Sie hoben die Arme und streckten sie der untergehenden Sonne entgegen, die nun ein paar Strahlen durch die Wolkendecke sandte. Juliana ritt langsam heran.

»El Monte del Gozo« – »der Berg der Freude« –, sagte einer der Männer mit verklärter Stimme. Als er sich nach dem sich nähernden Hufschlag umsah, konnte das Mädchen die Tränen erkennen, die ihm über die Wangen rannen.

»¡Ven, más próximo!« – »Komm näher« –, rief er ihr zu und winkte. »¡Desde aquí se puedrn ver las torres de la catedral!« – »Von hier aus kann man die Türme der Kathedrale sehen!«

Juliana stieg vom Pferd. Ihre Knie zitterten von der Anstrengung der letzten Tage, und ihr gesamter Rücken schmerzte vom langen Ritt. Sie schlang die Zügel um den Ast einer Buche und humpelte zu den Pilgern. Da, vom letzten Lichtstrahl des Tages erleuchtet, ragten im Tal die schwarzen Silhouetten zweier Türme auf. Das war sie, die berühmte Kathedrale, unter deren Hauptaltar die Knochen des Apostels Jakobus und seiner beiden Jünger lagen. Dorthin reisten die Menschen, um zu beten und um Heil und Gnade zu erflehen. War es die Verzückung der anderen Pilger, die Erschöpfung der Reise oder der Tod des Vaters und ihres Begleiters, die wie eine frische Wunde in ihr brannten? Juliana konnte es nicht sagen. Sie spürte nur, wie ihre Knie nachgaben und sie ins nasse Gras sank. Ein Zittern durchlief ihren Körper, und zum ersten Mal, seit sie Cebrero verlassen hatte, traten ihr Tränen in die Augen und rannen über ihre Wangen herab. Das Schluchzen erfasste ihren ganzen Körper und schüttelte ihn. Sie barg das Gesicht in den Händen und weinte. Ein alter Mann, der kaum noch ein Haar auf dem Schädel und fast keine Zähne mehr im Mund hatte, legte den Arm um ihre Schulter.

»Sí, llora chico, ¡es un momento emocionante!« – »Ja, weine, mein Junge, es ist ein bewegender Augenblick!« Hier durfte auch ein Mann weinen, ohne aufzufallen. Einer der Pilger stimmte das »Te Deum« an, und alle fielen in den Gesang ein. Juliana wischte sich die Tränen vom Gesicht und sang mit zitternder Stimme mit. Sie dachte an ihren Vater und an Bruder Rupert, die ihr Leben gegeben hatten, und an die vielen Tempelbrüder in Frankreich, die nun vielleicht schon – völlig schuldlos – in den Kerkern des Königs saßen.

»Nun erhebt euch, Brüder, und folgt mir rasch, ehe die Tore geschlossen werden«, forderte einer der Pilger die anderen auf, als das Lied zu Ende war. Noch immer knieten die Pilger vor der Kapelle und starrten mit verzückten Mienen auf die Türme im Tal.

»Wir wollen die Nacht in der Kathedrale verbringen und nicht vor den Toren in San Lázaro!«

Juliana band ihr Pferd los und folgte den anderen. Nein, sie wollte auch nicht zu den Aussätzigen! Sie winkte den Männern zu und ritt an San Lázaro vorbei weiter den Berg hinunter.

* * *

Santiago, die Stadt des heiligen Apostels. Da war die Porta do Camiño durch die sich Pilger und Bürger mit Karren oder zu

Pferd in die Stadt drängten oder aus ihr hinausströmten. Zu dieser späten Stunde wollten die meisten natürlich in die Stadt hinein. Juliana ließ sich aus dem Sattel gleiten, zeigte einem der Wächter ihren Pilgerbrief und folgte dann der steil ansteigenden Gasse zur Plaza del Campo, dem höchsten Punkt der Stadt. Vor ihr fiel die Gasse zur Kathedrale ab. Sie war voll gestopft mit Pilgern und vor allem von allerlei Krämern, Händlern und Handwerkern mit ihren kleinen Werkstätten unter den Arkaden, die den Besuchern gegen gute Münze allerlei verkaufen wollten, was diese – wollte man ihren Anpreisungen Glauben schenken – unbedingt benötigten. Das Angebot reichte von verschiedenen Gaumenfreuden über Reliquien und Amulette, Schmuckstücke aus den Gagatschnitzereien, Silberarbeiten und Kerzen bis hin zur *concha*, der Pilgermuschel, die jeder stolz an seine Brust heften und als Beweis für seine Reise mit in die Heimat nehmen wollte. Dazwischen erhoben Wirte ihre Stimmen, die Gäste in die Tavernen locken wollten – zu einem Becher Wein oder dem berauschenden warmen Getränk, das sie hier in Galicien aus dem Saft von Äpfeln brauten. Auch Frauen drängten sich in den Massen. Der unzüchtigen Kleidung nach waren es freie Weiber, die den weit gereisten Pilgern ihren Körper anboten.

Der Lärm der vielen Stimmen schien sich in einer Glocke über der Stadt aufzuwölben, und mit ihm der Gestank, der schlimmer war als an allen anderen Orten, die Juliana auf ihrem Weg passiert hatte. Trotz ihres Bades im Río Lavacolla verströmten die Pilger, jeder für sich, einen unangenehmen Geruch – zusammengepresst zwischen Läden und Tavernen in den von Unrat bedeckten Gassen raubte er dem Ritterfräulein den Atem.

So stand sie eine ganze Weile wie betäubt am Rand des Platzes, bis sie sich ein Herz fasste und den Wirt des Ausschanks unter den Arkaden nach dem Weg fragte.

»¿Dónde está la casa del obispo?« – »Wo befindet sich das Haus des Bischofs?«

Der Mann grinste sie mit gelben Zähnen an.

»¡El palacio de Don Rodrigo, el arzobispo!« – »Der Palast von Don Rodrigo, dem Erzbischof!« –, verbesserte er und wedelte mit den Armen die Gasse hinunter. »Al lado de la catedral.« – »Neben der Kathedrale.«

Juliana dankte und ließ sich mit dem Strom der Pilger auf die Nordfassade der Kirche zutreiben. Mit glücklichen Mienen strebten sie auf das doppelte Portal im Querschiff zu. Juliana blieb stehen und sah sich um. Auf dem kleinen Platz zu ihrer Linken duckte sich eine Kapelle neben der Kathedrale, die durch diesen Anblick noch größer und mächtiger wirkte. Welches Gebäude aber war der Palast des Erzbischofs? Rechts von ihr zog die Stadtmauer entlang, vor der sich die Gebäude eines Konvents erhoben. Daneben klebte ein kleines Haus an der Mauer, das offensichtlich ein Spital war. Der Größe nach zu urteilen, konnte es allerdings nicht mehr als ein Dutzend Pilger beherbergen. Das Mädchen ging weiter und zog ihr Pferd an den Zügeln hinter sich her. Inzwischen war die Nacht hereingebrochen, doch das Gewimmel in den Gassen schien nicht abzuebben. Licht und Gesänge drangen durch das offene Portal der Kathedrale. Vor ihr erhob sich düster ein Haus mit mehreren Stockwerken und doppelten Bogenfenstern. Das musste der Palast sein! Eine schmale Gasse führte an der Kirche vorbei zum Haupteingang, vor dem zwei mit Spießen bewaffnete Wächter standen.

In allen Sprachen, derer sie mächtig war, versuchte Juliana, den Männern klar zu machen, dass sie Don Rodrigo unbedingt sprechen müsse. Sie sprach von Don Fernando, dem Comandador der Tempelritter, und zeigte dessen Siegel auf dem Brief, aber die Wachen schüttelten nur die Köpfe. Fordernd streckte einer der beiden die Hand nach dem Schreiben aus. Juliana wich zurück. Konnte sie ihnen trauen? Würden sie ihn dem Erzbischof aushändigen? Beharrlich blieb sie vor dem Tor stehen und wiederholte ihr Anliegen. Das Pferd scharrte ungeduldig mit den Hufen. Das Tier war hungrig und verlangte nach Futter und einem Stall – nicht weniger als seine Herrin, dennoch blieb das Mädchen hart.

»Komm morgen wieder«, sagte der zweite Wächter. »Jetzt dürfen wir niemanden mehr stören.«

Seufzend gab Juliana auf. Sie war so erschöpft, dass sie hier auf den Stufen hätte schlafen können, doch sie musste sehen, dass sie das Tier unterbrachte, das ihr so treue Dienste geleistet hatte. Sie fragte den nächsten Pilger, mit dem sie fast zusammenstieß, nach einem Spital oder einer Herberge. Er nannte ihr gleich drei, machte aber ein besorgtes Gesicht. »Ich wünsche dir viel Glück«, sagte er zweifelnd, und strebte dann der Kathedrale zu.

Juliana wusste bald, was er meinte, denn alle Herbergen, die man für wenig oder kein Geld bekommen konnte, schienen überfüllt. Kreuz und quer zog sie das Pferd durch die Stadt, nur um immer wieder abgewiesen zu werden. So herzlich sie unterwegs meist aufgenommen worden war, so barsch und unfreundlich wies man ihr heute die Tür. Wie konnte das sein, hier in der heiligen Stadt? Sie stand nun wieder auf der Plaza del Campo, schwankend vor Erschöpfung.

»Suchst du ein Lager für die Nacht?«, sprach sie der Wirt an, den sie vor Stunden – wie es ihr vorkam – nach dem Weg gefragt hatte. Juliana nickte. Er nannte ihr einen Preis, der viel zu hoch war, doch sie nickte und überließ ihm die Zügel des Pferdes. Eine Magd führte sie in eine schmutzige Kammer, in der dicht an dicht ein Dutzend Betten stand, alle bis auf eines bereits belegt. Juliana ließ sich, so wie sie war, auf die raue Wolldecke fallen. Sie nahm sich vor, nur ein paar Augenblicke zu ruhen und dann zur Kathedrale zu gehen, um mit den anderen Pilgern die Nacht über zu wachen, zu singen und zu beten, doch als sie die Augen wieder aufschlug, drang bereits das Licht des Morgens durch die dünnen Pergamentscheiben vor den Fenstern.

* * *

Nachdem Juliana gegessen, getrunken und nach ihrem Pferd gesehen hatte, machte sie sich ein zweites Mal mit ihrem Brief zum Palast auf. Dieses Mal war der Wächter bereit, einen der wichtigen Männer des Hauses zu holen. Zum Bischof selbst ließ man sie wieder nicht vor. So blieb ihr nichts anderes übrig, als das Schreiben in die Hände des Mannes zu legen, der sich Mayordomo des Erzbischofs nannte. Sie würde nie erfahren, ob sich Don Rodrigo vor die Templer stellen – ja, ob ihn das Schreiben überhaupt erreichen würde.

Juliana ging zu ihrem Quartier zurück und verschlief den Rest des Tages. Erst am Abend näherte sie sich wieder der Kathedrale. Seit der vergangenen Nacht regnete es, und es schien nicht so schnell wieder aufhören zu wollen. Der Wind trieb das Wasser durch die Gassen, verwirbelte es und sorgte dafür, dass Kapuzen, Mäntel und Beinlinge in wenigen Augenblicken durchweicht waren.

Juliana umrundete das Gotteshaus und betrachtete es von allen Seiten, so als wolle sie den Moment, es zu betreten, so lange wie möglich hinauszögern. Am prächtigsten war der Anblick vom Platz an der westlichen Stadtmauer her. Juliana betrachtete die Fassade mit den beiden Türmen, über die der Regen herabrann. Sie sah die Pilger sich in der Vorhalle des torlosen Portals drängen und voller Ehrfurcht die fein gemeißelten Figuren betrachten.

Es wurde dunkel. Viele der Pilger, die auf dem Platz im Regen knieten und beteten, erhoben sich und strebten den Portalen im Süden oder Norden zu. Juliana folgte ihnen langsam. Sie konnte den Augenblick nicht länger hinauszögern, und so ließ sie es zu, dass der Strom der menschlichen Leiber sie erfasste und ins Kirchenschiff zog.

Das Licht unzähliger Kerzen, das sich in goldenen und silbernen Figuren und Baldachinen spiegelte, blendete sie. Die Luft war schwer von Weihrauchschwaden. Sie vermischten sich mit dem Rauch der Kerzen und waberten durch das hohe Kirchenschiff. Obwohl hier, wie in anderen Pilgerkirchen, ständig ein einfacher Servient der Chorherren mit einem Weihrauchfass das Gotteshaus durchquerte, konnte er die scharfen Ausdünstungen der vielen Menschen nicht vertreiben, die sich hier Leib an Leib drängten. Dennoch vertrauten der Erzbischof und seine Kapitularen darauf, dass der Weihrauch Seuchen und andere Krankheiten, die die Pilger mit nach Santiago brachten, von der Kathedrale fern hielt.

Juliana blinzelte und versuchte, den Hustenreiz zu unterdrücken. Die Menge wogte zum Westportal, unter dem der nächtliche Platz lag. Jeder Pilger legte seine Hand auf die Wurzel des Stamm Jesses. Die Steinsäule, auf der der Stammbaum Christi in einem Relief dargestellt war, zeigte an der Stelle, wo sie schon so viele Finger berührt hatten, glatt geschliffene Vertiefungen. Dann stiegen die Pilger einige Stufen hinauf, die sie von hinten zu der mächtigen Steinfigur des Apostels führte, die sich über dem Altar erhob. Sie umarmten Jakobus und setzten sich für ein paar Augenblicke die Krone auf, die das Haupt der Figur schmückte. Das Grab selbst oder gar die Reliquien des Apostels und seiner Jünger durften die Pilger nicht sehen. Sie waren irgendwo unter dem Altar in einer Gruft verborgen. Einige der Pilger murrten oder weinten gar vor Enttäuschung. Juliana ließ sich vom Strom der Pilger treiben. Sie fühlte sich wie betäubt und konzentrierte sich darauf, Luft zu bekommen.

Aus dem Seitenschiff hörte sie deutsche Laute. Eine Pilgergruppe aus Schwaben, Franken und der Kurpfalz hatte sich zusammengefunden und stimmte einen Choral an. Juliana gesellte sich zu ihnen und summte mit. Wie gut taten die heimatlichen Stimmen ihren Ohren. Die Pilger legten Mäntel und Decken auf den Boden und packten Brot und Käse aus. Einige ließen Krüge mit Wein kreisen. Offensichtlich wollten sie hier die Nacht verbringen. Von der Empore auf der anderen Seite drangen französische Worte herab, ein Stück entfernt schwatzten ein paar Männer in einer Sprache, die Juliana nicht kannte. Vor einer Kapelle im Rundgang hinter dem Altar sangen Mönche in zerschlissenen Kutten.

»Bist du auch aus der deutschen Heimat?«, sprach ein junger Bursche Juliana an. »Dann setz dich hierher, bete und singe mit uns. Komm an meine Seite, von hier aus kannst du die Figur des Apostels unter dem Baldachin sehen.«

Zögernd ließ sich das Ritterfräulein neben dem Fremden auf dessen Mantel sinken und betrachtete die überlebensgroße Figur Sankt Jakobs über dem Altar. Prächtig schimmert sie im Schein Hunderter von Kerzenflammen. Hatte Jakobus so ausgesehen? Auf ihrer Reise war er ihr auf Bildnissen oft als ärmlich gekleideter Pilger begegnet, ein paarmal auch als Kämpfer gegen die Mauren, das Schwert erhoben, die abgeschlagenen Köpfe der Feinde zu seinen Füßen. Hier wirkte er mit seiner Krone auf dem Kopf wie ein König.

Juliana faltete die Hände. Sie betete um Vergebung für ihren Vater und für die Seele des Deutschherrn Rupert, der sie beschützt hatte, sie betete für Swicker und für das das Leben der Templer, für André und den Krüppel Sebastian in Puent de la Reyna, für ihre Mutter daheim und den toten Bruder Johannes. Als die deutschen Pilger wieder sangen, erhob auch sie ihre Stimme, als sie schwiegen, betete sie mit ihnen. Später schliefen immer mehr der Pilger ein, rollten sich wie Tiere in ihre Umhänge. Juliana jedoch blieb die ganze Nacht aufrecht sitzen, die Hände vor der Brust gefaltet. Als ihr kein Gebet mehr einfiel, dachte sie über sich und ihren Lebensweg nach.

»Heiliger Jakobus«, flüsterte sie, »wie geht es nun weiter? Es ist alles so dunkel um mich, dass ich nicht einmal meine eigenen Schuhspitzen erkennen kann. Wohin wird mich meine Straße führen?« Doch der Apostel schwieg.

Als sie sich am Morgen erhob, war sie steif, erschöpft und durstig. Die anderen Pilger wirkten wie befreit, Juliana jedoch fühlte nur Traurigkeit, als sie durch das Portal in den regentrüben Morgen hinaustrat.

* * *

»André!« Juliana lief dem zurückgelassenen Freund direkt in die Arme, als sie am nächsten Tag ziellos durch die Stadt strich und sich die Auslagen der Gagatschnitzer und Silberschmiede betrachtete. Sie drückte ihn an sich.

»Johannes! – Juliana.« Zögernd legte er seine Hände auf ihren Rücken und wich dann hastig einen Schritt zurück. Das Mädchen betrachtete ihn. Er trug bereits die Pilgermuschel an seiner Brust.

»Warst du schon in der Kathedrale?«

André schüttelte den Kopf. »Ich werde heute Nacht vor dem Grab des Apostels wachen. Ich habe bereits zwei Kerzen gekauft – für meine Mutter und das Kind. Es ist unglaublich, was sie hier für ein Pfund Wachs verlangen. Das waren meine letzten Münzen. Ich denke, ich werde das Pferd verkaufen müssen. Wie soll ich denn sein Futter bezahlen?«

Julianas Miene verfinsterte sich. »Ja, sie beuten die Pilger aus, wo sie nur können. Hast du denn eine Unterkunft gefunden? Spitäler sind hier rar, und in den Wirtshäusern muss man kräftig bezahlen. Wenn das so weitergeht, dann sind die Münzen des Vaters und die, die Bruder Rupert mir hinterließ, bald aufgebraucht.«

André seufzte. »Ja, das ist mir auch schon aufgefallen. Es ist sogar schwer, ein Stück Brot umsonst zu ergattern. Aber ich werde kein Quartier brauchen. Ich verbringe die Nacht in der Kathedrale und wandere morgen in aller Frühe weiter.«

Juliana kaufte einem Jungen mit Bauchladen zwei Stücke seines warmen Honiggebäcks ab und reichte eines André, der es mit gierigen Bissen verschlang.

»Wohin?«, fragte sie leise. »Gehst du nach Hause zurück?«

Der junge Ritter leckte sich die klebrigen Finger ab. »Ja, ich denke, ich werde heimkehren und mich dem Vater zu Füßen werfen. Wenn er will, dass ich bleibe, dann stehe ich ihm zur Verfügung und folge seinem Rat – wenn nicht, nun dann muss ich sehen, wo ein Schwert gebraucht wird. Vielleicht schaffe ich es, nächstes Jahr bis zum Pfingstfest Burgund zu erreichen.«

»Nächstes Jahr?«, rief Juliana aus. »Was willst du so lange hier machen?«

André zuckte mit den Schultern. »Was ich will, das ist nicht die Frage. Wir haben Mitte Oktober. Vielleicht kommen wir noch über den Cebrero oder bis nach Rauanal, aber die Pyrenäen sind längst unter Schneebergen versunken, bis wir Navarra durchquert haben. Nach Frankreich kommen wir in diesem Jahr ganz bestimmt nicht mehr.«

Juliana ließ sich auf eine Treppenstufe sinken. André setzte sich neben sie. »Dann sind wir gezwungen, für viele Monate zu bleiben? Wie soll das nur gehen? Du hast kein Geld und ich nicht genug. Santiago müssen wir auf alle Fälle verlassen! Hier ist alles viel zu teuer.«

André nickte. »Wir werden auf unserem Weg schon einen Platz finden, an dem wir den Winter verbringen können. Vertraue dem Apostel Jakobus. – Und wenn du willst, dann kannst du mit nach Burgund kommen. Du bist eine edelfreie Tochter von Ehrenberg. Mein Vater hätte sicher nichts dagegen. Denke darüber nach. Bitte!«

Juliana umschlang ihre Knie und starrte auf das schmutzige Straßenpflaster. Ihre Gedanken wanderten auf trüben Pfaden, dann jedoch war ihr, als höre sie eine Stimme. Die Stimme des Tempelritters Swicker, wie er einst zu ihr gesprochen hatte. Die Worte klangen ganz klar in ihr, obwohl seit diesem Tag eine Ewigkeit verstrichen schien.

»Ich war dort, am Ende der Welt. Wer es einmal gesehen hat, der kann diesen Anblick nicht wieder vergessen, und er bleibt unser Leben lang tief in unsere Seele eingegraben.« Juliana sprang auf.

»Ich will das Ende der Welt sehen!«, rief sie. »André, reitest du mit mir bis zum großen Meer? Zu den Klippen von *finis terrae*?

Der junge Ritter lächelte sie an. »Gut, komm heute Nacht mit mir, um für die Toten, die ich zurückgelassen habe, zu beten – und für meine Erlösung. Dann gehe ich mit dir zum Ende der Welt.«

* * *

Sie ritten weiter nach Westen. Der Wind war noch immer frisch, der Regen aber hatte nachgelassen. Dennoch sah man es jeder Wiese, jedem Bach und jedem von Moos und Farn überzogenen Baum an, dass es in Galicien an Wasser nicht fehlte. In Ponte Maceyras* schäumten die Fluten über rund geschliffene Granitbrocken, um saftig-grüne Inseln herum und dann unter der zur Mitte ansteigenden Brücke hindurch.

So wenig die Menschen hier über fehlendes Wasser klagen mussten, so schwierig war es anscheinend, die Ernte vor Fäulnis und hungrigen Nagern zu bewahren. Juliana und André ritten immer wieder an lang gezogenen Speicherhütten vorbei, die auf hölzernen Stelzen ruhten. Die Taubenhäuser, die neben den Landhäusern des Adels standen, hatten die Form von Rundbauten mit unzähligen Nischen. In einem Kloster, das am Ufer eines rauschenden Bachs lag, verbrachten sie die Nacht. Einer der Padres zeigte den beiden Pilgern stolz das Mühlrad, das er mit den Brüdern gebaut hatte und das vom herabstürzenden Wasser ohne Unterlass angetrieben wurde. Juliana stapfte vorsichtig hinter den Männern her. Die Steine waren grün und glitschig. Wie Nebel stieg die Gischt auf. Die ganze Nacht verfolgte das Rauschen des Bachs Julianas Träume und weckte sie bei Anbruch des Tages. Die Mönche reichten ihnen noch ein Frühmahl, dann verabschiedeten sich die beiden Pilger und bestiegen ihre Pferde.

Der Wind frischte auf und fiel in stürmischen Böen über sie her. Graue Wolken jagten über den Himmel, ließen ihre Regenlast herabprasseln und erlaubten kurz darauf wieder ein paar Sonnenstrahlen, zur Erde herabzuscheinen. Bald würden sie die Mündung des Flusses erreichen, der sich wie ein Trichter erwartungsvoll dem Meer öffnete. Zweimal am Tag kamen die Wellen mit Wucht heran und verschlangen Sand und niedere Klippen, und dann zog sich das Wasser wieder für einige Stunden zurück. Juliana staunte. Floss das Wasser an den Rändern

---

* heute: Ponte Maceira

der Erde ab und musste von Gottes Engeln immer wieder aufgefüllt werden? Sie fragte den Pater, ob er je die Ungeheuer gesehen hätte, die am Ende der Welt lauerten, doch er lachte nur und schüttelte den Kopf.

»Sieh André, was für große weiße Tauben!«, rief Juliana und zügelte ihr Pferd, damit der junge Ritter sie einholen konnte. Zwar lahmte sein Ross nicht mehr, doch es war eher für gemächliche Gangarten geeignet. André beschirmte seine Augen gegen die grellen Strahlen, die die Nachmittagssonne zwischen zwei Wolkenbergen hindurchsandte.

»Ich weiß nicht. Sie sehen viel schlanker und wendiger aus. Ich glaube, das sind die Küstenvögel. Gaviotas hat der Pater sie genannt.«

»Möwen«, sagte Juliana verträumt. Ihre Augen glänzten. »Das Meer ist nah. Merkst du es, der Wind hat sich verändert. Er riecht so rau und schmeckt nach Salz!«

* * *

Rot versank die Sonne im Meer. Die Wellen begannen zu brennen, bis das vor Augenblicken noch tintenschwarze Wasser zu flüssigem Gold wurde. Juliana und André standen auf einer Klippe hoch über der Brandung, sie hielten sich an den Händen und sahen schweigend in die Ferne. Hier war es also. Finesterre – das Ende der Welt.

Die Sonne schien zu zerfließen und versank im brodelnden Meer. Momente später wandelten sich die Wolken von feurigem Rot zu zartem Rosa.

»Das Ende der Welt«, sagte Juliana bedächtig, als müsse sie die Worte auf der Zunge schmecken. »Wer hätte gedacht, dass es so schön ist. Mir ist, als müsste ich ein Boot besteigen und der Sonne hinterhersegeln.« André nickte nur stumm.

»Gott der Herr ist nah, ich kann ihn spüren«, flüsterte Juliana, und plötzlich fühlte sie sich leicht und frei. Der Wind fuhr durch ihre Locken und prickelte feucht und salzig auf ihrer

Haut. Tief sog sie die Luft in ihre Lungen und spürte, wie das Leben in ihr atmete. Die Dunkelheit um sie verblasste, und nun sah sie den Pfad deutlich vor sich.

»Wir werden den Winter in Rauanal verbringen, bei Wolf und den Confratres der Templer«, sagte sie bestimmt. »Und dann reiten wir nach Hause. Du nach Burgund und ich nach Ehrenberg. Heim zu meiner Familie.«

46
Ein neuer Anfang
Wimpfen im Jahre des Herrn 1308

Vielleicht hat der Apostel doch seine schützende Hand über sie gehalten und das Mädchen auf seiner Reise behütet, denn bereits am 3. Mai im Jahre des Herrn 1308 zügelte Juliana ihr Pferd, um den ersten Blick auf die drei Türme der kaiserlichen Pfalz in sich aufzunehmen. Überglücklich und gleichzeitig auch weh war ihr zumute. Sie war zurückgekehrt. Ihre Reise hatte nun ein Ende.

Juliana strich sich mit dem Handrücken eine Träne aus dem Augenwinkel und ließ ihr Pferd weitertrotten. Plötzlich hatte sie viel Zeit. Sie musste die Blumen am Wegesrand in sich aufnehmen. Sie suchte jede Veränderung, die sich von ihrer Erinnerung unterschied. Hatte der Hof zu ihrer Linken ein neues Dach bekommen? Sie ritt durch Wimpfen im Tal. Auf dem Lindenplatz war Fischmarkt, St. Peter umschlossen neue Gerüste. Sollte sie anhalten und nach dem Dekan fragen? Nein, erst wollte sie die Mutter begrüßen, ein Bad im heißen Wasser genießen und sich endlich wieder einmal anständig kleiden.

Juliana folgte der frühlingsgrünen Talaue. Die Margeriten blühten schon! Nun trieb sie das treue Tier doch an, das sie durch Kastilien und Navarra, über die Pyrenäen und durch die Täler der Rhône und des Rheins bis zum heimischen Neckar getragen hatte. Ehrenberg! Sie konnte die Spitze des Bergfrieds sehen und die zinnenbewehrte Mauer. Die letzte Steigung nahm sie im Galopp. Außer Atem, mit glühenden Wangen und strahlenden Augen zügelte sie ihr Ross vor dem Tor.

»Was willst du?«

Sie kannte die beiden Wächter nicht, die das untere Tor bewachten und sie fragend musterten. Sicher war es nicht gut, sich in dieser Aufmachung als die Tochter der Burg zu erkennen zu geben.

»Ich möchte die Herrschaft sprechen«, verlangte sie.

Die beiden betrachteten sie noch immer kritisch und machten keine Anstalten, ihr Durchlass zu gewähren. »Wer bist du? Der Herr ist nicht hier.«

Natürlich nicht, dachte sie. Er lag in kalter Erde auf dem Cebreropass in Kastilien.

»Er ist mit den Herren von Kochendorf zur Jagd.«

Juliana blinzelte. Sie musste erst ein paar Augenblicke darüber nachdenken, ob sie die Worte des Burgmanns richtig verstanden hatte.

»Zur Jagd?«, wiederholte sie zweifelnd.

Der Mann nickte. »Ja, schon seit den ersten Morgenstunden. Sie haben die Greife und die Hunde dabei.«

»Und die Herrin?«

»Die Edelfrau ist vermutlich im Palas zu finden. Wer bist du?«

»Johannes«, stotterte das Mädchen. »Ich bin Knappe des Ritters von Neipperg«, fügte sie hinzu. Etwas anderes fiel ihr so schnell nicht ein.

Endlich trat der Wachposten zur Seite. »Dann reite hinauf in den Hof. Ich werde dich melden lassen.«

Juliana folgte dem ansteigenden Pfad um die Mauer herum bis durch das obere Tor. Zwei Mägde kamen ihr schwatzend entgegen, jede mit einem gefüllten Korb Wäsche in den Armen, doch das Ritterfräulein kannte auch diese Burgbewohner nicht. Sie ließ sich vom Pferd gleiten und blieb mitten im sonnigen Hof stehen. Es war ein warmer Frühlingstag, dennoch kroch ihr ein kalter Schauder über den Rücken. Nervös knetete sie den ledernen Zügel in ihrer Hand. Irgendetwas stimmte hier nicht. Was war geschehen, seit sie Ehrenberg verlassen hatte?

Eine junge Frau, kaum ein paar Jahre älter als sie selbst, trat aus dem Palas und kam auf sie zu. Das enge Gebende zeigte, dass sie bereits verheiratet war, und der bestickte Brokatstoff ihres eng anliegenden Gewands, der ihr bis über die Füße reichte und in einer kleinen Schleppe endete, bezeugte Wohlstand.

»Knappe Johannes, du wolltest mich sprechen?«

Julianas Mund war trocken. Sie konnte nichts sagen, keinen einzigen Laut konnte sie von sich geben. Die junge Frau runzelte die Stirn. War sie ärgerlich oder verunsichert?

»Nun sprich, Bursche, oder bist du stumm? Man sagte mir, du kommst aus Neipperg? Welche Nachricht schickt mir der Ritter, oder hast du ein Schreiben für meinen Gatten?«

»Wer seid Ihr?«, krächzte Juliana mit heiserer Stimme.

»Edelfrau Benigna, Herrin von Burg Ehrenberg«, sagte sie barsch. »Was dachtest du denn?«

»Und der Herr? Der Ritter?«, stieß Juliana mühsam hervor.

»Was ist mit ihm? Mein Gatte ist Ritter Carl von Weinsberg – nun auch Herr von Ehrenberg.«

Ein erstickter Schrei drang aus ihrem Mund, und Juliana wich zurück. Sie schlug sich die Hand vor den Mund. »Das kann nicht sein«, piepste sie schwach. Sie spürte, wie ihre Knie weich wurden. Sie zog sich auf den Sattel des Pferdes und zerrte an den Zügeln.

»He, was soll das? Was ist mit dir? Bleib hier, ich bin noch nicht mit dir fertig!«, rief ihr die Edelfrau nach, doch Juliana sprengte im Galopp durch den Hof und raste durch das Tor hinaus bis hinunter in die Neckaraue. Dort erst nahm sie die Zügel wieder straff. Sie blickte zurück zur Burg, die noch genauso aussah, wie Juliana sie in Erinnerung hatte, und doch schien dies ein anderes Leben, eine andere Zeit zu sein. Vielleicht war es nur ein böser Traum, aus dem sie bald erwachte? Vielleicht war sie noch unterwegs im Languedoc oder in Burgund und erwachte bald in einer elendigen Herberge auf einem Strohlager?

Juliana schüttelte heftig den Kopf. Nein, sie würde sich damit abfinden müssen. Dies war die Wirklichkeit. Carl von Weinsberg hatte geheiratet und war nun Herr von Ehrenberg. Aber wo war die Mutter? Es gab nur einen Menschen in Wimpfen, der ihr die Wahrheit sagen würde.

* * *

»Ein Knappe von Neipperg wartet in der Halle auf Euch«, hörte Juliana den Schüler sagen. Sie hatte sich der gleichen Lüge bedient wie auf der Burg. Auch ein Stiftsherr mochte nicht mit einem Fräulein in Verbindung gebracht werden, das schmutzig und in Männerkleidung angeritten kam.

»Bist du sicher?«, hörte sie die geliebte Stimme verwundert fragen. Die Tür öffnete sich.

»Gottes Segen wünsche...« Alle weiteren Worte blieben Gerold von Hauenstein im Halse stecken. Er stand da und starrte das Mädchen an.

»Komm mit hoch in die Stube«, sagte er heiser und führte den Gast an dem gaffenden Schüler vorbei die Treppe hinauf. Bedächtig schloss der Dekan die Tür hinter sich und blieb eine ganze Weile ihr den Rücken zukehrend stehen. Juliana sah, wie seine Schultern bebten. Dann wandte er sich um und sah sie an.

»Juliana«, sagte er leise, trat vor und presste sie mit solcher Heftigkeit an seine Brust, dass sie nicht mehr atmen konnte. Brüsk ließ er sie wieder los und wich zurück. »Verzeih, das schickt sich nicht. Ich war für einen Moment nicht Herr meiner Sinne. Der Heiligen Jungfrau sei gedankt, du bist wohlbehalten zurück. Hast du deinen Vater gesehen? Wo ist der Ritter von Ehrenberg?«

Das Fräulein stieß einen Laut des Abscheus aus. »Der Herr von Ehrenberg? Auf der Burg, wo er hingehört, oder? Sagt mir nicht, Ihr wisst nicht, dass sich der Weinsberger Carl nun von Ehrenberg nennt! Er, dessen Vater meinen Bruder gemordet hat!«

Dekan von Hauenstein überhörte den Vorwurf und sah zu Boden. »Dann hast du es also bereits erfahren. Viel hat sich geändert, seit du Wimpfen verlassen hast.«

»Das scheint mir auch so«, schimpfte das Mädchen. »Der Körper meines Vaters war vermutlich noch nicht einmal erkaltet, als der neue Herr schon durch seine Burg stolzierte!«

»Dann ist er also tot? Der Herr sei seiner Seele gnädig.«

Juliana ging nicht auf seine Worte ein. »Sagt mir, wie konnte das geschehen? Wo ist meine Mutter?«

Doch der Dekan antwortete nicht auf ihre Frage. »Setz dich erst einmal. Ich werde Met und etwas zu essen bringen lassen.« Er rief dem Knaben ein paar Worte zu und schloss dann wieder die Tür. »Bist du sicher, dass dein Vater tot ist? Hast du ihn gesehen?«

Juliana ließ sich auf die Bank an der Wand sinken. »Ja, ich hielt seine Hand, als er starb. Auf einem Pass in Kastilien findet Ihr sein Grab.«

Gerold von Hauenstein drängte sie, ihm alles zu erzählen. Als sie von Bruder Ruperts Tod berichten musste, wurde ihre Stimme so leise, dass sich der Dekan vorbeugte, um ihre Worte verstehen zu können. Tränen brannten in ihren Augen. Ach, wenn sie nur die Zeit zurückdrehen und ihren Fehler wieder gutmachen könnte!

Der Schüler brachte Met, eine Pastete und kaltes Fleisch, aufgewärmte Zwiebelsuppe und einen Korb mit Brot.

»Wo ist meine Mutter?«, fragte Juliana noch einmal.

»Iss!«, forderte sie der Dekan auf und schnitt ihr eine dicke Scheibe vom Braten ab. Er wartete mit seiner Antwort, bis das Mädchen die ersten Bissen gegessen hatte. »Deine Mutter ist daran zerbrochen, erst ihren Gatten und dann dich zu verlieren.«

Juliana ließ das Brot, das sie eben zum Mund führen wollte, herabsinken. »Sie ist tot?«

Dekan von Hauenstein schüttelte den Kopf. »Tot? Nein, aber sie hat sich vom weltlichen Leben zurückgezogen. Sie ist im Kloster der Zisterzienserinnen an der Zaber. Frauenzimmern nennen die Leute den Weiler nun, kaum einen Sprung südlich von Neipperg.«

»Sie hat den Schleier genommen?« Juliana konnte es nicht fassen. »Aber was, wenn der Vater zurückgekommen wäre? Wollte sie nicht wenigstens ein Jahr auf ihn und auf mich warten?«

Dekan von Hauenstein kam zu ihr und setzte sich neben sie auf die Bank. Wie schmal und verletzlich sah Juliana aus. Er nahm ihre Hände.

»Denke nicht, es sei mangelnde Liebe! Im Gegenteil! Der Grund ist, dass ihre Liebe zu dir und zu deinem Vater so groß ist, dass sie euren Verlust nicht allein ertragen konnte. Bei den Schwestern findet sie Halt und Trost. Der Weinsberger hat sie bedrängt, bis sie bereit war, seinem Sohn Ehrenberg zu Lehen zu geben. Zürne ihr nicht. Die Edelfrau hat nicht die Stärke, eine Schutzburg der Kaiserpfalz allein zu führen. – Auch die anderen Ritter des Kaisers würden das nicht gern sehen! Sie trafen sich in Wimpfen in der Pfalz und berieten, was mit Ehrenberg geschehen sollte. Sie forderten eine schnelle Entscheidung. Nein, sie wollten deinem Vater kein Jahr gönnen, geläutert von seiner Pilgerfahrt zurückzukommen.«

»Und was wird nun aus mir?«, fragte Juliana leise.

»Heute oder in der Zukunft?«

Das Ritterfräulein zuckte mit den Schultern. »Heute und in der Zukunft.«

»Heute kann ich dich in die Bergstadt hinaufbringen. Deine Mutter hat die Hoffnung noch nicht aufgegeben. Sie hat das Stadthaus und ein paar Leute behalten. Die alte Kinderfrau – Gerda heißt sie, glaube ich – wird dich erwarten und dir neue Kleider geben. Über deine Zukunft solltest du mit der Edelfrau reden. Morgen kann ich nicht, aber wenn du noch einen Tag länger wartest, dann werde ich dich zu den Zisterzienserinnen begleiten.«

»Bleibt mir eine andere Wahl?«, fragte das Mädchen seufzend.

* * *

»Was wollt Ihr?«, fragte Juliana den Besucher barsch.

»Eure liebliche Stimme hören? Mich am Anblick Eurer Gestalt ergötzen, die – das muss ich Euch sagen – ein wenig gelitten hat. Ihr seid noch dünner geworden!« Wilhelm von Kochendorf betrachtete das Edelfräulein kritisch.

Den Straßenschmutz hatte sie in einem Zuber Wasser zurückgelassen, ihren Körper in ihre Frauengewänder vom vergangenen Jahr gehüllt, die ein wenig zu weit um ihren Leib schlotterten. Das Haar war gewaschen und über einem Rosshaarkissen aufgesteckt, damit es nicht jedem ins Auge fiel, wie kurz die Locken waren.

»Oder vielleicht, weil Euch die Neugier treibt und Ihr auf Klatschgeschichten hofft?«, fiel Juliana dem nachmittäglichen Besucher ins Wort.

»Ihr seid wie immer ein Hort der Weisheit«, nickte er und grinste. »Wenn es Euch beliebt, ein wenig von Eurer Reise zu erzählen, dann schickt diesen alten Drachen weg, der dort hinter Euch lauert, und spaziert mit mir über den Markt.«

»Wer hat Euch von einer Reise berichtet?«, fragte das Mädchen erstaunt.

Wilhelm von Kochendorf zuckte mit den Schultern. »Alles, was ich weiß, ist, dass Ihr kurz nach Eurem Vater verschwunden seid, und da ich nicht annehme, dass Euch jemand monatelang in den Kerker unter den Bergfried gesperrt hat...« Bei diesen Worten zuckte sie zusammen. »...gehe ich davon aus, dass Ihr eine Reise gemacht habt.«

Juliana schickte Gerda weg und folgte dem jungen Ritter durch die Gasse bis zum Markt.

»Nun, welche neugierige Frage brennt am heißesten in Eurer Brust?«, wollte sie wissen und ließ sich von ihm ein paar Süßigkeiten kaufen. »Ich habe Santiago gesehen und das Ende der Welt.« Der Kochendorfer schien beeindruckt.

»Ist Euer Vater zu seiner Sühnereise auch nach Santiago gegangen?«

Juliana nickte. »Ich habe ihn gefunden.«

Die Miene des Ritters erhellte sich. »Ihr seid mit dem Vater gewandert? Das ist gut! Ihr wisst, wie die Leute sind – sie reden gern und brechen schnell den Stab. Nun, ich will weder an Eurer Ehre noch an Eurer Jungfräulichkeit zweifeln, aber es ist besser, wenn Ihr behauptet, Ihr wärt stets an des Vaters Seite gewesen.«

»Weder das eine noch das andere geht Euch etwas an«, fauchte das Mädchen mit vollem Mund.

Wilhelm von Kochendorf wiegte den Kopf hin und her. »Ich weiß nicht, vielleicht doch. Ich habe Euch bereits vor Eurer Reise ein paarmal die Ehe angetragen, und ich werde es nun wieder tun – auch wenn meine Familie das vermutlich nicht mehr für klug halten wird.«

»Warum?«, verlangte Juliana zu wissen. »Ihr wisst, dass Carl von Weinsberg auf unserer Burg sitzt und meine Mutter sich in ein Kloster zurückgezogen hat. Vermutlich hat sie den Schwestern alles vermacht.«

Der Ritter nickte. »Und wie ich sicher richtig vermute, ist Euer Vater tot.«

Juliana starrte ihn an. »Warum wollt Ihr mich dann immer noch heiraten?«, fragte sie.

»Ach ja, Ehrenberg würde ich schon gern besitzen. Wer weiß, was noch alles passiert. Vielleicht sitzt Carl nicht bis zu seinem Lebensende hinter diesen Mauern. Es ist nur ein Lehen, das man wieder lösen kann. Der Kaiser hat da auch ein Wort mitzureden, wenn es um die Schutzburgen geht. Aber das ist jetzt nicht so wichtig. Ich würde Euch zuerst nach Guttenberg führen, wenn Ihr zustimmt.«

»Warum?«, fragte das Mädchen zum dritten Mal. Wilhelm von Kochendorf trat zwei Schritte zurück und betrachtete sie nachdenklich vom Kopf bis zu den Füßen.

»Ich mag Euch«, sagte er schlicht. »Es gibt auf den Burgen am Neckar viele Fräulein, und manches ist sogar hübscher als Ihr oder mit einer besseren Mitgift ausgestattet, aber mit Euch ist es nie langweilig.«

Er brachte sie zurück bis zur Pforte des Stadthauses der Ehrenberger und verbeugte sich vor ihr. »Denkt darüber nach, Jungfrau Juliana. Was bleibt Euch sonst? Wollt Ihr zu Eurer Mutter ins Kloster?«

* * *

»Mutter!« Sie standen sich gegenüber, ohne sich zu berühren. Dekan von Hauenstein war mit ihr zum Kloster geritten und wartete nun draußen mit den Pferden, während eine Schwester das Fräulein in den Besucherraum führte. Kurz darauf trat eine Frau ein. Juliana versuchte, in der Gestalt in grobem, weißen Habit ihre Mutter wiederzuerkennen. Ihr Gesicht wirkte schmaler, die Augen lagen tiefer als vorher. Ihre Lippen waren fest zusammengepresst.

»Du bist also zurückgekehrt«, sagte sie tonlos.

»Der Vater ist tot!«, stieß Juliana hervor.

Die Edelfrau nickte. »Ich habe es gespürt. Deshalb kam ich hierher. Was hätte ich allein auf der Burg tun sollen?«

»Auf mich warten! Ich bin Eure Tochter, und ich lebe noch!«

»Du bist verschwunden und monatelang durch die Lande gezogen. Was glaubst du, was das Leben für dich noch bereithält?«

»Ihr habt Unrecht getan, Ehrenberg an die Weinsberger zu geben«, begehrte Juliana auf. »Ihr habt meine Heimat und meine Zukunft an eine Familie weggegeben, die nicht davor zurückgeschreckt hat, Johannes zu morden!«

Sabrina von Gemmingen schüttelte den Kopf. »Gott hat meinen Sohn zu sich gerufen, und du hast deine Zukunft selbst weggeworfen. Ja, wenn du geblieben wärst, dann hätte ich eine gute Ehe für dich aushandeln und einen Mann für dich auf die Burg holen können, aber so? Denkst du, ein Ritter würde dir jetzt noch die Hand reichen?«

»Ja!«, rief das Mädchen trotzig. »Wilhelm von Kochendorf hat mir erst gestern die Ehe angetragen!«

Die Edelfrau hob erstaunt den Kopf. »Dann solltest du nicht

lange zögern. Das Stadthaus ist dein sowie alle Stoffe und Leinen in den Truhen. Auch den Wald und die Höfe hast du geerbt. Die Pferde, die noch im Stall stehen, könnt ihr ebenfalls haben. Ich habe dem Kloster nur die Pacht der Burg vermacht.«

»Ich will den Kochendorfer aber nicht! Ich will mit Euch zurück nach Ehrenberg!« Ihre Stimme wurde flehend. Sie streckte die Arme aus. »Mutter, bitte!«

Die Frau im weißen Habit schüttelte den Kopf. »Es ist vorbei, mein Kind. Unsere Welt starb mit dem Templer.«

»Der Vater hat ihn gar nicht erstochen!«, rief Juliana. »Der Franzose war der Mörder! Ich habe den Vater gefunden und Antworten auf alle meine Fragen erhalten.«

Die Klosterfrau hob die Schultern. »Das ist jetzt nicht mehr wichtig. Hier im Kloster fragt mich keiner, ob mein Gatte ein Mörder war oder nicht. Hier sind nur noch der Herr Jesus Christ und die Heilige Jungfrau wichtig.«

»Mutter, könnt Ihr den Schleier nicht wieder ablegen? Ich brauche Euch!« Juliana trat auf sie zu und schlang ihre Arme um den abgemagerten Leib.

»Ich habe das Gelübde noch nicht abgelegt«, sagte die Edelfrau und streichelte ihr über den Rücken. »Erst jetzt, da ich sicher weiß, dass der Ritter tot ist, kann ich der Mutter Oberin den letzten Schwur leisten. Wenn du in meiner Nähe bleiben willst, dann kann ich sie bitten, auch dich unter den Schwestern aufzunehmen. Deine Mitgift ist stattlich genug!«

Juliana machte sich los und wich zurück. »Nein!«, schrie sie. »Ich will nicht ins Kloster!«

»Kind, mäßige deine Stimme in diesen geheiligten Mauern«, mahnte die Mutter.

Juliana schluckte. Tiefe Traurigkeit erfasste sie. »Wenn Ihr meint, dass dies Eure Bestimmung ist, dann wünsche ich Eurer Seele Frieden und Gottes Segen.« Sie kniete nieder und küsste die Hände der Mutter, die sie nicht mehr wiedersehen würde.

* * *

»Nun?«, fragte der Dekan und hob die Augenbrauen, als Juliana sich in den Sattel heben ließ. »Hast du deine Mutter gesprochen?«

»Nein!«, antwortete das Mädchen barsch. »Ich habe eine Frau gesehen, die das Gelübde ablegen wird, aber meine Mutter ist bereits gestorben!« Schweigend ritten sie eine Weile nebeneinander her.

»Sie sagt, ich hätte meine Zukunft weggeworfen. Nun gäbe es auf dieser Welt nichts mehr für mich.«

»Das ist Unsinn«, widersprach Gerold von Hauenstein. »Wer sind wir, dass wir Gottes Wege vorhersehen wollen? Ich denke, er hat noch viel mit dir vor. Du bist jung.« Er lächelte. »Und du bist starrsinnig und voller Tatendrang. Mach etwas daraus! Gott hat dir deine innere Kraft nicht gegeben, um sie zu verschwenden!«

Juliana kaute auf ihrer Unterlippe. »Wäre St. Peter an einem Haus in Wimpfen auf dem Berg interessiert und an Truhen voll Stoffen und Leinensachen? An einem Wald und ein paar Höfen?«

Der Dekan sah sie aufmerksam an. »Warum nicht? Ich glaube, der Propst wird einen guten Preis bezahlen.« Beide lächelten.

»Ich denke, es ist besser, wenn sich Johannes noch einmal auf die Reise macht«, fügte er hinzu. Das Mädchen nickte.

Als Juliana sich in der heimischen Halle von ihm verabschiedete, umarmten sie sich noch einmal herzlich. »Ich danke Euch für alles. Nie kann ich Euch vergelten, dass Euer Schutzengel für mich sein Leben ließ. Wie kann ich meine Seele je wieder von diesem Fels befreien?«

»Gott wird dir die Last nehmen – und du kannst Rupert danken, indem du dein Ziel erreichst! Der Herr im Himmel wird ihn für seine Taten belohnen. – Grüße Wolf von mir und überbringe ihm meinen Segen.«

* * *

Fast zwei Monate später, am Tag der heiligen Apostel Petrus und Paulus im Jahre 1308 zügelte Juliana auf dem Kirchhof von Santa María in Rauanal ihr Pferd und ließ sich aus dem Sattel gleiten. Vom Hufschlag angelockt öffnete sich eine Tür. Wolf von Neipperg trat auf sie zu und ergriff ihre Hände.

»Mein Weg ist zu Ende«, sagte sie und sah ihn an, so als müsse sie sich jede Einzelheit seines Gesichts einprägen. »Ich habe die Fesseln, die mir die Luft zum Atmen nahmen, zerschnitten.« Juliana deutete auf das bepackte Pferd. »Alles, was mein altes Leben bedeutet hat, ist hier, um ein neues zu beginnen – mit dir«, fügte sie leise hinzu und senkte die Wimpern.

Als sie den Blick wieder hob, schlang er die Arme um sie, zog sie an sich und küsste sie.

»In meinen Träumen habe ich es geahnt, dass du zurückkommst, im Wachen konnte ich nur darum beten«, sagte Wolf, als sie beide Atem holen mussten.

»So, du hast für uns gebetet?«

»Aber ja! Meine Knie sind wund, mein Rücken schmerzt, und mein Leib sehnt sich nach Ruhe!« Er lächelte.

»Dann wäre es von unserem Herrn wirklich grausam gewesen, seinen treuen Diener nicht zu erhören. Und ich dachte schon, ich hätte unerhört eigenmächtig und schamlos gehandelt, als ich mich entschied, zu dir zurückzukehren!« Juliana lächelte verschmitzt, stellte sich auf die Zehenspitzen und küsste ihn noch einmal zärtlich auf den Mund.

»Pater Martín wird dich von allen Sünden freisprechen!« Wolf griff nach ihrer Hand. »Komm, wir wollen ihn gleich suchen. Wir haben Arbeit für ihn! – Und dann zeige ich dir unsere Gemächer.«

Juliana lachte hell auf und lief neben ihm her über den Hof zur Kirche hinüber.

Epilog

10. Februar, Tag der Heiligen Scholastika, im Jahre des Herrn 1308

Sire,
fast drei Jahre sind ins Land gezogen, seit ich die Ehre hatte, mit Euch in Lérida zu sprechen. Sicher erinnert Ihr Euch noch an Euren Rat, den Ihr mir gegeben habt. So bin ich also nach Frankreich gereist und habe um eine Audienz bei ihrer Majestät Philipp IV., den man »le Bel« nennt, gebeten. Ein weiser Herrscher, der meinen Worten schweigend Gehör schenkte. Er blieb nicht müßig, nachdem er mich entließ, sondern beauftragte seinen edlen Berater Guillaume de Nogaret, den Schändlichkeiten sofort nachzugehen. Auch seine Heiligkeit Clemens V. hat der König von den gotteslästerlichen Umtrieben der Templer unterrichtet.

Ihr fragtet mich einst nach Beweisen, da Euch meine Worte nicht genug erschienen. Nun, nachdem es dem König von Frankreich mit einem genialen Streich gelang, der ganzen Schlangenbrut im Oktober des vergangenen Jahres habhaft zu werden, und jedermann auf der Welt, dem die schändlichen Anklagepunkte zu Ohren kommen, voll Empörung aufschreit, könnt auch Ihr, Sire, an der Wahrheit meiner Worte keine Zweifel mehr hegen. Guillaume de Nogaret selbst hat dafür gesorgt, dass zwölf dem König von Frankreich treu ergebene Männer unter fremdem Namen dem Orden beitraten und genau berichteten, was der Rat von ihnen zu hören wünschte.

König Jakob II. nickte langsam und starrte auf das Schreiben von Esquieu de Floyran in seiner Hand. Ja, das traf den Kern der Sache. Die in den Templerorden eingeschleusten Spitzel hatten all die Gerüchte und Verdächtigungen bestätigt, so wie es ihr Herr hatte hören wollen. Aber wie viel davon entsprach der Wahrheit? Die Tempelritter wurden angeklagt, während ihrer geheimen Zeremonien Christus, Gott und die Heilige Jungfrau zu verleugnen. Man warf ihnen vor, sie würden das Kreuz und das Abbild Christi schänden, sich unkeusch untereinander berühren und küssen und einen seltsamen Kopf – den Baphomet – verehren: Ketzerei, Götzenkult und Sodomie! Dagegen nahmen sich die sonstigen Vorwürfe des Neides, der Habsucht und des Geizes geradezu harmlos aus.

Waren das die gleichen Männer, die bis zu ihrem letzten Tropfen Blut die heiligen Stätten in Jerusalem verteidigt hatten? Die in der Reconquista unermüdlich in vorderster Linie geritten waren und seitdem von ihren Burgen an der südlichen Grenze – von Ungläubigen umgeben – die Königreiche der iberischen Halbinsel beschützten, im Namen Gottes? Der König schüttelte den Kopf und senkte seinen Blick wieder auf den Brief in seiner Hand.

Allerorts haben in Frankreich gütliche Befragungen der Verhafteten die grauenhaften Taten der Templer ans Licht gebracht.

– Gütliche Befragungen! – Jakob II. von Aragón schnaubte verächtlich. Welch freundliche Bezeichnung für Folter und Erpressung. Glaubte Philipp das, was ihm seine Richter und Folterknechte vorlegten? Nein, so naiv konnte nicht einmal ein Franzose sein. Philipp von Frankreich wollte den Templerorden vernichten, und dazu musste er Verbrechen finden, die seine Vorgehensweise – die gegen jedes Recht der christlichen Welt verstoßen hatte – im Nachhinein akzeptabel erscheinen ließen. Es wäre allein Aufgabe des Papstes gewesen, die Vorwürfe zu überprüfen, die gegenüber seinem Orden erhoben wurden. Und nur er durfte über die Templer richten. Clemens V. jedoch schwieg. Ihm stand sicher vor Augen, was mit seinem Vorgänger passiert war, als er sich Philipps Wünschen nicht beugen wollte. Der Papst saß mit seinem Hof in Avignon direkt im

Würgegriff des Franzosen. Nein, in ihm würden die Templer keinen Verteidiger finden. Sie waren des Todes. Aber warum wollte der französische König sie mit aller Macht vernichten?

Sire, ein solch edler Herrscher, wie Ihr es seid, erinnert sich sicher an jedes seiner Worte, und dennoch erlaube ich mir, Euch einige Eurer eigenen in den Sinn zurückzurufen. Ihr spracht von einer Rente, die Ihr mir aussetzen wolltet, könnte ich meinen Worten Beweise hinzufügen. Nun, da die Schuld der Templer feststeht und nicht einmal seine Heiligkeit der Papst zweifelt, ist die Zeit gekommen, Euch demütig an Euer Versprechen zu erinnern.

Mit einem Ausruf des Ärgers sprang der König auf. Nach wenigen Schritten erreichte er den Kamin, in dem die Asche noch glühte. Mit spitzen Fingern, als fürchte er sich zu beschmutzen, hielt er das Pergament von sich und ließ es auf die glühenden Scheite fallen. Knisternd hoben sich die Flammen aus der Tiefe, flackerten auf und verschlangen das Schreiben. Es rollte sich zusammen, schwärzte sich und zerfiel.

Geld! Das war es. Immer ging es nur um Reichtümer – und um Macht. Die Templer waren zu einer eigenen Macht in den einzelnen Königreichen geworden, und sie waren sagenhaft reich. So reich, dass keiner mehr die Schulden beziffern konnte, die Philipp bei seinen treuen Tempelrittern angehäuft hatte. Sie hatten nicht nur den Staatsschatz des Franzosen gehütet. Ihre Burg war zur einzigen sicheren Zufluchtstätte geworden, als das Volk in Paris rebellierte. Welche Schmach für den stolzen Philipp!

Der König strich sich über das Kinn. Jakob begann zu verstehen, warum das Henkersbeil auf den Hals des Templerordens gefallen war.

Der König von Aragón zuckte mit den Schultern. Er konnte und würde nichts daran ändern. Was ging es ihn an, was dort in Frankreich vor sich ging? Aber welche Kreise würde es ziehen? Ein Schreiben des Papstes konnte er ignorieren, Befehle verschleppen und Anweisungen in seinem Sinne auslegen. Doch wenn es hart auf hart kommen würde, könnte er es sich nicht leisten, die Gunst des Papstes zu verspielen und den Zorn des Franzosenkönigs auf Aragón zu richten. Nun, er würde abwarten, und wenn das Schicksal es so wollte, dann würde er eben seine Wachen zu den Burgen und Komtureien der Templer schicken müssen.

Ein Lächeln huschte über die dünnen Lippen des Königs. Er überlegte, welch Schätze die Templer wohl in Aragón angehäuft hatten...

Dichtung und Wahrheit

Die Kaiserpfalz Wimpfen und ihre Schutzburgen

Juliana von Ehrenberg, ihre Familie und ihre Reisebegleiter nach Santiago habe ich erfunden. Burg Ehrenberg, die Kaiserpfalz Wimpfen, das Kloster St. Peter in Wimpfen im Tal, Guttenberg und die Deutschordensniederlassung Horneck stehen noch, und ein Besuch lohnt sich.

Ehrenberg ist heute eine Ruine, die an die Deutsche Greifenwarte als Aufzuchtstation verpachtet ist, daher kann man sie nur von außen besichtigen.

Ein kleiner Absatz im Buch »Burgen und Schlösser am Neckar« von W. W. Kress über den Bergfried von Ehrenberg inspirierte mich zu der Geschichte über den toten Ritter im Verlies.

»Einen grausigen Fund machte man im Jahr 1805, als man einen ebenerdigen Eingang einbrach. Im untersten Raum fand man Ketten, eiserne Sporen, Gefäße und Menschenknochen.«

Es ist natürlich meine Erfindung, dass die Weinsberger mit diesem und anderen Verbrechen zu tun hatten. Die Familie möge mir verzeihen.

In Wimpfen stehen in der Pfalz noch zwei der Bergfriede, das Steinerne Haus, die Außenmauer des Palas und die Pfalzkapelle. Aber auch sonst ist Wimpfen mit seinen historischen Fachwerkhäusern interessant.

Im alten Ritterstift St. Peter leben heute Benediktinermönche. Pater Paulus zeigt Ihnen sicher gern die »baulichen Besonderheiten«, über die sich schon Gerold von Hauenstein im Roman ereifert hat. Er war 1307 übrigens wirklich Dekan von St. Peter.

Die Freiherren von Gemmingen kauften 1449 den Weinsbergern Burg Guttenberg ab. Bis heute ist die Burg im Besitz der Familie von Gemmingen und ein wundervolles Zeugnis des Mittelalters. Sie kann besichtigt werden. Im alten Palas ist ein Museum eingerichtet. Im Burggraben hält die Deutsche Greifenwarte Greifvögel und zeigt bei Flugvorführungen ihr Jagdverhalten.

Der Jakobsweg

Die Pilgerbewegung zum Grab des Apostels Jakobus setzte im 9. Jahrhundert ein, nachdem das Grab um 820 in Asturien entdeckt worden war. Es war kein Zufall. Das winzige christliche Königreich benötigte einen starken Beschützer gegen die Mauren. Wer konnte sich besser eignen als der Apostel? Die Auffindung des Grabes wurde von langer Hand vorbereitet. Dazu gehörte eine überzeugende Geschichte, wie der Leichnam des im Heiligen Land geköpften Apostels nach Asturien gelangt war. Nun konnte Jakobus die Reconquista – die Wiedereroberung der spanischen Halbinsel – vorantreiben. Bereits in der Schlacht von Clavijo 844 soll der Apostel hoch zu Ross an der Spitze der asturischen Truppen erschienen sein, was ihm den Beinamen »Matamoros« – Maurentöter einbrachte. (D. Höllhuber; W. Schäfke 1999) Die Zeit für den neuen Pilgerweg war reif.

Zuerst waren es vor allem Adelige, die nach Santiago pilgerten. Ab dem 12. Jahrhundert wurden diese Pilgerreisen zu einem Massenphänomen. Aus dieser Zeit stammt auch der älteste überlieferte Pilgerführer: der Liber Sancti Iacobi. Tausende wanderten jedes Jahr aus ganz Europa nach Nordspanien. Der am meisten begangene Weg war der Camino Frances, den ich in diesem Roman beschrieben habe. Er ist heute sehr gut markiert, und wie im Mittelalter erlebt die Pilgerbewegung seit den achtziger Jahren des vergangenen Jahrhunderts wieder einen Aufschwung. Allerorts eröffnen neue Pilgerherbergen und kleine Bars, die den Wanderern Getränke und belegte Brote anbieten. Man trifft Menschen aus der ganzen Welt, die sich aus den unterschiedlichsten Gründen auf den Weg gemacht haben, um nach Santiago zu pilgern. Achthundert Kilometer sind es vom Fuß der Pyrenäen auf der französischen Seite bis nach Santiago. Auch heute noch ist der Camino de Santiago für die Wanderer – auch wenn sie nicht religiös sind – eine Erfahrung, die tief geht und Spuren hinterlässt.

Die Templer

Kein Orden hat die Phantasie so angeregt – und tut es noch heute – wie der der Templer. Vermutlich weil sie ein solch drastisches Ende fanden. Doch auch im Mittelalter blühten bereits die Gerüchte, und die Meinung der Zeitgenossen über die Ritter im weißen Mantel war gespalten. Welche der Geschichten und Gerüchte über sie wahr sind, werden wir heute nicht mehr herausfinden können. Daher habe ich die verschiedenen Facetten und Meinungen dargestellt, ohne sie zu werten.

Das Ende der Templer

1307 versandte der König von Frankreich, Philipp IV., genannt »le Bel« versiegelte Briefe, datiert auf den 14. September, an alle »Baillis« (Polizeipräsidenten) seines Reichs mit der Anweisung, sie am 13. Oktober 1307 zu öffnen und die darin enthaltenen Befehle sofort zu befolgen.

...haben wir beschlossen, dass ausnahmslos alle Mitglieder selbigen Ordens unseres Königreichs festgenommen, gefangen gehalten und dem Urteil der Kirche vorbehalten werden und dass all ihre Güter, bewegliche und unbewegliche, beschlagnahmt, von uns eingezogen und getreu verwahrt werden...

Die Überraschung glückte, und die Aktion war für den

König ein voller Erfolg. 546 Tempelritter sollen an diesem Tag verhaftet worden sein, nur zwölf – nach offiziellen Angaben – konnten entkommen.

Die ganze Sache kam ins Rollen, nachdem Esquieu de Floyran vergeblich versucht hat, den Orden der Templer bei König Jakob II. von Aragón anzuschwärzen und seine Anschuldigungen an ihn zu verkaufen. Jakob hatte kein Interesse daran, sich mit dem Ritterorden anzulegen, der ihn so erfolgreich beim Kampf gegen die Mauren unterstützt hat. Dafür stieß Esquieu de Floyran am französischen Hof auf umso größeres Interesse.

Zwei Berater des Königs, Wilhelm von Nogaret und Wilhelm von Plaisians beschlossen, die Gunst der Stunde zu nutzen, und begannen mit verdeckten Ermittlungen. Sie schleusten Spione in den Templerorden ein – unter anderem Jean de Folliaco – und rekrutierten aus dem Orden ausgeschlossene Templer als Zeugen der Anklage. Das Ziel des Königs war: die Auflösung des Templerordens!

Die Vorgehensweise des französischen Königs war ein Verstoß gegen jedes herrschende Recht. Die Templer unterstanden nur der kirchlichen Gerichtsbarkeit des Papstes. Auch hatte der König 1303 mit einem Schutzbrief die persönliche Sicherheit der Tempelritter verbürgt. Die Anklagepunkte schienen außerdem völlig aus der Luft gegriffen.

Die Hauptvorwürfe waren: Verleugnung Christi, die Abhaltung heimlicher Versammlungen, auf denen ein magisches Haupt verehrt wird, Missachtung der Sakramente, obszöne Praktiken und Homosexualität, Absolution durch Laien und Habgier (M. Bauer 1997), also die schlimmsten Verbrechen der mittelalterlichen Gesellschaft. Ziel war es, das Ansehen des Ordens bei der Bevölkerung zu zerstören, sie als Ketzer zu brandmarken und damit die ungesetzliche Vorgehensweise zu rechtfertigen.

Um der Templer mit einem großen Schlag habhaft zu werden, bediente sich der König absoluter Geheimhaltung und täuschte die Templer bis zum Schluss. Noch am 12. Oktober gehörte der Großmeister auf Einladung des französischen Königs zum Ehrengeleit der Trauerfeier für Katharina von Valois und besuchte mit Philipp gemeinsam die Messe. Am folgenden Morgen ließ ihn der König im Haupthaus der Templer in Paris verhaften.

Dennoch ist es unbegreiflich, dass die sonst so gut informierten Templer in diesem Fall völlig ahnungslos waren. Schließlich hat Philipp bereits im Sommer Papst Clemens V. die Anschuldigungen vorgelegt. Großmeister Jacques de Molay persönlich bat den Papst um eine Untersuchung der Vorwürfe, um sie zu entkräften. Am 24. August 1307 ordnete der Heilige Vater eine offizielle Untersuchung an. Die Templer wussten also, dass etwas im Gange war – mit solch einer drastischen Aktion hatten sie aber offensichtlich nicht gerechnet.

Es gab sicher mehrere Gründe, warum Philipp den Orden der Templer zerschlagen wollte. Er hatte Schulden bei ihnen und wollte sich ihre geradezu sagenhaften Schätze aneignen – die er allerdings nie gefunden hat. Er hasste sie, weil sie ihn angeblich – als er beim Volksaufstand in Paris bei ihnen Schutz suchte – hochmütig behandelt hatten. Er wollte den Papst schwächen und ihm zeigen, wer die Macht hat. Und vor allem wollte und konnte er in seinem Reich keine zweite Macht dulden. Es war die Zeit, in der sich der absolutistische Staatsgedanke herausbildete, und da gab es in Frankreich keinen Platz für einen reichen, mächtigen Ritterorden.

Zwei Tage nach der Verhaftungswelle schickte Philipp Briefe an die anderen Herrscher Europas. Darin legte er seine Gründe dar und forderte sie auf, es ihm gleichzutun. Schließlich war es sein Ziel, den Orden komplett zu zerschlagen. Die Reaktionen fielen unterschiedlich aus. Der Papst protestierte erst, beugte sich dann aber dem Druck Frankreichs. Die Herrscher von England, Kastilien und Portugal verhafteten erst nach einer Bulle des Papstes einige Templer. Allerdings waren die Ritter in diesem Fall gewarnt. Viele entkamen, ihre Güter wurden eingezogen. Jakob II. von Aragón allerdings wartete nicht die päpstliche Bulle ab, ehe er begann, Templer zu verhaften. Sie besaßen mächtige Burgen, die der König haben wollte. In anderen Ländern ging ein großer Teil der Templerbesitzungen an die Johanniter. Auch traten viele der Tempelritter – nachdem sie ihre Sünden bereut und danach freigelassen worden waren – in den Orden der Johanniter ein.

In Frankreich gestanden viele Templer unter der Folter die ihnen vorgeworfenen Verbrechen, aus anderen Ländern sind aus den Verhören keine Geständnisse bekannt. Dies erzürnte den Papst, so dass er die Verantwortlichen aufforderte, endlich die Folter anzuwenden!

In Frankreich formierte sich Widerstand. Über 500 Templer (Ritter anderer Länder und vor allem dienende Brüder) wollten zur Verteidigung des Ordens aussagen. Da ließ Philipp 54 Tempelritter, die 1307 gestanden hatten, nun aber mit der Verteidigung im Rücken widerriefen, als rückfällige Ketzer auf dem Scheiterhaufen verbrennen. Der Widerstand brach in sich zusammen. Am 3. April 1312 hob Papst Clemens V. den Orden der Templer auf. Die letzten, die am 18. März 1314 auf den Scheiterhaufen stiegen, waren der Großmeister Jacques de Molay und der Meister der Normandie Geoffroy de Charney. Kurz nach ihnen, bereits am 20. April 1314 starb Clemens V. Dem folgte Philipp der Schöne am 29. Dezember des gleichen Jahres. Der Fluch, den der letzte Großmeister auf dem Scheiterhaufen über sie gesprochen haben soll, ist von den Chronisten allerdings nicht überliefert. Dafür aber eine letzte Verteidigungsrede an das Volk, in der er sagte, die Ketzereien und Sünden, derer man die Templer bezichtige, habe es nie gegeben. Der Orden und ihr Ordenshaus seien rein, rechtschaffen und katholisch gewesen. Dennoch habe er den Tod verdient und wolle ihn ohne Murren erleiden, denn er habe aus Angst vor der Folter und wegen der Schmeicheleien des Papstes und des Königs von Frankreich anfangs ein Geständnis abgelegt.

Wichtige Personen

Juliana von Ehrenberg: Ritterfräulein, geboren 1290, schlank, blond, blauäugig und ziemlich starrsinnig. Reist ihrem Vater unter dem Namen Johannes nach Santiago hinterher.

Kraft von Ehrenberg: Ritter, Julianas Vater, Burgherr von Ehrenberg, einer der Schutzburgen der Kaiserpfalz in Wimpfen. Wird unter Mordanklage zur Sühnereise nach Santiago geschickt.

Sabrina von Ehrenberg: Edelfrau aus der Familie von Gemmingen, Julianas Mutter, muss hilflos erleben, wie alle ihre Kinder, außer Juliana, in jungen Jahren sterben.

Johannes von Ehrenberg: Julianas Bruder, geboren 1305, gestorben 1307.

Pater Vitus: Sabrina von Ehrenbergs Vetter, Burggeistlicher auf Ehrenberg, der sich am liebsten um die Weinvorräte kümmert.

Gerda: Julianas altes Kinderfräulein, schon etwas taub und den Launen ihres Schützlings nicht gewachsen.

Wolf von Neipperg:	Knappe bei Ritter von Ehrenberg und Julianas Jugendfreund, geboren 1288, verschwindet 1303 spurlos.
Tilmann:	Knappe bei Ritter von Ehrenberg, Wolfs Nachfolger.
Gerold von Hauenstein:	Dekan des Ritterstifts St. Peter in Wimpfen im Tal, Julianas väterlicher Freund und Lehrer.
Arnold von Kochendorf:	Ritter, hat Burg Guttenberg zu Lehen, die zweite Schutzburg der Pfalz, nördlich von Ehrenberg gelegen.
Wilhelm von Kochendorf:	Sohn von Ritter Arnold, will Juliana heiraten und lässt nichts unversucht, ihre Gunst zu erlangen, doch sie kann ihn nicht leiden.
Konrad von Weinsberg:	Mächtiger und sehr ehrgeiziger Ritter der Nachbarschaft, Herr von Guttenberg und zahlreichen anderen Burgen.
Carl von Weinsberg:	Charmanter Sohn des Ritters von Weinsberg, er wäre Juliana als Heiratskandidat bedeutend lieber.
Swicker von Gemmingen-Streichenberg:	Tempelritter, Vetter von Sabrina von Ehrenberg, wird in der Pfalzkapelle in Wimpfen ermordet.

Jean de Folliaco:	Tempelritter aus Frankreich, ist mit Swicker auf der Durchreise nach Ungarn.
Humbert:	Dienender Bruder des Templers Swicker, Wappner, auch Servient genannt.
Bruder Rupert:	Julianas undurchsichtiger Reisegefährte auf dem Weg nach Santiago, dunkelhaarig mit wildem Bart und dem Körper eines Kämpfers, den er meist unter der Kutte eines Bettelmönchs verbirgt.
André de Gy:	Junger Ritter aus Burgund, hübscher schwarzhaariger Bursche, noch ein wenig schlaksig, Julianas zweiter Reisegefährte nach Santiago, redet gern und viel und verehrt die Templer; auch er trägt ein Geheimnis mit sich, das ihn zuweilen in verzweifelte Stimmung stürzt.
Raymond de Crest:	Gutaussehender blonder Ritter aus der Dauphiné. Reist eine Weile mit Juliana und den anderen in Richtung Santiago. Leider hat er oft schlechte Laune.
Pater Bertran:	Asketischer Augustinerpater, der mit Juliana und den anderen nach Santiago pilgert. Er ist eine unerschöpfliche Quelle des

Wissens und kann über jeden Ort
und seine Geschichte Auskunft
geben. Nur wenn es um seine
eigene Geschichte geht, hüllt er
sich in Schweigen.

Glossar

Abtragen:	Begriff aus der Falknerei. Den Beizvogel zähmen und für die Beizjagd auf ein bestimmtes Wild einjagen.
Archivolten:	Bogen romanischer und gotischer Portale, häufig mit Figuren besetzt.
Atzung:	Begriff aus der Falknerei. Die Nahrung der Beizvögel.
Beinlinge:	Lange, enge Strümpfe, an der Bruech angebunden (= angenestelt). Strumpfhosen in einem Stück gab es noch nicht.
Bell:	Begriff aus der Falknerei. Kleine runde Glocke, die der Falke an den Fängen trägt.
Beize:	Begriff aus der Falknerei, Jagd mit Greifvögeln.
Bergfried:	Schutz- und Wachturm einer Burg. Höchster Turm und letzte Rückzugsmöglichkeit der Burgbewohner bei einem Angriff. Daher liegt der einzige Zugang meist in acht oder zehn Meter Höhe und kann nur über eine leichte Außentreppe aus Holz erreicht werden, die man bei Gefahr entfernen kann.
Bruech:	Unterhose
Buntfell:	Alle nicht einfarbigen Pelze, häufig waren es die Felle nordischer Eichhörnchen.
Chorgestühl:	Sitzreihen der Geistlichen, in Form eines U meist im Mittelschiff ab der dritten Säule. Durch seine hohe, geschlossene Rückwand versperrte das Chorgestühl dem normalen Kirchenbesucher den Blick auf den Altar.

Complet:	Stundengebet, Nachtgebet, bei deutschen Zisterzienserinnen zwischen 16 Uhr und 19 Uhr 30, je nach Jahreszeit; denn um 16 Uhr 30 bzw. 20 Uhr war Schlafenszeit. Bei den Benediktinern ist die Complet um 21 Uhr.
Confratre:	Anhänger des Templerordens, der diesen mit Geld und/oder Arbeitskraft unterstützt, ohne ein Gelübde abzulegen. Oft Adelige – auch Frauen –, die dafür auf den Templerfriedhöfen beigesetzt werden wollen. Manche verpflichten sich für eine bestimmte Zeitspanne, den Templern zu dienen. Es gab selbst Könige unter den Confratres.
Cotte:	Tunikaartiges Unterkleid mit Ärmeln, von Männern und Frauen getragen, Schlupfkleid, dessen schlitzartiger Ausschnitt mit einer Fibel oder einem Fürspan zusammengehalten wird.
Cura:	Pfarrer (spanisch)
Donjon:	Wie der Bergfried Schutz- und Wachturm einer Burg, aber gleichzeitig auch Wohnbereich. Eher in älteren Burgen zu finden. Später wohnen die Burgherren und ihre Familien im Palas.
Dormitorium:	Schlafsaal im Kloster
Federspiel:	Begriff aus der Falknerei. Attrappe aus Stoff oder Leder mit aufgenähten Vogelflügeln, die zum Zurücklocken des Beizvogels dient.
Fibel:	Gewandverschluss mit einer Nadelkonstruktion, die wie eine Sicherheitsnadel funktioniert.
Gagat:	Glänzende, tiefschwarze Braunkohle, auch

	Pechstein genannt. Leicht schnitz- und bearbeitbar. Wird für Rosenkränze und Schmuckstücke verwendet.
Gebende:	Kopfschleier, der Oberkopf, Ohren und Kinn fest umschließt. Wird mit einem Stirnreich, einem Schapel oder einer Krone getragen. Für verheiratete Frauen und beim Kirchgang vorgeschrieben.
Geschühriemen:	Begriff aus der Falknerei. Kurze Lederriemen, die der Beizvogel an beiden Füßen trägt.
Gevatter:	Pate
Grosso:	Venezianische Silbermünze, im Umlauf Ende 12. und 13. Jh.
Habit:	Kutte, Bekleidung eines Mönchs oder einer Nonne.
Halsgraben:	Ursprünglich wird bei einer Burg, die auf einem Bergsporn errichtet wird, der künstliche Graben Halsgraben genannt, der die Burg vom umgebenden Gelände abschneidet. Später auch für andere Burggräben verwendet.
Haube:	Kopfbedeckung von Männern und Frauen, bei Frauen entwickelt sich die Haube aus Gebende und Schleier. Für verheiratete Frauen vorgeschrieben.
Hintersassen:	Meist arme Bewohner in einer Stadt, die kein Bürgerrecht besitzen. Der Begriff drückt aus, dass sie kein eigenes Haus besitzen, sondern nur eine Kammer bei einem Bürger gemietet haben.
Infirmarius:	Für die Krankenpflege im Kloster zuständiger Mönch.
Kalebasse:	Kürbisflasche
Kathedrale:	In England, Frankreich und Spanien übliche

Bezeichnung für jede bischöfliche Hauptkirche. In Deutschland als Dom oder Münster bezeichnet. Mit einer Kathedrale ist ein Kapitel von Domherren oder Kanonikern verbunden, die bei der Messe im Chorgestühl sitzen.

Kreuzgang: Um den Rechteckhof einer Klausur angelegter Gang, in dem Prozessionen, bei denen ein Kreuz getragen wird, stattfinden. Der Kreuzgang bildet mit der Kirche das Kernstück eines Klosters.

Laudes: Stundengebet, Morgengebet zwischen drei und sieben Uhr, je nach Jahreszeit, in der Benediktinerregel um drei Uhr.

Lettner: Niedrige, durchbrochene Mauer in Kloster- und Stiftskirchen zwischen Chor und Laienraum.

Maßwerk: Geometrisch konstruiertes Bauornament zur Aufteilung des Bogenfeldes über der Kämpferlinie von Fenstern und Bogen. Später auch von Wandflächen und Brüstungen.

Matutin: Stundengebet, bei deutschen Zisterzienserinnern zwischen zwei und drei Uhr, je nach Jahreszeit, in der Benediktinerregel um Mitternacht.

Non: Stundengebet, Mittagsgebet, zwischen 14 und 15 Uhr, je nach Jahreszeit, in der Benediktinerregel um 15 Uhr.

Palas: Wohngebäude auf einer Burg, in dem die Familie des Burgherrn lebt.

Portner: Pförtner in einem Kloster

Prim: Stundengebet, zwischen vier und acht Uhr, je nach Jahreszeit, in der Benediktinerregel um sechs Uhr.

Reck:	Begriff aus der Falknerei. Waagerechte Stange, um Beizvögel »daraufzustellen«.
Refektorium:	Speisesaal im Kloster
Rock:	Bezeichnung für verschiedene Formen des mittelalterlichen männlichen und weiblichen Obergewands. Im Laufe des Mittelalters wird er immer kürzer.
Schapel:	Kranzförmiger Kopfschmuck der Jungfrauen höherer sozialer Schichten.
Schildmauer:	Hohe Schutzmauer einer Burg, an der Bergseite des Geländes.
Servient:	Dienender Bruder eines Ritterordens
Sext:	Stundengebet, zwischen 10 Uhr 30 und 12 Uhr, je nach Jahreszeit, in der Benediktinerregel um 12 Uhr.
Surkot:	Männliches und weibliches bodenlanges Obergewand des mittelalterlichen Adels und des gehobenen Bürgertums.
Tasselmantel:	Sonderform des Schnurmantels, ärmelloser Umhang, der mit einer Tassel – paarig angeordnetes scheiben- oder rosettenförmiges Schmuckstück – an der Halsöffnung geschlossen wird.
Terz:	Stundengebet, zwischen 7 Uhr 45 und 9 Uhr 15, je nach Jahreszeit, in der Benediktinerregel um neun Uhr.
Terzel:	Begriff aus der Falknerei, männlicher Greifvogel, meist um ein Drittel kleiner als die weiblichen Vögel.
Tympanon:	Fläche über einem Portal innerhalb des Bogenfeldes, meist mit Relief.
Vesper:	Stundengebet, Abendgebet, zwischen 15 Uhr 30 und 18 Uhr, je nach Jahreszeit, in der Benediktinerregel um 18 Uhr.

Wappner:	Waffenknecht, kämpfender dienender Bruder der Templer.
Wehrkirche:	Kirche, die bei Gefahr auch als Schutzburg der Dorfbewohner dient und daher auch eher wie eine Burg mit dicken Mauern und nur kleinen Fenstern gebaut ist.
Weihel:	Schleier, der von Nonnen über der Wimpel getragen wird.
Wimpel:	Nonnentracht, Tuch, das den Kopf einhüllt und den Hals bedeckt.
Zwinger:	Teil der mittelalterlichen Befestigungsanlage einer Burg oder Stadt. Der Zwinger ist der meist unbebaute Raum zwischen der Hauptmauer und einer vorgelagerten Zwingermauer.

Auszug aus der verwendeten Literatur

Arens, F.; Bührlen, R., *Wimpfen – Geschichte und Kunstdenkmäler*, Bad Wimpfen 1991
Atienza, J. G., *Los enclaves templarios*, Barcelona 2002
Bauer, M., *Die Tempelritter. Mythos und Wahrheit*, München, 8. Auflage, 2003
Bitsch, I., Ehlert, T., Ertzdorff, X. von, *Essen und Trinken in Mittelalter und Neuzeit*, Wiesbaden 1997
Das altfranzösische Rolandslied, Stuttgart 1999
Demurger, A., *Der letzte Templer. Leben und Sterben des Großmeisters Jacques de Molay*, München 2004
Demurger, A., *Die Templer. Aufstieg und Untergang 1120–1314*, München 1991
Diez, G. M., *Los Templarios en la Corona de Castilla*, Burgos 1993
Dinzelbacher, P., *Die Templer, Ein geheimnisumwitterter Orden?*, Freiburg 2002
Ehlert, T. (Hrsg.), *Haushalt und Familie in Mittelalter und früher Neuzeit*, Wiesbaden 1997
Fekete, J., *Kunst- und Kulturdenkmale in Stadt- und Landkreis Heilbronn*, Stuttgart 1991
Herbers, K., Plötz, R., *Der Jakobsweg. Mit einem mittelalterlichen Pilgerführer unterwegs nach Santiago de Compostela*, Tübingen 2001
Herbers, K., Plötz, R., *Die Strass zu Sankt Jakob*, Ostfildern 2004
Herbers, K., *Der Jakobuskult des 12. Jahrhunderts und der »Liber Sancti Jacobi«*, Wiesbaden 1984
Hewicker, H.-A. (Hrsg.), *Greifvögel und Falknerei 2001/2002*, Melsungen 2003

Höllhuber, D., *Wandern auf dem spanischen Jakobsweg*, Köln 2004
Höllhuber, D., Schäfke, W., *Der spanische Jakobsweg*, Köln 2000
Jaén, M. A., *Jakobsweg, Ein praktischer Reiseführer für den Pilger*, León 2004
Klein, H.-W., Herbers, K., *Libellus Sancti Jacobi: Auszüge aus dem Jakobsbuch des 12. Jahrhunderts*, Tübingen 1997
Kniffki, K.-D. (Hrsg.), *Jakobus in Franken – Unterwegs im Zeichen der Muschel*, Würzburg 1992
Koepf, H., Binding, G., *Bildwörterbuch der Architektur*, Stuttgart 1999
Kress, W. W., *Burgen und Schlösser am Neckar*, Leinfelden-Echterdingen 1991
Kühnel, H., *Bildwörterbuch der Kleidung und Rüstung*, Stuttgart 1992
Loschek, I., *Reclams Mode- & Kostümlexikon*, Stuttgart 1987
Pastor V. (Hrsg.), *Der Pilgerweg nach Santiago*, León 2000
Perrín, R. Y., *Santiago de Compostela*, León 2001
Regia Wimpina, Beiträge zur Wimpfener Geschichte Band 3, Bad Wimpfen 1985
Regia Wimpina, Beiträge zur Wimpfener Geschichte Band 4, Sonderband: Der Blaue Turm, Bad Wimpfen 1985
Regia Wimpina, Beiträge zur Wimpfener Geschichte Band 7, Bad Wimpfen 1995
Rohrbach, C., *Jakobsweg, Wandern auf dem Himmelspfad*, München, 2. Auflage, 2001
Thiel, E., *Geschichte des Kostüms*, Berlin, 7. Auflage, 2000
Vones, L., *Geschichte der Iberischen Halbinsel im Mittelalter von 711–1480*, Sigmaringen 1993
Waller, R., *Der wilde Falk ist mein Gesell*, Morschen 1993

Danksagung

Bei vielen meiner Bücher liegt der Anfang der Geschichte irgendwo im Nebel der Vergangenheit. Bei diesem Roman ist es anders. Es begann am 24. April 2002. Meine Mutter bat mich, sie auf eine Studienreise von Roncesvalles nach Santiago zu begleiten. Eine Busreise entlang des Pilgerwegs? Ich gebe zu, es reizte mich nicht, doch ich wollte meiner Mutter die Bitte nicht abschlagen.

Und dann stand ich allein in der Klosterkirche von Roncesvalles am Fuß des Pyrenäenpasses. Ich begann, den Pilgerchor aus »Tannhäuser« zu singen, und lauschte der unglaublichen Akustik des romanischen Kirchenschiffs. Da wusste ich plötzlich, dass ich diesen Roman über den Camino de Santiago schreiben werde.

Also, liebe Mutsch, vielen Dank, dass Du mich dorthin geschleppt hast!

Es dauerte noch einige Zeit und einige Bücher, bis ich den Plan verfolgen konnte. Ich danke Christiane Eyting von Ökumenereisen, die mir bei der Planung meiner Recherchereisen sehr geholfen hat. Zuvor jedoch musste ich erst einmal Spanisch lernen! Ganz herzlichen Dank an meine Spanischlehrerin Sabine Janzen, die nicht müde wird, meine Fehler zu korrigieren.

Manuel Mallo führte mich auf meiner ersten Recherchereise und war während der ganzen Zeit mein guter Geist des Pilgerwegs. Er kennt die Geheimnisse und Geschichten, spricht alle Sprachen, die man braucht, und war mir ein nie ermüdender Reisebegleiter. Wieder daheim durfte ich ihn mit meinen Fragen per E-Mail löchern, und er hat die historischen Daten überprüft. Vielen, vielen Dank!

In Spanien fand ich viele geduldige Recherchehelfer, die mir ihr Fachwissen freundlicherweise zur Verfügung stellten und viele Fragen beantwortet haben. Ich danke: Archivero D. Emilio (Archivar) und Assumpta-Stiftskirche Roncesvalles, Párroco de Zubiri (Pfarrer von Zubiri), Canónigo Archivero D. Julio (Domkapitular Archivar) – Kathedrahle von Pamplona, Ana Belén – Fremdenverkehramt Puente La Reina, Fremdenverkehramt Estella, Personal der Kathedrale von Burgos, Isabel Díez (Burgos-Stadtführerin), Archivo Municipal de Burgos (Stadtarchiv Burgos), Mari Fe – Kirche San Martín Frómista, Centro Estudios Camino Santiago Biblioteca Jacobea – Monasterio San Zoilo (Carrión de los Condes), Personal des Museums der Stiftskirche San Isidoro de Léon, Fernando López Alsina – Catedrático de la Facultad de Geografía e Historia – Universidad de Santiago, José M. Vázquez Varela – Catedrático de la Facultad de Geografía e Historia – Universidad de Santiago.

Ich möchte mich auch bei den Pilgern bedanken, die ich auf meiner Wanderung im Herbst kennen gelernt habe und die dazu beigetragen haben, dass meine Pilgerreise für mich unvergesslich bleibt: Birgitta aus Schweden, Flemming und Henny aus Dänemark, Helen aus Kanada und all die anderen.

Bei meinen Recherchen rund um die Kaiserpfalz Wimpfen fand ich Hilfe bei den Damen im Museum im alten Spital in Wimpfen, dem Archivar Günter Haberhauer, Edith Kindler vom Museum im Steinernen Haus sowie Christa Hauß-Allacher, Nadja Steeb und ihren Kolleginnen der Bücherei in Bad Rappenau. Der Burgmodellbauer Marco Keller hat mir geholfen, einen Eindruck von Burg Ehrenberg früher und heute zu bekommen. Ihnen allen vielen Dank. Besonders eindrucksvoll habe ich die Führung durch das Kloster St. Peter in Wimpfen im Tal in Erinnerung. Ich danke dem Benediktinerpater Paulus dafür.

Aufbauhilfe bei Schreib- und sonstigen Krisen durfte wieder einmal mein Agent Thomas Montasser leisten. Herzlichen Dank dafür und auch für die wertvollen Tipps. Mein Mann Peter Speemann war wieder erster, kritischer Leser. Sein weiterer Job war es – wie immer –, meinen Computer am Laufen zu halten. Außerdem habe ich ihm dieses Mal noch Recherchehilfe aufgebrummt und ihn nach Spanien beordert. Ich danke ihm vielmals, dass er sich so geduldig für alles einspannen lässt.

Außerdem möchte ich mich bei meiner Lektorin Linda Walz bedanken und freue mich, dass wir »eine Wellenlänge« haben. Herzlichen Dank auch an meine Programmleiterin Silvia Kuttny, die mir mit diesem und anderen Romanen ein neues Verlagszuhause gibt. Ich freue mich auf unsere weitere Zusammenarbeit!

blanvalet

Die opulente historische Trilogie
um die eigenwillige Eifelgräfin Alienor,
die für die Liebe zu einem Gefangenen
ihres Vaters Leib und Leben riskiert:

Dagmar Trodler

Die Waldgräfin
Roman. 608 Seiten.

Freyas Töchter
Roman. 512 Seiten.

Die Tage des Raben
Roman. 544 Seiten.

»Meisterhaft verwebt Dagmar Trodler Liebesszenen, Kampfhandlungen, historische Fakten und philosophische Betrachtungen zu einer lebendigen Handlung. Mitreißend – schillernd – meisterhaft!«
Kölner Stadt-Anzeiger

www.blanvalet-verlag.de

blanvalet

Die humorvollen historischen Kriminalromane um die vorwitzige Begine Almut im mittelalterlichen Köln:

Andrea Schacht

Der dunkle Spiegel
Roman. 368 Seiten.

Das Werk der Teufelin
Roman. 384 Seiten.

Die Sünde aber gebiert den Tod
Roman. 384 Seiten.

»Spannung bis zur letzten Seite – Almut wird sie begeistern!«
Bild

www.blanvalet-verlag.de

blanvalet

Diana Gabaldon

Feuer und Stein
Roman. 799 Seiten.

Die geliehene Zeit
Roman. 979 Seiten.

Ferne Ufer
Roman. 1088 Seiten.

Der Ruf der Trommel
Roman. 1200 Seiten.

Das flammende Kreuz
Roman. 1280 Seiten.

Ein Hauch von Schnee und Asche
Roman. 1312 Seiten.

»Mit ihrer großen historischen Highland-Saga um Claire Randall und James Fraser riß Diana Gabaldon Leser und Kritiker zu Begeisterungsstürmen hin.

»Prall, üppig, lustvoll, kühn, historisch korrekt – und absolut süchtigmachend!«
(Berlinder Zeitung)

www.blanvalet-verlag.de

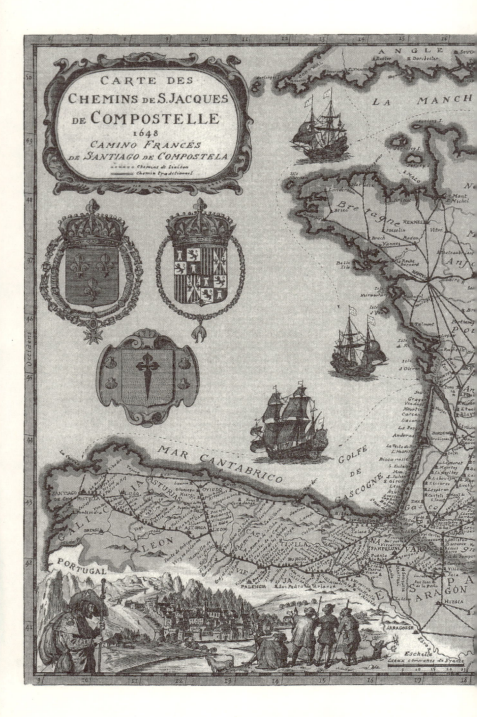